DOUGLAS KENNEDY

DIE ENTSCHEIDUNG

DOUGLAS KENNEDY

DIE ENTSCHEIDUNG

ROMAN

Aus dem Amerikanischen
von Gabriele Gockel,
Christa Prummer-Lehmair
und Barbara Steckhan

GUSTAV LÜBBE VERLAG

Gustav Lübbe Verlag
ist ein Imprint der Verlagsgruppe Lübbe

Originalverlag: Hutchinson, UK, London
Titel der Originalausgabe: THE PURSUIT OF HAPPINESS

Aus dem Englischen von Gabriele Gockel,
Christa Prummer-Lehmair und Barbara Steckhan,
Kollektiv Druck-Reif

Schutzumschlag: Guido Klütsch, Köln
Foto: Reiner Diart Fotostudio, Köln
Satz: Bosbach Kommunikation & Design GmbH, Köln
Gesetzt aus der Rotis Serif und Rotis Sans Serif
von Linotype-Hell Vertrieb GmbH, Heidelberg
Druck und Einband: GGP Media, Pößneck

Printed in Germany

ISBN 3-7857-2039-4

Sie finden die Verlagsgruppe Lübbe im Internet unter
http://www.luebbe.de

1 3 5 4 2

Einmal mehr für Grace Carley

Was wir sollten, tun wir nicht
Was wir nicht sollten, tun wir
Und bauen auf die Hoffnung
Dass uns das Schicksal gewogen ist.

Mathew Arnold

ERSTER TEIL
KATE

1

Zum ersten Mal sah ich sie, als sie neben dem Sarg meiner Mutter stand. Sie war in den Siebzigern – eine große, hagere Frau mit feinem grauem Haar, das zu einem festen Knoten zusammengebunden war. Sie sah aus, wie ich auszusehen hoffe, sollte ich jemals so alt werden wie sie. Sie stand kerzengerade da, das Rückgrat kein bisschen vom Alter gebeugt. Ihre Figur war makellos, die Haut noch immer zart und weich. Und die Falten schnitten keine Furchen in ihr Gesicht, sondern verliehen ihm Charakter, *gravitas*. Sie war auf ihre zurückgenommene Weise eine vornehme Erscheinung, und zweifellos hatten die Männer sie vor noch nicht allzu langer Zeit sehr schön gefunden.

Meine Aufmerksamkeit aber erregten vor allem ihre Augen. Blaugrau. Hoch konzentriert, wach. Ein kritischer, prüfender Blick mit einem Hauch von Trauer. Aber wer ist nicht traurig bei einer Beerdigung? Wer stellt sich nicht beim Anblick eines Sarges vor, wie er selbst darin liegt? Es heißt, Beerdigungen seien für die Lebenden. Nur allzu wahr. Denn wir weinen nicht nur um die Verstorbenen. Wir weinen auch um uns selbst. Weil das Leben so grausam kurz ist. Weil es zunehmend unbedeutend wird. Weil wir hindurchstolpern wie Fremde ohne Landkarte, die an jeder Kreuzung den falschen Weg einschlagen.

Als ich der Frau ins Gesicht sah, wandte sie den Blick ab – verlegen, als hätte ich sie dabei ertappt, wie sie mich musterte. Was nicht ungewöhnlich war, denn bei einer Beerdigung richten alle ihre Aufmerksamkeit auf den nächsten Angehörigen des Verstorbenen. Als der Mensch, der ihm am nächsten gestanden hat, gibt er die emotionale Tonlage vor. Ist man hysterisch, haben auch die anderen keine Hemmungen, ihren Gefühlen freien Lauf zu lassen. Wenn man schluchzt, schluchzen sie auch. Zeigt man keinerlei Regung, bleiben sie ebenfalls beherrscht, diszipliniert, korrekt.

Ich war sehr beherrscht, sehr korrekt – also waren es die ungefähr zwanzig Trauernden auch, die meiner Mutter auf »ihrer letzten Reise« das Geleit gaben – um es mit den Worten des Direktors des Bestattungsinstituts zu sagen. Diese Floskel hatte er in unser Gespräch einfließen lassen, als er mir den Preis für den Transport des Sarges nannte von seiner Aufbahrungshalle in der 75th Street, Ecke Amsterdam Avenue bis hierher zu »ihrer ewigen Ruhestätte« – direkt in der Flugschneise des LaGuardia Airport in Flushing Meadows, Queens.

Als die fremde Frau sich abgewandt hatte, hörte ich den Umkehrschub von Triebwerken und blickte in den kalten, blauen Winterhimmel. Ohne Zweifel glaubten einige der am Grab Versammelten, ich dächte über das Himmelreich nach und würde mich fragen, wo meine Mutter in dieser unendlichen Weite wohl jetzt ihren Platz hatte. Tatsächlich aber studierte ich den Rumpf des landenden Fliegers. US Air. Eine dieser alten 727er, die sie immer noch für Kurzstrecken benutzen. Wahrscheinlich der Boston-Shuttle. Oder auch der Washington-Flug …

Es ist schon erstaunlich, was für banales Zeug einem in den entscheidenden Augenblicken des Lebens durch den Kopf geht.

»Mommy, Mommy.«

Mein siebenjähriger Sohn Ethan zerrte an meinem Mantel. Seine Stimme vermischte sich mit der des episkopalischen Priesters, der hinter dem Sarg stand und ernst eine Passage aus der Offenbarung zitierte:

Er wird alle Tränen von ihren Augen abwischen:
Der Tod wird nicht mehr sein, keine Trauer,
keine Klage, keine Mühsal. Denn was früher
war, ist vergangen.

Ich schluckte schwer. Keine Trauer. Keine Klage. Keine Mühsal. Das war nicht die Lebensgeschichte meiner Mutter.

»Mommy, Mommy …«

Ethan, der immer noch an meinem Ärmel zerrte, forderte Aufmerksamkeit. Ich legte einen Finger auf die Lippen und strich ihm gleichzeitig über den schmutzig-blonden Haarschopf.

»Jetzt nicht, Liebling«, flüsterte ich.

»Ich muss aufs Klo.«

Ich riss mich zusammen, um nicht zu lachen.

»Daddy bringt dich hin«, sagte ich, während ich aufsah und sich mein Blick mit dem meines Exmanns Matt traf. Er stand auf der anderen Seite des Sarges, hielt sich im Hintergrund der kleinen Gemeinde. Ich war nur wenig überrascht gewesen, als er an diesem Morgen in der Aufbahrungshalle erschien. Seit er Ethan und mich vor fünf Jahren verlassen hatte, hatten wir bestenfalls geschäftliche Dinge miteinander geregelt. Unsere Gespräche beschränkten sich auf unseren Sohn und die üblichen langweiligen Finanzangelegenheiten, die selbst im Bösen auseinander gegangene Paare zwingen, Telefonate zu führen. Wann immer er sich um einen freundlichen Ton bemühte, schnitt ich ihm das Wort ab. Aus irgendeinem seltsamen Grund kann ich ihm einfach nicht verzeihen, dass er bei mir zur Tür rausmarschiert und in ihre Arme gelaufen ist – in die Arme der Medienmieze Miss Talking Head *News-4-New York*. Ethan war damals gerade mal fünfundzwanzig Monate alt.

Aber solche kleinen Rückschläge muss man mit Fassung tragen, oder? Besonders, da Matts Verhalten einfach typisch männlich war. Aber es gibt auch etwas, was für Matt spricht: Er ist ein aufmerksamer, liebevoller Vater. Und Ethan liebt ihn – was jeder, der hier am Grab stand, merkte, als er vor dem Sarg seiner Großmutter in die Arme seines Vaters stürzte. Matt hob ihn hoch, und ich sah, wie Ethan ihm zuflüsterte, er müsse aufs Klo. Matt nickte mir kurz zu und machte sich dann, Ethan über die Schulter gelegt, auf die Suche nach einer Toilette.

Der Priester sprach gerade den alten, bei Beerdigungen so beliebten Psalm dreiundzwanzig:

Du deckst mir den Tisch vor den Augen meiner Feinde.
Du salbst mein Haupt mit Öl, du füllst mir reichlich den Becher.

Ich hörte, wie mein Bruder Charlie ein Schluchzen zu unterdrücken versuchte. Er stand hinten in der kleinen Trauergemeinde. Ohne Frage hatte er den Preis für den besten Überraschungsauftritt bei der Beerdigung gewonnen. Er war an diesem Morgen mit dem ersten Flug von L.A. gekommen, tauchte fahl und erschöpft in der Aufbahrungshalle auf und erweckte den Eindruck, als fühle er sich zutiefst unwohl. Ich brauchte einen Moment, bis ich ihn erkannte. Schließlich hatte ich ihn über sieben Jahre lang nicht gesehen: Die Zeit hatte ihr grausames Werk getan und ihn zu einem Mann mittleren Alters gemacht. Gut, ich bin auch im mittleren Alter – seit kurzem –, aber Charlie (mit seinen fünfundfünfzig fast neun Jahre älter als ich) wirkte tatsächlich – na ja, ich denke, reif wäre wohl das richtige Wort, obwohl *weltverdrossen* wahrscheinlich zutreffender wäre. Er hatte fast keine Haare mehr auf dem Kopf, und auch von seiner alten Figur war nicht mehr viel übrig. Sein Gesicht war fleischig und aufgedunsen. Der Speck quoll ihm an beiden Seiten über den Hosenbund – ein Rettungsring, der seinen ohnehin schlecht sitzenden schwarzen Anzug noch deutlicher als Fehlgriff offenbarte. Sein weißes Hemd stand am Hals offen, der schwarze Schlips war mit Essensflecken übersät. Sein ganzes Erscheinungsbild zeugte von ungesunder Ernährung, Selbstverachtung und einem gewissen Lebensüberdruss. Mit den letzteren beiden stand ich selbst zweifellos in herzlicher Verbindung – und dennoch war ich erstaunt, wie sehr er gealtert war und dass er tatsächlich quer über den Kontinent geflogen war, um sich von einer Frau zu verabschieden, mit der er in den vergangenen dreißig Jahren lediglich pro forma Kontakt gehalten hatte.

»Kate«, sagte er, als er im Vorraum der Aufbahrungshalle auf mich zutrat.

Er merkte, wie entsetzt ich war.

»Charlie?«

Einen peinlichen Augenblick lang machte er Anstalten, mich zu umarmen, dann besann er sich jedoch eines Besseren und nahm nur meine Hände. Zuerst wussten wir nicht, was wir sagen sollten. Schließlich brachte ich einen Satz heraus:

»Was für eine Überraschung ...«

»Ich weiß, ich weiß«, fiel er mir ins Wort.

»Hast du meine Nachrichten bekommen?«

Er nickte. »Katie ... es tut mir so leid.«

Ich befreite mich hastig aus seinen Händen.

»Keine Beileidsbekundungen«, sagte ich seltsam ruhig. »Sie war auch deine Mutter. Hast du das vergessen?«

Er wurde bleich. Schließlich murmelte er:

»Das ist nicht fair.«

Meine Stimme blieb immer noch sehr ruhig, sehr kontrolliert.

»Im letzten Monat, als sie wusste, dass sie sterben würde, hat sie mich jeden Tag gefragt, ob du angerufen hast. Am Ende habe ich gelogen und gesagt, du würdest dich täglich bei mir melden, um zu hören, wie es ihr geht. Also erzähl du mir nichts von wegen ›fair‹.«

Mein Bruder blickte auf den Linoleumboden der Aufbahrungshalle. In diesem Augenblick kamen zwei Nachbarinnen meiner Mutter auf mich zu. Und während sie mir mit den üblichen Phrasen kondolierten, nutzte Charlie die Gelegenheit, sich zurückzuziehen. Als die Trauerandacht begann, saß er in der letzten Reihe der Aussegnungshalle. Ich reckte den Hals, um zu sehen, wer alles da war, und erhaschte dabei seinen Blick. Aber er wandte sich sofort verlegen ab. Nach der Trauerfeier blickte ich mich nach ihm um, da ich ihm anbieten wollte, mit mir in dem so genannten »Familienwagen« zum Friedhof zu fahren. Doch er war nirgendwo zu finden. So begleiteten mich Ethan und meine Tante Meg nach Queens. Meg ist die Schwester meines Vaters – eine eingefleischte Junggesellin von vierundsiebzig, die sich in den letzten vierzig Jahren der Zerstörung ihrer Leber gewidmet hat. Ich war froh, dass sie zur Beerdigung ihrer Schwägerin nüchtern geblieben war. Denn bei den seltenen Gelegenheiten, in denen sie sich mäßigte, war Meg die beste Verbündete, die es gab. Insbesondere weil sie einen Zungenschlag hatte wie eine Mittelstandsprotestantin, die vom Glauben abgefallen war. Kurz nachdem die Limousine vor der Aussegnungshalle losgefahren war, kam das Thema auf Charlie.

»Der verlorene Sohn ist also wieder da«, meinte Meg.

»Um dann gleich wieder zu verschwinden«, ergänzte ich.

»Er kommt zum Friedhof.«

»Woher weißt du das?«

»Er hat's mir gesagt. Während du nach der Trauerandacht den anderen deine Pfote hingehalten hast, habe ich ihn auf dem Weg nach draußen abgefangen. ›Bleib doch noch‹, habe ich zu ihm gesagt, ›dann fahren wir dich nach Queens.‹ Aber er redete sich heraus, meinte, er wolle lieber die Metro nehmen. Ich sage dir, Charlie ist immer noch dasselbe traurige Arschloch wie früher.«

»Meg!« Ich deutete mit einem Kopfnicken zu Ethan. Vollkommen vertieft in ein Power-Ranger-Buch saß er neben mir in der Limousine.

»Der hört doch gar nicht, welchen Mist ich hier von mir gebe, stimmt's, Ethan?«

Ethan sah von seinem Buch auf.

»Ich weiß, was *Arschloch* bedeutet«, sagte er.

»So ist's recht«, erwiderte Meg und fuhr ihm durchs Haar.

»Lies weiter, Liebling«, forderte ich ihn auf.

»Er ist ein kluges Kind«, meinte Meg. »Du hast gute Arbeit geleistet.«

»Weil er unanständige Ausdrücke kennt?«

»Mir gefallen Frauen, die so viel von sich halten.«

»Tja, so bin ich eben: einfach unübertrefflich.«

»Zumindest hast du immer das Richtige getan. Besonders, was die Familie betrifft.«

»Genau. Und man sieht auch, wohin mich das gebracht hat.«

»Deine Mutter hat dich bewundert.«

»Ja – an jedem zweiten Sonntag im Monat.«

»Ich weiß, dass sie schwierig war ...«

»Beschwichtigungsversuche zwecklos.«

»Glaub mir, Liebes. Du und dieser kleine Kerl hier haben ihr alles bedeutet. Wirklich alles.«

Ich biss mir auf die Lippe und unterdrückte ein Schluchzen. Meg nahm meine Hand.

»Lass dir eins sagen: Eltern und Kinder meinen am Ende immer, dass sie den undankbaren Teil erwischt haben. Keiner von beiden ist zufrieden. Aber zumindest plagt dich kein schlechtes Gewissen, wie es dein dämlicher Bruder jetzt mit sich rumschleppt.«

»Weißt du, dass ich ihm letzte Woche dreimal die Nachricht hinterlassen habe, Mom hätte nur noch ein paar Tage zu leben und er müsse jetzt kommen, wenn er sie noch einmal sehen wolle?«

»Und er hat nie zurückgerufen?«

»Nein, nur seine Sprecherin.«

»Die *Prinzessin*?«

»*The one and only.*«

Prinzessin war unser Spitzname für Holly, die ausgesprochen streitsüchtige, typische Vorstadttante, die Charlie 1975 geheiratet und ihn (aus unzähligen vorgeschobenen, selbstsüchtigen Gründen) allmählich dazu gebracht hatte, sich von seiner Familie zu distanzieren. Nicht dass man Charlie groß überreden musste. Als mir das so richtig klar wurde, wusste ich, dass Mom und Charlie eine merkwürdig kühle Beziehung hatten – und dass die Ursache ihrer Abneigung mein Dad war.

»Ich wette zwanzig Dollar, dass unser Charlie-Boy am Grab zusammenbricht«, sagte Meg.

»Niemals.«

»Ich habe ihn zwar nicht mehr gesehen, seit ... wann hat er uns eigentlich das letzte Mal mit seinem Besuch beehrt?«

»Vor sieben Jahren.«

»Also gut, es mag sieben Jahre her sein, aber ich kenne den Jungen. Glaub mir, er hat sich immer selbst leidgetan. Und kaum dass ich ihn heute sah, dachte ich mir: Der arme alte Charlie schwelgt nach wie vor in Selbstmitleid. Und nicht nur das, er hat auch ständig Schuldgefühle. Er schafft es nicht, mit seiner Mom zu sprechen, als sie im Sterben liegt, versucht das dann aber damit gutzumachen, dass er in letzter Minute bei ihrer Beerdigung auftaucht. Was für ein erbärmlicher Auftritt.«

»Trotzdem wird er nicht weinen. Dazu ist er viel zu verklemmt.«

Meg schwenkte die Banknote vor meiner Nase.

»Dann zeig mir, welche Farbe dein Geld hat.«

Ich kramte in meiner Jackentasche, bis ich zwei Zehner fand, und wedelte sie vor Megs Augen hin und her.

»Ich freue mich schon darauf, dir deine Zwanzig abzunehmen«, sagte ich.

»Nicht so sehr wie ich, wenn ich diesen erbärmlichen Scheißkerl heulen sehe.«

Ich warf Ethan (der immer noch in seine Power Rangers vertieft war) einen Blick zu, dann schaute ich zum Himmel.

»Tut mir leid«, sagte Meg, »ist mir so rausgerutscht.«

Ohne von seinem Buch aufzusehen, meinte Ethan daraufhin: »Ich weiß, was *Scheißkerl* bedeutet.«

Meg gewann die Wette. Nach einem letzten Gebet am Sarg legte mir der Priester die Hand auf die Schulter und kondolierte mir. Dann traten die anderen Trauergäste der Reihe nach auf mich zu. Und während ich dieses formelle Ritual des Händeschüttelns und der Umarmungen über mich ergehen ließ, sah ich, wie jene Frau auf den Stein neben dem Grab meiner Mutter starrte und die Inschrift studierte. Ich kannte sie auswendig:

John Joseph Malone
22. August 1924 – 16. April 1956

John Joseph Malone. Auch Jack Malone genannt. Alias mein Dad. Der plötzlich aus dem Leben schied, als ich gerade mal achtzehn Monate alt war – dessen Existenz jedoch immer einen Schatten auf mein Leben geworfen hatte. So ist das mit den Eltern: Auch wenn sie physisch nicht mehr existieren, selbst wenn man sie nicht einmal gekannt hat, kann man sich nicht von ihnen befreien. Das ist ihre letzte Mitgift – die Tatsache, dass sie immer da sind, ob es einem gefällt oder nicht. Und egal, wie sehr man sich bemüht, sie abzuschütteln, nie lassen sie einen los.

Als Christine, meine Nachbarin von oben, mich umarmte und ich über ihre Schulter blickte, sah ich, wie Charlie zum Grab meines Vaters ging. Die Frau stand noch dort. Doch sobald sie ihn kommen sah (offensichtlich wusste sie sofort, wer er war), trat sie zurück, sodass er freien Zugang zu Dads glattem Grabstein aus Granit hatte. Charlie ging mit gesenktem Kopf, schwankend. Er stützte sich auf den Grabstein – und fing plötzlich an zu weinen. Zuerst versuchte er noch, seinen Schmerz zu unterdrücken, aber schon bald verlor er den Kampf und schluchzte unkontrolliert. Vorsichtig löste ich mich aus Christines Umarmung. Instinktiv überkam mich der Wunsch, zu ihm zu laufen – aber dann nahm ich doch Abstand von einer solchen Zurschaustellung geschwisterlichen Mitgefühls (besonders weil ich ihm nicht den Schmerz verzeihen konnte, den er meiner Mutter in den letzten Jahren durch seine Abwesenheit zugefügt hatte). Stattdessen ging ich langsam auf ihn zu und berührte ihn sacht am Arm.

»Alles in Ordnung, Charlie?«, fragte ich leise.

Er sah mich an. Das Gesicht hochrot, die Augen voller Tränen. Plötzlich sank er gegen mich, sein Kopf fiel auf meine Schulter, und er umklammerte mich, als wäre ich ein Lebensretter auf hoher See. Er schluchzte jetzt hemmungslos. Einen Augenblick lang stand ich mit herabhängenden Armen da und wusste nicht, was ich tun sollte. Aber sein Schmerz war so tief, so überwältigend, so *laut*, dass mir schließlich nichts anderes mehr übrig blieb, als die Arme um ihn zu legen.

Es dauerte eine ganze Weile, bis sein Schluchzen verstummte. Ich blickte in die Ferne, beobachtete, wie Matt Ethan (er war gerade erst von der Toilette zurückgekehrt) sanft davon abhielt, zu mir zu laufen. Als ich meinem Sohn zublinzelte, wurde ich mit jenem Hundert-Watt-Lächeln belohnt, das augenblicklich all den ermüdenden, endlosen Stress aufwiegt, der ein wesentlicher Bestandteil des Elterndaseins ist. Dann blickte ich an Ethan vorbei und sah wieder jene Frau. Sie stand in taktvollem Abstand an einem benachbarten Grab und beobachtete, wie ich Charlie tröstete. Bevor sie sich (wieder!) abwandte, bemerkte ich für einen Moment, wie intensiv ihr Blick war. So intensiv und durchdringend, dass ich mich fragte: Woher zum Teufel kennt sie uns?

Ich drehte mich wieder um. In diesem Augenblick zog Ethan mit zwei Fingern seinen Mund auseinander und streckte die Zunge heraus – das gehört zu seinem Repertoire von Grimassen, auf die er zurückgreift, wenn ich für seinen Geschmack zu ernst werde. Ich musste ein Lachen unterdrücken. Dann sah ich erneut zu der Stelle, wo die alte Dame gestanden hatte. Aber sie war nicht mehr da. Sie ging allein über den leeren Kiesweg, der zum vorderen Friedhofseingang führte.

Charlie schluckte schwer, um sein Schluchzen unter Kontrolle zu bekommen. Es war Zeit, die Umarmung zu beenden, und so löste ich mich vorsichtig aus seinem Griff.

»Alles wieder in Ordnung?«, fragte ich.

Er hielt den Kopf gesenkt.

»Nein«, flüsterte er. Dann fügte er hinzu: »Ich hätte, ich hätte ...«

Er fing erneut an zu heulen. *Hätte, hätte.* Der quälendste Ausdruck der Selbstbestrafung, den die Sprache zur Verfügung hat. Etwas, was wir im Laufe dieser Farce, die sich Leben nennt, ständig sagen. Aber Charlie hatte Recht. Er *hätte wirklich.* Jetzt konnte er nichts mehr ändern.

»Komm mit uns in die Stadt«, sagte ich. »Wir gehen in Moms Wohnung und essen und trinken dort etwas. Du weißt doch noch, wo sie ist, oder?«

Sofort bereute ich meine Frage, denn Charlie begann erneut zu schluchzen.

»Das war dumm von mir«, sagte ich ruhig. »Tut mir leid.«

Wieder verlor er vollkommen die Beherrschung, sein Weinen kam jetzt stoßartig. Doch dieses Mal spendete ich ihm keinen Trost. Ich wandte mich ab. Meg stand neben mir, mit unbeteiligtem Blick, aber bereit zu helfen. Als ich sie ansah, wies sie mit einem Kopfnicken auf Charlie und zog die Augenbrauen hoch, als wolle sie sagen: *Soll ich das hier übernehmen?* Ich bitte darum. Sie trat auf ihren Neffen zu und sagte: »Komm, mein Junge«, wobei sie sich bei ihm unterhakte. »Du und ich, wir machen einen kleinen Spaziergang.«

Matt ließ Ethan los, und der Kleine kam sofort zu mir gelaufen. Ich bückte mich, um ihn mit beiden Armen aufzufangen.

»Geht's dir jetzt besser?«, fragte ich.

»Das Klo war ekelig.«

Ich wandte mich zum Grab meiner Mutter. Der Priester stand noch am Sarg, weit hinter ihm die Totengräber des Friedhofs. Sie hielten sich in diskreter Entfernung vom Geschehen, aber man sah ihnen an, dass sie nur darauf warteten, dass wir endlich gingen, damit sie Mom in die Erde von Queens versenken, die Bagger holen, das Loch zuschütten und dann zum Mittagessen gehen konnten ... oder vielleicht zur nächsten Bowlingbahn. Das Leben geht einfach weiter, ob man nun dabei ist oder nicht.

Der Priester nickte mir zaghaft, aber vielsagend zu, was so viel bedeutete wie: *Es ist Zeit, Abschied zu nehmen.* Gut, Reverend, wie Sie wollen. Fassen wir uns alle bei der Hand und singen:

Die Zeit ist gekommen, allen Lebewohl zu sagen ... Mick ... Bis bald ... Mickey ... Warum? Weil wir dich mögen ... Mouse ...

Für den Bruchteil einer Sekunde befand ich mich wieder in unserer alten Wohnung in der 86th Street zwischen Broadway und Amsterdam Avenue. Sechs Jahre alt, im ersten Schuljahr in Brearley. Ich sah mir Annette, Frank und all die Musketiere in unserem schäbigen Schwarzweiß-Fernseher an, dem mit der runden Bildröhre und der Antenne wie Kaninchenohren und dem Schränkchen aus Mahagoni-Imitat, und meine Mom kam mit zwei Geleegläsern auf mich zugetorkelt: Erdbeerlimonade für mich, ein Canadian Club für sie.

»Wie geht es Mickey und seinen Kumpanen?«, fragte sie lallend.

»Das sind meine Freunde«, erwiderte ich.

Sie ließ sich neben mir auf das Sofa fallen.

»Bist du meine Freundin, Katie?«

Ich ignorierte ihre Frage. »Wo ist Charlie?«

Plötzlich wirkte sie verletzt.

»Bei Mr. Barclay's«, antwortete sie. Es war die Tanzschule, in die trotz aller wütenden Proteste pubertierende Oberschüler wie Charlie einmal die Woche geschickt wurden.

»Charlie hasst Tanzen«, sagte ich.

»Das weißt du doch gar nicht«, meinte Mom und kippte die Hälfte ihres Drinks hinunter.

»Ich habe gehört, wie er es zu dir gesagt hat«, widersprach ich. »›*Ich hasse die Tanzschule. Ich hasse dich.*‹«

»Er hat nicht gesagt, dass er mich hasst.«

»Doch.« Ich wandte meine Aufmerksamkeit wieder den Musketieren zu.

Mom stürzte den Rest des Drinks hinunter.

»Das hat er *nicht* gesagt.«

Ich glaube, es war ein Spiel.

»Und ob er das gesagt hat.«

»Du hast bestimmt nicht gehört, wie er …«

Ich schnitt ihr das Wort ab. »Warum ist mein Daddy im Himmel?«

Sie wurde blass. Wir hatten das alles zwar schon öfter durchgespielt, aber seit fast einem Jahr hatte ich nicht mehr nach meinem toten Vater gefragt. An diesem Nachmittag jedoch war ich mit einer Einladung zu einem Vater-Tochter-Abend in der Schule nach Hause gekommen.

»Warum musste er in den Himmel?«, fragte ich.

»Liebling, wie ich dir schon gesagt habe, er wollte es nicht. Aber er wurde krank ...«

»Wann kann ich ihn sehen?«

Ihr Gesicht verriet, wie verzweifelt sie war.

»Katie ... du bist doch meine Freundin, oder?«

»Lass mich meinen Daddy sehen.«

Ich hörte, wie sie ein Schluchzen unterdrückte. »Ich wollte, ich könnte ...«

»Ich möchte, dass er mit mir in die Schule kommt ...«

»Sag mir, dass du meine Freundin bist, Katie.«

»Hol meinen Daddy aus dem Himmel.«

Ihre Stimme klang schwach, klein, leise.

»Das kann ich nicht, Katie. Ich ...«

Dann fing sie an zu weinen. Zog mich an sich. Barg den Kopf an meiner schmalen Schulter. Erschreckte mich zu Tode. Sodass ich entsetzt aus dem Zimmer lief.

Es war das einzige Mal, dass ich sie betrunken gesehen habe. Es war das einzige Mal, dass sie vor meinen Augen weinte. Es war das letzte Mal, dass ich sie bat, meinen Vater aus dem himmlischen Jenseits zu holen.

Bist du meine Freundin, Katie?

Ich habe ihre Frage nicht beantwortet. Weil ich, um ehrlich zu sein, die Antwort nicht wusste.

»Mommy!«

Ethan drückte meine Hand. »Mommy! Ich möchte nach Hause!«

Ich schaltete wieder nach Queens um. Und zum Sarg meiner Mutter.

»Wir müssen uns erst noch von Großmutter verabschieden.«

Als ich Ethan nach vorn führte, spürte ich die Blicke, die sich auf uns richteten. Wir traten an den glänzenden Teakholzsarg. Ethan schlug mit seiner kleinen Faust auf den Deckel.

»Hallo, Grandma. Auf Wiedersehen, Grandma.«

Ich biss mir auf die Lippe. Meine Augen füllten sich mit Tränen. Ich blickte zum Grab meines Vaters. *So ist das. So ist das. Nun bin ich eine Waise.*

Ich spürte eine schwere Hand auf meiner Schulter und drehte mich um. Es war Matt. Ich schüttelte die Hand ab. Und plötzlich wusste ich: *Es gibt nur noch Ethan und mich, niemanden sonst.*

Erneut blickte mich der Priester an. *Schon gut, schon gut, ich sehe zu, dass es weitergeht.*

Ich legte die Hand auf den Sarg. Er war kalt wie ein Kühlschrank. Ich zog die Hand wieder weg. So viel zu den großen letzten Gesten. Wieder biss ich mir auf die Lippe und zwang mich zur Ruhe. Ich nahm meinen Sohn und führte ihn zu dem wartenden Wagen.

Matt stand schon dort. Er sprach leise.

»Katie, ich wollte nur…«

»Das interessiert mich nicht.«

»Ich wollte nur sagen…«

»Hast du was mit den Ohren?«

»Würdest du mir bitte zuhören…«

Ich machte Anstalten, die Wagentür zu öffnen. »Nein, ich werde dir nicht zuhören…«

Ethan zupfte an meinem Ärmel. »Daddy hat gesagt, er würde mit mir ins Imax-Kino gehen. Darf ich, Mommy?«

In diesem Augenblick wurde mir klar, wie fertig ich war.

»Wir haben Gäste…«, hörte ich mich sagen.

»Ethan wird das Kino bestimmt mehr Spaß machen, meinst du nicht auch?«, sagte Matt.

Ja, das würde es. Ich legte die Hände vors Gesicht. Und fühlte mich so müde wie nie zuvor in meinem Leben.

»Bitte, darf ich mitgehen, Mommy?«

Ich sah Matt an. »Wann bringst du ihn zurück?«

»Ich dachte, er würde vielleicht gern die Nacht bei uns bleiben.«

Sofort sah ich, dass er es bereute, *uns* gesagt zu haben. Aber er redete weiter.

»Ich bringe ihn morgens zur Schule. Er kann auch noch länger bleiben, wenn du …«

»Schön«, unterbrach ich ihn, bückte mich und umarmte meinen Sohn. Und dann hörte ich mich sagen:

»Bist du mein Freund, Ethan?«

Er sah mich verlegen an, dann küsste er mich hastig auf die Wange. Am liebsten hätte ich das als Ja aufgefasst, aber ich wusste, dass ich den Rest des Tages – und die ganze Nacht – darüber nachgrübeln würde, warum ihm keine Antwort eingefallen war. Und gleichzeitig würde ich mich ärgern, dass ich ihm diese dämliche Frage überhaupt gestellt hatte.

Matt wollte mir über den Arm streichen, besann sich dann aber eines Besseren.

»Mach's gut«, sagte er und ging mit Ethan davon.

Als ich erneut eine Hand auf meiner Schulter spürte, schubste ich sie ärgerlich weg, als handele es sich um eine Fliege, und sagte zu demjenigen, der hinter mir stand:

»Ich brauche keine Mitleidsbezeugungen mehr.«

»Dann wehr dich dagegen.«

Ich bedeckte mein Gesicht mit der Hand. »Tut mir leid, Meg.«

»Sprich drei Vaterunser und steig ins Auto.«

Ich tat, wie mir befohlen. Meg stieg hinter mir ein.

»Wo ist Ethan?«, fragte sie.

»Er bleibt den Rest des Tages bei seinem Dad.«

»Gut«, meinte sie. »Dann kann ich ja rauchen.«

Während sie in die Tasche griff, um ihre Merit herauszuholen, klopfte sie mit der anderen Hand an die Scheibe. Der Fahrer drückte einen Knopf, und die Scheibe ging langsam herunter.

»Das haben wir geschafft, Mädel«, sagte Meg und zündete sich ihre Zigarette an. Mit einem dankbaren Seufzen inhalierte sie.

»Muss das sein?«, fragte ich.

»Ja, das muss es.«

»Es wird dich noch umbringen.«

»Das ist mir neu.«

Die Limousine bog in den Hauptweg des Friedhofs ein. Meg nahm meine Hand und hakte ihre dünnen Finger in meine.

»Hat's dich so schwer erwischt, Liebes?«, fragte sie.

»Ist mir schon besser gegangen, Meg.«

»Noch ein, zwei Stunden, und dieser ganze Mist ist vorbei. Und dann …«

»Kann ich getrost zusammenbrechen.«

Meg zuckte die Achseln und drückte meine Hand noch fester.

»Wo ist Charlie?«, fragte ich.

»Fährt mit der U-Bahn wieder in die Stadt.«

»Warum zum Teufel macht er das?«

»Das ist seine Vorstellung von Buße.«

»Als ich gesehen habe, wie er zusammenbrach, tat er mir direkt leid. Wenn er nur einmal zum Hörer gegriffen hätte, als es mit Mom zu Ende ging, hätte er mit ihr so viel klären können.«

»Nein«, widersprach Meg. »Gar nichts hätte er geklärt.«

Als die Limousine sich dem Tor näherte, sah ich wieder die Frau. Sie ging langsam zum Friedhofstor. Ihre Bewegungen waren für jemanden ihres Alters erstaunlich behände und leicht. Meg bemerkte sie auch.

»Kennst du sie?«, fragte ich.

Sie antwortete mit einem gleichgültigen Achselzucken.

»Sie war an Moms Grab«, sagte ich. »Hat fast die ganze Zeit während der Gebete dort gestanden.«

Wieder zuckte Meg die Achseln.

»Wahrscheinlich so eine Spinnerin, die ihren Spaß daran hat, auf Friedhöfen herumzulungern«, mutmaßte ich.

Der Wagen fuhr auf die Hauptstraße und bog dann nach links Richtung Manhattan ab. Ich fiel erschöpft in den Sitz zurück. Einen Augenblick lang herrschte Stille. Dann stieß mich Meg mit dem Ellenbogen an.

»Also«, meinte sie, »wo sind meine zwanzig Kröten?«

2

Vom Friedhof kamen fünfzehn oder zwanzig Trauergäste mit in die Wohnung meiner Mutter. Es war ein ziemliches Gedränge, da Mom die letzten sechsundzwanzig Jahre ihres Lebens in einer kleinen Zweizimmerwohnung in der 84th Street, Ecke West End Avenue gelebt hatte (und selbst wenn sie, was selten vorkam, Gäste eingeladen hatte, hielten sich nie mehr als vier Leute auf einmal bei ihr auf, soweit ich mich erinnern kann).

Mir hatte die Wohnung nie gefallen, eng und schlecht geschnitten wie sie war. Dazu lag sie im dritten Stockwerk und war nach Südwesten gerichtet. Man blickte auf eine Hintergasse, und es kam kaum Sonne herein. Das Wohnzimmer maß viereinhalb mal viereinhalb Meter, es gab ein Schlafzimmer gleicher Größe, daran anschließend ein kleines Badezimmer und eine drei mal zweieinhalb Meter große Küche mit unmodernen Geräten und einem abgetretenen Linoleumboden. Alles in der Wohnung wirkte schäbig, abgenutzt und unbedingt renovierungsbedürftig. Drei Jahre zuvor hatte ich Mom überreden können, die Zimmer neu streichen zu lassen, doch wie in so vielen alten Wohnungen an der West Side wurde auf den Verputz und den Stuck, die bereits zentimeterdick mit der schlechten Farbe von Jahrzehnten bedeckt waren, lediglich eine weitere Schicht billiger Emulsionsfarbe und Lack aufgetragen. Die Teppiche waren verschlissen. Die Sessel und Sofas brauchten neue Bezüge. Die wenigen so genannten Luxusartikel, die sie besessen hatte (ein Fernseher, eine Klimaanlage, eine Stereoanlage unbestimmten koreanischen Ursprungs), waren allesamt technisch überholt. In den vergangenen Jahren hatte ich ihr, wann immer ich ein bisschen Geld erübrigen konnte (was allerdings nicht sehr oft vorkam), angeboten, ihr einen neuen Fernseher oder einen Mikrowellenherd zu kaufen. Aber sie hatte stets abgelehnt.

»Es gibt bessere Dinge, für die du dein Geld ausgeben kannst«, pflegte sie zu sagen.

»Aber du bist meine Mutter«, gab ich zurück.

»Nimm es für Ethan, für dich selbst. Ich bin zufrieden mit dem, was ich habe.«

»Die Klimaanlage liegt in den letzten Zügen. Im Juli wirst du hier drin braten.«

»Ich habe einen elektrischen Ventilator.«

»Mom, ich will dir doch nur helfen.«

»Das weiß ich, Liebes. Aber ich bin *zufrieden.*« Sie sprach den letzten Satz so betont und gereizt aus, dass ich es für zwecklos hielt, das Thema weiter zu verfolgen. Dieses Gespräch war beendet.

Sie versagte sich alles. Sie verabscheute den Gedanken, sie könne jemandem zur Last fallen. Und als vornehme weiße angelsächsische Protestantin mit einer ungeheuren Selbstachtung war ihr die Vorstellung zuwider, ein Fall für barmherzige Gemüter zu sein. Für sie war das gleichbedeutend mit persönlichem Versagen, Charakterschwäche.

Ich stand im Wohnzimmer, und als ich mich umdrehte, fiel mein Blick auf eine Reihe gerahmter Familienfotos auf dem Couchtisch neben dem Sofa. Ich ging hinüber und nahm einen Schnappschuss von meinem Vater in Armeeuniform in die Hand. Meine Mutter hatte die Aufnahme in der Militärbasis in England gemacht, wo sie sich 1945 kennen lernten. Moms einziges Übersee-Abenteuer – das einzige Mal in ihrem ganzen Leben, dass sie Amerika verließ. Nachdem sie nach dem College zunächst als Freiwillige für das Rote Kreuz gearbeitet hatte, nahm sie schließlich eine Stelle als Schreibkraft im Hauptquartier des Kommandos der Alliierten in einem Vorort von London an. Dort begegnete sie dem feschen Jack Malone, einem typischen Produkt Brooklyns, der sich hier furchtbar langweilte, nachdem er für *Stars and Stripes*, die Zeitung der US-Armee, über die Befreiung Deutschlands durch die Alliierten berichtet hatte. Sie hatten eine Affäre, und das Ergebnis war Charlie. Plötzlich mussten sie feststellen, dass das Schicksal sie aneinander gekettet hatte.

Charlie trat zu mir. Er sah auf das Foto, das ich in der Hand hielt.

»Möchtest du es mitnehmen?«, fragte ich.

Er schüttelte den Kopf. »Ich habe zu Hause einen Abzug davon. Es ist mein Lieblingsfoto von Dad.«

»Dann nehme ich es. Ich habe nicht viele Bilder von ihm.«

Wir standen eine Weile da und überlegten, was wir noch sagen sollten. Charlie kaute nervös auf seiner Unterlippe.

»Geht es dir wieder besser?«, fragte ich.

»Ja, es geht mir gut«, meinte er, wie üblich, ohne mich dabei anzusehen. »Und du, kommst du klar?«

»Ich? Sicher doch«, erwiderte ich. Es sollte so klingen, als würde mir gerade erst richtig bewusst, dass ich soeben meine Mutter beerdigt hatte.

»Dein Sohn macht einen netten Eindruck. War das dein Exmann?«

»Ja – das war der reizende Mensch. Hast du ihn denn noch nie gesehen?«

Charlie schüttelte den Kopf.

»Ach ja, das hatte ich ganz vergessen. Du hast ja meine Hochzeit verpasst. Und Matt war verreist, als du das letzte Mal hier warst. 1994, stimmt's?«

Charlie ignorierte die Frage und meinte stattdessen:

»Er arbeitet immer noch beim Nachrichtenfernsehen, nicht wahr?«

»Inzwischen ist er dort ein ziemlich hohes Tier. Wie seine neue Frau.«

»Ja, Mom hat mir von eurer Scheidung erzählt.«

»Wirklich?«, antwortete ich scheinbar überrascht. »Wann war das? Bei deinem jährlichen Anruf 1995?«

»Wir haben ein bisschen öfter miteinander gesprochen.«

»Entschuldige, du hast Recht. Du hast sie ja auch noch immer zu Weihnachten angerufen. Dann war es also bei einem deiner Anrufe mitten im Jahr, als du erfahren hast, dass Matt mich verlassen hat.«

»Es hat mir aufrichtig leid getan.«

»He, das ist Schnee von gestern. Ich bin darüber hinweg.«

Wieder peinliche Stille.

»Hier sieht es fast immer noch genauso aus wie früher«, sagte er, während er sich in der Wohnung umsah.

»Mom wollte aus ihrer Wohnung nie ein Schmuckstück für *House and Garden* machen«, sagte ich. »Vergiss nicht, selbst wenn sie die Wohnung hätte renovieren wollen – was sie nicht getan hat –, war das Geld ziemlich knapp. Gott sei Dank ist die Miete gleich geblieben – sonst hätte sie hier raus gemusst.«

»Wie hoch war die Miete?«

»Achtzehnhundert, was nicht schlecht ist für diese Gegend. Aber es war immer schwierig für sie, das Geld aufzubringen.«

»Hat sie denn nichts von Onkel Ray geerbt?«

Ray war Moms gut betuchter Bruder – ein Anwalt mit Sitz in Boston, der dick im Geschäft gewesen war und förmliche Distanz zu seiner Schwester gehalten hatte. Soweit ich wusste, hatte Mom ihm in ihrer Kindheit nicht besonders nahe gestanden – und sie entfernten sich noch mehr voneinander, als Ray und seine Frau Edith es offen missbilligten, dass Mom diesen Katholen aus Brooklyn heiratete. Aber Ray, der sich streng an die Grundsätze des protestantischen Mittelstandes hielt, zeigte sich anständig. So kam er seiner Schwester nach dem frühzeitigen Tod meines Vaters finanziell zu Hilfe und bot ihr an, die Ausbildung ihrer beiden Kinder zu bezahlen. Dass Ray und Edith keine eigenen Kinder hatten (und Ray außer Mom keine weiteren Geschwister), machte es ihnen wahrscheinlich leichter, in all den Jahren das stattliche Sümmchen abzudrücken – obwohl Charlie und mir schon ziemlich früh klar war, dass unser Onkel eigentlich gar nichts mit uns zu tun haben wollte. Wir sahen ihn nie und Mom auch nicht. Zu Weihnachten bekamen wir von ihm immer einen Spargutschein über zwanzig Dollar. Als Charlie das Boston College besuchte, lud Ray ihn nicht ein einziges Mal in sein Stadthaus in Beacon Hill ein. Auch mir zeigte er die kalte Schulter, als ich am Smith-College studierte und einmal im Monat nach Boston kam. Mom tat seine Reserviertheit mit der Bemerkung ab: *Manche Familien sind eben seltsam.* Dennoch will ich fair sein: Ihm ist es zu verdanken, dass Charlie und ich Privatschulen und private Colleges besuchen konnten. Nachdem ich 1976 meinen Abschluss am Smith gemacht hatte, sah Mom jedoch keinen Pfennig mehr von ihrem Bruder – und war für den Rest ihres Lebens immer knapp bei Kasse. Als Ray 1998 starb, ging ich davon aus, dass Mom nun endlich ein bisschen zu Geld kommen würde (besonders, da Edith drei Jahre früher gestorben war). Doch Mom erhielt nicht einen Cent von seinem Vermögen.

»Hat dir Mom denn nie erzählt, dass Ray ihr nicht mal einen Hosenknopf hinterlassen hat?«

»Sie hat mir nur gesagt, dass er gestorben ist.«

»Bei deinem Anruf 1998, ja?«

Charlie blickte auf seine Schuhe. »Ja«, sagte er leise. »Aber ich habe nicht gewusst, dass sie in seinem Testament nicht berücksichtigt war.«

»Ja, Ray hat alles der Krankenschwester vermacht, die sich um ihn gekümmert hat, nachdem Edith in die große episkopalische Himmelskirche eingegangen war. Arme Mom, sie hat immer den Kürzeren gezogen.«

»Wie hat sie es dann geschafft, ihre Rechnungen zu bezahlen?«

»Sie hatte eine kleine Rente von ihrer Zeit in der Schule (fast dreißig Jahre lang arbeitete Mom als Bibliothekarin in einer privaten Jungenschule an der Upper West Side). Dort gab es eine Rentenversicherung ... aber das war's dann auch schon. Ich habe ihr ja immer angeboten, sie zu unterstützen, aber sie hat natürlich abgelehnt. Dabei hätte ich es mir doch leisten können.«

»Bist du immer noch bei dieser Werbeagentur?«

»Leider ja.«

»Aber du hast jetzt eine leitende Stelle, oder?«

»Leitende Werbetexterin, mehr nicht.«

»Klingt doch ganz gut.«

»Die Bezahlung ist nicht schlecht. Aber in meinem Gewerbe gibt es ein Sprichwort: Ein glücklicher Werbetexter ist ein Widerspruch in sich. Immerhin vergeht dort die Zeit, und ich kann meinen Lebensunterhalt bestreiten. Ich wünschte nur, Mom hätte mich ihren Lebensunterhalt bestreiten lassen. Aber sie blieb eisern und wollte nichts von mir annehmen. Ich kann es mir nur so erklären, dass sie entweder einen illegalen Canasta-Club oder einen lukrativen Nebenjob als Köchin bei den Pfadfindern hatte.«

»Hast du vor, diese Wohnung aufzugeben?«, fragte Charlie.

»Ich werde sie bestimmt nicht als Museum behalten.«

Ich sah ihn offen an. »Du weißt, dass du im Testament nicht berücksichtigt bist.«

»Hm, das überrascht mich nicht.«

»Nicht dass sie viel zu vererben hatte. Kurz vor ihrem Tod sagte sie mir, es gebe eine kleine Lebensversicherung und ein bisschen Erspartes. Vielleicht fünfzig Riesen. Zu schade, dass du vor sechs Monaten nicht Kontakt mit ihr aufgenommen hast. Glaub mir, sie wollte dich nicht übergehen. Sie hoffte wider alle Hoffnung, du würdest sie ein einziges Mal anrufen. Nachdem sie erfahren hatte, dass ihr Krebs unheilbar war, hat sie dir *geschrieben*, nicht wahr?«

»In dem Brief hat sie nichts davon erwähnt, dass sie sterben würde.«

»Ach, und das hätte wohl alles geändert, was?«

Wieder dieser ausweichende Blick über meine Schulter. Doch ich bewahrte die Ruhe.

»Du hast ihren Brief nicht beantwortet, und du hast auch nicht auf die Nachrichten reagiert, die ich dir hinterlassen habe, als es mit ihr zu Ende ging. Was, das muss ich schon sagen, strategisch gesehen dumm war. Denn wenn du dich in New York hättest blicken lassen, könntest du dir jetzt die fünfzig Riesen mit mir teilen.«

»Ich hätte meinen Anteil niemals angenommen ...«

»Ja, genau. Aber *Prinzessin* hätte darauf bestanden ...«

»Nenn Holly nicht so.«

»Warum denn nicht? Sie ist die Lady Macbeth in diesem Stück.«

»Kate, ich versuche wirklich ...«

»Was? Die Wunden zu heilen? Einen Schlussstrich zu ziehen?«

»Versteh doch, ich lag doch nicht mit dir im Streit.«

»Ich bin gerührt. Schade, dass Mom das nicht mehr miterleben kann. Sie hatte immer diese romantische Vorstellung, dass wir uns vertragen und sie ihre Enkel von der Westküste noch einmal sehen könnte.«

»Ich wollte anrufen ...«

»*Wollen* reicht eben nicht.«

Meine Stimme war um ein, zwei Dezibel lauter geworden. Plötzlich merkte ich, dass das Wohnzimmer sich geleert hatte. Charlie hatte es ebenfalls mitgekriegt, denn er flüsterte:

»Kate, bitte ... Ich möchte nicht heimfahren und so ein schlechtes ...«

»Charlie, was hast du eigentlich erwartet? Sofortige Versöhnung? *Das Reich der Träume?* Man erntet, was man gesät hat, mein Guter.«

Ich spürte eine feste Hand auf meiner Schulter. Tante Meg.

»Eine großartige Ansprache, Kate«, sagte sie. »Und ich bin sicher, dass Charlie jetzt voll und ganz kapiert hat, was du ihm sagen willst.«

Ich holte tief Luft, um nicht die Beherrschung zu verlieren.

»Ja, das glaube ich auch«, sagte ich.

»Charlie«, meinte Meg, »warum gehst du nicht in die Küche und holst dir einen Drink.«

Charlie tat, wie ihm befohlen. Die streitenden Kinder waren voneinander getrennt.

»Ist jetzt alles wieder gut?«, fragte Meg.

»Nein«, erwiderte ich. »Nichts ist wieder gut.«

Meg schob mich zum Sofa. Sie setzte sich neben mich und sagte mit verschwörerischer, leiser Stimme:

»Lass ihn. Vor ein paar Minuten habe ich mich in der Küche ein wenig mit ihm unterhalten. Anscheinend hat er mit sehr großen Problemen zu kämpfen.«

»Was für Probleme?«

»Vor vier Monaten hat man ihm den Stuhl vor die Tür gesetzt. Fitzgibbon ist von einem holländischen Multi übernommen worden, und sie haben als Erstes die Hälfte ihrer kalifornischen Vertreter rausgeschmissen.«

Fitzgibbon war der Pharmakonzern, bei dem Charlie die letzten zwanzig Jahre gearbeitet hatte. Charlie hatte als Vertreter für das San Fernando Valley begonnen und sich dann allmählich zum Verkaufsleiter für die Region Orange County hochgearbeitet. Und jetzt…

»Was heißt das?«, fragte ich.

»Sagen wir mal so: Er musste sich Geld von einem Freund leihen, um das Flugticket hierher bezahlen zu können.«

»Du meine Güte.«

»Und mit zwei Kindern, die aufs College gehen, haben die Dinge finanziell gesehen einen äußerst kritischen Punkt erreicht. Er ist in einer ziemlich misslichen Lage. Die Dinge stehen wirklich nicht zum Besten bei ihm.«

Plötzlich überfielen mich Schuldgefühle. Der dumme Trottel. Bei Charlie schien alles schief zu laufen. Er besaß offenbar ein untrügliches Talent, immer die falschen Entscheidungen zu treffen.

»Und soweit ich es mitgekriegt habe, sieht es an der Ehefront auch ziemlich unruhig aus. *Prinzessin* ist ja nicht gerade der Typ Gattin, der einem Mann unter die Arme greift…«

Meg brach mitten im Satz ab und stieß mich mit dem Ellenbogen an. Charlie betrat das Zimmer, über dem Arm seinen Regenmantel. Ich stand auf.

»Was soll der Mantel?«, fragte ich.

»Ich muss wieder zum Flughafen.«

»Aber du bist doch erst vor ein paar Stunden angekommen.«

»Ich habe morgen Früh einen wichtigen Termin«, erwiderte er schüchtern. »Ein Bewerbungsgespräch. Bei mir steht im Augenblick, hm, ein Wechsel an.«

Ich fing Megs Blick auf – ein Flehen, ich solle um Himmels willen nicht zu erkennen geben, dass ich von Charlies Arbeitslosigkeit wusste. Ist es nicht erstaunlich, dass das Familienleben aus einem immer weiter verzweigten Netz von kleinen Vertraulichkeiten besteht nach dem Motto *Bitte erzähl deinem Bruder nicht, dass ich es dir gesagt habe*?

»Tut mir leid, das zu hören, Charlie«, sagte ich. »Und es tut mir auch leid, dass ich dir vorhin eine Ohrfeige verpasst habe. Es ist ein schlimmer Tag, und …«

Charlie schnitt mir das Wort ab, indem er sich vorbeugte und mir einen flüchtigen Kuss auf die Wange gab.

»Wir bleiben in Kontakt, ja?«, sagte er.

»Das hängt einzig und allein von dir ab, Charlie.«

Mein Bruder reagierte nicht darauf. Er zuckte nur traurig die Schultern und ging zur Wohnungstür. Dort drehte er sich noch einmal zu mir um. Wir tauschten einen Blick, der nur den Bruchteil einer Sekunde dauerte und doch alles sagte: *Bitte, vergib mir.*

In diesem traurigen Augenblick überkam mich ungeheures Mitleid für meinen Bruder. Er erschien mir wie vom Leben geprügelt, in die Ecke gedrängt wie ein Reh, das in die herannahenden Scheinwerfer starrt. Das Leben hatte es nicht gut mit ihm gemeint, und er strahlte nur noch Enttäuschung aus. Ich konnte seinen Frust nachempfinden. Denn mit der glücklichen Ausnahme meines Sohnes war auch ich nicht gerade das wandelnde Aushängeschild für beruflichen Erfolg oder persönliche Erfüllung.

»Auf Wiedersehen, Katie«, sagte Charlie. Er öffnete die Wohnungstür. Ich wandte mich um und verschwand im Badezimmer. Als ich kurz darauf wieder herauskam, stellte ich erleichtert fest, dass er fort war.

So wie ich auch erleichtert war, dass sich die letzten Trauergäste langsam verabschiedeten. Ein paar Leute aus dem Haus waren noch da und einige Freundinnen von Mom – gebrechliche Frauen in den Siebzigern –, die versuchten, locker zu plaudern und den Eindruck zu erwecken, dass sie geistig noch auf der Höhe waren. Als wollten sie möglichst nicht daran denken, dass ihre Altersgenossinnen eine nach der anderen wegstarben.

Um drei Uhr waren alle gegangen – außer Meg und Rozella, die große, fröhliche Frau mittleren Alters aus der Dominikanischen Republik, die ich vor zwei Jahren eingestellt hatte, damit sie zweimal die Woche Moms Wohnung putzte. Nachdem Mom sich bei der privaten Altenpflege abgemeldet hatte, wurde Rozella zur Vollzeitpflegerin.

»Ich will nicht in einem gelbweiß gestrichenen Zimmer mit Neonlicht sterben«, sagte Mom an dem Morgen zu mir, als der Onkologe ihr mitgeteilt hatte, der Krebs sei unheilbar.

»Du stirbst nicht, Mom«, hörte ich mich sagen.

Sie streckte die Hand aus und nahm meine.

»Gegen den da oben kommt man nicht an, Liebes.«

»Der Arzt hat gesagt, es könnte noch Monate dauern...«

Ihre Stimme blieb ruhig und seltsam gelassen.

»Äußerstenfalls. Ich würde sagen, höchstens noch drei Wochen. Was, offen gesagt, mehr ist, als ich zu hoffen wagte...«

»Musst du denn wirklich immer das Positive sehen, Mom?«

O mein Gott, was redete ich da? Ich drückte ihre Hand fester.

»Das wollte ich nicht. Es ist nur...«

Sie sah mich skeptisch an.

»Du hast mich nie richtig verstanden, stimmt's?«

Bevor ich Gelegenheit hatte, einen wenn auch nur schwachen Einwurf zu machen, drückte sie den Knopf an ihrem Krankenhausbett, um die Schwester zu rufen.

»Ich werde die Krankenschwester bitten, mich anzuziehen und mir beim Packen zu helfen. Wenn es dir nichts ausmacht, eine Viertelstunde zu warten …«

»Ich ziehe dich an, Mom.«

»Nicht nötig, Liebes.«

»Aber ich möchte es gern.«

»Geh und hol dir eine Tasse Kaffee, Liebes. Die Schwester wird sich um alles kümmern.«

»Warum lässt du mich nicht …?« Plötzlich klang ich wie eine weinerliche Vierzehnjährige. Mom lächelte nur. Und ich hatte wieder einmal das Gefühl, gegen eine Wand zu laufen.

»Geh jetzt, Liebling. Aber bleib nicht länger als eine Viertelstunde – wenn ich um die Mittagszeit nicht hier weg bin, berechnen sie mir einen weiteren Tag für das Zimmer.«

Na und? hätte ich schreien mögen. Das Blaue Kreuz übernimmt schließlich die Kosten. Aber ich wusste, wie ihre Antwort lauten würde:

Aber es ist nicht recht, ein gutes, zuverlässiges Unternehmen wie das Blaue Kreuz auszunutzen.

Und ich hätte mich (zum ungefähr hunderttausendsten Mal) gefragt, warum ich aus einem Streit mit ihr nie als Siegerin hervorging.

Du hast mich nie richtig verstanden, nicht wahr?

Der Teufel sollte sie holen, dass sie mich so gut kannte. Wie üblich hatte sie genau ins Schwarze getroffen. Ich hatte nie begriffen, wie sie angesichts der vielen Enttäuschungen und Widrigkeiten so gleichmütig bleiben konnte. Aus ein paar Bemerkungen von ihr (und aus dem, was Charlie mir erzählt hatte, als wir noch miteinander sprachen) hatte ich den Eindruck gewonnen, dass ihre Ehe nicht gerade glücklich gewesen war. Und dann war ihr Mann früh gestorben. Er hatte ihr praktisch kein Geld hinterlassen. Ihr einziger Sohn hatte sich von der Familie entfremdet. Und ihre einzige Tochter war eine Madame Unzufrieden, die nicht kapierte, warum ihre Mutter sich weigerte, über die vielen Schläge in ihrem Leben zu jammern. Oder warum sie jetzt, am Ende ihres Lebens, so verdammt bereitwillig ihr Schicksal hinnahm und es für schlechte Manieren hielt, gegen das Erlöschen des Lebenslichts zu rebellieren. Aber das war eben ihr Stil: immer die Ruhe bewahren. Nie deckte sie ihre Karten auf, nie brachte sie die Trauer zum Ausdruck, die so deutlich spürbar hinter ihrer Maske der Ungerührtheit lauerte.

Was den Zeitablauf ihrer Krankheit betraf, hatte sie jedoch zweifellos Recht. Es dauerte kaum zwei Wochen. Ich stellte Rozella ganztags ein – und hatte Schuldgefühle, weil ich nicht ständig bei Mom sein konnte. Aber ich stand in der Arbeit unter wahnsinnigem Druck, weil ich einen neuen großen Auftrag hatte, und außerdem musste ich mich um Ethan kümmern. (Eigensinnig wie ich war, wollte ich auch Matt um keinen Gefallen bitten.) So konnte ich pro Tag nur drei Stunden für sie herausschinden.

Das Ende kam schnell. Letzten Dienstag weckte mich Rozella um vier Uhr in der Frühe und sagte nur:

»Sie müssen jetzt kommen.«

Glücklicherweise hatte ich mit einer neuen Freundin namens Christine – sie wohnte zwei Stockwerke über mir und war wie ich Mitglied des Vereins geschiedener Mütter – bereits einen Notplan für diesen Augenblick ausgetüftelt. Obwohl Ethan laut protestierte, konnte ich ihn dazu bewegen, aufzustehen. Ich brachte ihn zu Christine, die ihn sofort auf ihrem Sofa wieder schlafen legte, mir seine Schulkleidung abnahm und versprach, ihn am Morgen im Allen-Stevenson abzuliefern.

Dann rannte ich nach unten, ließ mir vom Portier ein Taxi rufen und sagte dem Fahrer, ich würde ihm fünf Dollar Trinkgeld geben, wenn er es in fünfzehn Minuten durch die Stadt zur 84th Street, Ecke West End schaffte.

Er brauchte zehn Minuten. Was gut war, da Mom fünf Minuten nachdem ich das Zimmer betreten hatte starb.

Rozella stand am Fußende des Bettes und schluchzte leise. Sie legte die Arme um mich und flüsterte:

»Sie ist noch da, aber nicht mehr ganz.«

Auf diese nette Art sagte sie mir, dass Mom ins Koma gefallen war. Was mich, um ehrlich zu sein, erleichterte, denn insgeheim hatte ich schreckliche Angst gehabt vor dieser Sterbeszene. Davor, ob ich auch die richtigen letzten Worte fand. Denn es gibt keine richtigen, keine letzten Worte, die man sagen könnte. Doch nun hörte sie mich nicht mehr, sodass jede melodramatische Erklärung à la *Ich liebe dich, Mom!* nur mir selbst genutzt hätte. In einem entscheidenden Augenblick wie diesem sind Worte alles andere als billig. Und sie hätten meine Schuldgefühle auch nicht mildern können.

So saß ich nur am Bett und nahm Moms noch warme Hand, drückte sie fest und versuchte, mir meine früheste Erinnerung an sie zurückzurufen. Und plötzlich sah ich sie als lebhafte, hübsche Frau mit dreißig, die mich mit meinen vier Jahren bei der Hand hielt, während wir zum Spielplatz im Riverside Park gingen. Es war keine bedeutende Erinnerung, sondern etwas ganz Alltägliches. Ich dachte, dass sie damals fünfzehn Jahre jünger gewesen war als ich heute und dass wir all diese Spaziergänge zum Park vergessen hatten, genauso wie die Notbesuche beim Kinderarzt, weil ich Mandelentzündung hatte, oder dass sie mich nach der Schule abholte und durch die Stadt schleppte, um Schuhe oder Kleidung zu kaufen oder um mich zu einem Treffen der Pfadfinderinnen zu bringen. Und all die anderen kleinen Dinge des sorgfältig durchdachten Stundenplans, den man als Mutter für sein Kind entwirft. Und dass meine Mom sich immer so viel Mühe mit mir gab, dass ich das nie richtig schätzte und meine Abhängigkeit von ihr hasste und mir wünschte, ich könnte sie ein bisschen glücklicher machen. Wie sie, als ich vier war, mit mir auf die Schaukel stieg, wobei sie sich auf den anderen Sitz setzte und vor und zurück schaukelte, und wie wir, Mutter und Tochter, plötzlich immer höher in den Himmel flogen. Es war an einem Herbsttag 1959, die Sonne schien, ich fühlte mich geborgen, sicher, geliebt, und meine Mutter lachte und …

Sie tat drei tiefe Atemzüge. Dann herrschte Stille. Ich saß wohl noch eine Viertelstunde da und hielt ihre Hand, spürte, wie allmählich Kälte in ihre Finger strömte. Bis mich Rozella sanft bei den Schultern fasste und mich hochzog. Sie hatte Tränen in den Augen, ich nicht. Vielleicht weil ich einfach zu gelähmt war, um zu weinen.

Rozella beugte sich über Mom und schloss ihr die Augen. Dann bekreuzigte sie sich und sprach ein Gegrüßet seist du Maria. Ich vollzog ein anderes Ritual: Ich ging ins Wohnzimmer, goss mir einen großen Scotch ein, stürzte ihn hinunter, nahm das Telefon und wählte die Notrufnummer.

»Um was für einen Notfall handelt es sich?«, fragte mich die Telefonistin.

»Es ist kein Notfall«, erwiderte ich. »Es ist nur jemand gestorben.«

»Auf welche Weise?«

»Ein natürlicher Tod.« Ich hätte auch hinzufügen können: *Ein sehr ruhiger Tod. Würdig. Stoisch. Ohne Klagen.*

Meine Mutter starb, wie sie gelebt hatte.

Ich stand vor dem Bett und hörte, wie Rozella das Geschirr vom Leichenschmaus abwusch. Vor drei Tagen hatte Mom noch hier gelegen. Wie aus heiterem Himmel fiel mir ein, was mir ein Typ namens Dave Schroeder kürzlich erzählt hatte. Er war freier Autor und arbeitete für Zeitschriften: verdammt gut aussehend, weit gereist, trotz seiner vierzig Jahre aber immer noch dabei, sich einen Namen zu machen. Ich war zwei Mal mit ihm ausgegangen. Nach dem zweiten Treffen ließ er mich fallen, weil ich nicht mit ihm schlafen wollte. Hätte er bis zur dritten Verabredung gewartet, hätte er vielleicht Glück gehabt. Jedenfalls ... er erzählte mir eine verrückte Geschichte: In der Nacht, in der die Mauer fiel, war er in Berlin gewesen. Als er ein Jahr später wieder hinfuhr, war von diesem monströsen, blutbefleckten Bauwerk – diesem Inbegriff des Kalten Krieges – nichts mehr zu sehen. Selbst der berühmte Grenzübergang Checkpoint Charlie war abgerissen worden, und an der Stelle der alten bulgarischen Handelsmission auf der Ostseite des Checkpoint befand sich jetzt eine Benetton-Filiale.

»Es war, als hätte dieses schreckliche Ding, dieser Eckpfeiler der Geschichte des zwanzigsten Jahrhunderts, nie existiert«, erzählte David. »Und ich dachte mir: In dem Moment, wo wir einen Konflikt beilegen, vergessen wir auch die ganze Geschichte dieses Konflikts. Das ist ein wesentlicher Zug des Menschen: Er beschönigt die Vergangenheit, um weitergehen zu können.«

Ich sah wieder auf das Bett meiner Mutter. Und dachte an die beschmutzten Laken, die durchnässten Kissen, wie sie sich geradezu an die Matratze geklammert hatte, bevor das Morphium wirkte. Jetzt war das Bett ordentlich gemacht, mit gewaschenen Laken und einer Tagesdecke, die gerade erst aus der chemischen Reinigung gekommen war. Dass sie hier, an dieser Stelle gestorben war, erschien mir bereits unwirklich, ja unmöglich. Was würde in einer Woche – wenn Rozella und ich die Wohnung ausgeräumt hätten und die Wohlfahrt all die Möbel abgeholt haben würde, die ich weggeben wollte –, welcher sichtbare Beweis würde dann noch von der Gegenwart Moms auf diesem Planeten bleiben? Ein paar Besitztümer (ihr Verlobungsring, ein, zwei Broschen), ein paar Fotos und …

Sonst nichts – außer natürlich der Platz, den sie für immer in meinem Herzen einnehmen würde. Ein Platz, den sie sich nun mit einem Dad teilte, den ich nie gekannt hatte.

Und wenn Charlie und ich starben … peng. Das wär's dann gewesen für Dorothy und Jack Malone. Ihre Bedeutung für die Menschheit war dann null und nichtig. So wie von mir nur Ethan bleiben wird. So lange es ihn gibt …

Mir schauderte, und plötzlich war mir furchtbar kalt. Ich brauchte noch einen Scotch und ging deshalb in die Küche. Rozella stand am Spülbecken und hantierte mit den letzten schmutzigen Tellern. Meg saß an dem kleinen Küchentisch aus Resopal, auf einer Untertasse glühte eine Zigarette (meine Mutter besaß keine Aschenbecher), neben einem halb gefüllten Glas stand eine Flasche Scotch.

»Schau nicht so streng«, sagte Meg. »Ich habe Rozella angeboten, ihr zu helfen.«

»Ich dachte eher an die Zigarette«, erwiderte ich.

»Mich stört sie nicht«, meinte Rozella.

»Mom mochte es nicht, wenn man rauchte«, sagte ich. Ich zog einen Stuhl zurück, setzte mich und griff nach dem Päckchen Merit, zog eine Zigarette heraus und zündete sie an. Meg war verblüfft.

»Soll ich das Reuters melden?«, fragte sie. »Oder besser CNN?«

Ich lachte und blies eine Lunge voll Rauch aus.

»Ein oder zwei Mal im Jahr gönne ich mir eine. Bei besonderen Anlässen. Zum Beispiel, als Matt mir mitteilte, er werde mich verlassen. Oder als Mom mich im April anrief und mir sagte, sie müsse zu Untersuchungen ins Krankenhaus, aber voller Überzeugung verkündete, dass es bestimmt nichts sei...«

Meg goss mir einen großen Schluck Whisky ein und schob mir das Glas hin.

»Runter damit, meine Süße.«

Ich folgte ihrem Befehl.

»Sie und Ihre Tante können ruhig gehen«, meinte Rozella. »Ich erledige das hier schon.«

»Ich bleibe«, sagte ich.

»Das wäre aber dumm«, meinte Meg. »Gestern habe ich von der Versicherung mein Geld bekommen. Ich fühle mich reich und habe Lust auf etwas Cholesterinreiches... ein Steak zum Beispiel. Wie wär's, wenn ich uns einen Tisch bei Smith und Wollensky reserviere? Hast du jemals die Martinis gesehen, die sie dort mixen? Groß wie ein Goldfischglas.«

»Spar dir dein Geld. Ich bleibe heute Abend hier.«

Meg und Rozella wechselten einen besorgten Blick.

»Was meinst du mit heute Abend?«, fragte Meg.

»Dass ich vorhabe, hier zu schlafen.«

»Das sollten Sie wirklich nicht tun«, meinte Rozella.

»Die Untertreibung des Jahres«, fügte Meg hinzu.

»Ich bin fest entschlossen. Ich schlafe hier.«

»Gut, wenn du bleibst, bleibe ich auch«, sagte Meg.

»Nein, das tust du nicht. Ich möchte allein sein.«

»Aber das ist verrückt«, meinte Meg.

»Bitte, hören Sie auf Ihre Tante«, fügte Rozella hinzu. »Heute Nacht allein hier zu bleiben ... das ist keine gute Idee.«

»Ich weiß, was ich tue.«

»Da wäre ich mir an deiner Stelle nicht so sicher.«

Aber ich wollte es mir unter keinen Umständen ausreden lassen. Nachdem ich Rozella bezahlt hatte (sie weigerte sich, zusätzliches Geld anzunehmen, aber ich schob ihr hundert Dollar in die Hand und ließ nicht zu, dass sie sie mir zurückgab), gelang es mir schließlich gegen fünf Uhr, Tante Meg vom Küchentisch loszueisen. Wir waren beide ein wenig beschwipst, da ich beim Scotchtrinken mit Meg mitgehalten und irgendwann nach dem vierten Glas den Überblick verloren hatte.

»Katie«, sagte sie, als ich ihr in den Mantel half, »ich glaube wirklich, dass du eine Masochistin bist.«

»Danke für deine Offenheit.«

»Du weißt, was ich meine. Allein in der Wohnung deiner toten Mutter zu bleiben, ist das Letzte, was du jetzt tun solltest. Aber nein, ausgerechnet *das* muss es sein. Es ist mir ein völliges Rätsel.«

»Ich möchte nur ein wenig für mich sein. Hier. Bevor ich die Wohnung ausräume. Kannst du das nicht verstehen?«

»Sicher kann ich das. So wie ich auch großes Verständnis für Selbstgeißelung habe.«

»Jetzt redest du schon wie Matt. Er hat immer gesagt, ich hätte eine echte Gabe, mich unglücklich zu machen.«

»Zum Teufel mit diesem hedonistischen Kerl. Besonders, wo er ein ausgewiesenes Talent besitzt, *andere* unglücklich zu machen.«

»Vielleicht hatte er gar nicht so Unrecht. Manchmal denke ich ...«

Meine Stimme versagte. Eigentlich wollte ich den Satz auch gar nicht zu Ende führen. Aber Meg sagte:

»Los, spuck's aus.«

»Ich weiß nicht. Manchmal denke ich, ich mache wirklich alles falsch.«

Meg rollte mit den Augen.

»Willkommen in der Menschheit, Schätzchen.«

»Du weißt, was ich meine.«

»Nein, wirklich nicht. Du hast Erfolg in deinem Beruf, du hast einen wunderbaren Sohn…«

»Den besten.«

Meg schürzte die Lippen, und für einen Augenblick huschte ein Ausdruck von Traurigkeit über ihr Gesicht. Obwohl sie selten darüber sprach, wusste ich, dass sie insgeheim ihre Kinderlosigkeit bedauerte. Und mir fiel ein, was sie gesagt hatte, als ich verkündete, ich sei schwanger:

»Glaub mir. Ich bin zwar nie den Bund fürs Leben eingegangen, aber Männer habe ich trotzdem zur Genüge gehabt. Und die meisten von ihnen sind unbrauchbar, feige Arschlöcher, die die Flucht ergreifen, sobald sie feststellen, dass du zu haben bist. Das einzige Gute, was ein Kerl einem geben kann, ist ein Kind.«

»Warum hast du dir dann nicht auch ein Kind machen lassen?«

»Weil eine Alleinerziehende in den fünfziger Jahren, also zu der Zeit, als ich es hätte tun können, gesellschaftlich ungefähr so akzeptiert war wie die Unterstützung des sowjetischen Raumfahrtprogramms. Eine unverheiratete Mutter wurde als Außenseiterin abgestempelt, und ich hatte einfach nicht den Mumm, mich so einem Aufstand um mich herum zu stellen. Ich denke, im Grunde bin ich ein Feigling.«

»Und ich finde, du bist alles andere als das. Wenn man es recht betrachtet, bin ich der Feigling in der Familie…«

»Du hast geheiratet. Du hast ein Kind. Aus meiner Sicht ist das mutig.«

Wir schwiegen einen Moment, dann wechselte sie das Thema.

»Verdammt richtig, er ist der beste Junge, den man sich vorstellen kann«, sagte sie. »Und gut, die Ehe war ein Desaster. Aber schau, was sie dir gebracht hat.«

»Ich weiß ...«

»Also – warum bist du dann so deprimiert?«

Weil ... weil ... wie sollte ich dieses zwiespältige und doch niederschmetterndste aller Gefühle erklären – diese abgrundtiefe Enttäuschung über einen selbst und darüber, wo man gelandet war?

Ich war zu müde – und zu betrunken –, um weiter zu diskutieren. Deshalb nickte ich nur zustimmend und sagte: »Du hast Recht, Meg.«

»Zu schade, dass deine Mutter dich nicht katholisch erzogen hat. Du wärst eine verdammt gute Büßerin geworden.«

Wir fuhren mit dem Lift hinunter. Als wir die Eingangshalle durchquerten, hakte Meg sich bei mir unter und stützte sich auf mich. Der Portier winkte ein Taxi heran. Er öffnete die Tür, und ich half Meg hinein.

»Ich hoffe inständig, dass der Scotch dich umhaut«, sagte sie. »Ich möchte nämlich wirklich nicht, dass du da oben sitzt und denkst und denkst und denkst ...«

»Denken schadet nicht.«

»Es ist eine Gefahr für die Gesundheit.« Sie griff nach meinem Arm. »Ruf mich morgen an – wenn du aus dem Dämmerzustand wieder aufgetaucht bist. Versprochen?«

»Ja, versprochen.«

Sie sah mir in die Augen.

»Du bist mein Kind«, sagte sie.

Ich ging wieder nach oben. Bestimmt stand ich mindestens eine ganze Minute vor der Wohnungstür, bis ich mich wieder gefasst hatte. Dann schloss ich auf und trat ein.

Die Stille erschien mir übermächtig. Mein erster Gedanke war Flucht. Aber ich zwang mich, in die Küche zu gehen und die letzten Teller wegzuräumen. Zwei Mal wischte ich den Resopaltisch ab, ehe ich mich dem Rest der Küche widmete. Ich nahm das Scheuermittel und putzte die Spüle. Anschließend besprühte ich sämtliche Möbelstücke mit Hochglanzpolitur. Ich ging ins Badezimmer, versuchte, die sich lösende Tapete und die großen feuchten Flecken an der Decke zu ignorieren, nahm die Toilettenbürste und machte mich ans Werk. Dann wandte ich meine Aufmerksamkeit der Badewanne zu und scheuerte sie eine geschlagene Viertelstunde lang, ohne dass es mir gelang, die tief eingeätzten Rostflecken am Abfluss zu entfernen. Das Abwasserrohr war noch mehr verrostet. Ich muss wohl eine weitere Viertelstunde damit zugebracht haben, es wie verrückt zu putzen … und das alles, obwohl ich noch immer mein einziges wirklich gutes schwarzes Kostüm trug (ein lächerlich teures, lächerlich schickes Armani-Teil, mit dem mich Matt vor einigen Jahren zu Weihnachten überrascht hatte und das er mir schenkte, um sein schlechtes Gewissen zu beruhigen, wie ich später feststellte. Denn am zweiten Januar kam er mit Überraschung Nummer zwei und verkündete, er habe sich in eine gewisse Blair Bennett verliebt und beschlossen, unsere Ehe zu beenden, und zwar ab sofort).

Schließlich war ich außerstande, noch weiter die Putzfrau zu spielen, und sackte am Waschbecken zusammen. Meine weiße Bluse war vollkommen durchnässt, mein Gesicht in Schweiß gebadet. Die Heizung in Moms Wohnung arbeitete wie immer auf Sauna-Niveau, und plötzlich spürte ich das dringende Bedürfnis, mich zu duschen. Also öffnete ich ihr Medizinschränkchen, um zu sehen, welche Seifen und Shampoos ich mir borgen könnte. Plötzlich hatte ich etwa zehn Fläschchen Valium vor mir, ein Dutzend Röhrchen mit Morphium und ganze Packungen Nadeln für Subkutanspritzen, Schachteln voller Klistiere und den langen dünnen Katheter, den Rozella in Moms Harnröhre einführen musste, um den Urin auszuleiten. Dann entdeckte ich die Packungen mit Windeln für Erwachsene, die in einer Ecke unter ihrem Toilettentisch auf einer Bettpfanne aus Plastik aufgestapelt waren, und ich dachte: Irgendwer stellt irgendwo all dieses Zeug her und vertreibt es. Und, mein Gott, die Aktienwerte dieser Firma müssen ständig steigen. Denn wenn eins im Leben sicher ist, dann dies: Falls man lange genug lebt, endet man in Windeln. Selbst wenn man das Pech hat und sich bereits mit vierzig Blasenkrebs zuzieht, braucht man wahrscheinlich zum Ende des letzten Aktes ebenfalls Windeln. Und ...

Plötzlich tat ich das, was ich mir den ganzen Tag lang geschworen hatte, nicht zu tun.

Ich weiß nicht mehr, wie lange ich weinte, jedenfalls gab es kein Halten mehr. Alle Schleusen waren geöffnet. Ich unterwarf mich der ungezügelten Flut meiner Trauer. Eine nicht aufzuhaltende Woge aus Angst und Schuldgefühlen. Angst, weil ich nun in der großen bösen Welt ganz allein dastand. Schuldgefühle, weil ich den größten Teil meines Erwachsenenlebens damit verbracht hatte, den Klammerungsversuchen meiner Mutter auszuweichen. Und nun, da ich ihr für alle Zeiten entkommen war, fragte ich mich: Was zum Teufel war eigentlich der Streitpunkt zwischen uns?

Ich hielt mich am Waschbecken fest, spürte, wie sich mir der Magen hob. Ich fiel auf die Knie und erreichte gerade noch rechtzeitig die Toilettenschüssel. Scotch. Noch mehr Scotch. Und unendlich viel Galle.

Ich erhob mich schwankend. Ein bräunlicher Sabber tropfte von meinen Lippen auf mein gutes schwarzes Kostüm. Ich torkelte wieder zum Waschbecken, drehte den Kaltwasserhahn auf, hielt meinen Mund unter den Strahl und säuberte ihn von dem Erbrochenen. Dann nahm ich die Riesenflasche Lavoris-Mundwasser, die auf dem Toilettentisch stand (warum kaufen nur kleine alte Damen Lavoris?), schraubte den großen Verschluss auf, schüttete mir etwa einen Viertelliter von dem adstringierenden, nach Zimt riechenden Gurgelwasser in den Mund, ließ es kreisen und spuckte es dann ins Waschbecken. Danach taumelte ich zum Schlafzimmer und zog mir unterwegs die Kleider aus.

Als ich vor Moms Bett stand, hatte ich nur noch Büstenhalter und Strumpfhose an. Ich durchwühlte die Schubladen der Kommode, suchte ein T-Shirt ... bis mir einfiel, dass Mom ja nicht gerade der Gap-Generation angehört hatte. Also begnügte ich mich mit einem alten cremefarbenen Pullover mit rundem Ausschnitt, der sehr nach *Jahrgang 42, gehe mit Tad zum Harvard/Yale-Spiel* aussah. Ich entledigte mich der Unterwäsche, streifte den Pullover über und zog ihn bis zu den Knien hinunter. Er stank nach Mottenkugeln, und die Wolle war kratzig. Aber es machte mir nichts aus. Ich warf die Überdecke zur Seite und krabbelte ins Bett. Trotz der Florida-Hitze in der Wohnung fühlten sich die Laken schauderhaft klamm an. Ich nahm ein Kissen und presste es an mich, klammerte mich daran, als wäre es das Einzige auf der Welt, was mir im Moment Halt gab.

Plötzlich verspürte ich ein unheimliches Bedürfnis, meinen Sohn in den Armen zu halten. Plötzlich begann ich zu weinen. Plötzlich fühlte ich mich wie Gretel allein im Wald. Plötzlich hasste ich mich wegen dieses Ausbruchs von Selbstmitleid. Plötzlich fragte ich mich, warum das Zimmer sich neigte und kippte wie ein Boot in unruhigen Gewässern. Plötzlich schlief ich ein.

Dann läutete das Telefon.

Es dauerte einige Zeit, bis ich wieder zu Bewusstsein kam. Die Nachttischlampe brannte noch. Ich blinzelte zu der alten Digitaluhr neben dem Bett – ein typisches Modell aus den siebziger Jahren, dessen Zahlen noch mechanisch umsprangen. Einundzwanzig Uhr achtundvierzig. Ich hatte ungefähr drei Stunden geschlafen. Ich nahm den Hörer ab und murmelte mit Mühe und Not ein »Hallo«.

Aber meine Stimme war so träge und schlaftrunken, dass sie offenbar klang, als läge ich halb im Koma. Am anderen Ende tat sich lange nichts. Dann hörte ich eine Frauenstimme.

»Entschuldigung, ich habe mich verwählt.«

Die Verbindung wurde abgebrochen. Ich legte den Hörer auf, schaltete das Licht aus, zog mir die Bettdecke über den Kopf. Und machte innerlich drei Kreuzzeichen, dass dieser elende, schreckliche Tag endlich vorbei war.

3

Ich wachte um sechs Uhr auf. Ungefähr zehn Sekunden lang empfand ich ein seltsames Hochgefühl. Denn nach etwa fünf Monaten hatte ich zum ersten Mal wirklich acht Stunden durchgeschlafen. Aber dann stürzte wieder alles über mich herein, und ich fragte mich: Welche Geistestrübung und Verzweiflung hat mich überfallen, dass ich die Nacht in Moms Bett schlafen wollte?

Ich stand auf, torkelte ins Badezimmer, betrachtete mich kurz im Spiegel und beschloss, diesen Fehler nicht noch einmal zu machen. Ich ging auf die Toilette, taufte mein Gesicht mit kaltem Wasser und gurgelte mit Lavoris: drei grundlegende hygienische Maßnahmen, die mich in die Lage versetzten, die Wohnung zu verlassen, ohne mich wie eine Pennerin zu fühlen.

Mein Kostüm stank nach Erbrochenem. Während ich mich anzog, versuchte ich, den Geruch zu ignorieren und über den desolaten Zustand des Kleidungsstücks hinwegzusehen. Dann machte ich das Bett, nahm meinen Mantel, schaltete die Lichter aus und schlug die Tür hinter mir zu. Meg hatte Recht. Ich war eine Masochistin. Weshalb ich beschloss: Wenn ich diese Wohnung wieder betrete, dann nur, um sie auszuräumen.

Wegen der frühen Stunde bestand keinerlei Gefahr, im Lift oder in der Eingangshalle irgendeinem von Moms Nachbarn über den Weg zu laufen. Ich war froh darüber, denn ich glaubte, noch eine dieser herzlichen Beileidsbekundungen nicht ertragen zu können (außerdem fürchtete ich, die Leute könnten meinen, ich wollte für eine weibliche Version von *Das verlorene Wochenende* vorsprechen). Der Nachtportier, der zusammengesunken in einem

Sessel neben dem unechten Kamin der Eingangshalle saß, schien nicht einmal zu bemerken, wie ich mit raschen Schritten an ihm vorbeiging. Ich winkte einem der unzähligen leeren Taxis, die über die West End Avenue brausten, gab dem Fahrer meine Adresse an und ließ mich auf den Rücksitz fallen.

Selbst für eine voreingenommene Einheimische wie mich hat Manhattan in der Morgendämmerung immer noch etwas Magisches. Vielleicht ist es die Leere der Straßen. Oder wie sich das Licht der Straßenlaternen mit dem Sonnenaufgang vermischt. Alles ist so unbestimmt, so still. Die pulsierenden Rhythmen der Stadt sind für einen Augenblick verstummt. Man hat den Eindruck, etwas völlig Unerwartetes könnte passieren. In der Morgendämmerung scheint nichts mehr sicher… und alles möglich.

Aber dann erwacht der Tag. Manhattan schreit aus voller Lunge. Die Wirklichkeit schlägt zu. Und im grellen Licht des Tages verschwindet das Mögliche.

Ich wohne in der 74th Street zwischen Second und Third Avenue in einem hässlichen, geduckten Wohnhaus aus weißen Ziegeln – eins von denen, die in den sechziger Jahren bei den Städteplanern so beliebt waren und jetzt gnadenlos das nichtssagende Stadtbild der Upper East Side prägen. Als Mädchen von der West Side (wo ich geboren und aufgewachsen bin) vergleiche ich diesen Teil der Stadt gern mit Vanilleeis, denn er ist genauso langweilig, fad und unaufgeregt. Bevor ich heiratete, wohnte ich jahrelang in der 106th Street, Ecke Broadway – wo es alles andere als unaufgeregt war. Mir gefiel es, dass dieses Viertel vor Dreck starrte, und ich mochte die haitianischen Lebensmittelläden, die puertoricanischen Bodegas, die alten jüdischen Delis, die guten Buchhandlungen bei der Columbia University, den improvisierten Jazz im West End Café. Meine Wohnung war zwar unheimlich billig, allerdings auch winzig. Matt hingegen hatte diese mietgebundenen drei Zimmer in der East 74th Street zur Verfügung, die seine Familie seit Jahren bewohnte (er hatte sie nach dem Tod seines Großvaters übernommen). Mit sechzehnhundert Dollar

Miete im Monat war sie fast geschenkt, ganz zu schweigen davon, dass sie viel geräumiger war als meine Einzelzelle im Dschungel.

Trotzdem hassten wir beide die Wohnung. Besonders Matt – dem es ernsthaft peinlich war, so eine unhippe Adresse zu haben, und der mir ständig erzählte, wir würden in den Flatiron District oder nach Gramercy Park umziehen, sobald er seinen schlecht bezahlten Job bei PBS aufgeben könnte und eine gut bezahlte Stelle als erfahrener Produktionsleiter bei NBC bekäme.

Den tollen Job bei NBC bekam er tatsächlich. Er bekam auch die große Flatiron-Bude – und dazu noch diese weizenblonde Sprecherin namens Blair Bentley. Ich hingegen blieb in der verhassten mietgebundenen Wohnung in der 74th Street – die ich jetzt nicht mehr aufgeben kann, weil sie so günstig ist (ich habe Freunde mit Kindern, die nicht einmal in Astoria eine Dreizimmerwohnung für sechzehnhundert Dollar im Monat finden).

Constantine, der Morgenportier, hatte Dienst, als ich aus dem Taxi stieg. Er war etwa sechzig, ein griechischer Emigrant der ersten Generation, der immer noch bei seiner Mutter in Astoria wohnte und dem geschiedene Frauen mit Kindern gar nicht gefielen ... besonders jene anrüchigen Weibsbilder, die doch tatsächlich das Haus verlassen und ihren Unterhalt selbst verdienen müssen. Außerdem hatte er die Eigenschaften eines Dorfbewohners – immer schnüffelte er den Leuten hinterher und stellte ihnen Suggestivfragen, aus denen man entnehmen konnte, dass er einen beobachtete. Mir sank der Mut, als er die Tür des Taxis öffnete. Ich sah sofort, dass ihn mein heruntergekommener Zustand brennend interessierte.

»Spät geworden, Miss Malone?«, fragte er.

»Nein, früh.«

»Wie geht's dem Kleinen?«

»Gut.«

»Ist er oben und schläft?«

Ja, genau. Das Kind war die ganze Nacht allein zu Hause, hat mit meiner Sammlung Jagdmesser gespielt und sich dabei durch meine umfassende Videothek von S&M-Filmen gearbeitet.

»Nein, Ethan war heute Nacht bei seinem Dad.«

»Grüßen Sie Matt von mir, Miss Malone.«

Oh, danke. Und ja, ich habe mitbekommen, wie Sie das Miss betont haben. Ihr Weihnachtsgeschenk können Sie vergessen, *malacca* (das einzige griechische Schimpfwort, das ich kenne).

Ich fuhr im Aufzug zum dritten Stock und schloss die drei Sicherheitsriegel an meiner Tür auf. Die Wohnung war entsetzlich still. Ich ging als Erstes in Ethans Zimmer, setzte mich auf sein Bett und streichelte seinen Power-Ranger-Kissenbezug (gut, ich finde die Power Ranger grässlich, aber versuchen Sie mal, mit einem Siebenjährigen über Geschmacksfragen zu diskutieren). Dann betrachtete ich die Geschenke, die Matt ihm in letzter Zeit aus schlechtem Gewissen gekauft hatte (einen iMac-Computer, Dutzende CD-ROMs, Rollerblades der Spitzenklasse). Dann betrachtete ich die Geschenke, die ich ihm in letzter Zeit aus schlechtem Gewissen gekauft hatte (einen Godzilla, der gehen konnte, einen kompletten Satz Power-Ranger-Figuren, zwei Dutzend Puzzles). Mich überkam Traurigkeit. All dieser Firlefanz, dieser Krempel – nur um das Gewissen der Eltern zu beruhigen. Ich habe Schuldgefühle, wenn ich – zwei oder drei Mal die Woche – bis spät abends im Büro bleiben oder zu einem Geschäftsessen gehen muss und deshalb gezwungen bin, Claire (das australische Kindermädchen, das Ethan von der Schule abholt und ihn beaufsichtigt, bis ich nach Hause komme) zu bitten, dass sie dableibt. Obwohl Ethan sich selten wegen meines abendlichen Fernbleibens beschwert, habe ich immer ein schlechtes Gefühl … Megagewissensbisse und Angst, dass sich Ethan wegen dieser Abende, an denen ich arbeite und nicht zu Hause bin, zum Soziopathen entwickelt (oder mit sechzehn Geschmack an Crack findet). Arbeite, so müsste ich hinzufügen, um die Miete zu bezahlen, um meine Hälfte seines Unterhalts zu begleichen, die Rechnungen … und (so könnte ich noch hinzufügen) um meinem eigenen Leben etwas Kontur und ein Ziel zu geben. Glauben Sie mir, Frauen wie ich stehen heutzutage auf verlorenem Posten. Da sind auf der einen Seite all die postfeministischen Kriecherinnen, die den »Wert der Familie« hochhalten und die Karte »Kinder brauchen ihre Mütter zu Hause« ausspielen. Andererseits hat man das deprimierende Beispiel gewisser Angehöriger meiner Generation vor Augen, die in den Vorstädten den Kumpel ihrer Kinder spielen und allmählich verblöden.

Als *geschiedene* arbeitende Mutter hat man zweifach Schuldgefühle. Denn man ist nicht nur *nicht* zu Hause, wenn der Sohn von der Schule kommt, man wirft sich auch vor, seinem Kind nicht das Gefühl von Geborgenheit gegeben zu haben. Ich sehe heute noch vor mir, wie verwirrt Ethan die Augen aufriss, wie unheimlich entsetzt er war, als ich ihm vor zwei Jahren erklärte, dass sein Daddy ab jetzt woanders wohnen würde.

Ich sah auf meine Uhr. Sechs Uhr achtundvierzig. Ich war versucht, ein Taxi in die Innenstadt zu Matts Wohnung zu nehmen. Aber dann stellte ich mir vor, dass ich wie ein wahnsinnig gewordener Jäger auf der Pirsch vor Matts Haus herumlungerte und wartete, dass sie auftauchten. Außerdem befürchtete ich, *ihr* über den Weg zu laufen und meine allseits bewunderte Beherrschung (ha!) zu verlieren. Auf alle Fälle aber würde es Ethan durcheinander bringen, wenn er mich vor der Wohnung seines Vaters sah – und er könnte glauben (wie er in letzter Zeit mehrmals angedeutet hatte), Mommy und Daddy wollten wieder zusammenziehen. Was nicht passieren wird. Niemals!

Also ging ich ins Badezimmer, streifte mein ekelerregendes Kostüm ab und stellte mich für etwa zehn Minuten unter die heiße Dusche. Dann zog ich einen Bademantel an, wickelte mein Haar in ein Handtuch und machte mir in der Küche einen Kaffee. Während ich darauf wartete, dass das Wasser kochte, spulte ich den Anrufbeantworter zurück und hörte mir die Nachrichten an, die sich seit gestern angesammelt hatten.

Es waren insgesamt neun – fünf von verschiedenen Freunden und Arbeitskollegen, die mir ihr Beileid aussprachen und alle – »was sagt man bloß zu jemandem, der einen Menschen verloren hat?« – mit der Standardfloskel endeten: *wenn wir etwas für dich tun können*... (was ich, auch wenn es eine Floskel war, ziemlich rührend fand). Eine Nachricht stammte von Matt – er hatte um zwanzig Uhr dreißig angerufen, um mir zu sagen, dass es Ethan gut gehe, sie einen großartigen Tag verbracht hätten und er den Jungen jetzt ins Bett stecken würde, und... *wenn ich irgendetwas für dich tun kann.*

Zu spät, mein Freund. Viel zu spät.

Natürlich hatte auch meine Tante angerufen. Typisch Meg.

»Hi, ich bin's. Ich dachte, du wärst inzwischen wieder bei Verstand und nach Hause gekommen. Aber ich habe mich wohl geirrt. Ich werde dich jetzt nicht in der Wohnung deiner Mom belästigen, denn (a) würdest du mir wahrscheinlich den Kopf abreißen und (b) willst du bestimmt allein sein. Aber wenn du zu dem Schluss gekommen bist, dass du für einen Abend genug Buße getan hast und endlich wieder zu Hause bist, ruf mich an... sofern es noch zu einer vernünftigen Uhrzeit ist. Was bei mir heißt, vor drei Uhr. Ich liebe dich, meine Süße. Gib Ethan einen Kuss von mir. Und nimm weiterhin die Medizin.«

Medizin hieß bei Meg Whisky.

Schließlich waren da noch zwei Anrufe, bei denen die andere Seite sich nicht hatte dazu bequemen können, etwas aufs Band zu sprechen. Der erste kam (laut Anrufbeantworter, der die Zeit des Anrufs elektronisch aufzeichnet) um achtzehn Uhr acht, der zweite um einundzwanzig Uhr vierundvierzig. Beide waren gekennzeichnet durch einen Moment unheimlichen Schweigens... offenbar überlegte die Person, die in der Leitung war, ob sie etwas sagen sollte. Ich hasse das. Weil ich mich dann verwundbar fühle. Und ich komme mir mutterseelenallein vor.

Der Wasserkessel begann zu pfeifen. Ich drehte das Gas ab, nahm den Kaffeebereiter und eine Vakuumdose frisch gemahlenen, extra starken französischen Röstkaffee und löffelte die Menge für sieben Tassen in die Kaffeekanne, goss das kochende Wasser darauf und drückte den Filterstab hinunter. Ich schüttete mir einen großen Becher voll und trank ihn hastig aus. Gleich darauf goss ich mir noch einen Becher ein. Nach einem weiteren glühend heißen Schluck (ich habe Schleimhäute aus Asbest) und einem raschen Blick auf meine Armbanduhr (sieben Uhr zwölf) fand ich, dass ich bei Matt anrufen könnte.

»H..a...l...l..o...?«

Die Stimme am anderen Ende klang verschlafen und weiblich. Sie.

»Ähm, Tag...«, sagte ich stotternd. »Ist, ähm, Ethan da?«

»Ethan? Wer ist Ethan?«

»Was glauben Sie, wer Ethan ist?«

Das weckte sie auf. »Entschuldigung, Entschuldigung. *Ethan.* Natürlich weiß ich, wer...«

»Könnte ich ihn sprechen?«

»Ist er noch hier?«

»Tja, diese Frage kann ich Ihnen wirklich nicht beantworten«, erwiderte ich, »ich bin nämlich nicht dort.«

Jetzt klang sie völlig durcheinander. »Ich werde gleich mal nachsehen, ob... sind Sie das, Kate?«

»So ist es.«

»Tag, ich wollte Ihnen schon schreiben... aber jetzt, da Sie am Apparat sind, ähm, ich wollte Ihnen sagen...«

Komm zur Sache, Schätzchen.

»Ehm, ... es hat mir wirklich, wirklich leid getan, das mit Ihrer Mutter zu hören.«

»Danke.«

»Und, ja, ähm, wenn ich irgendetwas für Sie tun kann...«

»Wenn Sie einfach nur Ethan ans Telefon holen würden, bitte.«

»Ja... klar doch.«

Ich hörte, wie Sie im Hintergrund flüsterte. Dann kam Matt ans Telefon.

»Hallo, Kate. Ich habe gerade daran gedacht, wie es dir gestern wohl noch ergangen ist.«

»Wunderbar. Ich habe seit Jahren nicht mehr solchen Spaß gehabt.«

»Du weißt, wie ich es meine.«

Ich trank noch einen Schluck Kaffee. »Ich hab's überstanden. Kann ich jetzt bitte mit Ethan sprechen?«

»Klar«, sagte er. »Er steht schon neben mir.«

Ich hörte, wie Matt ihm den Hörer gab.

»Liebling, bist du's?«, fragte ich.

»Hallo, Mom.« Ethan klang verschlafen. Sofort hob sich meine Stimmung. Für mich ist Ethan ein rasch wirkendes Antidepressivum.

»Wie geht's dir, großer Junge?«

»Der IMAX-Film war klasse. Die Leute sind auf einen Berg geklettert, und dann hat es angefangen zu schneien, und es wurde furchtbar schwierig.«

»Wie hieß denn der Berg, auf den sie gestiegen sind?«

»Hab ich vergessen.«

Ich lachte.

»Und nach dem Film sind wir in einen Spielzeugladen gegangen.«

Kann ich mir vorstellen.

»Was hat Daddy dir gekauft?«

»Eine Power-Ranger-CD-ROM.«

Großartig.

»Und ein Lego-Raumschiff. Dann sind wir zum Fernsehsender gegangen …«

Wunderbar. Genau das habe ich hören wollen.

»Und da war Blair. Und sie hat mich und Dad mit in das Zimmer genommen, wo sie vor den Kameras sprechen. Und wir haben sie im Fernsehen gesehen.«

»Klingt, als hättet ihr einen tollen Nachmittag verbracht.«

»Blair war richtig klasse. Dann sind wir alle in ein Restaurant gegangen. Das im World Trade Center. Man konnte die ganze Stadt bei Nacht sehen. Und dann kam der Hubschrauber vorbei. Und ganz viele Leute sind zu uns an den Tisch gekommen und wollten ein Autogramm von Blair …«

»Vermisst du mich, Liebling …?«, platzte ich heraus.

»Ja, klar, Mom«, antwortete er enttäuscht. Plötzlich fühlte ich mich wie eine armselige Idiotin.

»Ich liebe dich, Ethan.«

»Tschüss, Mom«, sagte er und legte auf.

Dummkopf, Dummkopf, Dummkopf. Erwarte nie von deinem Kind, dass es dir das Gefühl gibt, es würde sich nach dir sehnen.

Ich stand minutenlang am Telefon, fest entschlossen, nicht erneut zusammenzubrechen (die letzten vierundzwanzig Stunden hatten mir gereicht). Als ich mich wieder gefangen hatte, füllte ich erneut meinen Kaffeebecher, ging ins Wohnzimmer und ließ mich auf das große, gemütliche Sofa fallen – die letzte größere Anschaffung von Matt und mir vor seinem dramatischen Abgang.

Leider ist er nicht wirklich aus meinem Leben verschwunden. Das ist das Problem. Wenn wir Ethan nicht hätten, wäre der Bruch viel leichter gewesen. Dann hätte ich – nach dem ersten Schock und einer Zeit der Wut, der Trauer und des Klagens – zumindest Trost darin finden können, dass ich den Kerl nie mehr wiedersehen muss.

Aber ob es uns gefällt oder nicht, Ethan ist der Ansicht, wir sollten weiter miteinander reden, zusammenleben, die Gegenwart des anderen anerkennen (Suchen Sie sich etwas aus). Wie Matt während jenes Kuhhandels vor der Scheidung, bekannt als »Besinnungsphase«, meinte: *»Es ist für alle das Beste, wenn wir ein wenig entspannter miteinander umgehen.«* Im Großen und Ganzen haben wir das erreicht. Fünf Jahre nach der Trennung schreien wir uns längst nicht mehr an. Wir verhalten uns (mehr oder weniger) korrekt. Ich bin zu dem Schluss gekommen, dass die Ehe von Anfang an ein riesiger Fehler war. Doch trotz meiner größten Bemühungen, einen so genannten *Schlussstrich* zu ziehen, ist die Wunde noch nicht ganz verheilt. Als ich dies kürzlich bei einem unserer allwöchentlichen alkoholreichen Abendessen Meg gegenüber erwähnte, meinte sie:

»Katie, du kannst dir immer wieder sagen, dass er nicht der Richtige für dich und alles ein grober Schnitzer war. Trotzdem wirst du nie ganz darüber hinwegkommen. Es ist einfach zu viel, zu folgenreich. Der Schmerz wird immer bleiben. Das gehört zu den vielen beschissenen Dingen im Leben: dass es auf eine Anhäufung von Kummer, großem und kleinem, hinausläuft. Aber wer das überlebt – und du gehörst zweifelsohne in diese Kategorie, meine Liebe –, kriegt auch heraus, wie man mit all dem Kummer zurechtkommt. Denn ob es dir gefällt oder nicht, Kummer macht das Leben interessant, er ist ein wesentlicher Bestandteil. Er verleiht den Dingen Bedeutung. Außerdem ist er der Grund, warum Gott den Alkohol erfunden hat.«

Typisch Meg, sie wird immer ihre fröhliche irisch-katholische Lebenshaltung bewahren.

Es ist für alle das Beste, wenn wir ein wenig entspannter miteinander umgehen.

Ja, Matt – das glaube ich auch. Aber auch nach all den Jahren weiß ich immer noch nicht, wie ich das zuwege bringen soll. Sobald ich in diesem Wohnzimmer sitze, kommt mir der Gedanke: Alles ist so zufällig. Nimm nur die Inneneinrichtung dieser Wohnung. Ein großes, gemütliches Sofa von Pottery Barn mit einer modischen cremefarbenen Polsterung (ich glaube, der Farbton hieß damals *Cappuccino*). Zwei dazu passende Sessel, ein paar hübsche italienische Bodenlampen und ein niedriger Couchtisch mit einer Sammlung von Zeitschriften, die fächerförmig auf der Buchenholzplatte ausgebreitet liegen. Wir verbrachten ziemlich viel Zeit damit, über den Kauf dieser Möbel zu beratschlagen. Genauso wie wir über den furnierten Buchenholzboden debattierten, den wir schließlich in diesem Zimmer legen ließen. Und die stahlgrauen Küchenelemente, die wir bei IKEA in Jersey City aussuchten (ja, wir nahmen das Leben, das wir miteinander aufbauten, so ernst, dass wir tatsächlich nach New Jersey fuhren, um uns eine Küche anzusehen). Und den gesprenkelten Teppich, der den schrecklichen aquamarinblauen Teppichboden ersetzte, mit dem dein Großvater gelebt hatte. Und das Bett mit dem Baldachin im Shaker-Stil, das uns dreitausendzweihundert Dollar gekostet hat.

Deshalb erstaunt mich der Anblick des Wohnzimmers bis heute. Weil er ein Zeugnis ist für zahlreiche Debatten über das, was man eine »gemeinsame Zukunft« nennt... obwohl die beiden Leute, die daran beteiligt waren, insgeheim nicht an diese Zukunft glaubten. Wir haben uns nur zufällig an einem bestimmten Punkt getroffen, als wir uns beide binden wollten. Und so redeten wir uns ein, dass wir zusammen passten und heiraten sollten.

Es ist schon seltsam, dass man Beziehungen eingeht, von denen man weiß, dass sie nicht von Dauer sind. Aber wenn das Bedürfnis übermächtig ist, erscheint einem manchmal alles richtig.

Das Haustelefon läutete und unterbrach meine Träumereien. Ich sprang vom Sofa auf, ging hinüber zur Küche und hob ab.

»Hallo, Miss Malone.«

»Was gibt's, Constantine?«

»Ich habe einen Brief für Sie.«

»Ich dachte, die Post kommt nicht vor elf.«

»Ist ja auch kein Postbrief... ein überbrachter Brief.«

»Was heißt das?«

»Na, eben ein Brief, der persönlich abgegeben wurde.«

Ich schluckte.

»So viel weiß ich auch, Constantine. Ich wollte sagen: Wann wurde er abgegeben und von wem?«

»Wann er abgegeben wurde? Vor fünf Minuten.«

Ich sah auf meine Uhr. Sieben Uhr sechsunddreißig. Wer schickte zu dieser Morgenstunde einen Boten mit einem Brief los?

»Und von wem, Constantine?«

»Keine Ahnung. Ein Taxi fuhr vor, eine Dame drehte die Scheibe herunter, fragte, ob Sie hier wohnen, ich habe ja gesagt, sie hat mir den Brief gegeben.«

»Dann hat also eine Frau den Brief gebracht?«

»So ist es.«

»Was für eine Frau?«

»Keine Ahnung.«

»Haben Sie sie denn nicht gesehen?«

»Sie saß in dem Taxi.«

»Aber das Taxi hat Scheiben.«

»Das Licht hat geblendet.«

»Aber Sie haben doch bestimmt einen Blick erhascht …«

»Hören Sie, Miss Malone. Ich weiß, was ich gesehen habe, und das war nichts, ja?«

»Gut, gut«, erwiderte ich, um diesen aberwitzigen Dialog zu beenden.

Ich stakste ins Badezimmer, zog eine Jeans und ein Sweatshirt an und fuhr mir mit der Bürste durch die verworrenen Haare. In diesem Moment läutete es, doch als ich die Wohnungstür öffnete (wobei ich als typische paranoide New Yorkerin die Kette eingehängt ließ), war niemand da. Nur ein kleiner Umschlag lag auf dem Boden.

Ich hob ihn auf und schloss die Tür. Der Umschlag hatte Postkartengröße und war aus hochwertigem Papier. Graublau mit einer gerippten Oberfläche, ausgesprochen angenehm zum Anfassen. Auf der Vorderseite stand mein Name und meine Adresse. Eine kleine, saubere, präzise Schrift. In der oberen rechten Ecke des Umschlags stand *persönlich überbracht.*

Vorsichtig öffnete ich den Umschlag. Als ich die Klappe hochschlug, sah ich den oberen Rand einer Karte mit einer geprägten Adresse:

346 West 77th Street
Apt. 2B
New York, New York 10024
(212) 555.0745

Mein erster Gedanke war: Das ist ja ganz in der Nähe. Dann zog ich die Karte heraus.

Sie war mit derselben präzisen, ordentlichen Schrift geschrieben und stammte vom Vortag:

Liebe Ms. Malone,
als ich in der *New York Times* vom Tod Ihrer Mutter las, war ich sehr betroffen.
Obwohl wir uns viele Jahre nicht persönlich begegnet sind, kenne ich Sie seit Ihrer Kindheit, und natürlich auch Ihre beiden Eltern. Doch leider habe ich nach dem Tod Ihres Vaters den Kontakt zu Ihrer Familie verloren.
Ich möchte Ihnen in dieser sicherlich sehr schweren Zeit mein Beileid ausdrücken. Seien Sie versichert, dass jetzt jemand über Sie wacht, der es gut mit Ihnen meint… So wie er es all die Jahre getan hat.
Ihre
Sara Smythe

Ich las den Brief ein zweites Mal. Und noch einmal. Sara Smythe? Nie gehört. Doch was mich wirklich aus der Fassung brachte, war der Satz: *dass jetzt jemand über Sie wacht, der es gut mit Ihnen meint… So wie er es all die Jahre getan hat.*

»Ich möchte dich etwas fragen«, meinte Meg ungefähr eine Stunde später, als ich sie zu Hause aufweckte und ihr die Karte vorlas. »Hat sie er mit großem E geschrieben?«

»Nein. Es ist ein kleines e.«

»Dann haben wir es also nicht mit einer religiösen Spinnerin zu tun. Ein großes E steht für den da oben. Den Allmächtigen. Das Alpha und das Omega. Laurel und Hardy.«

»Aber du bist sicher, dass Mom oder Dad nie eine Sara Smythe erwähnt haben?«

»He, das war nicht meine Ehe, und ich war schließlich nicht mit jedem vertraut, den deine Eltern kannten. Ich meine, deine Mom oder dein Dad haben bestimmt auch nichts von Karoli Kielsowski gehört.«

»Wer war Karoli… wie, hast du gesagt?«

»Kielsowski. Ein polnischer Jazzmusiker, den ich 1964 an einem Novemberabend im Vanguard aufgegabelt habe. Eine Katastrophe im Bett – aber gut als Kumpel und kein schlechter Altsaxofonspieler.«

»Ich kann dir nicht folgen …«

»Ganz einfach. Dein Dad und ich, wir mochten uns, aber wir haben uns nicht jede Einzelheit erzählt. Und da das alles mindestens fünfundvierzig Jahre her ist …«

»Gut, ich habe kapiert. Aber was ich nicht verstehe, ist, warum sie den Brief persönlich in meinem Haus abgegeben hat. Woher wusste sie denn, wo ich wohne?«

»Hast du eine geheime Telefonnummer?«

»Phh, nein.«

»Tja, damit ist die Frage wohl beantwortet. Und warum sie ihn persönlich … keine Ahnung. Vielleicht hat sie die Todesanzeige in der gestrigen *Times* gesehen, festgestellt, dass sie die Beerdigung verpasst hat, wollte nicht zu spät dran sein mit ihrem Beileidsbrief und hat ihn deshalb auf dem Weg zur Arbeit abgegeben.«

»Findest du nicht, dass hier eine Menge Zufälle zusammenkommen?«

»Liebling, du möchtest eine mögliche Erklärung, also bekommst du eine.«

»Findest du etwa, ich nehme das zu ernst?«

»Ich finde es verständlich, dass du erschöpft bist und emotional reagierst. Aber du machst aus dieser völlig harmlosen Karte ein viel zu großes Ding. Wenn du unbedingt mehr wissen willst, warum rufst du die Dame nicht einfach an? Ihre Telefonnummer steht doch sicher auf der Karte, oder?«

»Ich brauche sie nicht anzurufen.«

»Dann lass es bleiben. Wo du gerade dran bist, versprich mir, dass du nicht noch eine Nacht in der Wohnung deiner Mom verbringst.«

»Das habe ich sowieso nicht vorgehabt.«

»Schön, das zu hören. Ich habe mir nämlich schon Sorgen gemacht, du würdest dich vielleicht in eine Art Tennessee-Williams-Charakter verwandeln, der Mommys Hochzeitskleid anzieht,

Bourbon pur trinkt und Sachen sagt wie: *Sein Name war Beaurigard, und er war der verheiratete Kerl, der mir das Herz gebrochen hat –«*

Sie unterbrach sich hastig. »Ach, Liebling«, sagte sie, »ich bin eine dumme alte Schwätzerin.«

»Schon gut.«

»Manchmal kann ich einfach die Klappe nicht halten.«

»Das liegt in der Familie.«

»Es tut mir so leid, Katie …«

»Ja, ja. Ist schon vergessen.«

»Ich werde drei Bußgebete sprechen.«

»Wenn es dich glücklich macht. Ich ruf dich später wieder an, ja?«

Ich goss mir noch einen Kaffee ein und kehrte zu dem großen gemütlichen Sofa zurück. Ich kippte die Hälfte des Kaffees hinunter, stellte den Becher auf den Tisch, streckte mich aus und bedeckte die Augen mit den Handrücken, um alles um mich herum auszublenden.

Sein Name war Beaurigard, und er war der verheiratete Kerl, der mir das Herz gebrochen hat …

In Wirklichkeit hieß er Peter. Peter Harrison. Der Typ, mit dem ich zusammen war, bevor ich Matt kennen lernte. Zufällig war er auch mein Chef. Und verheiratet.

Aber um ein Missverständnis von vornherein auszuschließen: Ich bin von Haus aus nicht romantisch veranlagt. Ich gerate nicht leicht in Verzückung. Ich falle nicht auf jeden herein. Den größten Teil meiner Zeit am Smith hatte ich keinen Freund (obwohl ich gelegentlich mit einem ins Bett ging, wenn ich etwas Körperwärme brauchte). Als ich nach dem College nach New York kam – und eine befristete Stelle in einer Werbeagentur annahm (angeblich ein Job für einen Monat, der zufällig in eine so genannte Karriere ausartete) –, mangelte es mir nie an männlicher Gesellschaft. Mehrere der Männer, mit denen ich als Zwanzigjährige geschlafen hatte und die sich dann als Fehlgriffe erwiesen, warfen mir jedoch vor, hochgradig reserviert zu sein. Nicht dass ich eine von der kühlen Sorte gewesen wäre. Ich hatte nur noch niemanden getroffen, für den ich echte, hemmungslose, an Wahnsinn grenzende Leidenschaft empfand.

Bis ich Peter Harrison begegnete.

Ich war so unglaublich dumm. Es war alles so vorhersehbar. Damals ging ich auf Mitte dreißig zu und hatte gerade bei einer neuen Agentur angefangen – Harding, Tyrell und Barney. Peter Harrison stellte mich ein. Er war zweiundvierzig. Verheiratet. Zwei Kinder. Gut aussehend (natürlich). Hoch intelligent. In den ersten fünf Monaten im Büro lief diese seltsame unausgesprochene Sache zwischen uns – ein starkes Gefühl der Präsenz des anderen. Wenn wir uns begegneten – in den Fluren, im Lift, einmal bei einer Besprechung der Abteilung –, gingen wir betont freundlich miteinander um. Doch unsere banalen Plaudereien hatten etwas unterschwellig Nervöses. Wenn wir uns unterhielten, wurden wir rot. Dabei war keiner von uns auch nur im Geringsten schüchtern.

Dann steckte er eines späten Nachmittags den Kopf in mein Büro und lud mich zu einem Drink ein. Wir gingen in eine kleine Bar um die Ecke. Sobald wir angefangen hatten, uns zu unterhalten, konnten wir nicht mehr aufhören. Wir redeten zwei Stunden – redeten, als wäre es unsere Bestimmung, miteinander zu reden. Es entstand eine Verbindung zwischen uns, ein enges Band, eine Verschmelzung. Als er schließlich seine Finger in meine schlang und sagte: *Gehen wir*, dachte ich nicht weiter darüber nach. Zu diesem Zeitpunkt war ich bereits so versessen auf ihn, dass ich mitten in der Bar über ihn hergefallen wäre.

Erst viel später an jenem Abend – als ich neben ihm im Bett lag und ihm sagte, wie sehr ich in ihn verknallt sei (und hörte, wie er mir dasselbe gestand) – stellte ich mir die Frage, die ich mir zuvor nicht hatte stellen wollen. Er erzählte mir, zwischen seiner Frau Jane und ihm liefe es gar nicht schlecht. Sie waren elf Jahre zusammen und passten einigermaßen gut zueinander. Sie liebten ihre beiden Mädchen. Sie hatten ein schönes Leben. Aber ein schönes Leben heißt nicht, dass es auch ein leidenschaftliches Leben ist. Dieser Teil der Beziehung hatte sich schon vor Jahren verflüchtigt.

Ich fragte ihn: »Und warum akzeptierst du nicht die Grenzen, die mit dieser Behaglichkeit verbunden sind?«

»Das habe ich ja«, erwiderte er. »Bis du mir über den Weg gelaufen bist.«

»Und jetzt?«

Er zog mich näher an sich. »Jetzt lasse ich dich nicht mehr los.«

So begann es. Das ganze nächste Jahr über ließ er mich nicht mehr los. Im Gegenteil, er verbrachte jede Stunde mit mir, die er erübrigen konnte. Was aus meiner Sicht nie genug war ... was aber gleichzeitig die Intensität der Affäre steigerte. Eigentlich hasse ich dieses Wort *Affäre* – wegen seines billigen, schmutzigen Beiklangs. Denn dies war Liebe. Reine, unverfälschte Liebe. Liebe, die zwischen sechs und acht Uhr abends stattfand, zwei Mal in der Woche in meiner Wohnung. Und häufig über Mittag in einem Hotel am Rande des Stadtzentrums, drei Häuserblocks entfernt von unserem Büro. Natürlich wollte ich ihn häufiger treffen. Wenn er nicht bei mir war – besonders spät abends – sehnte ich mich nach ihm. Mein Verlangen war irrsinnig groß. Denn ich wusste, ich hatte den Menschen auf diesem Planeten gefunden, der für mich bestimmt war. Aber ich war entschlossen, mich zu beherrschen und niemandem meine Gefühle für Peter zu zeigen. Wir wussten beide, welch gefährliches Spiel wir trieben – und dass alles zerbrechen konnte, wenn wir zum Büroklatsch wurden ... oder, noch schlimmer, wenn Jane es herausfand.

Und so gingen wir im Büro ziemlich förmlich miteinander um. Zu Hause passte er höllisch auf, um keinen Verdacht zu erregen, indem er zum Beispiel länger wegblieb als erwartet, er benutzte bei mir dieselben Toilettenartikel wie daheim und ließ niemals zu, dass ich meine Nägel in seinen Rücken grub.

»Das ist das Erste, was ich tun werde, wenn wir zusammenziehen«, sagte ich, während ich zärtlich seine nackten Schultern streichelte. Es war ein Dezemberabend, kurz vor Weihnachten. Wir lagen im Bett, die Laken waren zerwühlt und unsere Körper noch feucht.

»Ich werde dich beim Wort nehmen«, sagte er und küsste mich fest. »Ich habe nämlich beschlossen, es Jane zu sagen.«

Mein Herz schlug einen Purzelbaum. »Meinst du das ernst?«

»So ernst wie alles, was ich sage.«

Ich nahm sein Gesicht in beide Hände. »Bist du dir absolut sicher?«

Ohne zu zögern antwortete er: »Ja, absolut.«

Wir kamen überein, dass er es Jane erst nach Weihnachten beibringen würde – bis dahin waren es immerhin nur noch vier Wochen. Wir kamen ebenfalls überein, dass ich sofort mit der Suche nach einer Wohnung beginnen sollte. Nachdem ich mir die Füße wund gelaufen hatte, fand ich tatsächlich eine richtig süße Dreizimmerwohnung mit einem kleinen Streifen Aussicht auf den Fluss am Riverside, Ecke 112th. Das war wenige Tage vor Weihnachten. Ich wollte Peter am nächsten Abend eine Riesenüberraschung bereiten (wenn wir uns wie üblich gegen sechs Uhr in meiner Wohnung trafen), indem ich ihn zu unserem zukünftigen Heim führte. Er kam über eine Stunde zu spät. Sobald er meine Wohnung betrat, überfiel mich Angst. Denn ich sah, dass etwas furchtbar schief gelaufen war. Er ließ sich auf mein Sofa fallen. Ich setzte mich sofort neben ihn und nahm seine Hand.

»Erzähl schon, Liebling.«

Er vermied es, mir in die Augen zu sehen. »Wie es scheint … ich ziehe nach Los Angeles.«

Es dauerte eine Weile, bis seine Worte bei mir ankamen. »Los Angeles? Du? Das verstehe ich nicht.«

»Gestern Nachmittag, gegen fünf, bekam ich im Büro einen Anruf. Von Bob Hardings Sekretärin, die mich bat, dem Vorsitzenden unserer Firma einen Besuch abzustatten. Nach dem Motto toute suite. Also bin ich rauf in den einunddreißigsten Stock und in das Büro des großen Vorsitzenden. Dan Downey und Bill Maloney von der Abteilung für Firmenorganisation waren auch da. Harding bat mich, Platz zu nehmen, und kam gleich zur Sache. Creighton Anderson – der Bürochef in Los Angeles – hatte ihm gerade erklärt, dass er nach London geht und dort eine große Abteilung von Saatchi & Saatchi übernimmt. Was bedeutet, dass die Stelle des L.A.-Chefs frei wird. Harding hat offenbar schon seit einiger Zeit an mich gedacht, und ...«

»Sie haben dir die Stelle angeboten?«

Er nickte.

»Aber das ist doch wunderbar, Liebling. Das ist doch in gewisser Weise genau das, was wir wollten. Ein klarer Schlussstrich. Eine Möglichkeit, uns ein neues Leben aufzubauen. Und wenn es schwierig ist, mich in dem Büro in Los Angeles unterzubringen, kein Problem. Der Arbeitsmarkt dort ist riesig. Ich finde schon etwas. Ich könnte ...«

Er unterbrach mein manisches, angstvolles Reden: »Katie, bitte ...«

Er flüsterte so leise, dass ich ihn kaum verstehen konnte. Schließlich wandte er sich zu mir. Sein Gesicht war abgespannt, die Augen gerötet. Plötzlich hatte ich ein ungutes Gefühl.

»Du hast es ihr zuerst gesagt, stimmt's?«, fragte ich.

Er wandte sich wieder von mir ab. »Ich musste es tun. Sie ist meine Frau.«

»Ich kann es nicht glauben!«

»Bob Harding hat mir erklärt, ich müsse ihm bis zum Abend meine Entscheidung mitteilen. Natürlich war ihm klar, dass ich zuerst mit Jane darüber sprechen musste ...«

»Du wolltest Jane verlassen, weißt du das noch? Warum hast du dann nicht zuerst mit dem Menschen gesprochen, mit dem du ein neues Leben beginnen wolltest? Mit mir.«

Er zuckte nur traurig die Achseln und sagte: »Du hast Recht.«

»Und was hast du ihr gesagt?«

»Ich habe ihr von dem Angebot erzählt und dass dies für mich einen großen Karrieresprung bedeuten würde ...«

»Du hast ihr nichts von uns gesagt?«

»Ich wollte gerade … aber da hat sie angefangen zu weinen. Sie sagte, sie wolle mich nicht verlieren. Wir hätten uns auseinander gelebt, aber sie hätte Angst gehabt, darüber zu sprechen. Weil …«

Er redete nicht weiter. Peter – mein selbstbewusster, sicherer, unerschrockener Mann, der sich stets zu artikulieren wusste – war plötzlich sprachlos und schüchtern.

»Weil was?«, fragte ich.

»Weil …« Er schluckte schwer. »… sie glaubt, es gibt eine andere in meinem Leben.«

»Und was hast du geantwortet?«

Er wandte sich ab – als ob er es nicht ertragen könnte, mich anzusehen.

»Peter, du musst es mir sagen.«

Er stand auf und ging zum Fenster, blickte hinaus in den dunklen Dezemberabend.

»Ich habe ihr versichert …, dass sie die Einzige für mich ist.«

Es dauerte eine Weile, bis ich begriff.

»Das hast du nicht gesagt.« Meine Stimme brach. »Sag mir, dass es nicht stimmt.«

Er sah weiter aus dem Fenster, den Rücken mir zugewandt. »Es tut mir leid, Katie. Es tut mir so leid.«

»Das reicht nicht. Es tut mir leid ist nur ein leerer Spruch.«

»Ich liebe dich …«

Ich stürzte ins Badezimmer, schlug die Tür hinter mir zu, verriegelte sie und sank hemmungslos weinend auf den Boden. Peter hämmerte gegen die Tür, flehte mich an, ihn hineinzulassen. Aber mein Zorn, mein Kummer waren so übermächtig, dass ich nicht auf ihn hörte.

Schließlich hörte das Hämmern auf. Schließlich gewann ich einen Funken von Beherrschung zurück. Ich zwang mich, aufzustehen, schloss die Tür auf und ging zum Sofa. Peter war fort. Ich saß da und fühlte mich, als hätte mich soeben ein Laster überrollt – ein Schockzustand, in dem man nicht mehr von dieser Welt ist und man sich fragt: *Ist das wirklich passiert?*

Wie ferngesteuert zog ich meinen Mantel an, nahm meine Schlüssel und verließ die Wohnung.

Als Nächstes kann ich mich noch daran erinnern, dass ich in einem Taxi Richtung Süden saß. Von der Fahrt selbst weiß ich fast nichts mehr. Doch als wir in der 42nd, Ecke First Avenue ankamen – das Taxi hielt vor einem großen, alten Wohnungskomplex namens Tudor City –, dauerte es eine Weile, bis mir einfiel, warum ich hier war und wen ich besuchen wollte.

Ich stieg aus und ging in die Eingangshalle. Als der Lift im siebten Stock hielt, marschierte ich durch den Gang und drückte an einer Tür mit der Nummer 7E die Glocke. Meg öffnete. Sie trug ein ausgeblichenes hellblaues Frottierkleid, im Mundwinkel steckte die übliche Zigarette.

»Oho, welchem Umstand habe ich denn diese Überraschung zu verdanken…?«

Doch dann sah sie mich genauer an und wurde blass. Ich trat einen Schritt vor und ließ den Kopf an ihre Schulter sinken. Sie legte die Arme um mich.

»Ach, Liebling«, sagte sie sanft. »Erzähl mir nicht, dass er verheiratet ist.«

Ich ging in die Wohnung und brach erneut in Tränen aus. Sie reichte mir einen Scotch, und ich erzählte ihr die ganze verdammte Geschichte. Die Nacht verbrachte ich auf ihrem Sofa. Am nächsten Morgen war ich außerstande, mich im Büro blicken zu lassen, und bat deshalb Meg, dort anzurufen und zu sagen, ich sei krank. Um zu telefonieren, verschwand sie im Badezimmer. Als sie wieder heraus kam, sagte sie:

»Wahrscheinlich sagst du, ich bin ein aufdringliches altes Weib, wenn ich dir das jetzt erzähle… aber vielleicht hörst du doch nicht ungern, dass du erst am zweiten Januar wieder im Büro erwartet wirst.«

»Was zum Teufel hast du getan, Meg?«

»Ich habe mit deinem Chef gesprochen ...«

»Du hast Peter angerufen?«

»Ja, das habe ich.«

»Ach du liebe Güte, Meg ...«

»Hör mir zu. Ich habe ihn angerufen und ihm einfach erklärt, dass du heute ein bisschen neben der Spur bist. Und dann sagte er, ›unter diesen Umständen‹ solltest du keine Bedenken haben, erst am zweiten Januar wieder zu kommen. Also, da hast du's, elf Tage frei. Nicht schlecht, was?«

»Besonders nicht für ihn. Schließlich kommt er auf diese Weise ungeschoren davon. Er braucht mich nicht mehr zu sehen, bis er nach L.A. verschwindet.«

»Möchtest du ihn wirklich noch sehen?«

»Nein.«

»Ende der Kampfbereitschaft.«

Ich ließ den Kopf hängen.

»So was braucht Zeit«, sagte Meg. »Viel Zeit. Mehr, als du glaubst.«

Das wusste ich. Genauso wie ich wusste, dass ich das längste Weihnachten meines Lebens vor mir hatte. Der Schmerz kam in Wellen. Manchmal wurde er durch irgendetwas Blödes, Naheliegendes ausgelöst, zum Beispiel wenn ich auf der Straße ein Pärchen sah, das sich küsste. Oder wenn ich mit der U-Bahn aus der Innenstadt fuhr (in einigermaßen heiterer Stimmung, nachdem ich glücklich einen Nachmittag im Museum of Modern Art vergeudet oder eine Kauftherapie bei Bloomingdale's gemacht hatte) – und dann wie aus heiterem Himmel in einen tiefen Abgrund stürzte. Ich konnte nicht mehr schlafen. Ich nahm furchtbar ab. Jedes Mal, wenn ich mir die heftigsten Vorwürfe machte, weil ich die Dinge dramatisierte, brach wieder alles in mir zusammen.

Was mich am meisten störte, war die Tatsache, dass ich vor mir selbst einen heiligen Eid abgelegt hatte, mich nie an einen Mann zu verlieren – und stets wenig Mitgefühl zeigte (wenn nicht sogar Verachtung hegte), wenn Freunde und Bekannte aus einer Trennung eine endlose Tragödie machten: *Tristan und Isolde* von Manhattan.

Jetzt aber gab es Augenblicke, in denen ich mich fragte, wie ich den Tag überstehen sollte. Und ich hatte bei alledem das Gefühl, nur einem dummen Klischeebild zu entsprechen. Besonders als ich – bei einem Sonntagsbrunch in einem örtlichen Restaurant mit meiner Mutter – plötzlich in Tränen ausbrach. Ich zog mich auf die Damentoilette zurück, bis ich das Joan-Crawford-Melodram wieder unter Kontrolle hatte. Bei meiner Rückkehr an den Tisch stellte ich fest, dass Mom Kaffee für uns beide bestellt hatte.

»Das war sehr besorgniserregend, Katherine«, sagte sie leise.

»Ich hatte eine schlimme Woche, mehr nicht. Du brauchst mich nicht gleich in ein Sanatorium zu schicken.«

»Es geht um einen Mann, hab ich Recht?«

Ich richtete mich auf, blies in meinen Kaffee und nickte schließlich.

»Es muss ja ernst gewesen sein, wenn du so durcheinander bist.«

Ich zuckte die Achseln.

»Möchtest du mir davon erzählen?«, fragte sie.

»Nein.«

Sie senkte den Kopf – ein Zeichen, wie sehr ich sie verletzt hatte. Wer hatte noch gesagt, die Mütter würden einem lieber Arme und Beine brechen, als nicht mehr gebraucht zu werden?

»Ich wünschte, du könntest mir vertrauen, Kate.«

»Das wünschte ich mir auch.«

»Dann verstehe ich nicht, warum ...«

»Es liegt daran, wie die Dinge zwischen uns sind.«

»Du machst mich traurig.«

»Das tut mir leid.«

Sie drückte kurz meine Hand. Es gab so viel, was ich ihr in diesem Augenblick gern gesagt hätte – dass ich nie ihren Schutzschild der Vornehmheit durchdringen konnte; dass ich ihr nicht vertraute, weil ich stets das Gefühl hatte, sie halte Gericht über mich; dass ich sie liebte… es aber einfach zu viel gab, was sich zwischen uns geschoben hatte. Ja, es war einer dieser (in Hollywood so beliebten) Momente, in denen Mutter und Tochter sich über die Kluft hinweg hätten die Hand reichen und sich nach ein paar verdrückten Tränen hätten versöhnen können. Aber so läuft es im wirklichen Leben nun mal nicht. Wenn es einen dieser bedeutenden Momente gibt, schrecken wir zurück, zögern und zaudern. Vielleicht weil in einer Familie jeder einen Schutzwall um sich errichtet. Und während die Jahre dahingehen, verfestigen sich diese Verteidigungsmauern, um uns – und die Menschen, die uns am nächsten stehen – vor allen möglichen Wahrheiten zu bewahren.

Den Rest meiner freien Woche verbrachte ich in Kinos und Museen. Am zweiten Januar ging ich wieder zur Arbeit. Im Büro waren alle besorgt wegen meiner »schrecklichen Grippe« – und ob ich schon von Peter Harrisons Weggang nach Los Angeles gehört hätte. Ich zog mich zurück, tat meine Arbeit, ging nach Hause und war deprimiert. Die Ausbrüche von Trauer ließen nach, das Gefühl des Verlustes nicht.

Mitte Februar schlug Cindy, eine meiner Kolleginnen, mir vor, zum Mittagessen in ein kleines italienisches Lokal in der Nähe des Büros zu gehen. Beim Essen sprachen wir fast die ganze Zeit eine Kampagne durch, an deren Details wir noch arbeiteten. Als der Kaffee kam, sagte Cindy:

»Sicher hast du schon die große Neuigkeit aus dem Büro in Los Angeles gehört.«

»Was für eine große Neuigkeit?«

»Peter Harrison hat seine Frau und seine Kinder verlassen, wegen einer kaufmännischen Angestellten. Ich glaube, sie heißt Amanda Cole…«

Die Nachricht schlug bei mir ein wie eine Granate. Eine Weile wusste ich nicht einmal mehr, wo ich war. Ich muss ausgesehen haben, als hätte ich eine Bombenneurose, denn Cindy nahm meine Hand und fragte: »Ist alles in Ordnung, Kate?«

Ärgerlich zog ich die Hand weg und erwiderte: »Natürlich ist alles in Ordnung. Warum fragst du?«

»Nur so«, meinte sie nervös. Sie wandte sich ab, sah sich suchend im Restaurant um, nahm Blickkontakt mit dem Kellner auf und gab ihm ein Zeichen, dass wir zahlen wollten. Ich starrte auf meinen Kaffee.

»Du hast es gewusst, nicht wahr?«, fragte ich.

Sie schüttete sich Süßstoff in den Kaffee und rührte um. Mehrmals.

»Bitte beantworte meine Frage«, sagte ich.

Der Löffel hörte auf, wie wild herumzukreisen.

»Liebes«, meinte sie dann, »alle wussten es.«

Ich schrieb Peter drei Briefe – in denen ich ihn mit allen möglichen Schimpfwörtern belegte und ihm vorwarf, mein Leben völlig durcheinander gebracht zu haben. Keinen davon schickte ich ab. Nur mit Mühe konnte ich mich beherrschen, als der Drang, ihn um vier Uhr nachts anzurufen, übermächtig wurde (was nicht nur einmal der Fall war). Am Ende schrieb ich ihm eine Postkarte. Meine Botschaft enthielt nur drei Wörter:

Schande über dich.

Etwa zwei Sekunden, bevor ich die Karte einwerfen wollte, zerriss ich sie … und brach anschließend zusammen. An der südwestlichen Ecke von 48th und Fifth schluchzte ich wie eine Idiotin und wurde so zum Objekt kurzer, flüchtiger Faszination der zum Mittagessen eilenden Menschenmassen.

Als Matt und ich anfingen, miteinander auszugehen, wusste er, dass ich nicht gerade in bester Verfassung war. Acht Monate waren vergangen, seit Peter an die Westküste gezogen war. Ich hatte die Agentur gewechselt und arbeitete in einem anderen großen Laden, bei Hickey, Ferguson and Shea. Ich lernte Matt kennen, als er eines Nachmittags in unser Büro stürmte. Er kam in Begleitung eines Teams von PBS, um Aufnahmen für ein Feature für die Nachrichtensendung von MacNeill-Lehrer zu machen. Es ging um Werbeagenturen, die immer noch das Teufelskraut Tabak anpriesen, und ich gehörte zu den Texterinnen, die er interviewte. Anschließend gingen wir zusammen weg auf einen Drink. Ich war überrascht, als er mich bat, mit ihm auszugehen, denn unser neckisches Geplänkel hatte mit einem Flirt nichts zu tun gehabt.

Noch mehr überraschte mich, dass er mir nach einem Monat sagte, er sei in mich verliebt. Ich sei die geistreichste Frau, die er je getroffen hätte, und er bewundere meine »absolute Intoleranz, wenn jemand Mist daherredet«. Außerdem hätte er große Achtung vor meinem »ausgeprägten Sinn für persönliche Autonomie«, meinen »Grips«, meine »mit Raffinesse gepaarte Selbstsicherheit« (ha!). Spiel, Satz und Sieg – er sei auf die Frau gestoßen, die zu heiraten er sich immer vorgestellt hatte.

Natürlich gab ich mich nicht sofort geschlagen. Im Gegenteil, seine unerwartete Liebeserklärung verwirrte mich. Gut, der Junge gefiel mir. Er war klug, zielstrebig, verständnisvoll. Sein großstädtischer Scharfsinn zog mich an ... ebenso die Tatsache, dass er zu mir zu passen schien, denn natürlich waren wir beide aus demselben urbanen Holz geschnitzt. Ein eingefleischter Manhattanianer wie ich. Derselbe gediegene, konservative Hintergrund (erst College, dann Wesley). Ebenso neunmalklug – und, wie es sich für einen echten New Yorker gehört, mit einem neurotischen Anspruchsdenken von internationalem Format.

Es heißt, Charakter ist Schicksal. Vielleicht – aber der Zeitpunkt spielt ebenfalls eine große Rolle. Wir waren beide sechsunddreißig. Er hatte gerade eine fünfjährige Beziehung mit einer wahnsinnig ehrgeizigen CNN-Korrespondentin namens Kate Brymer hinter sich (sie hatte ihm wegen eines populären Sprechers beim Sender den Laufpass gegeben), sodass wir beide schon über eine gewisse Vorstellung von emotionalen Zusammenstößen verfügten. Wie ich hasste er dieses alberne neurotische Getue, das man »Date« nennt. Wie mir machte auch ihm die Vorstellung Angst, solo in die Vierziger zu rutschen. Er wollte sogar Kinder – wodurch seine Attraktivität hundertfach anstieg, denn ich hörte mittlerweile das leise Ticken meiner biologischen Uhr.

Theoretisch waren wir wohl ein großartiges Paar. Ein Zusammentreffen zweier Gleichgesinnter, die mit beiden Beinen auf der Erde standen. Das ideale New Yorker Akademikerpaar.

Es gab nur ein Problem: Ich war nicht in ihn verliebt. Und ich wusste es. Aber ich redete mir ein, das Gegenteil sei der Fall. Zu dieser Selbsttäuschung kam es auch deshalb, weil Matt nicht locker ließ. Überzeugend und kein bisschen linkisch – und ich glaube, am Ende fühlte ich mich geschmeichelt. Denn nach der Sache mit Peter hatte ich ein starkes Bedürfnis nach Schmeichel- und Streicheleinheiten. Und insgeheim hatte ich Angst, mit über vierzig allein und kinderlos dazustehen.

»Ein sehr netter junger Mann«, meinte meine Mutter, nachdem sie Matt kennen gelernt hatte. »Ich glaube, er würde dich sehr glücklich machen« – was ihre Art war zu sagen, dass sie ihn als Angehörigen des konservativen, protestantischen Mittelstands und sein gediegenes Äußeres schätzte. Meg war weniger überschwänglich.

»Ganz netter Kerl«, meinte sie.

»Du scheinst ja nicht gerade überwältigt zu sein«, erwiderte ich.

»Nur weil *du* nicht gerade überwältigt bist.«

Ich schwieg eine Weile. Dann sagte ich: »Ich bin sehr glücklich.«

»Ja, und Liebe ist etwas Wunderbares. Du bist doch verliebt, oder?«

»Klar«, antwortete ich tonlos.

»Klingt sehr überzeugend.«

Vier Monate später ging mir ihr bissiger Kommentar wieder durch den Kopf. Es war in einem Hotelzimmer auf der Karibik-Insel Nevis, um drei Uhr morgens. Neben mir im Bett lag der Mann, den ich vor sechsunddreißig Stunden geehelicht hatte. Ich starrte an die Decke und dachte: *Was tue ich hier?*

Dann überfielen mich Gedanken an Peter. Tränen rannen mir übers Gesicht. Und ich schalt mich, die lächerlichste Idiotin zu sein, die man sich nur vorstellen kann.

In der Regel sind wir selbst die Ursache für unser Unglück, oder?

Ich tat mein Bestes, damit es funktionierte. Matt bemühte sich ebenfalls *nach Kräften.* Wir lebten mehr schlecht als recht zusammen. Endlose nichtige Streitereien über nichtige Dinge. Anschließend vertrugen wir uns wieder, nur um erneut zu beginnen. Eine Ehe, so entdeckte ich, wächst erst dann zusammen, wenn beide Parteien eine Möglichkeit finden, entspannt unter einem Dach zu leben. Dazu ist ein enormer Wille vonnöten. Und der fehlte uns beiden.

Stattdessen wichen wir der Erkenntnis aus, dass wir nicht zueinander passten. Am Morgen nach einem Streit kauften wir uns gegenseitig teure Geschenke. Oder in meinem Büro trafen Blumen mit einer geistreichen, versöhnlichen Botschaft ein:

Die ersten zehn Jahre sollen die schwierigsten sein.
Ich liebe Dich.
Matt

Es gab ein paar Wochenendausflüge zu den Berkshires, nach Western Connecticut oder Montauk, nach dem Motto: *Entfachen wir das Feuer neu.* Bei einer dieser Gelegenheiten überredete mich Matt, als er betrunken war, in der Nacht auf mein Diaphragma zu verzichten. Ich war auch nicht mehr nüchtern und willigte ein. Und so trat Ethan in unser Leben.

Ohne Frage war er der beste Unfall unter Alkoholeinfluss, den man sich vorstellen kann. Liebe auf den ersten Blick. Aber nach der ersten postnatalen Euphorie kehrte die alte Unzufriedenheit mit dem häuslichen Leben zurück. Ethan glaubte nicht an die wohltuenden Kräfte des Schlafs. In den ersten sechs Monaten seines Lebens weigerte er sich, uns mehr als zwei Stunden am Stück in Ruhe zu lassen – was uns beide in kürzester Zeit in eine Vorstufe der Katatonie versetzte. Erschöpfung führt unweigerlich zu Reizbarkeit, es sei denn, man besitzt eine Konstitution wie Mary

Poppins. Und so kam es zwischen Matt und mir zum offenen Krieg. Sobald Ethan abgestillt war, wollte ich, dass wir ihn nachts abwechselnd fütterten. Matt weigerte sich mit dem Argument, wegen seines stressigen Jobs brauche er acht Stunden durchgehenden Schlaf. Das war die Kampfansage für mich – und ich warf ihm vor, er stelle seine Karriere über meine. Was wiederum weitere Streitereien über elterliche Verantwortung, erwachsenes Verhalten und die Frage nach sich zog, warum wir über alles und jedes debattieren mussten.

Wenn Kinder da sind, ist es unweigerlich immer die Frau, die am Ende den Kopf hinhält. Als Matt daher eines Abends nach Hause kam und sagte, er habe soeben einer dreimonatigen Versetzung in das Washingtoner Büro von PBS zugestimmt, konnte ich nur antworten:

»Wie schön für dich.«

Er versprach, ein Vollzeit-Kindermädchen zu engagieren (und zu bezahlen), denn inzwischen arbeitete ich wieder. Außerdem versprach er, jedes Wochenende nach Hause zu kommen. Und er hoffte, die Zeit der Trennung würde uns gut tun und die aggressive Atmosphäre zwischen uns abmildern.

So stand ich also mit dem Baby allein da. Was mir im Grunde jedoch richtig gut gefiel – nicht nur, weil ich nicht genug von Ethan bekommen konnte (besonders, da die Zeit mit ihm auf die späten Abendstunden nach der Arbeit beschränkt war), sondern weil ich ebenfalls von den ständigen Grabenkämpfen mit Matt geschwächt war.

Faszinierenderweise geschahen zwei Dinge, sobald Matt nach Washington gezogen war. Erstens: Ethan schlief nachts durch, und zweitens: Matt und ich kamen allmählich wieder miteinander aus. Nein – das war nicht das übliche *Trennung steigert das Verlangen*, sondern der Ton zwischen uns wurde leichter, unbeschwerter. Ohne die beständige Gegenwart des anderen fand eine Art Deeskalation statt. Wir redeten sogar wieder miteinander, das heißt, wir waren wieder zu Gesprächen in der Lage, die nicht in einem wütenden

Schlagabtausch endeten. Wenn er am Wochenende nach Hause kam, bemühten wir uns schon deshalb um einen freundlichen Ton, weil wir nur achtundvierzig Stunden zusammen verbringen konnten. Allmählich entstand wieder ein gewisses kollegiales Verhältnis – das Gefühl, dass wir miteinander auskommen konnten, dass wir uns aneinander erfreuten, dass wir eine Zukunft hatten.

Zumindest dachte *ich* das. Im letzten Monat seiner Zeit in Washington musste Matt wegen einer heißen Story (die ersten Tage des Whitewater-Skandals) drei Wochen hintereinander in D.C. bleiben. Als er dann schließlich wieder nach Manhattan kam, spürte ich, kaum dass er die Wohnung betreten hatte, dass etwas passiert war. Obwohl er sich bemühte, in meiner Gegenwart natürlich zu bleiben, reagierte er verschlossen und ausweichend, als ich ihm ein paar harmlose Fragen über die langen Stunden der Arbeit in Washington stellte. Als er dann nervös das Thema wechselte, wusste ich Bescheid. Männer glauben immer, sie könnten diese Dinge verbergen, aber wenn es um Untreue geht, sind sie durchsichtig wie Zellophan.

Nachdem wir Ethan zu Bett gebracht hatten und im Wohnzimmer bei einer Flasche Wein saßen, beschloss ich, ihn frei heraus zu fragen.

»Wie heißt sie?«

Matts Gesicht wurde kalkweiß.

»Ich verstehe nicht…«, meinte er.

»Dann wiederhole ich meine Frage noch einmal langsam: *Wie… heißt… sie?*«

»Ich weiß wirklich nicht, wovon du sprichst.«

»Doch, das weißt du«, sagte ich, ohne die Stimme zu heben. »Ich möchte schlicht und einfach den Namen der Frau wissen, die du kennen gelernt hast.«

»Kate…«

»So heiße ich. Ich möchte *ihren* Namen wissen. Also?«

Er seufzte laut.

»Blair Bennett.«

»Danke«, sagte ich. Es klang vollkommen sachlich.

»Lass mich erklären ...«

»*Was* erklären? Dass es nichts zu bedeuten hat? Oder dass du eines Abends betrunken warst und dich dann nur noch erinnern kannst, wie du gestolpert bist und plötzlich diese Frau an der Spitze deines Penis fandest? Oder vielleicht ist es Liebe ...«

»Es ist Liebe.«

Das verschlug mir die Sprache. Ich brauchte eine Weile, bis ich den Mund wieder aufbekam. »Das ist nicht dein Ernst«, sagte ich schließlich.

»Doch, ich meine es vollkommen ernst.«

»Du Arschloch.«

Er verließ die Wohnung noch am selben Abend. Er schlief nie mehr dort. Und ich wurde bitter. Sicher, er war vielleicht nicht die Liebe meines Lebens, aber schließlich gab es ein Kind. Er hätte daran denken müssen, dass Ethan stabile Verhältnisse brauchte. So wie er hätte erkennen müssen, dass die räumliche Trennung uns gut getan hatte – dass wir unsere zerstörerischen Waffen abgelegt und einen Waffenstillstand geschlossen hatten. Einen liebevollen Waffenstillstand – der so weit ging, dass ich Matt allmählich sogar vermisste. Immer heißt es, die ersten ein, zwei Ehejahre sind die Hölle. Aber wir waren schon über den Berg. Wir waren auf dem besten Wege, zusammenzuwachsen.

Als ich herausbekam, dass Ms. Blair Bennett sechsundzwanzig war – und eine schlanke, kurzhaarige Blondine mit makelloser Haut und einem Riff überkronter weißer Zähne (ganz zu schweigen davon, dass sie als Nachrichtensprecherin im regionalen NBC-Sender von D.C. arbeitete, bald nach New York versetzt und dort zu den Spitzenverdienerinnen gehören würde) –, kannte meine Verbitterung keine Grenzen mehr. Matt hatte eine Trophäe errungen.

Aber natürlich richtete sich die eigentliche Verbitterung gegen mich selbst. Ich hatte es vermasselt. Ich hatte lauter Dinge getan, die ich nie hatte tun wollen – angefangen davon, dass ich mich in einen verheirateten Mann verliebt hatte, bis dahin, dass ich den

Imperativen der verdammten biologischen Uhr gefolgt war. Wir alle reden davon, »uns ein Leben aufzubauen« – den erfüllenden Beruf zu finden, die erfüllende Beziehung, den erfüllenden Ausgleich zwischen Beruf und Privatleben. Die Hochglanzmagazine sind voll von billigen Strategien, mit denen man dieses wohlabgestimmte, maßgeschneiderte Dasein angeblich erreichen kann. Tatsache aber ist: Wenn es um die wirklich großen Dinge geht (den Mann, der dir das Herz bricht, den Mann, mit dem du am Ende Kinder hast), ist man nur eine Geisel des Schicksals – wie alle anderen auch. Sagen wir mal, ich wäre nie bei Harding, Tyrell und Barney eingestiegen. Hätte nie zugestimmt, nach der Arbeit mit Peter etwas trinken zu gehen. Hätte nie die Agentur gewechselt, und Matt wäre nie in unser Büro marschiert. Eine zufällige Begegnung hier, eine voreilige Entscheidung dort… und schon wachst du mit Mitte vierzig eines Morgens als geschiedene Alleinerziehende auf. Und fragst dich: Wie konnte es dazu kommen?

Das Telefon läutete und riss mich aus meinen ausgedehnten Träumereien. Ich sah auf meine Uhr. Es war fast neun. Wie hatte ich nur so das Zeitgefühl verlieren können?

»Bist du es, Kate?«

Die Stimme überraschte mich. Es war mein Bruder. Seit Jahren rief er zum ersten Mal bei mir zu Hause an.

»Charlie?«

»Ja, ich bin's.«

»Du stehst aber früh auf.«

»Konnte nicht schlafen. Hm, ich wollte nur, hm… es war schön, dich zu sehen, Kate.«

»Verstehe.«

»Und ich möchte nicht weitere sieben Jahre verstreichen lassen…«

»Wie ich gestern schon sagte, das hängt ganz von dir ab, Charlie.«

»Ich weiß, ich weiß.«

Er schwieg.

»Gut«, sagte ich, »du hast meine Telefonnummer. Ruf mich an, wenn du magst. Und wenn nicht, werde ich es auch überleben. Du hast das Gespräch abgebrochen. Wenn du es wieder aufnehmen willst, musst du den Anfang machen. Ist das fair genug?«

»Hm, ja, sicher.«

»Gut.«

Wieder dieses verdammte Schweigen.

»Tja dann ... ich lege jetzt wohl besser auf, Charlie. Bis bald ...«

Doch dann platzte er mitten in meine Abschiedsworte: »Kannst du mir fünftausend Dollar leihen?«

»Was?«

Seine Stimme begann zu zittern. »Es, ähm, es tut mir wirklich leid ... wahrscheinlich hasst du mich jetzt, weil ich dich das frage, aber ... ich habe doch erwähnt, dass ich einen Job suche ... als Vertreter für Pacific Floral Service. Der größte Blumenversand an der Westküste. Die einzige Firma, die einen Kerl von Mitte fünfzig zumindest noch in Betracht zieht ... so schlimm ist das inzwischen auf dem Arbeitsmarkt, wenn man nicht mehr der Jüngste ist.«

»Das brauchst du mir nicht zu sagen. Ist nicht heute das Vorstellungsgespräch?«

»Es sollte heute stattfinden. Aber als ich gestern Abend nach Hause kam, hatte ich eine Nachricht von der Personalabteilung von Pacific Floral. Sie haben beschlossen, den Posten mit jemandem aus dem Haus zu besetzen.«

»Das tut mir leid.«

»Nicht so wie mir. Bestimmt nicht so wie mir, weil ... weil ... es war nicht einmal eine leitende Stelle, es war nur eine miese Vertreter ... es war ...«

Er sprach nicht weiter.

»Ist alles in Ordnung, Charlie?«

Ich hörte, wie er tief und langsam einatmete. »Nein. Es ist nicht alles in Ordnung. Denn wenn ich nicht bis Freitag fünftausend Dollar auftreibe, besteht die Gefahr, dass die Bank mir das Haus wegnimmt.«

»Würden fünftausend Dollar das Problem denn lösen?«

»Eigentlich nicht… eigentlich schulde ich der Bank noch weitere sieben.«

»Mein Gott, Charlie!«

»Ich weiß, ich weiß. Aber wenn man sechs Monate keine Arbeit hat, häufen sich eben solche Schulden an. Und glaub mir, ich habe überall versucht, Geld zu leihen. Aber erstens sind bereits zwei Hypotheken auf dem Haus…«

»Und was sagt Holly dazu?«

»Sie… sie weiß nicht, wie schlimm es wirklich steht.«

»Du meinst, du hast es ihr nicht gesagt?«

»Nein… ich möchte nur… ich möchte sie nicht beunruhigen.«

»Sie wird aber ein wenig beunruhigt sein, wenn man euch vor die Tür setzt.«

»Gebrauch nicht dieses Wort, *vor die Tür setzen.*«

»Was willst du tun?«

»Ich weiß nicht. Die wenigen Ersparnisse, die wir hatten… und ein paar Aktien… alles weg.«

Fünftausend Dollar. Ich hatte acht Riesen auf einem Sparkonto… und Mom hatte Geldmarkteinlagen über etwa elftausendfünfhundert, was zu dem Nachlass gehörte, den ich erben würde, sobald das Testament eröffnet war. Fünftausend Dollar. Für mich war das viel Geld. Ein Jahr Schulgeld für Ethan. Oder fast drei Monatsmieten. Mit fünftausend Dollar konnte ich eine Menge anfangen.

»Ich weiß, was du jetzt denkst«, sagte Charlie. »Nach all den Jahren ruft er mich zum ersten Mal wieder an, aber nur, um sich Geld zu pumpen.«

»Ja, Charlie, genau das denke ich. Und ich denke auch daran, wie sehr du Mom verletzt hast.«

»Das war ein Fehler.«

»Ja, Charlie. Das war ein großer Fehler.«

»Es tut mir leid.« Er flüsterte so leise, dass ich ihn kaum verstehen konnte. »Ich weiß nicht, was ich anderes sagen soll, als dass es mir leid tut.«

»Ich verzeihe dir das nicht, Charlie. Das kann ich nicht. Ich meine, sie war vielleicht herrisch und hat sich überall eingemischt. Aber trotzdem, du hast den Kontakt zu ihr abgebrochen.«

Ich hörte einen Kehllaut, als unterdrücke er ein Schluchzen. »Du hast Recht«, sagte er.

»Es ist mir egal, ob ich Recht habe oder nicht. Außerdem ist es sowieso ein bisschen spät, darüber zu streiten. Aber was ich wissen möchte, Charlie: *Warum?*«

»Mom und ich, wir sind nie miteinander ausgekommen.«

Das stimmte allerdings. Eine der vorherrschenden Erinnerungen aus meiner Kindheit ist die an endlose Streitigkeiten zwischen meiner Mutter und meinem Bruder. Sie waren nie einer Meinung, und Mom hatte die Angewohnheit, sich ständig einzumischen. Doch während ich einen Weg fand, ihre Aufdringlichkeiten abzuwehren (oder gar zu ignorieren), fühlte sich Charlie ständig durch sie bedroht. Besonders, weil so noch deutlicher wurde, wie verzweifelt Charlie seinen Vater vermisste (und brauchte). Er war fast zehn, als Dad starb – und die Art, wie er über ihn sprach, zeigte, dass er ihn abgöttisch verehrte und irgendwie Mom die Schuld an seinem frühen Tod gab.

»Sie hat ihn nie gemocht«, erklärte er mir einmal, als ich gerade dreizehn war. »Und sie hat ihm das Leben so vermiest, dass er fast die ganze Woche über weg war.«

»Aber Mom hat gesagt, dass er die ganze Woche gearbeitet hat.«

»Ja, er war immer auswärts unterwegs. Weil er dann nicht bei ihr sein musste.«

Da Dad starb, als ich gerade fünfzehn Monate alt war, blieben mir jegliche Erinnerungen an ihn vorenthalten (ganz zu schweigen davon, dass ich nichts über ihn wusste). Wenn Charlie über unseren Vater sprach, hing ich daher an seinen Lippen ... besonders, weil Mom das Thema des verstorbenen Jack Malone mied, als wäre es entweder zu schmerzhaft für sie oder als wollte sie einfach nicht darüber reden. Das wiederum führte dazu, dass ich Charlies Sicht von der unharmonischen Ehe unserer Eltern übernahm – und deren unglücklichen Verlauf insgeheim Mom und ihrer Art zuschrieb.

Gleichzeitig verstand ich jedoch nicht, warum Charlie keine Strategie fand, mit ihr zurechtzukommen. Gott weiß, dass ich mich auch ständig mit ihr stritt. Auch ich fand sie furchtbar nervig. Aber ich hätte nie so wie Charlie den Kontakt zu ihr abgebrochen. Andererseits hatte ich das Gefühl, Mom sei ein wenig ambivalent, was ihren einzigen Sohn betraf. Natürlich liebte sie ihn. Aber ich fragte mich, ob sie ihn nicht insgeheim auch hasste, weil er der Grund war, dass sie in der unglücklichen Ehe mit Jack Malone landete. Charlie wiederum kam nie über Dads Tod hinweg. Und es gefiel ihm auch nicht, der einzige Mann im Haus zu sein. Sobald er konnte, ergriff er die Flucht – geradewegs in die Arme einer Frau, die so herrschsüchtig, so autokratisch war, dass Mom im Vergleich dazu wie ein Ausbund an Toleranz erschien.

»Ich weiß, dass ihr nie miteinander ausgekommen seid, Charlie«, sagte ich. »Aber die Strafe, die du und diese *Prinzessin* sich für sie ausgedacht haben, hatte sie nicht verdient.«

»Nein«, sagte er leise. »Das hatte sie nicht verdient. Was soll ich sagen, Kate? Außer dass ich mich fälschlicherweise habe beeinflussen lassen von ...«

Er verstummte. Dann sagte ich:

»Gut. Ich schicke dir heute einen Scheck über fünftausend.«

Es dauerte eine Weile, bis die Botschaft bei ihm ankam. »Oh, mein Gott, Kate ... Ich weiß nicht, was ich ...«

»Sag nichts ...«

»Ich bin überwältigt.«

»Das brauchst du nicht. Mom hätte es so gewollt.«

»Ich verspreche, ich schwöre, dass ich es zurückzahle, sobald ...«

»Charlie ... hör auf. Der Scheck kommt morgen. Und wenn du in der Lage dazu bist, zahlst du mir das Geld zurück. Jetzt muss ich dich aber noch etwas fragen ...«

»Alles. Ich tue dir jeden Gefallen.«

»Es ist nur eine Frage, Charlie.«

»Ja doch, ja.«

»Kennst du eine Sara Smythe?«

»Nie gehört. Warum?«

»Ich habe einen Brief von ihr bekommen, in dem sie schreibt, dass sie Mom und Dad gekannt hat, bevor ich geboren wurde ...«

»Da klingelt bei mir gar nichts. Außerdem kann ich mich an die meisten Freunde von Mom und Dad aus der Zeit damals nicht mehr erinnern.«

»Das wundert mich nicht. Jedenfalls danke.«

»Nein, ich danke dir, Kate. Du kannst dir gar nicht vorstellen, was dieser Scheck für uns bedeutet ...«

»Ich glaube doch.«

»Alles Gute«, sagte er leise, dann legten wir auf.

Den Rest des Morgens verbrachte ich damit, die Wohnung aufzuräumen und Hausarbeiten zu erledigen. Als ich aus dem Waschraum im Keller zurückkehrte, hatte ich eine Nachricht auf dem Anrufbeantworter:

»Hallo, Kate ...«

Ich hatte die Stimme noch nie gehört. Sie klang ausgesprochen kultiviert und hatte einen bemerkenswerten neuenglischen Einschlag.

»Hier spricht Sara Smythe. Ich hoffe, Sie haben meinen Brief erhalten. Ich muss mich entschuldigen, dass ich Sie zu Hause anrufe. Aber es wäre schön, wenn wir uns treffen könnten. Wie ich in meinem Brief schon erwähnte, stand ich Ihrer Familie sehr nahe, als Ihr Vater noch lebte, und nach all den Jahren würde ich gern den Kontakt zu Ihnen wieder aufnehmen. Ich weiß, dass Sie sehr viel zu tun haben. Deshalb rufen Sie mich an, wann immer es Ihnen passt. Meine Nummer lautet 555 0745. Heute Nachmittag bin ich zu Hause, falls sie da gerade in der Nähe sind. Noch einmal, meine Gedanken sind bei Ihnen in dieser schweren Zeit. Aber ich weiß, dass Sie stark sind. Deshalb werden Sie all das überstehen. Ich freue mich schon sehr, Sie persönlich zu sehen.«

Ich hörte mir die Nachricht zwei Mal an, und beim zweiten Mal wurde ich misstrauisch (und wütend). *Nach all den Jahren würde ich gern den Kontakt zu Ihnen wieder aufnehmen... Ich weiß, dass Sie sehr viel zu tun haben... ich weiß, dass Sie stark sind...* Herrje, diese Frau hörte sich an, als wäre sie eine liebe alte Freundin der Familie oder jemand, dem ich mit fünf auf den Schoß geklettert war. Außerdem, besaß sie denn gar kein Taktgefühl? Sie musste doch wissen, dass ich nicht gerade in der Stimmung war, mich mit Leuten zu treffen, wo ich eben erst meine Mutter beerdigt hatte.

Ich nahm den Brief, den sie am Morgen persönlich überbracht hatte, und ging damit in Ethans Zimmer. Ich schaltete seinen Computer ein und schrieb:

Liebe Ms. Smythe,
sowohl Ihr Brief als auch Ihre freundliche Nachricht haben mich sehr berührt.
Sicher wissen Sie, dass der Schmerz und die Trauer die Menschen in seltsamer und jeweils ganz unterschiedlicher Weise trifft. Und ich möchte mich im Augenblick für eine Weile zurückziehen und mit meinem Sohn und meinen Gedanken allein sein.
Vielen Dank für Ihr Verständnis. Und noch einmal vielen Dank für Ihr Mitgefühl in diesem traurigen Augenblick.
Ihre
Kate Malone

Ich las den Brief zwei Mal durch, bevor ich ihn ausdruckte. Dann unterschrieb ich ihn. Ich faltete das Blatt zusammen, steckte es in einen Umschlag, schrieb Sara Smythe's Namen und ihre Adresse vorn drauf und klebte ihn zu. Anschließend ging ich in die Küche zurück und rief meine Sekretärin im Büro an. Sie sorgte dafür, dass unser Kurierdienst den Brief in meiner Wohnung abholte und bei Ms. Smythe in der West 77th Street ablieferte. Natürlich hätte ich den Brief auch per Post schicken können, aber ich hatte Angst, diese aufdringliche Person könne mich am Abend erneut anrufen. Ich wollte sicher sein, dass sie sich nicht noch einmal bei mir meldete.

Eine halbe Stunde später rief mich der Portier an und sagte, der Kurier sei unten. Ich nahm meinen Mantel und verließ die Wohnung. Auf dem Weg zur Eingangstür gab ich den Brief dem behelmten Motorradboten. Er versicherte mir, er werde ihn in den nächsten dreißig Minuten am anderen Ende der Stadt abliefern. Ich bedankte mich bei ihm und machte mich auf den Weg Richtung Lexington Avenue, wo ich bei unserer Zweigstelle des Expressdienstes in der 78th Street Halt machte. Dort zog ich einen weiteren Umschlag aus meiner Manteltasche und steckte ihn in einen Umschlag mit der Aufschrift: Federal Express. Dann füllte ich das Versandformular aus, verlangte »garantierte Auslieferung am nächsten Tag« an einen gewissen Charles Malone in Van Nuys, und warf den Umschlag in den Kasten. Wenn Charlie morgen den Brief öffnete, würde er einen Scheck über fünftausend Dollar und dazu eine sehr kurze Notiz finden:

Ich hoffe, es hilft.
Viel Glück.
Kate.

Dann verließ ich den Laden und lief ein paar Stunden in meinem Viertel herum. Bei D'Agostino kaufte ich Lebensmittel ein und bat, sie mir später am Abend zu liefern. Ich schlenderte durch Gap Kids und erstand dort schließlich eine neue Jeansjacke für Ethan. Zwei Häuserblocks weiter nach Westen schlug ich eine halbe Stunde tot, indem ich im Madison Avenue Bookshop herumstöberte. Als mir einfiel, dass ich seit dem gestrigen Nachmittag keinen Bissen mehr gegessen hatte, machte ich bei Hamburger Heaven in der Madison, Ecke 73rd Street Halt und bestellte einen doppelten Bacon-Cheeseburger mit Pommes frites. Während ich das Zeug runterschlang, hatte ich zwar enorme Schuldgefühle wegen der vielen Kalorien, aber es war trotzdem herrlich. Als ich mir danach noch eine Tasse Kaffee gönnte, klingelte mein Handy.

»Sind Sie es, Kate?«

O mein Gott, nein! Schon wieder diese Frau.

Trotzdem fragte ich: »Mit wem spreche ich?«

»Hier ist Sara Smythe.«

»Woher haben Sie diese Nummer, Miss Smythe?«

»Ich habe bei der Auskunft von Bell Atlantic angerufen.«

»Wollten Sie so dringend mit mir sprechen?«

»Hm, ich habe soeben Ihren Brief erhalten, Kate. Und ...«

Ich schnitt ihr das Wort ab. »Es überrascht mich, dass Sie mich mit dem Vornamen ansprechen, da ich mich nicht erinnern kann, Sie jemals kennen gelernt zu haben, Miss Smythe ...«

»Oh, aber sicher doch. Vor vielen Jahren, als Sie noch ein kleines ...«

»Vielleicht sind wir uns begegnet, aber es ist mir nicht in Erinnerung geblieben.«

»Aber wenn wir uns treffen, kann ich ...«

Wieder unterbrach ich sie. »Miss Smythe, Sie haben meinen Brief doch gelesen, oder nicht?«

»Ja, natürlich. Deshalb rufe ich ja an.«

»Habe ich nicht deutlich gemacht, dass wir uns nicht treffen werden?«

»Sagen Sie das nicht, Kate.«

»Und würden Sie bitte aufhören, mich Kate zu nennen.«

»Lassen Sie mich doch erklären ...«

»Nein. Ich möchte keine Erklärungen hören. Ich möchte nur, dass Sie mich nicht mehr belästigen.«

»Ich bitte Sie ja nur ...«

»Und ich nehme an, dass Sie diejenige waren, die gestern mehrmals bei mir angerufen hat, ohne eine Nachricht zu hinterlassen ...«

»Bitte, hören Sie mich an ...«

»Und was soll das überhaupt heißen, dass Sie eine alte Freundin meiner Eltern wären? Mein Bruder Charlie sagt, dass er als Junge nie von Ihnen gehört hat...«

»Charlie?« Es klang sehr lebhaft. »Sie sprechen endlich wieder mit Charlie?«

Plötzlich wurde ich wahnsinnig nervös. »Woher wissen Sie, dass ich nicht mit ihm gesprochen habe?«

»Alles wird sich aufklären, wenn wir uns treffen...«

»Nein.«

»Bitte, seien Sie doch vernünftig, Kate...«

»Das war's. Dieses Gespräch ist beendet. Und machen Sie sich nicht die Mühe, noch einmal anzurufen. Ich werde nämlich nicht mit Ihnen sprechen.«

Dabei drückte ich die Taste, mit der die Verbindung unterbrochen wurde.

Na gut, ich hatte überreagiert. Aber... die Aufdringlichkeit dieser Frau war wirklich unglaublich. Und woher zum Teufel wusste sie von dem Zwist mit Charlie?

Aufgebracht verließ ich das Restaurant. Ich beschloss, mir den Rest des Nachmittags im Kino um die Ohren zu schlagen. Ich ging Richtung Osten und vertat zwei Stunden im Loew's 72nd Street mit einem miserablen Actionfilm, in dem intergalaktische Terroristen ein amerikanisches Raumschiff kidnappten und die gesamte Besatzung umbrachten – bis auf einen Muskelprotz, der natürlich den Schurken einen Strich durch die Rechnung machte und eigenhändig das beschädigte Raumschiff zur Erde zurückbrachte, das auf dem Mount Rushmore landete. Nachdem ich mir diesen Schwachsinn zehn Minuten lang angeguckt hatte, fragte ich mich, warum um alles in der Welt ich in diesen Film gegangen war. Aber ich wusste auch die Antwort: weil an diesem Tag einfach nichts stimmte.

Als ich in meine Wohnung zurückkehrte, war es fast sechs Uhr. Zum Glück war Constantine nicht da. Teddy, der nette Nachtportier, hatte Dienst.

»Ein Päckchen für Sie, Miss Malone«, sagte er und überreichte mir einen großen, dicken Umschlag.

»Wann ist das gekommen?«

»Vor etwa einer halben Stunde. Es wurde persönlich gebracht.«

Ich knirschte mit den Zähnen.

»Eine kleine alte Dame in einem Taxi?«, fragte ich.

»Wie haben Sie das erraten?«

»Das sage ich Ihnen lieber nicht.«

Ich bedankte mich bei Teddy und ging hinauf. In der Wohnung zog ich meinen Mantel aus, setzte mich an den Esstisch und öffnete den Umschlag. Als Erstes zog ich eine Karte heraus. Dasselbe graublaue Briefpapier. O mein Gott, schon wieder…

346 West 77th Street
Apt. 2B
New York, New York 10024
(212) 555.0745

Liebe Kate,
ich denke wirklich, Sie sollten mich anrufen, meinen Sie nicht auch?
Sara

Ferner befand sich in dem Umschlag noch ein großes rechteckiges Buch, das sich bei näherem Hinsehen als Fotoalbum entpuppte. Als ich es aufschlug, sahen mir etliche Babyfotos in Schwarz-Weiß entgegen, die sorgfältig unter transparentem Papier eingeklebt waren. Echte Fünfziger-Jahre-Aufnahmen – das Neugeborene war schlafend in einem der riesigen, altmodischen Kinderwagen abgelichtet, die damals so beliebt waren.

Ich blätterte weiter. Hier sah man den Säugling in den Armen von Dad – ein richtiger Fünfziger-Jahre-Dad mit Fischgrätanzug, Ripskrawatte, Bürstenschnitt, großen, weißen Zähnen. Einer von den Vätern, die wahrscheinlich erst acht Jahre zuvor in irgendeiner deutschen Stadt dem feindlichen Beschuss ausgewichen waren.

Wie mein Dad.

Ich starrte wie gebannt auf die Bilder. Plötzlich wurde mir übel.

Das war mein Dad.

Und das Kind in seinen Armen war ich.

Ich blätterte weiter. Es kamen Bilder von mir mit zwei, drei, fünf Jahren. Aufnahmen von meinem ersten Schultag. Von mir als Wichtel. Von mir als Pfadfinderin. Bilder von mir und Charlie vor dem Rockefeller Center, ungefähr 1963. War das nicht der Nachmittag, als Meg und Mom mit uns in die Christmas-Show in der Radio City Music Hall gegangen waren?

Ich blätterte hektisch weiter. Ich bei einer Theateraufführung in Brearly; in einem Sommerlager in Maine; beim ersten Tanz; während der Sommerferien am Todd's Point Beach in Connecticut. Ich und Meg bei der Abschlussfeier an der Highschool.

Es war eine vollständige Fotogeschichte meines Lebens – darunter sogar Bilder vom College, von meiner Hochzeit und mit Ethan kurz nach seiner Geburt. Auf den letzten Seiten des Albums befanden sich Zeitungsausschnitte. Geschichten, die ich für die *Smith College News* geschrieben hatte. Ausschnitte aus derselben Zeitung, die mich bei einer Theateraufführung der Schule zeigten (*Murder in the Cathedral*). Ausschnitte mit den von mir entworfenen Zeitungsanzeigen. Meine Hochzeitsanzeige in der *New York Times*. Die Geburtsanzeige für Ethan, ebenfalls in der *New York Times*.

Immer hektischer blätterte ich das Album durch. Als ich die vorletzte Seite erreicht hatte, brummte mir der Schädel. Ich schlug noch einmal um.

Nein, das war unglaublich.

Ein Ausschnitt aus der Schulzeitung des Allan Stevenson, auf dem Ethan in Sportkleidung bei einem Staffellauf anlässlich der Gymkhana letztes Frühjahr zu sehen war.

Ich schlug das Album zu und schob es unter meinen Arm. Dann nahm ich meinen Mantel, rannte aus der Wohnung, zum Lift, durch die Eingangshalle im Erdgeschoss, ließ mich auf den Rücksitz eines Taxis fallen und sagte zum Fahrer:

»West 77th Street.«

4

Sie wohnte in einem Backsteinhaus. Ich bezahlte das Taxi, stürmte, zwei Stufen auf einmal nehmend, die Eingangstreppe hinauf und drückte gute zehn Sekunden lang die untere Glocke, an der ihr Name stand. Kurz darauf hörte ich ihre Stimme über die Sprechanlage.

»Ja?«, fragte sie zögernd.

»Kate Malone. Öffnen Sie.«

Nach einer kurzen Pause summte der Türöffner.

Sie stand im ersten Stock in der Wohnungstür und wartete auf mich. Sie trug eine graue Flanellhose und einen grauen Pullover mit rundem Ausschnitt, der ihren langen, zarten Hals unterstrich. Ihr silbriges Haar war wieder sorgfältig zu einem festen Knoten gebunden. Aus der Nähe betrachtet, wirkte ihre Haut noch transparenter und zarter – nur ein paar Krähenfüße deuteten auf ihr wahres Alter hin. Sie hatte eine vollkommene Haltung, die ihre elegante Statur, ihre ganze Erscheinung noch unterstrich. Wie auf der Beerdigung fiel mir auch jetzt wieder auf, wie konzentriert ihr Blick war, und ihre Augen strahlten vor Freude, mich zu sehen – etwas, das mich sofort beunruhigte.

»Was fällt Ihnen ein«, sagte ich und hob drohend das Fotoalbum.

»Guten Tag, Kate.« Ihre Stimme klang gelassen und unbeeindruckt von meinem Ausbruch. »Ich freue mich, dass sie gekommen sind.«

»Wer sind Sie? Und was zum Teufel ist das hier?« Wieder hielt ich das Album wie einen rauchenden Colt in einem Mordprozess.

»Warum kommen Sie nicht herein?«

»Ich möchte nicht hereinkommen«, erwiderte ich mit lauter Stimme. Sie blieb ruhig.

»Hier können wir uns nicht gut unterhalten«, meinte sie. »Bitte …«

Mit einer Geste bat sie mich, über die Schwelle zu treten. Nach kurzem, unsicherem Zögern erwiderte ich:

»Bilden Sie sich nicht ein, dass ich lange bleibe …«

»Schön.«

Ich folgte ihr in einen kleinen Flur. An einer Wand stand ein Bücherregal, das vom Boden bis zur Decke reichte und sich bog von den vielen Büchern. Daneben stand ein Schrank. Sie öffnete ihn und fragte: »Darf ich Ihren Mantel nehmen?«

Ich gab ihn ihr. Während sie ihn aufhängte, drehte ich mich um, und plötzlich fühlte ich mich, als hätte mir jemand einen Schlag versetzt. Denn auf der anderen Seite des Flurs hing ein halbes Dutzend gerahmter Fotos von mir und meinem Vater. Das Bild von meinem Dad in Armeeuniform. Eine Vergrößerung jenes Fotos, auf dem Dad mich als Neugeborenes in den Armen wiegt. Ein Bild von mir am College, eins, auf dem ich den einjährigen Ethan trage. Zwei Schwarz-Weiß-Fotos von Dad in verschiedenen Posen zusammen mit der jungen Sara Smythe. Das erste war eine häusliche Aufnahme: Dad, der am Weihnachtsbaum die Arme um sie legt. Das zweite zeigte ein glückliches Paar vor dem Lincoln-Denkmal in Washington. Dem Alter der Fotos und dem Stil der Kleidung nach, die die beiden trugen, mussten sie Anfang der fünfziger Jahre entstanden sein. Ich drehte mich blitzartig wieder um und starrte Sara Smythe mit weit aufgerissenen Augen an:

»Ich verstehe nicht …«

»Das wundert mich nicht.«

»Sie müssen mir einiges erklären«, sagte ich, plötzlich wütend.

»Ja«, erwiderte sie ruhig. »Das werde ich.«

Sie fasste mich sachte am Ellenbogen und führte mich ins Wohnzimmer.

»Setzen Sie sich. Kaffee? Tee? Etwas Stärkeres?«

»Was Stärkeres«, erwiderte ich.

»Rotwein? Bourbon? Harvey's Bristol Cream? Mehr habe ich leider nicht.«

»Bourbon.«

»Mit Eis? Mit Wasser?«

»Pur.«

Sie gönnte sich ein vorsichtiges Lächeln. »Genau wir Ihr Dad.«

Dann deutete sie mir an, ich solle mich in den übergroßen Lehnsessel setzen, der mit dunkelgrünem Leinenstoff überzogen war. Derselbe Stoff wie bei dem großen Sofa daneben. Auf einem modernen schwedischen Couchtisch waren sorgfältig Kunstbücher und bekannte Zeitschriften *(The New Yorker, Harpers, The Atlantic Monthly, The New York Review of Books)* aufgestapelt. Ein kleines, aber makelloses Wohnzimmer. Heller Holzboden, weiße Wände, weitere Regale voller Bücher, eine beträchtliche Sammlung von Klassik-CDs, ein großes Fenster nach Süden mit Blick auf einen kleinen Patio. Ein direkt anschließender Nischenraum war geschickt als kleines Heimbüro ausstaffiert, mit einem Kiefernholztisch, auf dem ein Computer und ein Faxgerät standen, daneben lag ein Stapel Papier. Auf der gegenüberliegenden Seite der Nische befand sich ein Schlafraum mit einem breiten Bett (helles Kopfteil und altamerikanische Quilt-Decke) und einer Kommode im Shaker-Stil. Wie alles Übrige in der Wohnung zeugte auch das Schlafzimmer von Stil und gutem Geschmack.

Sara kam mit einem Tablett aus der Küche. Darauf standen eine Flasche Hiram Walker Bourbon, eine Flasche Bristol Cream, ein Sherry- und ein Whiskyglas. Sie stellte das Tablett auf den Couchtisch und goss uns beiden ein.

»Hiram Walker war der Lieblingsbourbon Ihres Vaters«, erklärte sie. »Ich selbst konnte das Zeug nie ausstehen. Ich bevorzugte Scotch, bis ich siebzig wurde und mein Körper sich anders entschied. Jetzt muss ich mich mit so was Langweiligem und Weiblichem wie Sherry begnügen. Zum Wohl.«

Sie hob ihr Sherryglas. Ich erwiderte ihren Toast nicht und schüttete meinen Whisky mit einem Schluck hinunter. Er brannte mir in der Kehle, milderte aber auch die heftige Qual ein wenig, die ich verspürte. Wieder huschte ein Lächeln über Sara Smyhte's Lippen.

»Ihr Vater trank auch so ... wenn er angespannt war.«

»Wie der Vater, so die Tochter«, sagte ich und deutete auf die Flasche.

»Bitte, bedienen Sie sich«, erwiderte sie. Ich goss mir noch einen Bourbon ein, beschränkte mich diesmal aber auf ein Nippen. Sara Smythe ließ sich auf dem Sofa nieder und berührte meine Hand.

»Ich möchte mich für die radikalen Methoden entschuldigen, zu denen ich gegriffen habe, um Sie hierher zu locken. Bestimmt bin ich Ihnen wie eine alte Nervensäge vorgekommen, aber ...«

Ich zog rasch meine Hand weg.

»Mich interessiert nur eins, Miss Smythe ...«

»Sara, bitte.«

»Nein. Keine Vornamen. Wir sind nicht befreundet. Wir sind nicht einmal miteinander bekannt ...«

»Kate, ich kenne Sie, seit Sie auf der Welt sind.«

»Woher? Woher kennen Sie mich? Und warum zum Teufel verfolgen Sie mich, seit meine Mutter gestorben ist?«

Ich warf das Fotoalbum auf den Couchtisch und schlug die letzte Seite auf.

»Außerdem wüsste ich gern, woher Sie das hier haben«, fuhr ich fort und deutete auf den Ausschnitt aus der Schulzeitung des Allan Stevenson, auf dem Ethan zu sehen war.

»Ich habe die Schulzeitung abonniert.«

»Was haben Sie?«

»Genauso wie die Zeitung vom Smith College, als Sie dort waren.«

»Sie sind verrückt ...«

»Wenn ich Ihnen erklären darf ...«

»Was interessiert Sie so an uns? Ihrem Album nach zu urteilen, sind Sie nicht erst seit kurzem auf uns fixiert. Sie haben uns jahrelang nachgespürt. Und was ist mit all den alten Bildern von meinem Vater?«

Sie sah mir ins Gesicht und sagte:

»Ihr Vater war meine große Liebe.«

ZWEITER TEIL
SARA

1

Meine erste Erinnerung an ihn? Ein Blick. Ein zufälliger Blick über die Schulter durch einen überfüllten, verrauchten Raum. Er stand da, an eine Wand gelehnt, ein Glas mit irgendeinem Getränk in der Hand, eine Zigarette im Mund. Später erzählte er mir, er habe sich fehl am Platz gefühlt und den Raum nach seinem Begleiter abgesucht, der ihn hierher mitgebracht hatte. Als seine Blicke prüfend von einem Gast zum anderen wanderten, blieben sie an mir hängen. Nur eine Sekunde lang. Oder auch zwei. Er sah mich an. Ich sah ihn an. Er lächelte. Ich erwiderte sein Lächeln. Dann wandte er den Blick ab und setzte die Suche nach seinem Freund fort. Das war's. Nur ein kurzer Blick.

Noch heute, fünfundfünfzig Jahre später, ist dieser Moment in mir lebendig, jeder Sekundenbruchteil davon. Ich sehe wieder seine Augen, von einem hellen Blau, klar, ein wenig müde. Sein rotblondes Haar, an den Seiten und am Hinterkopf kurz geschoren. Sein schmales Gesicht mit den scharf hervortretenden Wangenknochen. Die dunkelgraue Armeeuniform, die seine schlanke Figur ausgezeichnet zur Geltung brachte. Wie ungeheuer jung er wirkte. Unschuldig. Selbstvergessen. Attraktiv. Und so verdammt irisch.

Ein Blick, das ist etwas Kurzes, Flüchtiges, nicht wahr? Bedeutungslos, wie eine völlig beliebige Geste. Vergänglich. Das verblüfft mich noch heute, dass sich das Leben durch etwas so Kurzlebiges, Vergängliches von Grund auf ändern kann. Tag für Tag sehen wir anderen in die Augen, in der U-Bahn, im Bus, im Supermarkt, wenn wir über die Straße gehen. Sie anzublicken, ist die natürlichste Sache der Welt. Du siehst, wie jemand auf dich zukommt, die Blicke begegnen sich für einen Augenblick, dann geht man aneinander vorbei. Mehr nicht. Warum also soll es bei diesem einen Blick anders gewesen sein? Es gibt keinen Grund dafür, nicht einen einzigen. Und doch war es so. Dieser Blick veränderte alles. Obwohl wir das damals natürlich beide noch nicht wussten.

Denn schließlich war es ja nur ein Blick.

Wir waren auf einer Party, 1945, am Vorabend von Thanksgiving. Roosevelt war im April gestorben. Das Oberkommando der deutschen Wehrmacht hatte im Mai kapituliert. Im August ließ Truman die Bombe auf Hiroshima abwerfen. Acht Tage später kapitulierten die Japaner. Was für ein Jahr! Wenn man jung war und Amerikaner – und keinen geliebten Menschen im Krieg verloren hatte –, musste man einfach trunken vor Siegesfreude sein.

Wir drängten uns also in dieser Wohnung in der Sullivan Street, im dritten Stock, ohne Lift, zwanzig junge Leute, die das erste Thanksgiving im Frieden mit einer Unmenge Alkohol und ausgelassenen Tänzen feierten. Unser Durchschnittsalter betrug etwa achtundzwanzig, ich war mit meinen dreiundzwanzig Jahren also quasi das Küken (obwohl der Unbekannte in der Uniform noch jünger wirkte). Und das Gesprächsthema des Abends war unsere romantische Vorstellung von einer Zukunft mit grenzenlosen Möglichkeiten. Denn dass wir den Krieg gewonnen hatten, bedeutete auch, dass wir endlich unseren Widersacher namens Weltwirtschaftskrise besiegt hatten. Die Friedensdividende würde kommen. Herrliche Zeiten lagen vor uns. Und wir dachten, wir hätten ein gottgegebenes Recht auf herrliche Zeiten. Schließlich waren wir Amerikaner: Dies war unser Jahrhundert.

Sogar mein Bruder Eric glaubte an Amerika als ein Land der unbegrenzten Möglichkeiten, dabei war er, wie unser Vater es zu bezeichnen pflegte, ein »Roter«. Ich warf Vater oft vor, zu hart mit seinem Sohn ins Gericht zu gehen, denn in Wirklichkeit war Eric eher einer dieser altmodischen Progressiven. Vor allem aber war er durch und durch romantisch – jemand, der Eugene Debs verehrte, im Alter von sechzehn *The Nation* abonniert hatte und davon träumte, der nächste Clifford Odets zu werden. Ja, Eric war Dramatiker. Nach seinem Abschluss an der Columbia University 1936 arbeitete er in Orson Welles' Mercury Theatre als Hilfsinspizient, außerdem wurden einige seiner Stücke in New York von Bühnen des Federal Theatre Project herausgebracht. Es war die Zeit, in der im Rahmen von Roosevelts *New Deal* das nichtkommerzielle Theater in Amerika subventioniert wurde, »Theaterarbeitern« (wie Eric sich selbst gern bezeichnete) boten sich also jede Menge Arbeitsmöglichkeiten. Zudem gab es eine Unzahl kleiner Bühnen, die bereit waren, einem jungen Autor wie meinem Bruder eine Chance zu geben. Keines seiner Werke wurde ein großer Erfolg. Aber er wollte auch gar nicht zum Broadway. Seine Stücke, so sagte er gern, seien »auf die Bedürfnisse und Bestrebungen des arbeitenden Mannes zugeschnitten« (er war wirklich ein Romantiker). Und um ganz ehrlich zu sein, sosehr ich meinen älteren Bruder liebte, ihn vergötterte, sein dreistündiges episches Drama über den Streik bei der Erie-Lakawana Railroad von 1902 war nicht gerade ein Glanzstück.

Trotzdem hatte er als Autor große Pläne. Bedauerlicherweise war mit seiner Art von Stücken (dieses Zeug im Stil von *Waiting for Lefty*) 1940 Schluss. Orson Welles ging nach Hollywood. Clifford Odets folgte ihm. Eine Hand voll engstirniger Kongressabgeordneter befand das Federal Theatre Project für kommunistisch und beendete es schließlich 1944. Das bedeutete, dass Eric sich 1945 seinen Lebensunterhalt als Rundfunkautor verdiente. Zuerst schrieb er einige Episoden von *Philo Vance: Privatdetektiv*. Doch der Produzent feuerte ihn, nachdem er eine Folge verfasst hatte, in der Philo den Tod eines Gewerkschafters untersuchte. Er war im Auftrag eines Großindustriellen ermordet worden, der, wie sich herausstellte, mehr als nur vage Ähnlichkeit mit dem Besitzer der Radiostation besaß, die *Philo Vance* herausbrachte. Eric konnte einer Gelegenheit zu Seitenhieben einfach nicht widerstehen, auch wenn es seiner Karriere schadete. Außerdem hatte er einen ausgeprägten Sinn für Humor, was ihm zu seiner nächsten Stelle verhalf: die eines Gagschreibers bei *Stop or Go: The Quiz Bang Show*, moderiert jeden Samstag um zwanzig Uhr dreißig von Joe E. Brown. Natürlich wird sich heute niemand unter fünfundsiebzig mehr an Joe E. Brown erinnern. Und das mit gutem Grund. Verglichen mit ihm wirkt Jerry Lewis geradezu feinsinnig.

Jedenfalls fand die Party bei Eric in der Sullivan Street statt, in seiner engen Zweizimmerwohnung, die für mich, genauso wie Eric selbst, den Inbegriff künstlerischen Schicks verkörperte. Die Badewanne stand in der Küche. An den Wänden hingen mit Tesafilm befestigte Fotografien von Robert Doisneau. Als Lampenfüße dienten leere Chianti-Flaschen. Zerschlissene Sitzkissen lagen im Wohnzimmer auf dem Boden. Hunderte von Büchern stapelten sich in allen Ecken. Und das in den Vierzigern, lange vor der Ära der Beatniks in Greenwich Village. Eric war seiner Zeit voraus. Er trug schwarze Rollkragenpullover, traf sich mit Delmore Schwartz und seiner Clique von der *Partisan Review*, rauchte Gitanes und schleppte seine kleine Schwester in irgendeinen Club in der 52nd Street, damit sie dieses neumodische Zeug, Bebop genannt, hörte. Nur wenige Wochen vor dieser Thanksgiving-Party waren wir in einem Schuppen am Broadway gewesen, als ein Saxophonspieler namens Charles Parker mit vier Musikern auf die Bühne trat. In der ersten Pause drehte sich Eric zu mir um und sagte:

»S, irgendwann wirst du damit angeben, dass du diesen Auftritt miterlebt hast. Denn wir sind gerade Zeuge einer wahren Revolution geworden. Nach diesem Abend wird man das Wort Rhythmus anders buchstabieren.«

»S« für Sara oder Schwesterchen. Seit ich vierzehn war, nannte er mich so, und obwohl meine Mutter und mein Vater diesen Kosenamen nicht ausstehen konnten, bedeutete er mir viel. Weil mein großer Bruder ihn mir gegeben hatte. Und weil mein großer Bruder für mich der interessanteste und originellste Mann der Welt war, außerdem mein Beschützer und Fürsprecher, besonders bei meinen konservativen Eltern.

Wir stammten aus Hartford, Connecticut. Wie Eric gerne behauptete, gab es nur zwei interessante Menschen, die in Hartford gelebt hatten: Mark Twain (der dort bei einer Verlagspleite viel Geld verlor) und Wallace Stevens, der seine langweilige Tätigkeit als leitender Angestellter bei einer Versicherungsfirma dadurch erträglich machte, dass er höchst experimentelle Gedichte schrieb.

»Abgesehen von Twain und Stevens«, erklärte mir Eric, als ich zwölf war, »hat nie jemand von Bedeutung in dieser Stadt gelebt. Bis auf uns.«

Oh, wie herrlich arrogant er war. Um Vater auf die Palme zu bringen, nutzte er jede Möglichkeit zur Provokation. Unser Vater, Robert Biddeford Smythe III. Dieser imposante Name passte zu ihm. Er war ein Sinnbild der Anständigkeit, Mitglied der Episkopalkirche, in hoher Position bei einer Versicherung tätig, ein Mann, der nur dreiteilige Kammgarnanzüge trug, an die Tugend der Sparsamkeit glaubte und vor jeglicher Extravaganz oder Zügellosigkeit zurückschreckte. Unsere Mutter, Ida, war aus dem gleichen harten Holz geschnitzt: Als Tochter eines presbyterianischen Pfarrers aus Boston war sie unbarmherzig praktisch, ein Triumph haushälterischer Effizienz. Sie ergänzten sich perfekt. Fielen niemals aus der Rolle, kannten keinen Spaß, fassten einander nur ungern an. Eine öffentliche Demonstration von Zuneigung sah man in der Familie Smythe selten. Denn im Grunde ihres Herzens waren sie waschechte Puritaner, noch immer im neunzehnten Jahrhundert verwurzelt. Seit ich denken kann, erschienen sie mir alt. Alt und abschreckend. Als das Gegenteil von Vergnügen.

Natürlich liebten wir sie trotzdem. Schließlich waren es unsere Eltern, und wenn man nicht gerade von ihnen geschlagen wurde, musste man seine Eltern lieben. Das gehörte sich so, oder zumindest galt das noch, als ich klein war. So wie man alle ihre Schwächen akzeptieren musste. Meiner Meinung nach ist man erst dann wirklich erwachsen, wenn man seinen Eltern verzeiht, dass sie fehlbar sind wie andere Menschen auch, und dann zugibt, dass sie im Rahmen ihrer Möglichkeiten das Beste für ihre Kinder getan haben.

Seine Eltern zu lieben heißt jedoch nicht, ihre Ansichten zu teilen. Seit seiner Pubertät arbeitete Eric schwer daran, Vater in Rage zu bringen. (Ja, er bestand darauf, dass wir ihn auf diese altertümliche Weise ansprachen. Nie mit Dad. Oder Pop. Oder mit irgendeinem anderen Namen, der auf ein unbeschwertes Verhältnis hätte schließen lassen. Nein, immer mit Vater.) Manchmal denke ich, Erics radikale politische Ansichten wurzelten weniger in ideologischer Überzeugung, sondern eher darin, dass er Vaters Blutdruck in die Höhe treiben wollte. Ihre Auseinandersetzungen waren legendär. Besonders nachdem Vater die Ausgabe von John Reeds *Zehn Tage, die die Welt erschütterten* unter dem Bett seines Sohnes gefunden hatte. Oder als Eric ihm eine Schallplatte von Paul Robeson zum Vatertag schenkte.

Meine Mutter hielt sich aus den Disputen zwischen Vater und Sohn in der Regel heraus. In ihren Augen hatte eine Frau bei politischen Diskussionen nichts zu sagen (einer der vielen Gründe, warum sie Mrs. Roosevelt hasste; sie nannte sie einen »weiblichen Lenin«). Stattdessen ermahnte sie Eric immer wieder, er solle seinen Vater mit Respekt behandeln. Aber als Eric kurz vor dem Eintritt ins College stand, erkannte sie, dass ihre Vorhaltungen keine Wirkung mehr bei ihm zeigten; dass sie ihn verloren hatte. Was sie sehr betrübte. Und ich hatte das Gefühl, dass sie nie ganz begriff, wie es dazu kommen konnte, dass sich ihr einziger Sohn, den sie so korrekt erzogen hatte, zu einem Radikalen entwickelte. Zumal er doch so überaus intelligent war.

Das war das Einzige, was meinen Eltern an Eric gefiel – seine herausragende Intelligenz. Er verschlang Bücher. Mit vierzehn konnte er französische Texte lesen, und als er an die Universität ging, sprach er passabel Italienisch. Er konnte sich gelehrt über so abstrakte, tiefschürfende Themen wie Descartes' Erkenntnisphilosophie oder die Quantenmechanik unterhalten. Und auf dem Klavier spielte er einen fetzigen Boogie-Woogie. Er war eines dieser schrecklichen Wunderkinder, die, ohne sich anzustrengen, Bestnoten bekamen. Er hätte nach Harvard gehen können. Nach Princeton. An die Brown University. Aber er wollte auf die Columbia. Er entschied sich für New York und die damit verbundenen Freiheiten.

»Das sage ich dir, S, wenn ich erst einmal in Manhattan bin, seht ihr mich in Hartford nie wieder.«

Er machte seine Ankündigung jedoch nicht wahr, denn trotz seiner Aufmüpfigkeit blieb er ein einigermaßen pflichtbewusster Sohn. Einmal die Woche schrieb er nach Hause, an Thanksgiving, Weihnachten und Ostern kam er zu einem kurzen Besuch, nie brach er den Kontakt zu Vater und Mutter ab. Stattdessen erfand er in New York für sich einfach eine neue Identität. Als Erstes änderte er seinen Namen, von Theobold Ericson Smythe zum schlichten Eric Smythe. Dann gab er die Kluft eines typischen Elitestudenten, die ihm unsere Eltern gekauft hatten, fort und kleidete sich im Armeeladen ein. Seine magere Gestalt wurde noch magerer. Er ließ sein Haar zu einem buschigen Schopf wachsen. Er kaufte sich eine kleine randlose Brille. Er sah aus wie Trotzki, besonders seit er über seinem schäbigen Tweedjackett einen grauen Militärmantel trug. Die wenigen Male, an denen unsere Eltern ihn zu Gesicht bekamen, waren sie über die Veränderung entsetzt. Aber wieder brachten seine Noten sie zum Verstummen. Glatte Einsen. Bereits am Ende des ersten Jahres zum Phi Beta Kappa gewählt. Englisch mit Auszeichnung bestanden. Hätte er Jura studieren oder den Doktor machen wollen, hätte ihn jede Universität des Landes aufgenommen. Stattdessen zog er in die Sullivan Street in Manhattan, spielte für zwanzig Dollar die Woche für Orson Welles den Handlanger und träumte den großen Traum, bedeutende Bühnenwerke zu schreiben.

Die Verwirklichung dieses Traums war 1945 jedoch in weite Ferne gerückt. Niemand schenkte seinen Stücken auch nur die geringste Aufmerksamkeit, denn sie stammten aus einer anderen Epoche. Eric jedoch war nach wie vor entschlossen, als Autor den Durchbruch zu schaffen, auch wenn er zum Erwerb seines Lebensunterhalts für Joe E. Brown auf Bestellung Gags schreiben musste. Ein oder zwei Mal sprach ich ihn darauf an, er solle sich doch um eine Dozentenstelle an einem College bemühen, was Erics Begabung in meinen Augen mehr entsprochen hätte, als Einzeiler für eine Quizsendung zu produzieren. Aber Eric weigerte sich, es auch nur in Erwägung zu ziehen. Er sagte Dinge wie: »Sobald ein Autor anfängt, sein eigenes Handwerk zu lehren, ist er erledigt. Und sobald er sich auf die akademische Welt einlässt, schlägt er die Tür zum wirklichen Leben zu, dem einzigen Ort, über den er schreiben sollte.«

»Aber das *Stop Bang Quiz* ist auch nicht das wirkliche Leben«, wandte ich ein.

»Es hat mehr mit der Realität zu tun, als wenn ich einem Haufen eingebildeter Ziegen am Bryn Mawr beibringen würde, wie man Aufsätze schreibt.«

»Autsch!«, sagte ich, denn ich hatte vor zwei Jahren am Bryn Mawr meinen Abschluss gemacht.

»Du weißt, was ich damit meine, S.«

»Ja, dass ich eine eingebildete Ziege bin, die wahrscheinlich mit einem todlangweiligen Bankangestellten verheiratet sein und in einem spießigen Vorort von Philadelphia leben sollte ...«

Bestimmt war es das, was meine Eltern sich für mich wünschten. Ich allerdings nicht. Als ich 1943 meinen Abschluss am Bryn Mawr machte, hofften Mutter und Vater, ich würde meinen damaligen Freund, einen Haverford-Absolventen namens Horace Cowett, heiraten. Er hatte gerade seine Zulassung zum Jurastudium an der University of Pennsylvania bekommen und mir einen Antrag gemacht. Doch obwohl Horace nicht so spießig und humorlos war, wie man von seinem Namen her hätte schließen können (er war ein Bücherwurm, der einige halbwegs passable Gedichte für die Literaturzeitschrift von Haverford geschrieben hatte), war ich nicht bereit, in so jungen Jahren den Bund fürs Leben einzugehen – noch dazu mit einem Mann, den ich zwar mochte, für den ich jedoch keine überschäumende Leidenschaft empfand. Auf keinen Fall wollte ich meine besten Jahre in dem langweiligen, abgeschiedenen Philadelphia vergeuden. Stattdessen hatte ich eine Stadt hundertfünfzig Kilometer nördlich von dort im Visier. Niemand würde mich davon abhalten, nach New York zu gehen.

Erwartungsgemäß versuchten meine Eltern, meine Pläne zu vereiteln. Als ich etwa drei Wochen vor meinem Abschluss verkündete, man habe mir ein Volontariat bei *Life* angeboten, waren sie entsetzt. Hauptsächlich um ihnen von meinem Stellenangebot zu erzählen und sie darüber in Kenntnis zu setzen, dass ich Horace' Heiratsantrag abgelehnt hatte, war ich übers Wochenende nach Hartford gefahren. Kaum hatten wir uns zehn Minuten unterhalten, da war die Atmosphäre bereits am Kochen.

»Ich werde nicht zulassen, dass meine Tochter allein in so einer korrupten, verdorbenen Stadt wie New York wohnt«, erklärte mein Vater.

»New York ist nicht verdorben, und *Life* kann man auch nicht gerade mit *Confidential* vergleichen«, erwiderte ich, wobei ich mich auf eines der bekanntesten Skandalblätter bezog. »Und ich dachte, ihr würdet euch über die Neuigkeit freuen. Bei *Life* nehmen sie nur zehn Volontäre pro Jahr. Wer erhält schon ein Angebot von einer derart renommierten Zeitschrift.«

»Trotzdem hat Vater Recht«, pflichtete meine Mutter ihm bei. »New York ist keine Stadt für eine junge Frau ohne Familie.«

»Gehört Eric nicht zur Familie?«

»Dein Bruder ist nicht gerade der Inbegriff der Moral«, sagte mein Vater.

»Und was soll das heißen?«, fragte ich verärgert.

Mein Vater war plötzlich nervös. Er überspielte seine Verlegenheit, indem er entgegnete:

»Das ist völlig unwichtig. Was zählt, ist die einfache Tatsache, dass ich dir nicht erlaube, in Manhattan zu leben.«

»Vater, ich bin zweiundzwanzig Jahre alt.«

»Darum geht es nicht.«

»Du hast kein Recht, mir vorzuschreiben, was ich tun und was ich lassen soll.«

»Sprich nicht so mit deinem Vater«, mischte sich meine Mutter ein. »Außerdem muss ich dir sagen, dass du einen schrecklichen Fehler machst, wenn du Horace' Antrag ausschlägst.«

»Ich wusste, dass du das sagen würdest.«

»Horace ist ein ganz vorzüglicher junger Mann«, sagte mein Vater.

»Horace ist ein netter junger Mann – und vor ihm liegt eine nette, langweilige Zukunft.«

»Du bist arrogant«, warf er mir vor.

»Nein, nur ehrlich. Weil ich mich nicht zu einem Leben zwingen lassen will, das ich nicht möchte.«

»Ich zwinge dich nicht …«, begann mein Vater.

»Wenn du mir verbietest, nach New York zu gehen, verhinderst du, dass ich mein Schicksal selbst in die Hand nehme.«

»Dein Schicksal!«, höhnte mein Vater. »Denkst du tatsächlich, du hättest ein Schicksal? Du hast auf dem Bryn Mawr wohl zu viele Schnulzenromane gelesen.«

Ich stürzte aus dem Zimmer. Ich rannte nach oben und warf mich schluchzend auf mein Bett. Weder Vater noch Mutter kamen, um mich zu trösten. Das hatte ich allerdings auch nicht von ihnen erwartet. Es war nicht ihre Art. Sie fassten ihre Elternrolle im alttestamentarischen Sinn auf. Vater war in unserem Haus so etwas wie Gottvater, und sobald er gesprochen hatte, war die Diskussion beendet. So wurde die Sache das ganze Wochenende über nicht mehr erwähnt. Stattdessen quälten wir uns durch ein Gespräch über die neuesten japanischen Vorstöße im Pazifik, und ich schwieg, als Vater eines seiner Klagelieder über Franklin Delano Roosevelt anstimmte. Am Sonntag brachte er mich zum Bahnhof. Als wir dort ankamen, tätschelte er mir den Arm.

»Sara, Liebling, ich möchte keinen Streit mit dir haben. Wir sind zwar enttäuscht, dass du Horace nicht heiratest, doch wir respektieren deine Entscheidung. Und wenn du wirklich Journalistin werden möchtest, ich habe Kontakte zum *Hartford Courant*. Ich glaube, es wäre kein Problem, dich dort unterzubringen …«

»Ich werde die Stelle bei *Life* annehmen, Vater.«

Er wurde blass, was ich bei Vater noch nie gesehen hatte.

»Wenn du diese Stelle annimmst, bleibt mir nichts anderes übrig, als dich zu enterben.«

»Damit schneidest du dich nur ins eigene Fleisch.« Dann stieg ich aus dem Wagen.

Auf der Fahrt nach New York zitterte ich, und ich hatte eine Heidenangst. Immerhin hatte ich meinem Vater die Stirn geboten, etwas, was ich nie zuvor gewagt hatte. Obwohl ich mich gern als mutig und voller Selbstvertrauen sah, entsetzte mich der Gedanke, ich könnte soeben meine Eltern verloren haben. Doch ebenso grauenvoll fand ich die Vorstellung, ich müsste, falls ich Vaters Wunsch entsprach, bis ans Ende meiner Tage die »Kirchennotizen« im *Hartford Courant* schreiben und würde es mein Leben lang bereuen, dass ich mich von meinen Eltern zu so einer unbedeutenden Existenz hatte zwingen lassen.

Doch, ich glaubte an das Schicksal. Das mag eingebildet und furchtbar romantisch klingen, aber an diesem frühen Scheideweg in meinem so genannten Erwachsenenleben war ich bezüglich meiner Zukunft zu einem einfachen Ergebnis gekommen: Sie barg Möglichkeiten, allerdings nur, wenn man es sich gestattete, diese auch zu entdecken. Die meisten meiner Altersgenossen jedoch ordneten sich brav ein und taten das, was man von ihnen erwartete. Mindestens die Hälfte meines Jahrgangs am Bryn Mawr schmiedete für den Sommer nach dem Abschluss Hochzeitspläne. Und die jungen Männer, die nach und nach aus dem Krieg heimkamen, dachten im Großen und Ganzen nur daran, sich eine Anstellung zu suchen und sich irgendwo niederzulassen. Wir, die Generation, die all den Überfluss der Nachkriegszeit genießen durfte, die, verglichen mit der Generation vor uns, unbegrenzte Möglichkeiten hatte. Doch anstatt diese Möglichkeiten zu nutzen, was taten die meisten von uns? Wir wurden zu guten Angestellten, Hausfrauen, Konsumenten. Wir verengten unseren Horizont und richteten uns in unserem bedeutungslosen Leben ein.

Diese Zusammenhänge begriff ich natürlich erst Jahre später (hinterher sieht man die Dinge immer klarer, nicht wahr?). Damals, im Frühjahr 1945, wollte ich jedenfalls nichts anderes, als in meinem Leben etwas Interessantes anzufangen, was in erster Linie bedeutete, Horace Cowetts Antrag abzulehnen und die Stelle bei *Life* anzunehmen. Doch als ich nach dem schrecklichen Wochenende bei meinen Eltern an der Penn Station eintraf, hatte ich allen Mut verloren. Obwohl ich schon seit vier Jahren zu Hause ausgezogen und auf dem College war, spielte Vater noch eine große Rolle in meinem Leben. Ich versuchte verzweifelt, seine Zustimmung zu bekommen, obwohl ich wusste, dass er sie mir nicht geben würde. Außerdem war ich fest davon überzeugt, dass er mich wirklich enterben würde, wenn ich nach New York ging. Und wie sollte ich ohne meine Eltern leben?

»Also bitte«, sagte Eric, als ich ihm von meiner Befürchtung erzählte. »Vater bricht den Kontakt zu dir nicht ab. Dazu liebt er dich viel zu sehr.«

»Nein, das tut er nicht.«

»Glaub mir, der alte Narr denkt, er muss den strengen Patriarchen spielen, aber im Grunde seines Herzens ist er ein verängstigter Vierundsechzigjähriger, der nächstes Jahr von seiner Firma in Rente geschickt wird und mit Entsetzen dem Ruhestand entgegensieht. Glaubst du wirklich, er würde seiner geliebten Tochter die Tür verschließen?«

Wir saßen in der Cocktailbar des Stadtler-Hilton Hotels, gleich neben der Penn Station. Eric hatte angeboten, sich an diesem Sonntagabend am Bahnhof mit mir zu treffen (ich hatte zwei Stunden Aufenthalt, bis mein Zug zurück zum Bryn Mawr über Philadelphia abfuhr). Sobald ich ihn am Bahnsteig sah, warf ich mich an seine Schulter und begann zu weinen, gleichzeitig hasste ich mich für meine Schwäche. Eric hielt mich fest, bis ich mich beruhigt hatte, dann sagte er:

»Na, hattest du eine schöne Zeit zu Hause?«

Ich musste lachen.

»Es war herrlich«, sagte ich.

»Das kann ich mir vorstellen. Das Stadtler ist gleich um die Ecke. Und der Barkeeper mixt einen ganz ordentlichen Manhattan.«

Das war die Untertreibung des Jahrhunderts. Nach zwei solcher Manhattan fühlte ich mich wie unter Narkose, was, wie ich gestehen muss, gelegentlich ganz angenehm war. Eric wollte mich zu einem dritten Drink überreden, aber ich blieb standhaft und bestellte ein Ginger Ale. Obwohl ich mir eine Bemerkung verkniff, war ich doch ziemlich besorgt, als mein Bruder seinen dritten Manhattan mit vier schnellen Schlucken hinunterkippte und sofort einen neuen bestellte. Wir standen zwar in regelmäßigem Briefkontakt (Ferngespräche waren damals teuer, sogar auf die relativ kurze Entfernung zwischen New York und Pennsylvania), doch ich hatte ihn seit Weihnachten nicht mehr gesehen, und ich war ehrlich bestürzt über seine körperliche Verfassung. Während er früher eher mager gewesen war, hatte er nun merklich zugenommen. Sein Gesicht wirkte aufgedunsen. Ein kleines, aber sichtbares Doppelkinn hatte sich gebildet. Er rauchte eine Chesterfield nach der anderen und hustete laut. Mit seinen achtundzwanzig Jahren hatte er bereits das schwammige Aussehen eines Mannes, den die Enttäuschung frühzeitig hatte altern lassen. Obwohl er sich ebenso spritzig und lustig wie früher gab, entging mir nicht, dass er sich wegen seiner Arbeit Sorgen machte. Aus seinen Briefen wusste ich, dass sein neuestes Stück (über einen Aufstand von Wanderarbeitern in Südwest-Texas) gerade von sämtlichen dafür infrage kommenden Bühnen New Yorks abgelehnt worden war und dass er seinen Lebensunterhalt verdiente, indem er für die Theatre Guild unaufgefordert eingesandte Manuskripte beurteilte (»Eine ziemlich deprimierende Arbeit«, schrieb er mir im März, »weil es einzig und allein darum geht, Absagen an andere Autoren zu schreiben. Aber es bringt dreißig Dollar die Woche ein, und damit kann ich so gerade meine Rechnungen bezahlen.«) Als er allerdings seinen vierten Manhattan mit fünf Schlucken hinunterkippte, konnte ich nicht länger schweigen.

»Noch so einen, und du kletterst auf den Tisch und singst *Yankee Doodle Dandy.*«

»Jetzt kehrst du aber die Puritanerin heraus, S. Wenn ich dich in den Zug zurück in das schöne Philadelphia gesetzt habe, fahre ich mit der U-Bahn in meine Wohnung in der Sullivan Street und schreibe bis Sonnenaufgang. Glaub mir, fünf Manhattan sind gerade das Richtige, um meine kreativen Kräfte freizusetzen.«

»Gut. Aber du solltest dir zumindest überlegen, ob du nicht auf Filterzigaretten umsteigst. Die sind nicht so schlimm für deinen Hals.«

»O Gott! Diese Asketinnen vom Bryn Mawr! Ginger Ale, Filterzigaretten. Gleich erzählst du mir, dass du bei der nächsten Wahl für Dewey anstatt für Roosevelt stimmen willst, falls er nominiert wird.«

»Du weißt, dass ich das nie tun würde.«

»Das war ein Scherz, S, obwohl Daddy außer sich vor Freude wäre, wenn du einen Republikaner wählen würdest.«

»Trotzdem würde er darauf bestehen, dass ich wie ein braves Mädchen nach Hartford zurückgehe.«

»Aber du gehst nach dem Abschluss nicht nach Hartford zurück.«

»Er hat mich vor eine ziemlich schwierige Wahl gestellt, Eric.«

»Nein, er hat nur den ältesten Pokertrick der Welt angewandt. Er hat den ganzen Zaster in den Topf geworfen und so getan, als hätte er einen *straight flush*, weil er wissen wollte, ob du mitziehst. Aber du wirst auf seinen Bluff nicht hereinfallen, sondern die Stelle bei *Life* annehmen. Auch wenn er stöhnt und jammert und dich wahrscheinlich mit seiner Teddy-Roosevelt-Nummer einzuschüchtern versucht, am Ende wird er deine Entscheidung akzeptieren. Weil er nicht anders kann. Außerdem bin ich noch da, der in der großen bösen Stadt auf dich aufpasst.«

»Das macht ihm ja gerade Angst«, sagte ich und bereute es sofort.

»Warum?«

»Ach, weißt du …«

»Nein«, beharrte Eric. Plötzlich klang er nicht mehr amüsiert. »Ich weiß nicht.«

»Er denkt wahrscheinlich, dass du aus mir eine eingefleischte Marxistin machst.«

Eric zündete sich die nächste Zigarette an. Er blickte mich argwöhnisch an. Ich spürte, dass er auf einmal nüchtern war.

»Das hat er nicht gesagt, S.«

»Doch«, widersprach ich nicht sehr überzeugend.

»Bitte, sag mir die Wahrheit.«

»Ich hab dir doch gesagt …«

»… dass ihm die Vorstellung, ich würde mich in New York um dich kümmern, nicht gefällt. Aber er hat dir doch sicher auch erklärt, warum ich seiner Meinung nach einen schlechten Einfluss auf dich ausübe.«

»Das habe ich vergessen.«

»Jetzt lügst du. Und wir lügen uns doch niemals an, S.«

Mein Bruder nahm meine Hand und sagte leise: »Du musst es mir sagen.«

Ich blickte auf, ihm direkt in die Augen. »Er hat gesagt, du bist nicht besonders moralisch.«

Eric schwieg. Er nahm nur einen langen, tiefen Zug aus seiner Zigarette und hustete ein wenig beim Inhalieren.

»Das ist natürlich nicht meine Ansicht«, sagte ich.

»Wirklich?«

»Das weißt du.«

Er klopfte die Zigarette am Aschenbecher ab und kippte den Rest seines Drinks hinunter.

»Aber wenn es nun wahr wäre, wenn ich wirklich nicht sehr moralisch wäre, würde dich das stören?«

Nun fasste er mich scharf ins Auge. Ich wusste, was wir beide gerade dachten: Dieses Thema haben wir stets umgangen, obwohl es immer irgendwie im Raum hing. Wie meine Eltern hatte auch ich so meine Vermutungen, was die sexuellen Neigungen meines

Bruders betraf (zumal er nie eine Freundin hatte). Aber damals sprach man über solche Dinge nicht. Alles blieb im Verborgenen. Im wörtlichen und im übertragenen Sinn. Sich im Amerika der vierziger Jahre offen zu seiner Homosexualität zu bekennen wäre glatter Selbstmord gewesen. Nicht einmal mit seiner jüngeren Schwester, von der man vergöttert wurde, durfte man darüber reden. Also sprachen wir verschlüsselt darüber.

»Für mich bist du der moralischste Mensch, den ich kenne.«

»Aber Vater meint mit moralisch etwas anderes, verstehst du das, S?«

Ich umschloss seine Hand mit meiner.

»Ja.«

»Und stört es dich?«

»Du bist mein Bruder. Nichts anderes zählt.«

»Sicher?«

Ich drückte seine Hand.

»Sicher.«

»Danke.«

»Halt die Klappe«, sagte ich lächelnd.

Er erwiderte meinen Händedruck.

»Ich werde immer auf deiner Seite stehen, S. Vergiss das nicht. Und mach dir keine Gedanken wegen Vater. Diesmal wird er nicht gewinnen.«

Eine Woche später traf ein Brief im Bryn Mawr ein.

Liebe S!

Nachdem wir uns am Sonntag gesehen hatten, entschied ich spontan, dass ein kurzer Besuch in Hartford längst überfällig war. Also stieg ich am nächsten Morgen in den Zug. Wie du dir vorstellen kannst, waren Vater und Mutter ziemlich überrascht, als ich vor der Tür stand. Vater wollte mich zuerst nicht anhören, aber um deinetwillen hatte er schließlich keine andere Wahl. In der ersten Stunde unserer »Verhandlungen« (anders kann man es nicht bezeichnen) blieb er bei seiner harten Linie: »Sie kommt nach Hartford zurück, und damit basta.« Deshalb musste ich ein bisschen tricksen und ihm vor Augen halten, wie schade es doch wäre, beide Kinder zu verlieren – und zwar nicht als Drohung, sondern eher als tragische Möglichkeit. Als er immer noch nicht einlenken wollte und erklärte, an seiner Entscheidung sei nicht mehr zu rütteln, sagte ich: »Dann wirst du als einsamer alter Mann enden.« Daraufhin ging ich und nahm den nächsten Zug nach New York.

Am nächsten Morgen klingelte zu der unchristlichen Zeit von halb neun Uhr morgens das Telefon. Es war unser geliebter Vater. Er klang immer noch verärgert und starrköpfig, aber er schlug neue Töne an:

»Folgendes werde ich akzeptieren: Sara kann die Stelle bei *Life* annehmen, falls sie einwilligt, im Barbizon Frauenhotel in der East 63rd zu wohnen. Es wurde mir von einem meiner Arbeitskollegen wärmstens empfohlen. Dort gibt es strenge Regeln, man darf abends nicht ausgehen und nach Einbruch der Dunkelheit auch keine Besucher mehr empfangen. Da Mutter und ich wissen, dass sie im Barbizon gut aufgehoben ist, werden wir ihr erlauben, in Manhattan zu wohnen. Offenbar siehst du dich in dieser Angelegenheit als Unterhändler, daher überlasse ich es dir, Sara diesen Vorschlag zu unterbreiten. Bitte teile ihr mit, dass wir, auch wenn wir sie lieben und hinter ihr stehen, in diesem Punkt nicht weiter verhandeln werden.«

Natürlich habe ich darauf nichts gesagt, nur dass ich sein Angebot an dich weitergeben würde. Aber wie ich es sehe, kommt es einer Kapitulation seinerseits gleich. Also, trink zur Feier des Tages fünf Manhattan und gib Pennsylvania den Abschiedskuss. Du wirst nach New York gehen, und noch dazu mit elterlichem Segen. Und mach dir wegen dem Barbizon keine Gedanken. Wir melden dich dort an, und nach einem oder zwei Monaten ziehst du stillschweigend in eine eigene Wohnung. Danach überlegen wir uns, wie wir Vater und Mutter diese Neuigkeit beibringen können, ohne die Feindseligkeiten wieder aufleben zu lassen.

Frieden für eine ganze Generation.

Dein »moralischer« Bruder Eric

Als ich den Brief zu Ende gelesen hatte, brach ich in Jubel aus. Zurück in meinem Zimmer, schnappte ich mir einen Briefbogen und einen Stift und schrieb:

Lieber E!

Noch heute Abend schreibe ich an Franklin Delano Roosevelt und schlage dich als Generalsekretär des Völkerbunds vor (wenn er nach dem Krieg wieder gegründet wird). Du bist ein diplomatisches Genie! Und der beste Bruder, den man sich vorstellen kann. Sag der Bande in der 42nd Street, dass ich bald komme …«

In Liebe, S

Auch an Vater verfasste ich ein paar Zeilen. Ich teilte ihm mit, dass ich seine Bedingungen akzeptiere, und versprach ihm, der Familie in New York alle Ehre zu machen (womit ich ihm zu verstehen gab, dass ich, obwohl ich in diesem Sodom und Gomorrha namens Manhattan wohnte, ein »braves Mädchen« bleiben würde).

Ich erhielt nie eine Antwort, doch ich hatte auch keine erwartet. Das war nicht seine Art. An meiner Abschlussfeier nahmen er und Mutter jedoch teil. Auch Eric kam für diesen Tag angereist. Nach der Veranstaltung gingen wir in einem Hotel im Ort zum Essen. Die Atmosphäre war gespannt. Vater blickte mit zusammengepressten Lippen abwechselnd von mir zu Eric. Eric hatte eigens zu diesem Anlass Krawatte und Jackett angezogen, das einzige, das er besaß, eine schon etwas abgenutzte Harris-Tweed-Jacke aus einem Secondhand-Laden. Das Hemd dazu stammte aus Armee-Restbeständen und war khakifarben. Er sah aus wie ein Gewerkschafter – und rauchte während der gesamten Mahlzeit Kette (zumindest beschränkte er sich bei seinem Alkoholkonsum auf zwei Manhattan). Obwohl ich ein ordentliches Kostüm trug, betrachtete Vater auch mich mit Unbehagen. Da ich mich ihm einmal widersetzt hatte, war ich nun nicht mehr sein kleines Mädchen. Und ich sah ihm an, wie schwer es ihm fiel, ungezwungen mit mir umzugehen (um der Wahrheit gerecht zu werden, muss man hinzufügen, dass Vater in Gesellschaft seiner Kinder nie ungezwungen war). Mutter machte derweil, was sie immer machte: Sie lächelte nervös und pflichtete Vater in allem, was er sagte, bei. Schließlich, nach einigen gezwungenen Bemerkungen über das schöne College-Gelände, den schlechten Service im Zug und der Frage, welcher Nachbarsjunge in welcher Ecke Europas oder des Pazifik stationiert war, sagte Vater plötzlich:

»Das eine sollst du wissen, Sara, deine Mutter und ich freuen uns sehr darüber, dass du *cum laude* abgeschlossen hast. Das ist schon eine gute Leistung.«

»Wenn sie auch kein *summa cum laude* geschafft hat wie ich«, meinte Eric augenzwinkernd.

»Vielen Dank«, sagte ich.

»Gern geschehen, S.«

»Wir sind auf euch beide stolz«, sagte Mutter.

»Was das Studium betrifft«, fügte Vater hinzu.

»Ja«, beeilte sich Mutter zu sagen, »was das Studium betrifft, könnten wir nicht stolzer sein.«

Das war das letzte Mal, dass unsere Familie vollzählig versammelt war. Sechs Wochen später, als ich nach einem langen Arbeitstag bei *Life* heimkam, fand ich zu meiner Überraschung Eric in der Lobby des Barbizon Hotels vor. Sein Gesicht war aschfahl. Beklommen sah er mich an. Ich wusste sofort, dass er mir etwas Schreckliches zu sagen hatte.

»Hallo, S«, begann er leise und nahm meine Hand.

»Was ist passiert?«

»Vater ist heute Morgen gestorben.«

Mir klopfte das Herz bis zum Halse. Einige Augenblicke wusste ich nicht mehr, wo ich mich befand. Dann spürte ich den festen Griff von Erics Hand auf meinem Arm. Er führte mich zu einem Sofa, half mir, mich hinzusetzen, und nahm neben mir Platz.

»Wie?«, brachte ich schließlich heraus.

»Ein Herzanfall, im Büro. Seine Sekretärin fand ihn zusammengesackt über dem Schreibtisch. Es muss ganz plötzlich passiert sein, was vermutlich ein Segen ist.«

»Wie hat Mutter es erfahren?«

»Von der Polizei. Die Daniels von nebenan riefen mich dann an. Sie sagten, Mom sei ziemlich erschüttert.«

»Sie muss erschüttert sein«, hörte ich mich sagen. »Er war ihr Leben.«

Ein Schluchzer stieg in mir auf, doch ich unterdrückte ihn. Denn plötzlich musste ich an Vaters Worte denken. *Weinen ist keine Lösung*, sagte er einmal, als ich in Tränen ausbrach, weil ich eine schlechte Note in Latein bekommen hatte. *Weinen ist nichts als Selbstmitleid. Und Selbstmitleid bringt dich nicht weiter.*

Ich wusste ohnehin nicht, was ich in diesem Moment empfinden sollte. In mir war ein bohrender Schmerz. Ich liebte Vater. Ich fürchtete Vater, und doch sehnte ich mich nach seiner Zuneigung. Eine Zuneigung, die er mir nie gezeigt hatte. Dennoch wusste ich, dass Eric und ich ihm alles bedeuteten. Er konnte solche Dinge eben nicht ausdrücken. Und jetzt war es zu spät dazu. Diese Erkenntnis traf mich am härtesten, die Tatsache, dass es nun nie wieder eine Gelegenheit geben würde, die Kluft zwischen uns zu überwinden; dass die Erinnerung an meinen Vater immer davon geprägt sein würde, dass wir uns nie richtig ausgesprochen hatten. Ich denke, das ist das Schlimmste daran, wenn man jemanden verliert – der Gedanke, was hätte sein können, wenn man es nur anders angepackt hätte.

Ich überließ es Eric, sich um alles zu kümmern. Er half mir, eine Tasche zu packen. Er besorgte ein Taxi zur Penn Station, wo wir den Zug um acht Uhr dreizehn nach Hartford nahmen. Während er Fairfield County nach Norden durchquerte, tranken wir im Speisewagen einen Drink nach dem anderen. In keinem Moment schien Eric von Trauer überwältigt, offenbar wollte er um meinetwillen stark sein. Das Merkwürdige an unserer Unterhaltung war, dass wir kaum über Vater und Mutter sprachen. Stattdessen plauderten wir über meine Stelle bei *Life*, über Erics Arbeit für die Theatre Guild, über die Gerüchte aus Osteuropa, wonach die Nazis Todeslager unterhalten hatten, darüber, ob Roosevelt in der nächsten Wahlkampagne mit Henry Wallace als Vizepräsident kandidieren würde und warum Lillian Hellmans *Watch on the Rhine* nach Erics uneingeschränktem Urteil ein wirklich schreckliches Stück war. Es war, als könnten wir mit der folgenschweren Tatsache, einen Elternteil verloren zu haben, noch dazu einen, zu dem wir beide eine sehr komplizierte, ambivalente Beziehung hatten, noch nicht umgehen. Nur einmal während der ganzen Fahrt kam unsere Familie zur Sprache.

»Na, jetzt kannst du wohl aus dem Barbizon ausziehen«, sagte Eric.

»Meinst du, Mutter hat nichts dagegen?«, wandte ich ein.

»Glaub mir, S, Mutter hat jetzt andere Sorgen.«

Leider sollte er Recht behalten. Mutter trauerte nicht nur einfach über Vaters Tod, sie war untröstlich. In den drei Tagen vor der Beerdigung war sie so verzweifelt, dass unser Hausarzt ihr Beruhigungsmittel gab. Den Trauergottesdienst in der Episkopalkirche stand sie zwar noch durch, aber am offenen Grab brach sie dann zusammen. Angesichts ihres labilen Zustands empfahl der Arzt, sie zur Beobachtung in ein Pflegeheim zu geben.

Sie verließ das Heim nie mehr. Eine Woche nach ihrer Einweisung setzte eine Art frühzeitiger Demenz ein, und es gab keinen Weg mehr, in Kontakt mit ihr zu treten. Alle Spezialisten, die sie untersuchten, kamen zu dem gleichen Ergebnis: Ihr Kummer über Vaters Tod war so groß, so übermächtig gewesen, dass sie einen Schlaganfall erlitten hatte, der ihr in der Folge Sprache, Erinnerungsvermögen und die Kontrolle über ihren Bewegungsapparat raubte. In den ersten Monaten ihrer Krankheit fuhren Eric und ich jedes Wochenende nach Hartford, saßen an ihrem Bett und warteten darauf, dass sie wieder eine Reaktion zeigte. Nach einem halben Jahr erklärten uns die Ärzte jedoch, es sei unwahrscheinlich, dass sich ihr Zustand je wieder bessern würde. An diesem Wochenende trafen wir einige schwere, aber notwendige Entscheidungen. Wir schrieben unser Haus zum Verkauf aus. Außerdem sortierten wir die anderen Besitztümer unserer Eltern danach, ob sie verkauft oder Wohltätigkeitsorganisationen gespendet werden sollten. Beide wollten wir nicht viel zur Erinnerung behalten. Eric entschied sich für den kleinen Schreibtisch, den Vater in seinem Schlafzimmer stehen hatte. Ich suchte mir ein Foto von meinen Eltern aus, das 1913 während ihrer Flitterwochen in den Berkshires aufgenommen worden war. Es zeigte Mutter auf einem ungepolsterten Stuhl, mit einem weißen, langärmeligen Leinenkleid, das Haar zu einem festen Knoten hochgesteckt. Vater stand an ihrer Seite. Er trug einen schwarzen Cut mit Weste und Stehkragen. Die linke Hand hielt er hinter dem Rücken, die rechte lag auf Mutters Schulter. Kein Hauch von Zuneigung, kein Zeichen von Leidenschaft, romantischer Liebe oder auch nur der simplen Freude, mit dem anderen zusammen zu sein, sprach aus diesem Bild. Sie wirkten so steif, so förmlich, so unpassend für das Jahrhundert, in dem sie lebten.

An dem Abend, als Eric und ich ihre Habe sortierten und im Speicher auf dieses Foto stießen, brach Eric in Tränen aus. Es war das einzige Mal, dass ich ihn nach Vaters Tod und Mutters Erkrankung weinen sah (während ich mich bei *Life* immer wieder in der Toilette einschloss und wie eine Idiotin heulte). Ich verstand sehr gut, warum Eric ausgerechnet jetzt die Fassung verlor. Weil man auf dem Foto genau das formelle, verkrampfte Gesicht sah, das unsere Eltern der Welt und, viel bezeichnender, auch uns Kindern gegenüber gezeigt hatten. Weil sie einander nie öffentlich ihre Zuneigung bewiesen hatten, waren wir der Meinung gewesen, diese Nüchternheit bestünde auch zwischen ihnen. Doch nun erkannten wir, dass es in ihrer Beziehung eine versteckte Leidenschaft gegeben hatte, eine so tief empfundene Liebe und Abhängigkeit, dass Mutter ohne Vater nicht weiterleben konnte. Wir waren beide erstaunt, dass wir diese Leidenschaft niemals bemerkt, ja nicht einmal erahnt hatten.

»Man weiß nie, was in einem Menschen wirklich vorgeht«, sagte Eric an jenem Abend. »Man glaubt es zwar, aber dann wird man immer wieder eines Besseren belehrt. Besonders wenn es um die Liebe geht. Das Herz ist der geheimnisvollste und undurchschaubarste Teil unseres Körpers.«

Nur meine Arbeit hielt mich in dieser Zeit aufrecht. Mir gefiel es gut bei *Life*. Nicht zuletzt deshalb, weil ich in vier Monaten von der Volontärin zur Nachwuchsautorin befördert worden war. Ich recherchierte und verfasste jede Woche mindestens zwei kurze Artikel. Die Themen wurden mir von einem der Chefredakteure, Leland McGuire, vorgegeben, einem kettenrauchenden Journalisten der alten Schule. Er war früher Redakteur in der Lokalredaktion der *Sun-American* gewesen, war aber wegen der besseren Verdienstmöglichkeiten und angenehmeren Arbeitszeiten zu *Life* gewechselt. Nun vermisste er den Rummel und das raue Klima einer großen Tageszeitung. Ich gefiel ihm, und so lud er mich, kurz nachdem ich in seine Abteilung gekommen war, in die Oyster Bar im Untergeschoss der Grand Central Station zum Essen ein.

»Möchten Sie einen guten Rat von einem Kollegen?«, fragte er mich, nachdem wir uns durch zwei Tassen Muschelsuppe und ein Dutzend Austern gearbeitet hatten.

»Sehr gern, Mr. McGuire.«

»Leland, bitte. Gut, dann hören Sie zu: Wenn Sie wirklich eine richtige Journalistin werden wollen, verschwinden Sie so schnell Sie können aus dem *Time-Life* Building, und suchen Sie sich bei einer großen Tageszeitung eine Stelle als Reporterin. Ich könnte Ihnen sicher behilflich sein. Versuchen Sie's mal bei der *Sun-American* oder der *News*.«

»Sind Sie mit meiner bisherigen Arbeit nicht zufrieden?«

»Im Gegenteil, ich finde sie großartig. Aber Tatsache ist: *Life* ist in erster Linie eine Illustrierte. Unsere Spitzenreporter sind ausschließlich Männer, und sie sind auch diejenigen, die man mit den großen Geschichten beauftragt: der Blitzkrieg in London, die Eroberung von Guadalcanar, Roosevelts nächste Wahlkampagne. Alles was ich Ihnen geben kann, läuft unter Kunst und Kultur: fünfhundert Wörter über den Film des Monats, einen neuen Modetrend oder Kochrezepte. Wenn Sie dagegen zur Lokalredaktion der *Sun-American* wechseln, werden Sie mit Polizisten Streife gehen, aus dem Gerichtssaal berichten, vielleicht ergattern Sie sogar was richtig Hübsches, zum Beispiel eine Hinrichtung in Sing-Sing.«

»Ich glaube nicht, dass mir Hinrichtungen liegen, Mr. McGuire.«

»Leland! Sie sind wirklich viel zu gut erzogen, Sara. Noch einen Manhattan?«

»Danke nein, einer zum Mittagessen ist für mich die Grenze.«

»Dann sollten Sie vielleicht lieber nicht zur *Sun-American* gehen. Oder vielleicht gerade trotzdem, denn nach einem Monat dort wissen Sie, wie man den Tag auch mit drei Manhattan zum Mittagessen durchsteht.«

»Mir gefällt es wirklich gut bei *Life*. Und ich lerne viel.«

»Sie wollen also keine hartgesottene Reporterin wie Barbara Stanwyck werden?«

»Eigentlich möchte ich Literatur schreiben, Mr. McGuire … Entschuldigung, Leland.«

»Du liebe Güte …«

»Habe ich etwas Falsches gesagt?«

»Nein. Literatur ist in Ordnung. Literatur ist großartig. Wenn man das Zeug dazu hat.«

»Ich will es jedenfalls versuchen.«

»Und danach, nehme ich an, kommt ein Ehemann, Kinder und ein schönes Haus in Tarrytown.«

»Das steht nicht unbedingt oben auf meiner Prioritätenliste.«

Er trank seinen Martini aus. »Das habe ich doch schon mal irgendwo gehört.«

»Kann sein. Aber in meinem Fall ist es die Wahrheit.«

»Natürlich. Bis Sie einen netten Mann treffen und sich denken, Sie haben eigentlich keine Lust mehr auf die Plackerei von neun bis fünf. Sie wünschen sich endlich ein trautes Heim und jemanden, der Ihre Rechnungen zahlt. Und Sie denken, dieser nette Elitestudent wäre doch genau der Richtige, den werden Sie in Ihre Falle locken ...«

Mit echter Verärgerung in der Stimme hörte ich mich antworten: »Danke, dass Sie mich auf ein Klischee reduzieren.«

Mein Ton überraschte ihn. »Meine Güte, das war doch nicht so gemeint.«

»Natürlich.«

»Ich wollte Sie nicht beleidigen.«

»Schon gut, Mr. McGuire.«

»Anscheinend sind Sie ziemlich böse auf mich.«

»Nein, ich bin nicht böse. Ich möchte nur nicht in die Schublade ›Weibchen auf Männerfang‹ gesteckt werden.«

»Mit Ihnen ist aber bestimmt nicht gut Kirschen essen.«

»An einer Kirsche kann man sich nun mal leicht die Zähne ausbeißen«, bemerkte ich leichthin und bedachte ihn mit einem süßen, sarkastischen Lächeln.

»An Ihnen ganz bestimmt. Erinnern Sie mich daran, dass ich Sie nie dazu einlade, in der Stadt einen draufzumachen.«

»Ich gehe sowieso nicht mit verheirateten Männern aus.«

»Und Sie halten sich auch nicht damit auf, Gefangene zu machen, sondern machen gleich kurzen Prozess. Ihr Freund muss eine kugelsichere Weste haben.«

»Ich habe keinen Freund.«

»So eine Überraschung.«

Der Grund dafür war ziemlich einfach: In dieser Lebensphase war ich einfach viel zu beschäftigt. Ich hatte meine Arbeit. Ich hatte meine erste eigene Wohnung, ein kleines Apartment in einer wunderschönen grünen Ecke von Greenwich Village, in der Bedford Street. Vor allem hatte ich New York, und eine bessere Romanze konnte man sich nicht vorstellen. Obwohl ich New York im Laufe der Jahre immer wieder besucht hatte, war es eine völlig neue Erfahrung, hier zu leben. Manchmal hatte ich den Eindruck, auf einem Spielplatz für Erwachsene gelandet zu sein. Für jemanden, der in dem ruhigen, konservativen Hartford aufgewachsen war, wo jeder alles über jeden wusste und man schnell aneckte, war Manhattan eine Offenbarung. Zum einen konnte man hier so herrlich anonym leben. Man war wie unsichtbar und hatte nie das Gefühl, jemand schaue einem missbilligend über die Schulter (eine Lieblingsbeschäftigung in Hartford). Man konnte ausgehen und erst frühmorgens heimkommen. Oder sich den halben Samstag in den Regalfluchten im Strand Bookshop verlieren und schmökern. Oder für fünfzig Cent in der Met Ezio Pinza in der Titelrolle von *Don Giovanni* hören (wenn man sich mit einem Stehplatz begnügte). Oder um drei Uhr morgens im Lindy's einen Imbiss nehmen. Oder am Sonntag im Morgengrauen aufstehen, in die Lower East Side hinüberbummeln und in der Delancy Street Essiggurken frisch aus dem Fass kaufen und anschließend bei Katz's Deli vorbeischauen, weil man unbedingt eines dieser Roggen-Sandwiches mit Pastrami haben musste, deren Genuss einer religiösen Erfahrung gleichkam.

Oder man konnte einfach spazieren gehen, was ich unentwegt, fast schon zwanghaft, tat. Lange Spaziergänge, von meiner Wohnung in der Bedford Street bis hinauf zur Columbia University. Oder über die Manhattan Bridge und die Flatbush Avenue nach Park Slope hinauf. Auf diesen Wanderungen entdeckte ich, dass New York einem dicken viktorianischen Roman glich, in dem man sich durch breit angelegte Haupt- und komplizierte Nebenhandlungen kämpfen musste. Als ungeduldige Leserin ging ich völlig in der Erzählung auf und fragte mich immer, was wohl als Nächstes passieren würde.

Mein Freiheitsgefühl war unbeschreiblich, nun da ich nicht mehr unter elterlicher Aufsicht stand. Ich ging meinen Weg und verdiente mir selbst den Lebensunterhalt. Niemandem war ich Rechenschaft schuldig. Und dank Eric hatte ich Zutritt zu Manhattans Boheme. Eric schien jeden seltsamen Vogel in der Stadt zu kennen. Tschechische Übersetzer mittelalterlicher Poesie. Rundfunkmoderatoren, die bei WNEW rund um die Uhr Jazzplatten auflegten. Emigrierte deutsche Bildhauer. Möchtegernkomponisten, die atonale Opern über Gawain komponierten, kurz, die Art Leute, die man in Hartfort, Connecticut nie kennen lernen würde. Es waren auch politische Aktivisten darunter, von denen die meisten an einem der vielen Colleges der Stadt unterrichteten, für die Works Progress Administration oder das Federal Theatre arbeiteten oder auch kleine Wohlfahrtsveranstaltungen organisierten, um »unsere sowjetischen Brüder in ihrem tapferen Kampf gegen den Faschismus...« mit Kleidern und Nahrung und nicht zuletzt aufmunternden Parolen zu unterstützen.

Natürlich versuchte Eric, mich für seine Art linker Politik zu begeistern. Aber es interessierte mich einfach nicht. Ich respektierte, mit welcher Leidenschaft er seine Sache vertrat. Ebenso wie ich seine Abscheu gegen soziale Ungerechtigkeit und wirtschaftliche Ungleichheit respektierte (und auch teilte). Aber ich hatte etwas dagegen, dass seine Freunde in ihren Ansichten so etwas wie eine Religion sahen und sich selbst als Hohepriester. Gott sei Dank trat Eric 1941 aus der Partei aus. Ich hatte einige seiner »Genossen« kennen gelernt, als ich ihn während meiner College-Zeit in Manhattan besuchte, und, du liebe Zeit, wie dogmatisch sie waren! Sie glaubten wirklich, ihre Ansichten seien die einzig wahren, über abweichende Meinungen durfte nicht einmal diskutiert werden. Was einer der Gründe dafür war, warum Eric schließlich genug von ihnen hatte.

Zu meiner Erleichterung lud mich wenigstens keiner seiner politischen Freunde zu einer Verabredung ein. Denn im Großen und Ganzen waren sie doch eine recht verbissene, freudlose Gesellschaft.

»Kennst du eigentlich keine witzigen Kommunisten?«, fragte ich Eric eines Sonntags, als wir bei Katz's Deli zum Essen waren.

»Ein witziger Kommunist ist ein Widerspruch in sich«, erklärte er.

»Aber du bist einer.«

»Nicht so laut«, raunte er mir zu.

»Ich glaube nicht, dass J. Edgar Hoover seine Agenten bei Katz's stationiert hat.«

»Man kann nie wissen. Außerdem bin ich Exkommunist.«

»Aber du stehst immer noch ziemlich links.«

»Links von der Mitte. Ein Henry-Wallace-Demokrat.«

»Eins kann ich dir sagen: Ich würde nie mit einem Kommunisten ausgehen.«

»Aus patriotischen Gründen?«

»Nein, weil er mich nicht zum Lachen bringen könnte.«

»Hat Horace Cowett dich zum Lachen gebracht?«

»Manchmal, ja.«

»Das kann man sich kaum vorstellen, dass jemand, der so heißt, dazu in der Lage ist.«

Eric hatte nicht ganz Unrecht, obwohl Horace nicht so langweilig aussah, wie man nach seinem Namen hätte schließen können. Er war groß und schlaksig, hatte dichtes schwarzes Haar und trug eine Hornbrille. Er mochte Tweedjacketts und Strickkrawatten und ähnelte bereits mit Anfang zwanzig einem alten Professor. Trotz seiner ruhigen, etwas schüchternen Art war er ausgesprochen intelligent und ein fabelhafter Gesprächspartner, wenn er erst einmal Vertrauen zu seinem Gegenüber gefasst hatte. Wir lernten uns auf einer gemeinsamen Veranstaltung von Haverford und Bryn Mawr kennen und gingen während meines letzten Jahres am College miteinander. Meine Eltern hielten ihn für eine gute Partie, zumal er nach dem Abschluss an der Universität Jura studieren wollte. Ich war mir nicht sicher, ob ich mich an so einen vergeistigten, ernsten und zurückhaltenden Mann binden wollte. Horace hatte seine Qualitäten, besonders wenn es darum ging, über die Romane von Henry James oder über Porträts von John Singer Sargent (seinem Lieblingsautor bzw. -maler) zu reden. Zwar verströmte er nicht gerade überschäumende Lebensfreude, doch ich mochte ihn. Wenn auch nicht so sehr, dass ich mit ihm ins Bett gegangen wäre. Allerdings war Horace in dieser Hinsicht auch nicht besonders hartnäckig. Dazu waren wir beide viel zu gut erzogen.

Trotzdem machte er mir einen Monat vor dem Abschluss einen Heiratsantrag. Als ich mich eine Woche darauf von ihm trennte, sagte er:

»Ich hoffe, es liegt nur daran, dass du dich noch nicht reif für die Ehe fühlst. Vielleicht sieht es in einem Jahr ganz anders aus.«

»Was ich in einem Jahr über diese Angelegenheit denke, weiß ich jetzt schon. Das Gleiche wie heute. Weil ich dich ganz einfach nicht heiraten möchte.«

Er presste die Lippen aufeinander, um nicht zu zeigen, wie verletzt er war – ohne Erfolg.

»Es tut mir leid«, sagte ich schließlich.

»Keine Ursache.«

»Ich wollte nicht grob sein.«

»Das warst du nicht.«

»Doch.«

»Nein, wirklich, es war nur ... aufschlussreich.«

»Aufschlussreich? Direkt trifft es wohl eher.«

»Ich würde sagen: instruktiv.«

»Offen. Eindeutig. Ehrlich. Das macht keinen großen Unterschied, oder?«

»Nun, vom Semantischen her ...«

Vor diesem Gespräch war ich mir nicht ganz sicher gewesen, ob ich Horace' Antrag wirklich zurückweisen sollte. Danach waren alle Zweifel verflogen. Für meine Eltern – und viele meiner Freunde am Bryn Mawr – hatte ich mit dieser Entscheidung gegen die Konventionen verstoßen. Schließlich ging ich mit Horace kein Risiko ein. Ich war jedoch zuversichtlich, dass ich irgendwann jemanden kennen lernen würde, der etwas spritziger und leidenschaftlicher war. Und mit zweiundzwanzig wollte ich mich nicht schon festlegen und nur noch Ehefrau sein, ohne überhaupt über andere Möglichkeiten nachgedacht zu haben.

Daher rangierte der Wunsch, einen Freund zu finden, auf meiner Prioritätenliste ziemlich weit unten, als ich in New York ankam. Zumal ich im ersten Jahr vieles zu regeln hatte.

Bis Weihnachten war unser Haus verkauft, aber fast der gesamte Erlös wurde von den Kosten für Mutters Medikamente und das Pflegeheim aufgezehrt. Eric und ich verbrachten Silvester 1943 in einem schäbigen Hotel in Hartford. Nach einem Anruf aus dem Pflegeheim waren wir am Nachmittag überstürzt angereist. Mutter habe sich einen Bronchialinfekt zugezogen, der sich zu einer Lungenentzündung ausgewachsen habe. Es sei ungewiss, ob sie es überleben würde. Als wir in Hartford eintrafen, hatten die Ärzte ihren Zustand stabilisiert. Sie lag im Koma und starrte ihre beiden Kinder aus leeren Augen an. Wir setzten uns eine Stunde zu ihr ans Bett und küssten sie zum Abschied. Da wir den letzten Zug nach Manhattan verpasst hatten, nahmen wir in dieser Absteige am Bahnhof ein Zimmer. Den Rest des Abends verbrachten wir in der Hotelbar und tranken schlecht gemixte Manhattan. Um Mitternacht sangen wir mit dem Barkeeper und ein paar einsamen Handelsvertretern *Auld Lang Syne*.

Es war ein scheußlicher Jahresanfang. Er wurde noch scheußlicher, als am nächsten Morgen, gerade als wir bezahlen wollten, ein Anruf aus dem Pflegeheim kam. Ich nahm ihn entgegen. Es war der Bereitschaftsarzt.

»Miss Smythe, ich bedauere, Ihnen mitteilen zu müssen, dass Ihre Mutter vor einer halben Stunde gestorben ist.«

Seltsamerweise empfand ich kaum Trauer (das kam erst ein paar Tage später). Eher fühlte ich mich wie betäubt, als mir bewusst wurde: Jetzt ist Eric mein einziger Angehöriger.

Auch er war von der Nachricht völlig überrumpelt. Wir ließen uns von einem Taxi zum Pflegeheim bringen. Auf der Fahrt begann er zu schluchzen. Ich nahm ihn in den Arm.

»Sie konnte Neujahr noch nie leiden«, sagte er schließlich.

Die Beerdigung fand am nächsten Morgen statt. Zwei Nachbarn und die Sekretärin unseres Vaters kamen zum Trauergottesdienst. Nach dem Friedhof nahmen wir ein Taxi zum Bahnhof. Im Zug sagte Eric:

»Ich bin sicher, das ist das letzte Mal, dass ich einen Fuß nach Hartford gesetzt habe.«

Das Geld meiner Eltern war praktisch aufgebraucht, uns blieben lediglich zwei Lebensversicherungen über jeweils fünftausend Dollar, was damals eine Menge Geld war. Eric kündigte seine Stelle bei der Theatre Guild und fuhr für ein Jahr nach Mexiko und Südamerika. Seine tragbare Remington nahm er mit, denn er wollte die zwölf Monate darauf verwenden, ein bedeutendes neues Stück zu schreiben und vielleicht Material für ein Reisetagebuch über seine Zeit in Lateinamerika zu sammeln. Er lud mich ein, ihn zu begleiten. Ich lehnte jedoch ab, denn ich wollte nicht schon nach sieben Monaten bei *Life* wieder kündigen.

»Aber wenn du mitkommst, kannst du dich ein Jahr lang auf die Literatur konzentrieren«, sagte er.

»Bei *Life* lerne ich eine Menge.«

»Was denn? Wie du fünfhundert Worte über die Broadway-Premiere von *Bloomer Girl* schreibst oder darüber, warum eng anliegende Halsketten das Accessoire des Jahres sind?«

»Auf diese beiden Artikel war ich besonders stolz«, sagte ich, »auch wenn man mich nicht als Verfasserin genannt hat.«

»Das ist es ja gerade. Wie dir dieser Redakteursfritze gesagt hat, du wirst nie die großen Geschichten kriegen, weil sie für die erfahreneren männlichen Reporter reserviert sind. Außerdem willst du doch sowieso lieber literarisch arbeiten. Was hält dich davon ab? Jetzt bist du frei, und du hast das nötige Geld. Wir könnten zusammenlegen und uns in Mexiko eine Hazienda mieten und den ganzen Tag schreiben, nur wir beide, ganz ungestört.«

»Das ist ein wundervoller Traum«, entgegnete ich, »aber ich bin ja kaum in New York angekommen, ich möchte nicht schon wieder weg. Außerdem bin ich noch nicht bereit, mich ganz auf die

Schriftstellerei zu verlegen. Erst muss ich meine Linie finden. Und die Stelle bei *Life* verschafft mir die nötige Erfahrung.«

»Meine Güte, wie vernünftig du bist. Und wahrscheinlich willst du mit deinen fünftausend Dollar etwas Praktisches anfangen.«

»Bundesanleihen.«

»S, also wirklich! Du hast dich zu einer richtigen Miss Vernünftig entwickelt.«

»Bekenne mich schuldig.«

So verschwand Eric gen Süden, und ich blieb in Manhattan. Tagsüber arbeitete ich bei *Life*, nachts versuchte ich Kurzgeschichten zu schreiben. Aber die Anforderungen der Arbeit bei Tag und die Freuden, die das Nachtleben in Manhattan bot, hielten mich davon ab, mich an die Remington-Schreibmaschine in meiner Wohnung zu setzen. Jedes Mal, wenn ich mich zu Hause an die Arbeit machen wollte, dachte ich: *Ich habe doch eigentlich gar nicht viel zu sagen.* Oder die gleiche zweifelnde Stimme säuselte in meinem Hinterkopf: *Heute läuft im RKO-Kino in der 58th Street eine tolle Doppelvorstellung: ›Frau ohne Gewissen‹ und ›Macht des Bösen‹.* Oder eine Freundin rief an und verabredete sich für den Samstag mit mir bei Schrafft's zum Lunch. Oder ich musste noch einen Artikel für *Life* fertig schreiben. Oder das Badezimmer putzen. Oder es gab irgendeinen anderen der Millionen von Gründen, die Möchtegernautoren immer finden, um dem Joch des Schreibtischs zu entgehen.

Schließlich beschloss ich, mir nichts mehr vorzumachen. Ich nahm die Remington vom Esstisch und schloss sie im Schrank ein. Dann schrieb ich Eric einen langen Brief und erklärte ihm, warum ich meine schriftstellerischen Ambitionen auf später verschob:

Ich habe noch nichts von der Welt gesehen. Weiter als bis Washington, D.C. bin ich noch nie gekommen. Weder war ich schon mal in Lebensgefahr, noch kenne ich ehemalige Gefängnisinsassen oder Schwerverbrecher. Ich habe noch nie in den Elendsvierteln oder in einer Armenküche gearbeitet.

Ich bin noch nie auf dem Appalachian Trail gewandert oder auf den Mt. Kathadin geklettert oder im Kanu durch den Saranac Lake gepaddelt. Ich hätte im Krieg als Schwester beim Roten Kreuz arbeiten können. Ich hätte mich bei der Works Progress Administration melden und in einer Schule im Dust Bowl unterrichten können. Im Gegensatz zu dem, was ich jetzt mache, hätte ich tausend interessante Dinge tun können. Und sicher hätte ich dabei etwas gefunden, über das es sich zu schreiben lohnt.

Bedenke, E, ich habe mich noch nicht einmal richtig verliebt. Kein Wunder, dass mir nichts einfällt, wenn ich vor der Schreibmaschine sitze.

Ich schickte den Brief postlagernd nach Zihuantanejo, D.F., Mexiko. Eric lebte gerade in diesem Teil Mexikos und hatte sich dort eine Strandhütte gemietet. Sieben Wochen später bekam ich seine Antwort, mit kleiner, enger Schrift auf eine Postkarte gekritzelt, die in Tegucigalpa, Honduras, abgestempelt war.

Liebe S!

Mit deinem Brief willst du mir wohl Folgendes sagen: Du meinst, du hättest keine Geschichte zu erzählen. Aber glaub mir, jeder könnte eine Geschichte erzählen, weil das Leben diese Geschichte schreibt. Natürlich hilft dieses Wissen jemandem, der an einer Schreibblockade leidet (ein Zustand, den ich allzu gut kenne), vermutlich nicht viel weiter. Die Spielregel ist ganz einfach: Wenn du wirklich schreiben willst, wirst du auch schreiben. Und glaub mir, wenn du dich wirklich verlieben willst, wird es auch passieren. Aber nimm einen Rat deines älteren, kampferprobten Bruders an: Du solltest dir nie vornehmen, dich zu verlieben. Denn solche Romanzen enden meistens wie ein billiges Melodram.

Die richtige Liebe dagegen schleicht sich von hinten an, du merkst es nicht, und plötzlich trifft sie dich wie ein Schlag.

Ich hätte Mexiko nicht verlassen sollen. Das Beste an Tegucigalpa ist der Bus, der dich von hier wegbringt. Ich ziehe weiter nach Süden. Melde mich wieder, wenn ich mich irgendwo niedergelassen habe.

In Liebe, Eric.

In den folgenden zehn Monaten, in denen ich mich ganz in meine Arbeit bei *Life* stürzte und jede freie Minute damit verbrachte, New York zu durchstreifen, versuchte ich, nicht allzu oft reuevoll an meine aufgeschobenen literarischen Ambitionen zu denken. Und ich traf definitiv niemanden, in den ich mich gern verliebt hätte. Eric schrieb mir jede Menge Postkarten, aus Belize, San José, Panama City, Cartagena und schließlich Rio. Im Juni 1945 kehrte er ohne einen Cent nach New York zurück. Damit er den ersten Monat zu Hause überstand, musste ich ihm zweihundert Dollar leihen. Er zog wieder in seine alte Wohnung und bemühte sich um Arbeit.

»Wie hast du es bloß geschafft, das ganze Geld auszugeben?«, wollte ich wissen.

»Ich habe in Saus und Braus gelebt«, erklärte er einfältig.

»Ich dachte, ein Leben in Saus und Braus wäre gegen deine politischen Prinzipien.«

»Das war so und das ist auch so.«

»Wie kam es dann dazu?«

»Die Sonne ist schuld. Sie hat mich zu einem sehr großzügigen, sehr dummen *loco gringo* gemacht. Aber ich verspreche, ich werde von nun an wieder das Büßerhemd tragen.«

Stattdessen verschaffte er sich den Auftrag, einige Folgen von *Philo Vance* zu schreiben. Als man ihn dort entließ, ergatterte er eine Stelle beim *Stop Bang Quiz*, wo er sich für Joe E. Brown Gags ausdenken durfte. Kein einziges Mal erwähnte er das Stück, das er während des letzten Jahres eigentlich hatte schreiben wollen, und ich fragte ihn nicht danach. Sein Schweigen sagte alles.

Er ließ den Kontakt zu seinen vielen Künstlerfreunden wieder aufleben. Und am Abend vor Thanksgiving 1945 gab er für sie eine Party.

Ich war bereits zu der Gesellschaft eingeladen, die einer der Chefredakteure von *Life* jedes Jahr an diesem Abend gab. Er wohnte an der West 77th Street zwischen der Central Park West und der Columbus Street, wo man bereits die Ballons für den Thanksgiving-Umzug von Macy's am nächsten Morgen aufblies. Ich versprach Eric, auf dem Heimweg bei ihm vorbeizuschauen. Aber die Gesellschaft nahm einfach kein Ende. Wegen der Luftballons (und der Menschenmenge, die zusah, wie sie aufgeblasen wurden) waren die Straßen um die Central Park West gesperrt, und es dauerte über eine halbe Stunde, bis ich ein Taxi bekam. Mittlerweile war es Mitternacht, und ich war todmüde. Ich bat den Fahrer, mich in die Bedford Street zu fahren. Kaum hatte ich meine Wohnung betreten, klingelte das Telefon. Eric war am Apparat. Im Hintergrund hörte ich ausgelassenen Partylärm.

»Wo zum Teufel bist du gewesen?«, fragte er.

»Ein strategisch wichtiges Arbeitstreffen in der Nähe der Central Park West.«

»Na, dann komm jetzt rüber. Wie du hören kannst, wackeln hier die Wände.«

»Ich passe, E. Ich muss erst mal eine Woche lang schlafen.«

»Dafür hast du am Wochenende Zeit.«

»Heute Abend muss ich dich leider enttäuschen.«

»Nein, ich bestehe darauf, dass du jetzt in ein Taxi springst und *tout de suite chez moi* erscheinst. Und stell dich darauf ein, bis zum Morgengrauen zu bleiben. Mensch, das ist das erste Thanksgiving seit Jahren im Frieden. Das dürfte als Anlass genügen, dass du dir ein paar Gehirnzellen kaputtmachst …«

Ich seufzte laut, dann sagte ich:

»Sorgst du dann für das Aspirin morgen früh?«

»Darauf gebe ich dir mein Wort als guter Amerikaner.«

Also zog ich widerstrebend meinen Mantel an, lief nach unten, nahm mir ein Taxi, und fünf Minuten später befand ich mich mitten im Getümmel. In der Wohnung drängten sich die Gäste. Auf dem Plattenspieler lief laute Tanzmusik. Eine tief hängende Rauchwolke hüllte die kleine Wohnung in einen miefigen Nebel. Jemand drückte mir eine Flasche Bier in die Hand. Ich drehte mich um. Und sah ihn. Ein Mann um die fünfundzwanzig in dunkelgrauer Armeeuniform, mit einem schmalen Gesicht und markant hervortretenden Wangenknochen. Er schien jemanden zu suchen. Plötzlich blieb sein Blick an mir hängen. Wir sahen uns an. Nur eine Sekunde lang. Oder auch zwei. Er sah mich an. Ich sah ihn an. Er lächelte. Ich erwiderte sein Lächeln. Dann wandte er den Blick ab. Das war's. Nur ein kurzer Blick.

Ich hätte gar nicht dort sein sollen. Eigentlich hätte ich zu Hause in meinem Bett liegen und schlafen sollen. Und oft habe ich mich gefragt: Wenn ich mich in diesem Augenblick nicht umgedreht hätte, hätten wir uns dann niemals kennen gelernt?

Das Schicksal ist eine Verkettung von Zufällen, nicht wahr?

2

Plötzlich wurde die Wohnungstür aufgestoßen. Zehn weitere Gäste stolperten herein. Sie waren laut, ausgelassen und schon ziemlich beschwipst. Es war nun so voll, dass man sich nicht mehr rühren konnte. Von meinem Bruder keine Spur. Allmählich ärgerte ich mich, dass ich mich hatte überreden lassen, zu dieser albernen Party zu kommen. Ich mochte Erics Freunde wirklich gern, aber nicht, wenn sie in Massen auftraten. Eric, der das wusste, neckte mich oft mit der Bemerkung, ich hätte etwas gegen Gesellschaft.

»Ich habe nichts gegen Gesellschaft«, gab ich zurück. »Nur dann, wenn sie in Massen auftritt.«

Vor allem in winzigen Wohnungen, hätte ich noch hinzufügen können. Mein Bruder hingegen liebte es, in der Menge zu baden und ein Teil der Masse zu sein. Immer hatte er Freunde um sich. Einen ruhigen Abend zu Hause zu verbringen, kam für ihn nicht infrage. Entweder er traf Freunde in irgendeiner Bar, platzte uneingeladen in eine Party oder verbrachte den Abend in einem Jazzschuppen. Im schlimmsten Fall schlug er die Zeit in einem dieser 24-Stunden-Kinos in der 42nd Street tot, in denen man sich für fünfundzwanzig Cent drei Filme hintereinander ansehen konnte. Seit er aus Südamerika zurückgekehrt war, hatte sein Bedürfnis nach Geselligkeit so zugenommen, dass ich mich manchmal fragte, ob er noch Zeit zum Schlafen fand. Um die Stelle als Pointenschreiber für Joe E. Brown zu bekommen, hatte er, wenn auch widerstrebend, seine äußere Erscheinung verändert. Er hatte sich die Haare schneiden lassen und kleidete sich nicht mehr wie Trotzki, denn er wusste genau, dass man ihn nicht genommen hätte, wenn er sich nicht an die damals gültige Kleidernorm mit Anzug und Krawatte gehalten hätte.

»Ich wette, Vater kugelt sich vor Lachen im Grab«, sagte er einmal spätabends. »Sein ach so linker Sohn kauft Anzüge bei Brooks Brothers.«

»Kleider bedeuten nichts«, sagte ich.

»Du musst mir nicht die Pille versüßen. Sie bedeuten alles. Jeder, der mich kennt, weiß, was diese Anzüge bedeuten: Ich habe versagt.«

»Du bist kein Versager.«

»Wenn jemand von sich glaubt, er sei ein zweiter Bert Brecht, und schließlich als Gagschreiber für eine Quizshow endet, darf er sich mit Fug und Recht als Versager bezeichnen.«

»Du wirst wieder ein bedeutendes Stück schreiben«, tröstete ich ihn.

Er lächelte traurig.

»S, ich habe noch kein einziges bedeutendes Stück geschrieben. Ich habe noch nicht einmal ein gutes Stück geschrieben, und das weißt du auch.«

Ja, ich wusste es, obwohl ich es nie laut gesagt hätte. Ebenso wie ich wusste, dass Erics immer stärker werdende Sucht nach Geselligkeit eine Art Narkotikum war. Sie betäubte den Schmerz der Enttäuschung. Ich wusste, dass er nicht mehr schreiben konnte. Und ich kannte auch den Grund dafür: Er glaubte nicht mehr an sich und sein Talent. Aber Eric wollte mein Mitleid nicht. Wenn ich das Problem ansprach, wechselte er das Thema. Irgendwann gab ich es auf und erwähnte es nie wieder, obwohl es mir leidtat, dass ich ihn nicht dazu bringen konnte, über das, was ihn offensichtlich so sehr bedrückte, zu reden. Hilflos musste ich mit ansehen, wie er zwanghaft jeden wachen Moment mit den unterschiedlichsten Zerstreuungen füllte. Und diese Party gehörte auch dazu.

Als der Geräuschpegel in seinem Wohnzimmer ein unerträgliches Ausmaß annahm, entschied ich mich heimzugehen, wenn ich meinen Bruder nicht innerhalb der nächsten Minute fand.

Da legte sich eine Hand auf meine Schulter.

»Sie sehen so aus, als suchten Sie nach dem Notausgang«, hörte ich eine Männerstimme sagen.

Ich wirbelte herum. Es war der junge Mann in Armeeuniform. Er stand nur eine Handbreit von mir entfernt, ein Glas mit irgendeinem Getränk in der einen, eine Flasche Bier in der anderen Hand. Von nahem sah er noch viel irischer aus. Es lag an dem rosigen Schimmer seiner Haut, an seinem kantigen Kinn, seinem offenen Blick – das Gesicht eines gefallenen Engels, aus dem Unschuld und Erfahrung sprach. Als Schauspieler hätte man ihn mit der Rolle des idealistischen jungen Gemeindepfarrers besetzt, der Cagney die letzte Ölung gab, nachdem ihn ein rivalisierender Gangster mit Blei voll gepumpt hatte.

»Haben Sie mich verstanden?«, schrie er über den Partylärm hinweg. »Sie sehen so aus, als suchten Sie nach dem Notausgang.«

»Ja, ich habe Sie verstanden. Und ja, das haben Sie wirklich gut beobachtet«, antwortete ich.

»Und Sie werden rot.«

Ich spürte, wie mir das Blut in die Wangen schoss.

»Das muss an der Hitze liegen.«

»Oder daran, dass ich der schönste Mann bin, den Sie je gesehen haben.«

Ich musterte ihn aufmerksam. Er hatte die Augenbrauen spöttisch nach oben gezogen.

»Sie sehen nicht übel aus, stimmt, aber auch nicht zum Umfallen schön.«

Er bedachte mich mit einem anerkennenden Blick, dann sagte er:

»Guter Konter. Haben Sie Max Schmeling im Garden gesehen?«

»Meinen Sie etwa den Bronx Botanical Garden?«

»Sie heißen nicht zufällig Dorothy Parker, oder?«

»Mit Schmeicheleien beißen Sie bei mir auf Granit, Soldat.«

»Dann muss ich Sie betrunken machen«, schloss er und drückte mir eine Flasche in die leere Hand. »Hier, ein Bier«, sagte er.

»Ich habe schon eins«, entgegnete ich und hob mit der anderen Hand meine Flasche Schlitz hoch.

»Eine knallharte Trinkerin. Das gefällt mir. Sie sind nicht zufällig Irin?«

»Leider nein.«

»Was für eine Überraschung. Ich dachte, Sie sind eine O'Sullivan aus Limerick und nicht so eine pferdeverrückte Schnepfe vom Typ Katherine Hepburn ...«

»Ich kann nicht reiten«, unterbrach ich ihn.

»Sie sind doch aber eine Protestantin aus Neuengland, oder?«

Ich blickte ihn finster an.

»So lächelt eine Protestantin aus Neuengland.«

Vergeblich versuchte ich, mir ein Lachen zu verkneifen.

»He! Sie hat Humor! Ich dachte, das wäre bei dem Protestantenpack aus Neuengland nicht üblich.«

»Es gibt Ausnahmen.«

»Freut mich zu hören. Also, verschwinden wir von hier?«

»Wie bitte?«

»Sie haben gesagt, Sie suchen nach dem Ausgang. Ich biete Ihnen meine Begleitung an.«

»Warum sollte ich sie annehmen?«

»Weil Sie mich charmant finden, witzig, fesselnd, anziehend, faszinierend ...«

»Sie sind ganz schön eingebildet.«

»Und Sie sind nicht ehrlich. Aber gut. Ich nenne Ihnen einen anderen Grund: Kismet.«

»Behauptet wer?«

»Ich. Und Sie auch.«

»Ich habe nichts gesagt.« Dann stellte ich fest: »Ich kenne Sie ja nicht mal.«

»Ist das wichtig?«

Natürlich war es nicht wichtig. Weil es mich erwischt hatte. Aber das würde ich ihn nicht merken lassen.

»Ein Name wäre nicht schlecht.«

»Jack Malone. Oder Sergeant Jack Malone, wenn Sie die offizielle Anrede bevorzugen.«

»Und woher kommen Sie, Sergeant?«

»Aus einem Paradies, einer Walhalla, von einem Ort, an den sich Protestanten aus Neuengland nicht hintrauen …«

»Namens?«

»Namens Brooklyn. Flatbush, um genau zu sein.«

»Ich kenne Flatbush nicht.«

»Sag ich doch! Für die Protestanten aus Neuengland ist Brooklyn Sperrgebiet.«

»Immerhin war ich schon mal in Brooklyn Heights.«

»Aber waren Sie auch schon mal in den dunkleren Ecken?«

»Bringen Sie mich heute Nacht dort hin?«

»Spiel, Satz und Sieg, so früh schon?«

»So leicht gebe ich mich nicht geschlagen. Besonders wenn der Gegner vergessen hat, mich nach meinem Namen zu fragen.«

»Hoppla!«

»Machen Sie schon, stellen Sie die Frage.«

»Wie heißen Sie?«, fragte er mit gespielt deutschem Akzent.

Ich sagte es ihm. Er verzog spöttisch den Mund.

»Smythe mit y und e?«

»Ich bin beeindruckt.«

»Oh, in Brooklyn lernen wir das Buchstabieren. Smythe …«

Er ließ den Namen auf der Zunge zergehen und sagte ihn noch einmal mit übertrieben englischem Akzent.

»Smythe – ich gehe jede Wette ein, dass das einmal ein schlichtes Smith war. Aber einer Ihrer hochnäsigen Vorfahren aus Neuengland fand das zu gewöhnlich, also nannte er sich Smythe …«

»Woher wissen Sie, dass ich aus Neuengland komme?«

»Machen Sie keine Witze. Und wenn ich wetten würde, würde ich einen Zehner darauf setzen, dass man Sara ohne h schreibt.«

»Die Wette würden Sie gewinnen.«

»Ich hab's ja gesagt, ich bin ein kluger Kopf. Sara, sehr hübsch – wenn man die Puritaner aus Neuengland mag.«

Da hörte ich Erics Stimme hinter mir.

»Sie meinen, solche wie mich?«

»Und wer zum Teufel sind Sie?«, fragte Jack. Er klang ein wenig verärgert, dass jemand unser Wortgefecht störte.

»Ich bin ihr puritanischer Bruder«, erklärte Eric und legte mir den Arm um die Schulter. »Aber die Frage ist eigentlich: Wer zum Teufel sind Sie?«

»Ulysses S. Grant.«

»Sehr witzig«, meinte Eric.

»Ist es so wichtig, wer ich bin?«

»Ich kann mich nur nicht daran erinnern, Sie zu meiner Party eingeladen zu haben, das ist alles«, entgegnete Eric zuckersüß.

»Ist das Ihre Wohnung?«, fragte Jack liebenswürdig, ohne einen Schimmer von Verlegenheit.

»Ausgezeichnete Schlussfolgerung, Dr. Watson«, sagte Eric. »Macht es Ihnen was aus, mir zu erklären, wie Sie hierher kommen?«

»Ich traf einen Bekannten im USO in der Nähe des Times Square, und der erzählte mir von einem Freund, der einen Freund hat, der einen anderen Freund hat, der von dieser Fete in der Sullivan Street wusste. Aber ich möchte wirklich keinen Ärger machen, deshalb gehe ich jetzt, wenn das in Ordnung ist.«

»Warum sollten Sie gehen?«, fragte ich so prompt, dass Eric mich erstaunt und fragend anlächelte.

»Ja«, sagte Eric, »warum sollten Sie gehen, wenn gewisse Leute offenbar Wert darauf legen, dass Sie bleiben?«

»Es macht Ihnen bestimmt nichts aus?«

»Saras Freunde sind auch …«

»Das ist wirklich nett.«

»Wo haben Sie gedient?«

»In Deutschland. Ich habe nicht gekämpft, ich war dort Berichterstatter.«

»Für *Stars and Stripes*?«, fragte Eric, indem er das offizielle Presseorgan der Streitkräfte nannte.

»Wie sind Sie bloß darauf gekommen?«, fragte Jack Malone.

»Ich glaube, wegen der Uniform. Wo waren Sie stationiert?«

»Zuerst in England. Später, nach der Kapitulation der Nazis, in München. Oder was davon noch übrig war.«

»Waren Sie auch an der Ostfront?«

»Ich schreibe für *Stars and Stripes*, nicht für den *Daily Worker.*«

»Dann sollten Sie wissen, dass ich den *Daily Worker* zehn Jahre lang regelmäßig gelesen habe«, sagte Eric. Er klang dabei ziemlich blasiert.

»Meinen Glückwunsch«, erwiderte Jack. »Ich habe früher auch regelmäßig die Witzseiten gelesen.«

»Ich verstehe den Zusammenhang nicht«, meinte Eric.

»Irgendwann wird man zu alt für solche Kindereien.«

»Wollen Sie den *Daily Worker* als Kinderei bezeichnen?«

»Als schlecht geschriebene Kinderei, wie die meisten Propagandablätter. Ich meine, wenn man schon in einer täglichen Jeremiade über den Klassenkampf berichten will, sollte man sie wenigstens gut schreiben können.«

»Eine Jeremiade?«, fragte Eric. Er klang ironisch. »Du liebe Güte, was kennen wir bloß für hochgestochene Ausdrücke.«

»Eric«, zischte ich und funkelte ihn an.

»Hab ich was Falsches gesagt?«, fragte er. Er lallte ein bisschen, und jetzt erst bemerkte ich, dass er betrunken war.

»Nichts Falsches«, mischte sich Jack ein. »Sie waren nur ziemlich überheblich. Aber was kann ich als ungebildeter Ire aus Brooklyn schon dagegen einwenden ...«

»Das habe ich nicht gesagt«, widersprach Eric.

»Nein, Sie haben es nur angedeutet. Aber das macht nichts, ich bin daran gewöhnt, dass sich Emporkömmlinge über meine Aussprache amüsieren.«

»Wir sind wohl kaum Emporkömmlinge«, sagte Eric.

»Aber Sie sind beeindruckt von meinem ausgezeichneten Französisch, *n'est-ce pas?*«

»An Ihrem Akzent müssen sie noch arbeiten.«

»Und Sie an Ihrem Sinn für Humor. Als jemand, der Ihnen intellektuell nicht das Wasser reichen kann und auch noch auf der falschen Seite der Manhattan Bridge wohnt, finde ich es natürlich amüsant, dass ausgerechnet die größten Snobs der Welt die *Internationale* durch ihre Elitestudentenzähne pfeifen müssen. Lesen Sie vielleicht auch noch die *Prawda* im Original, Genosse?«

»Bei Ihnen gehe ich jede Wette ein, dass Sie einer von Father Coughlins glühendsten Verehrern sind.«

»Um Gottes willen, Eric«, sagte ich. Ich war entsetzt, dass er so eine diffamierende Bemerkung machte, denn Father Joseph Coughlin war ein berüchtigter, extrem rechts gesinnter Priester, ein Vorläufer von McCarthy. Er hatte eine wöchentliche Radiosendung, in der er gegen Kommunisten und Ausländer hetzte und gegen jeden, der sich nicht niederkniete und die amerikanische Flagge küsste. Alle, die auch nur einen Funken Intelligenz besaßen, hassten ihn. Zu meiner Erleichterung stellte ich fest, dass dieser Jack Malone sich von meinem Bruder nicht provozieren ließ. Mit ruhiger Stimme sagte er:

»Sie können froh sein, dass ich das als Scherz verbuche.«

Ich stieß meinen Bruder in die Seite. »Entschuldige dich«, forderte ich ihn auf.

Nach einem Augenblick des Zögerns sagte Eric:

»Das war völlig unangemessen. Ich entschuldige mich.«

Sofort breitete sich ein freundliches Lächeln über Jacks Gesicht.

»Dann gehen wir als Freunde auseinander?«, fragte er.

»Oh ... klar.«

»Also ... ein fröhliches Thanksgiving.«

Widerstrebend ergriff Eric Jacks ausgestreckte Hand.

»Ja. Ein fröhliches Thanksgiving.«

»Und Entschuldigung, dass ich uneingeladen gekommen bin«, sagte Jack.

»Das ist nicht nötig. Fühlen Sie sich hier ganz wie zu Hause.«

Damit zog sich Eric hastig in eine andere Ecke des Raumes zurück. Jack wandte sich zu mir.

»Das hat mir irgendwie gefallen«, meinte er.

»Wirklich?«, fragte ich.

»Zur Hölle, ja. In der Armee wimmelt es nicht gerade von gebildeten Typen. Und es ist schon lange her, dass mich jemand auf so gelehrte Art beleidigt hat.«

»Es tut mir wirklich leid. Er kann furchtbar großspurig sein, wenn er ein paar Drinks zu viel hat.«

»Wie gesagt, ich fand es lustig. Und jetzt weiß ich auch, woher Sie Ihre starke Linke haben. Das liegt offenbar in der Familie.«

»Ich wusste gar nicht, dass wir so einen kräftigen Schlag haben.«

»Jetzt sind Sie zu bescheiden. So oder so, Sara ohne h Smythe, ich muss jetzt gehen, denn morgen Früh um neun ruft die Pflicht.«

»Dann gehen wir«, sagte ich.

»Aber ich dachte...«

»Was?«

»Ich weiß nicht. Dass Sie nach meinem Wortgefecht mit Ihrem Bruder nichts mehr mit mir zu tun haben wollen.«

»Da haben Sie falsch gedacht. Außer natürlich, Sie haben es sich anders überlegt.«

»Nein, nein. Gehen wir.«

Er nahm mich am Ellenbogen und führte mich zur Tür. Als wir schon halb im Flur waren, drehte ich mich um und suchte Erics Blick.

»Du gehst schon?«, rief er mir über den Lärm hinweg zu. Er wirkte schockiert, dass Jack mich begleitete.

»Morgen bei Luchow's zum Thanksgiving-Lunch?«, schrie ich zurück.

»Wenn du es bis dahin schaffst«, sagte er.

»Glauben Sie mir, sie wird es schaffen«, rief Jack, und dann liefen wir die Treppe hinunter. Als wir an der Haustür angekommen waren, zog er mich an sich und küsste mich. Der Kuss dauerte eine ganze Weile. Als er zu Ende war, sagte ich:

»Du hast mich gar nicht um Erlaubnis gefragt.«

»Stimmt, habe ich vergessen. Darf ich dich küssen, Sara ohne h?«

»Nur wenn du künftig das ›ohne h‹ weglässt.«

»Geht klar.«

Diesmal schien der Kuss eine ganze Stunde zu dauern. Als ich mich schließlich losmachte, war mir schwindelig. Auch Jack wirkte wie im Taumel. Er nahm mein Gesicht in seine Hände.

»Hallo, du«, sagte er.

»Hallo, du.«

»Du weißt, dass ich in mein Quartier zurückmuss ...«

»Ja, das hast du mir gesagt. Um punkt neun Uhr. Und wie spät ist es jetzt? Erst kurz vor eins.«

»Also, wenn man den Fahrtweg nach Brooklyn abzieht, bleiben uns ...«

»Sieben Stunden.«

»Ja, nur sieben Stunden.«

»Das muss reichen«, sagte ich und küsste ihn wieder. »Jetzt gehen wir irgendwohin einen trinken.«

3

Wir landeten im Lion's Head am Sheridan Square. Am Vorabend von Thanksgiving waren nicht viele Nachtschwärmer unterwegs, deshalb bekamen wir einen ruhigen Tisch in einer Nische. Ich stürzte schnell hintereinander zwei Manhattan hinunter und ließ mich zu einem dritten überreden. Jack bestellte Whisky pur und danach ein Bier. Im Lion's Head herrschte stets gedämpftes Licht, auf den Tischen standen Kerzen. Die Flamme unserer Kerze flackerte hin und her wie ein Metronom. Immer wieder tanzte der Schein dabei über Jacks Gesicht. Ich konnte mich nicht satt sehen an ihm, sein blendendes Aussehen bezauberte mich von Sekunde zu Sekunde mehr. Vielleicht lag es aber auch daran, dass ich ihn so klug fand. Ein wundervoller Gesprächspartner und, noch besser, auch ein guter Zuhörer. Männer sind ja gleich viel attraktiver, wenn sie nur zuhören.

Er brachte mich dazu, von mir zu erzählen. Alles schien ihn zu interessieren, meine Eltern, meine Kindheit, meine Schulzeit in Hartford, meine Zeit am Bryn Mawr, meine Stelle bei *Life*, meine gescheiterten literarischen Ambitionen, mein Bruder Eric.

»Hat er wirklich zehn Jahre lang den *Daily Worker* gelesen?«

»Ich fürchte ja.«

»Ist er ein Mitläufer?«

»Er war sogar einige Jahre lang Parteimitglied. Aber das war in der Zeit, als er Stücke für das Federal Theatre Project schrieb und gegen alles rebellierte, wozu man ihn erzogen hatte. Und obwohl ich ihm das nie sagen würde, denke ich, dass er nur in die Partei eintrat, weil das damals Mode war, die Farbe der Saison sozusagen oder der Stil der Anzüge, die zu einer bestimmten Zeit alle seine Freunde trugen. Glücklicherweise ist er aber rausgewachsen.«

»Er ist also kein Parteimitglied mehr?«

»Nein, er ist 1941 ausgetreten.«

»Immerhin etwas. Trotzdem sympathisiert er wahrscheinlich immer noch mit Onkelchen Stalin?«

»Wenn der Glaube erschüttert ist, muss das noch lange nicht heißen, dass man Atheist wird, oder?«

Er lächelte mich an. »Du hast wirklich das Zeug zu einer Schriftstellerin.«

»Wegen einem klugen Satz? Da bin ich anderer Meinung.«

»Ich weiß es.«

»Nein, denn du hast noch nie etwas von mir gelesen.«

»Zeigst du mir was?«

»Es ist nicht besonders gut.«

»O ihr Kleinmütigen – hältst du so wenig von dir?«

»Aber nicht doch, ich glaube sehr wohl an mich, nur nicht an mich als Schriftstellerin.«

»Und worauf basiert dieser Glaube?«

»Worauf er basiert?«

»Ja, woran glaubst du?«

»Das ist eine Frage, die sich nicht so leicht beantworten lässt.«

»Versuch's doch einfach mal.«

»Also gut, mal sehen...«, begann ich in einer plötzlichen Anwandlung von Mitteilsamkeit (dank der drei Manhattan). »Gut, zuallererst Folgendes: Ich glaube nicht an Gott, Jehova, Allah oder den Engel Moroni, nicht einmal an Donald Duck.«

Er lachte.

»In Ordnung«, meinte er, »das wäre also geklärt.«

»Und so sehr ich dieses Land auch liebe, halte ich nichts davon, die Flagge anzubeten. Fanatische Patrioten sind wie Moralapostel, sie erschrecken mich, weil sie so dogmatisch sind. Echter Patriotismus dagegen ist leise, maßvoll, bedacht.«

»Besonders, wenn man eine weiße angelsächsische Protestantin aus Neuengland ist.«

Ich zwickte ihn in den Arm.

»Wirst du wohl damit aufhören?«

»Nein, werde ich nicht. Du hast meine Frage immer noch nicht beantwortet.«

»Weil das sehr schwierig ist und ich schon viel zu viel getrunken habe.«

»Nur wegen einer – noch dazu selbst verschuldeten – Äußerlichkeit wie Trunkenheit lasse ich Sie nicht einfach so davonkommen. Legen Sie die Karten auf den Tisch, Miss Smythe. Woran, verdammt noch mal, glauben Sie?«

Nach einem Augenblick des Nachdenkens hörte ich mich sagen: »Verantwortung.«

Jack wirkte verwirrt.

»Was hast du gerade gesagt?«

»Verantwortung. Du hast mich gefragt, woran ich glaube, und meine Antwort lautet: Verantwortung.«

»Ja, jetzt hab ich's verstanden«, sagte er lächelnd. »Verantwortung. Ein bewundernswertes Ideal. Einer der Eckpfeiler unserer Nation.«

»Wenn man Patriot ist.«

»Das bin ich.«

»Ja, das dachte ich mir. Und ich respektiere es. *Ehrlich.* Aber... wie soll ich es formulieren, ohne dabei fürchterlich dumm zu klingen? Die Verantwortung, die ich meine, an die ich glaube... hm, damit meine ich in erster Linie die Verantwortung für sich selbst. Ich weiß zwar nicht viel vom Leben, ich bin noch nie verreist und habe auch sonst nichts Interessantes erlebt, aber wenn ich mich umsehe und meinen Altersgenossen zuhöre, habe ich den Eindruck, alle denken, dass ihre Probleme von anderen gelöst werden sollen. Dass man am besten mit dreiundzwanzig heiratet, weil man sich dann nicht mehr selbst den Lebensunterhalt verdienen, keine Entscheidungen mehr treffen, keine Zeit mehr allein verbringen muss. Mich hingegen erschreckt die Vorstellung, meine ganze Zukunft einem anderen Menschen anzuvertrauen. Denn, Himmel noch mal, ist dieser andere denn nicht genauso fehlbar wie ich? Und hat er nicht genauso viel Angst?«

Ich stockte.

»Werde ich zu pathetisch?«

Jack kippte seinen Bourbon hinunter und gab dem Barkeeper ein Zeichen, noch zwei Drinks zu bringen.

»Klingt nicht schlecht«, meinte er. »Sprich ruhig weiter.«

»Viel gibt es nicht mehr zu sagen, außer dass man sein Glück eben dadurch gefährdet, dass man es in die Hände eines anderen legt. Weil man dann die eigene Verantwortung aus der Gleichung herausnimmt. Du sagst zu der anderen Person: ›Gib mir das Gefühl, ganz zu sein, vollständig zu sein, gebraucht zu werden.‹ Aber der Einzige, der dir das Gefühl, ein ganzer Mensch zu sein, geben kann, bist du selbst.«

Er sah mir in die Augen.

»Liebe spielt in dieser Gleichung also gar keine Rolle?«

Ich hielt seinem Blick stand.

»Liebe sollte nicht Abhängigkeit bedeuten. Es sollte nichts damit zu tun haben, was der andere für dich tun kann oder dass man einander braucht. Liebe sollte anders sein, sie sollte …«

Plötzlich fehlten mir die Worte. Jack flocht seine Finger in meine.

»Liebe sollte einfach Liebe bedeuten.«

»So könnte man sagen«, meinte ich, dann fügte ich noch hinzu: »Küss mich.«

Und das tat er.

»Jetzt musst du mir etwas von dir erzählen«, sagte ich.

»Was willst du wissen? Meine Lieblingsfarbe? Mein Sternzeichen? Ob ich Fitzgerald oder Hemingway bevorzuge?«

»Und?«

»Auf alle Fälle Fitzgerald.«

»Ich auch – aber warum?«

»Das hat was damit zu tun, dass er Ire ist.«

»Jetzt weichst du meiner Frage aus.«

»Über mich gibt's nicht viel zu erzählen. Ich komme aus Brooklyn. Das ist mehr oder weniger alles.«

»Du meinst, es gibt sonst nichts, was ich über dich wissen sollte?«

»Eigentlich nicht.«

»Deine Eltern wären vielleicht ein bisschen beleidigt, wenn sie das hören würden.«

»Sie sind beide tot.«

»Oh. Das tut mir leid.«

»Muss es nicht. Meine Mom starb schon vor zwölf Jahren, kurz vor meinem dreizehnten Geburtstag. Sie hatte eine Embolie. Alles ging sehr schnell, es war ziemlich schlimm. Und, ja, sie war eine Heilige, das würde ich sagen.«

»Und dein Vater?«

»Dad ist gestorben, als ich mit der Armee in Europa war. Er war Polizist und ein notorischer Hitzkopf, der mit jedem Streit gesucht hat. Besonders mit mir. Er hat auch gern getrunken. Jeden Tag… Selbstmord auf Raten. Schließlich wurde sein Wunsch erfüllt. Und meiner auch, denn in meiner Kindheit habe ich die meiste Zeit damit verbracht, mich vor seinem Gürtel in Acht zu nehmen, wenn er getrunken hatte, was eigentlich ständig der Fall war.«

»Das muss schrecklich gewesen sein.«

»Nicht der Rede wert.«

»Dann bist du jetzt ganz allein auf der Welt?«

»Nein, ich habe eine kleine Schwester, Meg. Sie ist der kluge Kopf der Familie, schon im Abschlussjahr auf dem Barnard. Mit Stipendium. Ganz schön beeindruckend für jemand, der aus einer ungebildeten irischen Familie kommt.«

»Warst du auch auf dem College?«

»Nein, ich ging zum *Brooklyn Eagle*. Sie haben mich gleich nach der Highschool als Volontär genommen. Als ich in die Armee eintrat, war ich bereits zum Reporter aufgestiegen. So bin ich zu *Stars and Stripes* gekommen. Ende der Geschichte.«

»Ach, komm schon. Jetzt wirst du doch nicht aufhören, oder?«

»So interessant bin ich nicht.«

»Das riecht verdächtig nach falscher Bescheidenheit, und das gefällt mir gar nicht. Jeder Mensch hat eine Geschichte zu erzählen, sogar wenn er aus Brooklyn kommt.«

»Du willst also wirklich noch mehr hören?«

»Unbedingt.«

»Eine Kriegsgeschichte?«

»Wenn sie von dir handelt.«

Er griff nach seinen Zigaretten und zündete sich eine an.

»Die ersten beiden Kriegsjahre habe ich bei *Stars and Stripes* in Washington hinter dem Schreibtisch verbracht. Ich bemühte mich um eine Versetzung nach Europa, und man schickte mich nach London, wo ich prompt wieder hinter dem Schreibtisch landete – Berichterstattung aus dem Hauptquartier der Alliierten Streitkräfte. Ich drängte weiterhin darauf, an die Front versetzt zu werden, aber man sagte mir, ich müsse warten, bis ich an der Reihe sei. Also verpasste ich die Landung in der Normandie, die Befreiung von Paris, den Fall von Berlin, die Befreiung Italiens und all die wirklich interessanten Geschichten. Darüber berichteten erfahrenere Reporter, hauptsächlich Jungs vom College und durchwegs höhere Ränge. Irgendwann erreichte ich schließlich, dass man mich zum 101. Infanterieregiment versetzte, als es zum Einmarsch in München kam. Oder was von München noch übrig war. Hier gingen mir wirklich die Augen auf. Denn kaum waren wir dort, wurde ein Bataillon in ein Städtchen ungefähr dreizehn Kilometer entfernt entsandt. Ich beschloss mitzufahren. Der Ort hieß Dachau. Unser Auftrag erschien mir einfach: Wir sollten dort ein Straflager befreien. Dachau war eine reizende Stadt und von unserer und der englischen Luftwaffe nicht allzu sehr beschädigt worden, der Stadtkern war noch weitgehend erhalten. Nette Lebkuchenhäuser. Gepflegte Gärten. Saubere Straßen. Und dann dieses Lager. Hast du schon mal was über das Lager gelesen?«

»Ja.«

»Ich sage dir, alle verstummten, sobald wir das Tor passiert hatten. Unser Kommando erwartete Widerstand seitens der Wachposten, aber die Letzten waren zwanzig Minuten vor unserem Eintreffen geflohen. Und was sie ... wir ... da sahen ...«

Er hielt einen Moment inne, als überlegte er, wie viel er mir zumuten konnte.

»Was wir da sahen, war ... unbeschreiblich. Man konnte es einfach nicht in Worte fassen. Unbegreiflich. Unmenschlich. Es war die Hölle, so schrecklich, dass es unwirklich erschien. Und sogar dass ich jetzt darüber spreche, scheint es irgendwie zu banalisieren.

Nachdem wir ungefähr eine Stunde dort waren, kam der Befehl aus dem Hauptquartier, alle erwachsenen Einwohner Dachaus zusammenzutreiben. Der Captain, ein wirklich hartgesottener Südstaatenjunge namens Dupree aus New Orleans, beauftragte zwei seiner Sergeants damit. Obwohl ich erst seit ein paar Stunden bei diesem Bataillon war, hatte ich bereits kapiert, dass ich es bei Dupree mit dem schlimmsten Großmaul der Welt zu tun hatte – er war Absolvent der Citadel (›dem West Point der Konföderierten‹, wie er uns Yankees immer wieder zu erklären pflegte), und Chauvinist durch und durch. Aber nachdem wir unsere Inspektionsrunde in Dachau beendet hatten, war selbst er kreidebleich. Und er sprach fast nur noch im Flüsterton.

›Jeder nimmt sich vier Männer‹ befahl er den Sergeants, ›und klopft an jedes Haus und jedes Geschäft in der Stadt. Alle, die älter als sechzehn sind – Männer und Frauen, es gibt keine Ausnahmen –, werden rausgeholt. Anschließend sollen sie hier in einer ordentlichen Reihe aufmarschieren. Ist das klar, Gentlemen?‹

Ein Soldat hob die Hand. Dupree gab ihm durch Nicken zu verstehen, dass er sprechen durfte.

›Und wenn sie Widerstand leisten, Sir?‹, fragte er.

Seine Augen verengten sich. ›Sehen Sie zu, dass das nicht passiert, Davis, ganz gleich, wie.‹

Aber keiner der rechtschaffenen Einwohner Dachaus leistete der amerikanischen Armee Widerstand. Als unsere Jungs an ihre

Türen klopften, kamen sie unterwürfig heraus, die Hände über oder hinter dem Kopf. Einige Frauen deuteten wild gestikulierend auf ihre Kinder und flehten uns in einer Sprache, die wir nicht verstanden, an – obwohl ziemlich klar war, was sie von uns befürchteten. Eine junge Mutter, sie kann nicht älter als siebzehn gewesen sein und trug einen Säugling auf dem Arm, warf sich mir beim Anblick meiner Uniform und meines Gewehrs zu Füßen und schrie vor Entsetzen. Ich versuchte, sie zur Vernunft zu bringen und sagte immer wieder: ›Wir tun dir nichts, wir tun dir nichts‹, aber sie war einfach hysterisch. Wer sollte es ihr verdenken? Schließlich zog eine ältere Frau, die hinter ihr in der Reihe stand, sie hoch, gab ihr ein paar kräftige Ohrfeigen und flüsterte ihr eindringlich etwas ins Ohr. Daraufhin riss sich die junge Frau zusammen, drückte das Baby an ihre Brust und reihte sich leise schluchzend wieder ein. Die ältere Frau blickte mich mit ängstlichem Respekt an und nickte mir gehorsam zu, als wollte sie sagen: ›Sie hat sich beruhigt. Bitte tun Sie uns nichts.‹

›Wir euch etwas tun?‹, hätte ich am liebsten gebrüllt. ›Wir sind Amerikaner, wir sind die Guten. Wir sind nicht wie ihr!‹

Aber ich schwieg, nickte ebenfalls kurz und nahm wieder meine Bewacherrolle ein.

Es dauerte fast eine Stunde, bis wir alle erwachsenen Dachauer versammelt hatten. Es müssen über vierhundert Menschen gewesen sein. Als sie langsam auf das Lager zumarschierten, begannen viele zu weinen. Ich bin sicher, sie erwarteten, erschossen zu werden.

Von der Ortsmitte aus waren es nur zehn Minuten bis zu den Lagertoren. Zehn Minuten. Nicht mal ein Kilometer. Zehn Minuten trennten dieses beschauliche Städtchen, wo alles so sauber und adrett und gepflegt war, von diesem Gräuel. Das macht Dachau so besonders schrecklich: dass keine zehn Minuten entfernt das Leben ganz normal weiterging.

Als wir am Tor ankamen, wurden wir von Captain Dupree empfangen.

›Was sollen wir mit den Leuten machen, Sir?‹, fragte Sergeant Davis.

›Lassen Sie sie durch das Lager marschieren. Das *ganze* Lager. So lautet der Befehl vom Oberkommando der Alliierten Streitkräfte. Wie es heißt, soll Ike höchstpersönlich es so angeordnet haben. Sie sollen alles sehen. Ersparen Sie ihnen nichts.‹

›Und wenn sie alles gesehen haben, Sir?‹

›Dann lassen Sie sie laufen.‹

Und so geschah es. Die vierhundert Einwohner mussten sich jeden verdammten Winkel des Lagers ansehen. Die Baracken, wo überall Kot lag. Die Duschen, die in Wirklichkeit Gaskammern waren. Die Öfen. Die Seziertische. Die Berge von Knochen und Schädeln, die sich gleich neben dem Krematorium auftürmten. Und während die Leute herumgeführt wurden, standen die Überlebenden des Lagers, es müssen mehrere Hundert gewesen sein, schweigend auf dem Hof. Die meisten von ihnen waren so ausgemergelt, dass sie wie der wandelnde Tod aussahen. Ich sage dir, kein einziger der Stadtbewohner sah den Überlebenden ins Gesicht. Stattdessen blickten die meisten starr auf den Boden. Sie waren genauso still wie die Lagerinsassen.

Aber dann verlor einer der Männer die Beherrschung. Er war gut gekleidet, gut genährt, vom Typ Bankdirektor. Er muss Ende fünfzig gewesen sein: teurer Anzug, auf Hochglanz polierte Schuhe, goldene Uhr in der Westentasche. Auf einmal begann er haltlos zu weinen. Bevor wir uns versahen, trat er aus der Schlange und stolperte auf Captain Dupree zu. Sofort richteten zwei unserer Jungs die Waffe auf ihn. Aber Dupree winkte ab. Vor dem Captain fiel der Bankdirektor auf die Knie und schluchzte heftig. Und immer wieder sagte er diesen einen Satz. Er hat ihn so oft gesagt, dass ich ihn heute noch weiß:

Ich habe das nicht gewusst. Ich habe das nicht gewusst. Ich habe das nicht gewusst.

Dupree sah auf ihn hinunter, ehrlich verblüfft. Dann ließ er Garrison holen, den Übersetzer, den man unserem Bataillon zugewiesen hatte. Er war einer von diesen schüchternen, vergeistigten Menschen, die einem nie ins Gesicht sehen können. Mit weit aufgerissenen Augen stand er neben dem Captain und starrte auf den weinenden Mann.

›Was zum Teufel sagt er, Garrison?‹, fragte ihn Dupree. Der Mann sprach mittlerweile so undeutlich, dass sich Garrison neben ihn auf den Boden kauern musste. Einen Augenblick später stand er wieder auf und übersetzte Dupree, was der Mann gesagt hatte.

›Sir, er sagt: *Ich habe das nicht gewusst, ich habe das nicht gewusst.*‹

Duprees Augen wurden hart. Dann griff er nach unten und zog den Bankdirektor am Revers zu sich hoch, bis sie sich Auge in Auge gegenüberstanden.

›Natürlich hast du es gewusst, du Scheißkerl‹, zischte er ihn an, spuckte ihm ins Gesicht und stieß ihn weg.

Der Mann stolperte in die Reihe zurück. Während sich der Zug durch das Lager wieder in Bewegung setzte, behielt ich den Mann im Auge. Er machte keinerlei Anstalten, sich Duprees Spucke abzuwischen, er murmelte nur immer wieder diesen einen Satz: *Ich habe das nicht gewusst, ich habe das nicht gewusst.* Ein Soldat, der neben mir stand, meinte:

›Hör dir bloß diesen verdammten Kraut an. Er ist übergeschnappt.‹

Aber ich dachte nur: Das klingt wie ein Bußgebet. Wie ein Ave Maria. Man sagt sich etwas immer wieder vor, um Buße zu tun, Vergebung zu erlangen, was auch immer. Der Kerl tat mir wirklich leid. Weil ich spürte, dass er eigentlich sagen wollte: *Ja, ich habe gewusst, was in diesem Lager vorging, aber ich konnte nichts dagegen tun. Deshalb habe ich die Augen verschlossen und so getan, als wäre in meiner Stadt alles so normal wie eh und je.*«

Jack hielt einen Augenblick inne.

»Ich sage dir, den dicken kleinen Mann im Anzug, der ununterbrochen *Ich habe das nicht gewusst* murmelte, werde ich nie vergessen. Weil er so sehr um Vergebung flehte. Und weil der

Grund für sein Flehen so verdammt menschlich war: Wir alle tun, was wir tun müssen, um durchs Leben zu kommen.«

Jack griff nach seiner Zigarette. Sie war ausgegangen, deshalb fischte er sich eine neue Chesterfield aus dem Päckchen und zündete sie an. Nachdem er einmal daran gezogen hatte, nahm ich sie ihm aus dem Mund und inhalierte einmal tief.

»Ich wusste gar nicht, dass du rauchst«, sagte er.

»Tu ich auch nicht. Ich paffe nur ab und zu. Besonders wenn es um ernste Dinge geht.«

»Du solltest nicht zu sehr darüber nachgrübeln.«

»Deine Geschichte hat mir sehr zu denken gegeben.«

Eine Weile ließen wir die Zigarette schweigend hin und her wandern.

»Hast du dem deutschen Bankdirektor vergeben?«, fragte ich ihn schließlich.

»Vergeben? Verdammt, nein. Er hat seine Gewissensbisse verdient.«

»Aber du hattest Mitleid mit ihm, weil er in dieser Situation war.«

»Ja, das wohl. Aber ich hätte ihm keine Absolution erteilt.«

»Und wenn du er gewesen wärst? Angenommen, du bist Bankdirektor in einer Kleinstadt, hast Frau und Kinder und ein angenehmes, sicheres Leben. Und angenommen, du weißt, dass es nur ein paar Straßen von deinem schönen kleinen Haus entfernt ein Schlachthaus gibt, wo unschuldige Männer, Frauen und Kinder dahingemetzelt werden, nur weil deine Regierung entschieden hat, dass sie Staatsfeinde sind. Hättest du die Stimme erhoben und protestiert? Oder hättest du getan, was er tat, den Kopf eingezogen, einfach so gelebt wie immer, so getan, als wüsstest du nichts?«

Jack zog noch einmal an seiner Zigarette und drückte sie dann im Aschenbecher aus. »Möchtest du eine ehrliche Antwort?«, fragte er.

»Natürlich.«

»Die ehrliche Antwort lautet: Ich weiß nicht, was ich getan hätte.«

»Das ist wirklich eine ehrliche Antwort«, sagte ich.

»Jeder redet davon, das Richtige zu tun, einen Standpunkt zu beziehen, an die so genannten höheren Werte zu denken. Aber so zu reden ist billig. Wenn wir nämlich an der Front sind und von der Flak beschossen werden, entdecken die meisten von uns, dass sie nicht zum Helden geboren sind. Und wir ducken uns.«

Ich streichelte ihm die Wange. »Du würdest dich also nicht als Held bezeichnen?«

»Nein, als Romantiker.«

Er küsste mich innig. Danach flüsterte ich:

»Lass uns von hier verschwinden.«

Er zögerte. »Stimmt was nicht?«, fragte ich.

»Ich muss dir etwas gestehen«, sagte er. »Ich muss heute nicht nur zum Marinehafen zurück.«

»Wohin dann?«

»Ich werde nach Europa gehen.«

»Nach Europa? Aber der Krieg ist vorbei. Warum gehst du nach Europa?«

»Ich habe mich freiwillig gemeldet ...«

»Freiwillig gemeldet? Es gibt keinen Krieg mehr, warum meldest du dich dann freiwillig?«

»Es herrscht vielleicht kein Krieg mehr, aber da drüben steht noch ein großes amerikanisches Heer und hilft mit bei der Versorgung der Flüchtlinge, bei der Bombenräumung, der Rückführung von Kriegsgefangenen. Und bei *Stars and Stripes* hat man mich gefragt, ob ich über die Aufräumarbeiten nach dem Krieg berichten möchte. In meinem Fall hat das auch eine sofortige Beförderung zum Lieutenant bedeutet, und ich darf wieder nach Europa. Also ...«

»Und wie lange dauert dieser verlängerte Einsatz?«

Er senkte den Blick, wich meinem aus.

»Neun Monate.«

Ich sagte nichts darauf, obwohl mir neun Monate plötzlich wie eine Ewigkeit erschienen.

»Wann hast du dich verpflichtet?«, fragte ich leise.

»Vor zwei Tagen.«

O mein Gott, nein …

»Mein Pech«, sagte ich.

»Meins auch.«

Er küsste mich noch einmal. Dann flüsterte er:

»Ich sage jetzt besser auf Wiedersehen.«

Mein Herz setzte einen Schlag lang aus oder auch drei. Einen Augenblick fragte ich mich, in was für eine verrückte Geschichte ich mich gerade verstrickte. Aber der Augenblick ging vorbei. Ich konnte nur noch denken: Jetzt oder nie.

»Nein«, bat ich. »Sag nicht auf Wiedersehen. Jedenfalls jetzt noch nicht. Nicht vor neun Uhr morgen früh.«

»Bist du sicher?«

»Ja, ich bin sicher.«

Vom Sheridan Square zu meiner Wohnung in der Bedford Street waren es nur fünf Minuten zu Fuß. Wir sagten nichts, als wir durch die leeren Straßen gingen, klammerten uns nur eng aneinander. Wir sagten nichts, als wir die Treppe hinaufstiegen. Ich schloss die Tür auf. Wir gingen hinein. Ich bot ihm keinen Drink oder Kaffee an, und er bat auch nicht darum. Er sah sich nicht um und machte keine bewundernden Bemerkungen über die Wohnung. Keinerlei aufgeregtes Plaudern. Weil wir beide nichts sagen wollten. Und weil wir uns, sobald wir die Tür hinter uns geschlossen hatten, gegenseitig die Kleider vom Leib rissen.

Er fragte mich nicht, ob es mein erstes Mal war. Er war zärtlich. Er war leidenschaftlich. Und ein bisschen unbeholfen, wenn auch nicht halb so unbeholfen wie ich.

Danach war er ein bisschen reserviert, fast scheu. Als hätte er zu viel von sich preisgegeben.

Auf den nun zerknüllten, feuchten Laken schmiegte ich mich an ihn und schlang die Arme um seine Brust. Meine Lippen berührten seinen Nacken. Dann, zum ersten Mal seit ungefähr einer Stunde, sagte ich etwas.

»Ich lasse dich nie wieder aus diesem Bett.«

»Ist das ein Versprechen?«, fragte er.

»Noch schlimmer«, entgegnete ich. »Ein Schwur.«

»Dann ist es wirklich ernst.«

»Die Liebe ist eine ernste Sache, Mr. Malone.«

Er drehte sich um und sah mir ins Gesicht.

»Ist das so etwas wie eine Liebeserklärung, Miss Smythe?«

»Ja, Mr. Malone. Eine Liebeserklärung. Meine Karten liegen auf dem Tisch, wie es so schön heißt. Macht Ihnen das Angst?«

»Ganz im Gegenteil, ich werde Sie nicht mehr aus diesem Bett lassen.«

»Ist das ein Versprechen?«

»Was die nächsten vier Stunden betrifft, ja.«

»Und danach?«

»Und danach gehöre ich wieder der Armee der Vereinigten Staaten, die gegenwärtig meinen Lebenskurs bestimmt.«

»Sogar in Liebesangelegenheiten?«

»Nein, das ist der einzige Bereich, in dem sie keine Macht über mich hat.«

Wieder fielen wir in Schweigen. »Ich werde zurückkommen«, versprach er schließlich.

»Das weiß ich«, entgegnete ich. »Wenn du den Krieg überlebt hast, wirst du auch den Frieden da drüben überleben. Es ist nur so: Wirst du auch zu *mir* zurückkommen?«

Kaum hatte ich das gesagt, hasste ich mich dafür.

»Ach was«, erklärte ich deshalb, »das klang jetzt, als wollte ich Besitzansprüche auf dich anmelden. Es tut mir leid, das war furchtbar dumm von mir.«

Er drückte mich noch fester an sich. »Nein, das war nicht furchtbar dumm von dir«, widersprach er. »Nur ein klein wenig dumm.«

»Mach dich bloß nicht lustig über mich, du Knilch aus Brooklyn«, warnte ich ihn und knuffte ihn in die Brust. »Ich verschenke mein Herz nicht so leicht.«

»Davon bin ich überzeugt«, sagte er und küsste mein Gesicht. »Und ob du es glaubst oder nicht, ich auch nicht.«

»Es gibt also keine kleine Freundin drüben in Brooklyn?«

»Nein. Versprochen.«

»Oder ein Fräulein, das in München auf dich wartet?«

»Nein, gibt es nicht.«

»Trotzdem wird dich der romantische Charme Europas nicht unberührt lassen, da bin ich mir sicher …«

Schweigen. Ich hätte mich ohrfeigen können, weil ich so einen strengen Ton anschlug. Jack lächelte mich an.

»Sara …«

»Ich weiß, ich weiß. Es ist nur … Verflixt, es ist einfach unfair, dass du morgen weggehst.«

»Hör mal, wenn ich dich vor zwei Tagen kennen gelernt hätte, hätte ich mich nie freiwillig gemeldet …«

»Aber wir haben uns nicht vor zwei Tagen kennen gelernt. Sondern heute Abend. Und jetzt …«

»Es sind doch nur neun Monate, nicht mehr. Am ersten September 1946 bin ich wieder da.«

»Aber wirst du dann zu mir kommen?«

»Sara, ich werde dir in diesen neun Monaten jeden Tag schreiben …«

»Nimm dir nicht zu viel vor. Jeden zweiten Tag genügt auch.«

»Wenn ich dir jeden Tag schreiben will, schreibe ich dir auch jeden Tag.«

»Versprochen?«

»Ich verspreche es«, sagte er. »Und wirst du hier sein, wenn ich zurückkomme?«

»Das weißt du.«

»Sie sind wundervoll, Miss Smythe.«

»Dito, Mr. Malone.«

Ich drückte ihn auf die Matratze, dann kletterte ich auf ihn.

Dieses Mal waren wir nicht mehr so scheu und unbeholfen. Im Gegenteil, wir liebten uns hemmungslos. Obwohl ich mich zu Tode fürchtete. Weil ich gerade mein Herz an einen Fremden verloren hatte, der bald über den Ozean fahren und für neun Monate verschwinden würde. Auch wenn ich mich bemühte, nicht daran zu denken, es würde sehr wehtun.

Der Tag erwachte. Licht drang durch die Rollos herein. Ich spähte zum Wecker auf dem Nachttisch. Sieben Uhr vierzig. Instinktiv kuschelte ich mich noch enger an ihn.

»Ich habe einen Entschluss gefasst«, sagte ich.

»Welchen?«

»Ich werde dich für die nächsten neun Monate hier gefangen halten.«

»Und wenn du mich dann freilässt, bunkert mich die Armee zwei Jahre lang ein.«

»Aber dann hätte ich dich wenigstens ganze neun Monate lang für mich.«

»In neun Monaten kannst du mich so lange haben, wie du willst.«

»Das würde ich gern glauben.«

»Glaub es.«

Er stand auf und sammelte seine Uniform vom Boden auf. »Ich mach mich jetzt besser auf die Socken.«

»Ich begleite dich zum Marinehafen.«

»Das ist nicht nötig...«

»Und ob das nötig ist. Dann habe ich noch eine Stunde mit dir.«

Er wandte sich um und nahm meine Hand.

»Das bedeutet eine lange Fahrt mit der U-Bahn«, sagte er. »Bis nach Brooklyn.«

»Vielleicht bist du mir die Fahrt nach Brooklyn wert«, sagte ich.

Wir zogen uns an. Ich füllte Maxwell-Kaffee in meinen kleinen Kaffeekocher und stellte ihn auf den Herd. Als die braune Flüssigkeit nach oben sprudelte, schenkte ich jedem eine Tasse ein. Wir hoben die Tassen und stießen an, sagten jedoch nichts. Der

Kaffee schmeckte dünn, fade. Es dauerte nur eine Minute, ihn hinunterzukippen. Jack sah mich an.

»Es ist Zeit«, sagte er.

Wir verließen die Wohnung. Der Morgen des Thanksgiving-Tages 1945 war kalt und klar. Viel zu klar für zwei Menschen, die die ganze Nacht wach gewesen waren. Auf dem Weg zur U-Bahn-Station Sheridan Square mussten wir blinzeln. Der Zug nach Brooklyn war menschenleer. Während er durch Lower Manhattan rumpelte, sagten wir kein Wort, wir hielten uns nur eng umschlungen. Als wir unter dem East River hindurchfuhren, fiel mir ein: »Ich habe deine Adresse gar nicht.«

Jack zog zwei Streichholzbriefchen aus seiner Tasche. Eines gab er mir. Dann fischte er einen Bleistiftstummel aus der Brusttasche seiner Uniform. Er leckte ihn ab, öffnete das Streichholzbriefchen, kritzelte seine Armeeanschrift hinein und gab es mir. Ich umschloss es mit der Hand, mit der anderen nahm ich ihm den Bleistift ab und schrieb meine Adresse in das zweite Streichholzbriefchen. Als ich es ihm zurückgab, steckte er es sofort in die Brusttasche seines Hemdes und knöpfte sie zu, damit es nicht verloren gehen konnte.

»Wage bloß nicht, dieses Streichholzbriefchen zu verlieren«, sagte ich.

»Es ist soeben mein wertvollster Besitz geworden. Und wirst du mir auch schreiben?«

»Unentwegt.«

Der Zug setzte seine Fahrt unter dem Fluss und durch das unterirdische Brooklyn fort. Als er in Borough Hall anhielt, sagte Jack: »Wir sind da.«

Wir stiegen wieder ins helle Tageslicht hinauf und kamen direkt neben einer Werft an die Oberfläche. Es war eine trostlose Industriegegend, wo ein halbes Dutzend Fregatten und Truppentransporter an mehreren Docks vor Anker lagen. Alles war in Kriegsgrau gestrichen. Wir waren nicht das einzige Pärchen, das sich den Toren des Marinehafens näherte. Ich zählte noch sechs oder sieben weitere, die sich, an eine Laterne gelehnt, umarmten, sich eine letzte Liebeserklärung ins Ohr flüsterten oder sich einfach nur ansahen.

»Schau, wir haben Gesellschaft«, sagte ich.

»Das ist das Problem, wenn man in der Armee ist, da gibt es keine Privatsphäre.«

Wir blieben stehen. Ich wandte mich zu ihm.

»Bringen wir es hinter uns, Jack.«

»Du klingst wie Barbara Stanwyck.«

»Ich glaube, in einem dieser Kriegsfilme würde es jetzt heißen ›wir müssen jetzt ganz stark sein‹.«

»Es ist wohl nie leicht, so etwas hinter sich zu bringen, habe ich Recht?«

»Nein. Also, nun küss mich schon, und sag mir, dass du mich liebst.«

Er küsste mich. Er sagte, dass er mich liebe. Und auch ich flüsterte ihm meinen Liebesschwur zu. Dann zog ich ihn am Revers zu mir.

»Eines noch«, sagte ich. »Wag es bloß nicht, mir das Herz zu brechen, Malone.«

Ich ließ ihn los.

»Jetzt verschwinde endlich auf dein Schiff.«

»Zu Befehl, Sir.«

Damit wandte er sich um und schritt auf das Tor zu. Ich blieb halb erfroren auf dem Bürgersteig zurück und zwang mich, ruhig, beherrscht, vernünftig zu bleiben. Als die Wache das Tor öffnete, drehte sich Jack noch einmal um und rief: »Erster September.«

Ich biss mir auf die Lippe und rief zurück: »Ja, erster September, ganz sicher.«

Er nahm Haltung an und grüßte zackig. Ich lächelte, obwohl es mir nicht leicht fiel. Dann durchschritt er das Tor.

Eine Weile konnte ich mich nicht bewegen, ich starrte nur geradeaus, bis Jack aus meinem Blickfeld verschwunden war. Ich fühlte mich wie im freien Fall, als wäre ich eben in einen leeren

Aufzugschacht gestolpert. Schließlich zwang ich mich, zur U-Bahn zurückzugehen und in einen Zug nach Manhattan zu steigen. Eine der Frauen, die vor dem Tor zum Marinehafen gestanden hatten, saß mir gegenüber im gleichen Wagon. Sie war höchstens achtzehn. Als der Zug anfuhr, konnte sie nicht mehr an sich halten und schluchzte laut.

Ich hingegen war die Tochter meines Vaters und hätte nie in der Öffentlichkeit geweint. Kummer, Betrübnis, Gram, all das muss man still ertragen, so lautete das eherne Gesetz in der Familie Smythe. Und wenn man sich denn unbedingt gehen lassen wollte, dann wenigstens hinter verschlossenen Türen, im eigenen Zimmer.

Deshalb hielt ich mich den ganzen Weg zurück zur Bedford Street im Zaum. Aber sobald ich die Wohnungstür hinter mir geschlossen hatte, fiel ich auf mein Bett und ließ den Tränen freien Lauf.

Ich weinte und weinte und weinte. Und die ganze Zeit dachte ich: Was bist du nur für eine Idiotin.

4

»Willst du hören, was ich wirklich denke?«, fragte mich Eric.

»Natürlich«, sagte ich.

»Meine ganz ehrliche Meinung?«

Ich nickte nervös.

»Gut, sollst du haben: Du bist eine Närrin.«

Ich schluckte, griff nach der Flasche, schenkte mir noch mal ein und trank das halbe Glas in einem Zug.

»Vielen Dank, Eric«, erwiderte ich schließlich.

»Du wolltest eine ehrliche Antwort, S.«

»Ja, das stimmt. Und die hast du mir ja auch gegeben.«

Ich trank das Glas Champagner aus, nahm die Flasche (unsere zweite an diesem Nachmittag) und schenkte nach.

»Tut mir leid, dass ich so direkt war, S«, sagte er, »aber das ist noch lange kein Grund, sich zu betrinken.«

»Jeder hat hin und wieder das Recht, sich zu betrinken. Vor allem, wenn es etwas zu feiern gibt.«

Eric musterte mich mit amüsierter Skepsis.

»Und was feiern wir heute?«

Ich hob mein Glas.

»Thanksgiving natürlich.«

»Na, dann ein fröhliches Thanksgiving«, meinte er sarkastisch und stieß mit mir an.

»Weißt du, ich war noch nie im Leben so glücklich wie heute, an diesem Thanksgiving. Ich bin wie im Delirium vor Glück.«

»Ja, Delirium ist hier wohl das treffende Wort.«

Gut, ich hatte einen kleinen Schwips. Außerdem war ich überwältigt von meinen Gefühlen, müde und erschöpft. Besonders da mir, als ich meine Tränen endlich getrocknet hatte, nur noch eine Stunde blieb, bis ich mich mit Eric bei Luchow's zum Thanksgiving-Lunch treffen sollte. Deshalb hatte ich keine Zeit für irgendwelche restaurativen Maßnahmen, wie etwa schlafen. Stattdessen nahm ich nur ein kurzes Bad, wärmte mir den übrig gebliebenen Kaffee auf, den ich am frühen Morgen gemacht hatte, und unterdrückte eine Träne, als ich Jacks Tasse verloren im Spülbecken stehen sah. Nachdem ich den inzwischen ziemlich bitteren Kaffee getrunken hatte, nahm ich ein Taxi zum Luchow's in der 14th Street.

Luchow's war eine großartige New Yorker Institution: ein riesiges deutsch-amerikanisches Restaurant, das man angeblich nach dem Vorbild des Hofbräuhauses in München gestaltet hatte, wenngleich mich das Interieur immer an die extravagante Ausstattung eines Erich-von-Strohheim-Films erinnerte. Deutscher Art déco, ein klein wenig übertrieben. Ich glaube, es sprach Erics Sinn für das Absurde an. Er hatte auch ein Faible für die Schnitzel, Würste und den Frankenwein, den es bei Luchow's gab, obwohl während des Krieges bewusst kein deutscher Wein mehr ausgeschenkt wurde.

Ich hatte mich ein wenig verspätet, und Eric wartete bereits an unserem Tisch. Er paffte eine Zigarette und war in die neueste Ausgabe der *New York Times* vertieft. Als ich näher trat, sah er ein wenig überrascht auf.

»O mein Gott«, meinte er melodramatisch. »Liebe auf den ersten Blick.«

»Ist es so offensichtlich?«, fragte ich und setzte mich.

»Ach nein, überhaupt nicht. Deine Augen sind nur röter als dein Lippenstift, und du hast dieses postkoitale Strahlen …«

»Pst«, zischte ich. »Sonst hören dich die Leute.«

»Sie müssen mich gar nicht hören, ein Blick genügt, und man weiß sofort, was mit dir los ist. Dich hat's ganz schön erwischt, stimmt's?«

»Ja, allerdings.«

»Und wo ist dein Don Giovanni in Uniform jetzt, hm, sag?«

»Auf einem Schiff mit Ziel Europa.«

»Ach wie schön! Wir haben es also nicht nur mit Liebe zu tun, sondern auch gleich noch mit einem gebrochenen Herzen. Genial, einfach genial. Kellner! Eine Flasche Champagner, das müssen wir sofort begießen.«

Dann sah er mich an und sagte:

»Gut, ich bin ganz Ohr. Erzähl mir die ganze Geschichte.«

Dumm, wie ich war, tat ich es – und trank dabei fast zwei Flaschen Champagner. Ich erzählte Eric immer alles. Schließlich stand er mir von allen Menschen am nächsten und kannte mich am besten. Deshalb hatte ich solche Angst davor, ihm von meiner Nacht mit Jack zu berichten. Weil Eric nur das Beste für mich wollte. Und ich wusste schon, wie er die ganze Sache sehen würde. Was wiederum einer der Gründe dafür war, warum ich viel zu schnell und viel zu viel trank.

»Willst du hören, was ich wirklich denke?«, fragte mich Eric, als ich zu Ende erzählt hatte.

»Natürlich«, sagte ich.

»Meine ganz ehrliche Meinung?«

Dann sagte er mir, dass ich eine Närrin sei. Ich trank noch etwas mehr Champagner, stieß auf Thanksgiving an und machte diese lächerliche Bemerkung, dass ich mich wie im Delirium vor Glück fühlte.

»Ja, Delirium ist hier wohl das treffende Wort«, fand er.

»Ich weiß, das klingt alles ziemlich verrückt. Und ich weiß auch, dass du denkst, ich benehme mich wie ein Backfisch.«

»Bei diesen Dingen verwandelt sich jeder wieder in einen Fünfzehnjährigen. Das macht das Ganze ja so schön – und so gefährlich. Schön, weil – seien wir mal ehrlich –, man nie in einem so seligen Zustand der Verwirrung ist, als wenn man richtig verknallt ist.«

Ich beschloss, mich auf unsicheres Gelände vorzuwagen: »Hast du diese selig machende Verwirrung schon am eigenen Leib erfahren?«

Er griff nach seinen Zigaretten und Streichhölzern. »Ja.«

»Oft?«

»Wohl kaum«, meinte er und zündete die Zigarette an. »Nur ein oder zwei Mal. Und auch wenn es zuerst sehr aufregend ist, gibt es eine große Gefahr dabei, nämlich wenn man hofft, nach dieser anfänglichen Trunkenheit könnte es eine Fortsetzung geben. Damit kann man sich ernstlich schaden.«

»Bist du verletzt worden?«

»Jeder, der schon mal richtig verliebt war, ist mit Sicherheit auch verletzt worden.«

»Ist das immer so?«

Er begann, mit seinem rechten Zeigefinger auf den Tisch zu klopfen – ein untrügliches Zeichen dafür, dass er nervös war.

»Meiner Erfahrung nach schon, ja, so läuft es immer.«

Dann blickte er mich warnend an, als wollte er sagen: *Stell mir bloß keine weiteren Fragen.* Und somit war diese Seite seines Lebens mal wieder tabu für mich.

»Ich möchte nur nicht, dass dir jemand wehtut«, sagte er. »Besonders weil ich annehme, dass es, ähm, das erste Mal war.«

Nach einem kurzen Nicken wandte ich ein:

»Aber angenommen, man ist sich ganz sicher …«

»Entschuldige, wenn ich pedantisch klinge, aber Sicherheit ist etwas Empirisches. Und wie du sehr gut weißt, beruht Empirie nicht auf Annahmen, sondern einzig und allein auf Tatsachen. Zum Beispiel ist es völlig sicher, dass die Sonne im Osten auf- und im Westen untergeht. Genauso sicher ist es, dass Wasser bei null Grad Celsius gefriert und dass man auf den Boden fällt, wenn man aus einem Fenster springt. Allerdings ist es nicht sicher, dass man daran stirbt. Eine Wahrscheinlichkeit besteht, das schon. Aber Sicherheit? Niemand weiß es. Genauso verhält es sich mit der Liebe.«

»Du willst also sagen, zu lieben ist, wie sich aus dem Fenster zu stürzen?«

»Bei genauerer Betrachtung ist das kein schlechter Vergleich. Vor allem, wenn es dich wie ein Blitz trifft. Du hast einen relativ normalen Tag, denkst nicht im Traum daran, dass du dich verlieben könntest, du gehst irgendwohin, wo du eigentlich gar nicht hinwolltest, auf der anderen Seite des Raumes steht jemand, und patsch …«

»Patsch? Was für ein reizendes Wort.«

»Nun, so verhält es sich eben beim freien Fall, zu Anfang ist es sehr berauschend, aber irgendwann macht es dann unweigerlich patsch. Mit anderen Worten: Man landet wieder auf dem Boden.«

»Aber sag mir, sag, muss das denn wirklich so sein?«

»Jetzt verlassen wir wieder das Reich der Empirie. Du möchtest gern *glauben*, dass dieser Mann die Liebe deines Lebens ist und dass euch das Schicksal zusammengeführt hat. Aber jeder Glaube ist reine Spekulation. Er basiert nicht auf Fakten, geschweige denn auf Logik. Dass dieser Jack Malone der Mann ist, den das Schicksal für dich auserkoren hat, lässt sich nicht empirisch beweisen. Es besteht lediglich die Hoffnung, dass es sich so verhalten möge. Und theoretisch gesehen, ist Hoffnung sogar noch ein wackligerer Begriff als Glaube.«

Ich wollte nach der Flasche greifen, überlegte es mir dann aber anders.

»Du bist wirklich ein Haarspalter, stimmt's?«, sagte ich.

»Wenn es nötig ist, schon. Aber ich bin auch dein Bruder, der dich liebt. Und gerade deshalb rate ich dir hier zur Vorsicht.«

»Jack war dir unsympathisch.«

»Darum geht es nicht, S.«

»Aber wenn du ihn mögen würdest, wärst du nicht so skeptisch.«

»Ich habe gerade mal fünf Minuten mit ihm gesprochen. Das Gespräch verlief nicht besonders glücklich. Ende der Geschichte.«

»Wenn du ihn besser kennen lernst …«

»Wann?«

»Er kommt am ersten September zurück.«

»Du lieber Himmel, hör sich einer das an!«

»Er hat versprochen wiederzukommen. Er hat geschworen…«

»S, hast du völlig den Verstand verloren? Oder dein Urteilsvermögen? Nach dem, was du mir über ihn erzählt hast, muss dieser Kerl ein totaler Fantast sein. Und obendrein noch ein ziemliches Schlitzohr. Die klassische irische Mischung.«

»Das ist nicht fair…«

»Lass mich ausreden. Er ist auf Heimaturlaub, ja? Er kommt uneingeladen zu meiner Party. Er lernt dich kennen – wahrscheinlich die gebildetste, eleganteste Frau, die ihm jemals begegnet ist. Er schmeichelt dir, setzt seinen irischen Charme ein. Bevor du ›alles Unsinn‹ sagen kannst, erzählt er dir, dass du die Frau seiner Träume bist: *Ich weiß, dass du für mich bestimmt bist.* Dabei ist er sich völlig klar darüber, dass er sich zu nichts verpflichtet, denn am nächsten Morgen um neun ist er weit weg. Und wenn ich nicht völlig falsch liege, hörst du nie wieder von ihm, Schätzchen.«

Eine ganze Weile starrte ich schweigend auf den Tisch. Eric versuchte, tröstlichere Töne anzuschlagen.

»Schlimmstenfalls hakst du das Ganze unter ›Erfahrungen‹ ab. In gewisser Hinsicht ist es wahrscheinlich sogar gut, dass er jetzt aus deinem Leben verschwindet. Weil er dann für alle Zeiten ›dieser irische Junge‹ sein wird, mit dem du eine wildromantische Nacht verbracht hast. In deiner Erinnerung wird er immer in hellem Glanz erstrahlen. Wenn du den Typen dagegen heiraten würdest, würdest du wahrscheinlich bald feststellen, dass er sich im Bett die Zehennägel schneidet, zu laut gurgelt oder die Nase hochzieht.«

»Patsch. Du hast mich wieder auf den Boden gebracht.«

»Dazu ist ein Bruder ja wohl auch da? Außerdem garantiere ich dir, wenn du erst eine Nacht darüber geschlafen hast, siehst du schon wieder etwas klarer.«

Aber so war es nicht. O ja, ich schlief wundervoll in dieser Nacht. Fast zehn Stunden. Doch als ich am nächsten Morgen aufwachte, konnte ich an nichts anderes als an Jack denken. Sobald ich die Augen aufschlug, beherrschte er meine Gedanken und ließ sich nicht mehr vertreiben. Ich setzte mich im Bett auf und durchlebte im Geist noch einmal jeden einzelnen Augenblick unserer gemeinsamen Nacht. Ich erinnerte mich an alles ganz genau, an seine Stimme, an sein Gesicht, wie er mich berührte. Obwohl ich mich bemühte, den Rat meines Bruders zu beherzigen, indem ich mir immer wieder vorsagte, es sei nur eine kurze, verrückte Begegnung gewesen, überzeugten mich meine Argumente nicht.

Oder, um es anders auszudrücken, ich sah sehr wohl, warum ich Jack Malone gegenüber skeptisch und misstrauisch sein sollte. Das Problem war nur, dass mich das nicht interessierte.

Am meisten beunruhigte mich, dass ich mich jeder Logik, Vernunft, jeglichem gesunden puritanischen Menschenverstand verschloss. Ich war wie eine Anwältin, die einen Fall vertrat, an dessen glücklichen Ausgang sie selbst nicht glaubte. Immer wenn ich dachte, ich sei kurz davor, wieder rational urteilen zu können, überwältigte mich die Erinnerung an Jack, und ich war verloren.

War das die wahre Liebe? In ihrer reinsten, unverfälschten Form? Ich wusste es nicht, ich wusste nur, dass es mich aufzehrte, schwächte und schwindlig machte wie eine schwere Erkältung.

Der Haken daran war leider, dass es im Gegensatz zu einer Erkältung nicht vorbeiging. Nein, es wurde jeden Tag schlimmer.

Ich kam von Jack Malone nicht los, mein Verlangen nach ihm war unstillbar.

Am Sonntagmorgen des Thanksgiving-Wochenendes rief mich Eric zu Hause an. Es war das erste Mal seit dem Essen bei Luchow's, dass wir miteinander sprachen.

»Oh, hallo«, begrüßte ich ihn matt.

»O je …«

»O je was?«, fragte ich verärgert.

»O je, du scheinst dich über meinen Anruf nicht gerade zu freuen.«

»Doch, ich freue mich, dass du anrufst.«

»Ja, deine Begeisterung spürt man ganz deutlich. Ich wollte

mich nur erkundigen, ob sich die Götter der Ausgeglichenheit und der Verhältnismäßigkeit schon bei dir gemeldet haben.«

»Nein, noch nicht. Sonst noch was?«

»Ich entdecke in deinem Ton eine gewisse Barschheit. Soll ich rüberkommen?«

»Nein!«

»Ist gut.«

Dann hörte ich mich plötzlich sagen: »Ja, komm rüber. Jetzt sofort.«

»Ist es so schlimm?«

Ich schluckte schwer. »Ja, es ist so schlimm.«

Und es wurde noch schlimmer. Ich konnte nicht mehr richtig schlafen. Jede Nacht zwischen zwei und vier schreckte ich hoch und war hellwach. Dann starrte ich an die Decke, fühlte mich verlassen und empfand eine überwältigende Sehnsucht. Mein Verlangen nach Jack Malone war bar jeder Vernunft. Es war einfach immer da. Irrational. Absurd.

Irgendwann ergab ich mich dann meiner Schlaflosigkeit, stand auf, setzte mich an den Schreibtisch und schrieb an Jack. Ich schrieb ihm jeden Tag. Meistens beschränkte ich mich auf eine Postkarte, aber ich verbrachte bis zu einer Stunde damit, fünf Zeilen zu Papier zu bringen.

Von jeder Karte und jedem Brief, die ich an Jack schrieb, hob ich mir einen Durchschlag auf. Manchmal holte ich den Aktendeckel aus Manila-Papier hervor, in dem ich die Kopien aufbewahrte, und las die ständig wachsende Flut schmachtender Liebesworte. Und jedes Mal, wenn ich den Deckel zuklappte, dachte ich: *Das ist absurd.*

Im Laufe der Wochen wurde es immer absurder. Denn ich erhielt keinen einzigen Antwortbrief von Jack.

Zunächst versuchte ich, Gründe dafür zu finden, warum mir mein Geliebter nicht schrieb. Ich stellte im Kopf Zeitpläne auf, rechnete nach: Für die Fahrt nach Europa hatte er etwa fünf Tage gebraucht, dann noch ein oder zwei Tage zu seinem Einsatzort irgendwo in Deutschland, und bis der erste seiner Briefe über den Atlantik in Amerika eintraf, dauerte es mindestens noch einmal zwei Wochen (damals gab es schließlich noch keine Luftpost). Außerdem musste man die zusätzliche Belastung des Briefverkehrs durch die Weihnachtspost mit einberechnen und auch die Tatsache, dass immer noch Hunderttausende GIs auf dem ganzen Erdball stationiert waren. Mit einem Mal war es völlig einleuchtend, dass ich bis Weihnachten noch nichts von ihm gehört hatte.

Aber dann kam das neue Jahr. Und immer noch keine Zeile von Jack, obwohl ich ihm weiterhin jeden Tag schrieb.

Ich wartete. Keine Antwort. Der Januar verging, der Februar brach an. Der tägliche Posteingang in meinem Apartmenthaus wurde zu meiner Obsession. Etwa um zehn Uhr dreißig kam die Post in einem dicken Bündel an. Der Hausmeister brauchte ungefähr zwei Stunden, bis er sie sortiert und vor den einzelnen Wohnungstüren abgelegt hatte. Ich begann meine Arbeit bei *Life* so einzuteilen, dass ich gegen zwölf Uhr dreißig nach Hause fahren und meine Post holen, anschließend zur U-Bahn rennen und um dreizehn Uhr fünfzehn, dem Ende meiner Mittagspause, wieder im Büro sein konnte. Zwei Wochen lang ging das so, ich hoffte verzweifelt, dass der lang ersehnte Brief von Jack endlich eintreffen würde.

Aber stets kam ich mit leeren Händen ins Büro zurück. Und jeden Tag verlor ich ein Stück Zuversicht. Zumal meine Schlaflosigkeit immer schlimmer wurde.

Eines Nachmittags suchte mich mein Chef, Leland McGuire, an meinem Schreibtisch auf.

»Sara, Sie bekommen das Zuckerstück der Woche von mir«, sagte er.

»Wirklich?«, erwiderte ich ein wenig abwesend.

»Was denken Sie über John Garfield?«

»Ein wunderbarer Schauspieler. Angenehme Erscheinung. Politisch eher links ...«

»Nun, was das betrifft, seine politischen Ansichten wollen wir hier mal völlig außen vor lassen. Ich glaube, Mr. Luce würde es nicht gefallen, in seiner Zeitschrift etwas über Garfields sozialistische Gesinnung zu lesen. Garfield ist ein Frauenliebling. Die Frauen haben eine Schwäche für ihn. Ich möchte, dass Sie ihn mehr als den sensiblen Muskelmann darstellen.«

»Entschuldigung, Leland, ich kann Ihnen nicht ganz folgen. Soll ich etwas über John Garfield schreiben?«

»Sie sollen nicht nur über ihn schreiben, Sie werden ein Interview mit ihm machen. Er hält sich gerade zu Dreharbeiten für einen Boxfilm mit dem Titel *Body and Soul* in der Stadt auf. Es wird viel an Originalschauplätzen gedreht, und morgen nehmen sie eine Szene in einer Boxhalle an der 48th Street auf. Garfield hat eingewilligt, uns eine Stunde seiner Zeit zur Verfügung zu stellen. Sie müssen um halb zwölf dort sein, sehen sich eine Stunde lang die Dreharbeiten an, und gegen zwölf Uhr dreißig können Sie dann mit ihm reden.«

Plötzlich geriet ich in Panik. »Morgen um zwölf Uhr dreißig kann ich nicht.«

»Wie bitte?«

»Tut mir leid, aber morgen um zwölf Uhr dreißig geht es bei mir nicht.«

»Sie haben schon andere Pläne?«

Ich hörte mich sagen: »Ich erwarte einen Brief…« Mein Gott, sofort bereute ich diesen Satz. Leland sah mich ungläubig an.

»Sie erwarten einen Brief? Ich verstehe nicht ganz, was das damit zu tun hat, dass Sie John Garfield um zwölf Uhr dreißig treffen sollen.«

»Nichts, Mr. McGuire, gar nichts. Ich mache das Interview gern.«

Er musterte mich argwöhnisch.

»Sind Sie sicher, Sara?«

»Ganz sicher, Sir.«

»Gut«, sagte er. »Ich bitte Garfields Presseagent, Sie nach dem Mittagessen anzurufen und es kurz mit Ihnen abzusprechen. Außer natürlich, Sie haben nach dem Essen keine Zeit, weil Sie auf einen Brief warten …«

Ich hielt seinem Blick stand. »Ich freue mich auf seinen Anruf, Sir.«

Kaum war Leland außer Sicht, rannte ich zur Toilette, schloss mich in einer Kabine ein und schluchzte wie von Sinnen. Dann sah ich auf die Uhr. Zehn nach zwölf. Ich stürzte aus der Toilette, rannte aus dem *Time-Life* Building und zur U-Bahn-Station Lexington Avenue. Nach mehrmaligem Umsteigen und einem Spurt vom Sheridan Square schaffte ich es bis zwölf Uhr vierzig zu meiner Wohnung. Auf meiner Türmatte lag keine Post. Ich machte auf dem Absatz kehrt, lief ins Souterrain hinunter und klopfte an die Tür der Hausmeisterwohnung. Der Hausmeister hieß Mr. Kocsis, ein kleiner Ungar Mitte fünfzig (er war höchstens ein Meter fünfzig groß), der sich immer betont griesgrämig gab, außer an Weihnachten, weil er dann sein jährliches Trinkgeld erwartete. Aber jetzt hatten wir Mitte Februar, deshalb war von seinem Charme nichts zu spüren.

»Was Sie wollen, Miss Smythe?«, fragte er in gebrochenem Englisch, nachdem er die Tür geöffnet hatte.

»Meine Post, Mr. Kocsis.«

»Sie heute keine Post.«

Plötzlich wurde ich nervös. »Das kann nicht sein«, sagte ich.

»Ist wahr, ist wahr.«

»Sind Sie absolut sicher?«

»Sie sagen, ich lüge?«

»Es muss ein Brief da sein, es muss …«

»Wenn ich sage kein Brief, dann kein Brief, okay?«

Damit schlug er mir die Tür vor der Nase zu. Ich schleppte mich hoch in meine Wohnung, warf mich aufs Bett und starrte an die Decke – nur ein paar Minuten, wie ich dachte. Nach einer Weile warf ich einen Blick auf den Wecker: Vierzehn Uhr achtundvierzig. *O Gott, o Gott*, dachte ich. *Ich drehe durch!*

Ich sprang vom Bett, rannte aus der Wohnung und nahm das

erste freie Taxi. Kurz nach fünfzehn Uhr fünfzehn traf ich am *Time-Life* Building ein. Auf meiner Schreibmaschine lagen vier rosafarbene Zettel. Die ersten drei waren Nachrichten von einem »Mr. Tommy Glick, Presseagent von John Garfield«. Er hatte sich um dreizehn Uhr dreißig, vierzehn Uhr und vierzehn Uhr dreißig gemeldet. Die letzte Nachricht von vierzehn Uhr fünfzig stammte von Leland: »Kommen Sie sofort in mein Büro.«

Ich setzte mich an den Schreibtisch und vergrub das Gesicht in den Händen. Ich hatte die Anrufe des Presseagenten verpasst und damit war uns das Interview mit Garfield durch die Lappen gegangen. Und mich würde man jetzt feuern.

Ich hatte immer gewusst, dass das irgendwann passieren würde. Und nun war es so weit. Ich hatte der Unvernunft freien Lauf gelassen, nun musste ich teuer dafür bezahlen. Aber wieder hörte ich die Stimme meines Vaters in meinem Kopf: *Es hat keinen Sinn, über einen Fehler zu weinen, junge Dame. Du musst den Konsequenzen mit Würde und Haltung ins Auge schauen – und aus deinem Fehler lernen.*

Also stand ich auf, strich mir das Haar glatt und holte tief Luft. Dann schritt ich langsam den Korridor entlang, bereit, meine Strafe zu empfangen. Ich klopfte zwei Mal an die Tür. *Leland McGuire, Chefredakteur Reportage* war in das Milchglas eingraviert.

»Herein«, sagte er.

Kaum hatte ich die Tür geöffnet, sprudelte ich auch schon los. »Mr. McGuire, es tut mir schrecklich leid…«

»Schließen Sie bitte die Tür, Sara, und setzen Sie sich.«

Er klang kühl, distanziert. Ich tat wie befohlen und setzte mich auf den harten Holzstuhl gegenüber seinem Schreibtisch, die Hände im Schoß gefaltet wie ein widerspenstiges Schulmädchen, das man zur Direktorin beordert hatte. Nur dass in meinem Fall die Autoritätsperson, die über mich zu urteilen hatte, meine Karriere und mein Leben zerstören konnte.

»Geht es Ihnen gut, Sara?«

»Es geht mir gut, Mr. McGuire. Sehr gut. Wenn ich nur erklären könnte …«

»Es geht Ihnen nicht gut, Sara. Schon seit Wochen geht es Ihnen nicht gut, habe ich Recht?«

»Ich kann Ihnen gar nicht sagen, wie leid es mir tut, dass ich Mr. Glicks Anrufe verpasst habe. Aber es ist erst halb vier. Ich rufe ihn gleich zurück und bespreche alles mit ihm …«

Leland unterbrach mich.

»Ich habe den Auftrag bereits anderweitig vergeben. Lois Rudkin wird ihn übernehmen. Kennen Sie Lois?«

Ich nickte. Lois hatte kürzlich ihren Abschluss am Mount Holyoke gemacht und war im September in unsere Abteilung gekommen. Außerdem war sie von der ehrgeizigen Sorte. Ich wusste, dass sie mich in der Redaktion als direkte Konkurrentin betrachtete, obwohl ich solche Spiele nicht mitspielte (in dem vielleicht törichten Glauben, dass sich gute Arbeit immer durchsetzt). Und ich konnte mir vorstellen, was als Nächstes kam: Leland hatte entschieden, dass eine weibliche Journalistin in unserer Abteilung genügte, und das war Lois.

»Ja«, entgegnete ich leise, »ich kenne Lois.«

»Begabte Journalistin.«

Hätte ich gewollt, dass er mich auf der Stelle feuerte, hätte ich hinzufügen können: Mir ist nicht entgangen, dass sie all ihren Charme einsetzt, um Sie zu bezirzen. Stattdessen nickte ich nur.

»Wollen Sie mir erzählen, was los ist, Sara?«, fragte er.

»Sind Sie mit meiner Arbeit nicht zufrieden, Mr. McGuire?«

»Ich kann mich eigentlich nicht beklagen. Sie schreiben ganz ordentlich. Sie sind schnell. Abgesehen von heute sind Sie grundsätzlich zuverlässig. Aber Sie wirken ständig müde und völlig abwesend, so sehr, dass Sie Ihre Arbeit wie mechanisch zu verrichten scheinen. Und ich bin nicht der Einzige hier, dem das aufgefallen ist …«

»Ich verstehe …«, sagte ich in distanziertem Ton.

»Ist irgendwas Schlimmes passiert?«

»Nein, nichts Schlimmes.«

»Ist es … eine Liebesangelegenheit?«

»Schon möglich.«

»Sie möchten offenbar nicht darüber reden …«

»Es tut mir leid …«

»Entschuldigungen sind unnötig. Ihr Privatleben geht mich nichts an. Solange es sich nicht nachteilig auf Ihre Arbeit auswirkt. Der alte Zeitungsmensch in mir wehrt sich zwar gegen diese Art der Firmenpolitik, aber meine Vorgesetzen bei *Time-Life* finden, dass alle Mitarbeiter Teamgeist und echtes Engagement für die Firma zeigen sollten. Was Sie betrifft, so wirken Sie, als gehörten Sie nicht richtig dazu, manche finden sogar, Sie seien hochnäsig und hielten sich für etwas Besseres.«

Das hörte ich zum ersten Mal, und es traf mich sehr.

»Ich möchte ganz bestimmt nicht hochnäsig erscheinen, Sir.«

»Es kommt immer darauf an, welchen Eindruck man bei den anderen hinterlässt, Sara, besonders innerhalb einer Firma. Und Ihre Kollegen bei *Life* finden, Sie passen nicht hierher.«

»Wollen Sie mich feuern, Mr. McGuire?«

»So brutal bin ich nicht, Sara. Außerdem haben Sie nichts getan, was eine Entlassung rechtfertigen würde. Trotzdem sollten Sie darüber nachdenken, ob Sie nicht lieber auf freiberuflicher Basis mit uns zusammenarbeiten möchten, von Zuhause aus vielleicht.«

Am Abend erzählte ich Eric in seiner Wohnung bei einem Glas trockenem Rotwein, wie mein Gespräch mit Leland McGuire weitergegangen war:

»Nachdem er also seine Bombe hatte platzen lassen und mir empfohlen hatte, von nun an von zu Hause aus zu arbeiten, unterbreitete er mir noch seine Bedingungen. Sechs Monate lang soll ich mein volles Gehalt bekommen und dafür alle vierzehn Tage einen Artikel liefern. Ich wäre dann nicht mehr bei *Time-Life* angestellt, sondern nur freiberuflich für die Zeitschrift tätig, ohne Sozialleistungen.«

»Glaub mir, nicht mehr jeden Tag ins Büro gehen zu müssen, hat enorme Vorteile.«

»Das habe ich mir auch schon überlegt. Aber ich weiß nicht, wie ich damit zurechtkommen werde, ganz für mich allein zu arbeiten.«

»Dir schwebt doch schon seit einiger Zeit vor, Literatur zu schreiben. Jetzt hättest du die beste Gelegenheit dazu.«

»Diese Idee habe ich längst aufgegeben. Ich bin keine Schriftstellerin…«

»Du bist gerade mal vierundzwanzig. Da musst du dich noch nicht als gescheiterte Literatin abschreiben. Erst recht nicht, wo du es noch nie richtig versucht hast.«

»Darin liegt ja gerade das Problem mit meiner Schriftstellerkarriere: Ich weiß nicht, wie ich anfangen soll.«

»Probier's doch einfach mal.«

»Leichter gesagt als getan. Aber ich bin ja nicht nur eine gescheiterte Schriftstellerin, laut Leland McGuire habe ich auch als Mannschaftsspielerin versagt.«

»Wer möchte schon ein guter Mannschaftsspieler sein?«

»Es ist zumindest nicht so schlimm, wie als hochnäsig und distanziert zu gelten, wie jemand, der sich für was Besseres hält. Ich bin doch nicht hochnäsig, oder?«

Eric lachte.

»Sagen wir mal so: Für ein Mädchen aus Brooklyn würde man dich nicht halten.«

Ich lächelte ihn säuerlich an. »Vielen Dank.«

»Tut mir leid. Das war gedankenlos von mir.«

»Ja, allerdings.«

»Noch immer keine Nachricht von ihm?«

»Das hätte ich dir längst erzählt.«

»Ich weiß. Und ich wollte dich nicht fragen, weil…«

»Weil, lass mich raten, weil du denkst, ich bin eine romantische Spinnerin, die nach einer einzigen Nacht irrsinniger Leidenschaft ihr Herz an einen Schurken verloren hat.«

»Ja, stimmt, aber für eines bin ich deinem irischen Schurken aus Brooklyn dankbar: Dass er es geschafft hat, dich vom *Time-Life* Building wegzukriegen. Du und ich, wir sind keine Mannschaftsspieler, S. Was bedeutet, wir werden nie mit dem Strom schwimmen. Und glaub mir, das ist gar nicht so schlecht – wenn man damit umgehen kann. Betrachte es also als eine Gelegenheit herauszufinden, ob du dir nicht selbst die beste Gesellschaft bist. Ich denke, es wird dir gefallen, eigenständig zu arbeiten. Du scheinst die Distanz zu lieben …«

Ich knuffte ihn in den Arm.

»Du bist unmöglich«, sagte ich.

»Aber du bietest mir auch wunderbare Gelegenheiten, unmöglich zu sein.«

Ich seufzte traurig.

»Ich werde nie wieder etwas von ihm hören, stimmt's?«

»Endlich fängst du an, realistisch zu werden.«

»Immer wieder denke ich mir, ich weiß nicht … vielleicht hatte er einen Unfall oder ist in eine so entlegene Gegend versetzt worden, dass man ihn nicht erreichen kann.«

»Er könnte auch in geheimer Mission mit Mata Hari unterwegs sein, obwohl die Franzosen 1917 so frei waren, sie zu erschießen.«

»Schon gut, schon gut.«

»Du musst über ihn hinwegkommen, S. Ich bitte dich, um deiner selbst willen.«

»Herrje, das möchte ich ja. Es ist nur … ich kann ihn nicht vergessen. In jener Nacht ist etwas passiert. Etwas Unerklärliches, aber Grundlegendes. Und obwohl ich mir immer sage, dass es verrückt ist, weiß ich einfach: Er war es.«

Am nächsten Morgen räumte ich meinen Schreibtisch bei *Life* aus. Ich ging durch den Flur und steckte den Kopf durch Lelands Tür.

»Ich bin nur gekommen, um mich zu verabschieden«, sagte ich.

Er bat mich nicht herein und stand auch nicht auf. Irgendwie schien ich ihn nervös zu machen.

»Es ist ja kein richtiger Abschied, Sara. Wir werden weiterhin zusammenarbeiten.«

»Haben Sie sich schon Gedanken über meinen ersten Auftrag gemacht?«

Er wich meinem Blick aus. »Noch nicht, aber ich melde mich in ein paar Tagen bei Ihnen, dann unterhalten wir uns darüber.«

»Ich darf also einen Anruf von Ihnen erwarten?«

»Natürlich, natürlich, sobald wir die Ausgabe von dieser Woche fertig haben. In der Zwischenzeit können Sie sich ja ein paar Tage freinehmen.«

Dann kramte er in seinen Papieren und machte sich wieder an die Arbeit. Das war das Zeichen für mich, dass ich gehen sollte. Also holte ich die Pappschachtel mit den wenigen persönlichen Dingen von meinem Schreibtisch und ging zum Aufzug. Gerade als sich die Türen öffneten, klopfte mir jemand auf die Schulter. Es war Lorraine Tewksberry, die als Grafikerin in der Layout-Abteilung arbeitete und allgemein als Klatschtante des Büros galt. Sie war groß und schlank, Mitte dreißig, hatte ein spitzes Gesicht und trug einen Bubikopf. Gemeinsam stiegen wir in den Aufzug. Nachdem sich die Türen hinter uns geschlossen hatten, beugte sie sich zu mir und flüsterte mir ins Ohr (sodass es der uniformierte Liftboy nicht hörte):

»Kommen Sie in fünf Minuten ins Chock Full O'Nuts an der 46th, Ecke Madison.«

Ich blickte sie fragend an. Sie zwinkerte mir nur zu, legte den Zeigefinger auf die Lippen und verließ eilig den Aufzug, als wir im Parterre ankamen. Ich deponierte meine Schachtel beim Portier und ging zu Fuß zum Choc Full O'Nuts, wo Lorraine bereits in einer Nische im hinteren Teil des Lokals wartete.

»Es dauert nur eine Minute, länger habe ich auch nicht Zeit. Wir haben heute Produktion.«

»Was gibt es denn so Wichtiges?«, wollte ich wissen.

»Es betrifft Sie. Ich wollte Ihnen einfach sagen, dass es viele hier gibt, die Ihr Weggehen bedauern.«

»Das ist erstaunlich, wenn man bedenkt, dass Mr. McGuire mir erzählt hat, alle hielten mich für distanziert und hochnäsig.«

»Natürlich muss er Ihnen das sagen, denn seit dem Augenblick, als Sie nicht mit ihm ausgehen wollten, hatte er es auf Sie abgesehen.«

»Woher wissen Sie, dass er mit mir ausgehen wollte?«

Lorraine verdrehte die Augen.

»So groß ist das Büro nun auch wieder nicht.«

»Aber er hat mich nur einmal gefragt, und ich habe sehr höflich abgelehnt.«

»Tatsache ist, dass Sie ihn abgewiesen haben. Und seitdem sucht er nach einem Weg, wie er Sie loswerden kann.«

»Das ist doch alles schon zwei Jahre her.«

»Er hat nur darauf gewartet, dass Sie einen Fehler machen. Und entschuldigen Sie, wenn ich das sage, aber in den letzten Monaten haben Sie ein bisschen zerstreut gewirkt. Ich hoffe, es macht Ihnen nichts aus, wenn ich das frage, aber haben Sie Ärger mit einem Kerl?«

»Ich fürchte ja.«

»Vergessen Sie ihn, Schätzchen. Männer sind Schwachköpfe.«

»Vielleicht haben Sie Recht.«

»Glauben Sie mir, auf diesem Gebiet bin ich absolute Expertin. Und noch etwas: Leland wird Ihnen keinen einzigen Auftrag mehr geben. Diese Idee mit der freiberuflichen Mitarbeit hat er sich nur ausgedacht, um Sie auf elegante Art loszuwerden. Die lohnenden, interessanten Aufträge kriegt Lois Rudkin, die, wie Sie vielleicht gehört haben, nicht nur momentan Lelands Lieblingsjournalistin ist, sondern gelegentlich auch seine Bettgefährtin.«

»Ich hatte schon so etwas geahnt.«

»Ihre Ahnung hat Sie nicht getrogen. Denn anders als Sie war sich die kriecherische Miss Rudkin nicht zu schade, mit dem ziemlich verheirateten Mr. McGuire auszugehen. Soweit ich gehört habe, hat eines zum andern geführt, und jetzt sind Sie ruckzuck Ihre Stelle los.«

Ich schluckte schwer. »Was soll ich tun?«

»Wenn Sie meine ehrliche Meinung hören wollen: Sagen Sie nichts, und unternehmen Sie auch nichts. Freuen Sie sich einfach ein halbes Jahr lang über Mr. Luce' Geld, und schreiben Sie den großen amerikanischen Roman, wenn Ihnen danach ist. Oder ziehen Sie nach Paris. Oder machen Sie irgendwelche Kurse. Oder schlafen sie einfach aus, solange noch die Schecks hereinflattern. Aber eines müssen Sie wissen: Sie werden nie wieder etwas für *Life* schreiben. Dafür hat er gesorgt. Und in einem halben Jahr wird er Sie offiziell entlassen.«

Einige Jahre später erfuhr ich, dass das chinesische Zeichen für Krise zwei Bedeutungen hat: Gefahr und Möglichkeit. Ich wünschte, ich hätte das damals schon gewusst, denn meine erste Reaktion auf Lorraines Enthüllungen war entsetzliche Panik, tiefe Verzweiflung. Ich holte die Pappschachtel vom Portier, nahm ein Taxi zu meiner Wohnung, schlug die Tür hinter mir zu, setzte mich auf mein Bett und vergrub das Gesicht in den Händen. Mein Leben erschien mir wie ein einziger Scherbenhaufen. Und wieder einmal trauerte ich um Jack, als wäre er gestorben. Denn für mich hätte er ebenso gut tot sein können.

Am nächsten Morgen meldete ich ein Ferngespräch zum Verteidigungsministerium in Washington, D.C. an. Schließlich verband man mich mit *Stars and Stripes.* Ich erklärte der Telefonistin, dass ich nach einem gewissen Lieutenant John Joseph Malone suche, der derzeit irgendwo in Europa für das Blatt tätig sei.

»Wir können Ihnen am Telefon keine derartigen Auskünfte geben«, erklärte die Frau. »Sie müssen Ihre Anfrage schriftlich an die Personalabteilung für Unteroffiziere und Mannschaften stellen.«

»Aber es kann bei Ihnen doch nicht so viele Journalisten namens Jack Malone geben.«

»Vorschriften sind Vorschriften.«

Also rief ich bei der Personalabteilung an. Ein Beamter gab mir eine Adresse, bei der ich einen Personalsuchantrag anfordern konnte. Wenn ich das Formular ausgefüllt zurückschicken würde, könnte ich nach sechs bis acht Wochen mit einer Antwort rechnen.

»Sechs bis acht Wochen! Kann ich nicht irgendwas tun, damit es ein bisschen schneller geht?«

»Ma'am, da drüben sind immer noch ungefähr vierhunderttausend Soldaten stationiert. Diese Dinge dauern eben.«

Noch am gleichen Nachmittag forderte ich das Formular an. Außerdem folgte ich einem verrückten Einfall und suchte den Zeitungskiosk gleich neben der U-Bahn-Station Sheridan Square auf. Nachdem ich dem Verkäufer mein Problem erklärt hatte, meinte er: »Klar, ab morgen kann ich Ihnen *Stars and Stripes* besorgen. Aber alte Nummern? Da muss ich erst sehen, ob sich das machen lässt.«

Am nächsten Morgen um neun stand ich wieder vor dem Kiosk.

»Sie haben Glück«, sagte der Mann. »Mein Großhändler kann mir die Ausgaben vom ganzen letzten Monat liefern. Das sind insgesamt dreißig Nummern.«

»Ich nehme sie alle.«

Zwei Tage später konnte ich sie abholen. Ich durchblätterte jedes einzelne Heft. Nicht ein einziges Mal tauchte Jack Malone als Verfasser auf. Auch weiterhin holte ich mir täglich die neue Ausgabe von *Stars and Stripes*. Aber nichts, keine Spur von Jack Malone. Vielleicht schreibt er unter Pseudonym, sagte ich mir. Vielleicht arbeitet er an einem streng geheimen Spezialauftrag und veröffentlicht im Moment gerade nichts. Möglicherweise hatte er mich aber auch die ganze Zeit angelogen und war überhaupt kein Journalist.

Das Formular vom Verteidigungsministerium kam nach einer Woche an. Sofort schickte ich es ausgefüllt zurück. Als ich vom Briefkasten in meine Wohnung zurückkehrte, sah ich den kleinen Stapel Post, der auf meiner Türmatte lag. Es wäre doch ein Sieg der Romantik, wenn ein Brief von Jack darunter wäre.

Es war keiner dabei.

Ich bemühte mich, nicht die Beherrschung zu verlieren. Wieder versuchte ich, Gründe für sein Schweigen zu erfinden. Aber immer wieder musste ich denken: *Warum antwortest du mir denn nicht?*

Am nächsten Morgen sprang ich, obwohl ich wieder sehr schlecht geschlafen hatte, entschlossen aus dem Bett. Es war an der Zeit, wieder Selbstachtung zu gewinnen. Ich musste diese ganze irrsinnige Episode hinter mir lassen. Außerdem würde ich Lorraines und Erics Rat befolgen und meine Zeit für einen ernsten schriftstellerischen Versuch nutzen.

Und zwar gleich heute Morgen.

Ich nahm eine kurze Dusche. Zog mich an. Machte mir eine Kanne Kaffee und trank zwei Tassen. Dann setzte ich mich vor meine Remington. Ich spannte ein weißes Blatt ein, holte tief Luft und hob die Hände über die Tasten. Ich atmete aus. Meine Finger sanken auf den Tisch. Wie von selbst begannen sie, auf die Tischplatte zu klopfen. Wieder nahm ich einen tiefen Atemzug und zwang meine Hände zurück über die Tasten der Schreibmaschine. In diesem Augenblick hatte ich plötzlich das Gefühl, dass sich etwas in mir verhakte, als wäre ein Nerv in meinem Rücken eingeklemmt, der meine Finger unbeweglich machte.

Ich zitterte. Ich versuchte, meine Hände zu bewegen, einen einfachen Satz zu schreiben. Aber meine Finger wollten mir nicht gehorchen. Schließlich schaffte ich es, sie von den Tasten zu nehmen. Sie krallten sich an der Tischkante fest. Ich brauchte etwas zum Festhalten, denn ich hatte das Gefühl, völlig aus dem Gleichgewicht zu geraten. In meinem Kopf drehte sich alles. Mir war schwindlig, ich war verwirrt und hatte Angst. Das Nächste, an das ich mich erinnere, ist, dass ich mich im Badezimmer übergab. Als diese eklige Sache erledigt war, schleppte ich mich zum Telefon und rief meinen Bruder an.

»Eric«, sagte ich beinahe flüsternd. »Mir geht es gar nicht gut.«

In unserer Familie hatte ein Arztbesuch immer als Zeichen der Schwäche gegolten. Man durfte nicht einmal zugeben, dass man sich unwohl oder ein bisschen wacklig auf den Beinen fühlte, damit erntete man nur Stirnrunzeln. Robustheit war eine äußerst wichtige Eigenschaft, ein Zeichen der Stärke und Unabhängigkeit. Ein weiteres eisernes Prinzip meines Vaters hieß, jammere nie, ein Prinzip, nach dem ich noch immer lebte. Deshalb wusste Eric sofort, dass mein »Unwohlsein« ein versteckter Hilferuf war.

»Ich bin gleich bei dir«, sagte er besorgt.

Er war tatsächlich gleich da, er musste regelrecht durchs Village geflitzt sein, denn keine zehn Minuten nach meinem Anruf klopfte er an meine Tür.

»Es ist offen«, sagte ich kaum hörbar.

Ich saß wieder vor der Schreibmaschine, meine Finger krampfhaft an die Tischkante geklammert. Denn ich hatte das Gefühl, dass nur noch der Tisch mich aufrecht hielt.

»Guter Gott, S«, sagte Eric bestürzt. »Was ist passiert?«

»Ich weiß nicht. Ich kann mich nicht bewegen.«

»Bist du gelähmt?«

»Ich kann mich einfach nicht bewegen.«

Er kam zu mir und berührte mich an der Schulter. Es war, als hätte er mir einen Stromstoß versetzt, denn ich sprang hoch, stieß einen schrillen Schrei aus und umklammerte dann den Tisch noch fester.

»Entschuldigung, Entschuldigung«, sagte Eric, den meine Reaktion noch mehr entsetzte.

»Du brauchst dich nicht zu entschuldigen. Ich sollte das eigentlich tun.«

»Wenigstens wissen wir jetzt, dass du nicht gelähmt bist. Kannst du wirklich nicht aufstehen?«

»Ich habe Angst«, flüsterte ich.

»Das ist verständlich. Aber wir können trotzdem versuchen, dich von diesem Stuhl zum Bett zu bringen, ja?«

Ich erwiderte nichts. Eric kam zu mir und legte seine Hände auf meine.

»Versuch, den Tisch loszulassen, S.«

»Ich kann nicht.«

»Doch, du kannst es.«

»Bitte, Eric …«

Er packte meine Finger. Zunächst wehrte ich mich, aber er fasste sie fester und zog sie mit einem Ruck vom Tisch. Sie fielen mir schwer in den Schoß. Mit leerem Blick starrte ich sie an.

»Gut«, sagte er. »Das ist schon mal ein Anfang. Jetzt ziehe ich dich vom Stuhl hoch und trage dich zum Bett.«

»Eric, es tut mir so leid …«

»Pscht«, sagte er und fasste mich mit einem Arm am Rücken, mit dem anderen unter den Knien. Dann holte er tief Luft und hob mich vom Stuhl.

»Gott sei Dank hast du nicht zugenommen«, meinte er.

»Ziemlich unwahrscheinlich unter diesen Umständen.«

»Das wird schon wieder, S. Und los geht's.«

Mit diesen Worten trug er mich die sechs Schritte vom Schreibtisch zum Bett. Er legte mich behutsam auf die Matratze, holte eine zusätzliche Decke aus dem Schrank und breitete sie über mich. Plötzlich war mir durch und durch kalt. Ich legte die Arme übereinander und umklammerte meine Schultern. Mir klapperten die Zähne. Eric nahm den Telefonhörer ab, wählte eine Nummer und sprach leise in den Hörer. Als er auflegte, wandte er sich zu mir und sagte:

»Ich habe gerade mit Dr. Ballensweigs Sprechstundenhilfe gesprochen. Er hat heute Mittag eine Stunde frei und kann ausnahmsweise einen Hausbesuch machen.«

»Ich brauche keinen Doktor«, wehrte ich ab. »Ich brauche nur ein bisschen Schlaf.«

»Du wirst schlafen, aber erst brauchst du einen Arzt.«

Eric hatte Dr. Ballensweig kurz nach seinem Universitätsabschluss entdeckt. Und da er auf ihn schwor, wurde er, als ich nach New York zog, auch mein Hausarzt. Wir mochten ihn wegen seiner sachlichen Art (das Gegenteil des bei Medizinern in Manhattan sonst üblichen Omnipotenzgehabes) und weil uns seine schmächtige Gestalt, seine gebeugten Schultern und seine ruhige, nüchterne Ausdrucksweise an einen altmodischen Landarzt erinnerten.

Kurz nach zwölf Uhr kam er. Er trug einen abgetragenen Kammgarnanzug und eine Halbbrille, in der Hand hielt er eine altertümliche schwarze Arzttasche. Eric ließ ihn herein. Er trat sofort zu mir ans Bett und musterte mich.

»Hallo, Sara«, sagte er ruhig. »Sie sehen müde aus.«

»Das bin ich auch«, brachte ich unter Mühe, beinahe flüsternd hervor.

»Sie haben auch abgenommen? Gibt es einen Grund dafür?«

Ich zog die Arme noch fester um die Schultern.

»Ist Ihnen kalt?«, fragte er.

Ich nickte.

»Und es fällt Ihnen schwer, sich zu bewegen?«

Wieder nickte ich.

»Gut. Ich möchte jetzt kurz mit Ihrem Bruder sprechen. Entschuldigen Sie mich bitte?«

Er bedeutete Eric, mit ihm vor die Wohnungstür zu treten. Als er zurückkam, war er allein.

»Ich habe Eric gebeten, ein wenig spazieren zu gehen, bis ich Sie untersucht habe.«

Er öffnete seine Tasche. »Jetzt schauen wir mal, wo das Problem liegt.«

Er half mir, mich aufzusetzen, was nicht ganz einfach war. Mit einer kleinen Taschenlampe leuchtete er mir in die Augen. Dann untersuchte er Ohren, Nase und Hals, fühlte den Puls, maß den Blutdruck, testete meine Reflexe. Er stellte mir viele Fragen über meinen allgemeinen Gesundheitszustand, meine Ernährungsgewohnheiten, meine Schlafstörungen und über den Krampf, der mich eine Stunde lang an den Tisch gefesselt hatte. Schließlich zog er einen Stuhl heran und setzte sich zu mir ans Bett.

»Nun, körperlich ist alles in Ordnung mit Ihnen.«

»Ich verstehe.«

»Ich könnte Sie ins Krankenhaus überweisen, um einige neurologische Tests durchführen zu lassen, aber ich glaube, es würde nichts dabei herauskommen. Oder ich könnte Sie in die Psychiatrie einliefern lassen und dort eine Weile unter Beobachtung stellen. Aber auch das wäre in meinen Augen vom medizinischen Standpunkt her nutzlos und außerdem sehr belastend für Sie. Ich denke, Sie haben einfach einen kleinen Zusammenbruch gehabt…«

Ich schwieg.

»Und zwar weniger einen Nervenzusammenbruch, als vielmehr einen körperlichen Zusammenbruch, hervorgerufen durch Schlafmangel und massive emotionale Belastungen. Ihr Bruder hat erwähnt, dass Sie eine schwere Zeit durchmachen.«

»Das ist nur so eine alberne Geschichte…«

»Wenn sie Sie in diesen Zustand versetzt hat, kann sie nicht albern sein.«

»Ich habe die Situation außer Kontrolle geraten lassen. Eine totale Überreaktion aus Liebeskummer.«

»Bei solchen Dingen neigen wir alle zur Überreaktion. Sogar so ausgeglichene Menschen wie Sie. Das liegt nun mal in der Natur der Sache.«

»Und gibt es ein Heilmittel?«

Er lächelte mich väterlich an. »Wenn ich eines wüsste, wäre ich wahrscheinlich der reichste Arzt Amerikas. Aber Sie kennen meine Antwort: Es gibt kein Heilmittel. Außer vielleicht die Zeit. Jemand, der in so einer schlimmen Situation steckt, will das natürlich am allerwenigsten hören. In Ihrem Fall halte ich Ruhe jedoch für sehr wichtig. Eine lange Pause. Am besten irgendwo außerhalb der gewohnten Umgebung. Eric hat mir erzählt, Sie sind gerade von der Arbeit beurlaubt…«

»Es handelt sich eher um eine dauernde Beurlaubung, Herr Doktor.«

»Dann nutzen Sie die Gelegenheit, und fahren Sie weg. Nicht in eine andere Stadt, sondern irgendwohin, wo Sie gut spazieren gehen können. Das Meer eignet sich in so einem Fall immer. Glauben Sie mir, meiner Erfahrung nach ist ein Spaziergang am Meer genauso viel wert wie fünf Stunden auf der Couch eines Psychiaters, wenn ich wahrscheinlich auch der einzige Arzt in ganz New York bin, der das auch noch zugibt. Werden Sie über meinen Vorschlag, die Stadt für eine Weile zu verlassen, ernsthaft nachdenken?«

Ich nickte.

»Gut. Im Augenblick mache ich mir Sorgen über Ihren Schlafmangel. Auch wenn ich Ihre Abneigung gegen Beruhigungsmittel verstehe, möchte ich Ihnen deshalb eine Spritze geben, die Sie für eine Weile aus dem Verkehr zieht.«

»Wie lange?«

»Nur bis morgen Früh.«

»Das ist eine lange Zeit.«

»Die brauchen Sie. Wenn man erst einmal ausgeschlafen hat, sieht die Welt immer ein bisschen freundlicher aus.«

Er öffnete seine Tasche.

»Rollen Sie bitte den Ärmel hoch.«

Ich roch den scharfen medizinischen Geruch, als er den Alkohol auf den Wattebausch träufelte und meinen Arm damit abtupfte. Dann spürte ich den Stich der Injektionsnadel und danach noch einmal den weichen Wattebausch. Ich legte mich zurück. Binnen Sekunden wurde es schwarz um mich.

Als ich wieder zu Bewusstsein kam, war es Morgen. Das erste Tageslicht sickerte durch die Rollos. Ich fühlte mich wie benebelt, als hätte mir jemand einen Gazestreifen vor die Augen gelegt. Eine Weile wusste ich nicht, wo ich mich befand. Alles schien bestens. Bis die Erinnerung an Jack wieder über mich hereinbrach – und mich von neuem Traurigkeit ergriff.

Aber wenigstens hatte ich geschlafen. Wie lange? Ich drehte den Wecker auf dem Nachttisch zu mir her. Sechs Uhr vierzehn. Mein Gott, ich war fast achtzehn Stunden lang weg gewesen. Wie der gute Doktor versprochen hatte. Kein Wunder, dass ich so benommen war. Ich schaffte es, mich aufzusetzen. Dass ich das fertig brachte, erstaunte mich. Eindeutig ein Fortschritt gegenüber gestern. Dann fiel mir auf, dass ich unter der Bettdecke lag und ein Nachthemd trug. Wer mich umgezogen und zugedeckt hatte, war mir bald klar, denn Eric schlief zusammengerollt auf meinem Sofa und schnarchte durchdringend. Ich schob meine Decke weg und stellte vorsichtig die Füße auf den Boden. Einen Schritt nach dem anderen tappte ich langsam ins Badezimmer.

Ich ließ heißes Wasser ein, streifte mein Nachthemd ab und tauchte in das dampfende Wasser. Nach und nach lichtete sich der Nebel um mich. Fast eine Stunde blieb ich in der Wanne, starrte an die Decke und ließ das seltsame Zwischenspiel des gestrigen Tages aus meinen Gedanken verfliegen. Achtzehn Stunden betäubten Schlafes hatten nicht über Nacht meine überreizten Nerven beruhigt. Ich spürte noch immer eine große Trauer, nicht nur wegen Jack, sondern auch, weil ich meine Stelle verloren hatte. Aber Dr. Ballensweig hatte Recht gehabt, nach einer langen Bewusstlosigkeit wirkte die Welt nun tatsächlich ein wenig freundlicher. Und ich war einfach dankbar dafür, dass ich wieder normal funktionierte.

Schließlich zwang ich mich, aus der Wanne zu steigen. Ich trocknete mich ab, wickelte ein Handtuch um mein Haar und schlüpfte in meinen Bademantel. So leise wie möglich öffnete ich die Tür. Aber als ich auf Zehenspitzen zum Bett zurücktrippelte, hörte ich das scharfe Klicken eines Zippo-Feuerzeugs. Eric hatte sich auf dem Sofa aufgesetzt und rauchte seine erste Zigarette.

»Von den Toten auferstanden ...«, meinte er mit einem schläfrigen Lächeln.

»Eric, du hättest wirklich nicht über Nacht ...«

»Doch. Nach allem, was gestern passiert ist, hätte ich dich nie allein gelassen.«

»Es tut mir so leid.«

»Was denn? So ist das nun mal, wenn man zusammenbricht. Bei dir war es noch vergleichsweise harmlos. Zumal es nicht im Licht der Öffentlichkeit passiert ist.«

»Trotzdem schäme ich mich so.«

»Warum? Weil dich alles erdrückt hat? Weil du es einen Tag lang nicht geschafft hast? Gönn dir mal eine Pause, S, ... und mach uns Kaffee.«

»Natürlich, sofort«, sagte ich, ging zur Kochecke hinüber und schaltete die Ofenplatte ein.

»Du warst wirklich k.o. Nachdem dir Dr. Ballensweig die Spritze gegeben hat, hast du dich kein einziges Mal mehr gerührt. Dich bettfertig zu machen war, wie eine Stoffpuppe umzuziehen. Aber das möchtest du gar nicht hören, stimmt's?«

»Nein, eigentlich nicht.«

»Ich habe dich eine Stunde lang allein gelassen und bin zur Apotheke gelaufen, um die Medizin für dich zu holen. Das Fläschchen steht auf dem Nachttisch. Dr. Ballensweig hat gesagt, du sollst vor dem Zubettgehen zwei Tabletten nehmen, damit du auch wirklich durchschläfst. Wenn sich dein Schlaf wieder normalisiert hat, kannst du sie wegwerfen.«

»Aber das ist doch kein Beruhigungsmittel, oder? Ich brauche kein Beruhigungsmittel.«

»Es sind Schlaftabletten. Sie helfen dir durchzuschlafen. Und das hast du bitter nötig, wenn sich das gestrige Ereignis nicht wiederholen soll. Also hör mit deinen Christian-Science-Parolen auf.«

»Eins zu null für dich«, erwiderte ich und füllte gemahlenen Kaffee in den Kaffeekocher.

»Noch etwas habe ich gemacht, während du geschlafen hast – ich habe deinen Chef bei *Life* angerufen ...«

»Du hast was getan?«

»Ich habe Leland McGuire angerufen und ihm erklärt, dass du erkrankt bist. Und dass dir der Arzt Luftveränderung verordnet hat ...«

»Mein Gott, Eric, das hättest du nicht tun sollen.«

»Doch, denn sonst hättest du die nächsten zehn Wochen hier neben dem Telefon gesessen und auf einen Auftrag von Leland

McGuire gewartet, auch wenn dir diese Klatschtante aus dem Büro – wie heißt sie noch mal? – gesagt hat, dass das nicht passieren wird. Ich meine, ärztliche Anweisung ist ärztliche Anweisung. Du brauchst einen längeren Erholungsaufenthalt an einem rauen, wilden Fleck – weshalb du nach Maine gehen wirst.«

Entsetzt riss ich die Augen auf. »Nach Maine?«

»Kannst du dich noch an das Ferienhaus in Popham Beach erinnern, das Vater und Mutter immer gemietet haben?«

Natürlich erinnerte ich mich daran. Ein schindelgedecktes Häuschen mit drei Zimmern mitten in einer Ferienhauskolonie, mit Blick auf den längsten Strand an der Küste von Maine. Zehn Jahre hintereinander hatten unsere Eltern dieses Häuschen für den zweiwöchigen Sommerurlaub im Juli gemietet. Wir kannten die Eigentümer, ein mittlerweile älteres Ehepaar aus Hartford namens Daniels. Während meiner drogenbedingten Bewusstlosigkeit gestern hatte Eric Mr. Daniels angerufen und ihm erzählt, ich hätte mich von *Life* beurlauben lassen, um ein wenig zu schreiben, und wolle mich an einem hübschen, ruhigen Ort verkriechen.

»Mehr musste ich nicht sagen«, erklärte Eric. »Der alte Daniels hat dir sofort das Ferienhaus angeboten und geschwärmt, wie stolz und glücklich er sei, dass du für *Life* arbeitest.«

»Wenn er die Wahrheit wüsste...«

»Na, jedenfalls habe ich ihn fast beleidigt, als ich ihn nach der Miete gefragt habe. ›Von Biddy Smythe's Tochter würde ich nie Miete verlangen, schon gar nicht in der Vorsaison.‹«

»Er hat Vater tatsächlich Biddy genannt?«, fragte ich lachend.

»Die saloppe Art des protestantischen Mittelstands ist immer wieder erstaunlich, findest du nicht auch? Jedenfalls gehört das Ferienhaus bis zum ersten Mai dir, wenn du möchtest, und es kostet dich keinen Cent.«

»Das ist eine ziemlich lange Zeit an so einem einsamen, abgeschiedenen Ort.«

»Versuch's doch erst mal zwei Wochen. Wenn es dir nicht gefällt, wenn es dir dort zu einsam ist, kommst du wieder nach

Hause. Die einzigen Kosten, die dir entstehen, sind der Lohn für die Haushälterin. Sie heißt Mrs. Reynolds und wohnt am Ort. Für fünf Dollar kommt sie zwei Mal die Woche und macht sauber. Sie hat auch ein Auto und holt dich am Montagabend in Brunswick vom Bahnhof ab. Ich habe dir schon im Zug einen Platz reserviert, er fährt um neun Uhr morgens von der Penn Station ab. Kurz vor drei bist du in Boston, wo du in den Zug nach Brunswick umsteigen musst. Zwanzig nach sieben wirst du dort ankommen, und Mrs. Reynolds erwartet dich am Bahnhof.«

»Du hast wohl schon alles für mich geregelt, was?«

»Das nennt man ›jemanden zu seinem Glück zwingen‹. Du brauchst einfach diese Pause. Und wenn ich dich dir selbst überlassen würde, würdest du es bestimmt nicht machen.«

Mein Bruder hatte Recht. Hätte er das Ganze nicht in die Hand genommen, wäre ich in Manhattan geblieben und hätte auf eine Nachricht von Jack oder Leland oder vom Verteidigungsministerium gewartet. Und das verzweifelte Warten auf etwas, das vielleicht nie kommt, ist dem Wohlbefinden nie zuträglich. Also ließ ich mich zu dieser Erholungspause überreden. Ich packte einen großen Koffer mit alten Kleidern und vielen Büchern. Gegen Erics Proteste nahm ich meine Remington mit.

»Du solltest nicht mal daran denken zu schreiben«, warnte er mich.

»Ich nehme sie nur für den Fall mit, dass mich die Muse küsst. Auch wenn ich zugeben muss, dass das so unwahrscheinlich ist wie ein Meteoriteneinschlag in Popham Beach.«

»Versprich mir, dass du mindestens zwei Wochen nicht daran denkst.«

Ich versprach es. Und hielt mein Versprechen. Denn sobald ich in Maine angekommen war, gab ich mich dem Müßiggang hin. Das Haus war reizend, auf eine vornehm-schäbige Art. Die Feuchtigkeit des Winters steckte noch in sämtlichen Ritzen, aber nachdem ich mehrere Tage lang das Holzfeuer im Kamin nicht ausgehen ließ (verbunden mit dem vorsichtigen Einsatz mehrerer stinkender, aber wirkungsvoller Kerosinöfen), trocknete es und wurde richtig gemütlich. Tagsüber tat ich sehr wenig. Morgens schlief ich lange, und nach dem Aufwachen blieb ich oft den ganzen Vormittag mit einem dicken Schmöker im Bett liegen oder kuschelte mich in den tiefen, bequemen Sessel am Kamin und blätterte alte Ausgaben der *Saturday Evening Post* durch. Ich hatte zehn Jahrgänge in einer Holzkommode entdeckt, die auch als Couchtisch diente. Abends hörte ich oft Radio, besonders wenn das NBC Symphony Orchestra unter der Leitung von Toscanini spielte, und las bis zum Morgengrauen. Und jedes Mal, wenn mich der Drang überkam, Jack zu schreiben, widerstand ich tapfer. Die Schreibmaschine blieb zugedeckt und meinem Blick verborgen in einem Schrank im Schlafzimmer.

Der Höhepunkt des Tages war natürlich der lange Spaziergang, den ich jeden Tag am Popham Beach unternahm.

Der Strand war fast fünf Kilometer lang, und die Sommerkolonie befand sich an seinem nördlichen Ende, ein Häufchen schindelgedeckter, verwitterter Ferienhäuser, die ein paar hundert Meter vom Ufer entfernt standen. Die Kolonie war das einzige Anzeichen einer Besiedlung in der Gegend. Denn wenn man einmal durch das meerwärts gelegene Gartentor geschritten war und sich nach rechts wandte, sah man nur noch das weite Meer, den Himmel und den reinen weißen Sand.

Es war April, daher lag der Strand völlig verlassen da. In dieser Übergangszeit vom Winter zum Frühling war der Himmel klar und blau, und es herrschte eine erfrischende Kälte. Wenn ich warm eingepackt durch den Sand stapfte, erfasste mich rasch ein Gefühl, das der Heiterkeit gleichkam. Der Wind blies rau, die Luft schmeckte salzig, der Horizont schien unendlich. Für gewöhnlich wanderte ich die fünf Kilometer bis zum südlichsten Punkt, wo der Sand aufhörte. Dann kehrte ich um und ging zum Haus zurück. Für diese Strecke brauchte ich etwa zwei Stunden, und im Laufe dieser zwei Stunden wurde mein Kopf unweigerlich leer. Vielleicht lag es an dem grandiosen Anblick der Küste von Maine. Vielleicht kam es auch von dem Gefühl der Einsamkeit, von den elementaren Kräften des Windes und des Wassers, der völligen Abwesenheit anderer menschlicher Stimmen. Was immer der Grund dafür war, Dr. Ballensweig hatte jedenfalls Recht gehabt. Ein Strandspaziergang war wie ein Stärkungsmittel. Meine Traurigkeit – das Gefühl des Verlustes – verging zwar nicht von einem Tag auf den anderen, aber nach und nach stellte sich wieder eine gewisse Ausgeglichenheit ein. Gleichzeitig legte sich die emotionale Aufgewühltheit, die mich die letzten Monate gequält hatte. Nein, ich stand nicht plötzlich über den Dingen und hatte die weise Einsicht, dass bedingungslose Liebe verzehrend und töricht ist. Eher fühlte ich mich angenehm müde und matt, ich war froh, der Geschäftigkeit des Alltags eine Zeit lang entronnen zu sein. Zum ersten Mal in meinem Leben verbrachte ich längere Zeit allein – und es gefiel mir.

Ich hatte zu niemandem Kontakt außer der stets gut gelaunten Haushälterin, Ruth Reynolds, einer Frau Ende dreißig von großer Statur. Ihr Mann, Roy, arbeitete als Schweißer im nahe gelegenen Stahlwerk, sie hatten eine Schar Kinder, und neben der Hausarbeit und der Sorge für die Kleinen verdiente Ruth ein wenig dazu, indem sie sich um das halbe Dutzend Ferienhäuser in Popham Beach kümmerte. Zu dieser Zeit des Jahres war ich die einzige Bewohnerin der Kolonie, deshalb richtete Ruth ihre Aufmerksamkeit ganz auf mich. Zu dem Häuschen gehörte auch ein Fahrrad, mit dem ich gelegentlich zum nächstgelegenen Laden fuhr (eine hügelige, acht Kilometer lange Strecke auf einer landeinwärts verlaufenden Straße). Meistens bestand Ruth allerdings darauf, mich mit dem Auto nach Bath zum Einkaufen zu fahren. Und jeden Donnerstagabend war ich bei ihr zum Abendessen eingeladen.

Ihr Haus lag etwa eineinhalb Kilometer von der Ferienkolonie entfernt und war der komplette Gegensatz zu der heruntergekommenen Vornehmheit dieser hochherrschaftlichen Enklave. Ruth und Roy lebten mit ihren fünf Kindern in einem engen, baufälligen Cape-Cod-Haus mit vier Zimmern. Es benötigte dringend einen neuen Anstrich, sowohl drinnen als auch draußen. Roy, ein Bär von einem Mann mit einem Bizeps so hart wie die Stahlträger, die er tagtäglich schweißte, hatte eine schüchterne, aber freundliche Art. Die Kinder im Alter zwischen fünf und siebzehn waren sehr lebhaft und verursachten ein außerordentliches Durcheinander, aber Ruth war eine Meisterin darin, ihr häusliches Leben in geregelten Bahnen zu halten.

Das Abendessen gab es stets um halb sechs. Um sieben Uhr lagen die jüngeren Kinder im Bett. Dann drängten sich die zwei größeren Jungen vor dem Radio in der Küche und hörten sich *Buck Rogers* oder *The Shadow* an. Wenn Roy sich zur Nachtschicht aufmachte und von uns verabschiedete, holte Ruth eine Flasche Portwein aus der Bar in der Schrankwand und setzte sich mir gegenüber in einen großen, durchgesessenen Polstersessel.

Das gemeinsame Dinner am Donnerstagabend wurde zu einem Ritual.

»Wissen Sie, warum ich es so gern habe, wenn Sie uns am Donnerstag besuchen?«, fragte mich Ruth, als wir es uns bequem gemacht hatten und an dem süßen Portwein nippten. »Weil es der einzige Tag der Woche ist, an dem Roy Nachtschicht hat. Das heißt, es ist die einzige Gelegenheit, mich mit einer Freundin hinzusetzen und ein wenig zu plaudern.«

»Ich finde es schön, dass Sie mich als Freundin betrachten.«

»Aber sicher tue ich das. Und glauben Sie, ich wünschte, ich könnte Sie öfter sehen. Aber mit fünf Kindern und dem Haushalt bekomme ich gerade mal sechs Stunden Schlaf ab, nicht mehr.«

»Nun, Sie werden mich noch öfter sehen, ich habe nämlich beschlossen, noch ein paar Wochen hier zu bleiben.«

Darauf stieß Ruth mit mir an.

»Schön, dass Sie länger bleiben«, sagte sie.

»Na, bei *Life* verzehren sie sich nicht gerade nach mir.«

»Das können Sie nicht wissen.«

»O doch.« Und dann erzählte ich ihr, dass ich meinem Chef vor ein paar Tagen ein Telegramm geschickt hätte, in dem ich ihm erklärte, dass ich gern noch eine Weile in Maine bleiben würde, aber sofort nach New York zurückfahren würde, wenn ich einen Auftrag hätte. Einen Tag später kam seine Antwort:

> Wenn wir Sie brauchen, wissen wir ja, wo wir Sie finden.
> Stopp. Leland.

»Ziemlich knappe Antwort«, meinte Ruth.

»Ich habe es nicht anders erwartet. In fünfeinhalb Monaten, denke ich, bin ich meinen Job los.«

»An Ihrer Stelle würde ich mir darüber keine Sorgen machen.«

»Warum nicht?«

»Weil Sie ganz offensichtlich was auf dem Kasten haben, und außerdem sind Sie sehr ausgeglichen.«

»Ausgeglichen bin ich bestimmt nicht. Wenn Sie nur wüssten, was für Fehler ich vor gar nicht langer Zeit gemacht habe ...«

»Ich wette, es waren keine wirklich schlimmen Fehler.«

»O doch. Ich habe mich von einer ganz dummen Sache überwältigen lassen.«

»Einer Sache?«

»Nein, von einem Mann.«

»So was habe ich mir schon fast gedacht.«

»Sieht man es mir so sehr an?«

»Niemand kommt im April nach Maine, wenn er nicht Abstand von einem wirklich ernsten Problem gewinnen möchte.«

»Es war kein Problem. Nur der Gipfel der Dummheit. Besonders, weil es nur eine Nacht gedauert hat. Ich Närrin habe geglaubt, es wäre die wahre Liebe.«

»Aber wenn Sie das gedacht haben, war es vielleicht auch so.«

»Oder ich habe mir alles nur eingebildet. Habe mich ins Verliebtsein verliebt.«

»Wo ist er jetzt?«

»In Europa, mit der Armee. Ich habe ihm ungefähr zwanzig Mal geschrieben, aber bis jetzt hat er nicht geantwortet.«

»Sie wissen, was Sie jetzt tun müssen, nicht wahr?«

»Ihn vergessen, nehme ich an.«

»O nein, das wird Ihnen nie gelingen. Er wird immer da sein, weil er so einen starken Eindruck auf Sie gemacht hat.«

»Was soll ich dann tun?«

»Ganz einfach: Sie müssen sich sagen, es hat nicht sein sollen.«

Sie wissen, was sie jetzt tun müssen, nicht wahr? Dieser Satz prägte sich mir ein, weil er von einer der ganz großen Nöte im Leben handelte: Wie bringt man Herz und Kopf miteinander in Einklang? Mein Verstand riet mir, die Realität zu akzeptieren, nämlich dass Jack Malone nur zwölf Stunden lang Teil meines Lebens gewesen war. Aber mein unvernünftiges Herz sagte etwas anderes. Überraschend für mich war, welche Überzeugungskraft das Herz besaß, und das, obwohl ich mich vor diesem Thanksgiving für immun gegen alles gehalten hatte, was nicht logisch war. Aber jetzt...

Jetzt wusste ich es besser.

Am Morgen nach dem Gespräch mit Ruth war ich bei Tagesanbruch auf den Beinen. Ich nahm ein leichtes Frühstück zu mir und machte einen Spaziergang zum Strand. Um neun war ich wieder im Haus. Ich setzte Kaffee auf. Während er kochte, holte ich meine Schreibmaschine aus dem Schlafzimmerschrank, stellte sie auf den Küchentisch und zog die Hülle ab. In einem Innenfach der Hülle befand sich eine dünne Packung weißes Papier. Ich öffnete die Packung und spannte ein Blatt in die Maschine. Als der Kaffeetopf kleine Sätze auf der Herdplatte machte, schaltete ich die Platte aus und goss mir eine große Tasse dampfenden Choc-Full-o-Nuts ein. Dann stellte ich die Tasse neben die Schreibmaschine, setzte mich davor, blies auf den Kaffee und nahm einen großen, stärkenden Schluck. Nachdem ich die Tasse wieder abgestellt hatte, legte ich die Finger auf die Tastatur der Schreibmaschine. Sofort ballten sie sich zur Faust. Ich zwang mich, sie wieder auszustrecken. Bevor ich noch darüber nachdenken konnte, schrieb ich einen Satz:

Eigentlich wollte ich gar nicht zur dieser Party gehen.

Meine Finger sprangen von den Tasten, landeten auf der Tischplatte und hämmerten auf das blanke Kiefernholz, während ich den Satz wieder und wieder durchlas. Nach ein paar Minuten beschloss ich, es mit einem weiteren Satz zu versuchen.

Ich wollte ganz woanders sein.

Wieder sprangen meine Finger von der Tastatur und trommelten auf den Tisch. Ich nippte am Kaffee und starrte auf die zwei Sätze, die das ansonsten völlig weiße Papier schmückten. Ich beschloss, noch einen dritten Satz zu riskieren.

Denn in jener Nacht hatte ich mir die seltenste aller Freuden Manhattans gönnen wollen: acht Stunden ununterbrochenen Schlaf.

Drei Sätze. Zweiunddreißig Wörter. Ich las sie noch einmal durch. Es hatte Schwung. War sehr unmittelbar. In der letzten Zeile klang ein wenig Sarkasmus an. Die Sprache war einfach, ohne überflüssige Schnörkel. Kein schlechter Anfang. Wirklich nicht schlecht.

Ich griff nach der Kaffeetasse und trank den Rest mit einem Schluck. Dann schenkte ich mir am Herd noch eine Tasse ein, widerstand dem plötzlichen Drang, zur Tür hinauszulaufen. Ich zwang mich, an den Tisch zurückzukehren. Wieder hämmerten meine Finger manisch auf den Tisch.

Drei Sätze. Zweiunddreißig Wörter. Eine ganze Seite mit doppeltem Zeilenabstand enthielt normalerweise etwa zweihundert Wörter.

Also weitermachen, schreib die Seite voll. Das sind doch nur weitere hundertachtundsechzig Wörter. Immerhin hast du die zweiunddreißig Wörter in nur zehn Minuten geschafft. Für die restlichen hundertachtundsechzig Wörter wirst du nicht länger als ...

Vier Stunden. So lange dauerte es. Vier lange, schreckliche Stunden, in denen ich fünf Blätter Papier aus der Maschine riss, noch eine Kanne Kaffee trank, im Zimmer auf und ab lief, auf dem Bleistift herumkaute, Randnotizen machte und schließlich wie durch ein Wunder die Seite voll schrieb.

Am Abend nach dem Essen las ich das Ganze bei einem Glas Rotwein noch einmal durch. Es war flüssig geschrieben. Der Ton war ansprechend (oder wenigstens nicht abschreckend). Stilistisch gesehen hatte es einen gewissen Biss (ohne allzu selbstgefällig und geschraubt zu klingen), und was am wichtigsten war, man war sofort gefesselt. Die Geschichte hatte Schwung. Ein ganz ordentlicher Anfang.

Aber es war erst eine Seite.

Am nächsten Morgen stand ich wieder bei Sonnenaufgang auf. Nach einem kurzen Frühstück und einem flotten Marsch am Strand entlang kochte ich Kaffee, und um acht Uhr dreißig saß ich vor der Schreibmaschine.

Bis Mittag hatte ich die zweite Seite fertig. Vor dem Zubettgehen nahm ich mir die beiden bisher geschriebenen Seiten noch einmal vor, strich ungefähr dreißig Wörter aus, straffte ein paar Schilderungen. Einen verunglückten Satz schrieb ich neu, und eine etwas schwerfällige Metapher fiel ebenfalls dem Bleistift zum Opfer (*Seine Augen hatten den verführerischen Glanz einer Leuchtreklame am Broadway* wurde zu *er hatte einen Schlafzimmerblick*). Dann legte ich die Seiten umgedreht auf den Schreibtisch, bevor sich die ersten Zweifel einschleichen konnten.

Wieder mit den Hühnern auf. Grapefruit, Toast, Kaffee. Der Strand. Noch mehr Kaffee. Der Schreibtisch.

Und ich blieb am Schreibtisch, bis ich eine weitere Seite fertig hatte.

Allmählich stellte sich ein Arbeitsrhythmus ein, mein Tag hatte eine Struktur, ein Ziel. Solange ich eine ganze Seite schaffte, hatte ich das Gefühl, etwas geleistet zu haben. Jeder spricht davon, wie berauschend und befriedigend der kreative Prozess des Schreibens ist, jeder, nur die nicht, die es schon mal versucht haben. Der Akt des Schreibens ist überhaupt nicht berauschend. Es ist eine Arbeit. Und wie bei jeder Arbeit kommt die Freude daran erst im Nachhinein. Man ist erleichtert, weil man das tägliche Pensum geschafft hat. Man hofft, dass man etwas Vernünftiges zustande gebracht hat. Weil man morgen ja schon wieder eine Seite mit Buchstaben füllen muss. Man braucht große Willensstärke, um die Aufgabe zu meistern. Willensstärke und eine Portion Selbstvertrauen. Wie ich feststellte, ging es beim Schreiben hauptsächlich darum, sich Selbstvertrauen vorzugaukeln.

Eine Seite am Tag, sechs Tage die Woche. Nach der zweiten Woche schickte ich Eric ein Telegramm:

> Finde Gefallen an der Einsamkeit. Stopp. Bleibe noch ein paar Wochen. Stopp. Habe zu schreiben begonnen. Stopp. Keine Angst. Stopp. Es geht ziemlich gut. Stopp. Bitte achte weiterhin auf Briefe aus Europa oder vom Verteidigungsministerium. Stopp. In Liebe, S

Achtundvierzig Stunden später brachte ein Mann von Western Union Erics Antwort:

> Wenn dich eine so masochistische Tätigkeit wie das Schreiben glücklich macht, freut sich dein Leidensgefährte für dich. Stopp. Sehe deine Post zwei Mal die Woche durch. Stopp. Nichts aus Europa oder Washington dabei. Stopp. Leg ihn unter »Illusionen« ab und mach weiter. Stopp. Ich hasse Joe E. Brown. Stopp. Und ich vermisse dich …

Zum ersten Mal seit Monaten verspürte ich keine Trauer mehr wegen Jack. Nur ein dumpfes Unbehagen. *Sie müssen sich sagen, es hat nicht sein sollen.* Und wenn du schon dabei bist, mach dich daran, die nächste Seite zu schreiben.

Noch eine Woche. Noch einmal sechs Seiten. Wie üblich nahm ich mir den Sonntag frei und machte mich am Montag wieder an die Arbeit. Hatte mich in den ersten drei Wochen jede Seite schreckliche Mühe gekostet – ich verbrachte eine Stunde damit, mir Gedanken über eine Satzkonstruktion zu machen oder strich kurz vor dem Ende der Seite hundertfünfzig Wörter aus –, so stürzte ich mich jetzt regelrecht auf die Schreibmaschine. Am Montag tippte ich drei Seiten herunter, am Dienstag vier. Ich verbiss mich nicht mehr in Fragen um Form, Struktur und Rhythmus. Ich ließ es einfach laufen. Und irgendwann schrieb sich die Geschichte von selbst.

Schließlich, um sechzehn Uhr zwei (wie ich nach einem Blick auf meine Uhr feststellte), am zwanzigsten April 1946, hielt ich inne. Eine Weile saß ich nur wie betäubt auf meinem Stuhl und starrte auf die halb volle Seite in meiner Schreibmaschine.

Ich hatte soeben meine erste Kurzgeschichte geschrieben.

Weitere Minuten verstrichen. Dann stand ich auf, schnappte mir meinen Mantel und marschierte zum Strand hinunter. Ich hockte mich in den Sand, starrte aufs Meer hinaus und gab mich dem monotonen Rhythmus der Brandung hin. Ich wusste nicht, ob die Geschichte gut oder schlecht war. Als typisches Mitglied der Familie Smythe, die nicht gerade mit Selbstbewusstsein gesegnet war, sagte ich mir, dass die Geschichte wahrscheinlich nicht veröffentlicht würde. Aber immerhin war sie fertig. Und auf diese Leistung wollte ich stolz sein, wenigstens ein paar Augenblicke lang.

Am nächsten Morgen setzte ich mich an den Küchentisch und las die achtundzwanzig Seiten lange Geschichte. Sie hieß *Shore Leave*, und ja, sie basierte auf jenem Abend, an dem ich Jack kennen gelernt hatte, natürlich literarisch bearbeitet.

Meine Geschichte spielte 1941, die Ich-Erzählerin war eine dreißigjährige Verlegerin namens Hannah: eine alleinstehende Frau, die mit Männern noch nie Glück gehabt und sich schon damit abgefunden hat, der großen Liebe nie mehr zu begegnen. Bis sie Richard Ryan trifft, einen Lieutenant bei der Marine, der sich auf Heimaturlaub befindet und diesen Abend in Manhattan verbringt. Am nächsten Morgen wird sein Schiff zum Pazifik auslaufen. Die beiden treffen sich auf einer Party, fühlen sich sofort zueinander hingezogen und laufen die halbe Nacht durch die Stadt. Schließlich fallen sie sich in die Arme und mieten sich für ein paar Stunden ein billiges Hotelzimmer. Am Marinehafen in Brooklyn nehmen sie gefasst voneinander Abschied, aber trotz seiner Liebesschwüre weiß sie, dass sie ihn nie wieder sehen wird. Weil es zum falschen Zeitpunkt passiert ist. Er muss in den Krieg, und sie spürt, dass er die Nacht in Manhattan bald vergessen haben wird. Sie bleibt also in dem Wissen zurück, dass sie den Mann ihres Lebens zwölf Stunden, nachdem sie ihn kennen gelernt hat, für immer verloren hat.

Die nächsten drei Tage verbrachte ich damit, den Text zu redigieren. Ich achtete darauf, dass die Sprache schlicht und nicht kitschig war. Was hatte Puccini noch mal zu seinem Librettisten gesagt, als sie an *La Bohème* arbeiteten? »Gefühl, aber keine Sentimentalität.« Danach strebte ich, nach Intensität ohne Gefühlsduselei.

Am Sonntag tippte ich mit Kohlepapier zwei saubere Abschriften der redigierten Geschichte. Am späten Abend las ich sie ein letztes Mal durch. Ich wusste wirklich nicht, was ich davon halten sollte. Mir schien sie ganz flüssig, und sie hatte diese besondere, bittersüße Stimmung, aber ich steckte zu tief drin, um beurteilen zu können, ob sie wirklich gut war. Deshalb nahm ich eine Kopie von *Shore Leave*, faltete sie und steckte sie in einen großen Umschlag. Dazu schrieb ich Folgendes:

Eric,
Die Erste ist geschafft. Und ich möchte, dass du mir ganz ehrlich sagst, wenn du meinst, es mangele ihr an literarischer Qualität. Du kannst mich in etwa zehn Tagen zurückerwarten. Dann lade ich dich im Luchow's zum Abendessen ein.
In Liebe, S

Am nächsten Morgen fuhr ich mit dem Rad zum Postamt und zahlte einen Dollar zusätzliche Gebühr für Expressbeförderung.

Dann telefonierte ich von der Telefonzelle aus nach Boston. Ich rief Marge Kennicott an, eine Freundin aus dem College, die seit kurzem als Lektorin bei Houghton Mifflin arbeitete und in der Commonwealth Avenue wohnte. Sie schien sich zu freuen, mich ein paar Tage bei sich aufnehmen zu können (»wenn es dir nichts ausmacht, auf dem unbequemsten Sofa der Welt zu schlafen«). Ich sagte ihr, ich käme in zwei Tagen. Sobald ich eingehängt hatte, rief ich am Bahnhof von Brunswick an und reservierte einen Platz im Zug nach Boston für Mittwochmorgen. Dann radelte ich zu Ruths Haus und sagte ihr, dass ich in zwei Tagen abreisen würde.

»Ich werde Sie vermissen«, sagte sie. »Aber Sie wirken, als könnten Sie tatsächlich wieder zurückgehen.«

»Sehe ich wirklich geheilt aus?«, fragte ich lachend.

»Wie ich Ihnen bereits gesagt habe, Sie werden nie ganz von ihm geheilt sein. Aber ich wette, Sie sehen es jetzt als das, was es war.«

»Sagen wir es mal so«, erwiderte ich. »Ich werde nie wieder zulassen, dass ich so umgeworfen werde.«

»Bestimmt treffen Sie mal jemanden, der Sie umstimmt.«

»Das wird nicht passieren. Die Liebe ist ein Spiel für Einfaltspinsel.«

Ich meinte es ernst. Schließlich hatte mich an dieser ganzen Geschichte am meisten zermürbt, dass ich völlig die Selbstkontrolle verloren hatte, sodass ich schließlich an nichts anderes mehr denken konnte als an das Objekt meiner Vernarrtheit. Die Hannah in meiner Geschichte spürt nach einer zufälligen Nacht der Leidenschaft zwar einen Verlust, aber sie ist um die Erfahrung reicher, dass sie sich verlieben kann. Auch ich wusste das jetzt, und es ärgerte mich. Denn diese Geschichte hatte mir gezeigt, dass ich mich nicht in Jack Malone, sondern in die Vorstellung von ihm verliebt hatte. Ich war der Liebe verfallen. Und ich schwor mir, mich nie wieder einem solchen Irrtum hinzugeben.

Ich packte meinen großen Koffer und die Schreibmaschine und gab beides vorab nach New York auf. Dann unternahm ich einen letzten Spaziergang am Strand. Ruth bestand darauf, mich zum Bahnhof zu bringen. Wir umarmten uns am Bahnsteig.

»Ich erwarte ein Exemplar von dem, was Sie geschrieben haben, wenn es veröffentlicht wird.«

»Es wird nicht veröffentlicht«, sagte ich.

»Sara, irgendwann werden Sie sich mögen.«

Ich verbrachte eine wundervolle Woche in Boston. Marge Kennicott wohnte in einer wundervollen Wohnung in Back Bay. Sie hatte wundervolle Freunde und einen wundervollen Verlobten namens George Stafford junior, der einmal die Börsenmaklerfirma seiner Familie übernehmen würde. Boston war wie immer eine wundervolle Stadt, hübsch, snobistisch, langweilig. Ich widerstand allen Versuchen von Marge, mich mit einem wundervollen Junggesellen zu verkuppeln. Von den Ereignissen, die mich für sieben Wochen nach Maine geführt hatten, erzählte ich nichts. Nach einer Woche nüchterner, kultivierter Vornehmheit sehnte ich mich nach dem ungeordneten Durcheinander und der chaotischen Ausschweifung Manhattans. Deshalb war ich erleichtert, als ich schließlich in den Zug zurück nach New York stieg.

Einen Tag bevor ich Boston verließ, hatte ich Eric zu Hause angerufen. Er meinte zwar, wenn mein Zug ankomme, müsse er arbeiten, aber am Abend würde er sich mit mir im Luchow's zum Essen treffen.

»Hast du den Brief bekommen, den ich dir geschickt habe?«, fragte ich nervös.

»O ja«, antwortete er.

»Und?«

»Das sage ich dir, wenn wir uns sehen.«

Auf der Türmatte vor meiner Wohnung lag ein riesiger Haufen Post. Ich sah ihn durch, ohne zu erwarten, dass etwas von Jack dabei war. Meine Erwartung wurde erfüllt. Aber ich hatte einen Brief vom Verteidigungsministerium bekommen, der mich davon in Kenntnis setzte, dass Lieutenant John Joseph Malone derzeit im Hauptquartier der Alliierten Streitkräfte in Crawley, England, stationiert sei. Eine Adresse, unter der ich ihn erreichen konnte, lag dem Schreiben bei.

Ich las den Brief nur einmal. Dann warf ich ihn in meinen Papierkorb und dachte: Irrtümer sollte man am besten aus seinem Leben streichen.

Ein weiterer Brief in dem Stapel fesselte sofort meine Aufmerksamkeit, weil als Absender die *Saturday Evening Post* auf dem Umschlag stand. Zu dieser Zeitschrift hatte ich keinen Kontakt, ich kannte auch niemanden, der dort arbeitete. Ich riss den Brief auf und zog das Anschreiben heraus.

28. April 1946

Liebe Miss Smythe,
ich freue mich, Ihnen mitteilen zu dürfen, dass wir Ihre Kurzgeschichte *Shore Leave* in der *Saturday Evening Post* veröffentlichen werden. Nach meiner vorsichtigen Einschätzung werden wir sie in einer unserer Septemberausgaben unterbringen. Für die Erstveröffentlichungsrechte erhalten Sie einhundertfünfundzwanzig Dollar.
Obwohl ich keine größeren Kürzungen vornehmen möchte, habe ich doch ein oder zwei Vorschläge, die Sie möglicherweise aufgreifen möchten. Bitte setzen Sie sich gelegentlich mit meiner Sekretärin in Verbindung, um einen Termin für eine Besprechung zu vereinbaren.
Ich freue mich auf Ihren Besuch und schätze mich glücklich, dass Ihre Geschichte bei uns veröffentlicht wird.
Mit freundlichen Grüßen
Nathaniel Hunter
Redakteur Literatur

Drei Stunden später saß ich mit Eric im Luchow's und hielt mich an einem Glas Champagner fest. Ich stand immer noch unter Schock.

»Freu dich doch ein bisschen, um Himmels willen«, sagte Eric.

»Ich freue mich ja. Aber ich bin immer noch verblüfft, dass du das alles gedeichselt hast.«

»Wie ich dir schon gesagt habe, ich habe gar nichts gedeichselt. Ich habe die Geschichte gelesen, und sie hat mir gefallen. Also habe ich meinen alten Freund von der Universität, Nat Hunter, bei der *Saturday Evening Post* angerufen und ihm erzählt, ich hätte gerade etwas gelesen, was sich ideal für die *Post* eignen würde, und zufälligerweise sei es von meiner Schwester. Er bat mich, es ihm zu schicken, es gefiel ihm, und er veröffentlicht es. Hätte es mir nicht gefallen, hätte ich es Nat nicht geschickt. Hätte es Nat nicht gefallen, würde er es nicht veröffentlichen. Die Veröffentlichung deiner Geschichte hat also mit Vetternwirtschaft nicht das Geringste zu tun. Ich habe gar nichts gedeichselt.«

»Aber ohne dich hätte ich keinen direkten Zugang zum Literaturredakteur der *Post*.«

»So läuft es nun mal.«

Ich drückte seine Hand.

»Danke«, sagte ich.

»Gern geschehen. Aber es ist wirklich eine gute Geschichte. Du kannst schreiben.«

»Na, das Essen geht heute auf meine Rechnung.«

»Das ist wohl das Mindeste.«

»Ich habe dich vermisst, Eric.«

»Ich dich auch, S. Und du siehst schon wieder erheblich besser aus.«

»Ich fühle mich auch besser.«

»So gut wie neu?«

Ich stieß mit ihm an. »Ganz bestimmt«, sagte ich.

Am nächsten Morgen rief ich bei der *Saturday Evening Post* an. Nathaniel Hunters Sekretärin war außerordentlich freundlich und sagte, dass Mr. Hunter mich gern in zwei Tagen zum Essen ausführen würde, wenn mein Terminkalender es gestatte.

»Mein Terminkalender gestattet es«, sagte ich und bemühte mich, nicht blasiert zu klingen.

Ich rief auch Leland McGuire bei *Life* an. Seine Sekretärin war am Apparat, und als ich meinen ehemaligen Chef persönlich sprechen wollte, setzte sie mich in die Warteschleife. Nach einer Weile war sie wieder in der Leitung.

»Ich soll Ihnen sagen, Leland freut sich, dass Sie wieder in New York sind. Er meldet sich bei Ihnen, sobald er einen Auftrag für Sie hat.«

Diese Antwort hatte ich erwartet.

Jetzt wusste ich sicher, dass in zehn Wochen mein Kündigungsschreiben von *Life* auf meiner Türmatte liegen würde. Aber mit den hundertfünfundzwanzig Dollar von der *Saturday Evening Post* in der Tasche würde mir das Geld noch mindestens einen Monat länger reichen. Und vielleicht konnte ich diesen Nat Hunter dazu bringen, mir den einen oder anderen journalistischen Auftrag zu geben.

Natürlich war ich vor dem Lunch mit Mr. Hunter nervös. Um elf hatte ich es satt, in meiner kleinen Wohnung hin und her zu laufen, also beschloss ich, die restlichen eineinhalb Stunden zu überbrücken, indem ich zur Post an der Madison, Ecke 47th Street zu Fuß ging.

Als ich die Wohnungstür zuschloss, kam Mr. Kocsis mit einem Stapel Briefe die Treppe herauf.

»Post heute früh da«, sagte er und händigte mir eine Karte aus, dann eilte er durch den Flur und legte an den anderen Türen die Briefe ab.

Ich starrte auf die Karte. Obwohl sie eine amerikanische Briefmarke trug, prangte der Stempel der amerikanischen Besatzungszone in Berlin darauf. Plötzlich verkrampfte sich mein Magen. Schnell drehte ich die Karte um. Fünf Worte waren daraufgekritzelt:

Es tut mir leid.
Jack

Ich starrte unendlich lange auf die Nachricht. Dann zwang ich mich, die Treppe hinunterzugehen und ins helle Sonnenlicht hinauszutreten. Ich wandte mich nach links und ging nach Norden. Noch immer umklammerte ich die Karte. Als ich die Greenwich Avenue überquerte, kam ich an einem Mülleimer vorbei. Ohne einen Moment nachzudenken, warf ich die Karte weg. Ich sah mich nicht einmal mehr um, ob sie wirklich im Mülleimer gelandet war. Ich ging einfach weiter.

5

Das Essen mit Nathaniel Hunter verlief gut. So gut, dass er mir eine Stelle anbot: die der Assistentin in der Literaturredaktion der *Saturday Evening Post.* Ich konnte mein Glück kaum fassen und nahm, ohne lange zu überlegen, an. Mr. Hunter schien sich über meine rasche Entscheidung zu wundern.

»Sie können es sich noch ein, zwei Tage überlegen, wenn Sie möchten«, sagte er, während er sich die x-te Camel anzündete.

»Mein Entschluss steht fest. Wann kann ich anfangen?«

»Am Montag, wenn Sie möchten. Aber Sara, ist Ihnen auch klar, dass Ihnen dann nicht mehr viel Zeit zum Schreiben bleibt?«

»Ich werde die Zeit schon finden.«

»Das haben mir schon andere vielversprechende Autoren gesagt. Zuerst druckt eine Zeitung ihre Geschichte ab. Doch anstatt sich voll und ganz dem Schreiben zu widmen, nehmen sie einen Posten in der Werbung an. Abends sind sie dann viel zu müde, um noch etwas zu Papier zu bringen. Sie wissen ja selbst, dass eine Vollzeitstelle einiges an Kraft kostet.«

»Aber irgendwie muss ich meinen Lebensunterhalt verdienen.«

»Sie sind jung, alleinstehend und haben keine Verpflichtungen. Dies ist genau der richtige Zeitpunkt, um sich an einen Roman zu wagen …«

»Wenn Sie davon überzeugt sind, ich sollte zu Hause bleiben und einen Roman schreiben, warum bieten Sie mir dann eine Stelle an?«

»Weil ich Sie erstens für klug halte und ich eine kluge Assistentin brauchen kann. Zweitens habe ich selbst einmal eine vielversprechende Autorenkarriere aufgegeben, um Lohnsklave zu werden und die Arbeiten anderer zu redigieren. Und ich halte es für meine Pflicht, andere vielversprechende Autoren mit einem Faustschen Handel in Versuchung zu führen. Einen Handel, den sie natürlich ablehnen sollten…«

Ich lachte.

»Sie sind ziemlich direkt, Mr. Hunter.«

»*Keine Versprechungen, aber auch keine Lügen*, das ist mein Motto. Aber tun Sie sich einen Gefallen, Sara. Lehnen Sie mein Angebot ab.«

Doch ich hörte nicht auf ihn. Weil ich nicht genügend Vertrauen in mein Talent hatte, um mich ausschließlich dem Schreiben zu widmen. Weil ich Angst hatte zu versagen. Weil mir alle meine Bekannten rieten, diesen sicheren Arbeitsplatz anzunehmen. Und weil Nathaniel Hunter zur Abwechslung mal ein angenehmer Zeitgenosse war.

Wie Eric war er Ende dreißig, ein großer, drahtiger Mann mit dichtem, schon leicht grauem Haar, einer Hornbrille und einem selbstironischen Ausdruck im Gesicht. Für einen Akademiker sah er recht gut aus – und war furchtbar amüsant. Wie er mir erzählte, war er seit zwölf Jahren verheiratet. Rose, seine Frau, unterrichtete in Teilzeit am Barnard College Alte Geschichte. Sie hatten zwei kleine Söhne und wohnten Ecke Riversode Drive und 108th Street. Aus seinen Worten wurde deutlich, dass er sehr an seiner Frau und den Kindern hing (auch wenn seine Bemerkungen über die Familie stets in einen gewissen Zynismus verpackt waren, was jedoch, wie ich später feststellte, seine Art war, seine Gefühle auszudrücken). Ich fühlte mich auf Anhieb wohl in seiner Gesellschaft, denn ich spürte, dass er mich im Gegensatz zu Leland McGuire nicht mit Flirtversuchen unter Druck setzen würde. Außerdem gefiel mir, dass er während unseres ersten Treffens keinerlei Fragen zu meinem Privatleben stellte. Stattdessen interessierten ihn meinen Ansichten über Literatur und über Schriftsteller, meine Erfahrungen mit Zeitschriften, zu Harry S. Truman und ob ich Anhänger der Dodgers oder der Yankees war (natürlich der Bronx Bombers). Er fragte auch nicht, ob *Shore Leave* irgendwie autobiografisch gefärbt war. Er sagte lediglich, die Erzählung sei gut. Und wunderte sich, als ich erklärte, dass dies mein erster Abstecher in den Bereich der Kurzgeschichte gewesen sei.

»Vor zehn Jahren stand ich am gleichen Punkt wie Sie heute«, erklärte er mir. »Der *New Yorker* hatte eine meiner Kurzgeschichten akzeptiert, und ich hatte einen Roman angefangen, der mich, wie ich glaubte, zum John P. Marquand meiner Generation machen würde.«

»Und wer hat den Roman veröffentlicht?«, fragte ich.

»Niemand. Weil ich das verdammte Ding nie beendet habe. Und warum nicht? Weil ich mich auf eine so dumme und zeitaufwändige Sache wie Kinderkriegen eingelassen habe. Um die Familie durchzubringen, nahm ich dann den Job als Lektor bei Harper und Brothers an und wechselte schließlich zu dem besser dotierten und angeseheneren Posten bei der *Saturday Evening Post*. Denn schließlich wollten die Privatschulen, die größere Wohnung, das Ferienhaus in Cape Cod und andere Bedürfnisse der Familie bezahlt sein. Also, sehen Sie sich dieses Beispiel fehlgeschlagener Verheißungen gut an, und lehnen Sie ab. Verzichten Sie auf die Stelle.«

Eric war der gleichen Meinung. »Nat hat völlig Recht«, sagte er, als ich ihn beim *Stop and Go Quiz* anrief und ihm von dem Angebot berichtete. »Du hast keinerlei Verpflichtungen. Dies ist der beste Zeitpunkt, um etwas zu riskieren und den altbekannten bürgerlichen Fallstricken aus dem Weg zu gehen.«

»Bürgerlichen Fallstricken?«, fragte ich kichernd. »Du kriegst den Jungen zwar aus der Partei, aber du kriegst die Partei nicht aus …«

Er fiel mir ins Wort. »Das ist nicht lustig. Vor allem, weil du nie weißt, wer zuhört.«

Ich hatte ein schlechtes Gewissen. »Tut mir leid, Eric. Das war dumm von mir.«

»Wir unterhalten uns später«, sagte er.

Abends trafen wir uns in McSorley's Ale House in einer Seitenstraße der Bowery. Eric saß an einem Tisch im hinteren Teil der Bar, einen Krug mit Dunkelbier vor sich. Ich gab ihm ein großes, quadratisches Paket.

»Was ist das?«, fragte er.

»Meine Entschuldigung, weil ich vorhin am Telefon geredet habe, ohne nachzudenken.«

Er riss das braune Einwickelpapier auf. Als er die neue, von Toscanini dirigierte Aufnahme von Beethovens *Missa Solemnis* sah, erhellte sich sein Gesicht.

»Offenbar sollte ich dafür sorgen, dass du öfter ein schlechtes Gewissen hast«, meinte er. Er beugte sich vor und gab mir einen Kuss auf die Wange. »Vielen Dank!«

»Das war wirklich unüberlegt, was ich da gesagt habe.«

»Und ich war vielleicht ein bisschen paranoid. Aber …« Er senkte die Stimme. »… einige meiner, ähm, Freunde von damals haben in letzter Zeit Schwierigkeiten bekommen.«

»Welcher Art?«, fragte ich flüsternd.

»Fragen von ihren Arbeitgebern – besonders die aus dem Showgeschäft – über ihre politischen Verbindungen in der Vergangenheit. Wie es heißt, beschnüffelt das FBI jeden, der früher in dieser komischen kleinen Partei war, der ich auch angehört habe.«

»Aber du bist doch ausgetreten. Wann war das? 1940?«

»1941.«

»Also vor fünf Jahren. Das ist doch längst vergessen und vorbei. Heute wird sich ja wohl kaum jemand dafür interessieren, dass du früher einmal Mitglied warst. Sieh dir John Dos Passos an. War er nicht in den dreißiger Jahren ein großer Parteibonze?«

»Ja. Und jetzt steht er ganz rechts außen.«

»Genau. Hoover und seine Leute würden ihn heute wohl kaum als …«

»Subversiven bezeichnen«, unterbrach mich Eric rasch, um sicherzustellen, dass ich nicht das Wort mit »K« benutzte.

»Ja, Subversiven. Was ich sagen will, es kommt nicht darauf an, dass du irgendwann mal Mitglied dieses Vereins warst. Heute zählt nur, dass du es nicht mehr bist. Wenn ein Atheist zum Christentum übertritt, bezeichnet man ihn dann als ehemaligen Atheisten oder als jemand, der endlich den Weg zur Erleuchtung gefunden hat?«

»Das Letztere, nehme ich an.«

»Stimmt. Also mach dir keine Sorgen. Du hast den Weg zur Erleuchtung gefunden. Du bist ein guter Amerikaner, frei von Schuld.«

»Hoffentlich hast du Recht.«

»Ich verspreche dir jedenfalls, dass ich an deinem Telefon im Büro keine solchen Scherze mehr mache.«

»Willst du diese Stelle bei der *Post* wirklich annehmen?«

»Ich fürchte, ja. Natürlich, ich kenne all die guten Gründe, warum ich ablehnen sollte. Aber ich bin feige. Ich möchte wissen, von wem mein nächster Gehaltsscheck kommt. Außerdem glaube ich an die Macht des Zufalls ...«

»Was soll das heißen?«

Ich erzählte ihm von Jacks Postkarte, die ich am Morgen bekommen hatte.

»Mehr stand nicht drin? Nur: *Es tut mir leid?*«, fragte Eric.

»Ja, kurz und knapp und ziemlich gnadenlos.«

»Kein Wunder, dass du die Stelle annimmst.«

»Ich hätte Nats Angebot so oder so angenommen.«

»Doch der Abschiedsbrief vom Traumprinzen hat die Entscheidung besiegelt.«

»Bitte nenne ihn nicht Traumprinz.«

»Entschuldige bitte. Ich habe nur eine Wut auf ihn.«

»Ich habe dir schon vor ein paar Wochen gesagt, ich bin kuriert.«

»Hast du jedenfalls gesagt.«

»Ich habe die Karte weggeworfen, Eric.«

»Und wenige Stunden später Nats Angebot angenommen.«

»Die eine Tür fällt zu, die nächste geht auf.«

»Ist das ein Originalzitat?«

»Geh zum Teufel«, sagte ich lächelnd.

Der Kellner brachte unser Bier. Eric hob seinen Krug. »Auf die neue Assistentin in der Literaturredaktion bei der *Saturday Evening Post.* Und bitte hör nicht auf zu schreiben.«

»Das verspreche ich dir.«

Sechs Monate später, an einem verschneiten Nachmittag im Dezember, kurz vor Weihnachten, ertappte ich mich, dass ich an dieses Gespräch dachte. Ich saß in meinem winzigen Büro bei der *Post* im 22. Stock des Rockefeller Center. Das kleine, schmutzige Fenster bot einen malerischen Ausblick auf das benachbarte Hochhaus. Vor mir auf meinem Schreibtisch stapelten sich die zu begutachtenden Kurzgeschichten. Wie üblich hatte ich an diesem Tag mein Quantum von zehn Manuskripten durchgesehen, und keines kam auch nur im Entferntesten für eine Veröffentlichung infrage. Wie üblich hatte ich zu jeder Geschichte einen unterschiedlich langen Kommentar verfasst. Wie üblich hatte ich einen vorformulierten Ablehnungsbrief an die einzelnen Geschichten geheftet. Und wie üblich hatte ich es bedauert, dass ich nicht dazu kam, selbst zu schreiben.

Die Arbeit hatte sich als weitaus mühsamer erwiesen, als erwartet. Außerdem hatte sie praktisch nichts mit der Tätigkeit eines Redakteurs zu tun. Vielmehr bestand meine Aufgabe darin, mich gemeinsam mit Nats beiden anderen Assistentinnen durch die etwa dreihundert Manuskripte von unbekannten Schriftstellern zu kämpfen, die jeden Monat bei der *Post* eintrafen. Die Herausgeber der Zeitschrift rühmten sich, dass jedes eingesandte Manuskript »eingehend geprüft« werden würde. Doch nach zwei Monaten war mir klar, dass meine Arbeit hauptsächlich darin bestand, nein zu sagen. Gelegentlich stieß ich sogar auf eine Geschichte, die auf mehr hoffen ließ oder gar Talent verriet. Doch es lag nicht in meiner Macht, dafür zu sorgen, dass sie auch gedruckt wurde. Ich konnte sie lediglich mit einer begeisterten Empfehlung

»nach oben« zu Nat Hunter schicken – obwohl ihre Chancen, veröffentlicht zu werden, praktisch gleich null waren, wie ich nur allzu gut wusste. Denn die Zeitschrift reservierte lediglich vier ihrer wöchentlich erscheinenden Kurzgeschichten im Jahr für unbekannte Autoren. Die anderen achtundvierzig waren den etablierten Schriftstellern jener Tage vorbehalten: Ernest Hemingway, John O'Hara, John Steinbeck, Somerset Maugham, Evelyn Waugh, Pearl S. Buck. Angesichts dieser Namen wurde mir klar, welches Glück ich hatte, zu den vier Auserkorenen zu gehören, die 1946 durch eine Veröffentlichung aus der Anonymität gerissen wurden.

Wie geplant erschien *Shore Leave* in der Ausgabe vom sechsten September. Mehrere Kollegen in der Redaktion beglückwünschten mich. Ein Lektor von Harper and Brothers schrieb mir, wenn ich eine buchfüllende Sammlung von Erzählungen fertig gestellt hätte, würde er sie für eine Veröffentlichung in Erwägung ziehen. Jemand von der Produktionsfirma RKO rief an und erkundigte sich nach den Filmrechten, schickte dann jedoch einen Brief, in dem es hieß, »im Krieg angesiedelte Liebesgeschichten« seien inzwischen passé. Wie versprochen schickte ich eine Ausgabe der Zeitschrift an Ruth in Maine. Sie bedankte sich mit einer fröhlichen Karte (»Sie haben wirklich Talent… Wann bekomme ich mehr von Ihnen zu lesen«). Eric verwandte einen Großteil seines Wochenlohns auf ein Festessen im 21. Und Nat Hunter führte mich zur Feier des Tages zu einem Lunch in das Longchamps aus.

»Bedauern Sie es, dass Sie die Stellung angenommen haben?«, fragte er, als die Aperitifs serviert wurden.

»Nicht sehr«, log ich. »Haben Sie den Eindruck?«

»Sie sind viel zu gut erzogen, um ihre Unzufriedenheit zu zeigen. Sie haben sicher schon selbst festgestellt, dass Ihre Arbeit nicht sonderlich erfüllend ist. Meine übrigens auch nicht. Aber wenigstens habe ich den Vorzug eines Spesenkontos, das es mir erlaubt, Schriftstellerinnen wie Sie zum Essen einzuladen. Und da wären wir auch schon beim Thema: Wo ist Ihre nächste Geschichte?«

»Ich arbeite dran«, erklärte ich. »Es dauert etwas länger als erwartet.«

»Sie sind eine schlechte Lügnerin, Miss Smythe!«

Damit hatte er natürlich Recht. Ich war leicht zu durchschauen. Mit meiner neuen Geschichte kam ich nicht voran, obwohl ich bereits im Kopf hatte, was ich schreiben wollte. Sie handelte von einem achtjährigen Mädchen, das mit seinen Eltern während der Sommerferien in Maine Urlaub macht. Sie ist das einzige Kind: verwöhnt, verzärtelt, behütet... Und dennoch wächst sie in dem Wissen auf, dass die Eltern sich nicht sonderlich gern haben und dass sie letztendlich die Ehe der beiden zusammenhält. Eines Nachmittags geraten die Eltern heftig in Streit, und das Mädchen läuft fort. Sie verlässt das Ferienhaus am Strand, das die Eltern gemietet haben, wendet sich landeinwärts, schlägt einen falschen Weg ein und verirrt sich in den Tiefen des Waldes. Die Nacht über bleibt sie verschollen, erst am nächsten Morgen wird sie von der Polizei gefunden. Sie hat einen Schock, ist aber ansonsten unverletzt. Die Familie feiert ein tränenreiches Wiedersehen. An den nächsten Tagen herrscht Harmonie. Doch dann beginnen die Eltern wieder zu streiten, und das Mädchen läuft erneut in den Wald. Sie hat begriffen, solange sie sich in Gefahr befindet, halten die Eltern zusammen und kommen miteinander aus.

Der Titel der Geschichte sollte *Verloren* lauten, und die wichtigsten Erzählstränge hatte ich im Kopf schon ausgearbeitet. Was mir jedoch fehlte, war die Bereitschaft, mich hinzusetzen und sie niederzuschreiben. Die Arbeit bei der *Saturday Evening Post* raubte mir Kraft und Nerven. Wenn ich um sieben Uhr abends nach Hause kam, war ich völlig ausgelaugt. Nachdem ich acht Stunden lang die Geschichten von anderen Autoren gelesen hatte, hatte ich zu allem Möglichen Lust – nur nicht, mich hinzusetzen und meine eigene zu schreiben. Also verschob ich es auf den nächsten Tag. Ich sagte mir: *Ich bin viel zu müde, jetzt noch die Schreibmaschine aufzuklappen. Morgen früh stehe ich um sechs auf und hämmere schnell dreihundert Wörter in die Tasten, ehe ich ins*

Büro gehe. Aber wenn dann am nächsten Morgen der Wecker klingelte, drehte ich mich noch einmal herum und schlief bis halb neun. Abends beim Heimkommen fühlte ich mich jedoch genauso ausgelaugt wie sonst auch, unfähig, mir über meine Geschichte Gedanken zu machen. Und wenn ich abends einmal nicht müde war, fielen mir tausend andere Dinge ein, die ich tun konnte. Etwa, mir das große Howard Hawks Double Feature in der Academy of Music in der 14th Street anzusehen. Oder mich mit dem herrlich kitschigen Roman von William Irish auf der Couch zu lümmeln. Oder endlich das Badezimmer zu putzen.

Die Wochenenden waren sogar noch schlimmer. Am Samstagmorgen wachte ich mit dem festen Entschluss auf, vier Stunden an der Schreibmaschine zu sitzen. Ich setzte mich hin, tippte einen Satz. Ich fand den Satz furchtbar. Ich zog den Bogen aus der Maschine und spannte ein neues Blatt ein. Diesmal brachte ich vielleicht sogar zwei, drei Sätze zu Papier, bevor ich es aus der Remington riss.

Dann entschied ich, es sei Zeit für einen Spaziergang. Oder für eine Tasse Kaffee im Café Reggio in der Bleecker Street. Oder für einen Ausflug ins Metropolitan Museum. Oder für eine Matinee im Apollo in der 42nd Street, wo dieser ausländische Film gezeigt wurde. Oder für einen Abstecher in den Waschsalon. Eigentlich für jede Tätigkeit, die mich vom Schreiben abhielt.

So lief es Monate. Wenn Eric sich erkundigte, wie ich mit meiner neuen Geschichte vorankam, berichtete ich ihm von einem langsamen, aber stetigen Fortschritt. Er schwieg, doch ein skeptisches Glitzern in seinen Augen verriet mir, dass er meine Lüge durchschaute. Woraufhin mich das schlechte Gewissen plagte, denn ich hasste es, meinen Bruder zu hintergehen. Aber was sollte ich ihm sagen? Dass mir das Selbstvertrauen fehlte, um einen Satz, geschweige denn eine ganze Geschichte zu Papier zu bringen? Oder dass ich ja wohl doch offenbar zu den Eintagsfliegen gehörte, die nicht mehr als eine einzige Geschichte zustande brachten?

Schließlich gestand ich Eric die Wahrheit. Es war an Thanksgiving des Jahres 1946. Wie im Jahr zuvor traf ich mich mit meinem Bruder zum Mittagessen bei Luchow's. Aber anders als im Jahr zuvor war ich nicht verliebt. Im Gegenteil, ich war auf der ganzen Linie enttäuscht: von meiner Arbeit, von meinen Lebensumständen, doch bezeichnenderweise vor allem von mir selbst.

Wie im Jahr zuvor bestellte Eric zur Feier des Tages eine Flasche Champagner. Nachdem der Kellner uns eingeschenkt hatte, hob Eric sein Glas, prostete mir zu und sagte: »Auf deine neue Geschichte.«

Ich stellte mein Glas auf den Tisch zurück und hörte mich antworten: »Es gibt keine neue Geschichte, Eric. Und das weißt du.«

»Ja, das weiß ich.«

»Weißt du es schon lange?«

Er nickte.

»Warum hast du nichts gesagt?«

»Weil jeder Schriftsteller diesen Blockade genannten Zustand kennt. Darüber spricht man nicht gern.«

»Ich komme mir vor wie eine Versagerin.« Ich schluckte schwer.

»Das ist dumm, S.«

»Vielleicht ist es dumm, aber es ist auch die Wahrheit. Ich habe es mir bei *Life* verdorben. Ich hätte den Job bei der *Post* niemals annehmen dürfen. Und jetzt kann ich nicht mal mehr schreiben. Mein literarisches Werk beschränkt sich auf eine einzige Geschichte, die ich mit vierundzwanzig veröffentlicht habe und die irgendwann in Vergessenheit gerät.«

Eric trank einen Schluck Champagner und lächelte. »Glaubst du nicht, du bist ein wenig melodramatisch?«

»Ich möchte aber melodramatisch sein.«

»Gut. Ich mag dich auch lieber als Bette Davis und nicht als Katherine Hepburn.«

»Mein Gott, das könnte jetzt von ihm sein.«

»Geht er dir immer noch im Kopf herum?«

»Nur heute …«

»… am Jahrestag, nehme ich an.«

Ich zuckte zusammen. »Das war jetzt nicht besonders zartfühlend.«

»Du hast Recht. Tut mir leid.«

»Manchmal gehst du ganz schön hart mit mir ins Gericht.«

»Aber nur, weil du das mit dir selbst auch tust. Außerdem ist es nicht als Kritik gemeint, sondern als eine Art konstruktiver Neckerei. Ich will dich aufmuntern. Also bitte, quäle dich nicht weiter damit, dass du nicht schreiben kannst. Wenn du eine Geschichte zu erzählen hast, wirst du sie auch erzählen. Wenn nicht, dann geht die Welt auch nicht unter. Jedenfalls bin ich vor kurzem zu dieser Erkenntnis gelangt.«

»Aber du hast doch hoffentlich nicht dein Stück aufgegeben, oder?«

Er starrte eine Zeit lang auf sein Glas. Dann griff er (wie üblich) nach Zigaretten und Streichhölzern. Er zündete sich eine an, wich meinem Blick aber aus.

»Es gibt kein Stück«, sagte er leise.

»Wie bitte?«

»Ganz einfach. Das Stück, an dem ich in den letzten zwei Jahren schreibe, existiert nicht.«

»Warum nicht?«

»Weil ich nie etwas geschrieben habe.«

Ich versuchte nicht zu zeigen, wie entsetzt ich war. Doch es gelang mir nicht. »Überhaupt nichts?«, fragte ich leise.

Er biss sich auf die Lippe. »Kein einziges Wort.«

»Und wie kommt das?«

Er zuckte die Achseln. »Man kann nur eine bestimmte Anzahl von Absagen ertragen. Und sieben Stücke, die nicht aufgeführt werden, sind genug.«

»Aber die Zeiten ändern sich. Die Geschmäcker auch. Du darfst die Hoffnung nicht aufgeben.«

»Fass dich lieber an die eigene Nase, wenn wir schon dabei sind.«

»Du weißt, bei sich selbst versagt der beste Rat.«

»Gut, dann hör dir meinen an. Hör mit der Selbstgeißelung auf. Stell die Schreibmaschine in die Ecke, bis du sie wieder brauchst.«

»Das wird nie passieren.«

»Um Himmels willen, plappere nicht nach, was du von mir hörst. Denn du wirst wieder schreiben.«

»Wieso bist du dir da so sicher?«

»Weil du es willst. Das weiß ich ganz genau. Und weil du über ihn hinwegkommen wirst.«

»Ich bin über ihn hinweg.«

»Nein, S. Du hast es noch nicht überwunden. Das spüre ich.«

War ich so leicht zu durchschauen? Sah man es so deutlich? Seit ich Jacks Karte bekommen hatte, war ich entschlossen, ihn aus meinen Gedanken zu verbannen, ihn auszusperren und die Tür zu diesem Kapitel meines Lebens zu schließen. Zuerst hatte mich seine lakonische Nachricht so verletzt, so geärgert, dass es mir leicht fiel, ihn als Irrtum, als Fehler abzuschreiben. Wie konnte er nur fünf erbärmliche Worte schreiben als Reaktion auf meine drei Dutzend Karten und Briefe, die ich ihm geschickt hatte! Er gab mir das Gefühl, eine komplette Vollidiotin zu sein. Immer wieder spielte ich die Szene in meinem Kopf durch, wie ich ihn am Tor zum Marinehafen in Brooklyn gewarnt hatte, mir nicht das Herz zu brechen. Und unzählige Male hörte ich Jacks Beteuerung, dass er mich liebe. Wie hatte ich nur so naiv, so vertrauensselig sein können?

Wut ist ein ausgezeichnetes Mittel gegen Liebeskummer, besonders wenn man guten Grund hat, sich gekränkt zu fühlen. Monatelang klammerte ich mich an meinen tiefen Groll, denn er half mir über die Enttäuschung hinweg, dass ich als Person abgelehnt worden war. Ich hatte einen furchtbaren Fehler begangen. Wie von Eric vorausgesagt, hatte sich Jack Malone als windiger Bursche, als Don Juan in Uniform erwiesen. Wenn er nur den Anstand (oder die Courage) gehabt hätte, es mir gleich zu schreiben, mir zu sagen, dass es für uns keine Zukunft gab! Wenn er mich nur nicht so lange im Ungewissen gelassen hätte! Wenn ich doch nur nicht so ein romantischer Einfaltspinsel gewesen wäre!

Nach der Wut kommen die Selbstvorwürfe. Nach den Vorwürfen die Bitterkeit. Und wenn sich der saure Nachgeschmack endlich legt, bleibt einem gewöhnlich nur noch die Wehmut. Eine trübselige Mischung aus Hinnahme und Bedauern. Wie in den weisen Sprüchen, mit denen alte Damen antworten, wenn sie Trost spenden wollen.

Als ich mich mit Eric an Thanksgiving zum Essen traf, war ich jedoch nicht nur wehmütig. Natürlich weckte der besagte Tag (mein so genannter Jahrestag, wie Eric klug festgestellt hatte) Erinnerungen an das, was mir in diesem hektischen Jahr alles zugestoßen war. Doch er rief mir außerdem ins Bewusstsein, was ich nicht hatte wahrhaben wollen: Dass ich den Kerl immer noch vermisste.

War es möglich, dass eine einzige Nacht mit einem Mann einen solch nachhaltigen Eindruck hinterließ?

Es sein denn …

Es sei denn, er war es einfach.

Doch diesen Gedanken schob ich rasch beiseite. Denn das hätte bedeutet, sich mit Jack zu beschäftigen. Und ich wollte mich nicht mit Jack beschäftigen. Dann hätte ich mir nämlich die Frage stellen müssen, ob es so etwas wie Schicksal gab – eine Vorstellung, bei der ich mich der Trauer, Jack verloren zu haben, nicht mehr verschließen konnte.

Wenige Tage nach Thanksgiving zeigte sich jedoch ein zarter Hoffnungsstreifen am Horizont, und rasch verschloss ich Mr. Malone wieder in der gedanklichen Schublade, die bei mir die Aufschrift »romantische Fehlgriffe« trug.

In der gleichen Woche befolgte ich Erics Rat und verstaute meine Remington zum Winterschlaf in der hintersten Ecke meines Wandschranks. Anfangs hatte ich schreckliche Schuldgefühle, weil ich das Schreiben aufgab. Doch Mitte Dezember war das beständige Nagen des schlechten Gewissens verstummt. Und mit den irrationalsten Begründungen redete ich mir ein, dass meine Karriere als Schriftstellerin nicht abgebrochen oder zu Ende, sondern lediglich auf Eis gelegt worden war.

»Werde ich Ihre neue Kurzgeschichte jemals zu Gesicht bekommen?«, fragte Nathaniel Hunter bei unserem Weihnachtsessen.

»In nächster Zeit leider nicht.«

Er sah mich fragend an. »Und warum nicht, Sara?«

Ich erwiderte seinen Blick. »Weil ich sie nicht geschrieben habe, Mr. Hunter.«

Er zog eine Grimasse. »Das ist verdammt schade.«

»Es ist doch nur eine Geschichte.«

»Sie haben großes Talent, Sara.«

»Nett, dass Sie das sagen, Mr. Hunter, aber wenn ich meine Geschichte nicht zu Papier bringe, nutzt mir auch das größte Talent nichts, oder?«

»Ich habe ein schlechtes Gewissen. Denn ich bin schuld daran.«

»Warum? Schließlich haben Sie mich gewarnt. Außerdem liegt es nicht an der Arbeit, dass ich nicht schreibe. Es liegt an mir.«

»Wären Sie denn nicht gern Schriftstellerin?«

»Eigentlich schon. Aber ... irgendwie weiß ich nicht mehr so recht, was ich will.«

»Das ist offenbar ein Leiden unserer Zeit.«

»Wem sagen Sie das! Besonders, da ich im letzten Jahr eine wichtige Lebenserfahrung gemacht habe.«

»Da bin ich aber neugierig.«

»Jedes Mal, wenn man glaubt, man hätte seinen Weg gefunden, stolpert man über jemanden, der einem ganz neue Wege aufzeigt.«

»Andere nennen das, sich die Möglichkeiten offen halten.«

»Für mich ist das eher ein sicheres Konzept, unglücklich zu werden.«

»Aber vielleicht stolpern manche Leute ja über genau das, was sie wollen.«

»Zweifellos. Das Problem ist nur, kann man auch fest halten, was man gefunden hat? Und schrecklicherweise lautet die Antwort, dass es in der Regel von günstigen Umständen, dem richtigen Zeitpunkt und manchmal sogar dem glücklichen Zufall abhängt. Also alles Dinge, auf die man keinen Einfluss hat.«

»Als jemand, der sich selbst ins Abseits manövriert hat, sage ich Ihnen: Wir haben nie Kontrolle über den Lauf der Dinge. Zwar bilden wir es uns ein, doch in Wahrheit sind die wichtigsten Entscheidungen, die wir im Leben fällen, oft völlig unüberdacht. Wir treffen sie rasch, instinktiv und nicht selten aus Angst. Und als Nächstes stellt man dann fest, dass man sich in einer Situation befindet, in der man gar nicht sein wollte. Man fragt sich, wie zum Teufel bin ich da nur hineingerutscht? Doch im Grunde kennen wir die Antwort: Weil wir es so wollten, selbst wenn wir es unser Leben lang abstreiten.«

»Soll das heißen, dass wir uns selbst eine Falle stellen?«

»Genau. Sie kennen doch auch das Zitat von Voltaire, in dem es heißt, der Mensch ist frei geboren und dennoch in Ketten. Und im Amerika von heute legen wir uns die meisten dieser Ketten selbst an – eine Begleiterscheinung der Ehe.«

»Ich heirate nie.«

»Diesen Satz habe ich schon oft gehört. Aber glauben Sie mir, Sie werden heiraten. Wahrscheinlich sogar, ohne allzu lange darüber nachzudenken.«

Ich lachte. »Woher wollen Sie das wissen?«

»Weil es immer darauf hinausläuft.«

In jenen Tagen tat ich Nathaniel Hunters Bemerkungen noch als die eines großstädtischen Zynikers ab – eines Mannes, der sich den mittleren Jahren näherte und sich damit abfinden musste, dass seine literarischen Ambitionen gescheitert waren. Allerdings wusste ich auch, wie viel ihm seine Familie bedeutete und dass sie die berufliche Enttäuschung, unter der er womöglich litt, wieder ausglich. Vielleicht war er in Ketten, doch insgeheim gefielen ihm diese Ketten wahrscheinlich.

Aber zwei Wochen nach Weihnachten fand ich morgens, als ich zur Arbeit kam, an der Tür der Literaturredaktion eine Notiz vor, die alle Mitglieder unserer Abteilung zu einer dringenden Besprechung um zehn Uhr beim leitenden Redakteur bestellte. Die anderen hatten sich bereits um Mr. Hunters Schreibtisch versammelt und unterhielten sich mit gedämpfter Stimme. Mr. Hunter selbst war nicht da.

»Was ist passiert?«, fragte ich meine Kollegen, als ich ins Zimmer kam.

»Haben Sie es noch nicht gehört?« Das kam von Emily Flouton, eine der anderen Assistentinnen unserer Abteilung.

»Was?«

»Dass unser ach so glücklich verheirateter Chef mit Jane Yates durchgebrannt ist?«

Ich war wie erstarrt. Jane Yates war eine stille Frau von Ende zwanzig aus der Kunstredaktion der *Post*. Mit ihrem scharf geschnittenen, eckigen Gesicht, dem langen geflochtenen Haar und der randlosen runden Brille sah sie aus wie eine Bibliothekarin aus Neuengland, die vom Schicksal zur alten Jungfer vorherbestimmt war.

»Mit der ist Mr. Hunter durchgebrannt?«, hörte ich mich fragen.

»Ein Knüller, nicht wahr?«, sagte Emily. »Nicht nur das, sondern er hat auch seine Stelle aufgegeben. Dem Gerücht nach wollen Jane und er nach New Hampshire ziehen, sodass er sich voll und ganz dem Schreiben widmen kann.«

»Aber ich dachte, er ist glücklich verheiratet.«

Emily verdrehte die Augen. »Zeigen Sie mir den Mann, der von sich sagt, er sei glücklich verheiratet, meine Gute. Ein Kerl fühlt sich auch dann noch gefangen, wenn man ihm alle Freiheiten lässt.«

Ich sah Mr. Hunter nie wieder. Weil er sich in der Redaktion der *Post* nie wieder blicken ließ. Und das aus gutem Grund. Im Jahr 1947 galt es als unbeschreiblicher Fauxpas, seine Ehefrau zu verlassen, ein Fauxpas, der mit beruflicher Degradierung, wenn nicht gar Ächtung geahndet wurde. Hätte er seine Frau lediglich betrogen, wäre das kein Problem gewesen. Seitensprünge wurden toleriert (solange man sich nicht erwischen ließ). Doch die Familie im Stich zu lassen galt als als unmoralisch und schlichtweg unamerikanisch. Im Fall von Nat Hunter fand ich es jedoch besonders verwirrend, da das Objekt seiner Begierde eine Frau war, die mich an Mrs. Danvers in *Rebecca* erinnerte.

In Wahrheit sind die wichtigsten Entscheidungen, die wir im Leben fällen, oft völlig unüberdacht. Wir treffen sie rasch, instinktiv und nicht selten aus Angst. Und als Nächstes stellt man dann fest, dass man sich in einer Situation befindet, in der man gar nicht sein wollte.

Noch Monate nach Mr. Hunters überraschendem Verschwinden musste ich an seine Sätze denken. Und immer wieder fragte ich mich, ob er diese Entscheidung, die sein Leben so grundlegend änderte, gleichfalls überstürzt, unüberlegt und aus Angst getroffen hatte. Aus Angst vor dem Alter oder weil er das Gefühl hatte, in der Falle zu sitzen und nie mehr seinen Roman zu schreiben.

Soweit ich weiß, erschien auch nach seiner Flucht mit Jane Yates nach New Hampshire kein Buch von ihm. Man erzählte sich, dass er schließlich als Englischdozent an einem kleinen College bei Franconia arbeitete – bis zu seinem Tod im Jahre 1960. »Leberversagen«, stand in dem knappen Nachruf der *New York Times*. Er wurde nur zweiundfünfzig Jahre alt.

In den ersten Monaten nach seinem Weggang sinnierte ich oft über seine Bemerkung, wir würden die bedeutsamen Entscheidungen unseres Lebens nicht richtig überdenken. Und ich schwor mir, diesen Fehler nie zu begehen.

Dann lernte ich im Frühjahr 1947 George Grey kennen. Er war achtundzwanzig und Anlageberater bei Lehman Brothers. Ein angenehmer, belesener Kerl, der in Princeton studiert hatte und auf seine kantige Art recht stattlich wirkte. Wir wurden uns auf der Hochzeit einer meiner Freundinnen vom Bryn Mawr vorgestellt.

Als er mich fragte, ob ich mit ihm ausgehen wolle, sagte ich zu. Der Abend wurde recht nett. Er bat mich um ein weiteres Treffen, und ich sagte zu. Dieser Abend wurde noch netter. George Grey, beschloss ich, war ein Glückstreffer. Und zu meiner großen Überraschung gestand er mir (nach nur zweimaligem Sehen), dass er sich in mich verliebt hätte.

So verliebt, dass er einen Monat nachdem wir uns kennen gelernt hatten, um meine Hand anhielt.

Überlegte ich mir diese Entscheidung? Bat ich um ein paar Tage Zeit, um nachzudenken, abzuwägen oder mir die Konsequenzen vor Augen zu halten, die sich aus meiner Antwort ergaben?

Natürlich nicht.

Ich sagte ja. Ohne auch nur einen Augenblick zu zögern.

6

Jeder war von meiner Entscheidung überrascht. Ich am allermeisten.

»Du willst doch nicht allen Ernstes einen Mann heiraten, der *Grey* heißt?«, fragte Eric, als ich ihm von meiner Verlobung berichtete.

»Ich wusste, dass du so reagierst«, sagte ich.

»Das ist keine Reaktion, sondern eine Frage.«

»Ja. Er heißt Grey. Bist du nun zufrieden?«

»Begeistert! Lass mich mal überlegen... Das erste Mal hast du ihn vor etwa zwei Wochen erwähnt. Zu dem Zeitpunkt hast du dich mit ihm seit... Wie lange hast du dich mit ihm getroffen?«

»Etwa zwei Wochen«, antwortete ich leise.

»Prima. Also gerade mal einen Monat vom ersten Rendezvous bis zur Verlobung. Der Junge handelt rasch. Allerdings nicht so rasch wie dein Typ aus Brooklyn.«

»Das musste ja kommen, dass du von ihm sprichst.«

»Ja, weil er immer noch in deinem Kopf herumgeistert.«

»Das ist nicht wahr, verdammt!«

»Natürlich ist es das. Warum sonst willst du den anderen heiraten?«

»Vielleicht weil ich ihn liebe.«

»Du redest Unsinn, und das weißt du auch. Du bist nicht der Typ Frau, der sich in einen Anlageberater namens Grey verliebt.«

»Ich wünschte, du würdest mir nicht immer mein eigenes Denken erklären. George ist ein wunderbarer Mann. Und er wird mich sehr glücklich machen.«

»Er wird dich zu jemanden machen, den du nicht leiden kannst.«

»Wie kannst du das sagen? Du hast ihn doch noch nicht einmal kennen gelernt.«

»Weil er George Grey heißt, deshalb. Das ist ein Name, bei dem ich automatisch eine Pfeife und Pantoffeln vor mir sehe – und ehe du dich versiehst, wird er dich auffordern, ihm beides zu bringen.«

»Ich bin kein Hund, der Dinge apportiert«, erklärte ich mit gepresster Stimme.

»Wir alle tun irgendwann mal etwas, was wir nie tun wollten, vor allem, wenn wir der Illusion der großen Liebe nachhängen.«

»Das ist keine Illusion, Eric.«

»Illusion, Wahn, Verwirrtheit. Nenn das Leiden, wie du willst.«

»Ich habe kein Leiden.«

»Doch, und es heißt: *Sich selbst in die Falle manövrieren, um der Sicherheit willen.*«

»Danke. Offenbar hast du großes Zutrauen in meine Fähigkeit zur Selbsterkenntnis.«

»Niemand kennt seine eigenen Beweggründe, S. Niemand. Das ist der Grund, weshalb wir so viele Fehler machen.«

Natürlich wusste ich genau, warum ich George heiraten wollte. Weil er anständig war, zuverlässig und so furchtbar verliebt in mich. Wir mögen es nun einmal, wenn man uns umschmeichelt. Oder, noch besser, wenn man uns sagt, wir seien etwas Besonderes, einzigartig, das Beste, was einem je begegnet ist. George erklärte mir das jedenfalls ständig. Und es brach bei mir alle Widerstände. Denn es war genau das, was ich hören wollte.

Außerdem machte er mir Mut, besonders im Hinblick auf meine stockende Karriere als Schriftstellerin. Kurz nachdem wir unsere Verlobung bekannt gegeben hatten, trafen wir uns mit Emily Flouton, mit der ich mich nach Nathaniel Hunters Weggang von der *Post* angefreundet hatte. Emily war gerade von ihrem Freund sitzen gelassen worden, mit dem sie zwei Jahre lang zusammen gewesen war, und als George hörte, dass es ihr nicht sonderlich gut ging, schlug er vor, sie abends einmal mitzunehmen. Wir besuchten ein Konzert in der Carnegie Hall und aßen anschließend im Algonquin. Emily und ich sprachen während des Essens hauptsächlich über Mr. Hunters Nachfolgerin, eine hagere, kleine Person Anfang vierzig namens Ida Spenser. Man hatte sie von *Collier's* abgeworben, und sie galt in unserer Redaktion bald als unflexible Schulmeisterin (eine der altjüngferlichen Art), die jedem, der gegen ihren rigiden Führungsstil Einwände erhob, einen gewaltigen Dämpfer verpasste. Wir hassten sie alle. Während wir im Grill Room des Algonquin auf unser Essen warteten, zogen Emily und ich über sie her. George hörte uns aufmerksam zu, obwohl ihn unser Bürotratsch eigentlich nicht interessierte. Doch er war nun mal ein einfühlsamer Mensch.

»... und dann sagte sie mir, ich hätte nicht das Recht, neue Autoren ohne ihre Billigung zu loben«, berichtete Emily. »Nur sie allein entscheidet, ob ein Autor einen dieser persönlichen Briefe bekommt, in dem man ihn ermutigt, weiter zu schreiben.«

»Es klingt, als wäre sie schrecklich unsicher«, meinte George.

Emily warf ihm einen bewundernden Blick zu. »Woher wissen Sie das?«, fragte sie.

»Weil George eine gute Menschenkenntnis hat«, erklärte ich.

»Hör auf mit deinen Schmeicheleien«, sagte er, während er mir die Hand drückte. »Sonst bilde ich mir noch etwas ein.«

»Du und eingebildet?«, fragte ich. »Das kann ich mir nicht vorstellen. Dafür bist du viel zu nett.«

»Jetzt werde ich aber gleich wirklich verlegen.« Er hauchte mir einen Kuss hinüber. »Ich habe gesagt, dass eure Vorgesetzte unsicher ist, weil ich in der Bank selbst mal für so jemanden gearbeitet habe. Der Mann musste alles unter Kontrolle haben. Jeder Brief an einen Kunden, jede interne Mitteilung musste von ihm persönlich abgesegnet werden. Es war geradezu zwanghaft. Und das, weil er der ängstlichste Mensch war, den ich jemals kennen gelernt hatte. Es war ihm ein Gräuel, etwas zu delegieren, und er hatte zu niemandem Vertrauen. Der Grund war ganz einfach: Er vertraute sich selbst nicht.«

»Unsere Miss Spenser, wie sie leibt und lebt«, sagte Emily. »Sie ist so unsicher, dass sie glaubt, wir hätten etwas gegen sie. Was inzwischen natürlich der Fall ist. Aber wie ist die Sache mit Ihrem Chef ausgegangen?«

»Man hat ihn durch eine Beförderung aus dem Verkehr gezogen, er wurde Direktor der Gesellschaft. Für uns ein Segen, denn ich war ehrlich gesagt kurz davor, meine Stelle zu kündigen.«

»Das nehme ich dir nicht ab«, sagte ich, während ich ihn zärtlich knuffte. »Du würdest nie kündigen. Es widerspricht deinem Sinn für Anstand und Pflichtgefühl.«

»Das klingt ja, als wäre ich ein Langweiler, Liebling.«

»Kein Langweiler, sondern verantwortungsbewusst. Äußerst verantwortungsbewusst.«

»Und ist das ein Fehler?«, fragte er mit gespielter Empörung.

»Ganz und gar nicht. Ich halte Verantwortungsbewusstsein für eine große Tugend. Vor allem bei einem Ehemann.«

»Darauf trinken wir«, erklärte Emily grimmig. »Besonders da die Kerle, an die ich gerate, offenbar durch und durch verantwortungslos sind.«

»Du wirst dein Glück auch noch finden«, tröstete ich sie.

»Aber kein so großes wie du«, entgegnete Emily.

»Ich bin hier derjenige, der Glück gehabt hat«, warf George ein. »Schließlich heirate ich eine der vielversprechendsten Schriftstellerinnen Amerikas.«

»George, bitte...« Ich wurde knallrot. »Ich habe bisher erst eine Geschichte veröffentlicht.«

»Aber was für eine«, sagte George. »Sind Sie nicht auch der Meinung, Emily?«

»Vollkommen«, stimmte sie ihm zu. »In unserer Redaktion fanden alle, dass die Erzählung zu den drei, vier besten gehörte, die wir im letzten Jahr veröffentlicht haben. Und wenn man bedenkt, dass die anderen drei guten Autoren Faulkner, Hemingway und Farrell hießen...«

»Sei still«, rief ich, »oder ich verkrieche mich unter dem Tisch.«

Emily stöhnte.

»Was diese Frau braucht, ist eine Portion Selbstbewusstsein«, sagte sie zu George gewandt.

»Da bin ich genau der Richtige«, meinte er grinsend.

»Sie müssen sie überreden, dass sie die Stelle bei der *Post* aufgibt, ehe ihr Talent dahin ist.«

»Es war nur eine einzige Geschichte«, wiederholte ich. »Ich glaube nicht, dass ich je eine zweite schreiben werde.«

»Natürlich wirst du das«, erklärte George. »Wenn wir geheiratet haben, brauchst du dir keine Sorgen um die Miete mehr zu machen. Dann musst du dich nicht mehr mit der schrecklichen Miss Spenser bei der *Post* abquälen. Du bist von alldem frei und kannst dich ganz auf deine Literatur konzentrieren.«

»Für mich klingt das wunderbar«, meinte Emily.

»Aber ich weiß doch noch gar nicht, ob ich die Stelle bei der *Post* gleich nach der Hochzeit aufgeben werde.«

»Doch, natürlich«, sagte George zärtlich. »Es ist der beste Augenblick, um solch einen Einschnitt zu machen.«

»Aber es ist *meine* Arbeit.«

»Deine Arbeit ist das Schreiben. Und ich möchte dir die Gelegenheit geben, dich ausschließlich dem Schreiben zu widmen.«

Er beugte sich vor und küsste mich auf die Stirn. Dann stand er auf und entschuldigte sich.

»Die Natur verlangt ihr Recht«, meinte er schmunzelnd. »Aber bestellt uns doch bitte noch etwas zu trinken. Verliebt zu sein macht furchtbar durstig.«

Ich lächelte. Verkniffen. Und ertappte mich bei dem Gedanken: *Was für ein dummer Spruch.* Sogleich fielen mir auch andere Sätze ein, die während unseres Geturtels gefallen waren. *(Ich bin derjenige, der wirklich Glück gehabt hat. Schließlich heirate ich eine der vielversprechendsten Schriftstellerinnen Amerikas.)* Ich konnte es kaum fassen, dass wir uns bereits mit Kosenamen wie *Liebling* und *Lieber* titulierten wie ein altes Ehepaar. Ich zuckte zusammen. Es war nur ein leiser Ruck in den Schultern, der lediglich den Bruchteil einer Sekunde dauerte. Doch dann kam die Frage: War das der erste Hauch eines Zweifels?

Bevor ich mich näher damit beschäftigen konnte, sagte Emily: »Mensch, Mädchen, hast du ein Glück!«

»Meinst du?«

»Das fragst du noch? Er ist wunderbar!«

»Ja, das glaube ich auch.«

»Glauben? Siehst du nicht, dass du einen Volltreffer gelandet hast?«

»Ja, er ist sehr nett.«

»Nett? Was ist nur heute Abend los mit dir? Hast du was eingenommen, dass du plötzlich so untertreibst?«

»Ich bin nur... Ich weiß nicht... ein bisschen nervös, das ist alles. Außerdem brauche ich wirklich noch einen Martini. Kellner!«

Ich blickte den vorbeigehenden Kellner an und gab ihm ein Zeichen, unsere Gläser neu zu füllen.

»Natürlich bist du nervös«, sagte Emily. »Du willst schließlich heiraten. Aber zumindest heiratest du einen Mann, der dich auf Händen trägt.«

»Sieht so aus...«

»Sieht so aus? Mein Gott, er küsst den Boden, auf dem du gehst.«

»Würde dich das nicht auch beunruhigen, wenn du so vergöttert wirst?«

Emily verdrehte die Augen und runzelte die Stirn. »Du solltest dich mal reden hören!«, meinte sie. »Du bist eine Schriftstellerin mit einer Veröffentlichung, verlobt mit einem Mann, der voll und ganz an dein Talent glaubt, der es dir abnimmt, für deinen Lebensunterhalt zu sorgen, damit du dich ausschließlich deiner ›Kunst‹ widmen kannst, und der dich außerdem noch für den wunderbarsten Menschen auf Erden hält. Und du kannst über nichts anderes reden als über deine Angst, vergöttert zu werden? Also wirklich!«

»Hat nicht jeder das Recht auf ein, zwei Minuten des Zweifels?«

»Nicht, wenn man den Hauptgewinn des Jahres gezogen hat.«

»George ist kein Lotterielos, Emily.«

»Fängst du schon wieder an!«

»Ist ja gut.«

»Lass dir eins sagen: Wenn du George den Laufpass gibst, nehme ich mit Freuden deinen Platz ein. In der Zwischenzeit solltest du einfach akzeptieren, dass du Glück in der Liebe hast. Ich weiß, es fällt schwer, so etwas Schreckliches zuzugeben …«

»Emily, ich liebe ihn wirklich! Ich habe nur … Angst, das ist alles.«

»Deine Probleme möchte ich haben.«

»Hallo, ihr beiden.«

Wir sahen auf. George kam auf den Tisch zu, den Mund zu einem breiten Grinsen verzogen. Andere beschrieben ihn gern als »jungenhaft«, und das aus gutem Grund. Mit dem sauber gescheitelten sandblonden Haar, der dicken Hornbrille, dem etwas pausbackigen Gesicht, den Sommersprossen und der Eigenart, immer ein wenig unordentlich auszusehen (selbst in den Maßanzügen von Brooks Brothers, die er bevorzugte), wirkte er wie ein Schuljunge – wie jemand, der trotz seiner achtundzwanzig Jahre eigentlich auf das Fußballfeld eines Colleges gehörte.

Als er jetzt näher kam und sich an unseren Tisch setzte, sah ich jedoch nicht sein jungenhaftes Auftreten, sondern wie er in zwölf Jahren sein würde. Ein gesetzter Bankangestellter, dessen Jugendlichkeit einer seriösen Korpulenz gewichen war. Ein Mann von Ernst und Gewicht, ohne jede Ungezwungenheit, ohne einen schillernden Geist.

»Hast du was, Liebling?«

Er klang besorgt. Ich riss mich aus meiner von Zukunftsängsten erfüllten Trance und lächelte ihn warm und liebevoll an.

»Ich war nur ein wenig in Gedanken, Liebster.«

»Ich wette, sie denkt sich schon ihre nächste Geschichte aus«, sagte er zu Emily gewandt.

»Oder träumt von der Hochzeit«, erwiderte Emily mit mehr als nur einer Spur Ironie, die meinem Zukünftigen jedoch entging.

»Aha, darüber haben die Damen also gesprochen.«

Nein!

Gut, ich wusste, dass George Grey alles andere als unkonventionell war. Doch, ich wusste, dass er es niemals wagen würde, den festen Boden unter den Füßen zu verlassen. Gewiss, an ihm war nichts Schillerndes und Übermütiges. Wenn er sich leidenschaftlich oder romantisch gab, wirkte es oft schlichtweg albern. Doch er verfügte auch über die entwaffnende (und anziehende) Eigenschaft, zuzugeben, dass ihm jegliche Einbildungskraft fehlte und er sich nicht einmal fantasievollen Träumereien hingeben konnte. Bei unserem dritten Rendezvous gestand er mir:

»Gib mir einen Stapel Geschäftsberichte, und ich bin für Stunden nicht mehr ansprechbar. Wie jemand, der einen guten Roman verschlingt. Aber spielst du mir eine Mozart-Symphonie vor, dann bin ich aufgeschmissen. Ich habe nicht die geringste Ahnung, worauf ich achten muss.«

»Du brauchst nicht auf etwas Bestimmtes zu achten. Dir soll nur gefallen, was du hörst. Duke Ellington hat gesagt: ›Wenn es gut klingt, dann ist es auch gut.‹«

Bewundernd riss er die Augen auf. »Du bist so verdammt klug.«

»Wohl kaum.«

»Aber du bist gebildet.«

»Du kommst ja nun auch nicht gerade aus der Bronx, George. Ich meine, du warst in Princeton.«

»Nur dass man Princeton nicht zwangsläufig gebildet verlässt«, erwiderte er. Wir lachten.

Ich mochte seine Selbstironie. Und es gefiel mir, dass er über seinen Schatten sprang und mich mit Büchern und Schallplatten beschenkte, abends mit mir ins Theater ging und Karten für die Wochenendkonzerte der New Yorker Philharmoniker besorgte – obwohl ein Abend mit Werken von Prokofjew, dirigiert von Rodsinski, für ihn gleichbedeutend war mit zwei Stunden beim Zahnarzt. Doch er ließ sich nie anmerken, dass er sich langweilte. Er wollte mir gefallen.

Außerdem war er ein eifriger Leser, hauptsächlich jedoch von trockenen Sachbüchern. Er war wohl der Einzige in meinem Bekanntenkreis, der alle vier Bände von Churchills *The World Crisis* von vorn bis hinten gelesen hatte. Romane interessierten ihn nicht sonderlich, wie er zugab. »Aber du kannst mir zeigen, was ich lesen soll.«

Zunächst schenkte ich ihm Hemingways *In einem anderen Land*. Am nächsten Morgen rief er mich bei der *Post* an.

»Mein Gott, was für ein Buch!«

»Hast du es schon durchgelesen?«

»Aber sicher. Dieser Mann hat es raus, wie man eine Geschichte erzählt, nicht wahr?«

»Ja, das kann Mr. Hemingway.«

»Und was er da über den Krieg schreibt, ist wirklich traurig.«

»Wie findest du die Liebesgeschichte zwischen Frederic und Catherine?«

»Als ich die letzte Szene gelesen habe, wo sie sich im Lazarett voneinander verabschieden, sind mir die Tränen gekommen.«

»Schön, das zu hören.«

»Aber weißt du, was ich gedacht habe, als ich das Buch zuklappte?«

»Was denn, Liebster?«

»Wenn sie von einem guten amerikanischen Arzt behandelt worden wäre, hätte sie es vielleicht geschafft.«

»Oh!... Daran habe ich noch nie gedacht. Aber ja, vielleicht hast du Recht.«

»Ich meine, nichts gegen Schweizer Ärzte.«

»Stimmt. Ich glaube, das wollte Hemingway auch nicht damit sagen.«

»Aber nach diesem Buch würde ich niemals zulassen, dass du in der Schweiz ein Baby kriegst.«

»Ich bin gerührt«, antwortete ich.

Gut, er nahm eben immer alles wörtlich. Aber ich glaubte, es trotz seines mangelnden Kunstsinns mit ihm aushalten zu können. Denn schließlich war er anständig und lernwillig. Außerdem war ich schlichtweg überwältigt von seiner Bewunderung und seiner Aufmerksamkeit. Und in den Wochen vor der Hochzeit beschwichtigte ich die in mir nagenden Zweifel, indem ich mir vorhielt: *Er ist ja so nett.*

»Gut, ich gebe es zu«, sagte Eric, nachdem er George endlich kennen gelernt hatte. »Er ist ein liebenswerter Kerl. Zu liebenswert, wenn du meine ehrliche Meinung hören willst.«

»Gibt es das, *zu liebenswert?*«, fragte ich.

»Ihm ist zu sehr daran gelegen, zu gefallen. Praktisch um jeden Preis.«

»Das ist doch nicht unbedingt schlimm, oder? Außerdem war er vor dem Treffen mit dir ziemlich aufgeregt, was ich auch verstehen kann.«

»Warum sollte jemand aufgeregt sein, wenn er mich trifft?«, fragte Eric übertrieben nett.

»Weil es für ihn das Gleiche war, als hätte ich ihn unserem Vater vorgestellt. Er hatte Angst, dass die Hochzeit platzt, wenn er dir nicht gefällt.«

»Das ist das Dümmste, was ich seit langem gehört habe.«

»Er ist eben ein bisschen altmodisch …«

»Altmodisch? Eher lebt er wohl in der Steinzeit. Abgesehen davon ist es völlig unerheblich, was ich denke. Auf mich hörst du ja doch nicht.«

»Das stimmt nicht.«

»Dann beantworte mir eine Frage: Wenn ich dir gesagt hätte, der Mann sei eine Katastrophe, mit ihm würdest du einen großen Fehler machen, hättest du mir da zugestimmt?«

»Natürlich nicht.«

»Dann bleibe ich bei meiner Behauptung.«

»Aber das denkst du doch nicht wirklich, oder?«

»Ich habe dir doch schon gesagt, der Kerl ist in Ordnung.«

»In Ordnung? Mehr nicht?«

»Wir haben uns doch nett unterhalten, nicht wahr?«

Damit hatte er sogar Recht. Wir hatten uns für einen Drink nach Feierabend in der Bar des Aston Hotel am Broadway verabredet, gleich um die Ecke von dem Rundfunksender, in dem Eric noch immer Gags für das *Stop and Go Quiz* ausbrütetete. George war nervös. Ich war nervös. Eric war die Ruhe in Person. Ich hatte George vorgewarnt, dass mein Bruder gelegentlich eigen sein konnte und linke politische Ansichten hatte.

»Dann erzähle ich ihm wohl besser nicht, dass ich in dem Ausschuss sitze, der die Präsidentschaftskandidatur von Gouverneur Dewey für die Republikaner vorbereitet.«

»Wir leben in einem freien Land. Also kannst du Eric auch erzählen, was du möchtest. Aber du stellst dich besser darauf ein, dass Eric ein Anhänger des Demokraten Henry Wallace ist und die Republikanische Partei und das, wofür sie eintritt, hasst. Aber ich werde dir niemals vorschreiben, was du zu sagen hast. Das liegt ganz allein bei dir.«

Er dachte einen Augenblick darüber nach. »Vielleicht lassen wir die Politik dann lieber beiseite«, meinte er schließlich.

Das gelang ihm in der Stunde mit Eric auch. So wie es ihm gelang, erstaunlich informiert mit Eric über die Situation am Broadway und über die Arbeit des Federal Theatre Project zu sprechen (woraufhin Eric über seine Jahre mit Orson Welles schwadronierte). Er stellte auch ein paar kluge Fragen zu dem neuen Medium namens Fernsehen, das dem Radio wohl den Rang ablaufen werde. (Mein Bruder entgegnete darauf scharf: »Es wird nicht nur dem Radio in seiner heutigen Form den Boden abgraben, sondern es wird auch den Intelligenzgrad der Allgemeinheit um mindestens ein Viertel senken.«)

Ich war beeindruckt (und ziemlich gerührt), wie gut sich George auf die Themen, die für meinen Bruder von Interesse waren, vorbereitet hatte, besonders da ich Erics Jahre beim Federal Theatre Project nur nebenbei erwähnt hatte. Doch das war ganz George: immer akribisch genau, immer gut vorbereitet und immer darauf bedacht, auf den anderen einzugehen. Wie er da so intelligent über die kommende Saison am Broadway sprach – und das, obwohl ihn das Theater im Grunde langweilte, er jedoch in der Woche vor unserem Treffen mit Eric offenbar *Variety* und andere Theaterzeitschriften studiert haben musste –, da liebte ich ihn wirklich. Weil ich wusste, er hatte es für mich getan.

Gegen Ende unserer Begegnung entschuldigte sich George, weil er noch einmal im Büro anrufen musste. Kaum war er außer Hörweite, meinte Eric: »Du hast ihn ja gut dressiert.«

»Im Gegenteil. Ich habe ihm kaum etwas über dich erzählt.«

»Dann bin ich beeindruckt.«

»Wirklich?«

»Für einen Republikaner ist er ziemlich kultiviert.«

»Woher weißt du, dass er Republikaner ist?«

»Also, ich bitte dich! Weil er so aussieht. Ich wette, er unterstützt Deweys Bewerbung um die Präsidentschaftskandidatur.«

»Woher soll ich das …«

»Doch, du weißt es. Und ich verwette mein letztes Hemd, dass Papa Grey ein großes Tier bei den Republikanern in Westchester County ist.«

Meinem Bruder entging leider gar nichts. Nur in einem hatte er sich getäuscht. George Grey senior war Vorsitzender der Republikanischen Partei im Bundesstaat New York und betrachtete Gouverneur Dewey als engsten Freund. Außerdem stand er inoffiziell einem jungen aufstrebenden Politiker namens Nelson Rockefeller mit Rat und Tat zur Seite.

Ja, mein zukünftiger Schwiegervater hielt einige Fäden in der Hand. Er war ein seriöser Rechtsanwalt der protestantischen Elite, Partner in einer Kanzlei an der Wall Street und ein Mann mit der gleichen konservativen Einstellung wie unser Vater. Seine Frau Jacqueline, groß, zurückhaltend, mit unverhüllt aristokratischem Gebaren und der unausgesprochenen (nichtsdestotrotz unübersehbaren) Überzeugung, dass sich die Welt in zwei Gruppen aufteilen ließ: den Pöbel und die kleine Schar von Menschen, die ihres Interesses wert waren.

Die Greys waren Presbyterianer – sowohl im Glauben als auch in Haltung und Charakter. Sie lebten wie bescheidene Landjunker in jenem Gebiet von Greenwich, Connecticut, das in den Vierzigern noch tiefste Provinz war. Ihr Haus, ein Vierzehn-Zimmer-Anwesen im Tudor-Stil, war in einem knapp drei Quadratkilometer großen bewaldeten Park gelegen, der von einem Fluss geteilt wurde. Höchst idyllisch. Kurz bevor George junior mir seinen Antrag machte, nahm er mich für ein Wochenende mit zu seinen Eltern.

»Sie werden dich ins Herz schließen«, sagte er, kaum dass der Zug die Grand Central Station verlassen hatte. »Ich hoffe nur, du stößt dich nicht an ihrer Art. Sie sind ein bisschen steif.«

»Klingt ganz nach meinen Eltern«, erwiderte ich.

Wie sich herausstellte, hätte man meine verstorbenen Eltern, verglichen mit den Greys, als verrückte Bohemiens bezeichnen können. Obwohl Georges Eltern höflich blieben und mir auch ein gewisses Interesse entgegenbrachten, galt ihre größte Sorge der Einhaltung ihrer rigiden häuslichen Rituale. Zum Abendessen zog man sich um. Die Drinks wurden im Wohnzimmer von einem Diener in Livree gereicht. Alle Mahlzeiten nahm man in dem unpersönlichen Esszimmer ein. Bei jedem Gesprächsthema stimmte Mrs. Grey ihrem Gatten zu. Er war der Einzige, der eine Meinung äußerte, während Mrs. Grey sich auf nichtssagendes Geplauder beschränkte, wenn sie mir nicht gerade Fragen stellte. Es war ein höfliches, aber klug durchgeführtes Verhör, in dessen Verlauf ich mich dabei ertappte, dass ich ihr von meinen Eltern erzählte, von meiner Ausbildung, meinem beruflichen Werdegang und meiner Weltanschauung. Ihre Absicht war mir nur allzu klar: Sie wollte prüfen, ob ich zu ihrem Sohn passte. Ich beantwortete ihre Fragen freundlich und knapp, versuchte, weder nervös noch devot zu klingen. Meine Antworten kommentierte sie mit einem knappen Lächeln, das es mir unmöglich machte, einzuschätzen, was in ihr vorging. George starrte während dieses Frage- und Antwortspiels auf seinen Teller. Auch Daddy Grey hielt sich zurück – obwohl er meinen Antworten aufmerksam lauschte –, was ich feststellte, als ich meinen Blick kurz von Mrs. Grey abwandte und zur Seite sah. Die verschlungenen Hände unter das Kinn geschoben, musterte er mich abschätzend wie ein Richter den Angeklagten auf seiner Bank. Nur einmal unterbrach er seine Frau, um mich zu fragen, ob mein Vater Mitglied des Prescott Club gewesen sei: diesem steifen Epizentrum der weißen, protestantischen Oberschicht von Hartfords Wirtschaftselite.

»Er war zwei Jahre lang Vorsitzender«, entgegnete ich ruhig. Ich warf George einen raschen Blick zu. Der verkniff sich ein Grinsen. Als ich mich wieder zu Daddy Grey umwandte, ertappte ich ihn bei einem beifälligen, aber vorsichtigen Nicken. Als wolle er sagen: *Wenn ihr Vater Vorsitzender des Prescott Clubs war, kann sie so schlecht nicht sein.* Mrs. Grey, der das nicht verborgen blieb, schenkte mir ein weiteres knappes Lächeln – ein wenig herzlicher vielleicht, aber nach wie vor zurückhaltend. Ich erwiderte das Lächeln, doch insgeheim dachte ich: Förmlichkeit ist immer ein Mittel, um eine enge Weltsicht zu verbergen, die Vorstellung, man könne Menschen anhand ihrer Schulen und Colleges, anhand ihrer politischen Einstellung oder den Clubs, denen ihre Eltern angehören, in Kategorien einteilen. Meine Eltern hatten gleichfalls diese engstirnige Maxime vertreten. Plötzlich wurde mir klar, dass George in einer ebenso gefühlskalten Familie aufgewachsen war wie ich, und ich spürte Mitgefühl in mir aufsteigen.

Im Gegensatz zu mir hatte er jedoch keinen Eric gehabt, der den Einfluss der Eltern aufwog. Natürlich wusste ich alles über seinen älteren Bruder Edwin. Edwin war der Liebling der Familie. Bei der Abschlussfeier in Exeter hatte er die Rede gehalten. In der Lacrosse-Mannschaft seiner Schule war er der Kapitän und in Harvard der Vorzeigestudent gewesen, und er hatte 1940 seinen Abschluss summa cum laude gemacht. Vor die Wahl zwischen einem Jurastudium und dem Eintritt in die Armee gestellt, entschied er sich für die Armee. Das Studium in Harvard konnte warten. Er zog in den Krieg und fiel bei der Invasion in der Normandie.

»Ich glaube, meine Eltern haben seinen Tod nie richtig verwunden«, erklärte mir George bei unserem zweiten Rendezvous. »Sie haben in ihn all ihre Erwartungen, ihren ganzen Ehrgeiz gesetzt und ihn vergöttert.«

»Aber dich vergöttern sie doch sicher auch«, wandte ich ein.

Traurig zuckte er die Achseln.

»Ich war weder ein Sportass noch ein guter Schüler.«

»Immerhin hat man dich in Princeton angenommen.«

»Ja, aber nur weil Dad dort vorgesprochen hat, wie er mir heute noch gern unter die Nase reibt. Mit den Noten, die ich in Exeter bekommen habe, konnte ich nicht viel anfangen. Ich wurde weder in eine der Sportmannschaften aufgenommen, noch habe ich einen großartigen Abschluss gemacht. Es war gerade mal eine Zwei minus. Ich war ein passabler Schüler, doch für meine Eltern ist passabel gleichbedeutend mit Versagen. Sie hatten ein ›Ausgezeichnet‹ erwartet, und das konnte ich ihnen nicht bieten.«

»Es gibt noch anderes im Leben als einen guten Abschluss oder die Mitgliedschaft in einem Sportteam. Aber meine Eltern waren genau so. Sie werteten einen Menschen nach seiner Pflichterfüllung in ihrer extremsten Form. Redlichkeit um jeden Preis.«

Wie George mir später sagte, war dies der Augenblick, in dem er sich in mich verliebte. Weil ich dank meines eigenen Elternhauses das Milieu durchschaute, das ihn geprägt hatte – aber auch, weil ich Begriffe wie Redlichkeit und Rechtschaffenheit benutzte.

»Du bist nicht nur schön«, sagte er an diesem Abend, »sondern du hast auch einen verdammt schönen Wortschatz.«

Als ich jetzt seinen verkniffenen Eltern gegenübersaß, fühlte ich eine ungeheure Vertrautheit mit George. Wir beide waren aus dem gleichen Holz geschnitzt, von derselben strengen, harten Erziehung geprägt. Und beide versuchten wir auf die uns typische stille Weise, aus den engen Grenzen der Welt der weißen Oberschicht auszubrechen. Wir verstanden einander. Wie ich hatte George in der Liebe Verletzungen davongetragen. Ohne viele Einzelheiten zu nennen, hatte er mir erzählt, dass er zwei Jahre lang eine Romanze mit einer Frau namens Virginia gehabt hatte, der Tochter eines namhaften Rechtsanwalts an der Wall Street, eine Wahl, die seine Eltern natürlich nur gutheißen konnten. Als sie sich von ihm trennte (weil sie sich in den Sohn eines Senators aus Pennsylvania verliebt hatte), nahmen seine Eltern das sehr schwer – und als weiteren Beweis, dass ihr Sohn ein Versager war, wenn es darum ging, etwas zu erreichen. George erkundigte sich auch nach Jack. Doch mehr, als dass es ein romantischer Ausrutscher gewesen war, der nichts weiter zu bedeuten hatte, besonders da Jack wieder nach Europa gefahren war, ehe sich etwas Ernstes entwickeln konnte, erzählte ich ihm nicht.

»Welch ein Trottel, dich gehen zu lassen«, meinte George.

»Sie aber auch«, erwiderte ich ohne langes Nachdenken.

»Ich nehme an, das sieht sie nicht so.«

»Gut, aber ich sehe es so. Alles andere zählt nicht.«

Er wurde tatsächlich rot. Dann griff er über den Tisch und nahm meine Hand.

»Dieses Mal habe ich wenigstens mehr Glück gehabt«, sagte er.

»Offenbar kommt es auf den richtigen Zeitpunkt an.«

Keine Frage, die Zeit spielte uns in die Hände. Wir hatten ein ähnliches Elternhaus, die gleiche Art Bildung, den gleichen gesellschaftlichen Hintergrund. Vor allem aber waren wir beide an dem Punkt angelangt, wo wir uns fest binden wollten (wovon ich trotz der Proteste meiner inneren Stimme überzeugt war). George war reell. Er war ausgeglichen und verantwortungsbewusst. Er liebte mich ohne Vorbehalte. Zwar empfand ich für ihn keine große Leidenschaft, doch ich redete mir ein, dass es darauf nicht ankam. Schließlich waren von meinen tiefen Gefühlen für Jack nichts als Trümmer geblieben. Leidenschaft – so meine Schlussfolgerung – war etwas für Dummköpfe. Sie vernebelte das Gehirn. Sie verhinderte jeden vernünftigen Gedanken. Sie führte einen in den Untergang. Ihr nachzugeben, war ein Fehler. Ein Fehler, den ich nie wieder begehen würde.

Deshalb fasste ich einen Entschluss, als George mich über den Esstisch seiner Eltern mit solch uneingeschränkter Bewunderung ansah. Wenn er mir einen Heiratsantrag machte, würde ich ihn annehmen.

Während des restlichen Abendessens schlug ich mich wacker. Ich erzählte ein paar harmlose Geschichten über meine Arbeit bei der *Post*. Ich schwieg, als Daddy Grey sich in einer langen Tirade darüber ausließ, Harry S. Truman sei nichts anderes als ein Handlanger der Sozialisten. (Ach, wenn mein Vater ihn doch noch hätte kennen lernen können – es wäre Liebe auf den ersten Blick gewesen.) Ich täuschte Interesse vor, als Daddy Grey George in eine Debatte über das Thema des Tages verwickelte: eine neue Vorschrift, die Princetons Clubs zwang, Angehörige aller Konfessionen als Mitglied zu akzeptieren. (»Das hat die jüdische Lobby eingefädelt«, polterte Daddy Grey. George tat die Bemerkung mit einem unbeteiligten Nicken ab.) Ich lächelte viel und redete nur, wenn ich angesprochen wurde.

Nach dem Essen zogen wir uns in die Bibliothek zurück. Ich hätte dringend einen Brandy gebraucht, doch darum bitten mochte ich nicht. Man bot mir auch keinen an. Daddy Grey schenkte nur sich und George ein Glas ein. Im Kamin brannte ein Feuer. Ich nippte aus meiner Mokkatasse Kaffee. Eine komplette Wand der Bibliothek war für gerahmte Fotografien von Edwin reserviert. Edwin, an den verschiedenen Stationen seines Lebens. Die Fotos, die ihn in Uniform zeigten, standen auf einem Tisch neben dem Sofa. Er war wirklich ein verdammt gut aussehender Bursche gewesen. Das Zimmer wirkte wie eine Gedenkstätte. Vergeblich suchte ich an den freien Wänden und auf den Tischen nach einer Aufnahme von George.

Als würde sie meine Gedanken lesen, sagte Mrs. Grey:

»In den anderen Räumen des Hauses haben wir viele Fotos von George aufgehängt. Die Bibliothek gehört Edwin.«

»Natürlich«, antwortete ich leise. »Ich wüsste nicht, wie ich mit solch einem Schicksalsschlag fertig werden würde«.

»Wir sind nicht die Einzigen, die ihren Sohn verloren haben«, wandte Daddy Grey mit einem leichten Beben in der Stimme ein.

»Ich wollte nicht ...«

»Trauer ist eine private Angelegenheit, finden Sie nicht auch?«, fragte er, während er sich abwandte, um sich Brandy nachzuschenken.

»Entschuldigen Sie bitte, wenn ich etwas Falsches gesagt habe.«

Schweigen. Schweigen, das wohl eine ganze Minute anhielt. Schließlich meldete sich Mrs. Grey mit belegter Stimme zu Wort.

»Sie haben Recht. Diesen Verlust werden wir wohl nie verwinden. Denn Edwin war eine außergewöhnliche Persönlichkeit. Und so begabt!«

Sie warf George einen Blick zu. Dann starrte sie auf ihre Hände, die verschlungen in ihrem Schoß lagen.

»Niemand kann ihn ersetzen.«

Wieder langes Schweigen. George blickte ins Feuer. Er sagte nichts, doch seine Augen waren verschleiert.

Kurz darauf entschuldigte ich mich und ging in das Gästezimmer, das man mir zuvor zugewiesen hatte. Ich zog mich aus, schlüpfte in mein Nachthemd, legte mich ins Bett und zog mir die Decke über den Kopf. Aber ich konnte nicht schlafen, was jedoch kein Wunder war, da ich immer noch zu verstehen versuchte, was während des Abendessens vor sich gegangen war, welche Szene sich in der Bibliothek abgespielt hatte, warum sich diese Eltern auf subtile Weise an George für Edwins Tod rächten.

Diesen Verlust werden wir wohl nie verwinden. Denn Edwin war eine außergewöhnliche Persönlichkeit. Und so begabt ...

Hätte sie in diesem Augenblick nicht George angesehen, hätte ich ihre Worte für einen Ausdruck mütterlicher Trauer gehalten. So aber hatte sie ihm (und mir) zu verstehen gegeben: *Wenn schon einer meiner Söhne sterben musste, hättest du es sein sollen.*

Es schien mir unbegreiflich, wie jemand so grausam sein konnte. Instinktiv verspürte ich den Impuls, George zu beschützen. Außerdem sah ich nun eine Aufgabe für mich: Ich wollte ihm mit meiner Liebe die Kraft geben, sich von seiner Familie zu befreien.

Denn dass ich ihn mit der Zeit lieben würde, stand für mich außer Zweifel.

Fast eine Stunde lang starrte ich an die Zimmerdecke. Dann hörte ich Schritte auf der Treppe und die Tür zu Georges Zimmer auf- und wieder zugehen. Es lag gegenüber von meinem. Ich wartete fünf Minuten. Dann stand ich auf, ging in den Flur und schlich auf Zehenspitzen zu Georges Tür. Ohne anzuklopfen, öffnete ich sie. Er lag schon im Bett, las aber noch. Erschrocken starrte er mich an. Ich legte den Finger auf die Lippen, zog die Tür hinter mir zu, trat zu ihm ans Bett und setzte mich auf die Kante. Er trug einen gestreiften Pyjama. Ich strich ihm durchs Haar. Er war so verdutzt, dass er die Augen aufriss. Ich beugte mich über ihn und küsste ihn lange. Er erwiderte meinen Kuss – zunächst noch verhalten, dann aber immer leidenschaftlicher. Nach einer Weile machte ich mich sanft von ihm los. Ich stand auf und zog mir das Nachthemd über den Kopf. Es war so kalt im Zimmer, dass ich schauderte. Rasch schlüpfte ich zu ihm unter die Decke. Ich nahm seinen Kopf in die Hände und küsste ihn sanft aufs Gesicht. Er aber sperrte sich.

»Du bist wahnsinnig«, flüsterte er. »Meine Eltern …«

»Schsch.« Ich legte den Finger auf die Lippen. Dann rutschte ich näher an ihn heran.

Es war das erste Mal, dass wir uns liebten. Im Gegensatz zu Jack hielt George sich an den Sittenkodex jener Tage, nach dem Sex vor der Ehe als unwirtliches, gefährliches Gelände galt, das erst beschritten werden durfte, wenn man mit dem anderen schon eine beträchtliche Zeit befreundet war. Zwar hatten wir uns bereits früher geküsst, doch es entsprach Georges vorsichtiger Grundeinstellung, dass er mit dem letzten Schritt gezögert hatte. Nach der Art, wie er mich nach meinem Verhältnis zu Jack (und den autobiografischen Anteil in *Shore Leave*) gefragt hatte, schien er zu ahnen, dass ich keine Jungfrau mehr war. Er hingegen schon, stellte ich fest, als ich jetzt das Bett mit ihm teilte.

Er war aufgeregt. Und ungeschickt. Und schnell, überstürzt. Sodass er hinterher, als er sich schlaff an mich schmiegte, flüsterte: »Tut mir leid.«

»Das muss es nicht«, erwiderte ich ebenso leise wie er. »Es gibt noch viele Gelegenheiten.«

»Wirklich?«

»Ja, wenn du möchtest.«

»Ich möchte es.«

»Gut. Ich habe mich nämlich schon gefragt...«

»Was?«

»Wann es endlich dazu kommen würde.«

»Ich weiß, dass ich kein Don Juan bin.«

»Früher auch nicht?«

Er wandte sich ab. »Nein, früher auch nicht.«

»Nicht einmal mit Virginia?«

»Sie hatte daran kein Interesse.«

»So was soll es geben.«

»Gewiss, aber nicht, wenn man verlobt ist.«

»Sei froh, dass du mit heiler Haut da herausgekommen bist. Stell dir mal vor, welch langweilige Ehe das geworden wäre.«

»Ich bin vor allem froh, dass ich dich kennen gelernt habe.«

»Du Schmeichler!«

»Nein. Du bist wunderbar. Meine Eltern finden das auch.«

»Wirklich?«

»Sie waren beeindruckt. Das habe ich gemerkt.«

»Also, mir fiel es schwer, herauszufinden, was sie von mir dachten.«

»So sind sie nun einmal. Sie haben zwei Religionen: den presbyterianischen Glauben und die Überzeugung, dass man keine Gefühle zeigen darf.«

»Das gibt ihnen jedoch noch lange nicht das Recht, dich so gefühlskalt zu behandeln.«

»Es hängt mit Edwins Tod zusammen.«

»Wenn sie den einen Sohn verlieren, sollten sie den anderen umso mehr schätzen.«

»Sie schätzen mich ja auch. Sie können es nur nicht zeigen.«

»Nein, sie unterschätzen dich. Und das sollten sie nicht.«

Verdutzt sah er mich an. »Meinst du das wirklich, Sara?«

Ich strich ihm mit dem Zeigefinger über die Wange. »Ja«, antwortete ich. »Das meine ich.«

Kurz vor Morgengrauen stahl ich mich aus seinem Zimmer. Etwa eine Stunde lag ich in meinem Bett und wälzte mich schlaflos herum. Schließlich nahm ich ein Bad. Dann zog ich mich an und beschloss, einen Spaziergang zu machen. Als ich nach unten kam und auf dem Weg zur Haustür an dem Speisezimmer vorbeiging, hörte ich eine Stimme.

»Sie haben offenbar nicht gut geschlafen, Miss Smythe.«

Ich blieb stehen. Mrs. Grey saß am Esstisch. Sie war bereits angezogen und frisiert und hatte eine Tasse Kaffee vor sich stehen.

»Doch, sogar recht gut.«

Sie musterte mich mit unverhüllter Ironie. »Wie Sie meinen. Schläft George noch?«

Was hätte ich dafür gegeben, jetzt nicht rot zu werden. Geringschätzig runzelte sie die Stirn.

»Woher soll ich das wissen?«, sagte ich.

»Natürlich wissen Sie es. Kaffee?«

»Ich möchte Sie nicht stören ...«

»Wenn ich mich durch Sie gestört fühlen würde, hätte ich Ihnen wohl keine Tasse Kaffee angeboten, oder?«

»Kaffee wäre schön«, sagte ich, während ich mich an den Tisch setzte. Sie stand auf und ging zu dem Kaffeeservice aus Sterlingsilber, das auf der Anrichte stand.

»Gewiss. Nach einer so unruhigen Nacht, wie Sie sie hatten, tut eine Tasse Kaffee sicher gut.«

O Gott! Ich hob meine Tasse an die Lippen und trank einen Schluck. Dann setzte ich sie wieder ab. In diesem winzigen Augenblick zwischen den beiden Bewegungen hatte ich beschlossen, ihre letzte Bemerkung zu übergehen. Stattdessen fragte ich: »Haben Sie schlecht geschlafen?«

»Ich schlafe nie gut. Aber Sie weichen meiner Frage aus.«

Ich sah sie an. »Hätten Sie mir eine Frage gestellt, Mrs. Grey, hätte ich sie auch beantwortet. Denn alles andere wäre unhöflich gewesen. Aber sie haben mir keine Frage gestellt. Sie haben lediglich eine Vermutung angestellt.«

Wieder lächelte sie knapp. »Jetzt verstehe ich, warum Sie Schriftstellerin geworden sind. Sie verfügen über eine erstaunliche Beobachtungsgabe.«

»Ich bin keine Schriftstellerin.«

»Nein?«, fragte sie. »Was ist dann mit dieser Geschichte in der *Saturday Evening Post?*«

»Eine veröffentlichte Geschichte macht einen noch nicht zum Schriftsteller.«

»Wie sittsam und bescheiden ... Vor allem wenn man bedenkt, wie schamlos die Geschichte ist. Haben Sie diesen Jungen von der Navy geliebt?«

»Das ist eine Erzählung, Mrs. Grey, und keine persönliche Erinnerung.«

»Natürlich ist es das, meine Gute. Vierundzwanzigjährige Frauen beschreiben in ihren Werken immer die Liebe ihres Lebens.«

»Es gibt auch so etwas wie Einbildungskraft.«

»Aber nicht in einer Geschichte wie der Ihren. Schließlich ist es ein verbreitetes Genre. Denken Sie an die Sparte ›Liebesgeständnisse‹ in Zeitungen wie *The Ladies Home Companion* ...«

»Wenn Sie mich beleidigen wollen, Mrs. Grey ...«

»Kaum, meine Gute. Aber beantworten Sie mir eine Frage – und bitte beachten Sie, dass ich es wirklich als Frage formuliere. Haben Sie tatsächlich eine Nacht mit Ihrem Matrosen in einem Stundenhotel verbracht?«

Ich kniff die Augen ein wenig zusammen, während ich sie ansah. »Nein, ich habe ihn mit in meine Wohnung genommen. Und er war kein Matrose. Er war in der Army.«

Sie schwieg, nahm ihre Tasse und trank einen Schluck. »Danke, dass Sie das klargestellt haben.«

»Gern geschehen.«

»Und wenn Sie denken, dass ich es George erzähle, haben Sie sich getäuscht.«

»Ich glaube, George weiß es bereits.«

»Seien Sie sich dessen nicht allzu sicher. Wenn es um Frauen geht, hören Männer nur das, was sie hören wollen. Das ist eine der vielen Schwächen ihres Geschlechts.«

»Sie halten Ihren Sohn für einen Schwächling, nicht wahr?«

»George ist ein Junge, der immer nur das Beste will. Keine geborene Führungspersönlichkeit, sondern bescheiden und gutmütig. Ich kann mir beim besten Willen nicht vorstellen, was ein Mädchen wie Sie an ihm findet. Ihre Ehe wird eine Katastrophe. Er wird Sie am Ende langweilen.«

»Wer sagt denn, dass wir heiraten?«

»Glauben Sie mir, Sie heiraten. Doch es ist ein schrecklicher Fehler.«

»Darf ich Ihnen eine Frage stellen, Mrs. Grey?«

»Natürlich, meine Liebe.«

»Sind Sie erst durch den Tod Ihres Sohnes zur Misanthropin geworden, oder waren sie schon immer so bitter und freudlos?«

Sie schob die Lippen vor und betrachtete ihr Spiegelbild in der schimmernden Silbertasse. Nach einer Weile richtete sie ihren Blick wieder auf mich.

»Ich habe unser Gespräch sehr genossen, meine Liebe. Es war äußerst erhellend.«

»Für mich auch.«

»Dann bin ich froh. Und ich habe eine wertvolle Erkenntnis gewonnen. Soweit ich weiß, nennt ihr Schriftsteller so etwas ein epiphanisches Erlebnis.«

»Und das wäre, Mrs. Grey?«

»Ich glaube, wir werden uns nie mögen.«

Später am Morgen stiegen George und ich in den Zug, der uns nach Manhattan zurückbringen würde. Wir setzten uns in den Speisewagen. George bestand darauf, uns eine Flasche Champagner zu bestellen (der sich dann als billiger Sekt erwies). Die ganze Strecke bis zur Grand Central Station hielt er meine Hand und sah mich bewundernd an. Sein Blick war schmachtend – jenes Nachglühen einer Nacht der Leidenschaft, das wohl an jenem Thanksgiving-Morgen vor achtzehn Monaten auch bei mir unübersehbar gewesen war.

Irgendwo südlich von Port Chester sagte George: »Heirate mich!«

»Gut«, hörte ich mich antworten.

Er schien verdutzt. »Was hast du gesagt?«

»Gut. Ich heirate dich.«

»Ist das dein Ernst?«

»Ja. Das ist mein Ernst.«

Die Verwirrung auf seinem Gesicht wich einer hellen Begeisterung.

»Das kann ich nicht glauben«, sagte er.

»Doch. Das kannst du.«

»Ich muss meine Eltern anrufen, wenn wir in Manhattan sind. Sie werden entzückt sein. Besonders meine Mutter.«

»Ja, das werden sie wohl«, erklärte ich ungerührt. »Und besonders deine Mutter.«

Ich erzählte ihm nichts von dem Gespräch mit seiner Mutter am Frühstückstisch. Ich verschwieg es auch gegenüber Eric. Hätte ich ihm die Unterhaltung geschildert oder ihm beschrieben, wie steif und förmlich es in der Familie zuging, in die ich einheiraten wollte, hätte er versucht, mir meine Verlobung auszureden.

Deshalb sagte ich nichts, erklärte Eric lediglich, dass ich unendlich glücklich und von der Richtigkeit meiner Entscheidung überzeugt sei. Er traf George auf einen Drink im Astor Hotel und fand ihn ganz passabel. Als George mich anschließend fragte, ob er auf meinen Bruder einen guten Eindruck gemacht habe, antwortete ich:

»Er fand dich prima!«

So wie deine Mutter mich wunderbar fand. Ach, all die Lügen, die wir uns vorsetzen, um dem auszuweichen, was wir nicht wahrhaben wollen.

Kurz nachdem ich Georges Antrag angenommen hatte, begannen sich Zweifel in mir zu rühren. Zu meiner Bestürzung wurden die Zweifel lauter, je öfter ich mich mit George traf. Irgendwann, nach einigen Wochen, fasste ich den Entschluss: Ich muss es beenden. Und zwar rasch.

Doch ein oder zwei Tage später war mir beim Aufwachen furchtbar übel. Den Rest der Woche stürzte ich morgens als Erstes ins Badezimmer und übergab mich. Da ich mir offenbar eine Darminfektion zugezogen hatte, vereinbarte ich einen Termin bei Dr. Ballensweig. Er führte ein paar Tests durch. Als er mir das Ergebnis bekannt gab, war mir, als hätte mich eine Dampfwalze überrollt.

Kaum war ich wieder zu Hause, rief ich George in der Bank an.

»Hallo, Liebling«, sagte er.

»Ich muss mit dir reden«, erwiderte ich.

»Was ist los?«, fragte er, plötzlich besorgt.

Ich holte tief Luft.

»Ist es etwas Schlimmes?«

»Das hängt davon ab, wie du es siehst.«

»Sag es mir, Liebling. Rede schon.«

Ich holte noch einmal Luft.

»Ich bin schwanger.«

7

Einige schreckliche Tage später ging ich zu Eric und teilte ihm die Neuigkeit mit. Er zuckte zusammen und schwieg. Schließlich stellte er mir eine Frage:

»Freust du dich?«

Erst da brach ich in Tränen aus. Ich vergrub den Kopf an der Schulter meines Bruders. Er hielt mich umschlungen und wiegte mich. »Du musst nicht, wenn du nicht willst«, flüsterte er.

Ich hob den Kopf. »Was willst du damit sagen?«

»Nur, dass ich dir helfen kann, wenn du da raus willst.«

»Durch einen Eingriff, meinst du?«

Er nickte. »Ich bin mit einer Schauspielerin befreundet, die kennt da einen Arzt…«

Ich hob die Hand. »Das kann ich nicht.«

»Gut«, meinte er. »War ja nur ein Angebot.«

»Ich weiß, ich weiß. Ich bin dir ja auch dankbar…«

Verzweifelt ließ ich den Kopf wieder an seine Schulter sinken. »Ich habe nicht die geringste Ahnung, was ich tun soll.«

»Noch eine Frage: Willst du diesen Kerl wirklich heiraten?«

»Nein, das wäre ein Fehler. Das hat sogar seine Mutter gesagt.«

»Wann?«

»Nach der Nacht, die ich in ihrem Haus in Greenwich verbracht habe.«

»War das die Nacht, in der George und du …?«

Ich nickte. Und wurde rot. »Irgendwie hat sie es gewusst.«

»Wahrscheinlich stand sie draußen vor der Tür und hat gelauscht. Wenn auch sie es für einen Fehler hält, wird es sie ja wohl nicht allzu sehr empören, wenn du die Hochzeit platzen lässt.«

»Kannst du nicht ein Mal ernst bleiben! George weiß, dass ich ein Kind bekomme. Seine Eltern wissen es. Und sie werden mich auf keinen Fall freigeben.«

»Wir leben hier nicht in einem Feudalstaat – und mag die Republikanische Partei auch noch so sehr darauf hinarbeiten. Zum Teufel noch mal, du kannst tun und lassen, was du willst.«

»Du meinst, das Kind allein großziehen?«

»Ja. Oder wir machen es gemeinsam.«

Ich brauchte einen Augenblick, um seinen Vorschlag zu verdauen. »Danke. Ich danke dir wirklich. Aber du weißt selbst, dass das eine verrückte Idee ist. Ich kann mein Kind nicht allein großziehen.«

»Ich bin doch auch noch da.«

»Das meine ich nicht.«

»Fürchtest du das Gerede der Leute?«

»Ich fürchte, eine Außenseiterin zu sein. Du hast es mir doch selbst immer vorgehalten, dass wir im Grunde in einer puritanischen Gesellschaft leben. Jeder, der sich in der Sexualität nicht an die Normen hält, wird ausgegrenzt. Und ohne Trauring ein Kind zu kriegen und es dann allein großzuziehen, gilt als schwere Sünde.«

»Hältst du eine trostlose Ehe etwa für die bessere Lösung?«

»Ich werde es schon schaffen. George ist kein schlechter Mensch.«

»*Kein schlechter Mensch*. Was für eine Aussage, S.«

»Ich weiß, ich weiß. Aber was soll ich denn tun?«

»Bleib eisern. Sag ihm, du kriegst das Kind, aber du wirst ihn nicht heiraten.«

»Dazu reicht mein Mut nicht, Eric. Ich bin einfach zu bürgerlich.«

»Wenn der kleine George und seine Eltern mit dir fertig sind, wirst du dir vorkommen wie die Hauptfigur in einem Schauspiel von Ibsen.«

»Vielen Dank!«

»Wie haben sie die Nachricht überhaupt aufgenommen?«

Ich überlegte einen Augenblick. »Nachdenklich«, sagte ich dann.

»Nachdenklich? Was soll das denn heißen?«

»Sie waren gefasst, als sie die Nachricht hörten.«

»Um Himmels willen, sie sind Weiße aus der Oberschicht und keine Italiener. Natürlich waren sie gefasst. Aber bestimmt auch ziemlich unterkühlt.«

Ich antwortete nicht. Denn *unterkühlt* traf den Nagel auf den Kopf. Zwar hatte George seinen Eltern noch an jenem Nachmittag von unserer Verlobung erzählt, doch wir waren übereingekommen, noch ein, zwei Monate zu warten, ehe wir einen Termin für die Hochzeit festlegten.

Dann erfuhr ich von Dr. Ballensweig, was mit mir los war, und musste es George sagen. Er nahm es gut auf und erklärte mir, dass er sehr gern Kinder von mir hätte. Ein Kind könne für eine junge Ehe aber eine schwere Belastung darstellen, wandte ich ein – vor allem, wenn man sich bei der Verlobung erst einen Monat kannte. Doch George versicherte mir, alles werde gut.

»Alles wird bestens«, sagte er. »Wenn zwei Leute so verliebt sind wie wir, dann lösen sich die Probleme wie von selbst.«

Alles bestens. Na prima!

»Natürlich«, gab er zu bedenken, »werden Mutter und Vater nicht sonderlich erfreut sein, dass wir mit der Hochzeit jetzt nicht noch ein Weilchen warten können.«

»Kannst du es ihnen bitte sagen?«

Er schwieg ziemlich lange. Als er endlich antwortete, klang er wie der Mann, den man gerade dazu verpflichtet hatte, »freiwillig« einen Stoßtrupp auf feindliches Gebiet zu führen.

»Natürlich sage ich es ihnen«, erklärte er nervös. »Sie werden begeistert sein, wenn sie hören, dass sie einen Enkel bekommen.«

Am folgenden Abend fuhr er nach Connecticut. Kaum war ich am Tag darauf im Büro eingetroffen, klingelte das Telefon. Es war meine zukünftige Schwiegermutter.

»Julia Grey hier«, meldete sie sich mit schneidender Stimme.

»Oh, hallo«, erwiderte ich verblüfft.

»Ich habe vor, morgen in die Stadt zu fahren, und halte es für angebracht, dass wir uns treffen. Um vier Uhr im Palmengarten des Plaza. In Ordnung?«

Ehe ich antworten konnte, hatte sie den Hörer aufgelegt. Ob mir die Zeit passte, spielte für sie offenbar keine Rolle. Ich wurde herbeizitiert. Und ich würde da sein.

Ich nahm den Hörer auf und wählte die Nummer von Georges Büro.

»Liebling, ich wollte dich gerade anrufen«, sagte er.

»Deine Mutter ist dir zuvorgekommen.«

»Oh! Ich verstehe.«

»Und ihr barscher Ton hat keinen Zweifel daran gelassen, wie sie die Nachricht aufgenommen hat.«

Er räusperte sich laut.

»Natürlich kam es für sie etwas unerwartet«, sagte er dann. »Aber nach dem ersten ... ähm ...«

»Schrecken?«

»Tja, also um ehrlich zu sein, war sie ziemlich schockiert. Aber nur im ersten Moment. Danach waren sie ...«

»Wütend?«

»Nein, nachdenklich.«

»Jetzt hassen sie mich wirklich.«

»Liebling, sie hassen dich nicht. Im Gegenteil, sie finden ...«

»Was? Dass ich eine gute Partie bin? Die passende Frau für einen zukünftigen Bankdirektor?«

Ich meinte fast zu hören, wie er sich am anderen Ende der Leitung wand.

»Liebling, es wird alles gut. Bestimmt. Glaube mir.«

»Was anderes bleibt mir ja wohl nicht übrig, oder?«

»Und mach dir keine Sorgen, wenn Mutter taktlos ist, das ist einfach ...«

»Ihre Art, nehme ich an.«

»Mein Gott, wir wissen ja immer schon im Voraus, was der andere sagen will!«

Ich legte den Hörer auf und stützte den Kopf auf die Hände. Ich fühlte mich in die Enge getrieben, in der Falle. Ich sah keinen Ausweg mehr.

Am nächsten Nachmittag machte ich um halb vier mit der Arbeit Schluss und ging mit weichen Knien die Fifth Avenue entlang. Zur festgesetzten Stunde betrat ich das Plaza Hotel. Mrs. Grey, die sich einen Tisch im Palmengarten hatte geben lassen, sah mich kommen. Aber sie lächelte nicht. Sie reichte mir auch nicht die Hand. Sie wies lediglich auf einen Stuhl neben sich und sagte:

»Setzen Sie sich, Sara.«

Ich tat wie befohlen. Während sie die Lippen zusammenpresste, sodass sie in einer feinen Linie ihr Gesicht in zwei Hälften teilte, musterte sie mich lange. Ich versuchte, ihrem verächtlichen Blick standzuhalten, knetete dabei aber nervös die Hände. Was ihr natürlich nicht entging.

»Sind Sie aufgeregt, Sara?«, fragte sie betont freundlich.

Ich erstarrte.

»Ja, das bin ich.«

»Tja, in Ihrer Situation wäre ich das auch. Tatsache ist nur, dass ich mich nicht in eine solche Situation gebracht hätte. Für Impulsivität zahlt man einen hohen Preis.«

»Dann gehe ich wohl richtig in der Annahme, dass Impulsivität nicht zu Ihren Schwächen gehört?«

Ihre Lippen verzogen sich zu einem vielsagenden Lächeln. »Nein«, erklärte sie.

»Haben Sie nicht einmal in Ihrem Leben überstürzt gehandelt?«

»Bestimmt nicht.«

»Wie beherrscht Sie sind!«

»Das nehme ich als Kompliment, Sara. Aber zurück zum Geschäftlichen.«

»Ich wusste gar nicht, dass wir über Geschäftliches reden wollen.«

»O doch, wir haben zweifellos Geschäftliches miteinander zu besprechen. Denn wir müssen uns darüber unterhalten, wie wir möglichst rasch eine Hochzeit organisieren. Wir wollen ja wohl vermeiden, dass Sie unübersehbar *enceinte* vor den Traualtar treten, oder etwa nicht?«

Wieder das verkniffene Lächeln. Ich schwieg.

»Natürlich werden alle Hochzeitsgäste wissen, warum wir die Prozedur dermaßen beschleunigt haben. Was wiederum heißt, dass wir die Feierlichkeiten so bescheiden und begrenzt wie möglich halten müssen. Ihr Kindheitstraum von einer großen Hochzeit in Weiß wird also nicht in Erfüllung gehen.«

»Was wissen Sie über meine Kindheitsträume?«, fragte ich, ohne meinen Ärger zu verbergen.

»Träumen nicht alle Mädchen davon?«

»Nein.«

»Natürlich. Ich habe vergessen – Sie und Ihr Bruder waren ja immer etwas ganz Besonderes, sehr zum Verdruss Ihrer geplagten Eltern.«

Ich funkelte sie wütend an.

»Wie können Sie es wagen, so etwas zu behaupten?«

»Das ist keine Behauptung, meine Gute. Man hat mir davon berichtet. Wir haben nette alte Freunde in Hartford, die Montgomerys. Das waren doch Ihre Nachbarn, *n'est ce pas*?«

»Ja, sie wohnten in unserer Nähe.«

»Nun, als Mr. Grey und ich – so überraschend, wie ich hinzufügen möchte – feststellen mussten, dass Sie unsere Schwiegertochter werden, haben wir beschlossen, ein wenig über Ihre Vergangenheit in Erfahrung zu bringen. Mr. Grey kennt Mr. Montgomery aus Princeton. Abschlussjahrgang 1908. Und Mr. Montgomery und seine Frau Miriam waren nur allzu gern bereit, uns über Ihre Familie aufzuklären. So wusste ich beispielsweise gar nicht, dass Ihr Bruder Kommunist ist.«

»Das ist er *nicht.*«

»Er ist in die Partei eingetreten, nicht wahr?«

»Ja, aber damals in den Dreißigern, als es modern war.«

»Modern? Soweit ich informiert bin, will die Kommunistische Partei unsere Regierung stürzen. Und das halten Sie für schick, Sara?«

»Er ist 1942 aus der Partei ausgetreten. Er hat einen Fehler gemacht, und er ist der Letzte, der das nicht zugeben würde.«

»Wie schade, dass Ihre armen Eltern diesen Sinneswandel nicht mehr miterleben durften.«

Jetzt wurde ich wirklich wütend.

»Eric war vielleicht nie besonders konventionell, aber er war meinen Eltern stets ein guter Sohn. Und mir ist er der beste Bruder, den man sich vorstellen kann.«

»Ach, wie schön, dass Sie Ihre Familie verteidigen. Besonders in Anbetracht dieser *Unkonventionalität.*«

»Ich weiß nicht, worauf Sie anspielen.«

»O doch, das wissen Sie ganz genau. Wie offenbar auch Ihre verstorbenen Eltern. Es heißt, dass die Unkonventionalität Ihres Bruders Ihren Vater so erregte, dass er herzkrank wurde.«

»Welche Unverschämtheit, Eric die Schuld zu geben!«

»Niemand trifft hier Schuldzuweisungen, Sara. Ich berichte nur, was ich von anderen gehört habe. So habe ich beispielsweise auch erfahren, dass Sie entgegen den Wünschen Ihres Vaters nach Ihrem Abschluss am Bryn Mawr nach New York gezogen sind. Kurz danach bekam er seinen Herzanfall ...«

Es fehlte nicht viel, und ich hätte sie angebrüllt. Oder sie geschlagen. Oder ihr ins Gesicht gespuckt. Das Herz schlug mir bis zum Halse, so groß war meine Wut. Als sie es bemerkte, belohnte sich mich mit ihrem üblichen Lächeln. Ein Lächeln, das mich provozieren sollte, etwas nie wieder Gutzumachendes zu tun – und dann einen noch höheren Preis zu zahlen als den, den ich jetzt schon zahlen musste. Doch zum Glück bewirkte es bei mir das Gegenteil, und ich beherrschte mich.

Nachdem ich ein paar Mal tief Luft geholt hatte, stand ich auf.

»Ich denke, wir haben uns nichts mehr zu sagen, Mrs. Grey.«

Ihr Ton blieb ungerührt. »Wenn Sie jetzt gehen, meine Liebe, werden Sie das noch sehr bedauern.«

»Das ist mir gleich.«

»Nein, das ist es nicht. Schließlich kann ich mir nicht vorstellen, dass ein respektables Familienmagazin wie die *Saturday Evening Post* eine unverheiratete Mutter beschäftigt. Und sobald die *Post* Sie aus moralischen Gründen entlassen hat, wird Sie wohl kaum noch jemand anders anstellen. Und dann noch die Sache mit Ihrer Wohnung. Gibt es in New York nicht eine Klausel in den Mietverträgen? Mr. Grey hat mir gegenüber *en passant* erwähnt, dass ein Vermieter das Recht hat, seinem Mieter zu kündigen, sobald er sich einer moralischen Verfehlung schuldig macht. Natürlich hatte man damit nicht unbedingt ein uneheliches Kind im Sinn, aber können Sie es sich leisten, eine Kündigung vor Gericht anzufechten?«

Ich setzte mich wieder an den Tisch, sagte aber nichts. Mrs. Grey senkte einen Moment lang den Kopf. Als sie mich wieder ansah, war sie die Güte in Person.

»Ich wusste doch, dass Sie im Grunde ein vernünftiges Mädchen sind, Sara. Und gewiss werden wir von nun an bestens miteinander auskommen. Tee?«

Ich reagierte nicht. Vielleicht weil ich mir vorkam wie ein Sträfling, der zu lebenslänglicher Haft verurteilt wurde. Oder als ob ich in einen Abgrund gestürzt wäre.

»Ich deute Ihr Schweigen als Zustimmung«, sagte sie, während sie den Kellner herbeiwinkte. »Nun aber wieder zum Geschäftlichen. Die Hochzeit ...«

Sie legte mir ihre Pläne dar. Unter den gegebenen Umständen kam eine Heirat in der heimischen Pfarrei in Connecticut nicht infrage (»Ein solches Ereignis plant man einfach nicht in zwei Wochen«). Stattdessen sollte die Trauung mit einer schlichten Zeremonie in der Marble Collegiate Church in Manhattan stattfinden, und ich durfte vier Gäste, darunter meinen Bruder einladen. (»Ich nehme an, er wird die Rolle des Brautführers übernehmen«, meinte sie trocken.) Anschließend war ein schlichter Empfang hier im Plaza vorgesehen. George sollte sich um »die Einzelheiten der Flitterwochen« kümmern, obwohl ihm Mrs. Grey bereits ein »nettes, bescheidenes Hotel« in Provincetown vorgeschlagen und er daraufhin für eine Woche ein Zimmer dort reserviert hatte. Nach den Flitterwochen sollten wir in unser neues Haus einziehen – in Old Greenwich, Connecticut.

Ich brauchte einen Moment, um das zu verdauen. »*Wohin* ziehen George und ich?«

»Nach Old Greenwich, Connecticut. Hat er Ihnen das etwa noch nicht gesagt?«

»Wenn ich bedenke, dass Sie erst gestern Abend davon erfahren haben ...«

»Natürlich! Der arme Junge hatte einfach zu viel im Kopf. Als er uns gestern diese überaus erfreuliche Neuigkeit mitgeteilt hat, konnte Mr. Grey ihm eine wunderbare Überraschung machen. Als Hochzeitsgeschenk an Sie beide stellen wir Ihnen das Häuschen in Old Greenwich zur Verfügung, das wir vor etwa einem Jahr als Anlageobjekt gekauft haben. Bitte verstehen Sie mich richtig, es ist keine Villa. Aber für den Anfang ist es für eine junge Familie genau das Richtige. Und es liegt nur fünf Gehminuten vom Bahnhof entfernt. Also ideal für George, wenn er jeden Tag nach Manhattan pendelt. Kennen Sie Old Greenwich? Eine entzückende kleine Stadt und nicht weit vom Long Island Sound, also genau das Richtige, wenn ...«

»... ich ins Wasser gehe.«

»... Sie sich mit anderen jungen Müttern treffen wollen. Wenn das Baby erst mal da ist, können Sie so viel unternehmen. Sich mit anderen zum Frühstück treffen, sich in der Kirche engagieren, einen Wohltätigkeitsbasar veranstalten, die Eltern-Lehrer-Vereinigung ...«

Während sie genüsslich meine Zukunft vor mir ausbreitete, dachte ich nur eins: Wirklich meisterhaft, wie sie das Messer umdreht, nachdem sie es mir in den Leib gestoßen hat.

Schließlich unterbrach ich sie.

»Warum können wir nicht noch eine Zeit lang in Georges Wohnung bleiben?«

»In dieser schrecklichen Umgebung? Das würde ich nicht zulassen, Sara.«

So schrecklich war sie nun auch wieder nicht, die Zweizimmerwohnung inklusive Reinigung im Mayflower, einem Hotel für Dauermieter in der 61st Street, Ecke Central Park West.

»Außerdem könnten wir uns in der Stadt eine größere Wohnung suchen.«

»Die Stadt ist nun nicht gerade das richtige Umfeld für ein kleines Kind.«

»Aber das Baby kommt erst in sieben Monaten. Ich möchte nicht jeden Tag zwischen Connecticut und meiner Arbeit hin und her pendeln.«

»Ihrer Arbeit?« Sie klang amüsiert. »Welche Arbeit?«

»Meine Stelle bei der *Post* natürlich.«

»Ach, das meinen Sie. Sie kündigen zum Ende der Woche.«

»Auf keinen Fall.«

»Natürlich tun Sie das. Schließlich sind Sie eine Woche später verheiratet. Und eine verheiratete Frau arbeitet nicht.«

»Dann bin ich die Ausnahme.«

»Tut mir leid, meine Liebe, aber schlagen Sie sich das aus dem Kopf. Außerdem müssten sie in Ihren Umständen ohnehin in ein paar Monaten aufhören. Das ist nun mal so, wenn man ein Kind kriegt.«

Ich versuchte, möglichst rational, vernünftig, beherrscht zu bleiben.

»Und wenn ich mich weigere? Wenn ich jetzt einfach gehe und nichts von all dem tue, was Sie sagen?«

»Ich habe Ihnen doch schon erklärt, welche Konsequenzen das

hätte. Ich lege großen Wert auf die Entscheidungsfreiheit des Einzelnen – was mich betrifft, können Sie also tun und lassen, was Sie wollen. Leider kann es dann passieren, dass die Folgen Ihrer Entscheidung nicht ganz nach Ihrem Geschmack ausfallen. Ein Kind allein, ohne eine Anstellung und ohne eine angemessene Wohnung großzuziehen, dürfte nicht ganz einfach sein. Aber natürlich würden wir Sie keineswegs davon abhalten …«

Meine Augen wurden feucht, dann strömten mir die Tränen über die Wangen.

»Warum tun Sie das?«, flüsterte ich.

Mrs. Grey sah mich verdutzt an.

»Was denn, meine Liebe?«

»Warum ruinieren Sie mein Leben?«

»*Ihr Leben ruinieren?* Bitte verschonen Sie mich mit Ihrer billigen Dramatik, Sara. Schließlich habe ich Sie ja nicht gezwungen, schwanger zu werden, oder?«

Ich antwortete nicht.

»Ich an Ihrer Stelle wäre jedenfalls äußerst dankbar, wenn alles auf diese Weise für mich geregelt würde. Schließlich bekommt nicht jedes Mädchen ein Haus in einem bevorzugten Wohnort zur Hochzeit geschenkt.«

Ein abschließendes knappes Lächeln. Ich starrte auf den Tisch. Langes Schweigen.

»Hat es Ihnen die Sprache verschlagen, meine Liebe? Oder haben Sie eingesehen, dass meine Argumente vernünftig sind?«

Ich blickte weiter auf den Tisch.

»Ausgezeichnet«, sagte sie schließlich. »Dann werden wir es so halten, wie abgesprochen. Ach … sehen Sie nur, wer uns da besucht. Der Junge kommt wie aufs Stichwort.«

Ich blickte auf. George stand am Eingang des Palmengartens und wartete darauf, dass seine Mutter ihn an unseren Tisch winkte. Zweifellos hatte sie einen Zeitpunkt mit ihm verabredet, wann er herkommen sollte. So wie sie ihm am vergangenen Abend mitgeteilt hatte, dass von nun an sie die Regie in unserem Leben führen würde. Denn dies war in Mrs. Greys Augen der Preis, den er dafür zu zahlen hatte, dass er ihr Gefühl für Anstand, Ordnung und gute Sitten verletzt hatte.

Mit dem rechten Zeigefinger winkte sie ihn zu sich. Schüchtern wie ein Schuljunge, der vor den Rektor gerufen wurde, trat er an unseren Tisch.

»Hallo, Ihr beiden«, sagte er mit gezwungener Fröhlichkeit. »Alles zur Zufriedenheit verlaufen?«

Als er sah, dass ich geweint hatte, wurde George unsicher. Aber da legte seine Mutter schon los: »Sara und ich haben über eure Zukunft gesprochen und sind uns in allem einig.«

Ich schwieg und starrte wieder auf den Tisch. Ihre Stimme klang gereizt.

»Das sind wir doch, nicht wahr, meine Liebe?«

Ohne den Kopf zu heben, antwortete ich: »Ja, es ist alles abgemacht.«

»Und wir verstehen uns doch ausgezeichnet, oder?«

Ich nickte.

»Siehst du, George? Es entwickelt sich alles zur größten Zufriedenheit. Ganz, wie ich dir gesagt habe. Wie Sie vielleicht selbst schon gemerkt haben, Sara, neigt mein armer Junge dazu, sich unnötige Sorgen zu machen. Das ist doch so, nicht wahr, George?«

»Mag sein«, erklärte er nervös. Nachdem er sich neben mich gesetzt hatte, suchte er meine Hand. Doch ich zog sie fort. Mrs. Grey, der unsere kleine Auseinandersetzung nicht entging, lächelte.

»Ich glaube, ich gehe mir mal die Nase pudern und lasse euch Turteltäubchen einen Moment lang allein.«

Kaum war sie fort, sagte George: »Liebling, bitte reg dich nicht auf...«

»Bisher wusste ich nicht, dass ich deine Mutter heirate.«

»Das tust du auch nicht.«

»Anscheinend doch. Offenbar ist sie diejenige, die hier das Sagen hat.«

»Nach der Hochzeit kann sie sich nicht mehr in unser Leben einmischen.«

»Nach der Hochzeit wohnen wir in Old Greenwich in Connecticut. Wie nett, dass du unsere Adressenänderung mit mir besprochen hast!«

»Sie haben mir das Haus doch erst gestern Abend angeboten.«

»Und du hast natürlich angenommen, ohne mich zu fragen.«

»Ich wollte dich heute Morgen in der Arbeit anrufen.«

»Hast du aber nicht.«

»Weil ich eine Besprechung nach der anderen hatte.«

»Du lügst. Du hattest Angst vor meiner Reaktion.«

Er senkte den Kopf. »Ja, ich hatte Angst davor. Aber das Haus in Old Greenwich ist nur ein großzügiges Angebot meiner Eltern. Wir müssen es nicht nehmen.«

Ich sah ihn voller Verachtung an. »Doch, das müssen wir«, sagte ich. »Und du weißt das ganz genau.«

Er schwieg und rutschte unruhig auf seinem Stuhl hin und her. »Old Greenwich wird dir gefallen«, sagte er schließlich.

»Ich bin froh, dass du so denkst«, sagte ich.

»Und wenn es dir nicht gefällt …«

»Was dann?«

»Dann …« Er wand sich. »Ich verspreche dir, es wird alles gut. Lass uns nur erst mal heiraten.«

»Warte, ich will mal raten: Dann erklärst du deiner Mutter, sie soll sich für alle Zukunft aus unserem Leben heraushalten?«

Wieder peinliches Schweigen. »Ich will es versuchen«, meinte er fast schon flüsternd. Dann hustete er laut, um mich darauf hinzuweisen, dass seine Mutter zurückkam. Als sie an unseren Tisch trat, sprang George auf, um ihr den Stuhl hinzuschieben. Sie setzte sich und gab ihm mit einem Nicken zu verstehen, dass er auf seinen Platz zurückkehren könne. Dann wandte sie sich zu mir.

»Und?«, fragte sie. »Habt ihr alles geklärt?«

Hätte ich zu den Unerschrockenen gehört, wäre ich aufgestanden, aus dem Plaza marschiert und hätte mein Schicksal selbst in die Hand genommen. Aber 1947 ging man damit ein großes Risiko ein. So sehr ich sie auch verachtete, in einem hatte Mrs. Grey Recht: Die Entscheidung, mein Kind allein großzuziehen, hätte sofortige Arbeitslosigkeit und gesellschaftliche Ächtung zur Folge gehabt. Allein erziehende Mütter wurden in jenen Tagen nur akzeptiert, wenn sie verwitwet oder von ihrem Mann verlassen worden waren. Unverheiratet ein Kind zu bekommen – oder, schlimmer noch, den Heiratsantrag des Kindsvaters abzulehnen –, galt bestenfalls als verwerflich, schlimmstenfalls als wahnsinnig. Und ich besaß nicht die Sorglosigkeit, die man brauchte, um sich über die Konventionen hinwegzusetzen. Wie gern hätte ich Erics umstürzlerische Ader gehabt, doch ich wusste, dass mir dieser Zug vollkommen fehlte. Ob ich wollte oder nicht, im Herzen war ich eine kleine Konservative. Mochten meine Eltern auch über meine unbedeutenden Akte der Rebellion wie meinen Umzug nach Manhattan nach dem College-Abschluss in Verzweiflung geraten sein, sie hatten mich mit einer solchen Angst vor Autorität großgezogen – und mir eine solche Achtung vor so genannten Respektspersonen eingeflößt –, dass ich mich nicht in der Lage fühlte, das Unfassbare zu tun: George Grey und seinen gottverdammten Eltern zu sagen, sie sollten zur Hölle fahren.

Natürlich hatte ich nicht vor, Eric von meinem Gespräch mit Mrs. Grey (oder der Art und Weise, wie sie mich in ein Leben in Old Greenwich, Connecticut, katapultiert hatte) zu erzählen, denn ich wusste, er würde außer sich geraten. Bestenfalls würde ich mir seine leidenschaftlich vorgetragenen und sehr überzeugenden Argumente dafür anhören müssen, aus diesem zukünftigen Albtraum auszubrechen, ehe es zu spät war. Schlimmstenfalls würde er drastische Maßnahmen ergreifen – wie etwa, mich außer Landes zu schaffen, nach Paris oder Mexico City, bis das Baby auf der Welt war.

Doch ich hatte meinen Entschluss gefasst. Ich würde George

heiraten und in einen der New Yorker Vororte in Connecticut ziehen. Und dann würde ich das Kind bekommen. Ich hatte mich selbst in diesen Schlamassel gebracht, also würde ich mein Schicksal auch akzeptieren.

Außerdem hatte ich einige Überlegungen angestellt. Gut, George wurde von seiner Mutter unterdrückt, aber wenn wir erst einmal verheiratet waren, würde ich Gelegenheit bekommen, ihn nach und nach ihrem Einfluss zu entziehen. Gut, ich wollte nicht weg von New York, aber vielleicht würde ich in Old Greenwich die Ruhe und den Frieden finden, die ich brauchte, um wieder zu schreiben. Gut, mein zukünftiger Gatte war so aufregend wie geschmolzenes Vanilleeis, aber hatte ich mir nicht geschworen, mich nie wieder unbedacht meinen leidenschaftlichen Gefühlen hinzugeben? Hatte ich mir nicht geschworen, nicht noch einmal wie bei …

Jack.

Jack. Jack, du gottverdammter Hundesohn. Diese eine Nacht, diese verrückte eine Nacht hatte mich geradewegs in die Arme des langweiligen, würdigen, achtbaren George Grey getrieben.

In den zwei Wochen bis zur Hochzeit willigte ich in alles ein. Ich ließ Mrs. Grey freie Hand bei den Vorbereitungen für die Trauung und die anschließende Feier. Sie traf für mich in aller Eile eine Verabredung bei der Schneiderin, die für fünfundachtzig Dollar (»Nicht im Traum würden wir zulassen, dass Sie es selbst bezahlen, meine Liebe!«, sagte Mrs. Grey bei der Anprobe) ein konventionelles Brautkleid für mich anfertigte. Sie entschied über den Ablauf der Zeremonie, über die Speisen, die bei dem Empfang gereicht werden sollten, über die Dekoration der Hochzeitstorte. Derweilen begleitete ich George nach Old Greenwich, um mir unser neues Haus anzusehen. Es war ein einstöckiges Gebäude im Cape-Cod-Stil in einer Straße, die Park Avenue hieß, fünf Minuten zu Fuß vom Bahnhof entfernt, inmitten üppig bepflanzter, gutbürgerlich wirkender Anwesen. Jedes Haus hatte einen weitläufigen Vorgarten mit einem sehr grünen Rasen, alles vorbildlich gepflegt. Auch die Häuser zeigten nicht die geringste Spur von Vernachlässigung:

keine abblätternde Farbe, keine durchhängenden Dächer, keine schmutzigen Fenster. Schon beim ersten Gang durch die Park Avenue wurde mir klar, dass dies eine Umgebung war, die keine Verstöße gegen ihre unausgesprochenen Gesetze duldete, also keinen ungemähten Rasen, keinen ungeharkten Kies auf der Auffahrt.

Die Häuser an der Park Avenue waren allesamt im neuenglischen Stil gehalten, aus rotem Backstein, mit weißen Fensterläden. Unseres war das kleinste, einstöckig, mit niedrigen Decken und vollgestellten Zimmern. Entweder waren sie mit Blümchentapete tapeziert, oder die Wände zierten zarte blaue und rote Tupfen. Die Möblierung war in Dekor und Größe spartanisch – kurze Sofas, harte Lehnstühle und im Elternschlafzimmer zwei schmale Einzelbetten. Im zweiten Schlafraum stand nichts als ein schlichter Holztisch mit einem Stuhl.

»Die ideale Umgebung, um deinen Roman zu schreiben«, jubelte George, der sich betont fröhlich gab.

»Und wo schläft das Baby?«, fragte ich leise.

»In den ersten Monaten bei uns im Zimmer. Vergiss nicht, dieses Haus ist nur für den Anfang. Wenn dann noch ein paar Kinder da sind, brauchen wir natürlich …«

Ich fiel ihm ins Wort.

»Erstmal dieses eine Kind, in Ordnung?«

»Gut, gut!«, beschwichtigte er mich, besorgt über meinen angriffslustigen Ton. »Ich wollte nicht den Eindruck erwecken, dass ich es eilig habe.«

»Das weiß ich.«

Ich ging wieder über den Flur ins Elternschlafzimmer und setzte mich auf eines der Einzelbetten. Die Matratze war hart wie Beton. George, der sich neben mich hockte, nahm meine Hand.

»Wir können uns ein richtiges Doppelbett kaufen, wenn du möchtest.«

Ich zuckte die Achseln.

»Von mir aus kannst du mit diesem Haus machen, was du willst.«

Wie wäre es mit anzünden und abbrennen, *Liebling*?

»Es wird bestimmt gut«, sagte ich mit tonloser Stimme.

»Natürlich wird es das. Und wir werden hier sehr glücklich sein, nicht wahr?«

Ich nickte.

»Ich weiß, dass du dich hier mit der Zeit wohlfühlen wirst. Mensch, Old Greenwich ist der ideale Ort, um Kinder großzuziehen.«

Mensch. Ich würde einen Mann heiraten, der *Mensch* sagte.

Dennoch machte ich keine Anstalten, vor der bevorstehenden Trauung zu fliehen. Stattdessen schloss ich in aller Stille mit meinem alten Leben ab. Ich überbrachte der *Post* meine Kündigung. Ich informierte meinen Vermieter, dass ich ausziehen würde. Da ich die Wohnung möbliert gemietet hatte, gab es nur wenig zu packen. Ein paar Bücher, meinen Plattenspieler, meine Plattensammlung, ein paar Familienfotos, drei Koffer mit Kleidung, meine Schreibmaschine. Als ich meine wenigen Besitztümer so vor mir sah, dachte ich: Viel ist es nicht.

Drei Tage vor der Hochzeit brachte ich endlich den Mut auf, Eric von meinem bevorstehenden Umzug nach Old Greenwich zu berichten. Dass ich es ihm so spät erzählte, hatte strategische Gründe. Schließlich wusste ich, dass er heftig werden würde.

Natürlich hatte ich mich nicht getäuscht.

»Haben sie dich zu diesem Umzug gezwungen?«, fragte er, während er wütend durch meine halb leere Wohnung stiefelte.

»Nein, Georges Eltern haben uns einfach nur ein entzückendes kleines Haus zur Hochzeit geschenkt. Warum nicht, habe ich da gedacht.«

»Und das war alles?«

»Ja.«

Er musterte mich skeptisch. »Du, eine eingefleischte New Yorkerin, entscheidest dich einfach so, deinen Wohnsitz in Manhattan aufzugeben? Und das nur, weil Georges Eltern euch ein Haus geschenkt haben? Das nehme ich dir nicht ab.«

»Ich dachte, eine Abwechslung täte mir mal ganz gut«, erklärte ich so gefasst wie möglich. »Ich freue mich schon auf die Ruhe und den Frieden.«

»S, ich bitte dich! Erzähle mir nichts von Ruhe und Frieden. Du willst nicht nach Connecticut ziehen, das weiß ich. Mach dir und mir nichts vor.«

»Natürlich ist es ein Risiko. Aber vielleicht wird es ja wunderschön.«

»Ich habe es dir schon einmal gesagt, du kannst ihn sitzen lassen, und ich unterstütze dich dabei nach Kräften.«

Ich strich mir über den Bauch. »Aber ich habe keine andere Wahl.«

»Doch. Du willst es nur nicht.«

»Glaub mir, ich weiß, was ich sage. Zu etwas anderem reicht meine Vorstellungskraft nicht. Ich muss tun, was man von mir erwartet.«

»Selbst wenn du dir damit dein Leben ruinierst?«

Ich biss mir auf die Lippe und wandte mich ab. Tränen schossen mir in die Augen.

»Bitt, hör auf!«, sagte ich.

Er kam zu mir und legte mir die Hand auf die Schulter. Zum ersten Mal schüttelte ich sie ab.

»Es tut mir leid«, sagte er.

»Nicht so leid wie mir.«

»Ich denke, wir all ruinieren auf die eine oder andere Weise unser Leben ...«

»Glaubst du, damit kannst du mich trösten?«

»Nein, aber es tröstet mich.«

Ich musste lachen. »Du hast Recht«, meinte ich schließlich. »Irgendwie bringen wir uns alle in Schwierigkeiten. Einige tun es sehenden Auges, andere nicht.«

Ich rechnete es Eric hoch an, dass er mir meine Heirat mit George und meinen Umzug nach Connecticut nie wieder vorwarf. Drei Tage nach diesem unangenehmen Gespräch zog er sich seinen einzigen Anzug und ein sauberes weißes Hemd an, band sich einen (in seinen Augen) seriös wirkenden Schlips um und führte mich in der Marble Collegiate Church zum Traualtar. George trug einen schlecht sitzenden Cut (dazu ein Hemd mit hohem Kragen), in dem er noch jungenhafter wirkte als sonst. Die Trauung vollzog ein gelangweilter Pfarrer mit schütterem Haar und starken Schuppen. Hastig und monoton leierte er die Liturgie herunter, sodass die Zeremonie letztlich nicht länger als eine Viertelstunde dauerte. Mit lediglich zwölf eingeladenen Hochzeitsgästen wirkte die Kirche geradezu riesig, und als wir uns das Jawort gaben, hallte es durch den leeren Raum. Ich fühlte mich furchtbar einsam.

Auch bei dem anschließenden Empfang hasteten wir von einem Programmpunkt zum nächsten. Mr. und Mrs. Grey waren nicht gerade überschwängliche Gastgeber. Sie richteten kein Wort an Eric, und meine vier Freundinnen von der *Post* straften sie mit Nichtachtung. Doch auch Georges Freunde von der Bank blieben ausgesprochen förmlich. Vor dem Essen stellten sie sich gemeinsam in eine Ecke und unterhielten sich leise. Nur gelegentlich hörte man sie auflachen. Und damit drückten sie wohl aus, was alle bei dieser freudlosen Feier dachten: *So also ist das bei einer überstürzten Hochzeit.*

Da dies jedoch eine überstürzte Hochzeit in der Oberschicht war, verhielten sich alle, als sei es völlig normal.

Nachdem wir uns zum Essen an die Tische gesetzt hatten, brachte Mr. Grey seinen Toast aus. Er fiel ebenso knapp und gefühllos aus wie alles andere an diesem Abend: »Bitte stoßt an auf Sara, die wir heute in unserer Familie willkommen heißen. Wir hoffen, dass George und sie glücklich werden.«

Mehr nicht. Georges Ansprache war nicht viel origineller: »Ihr sollt wissen, dass ich heute der glücklichste Mann auf Erden bin, und ich weiß, dass Sara und ich ein wunderbares Gespann bilden werden. Außerdem möchte ich euch sagen, dass euch unser Haus in Old Greenwich immer offen steht. Wir erwarten, dass ihr uns alle bald besucht.«

Eric, der mir gegenübersaß, verdrehte die Augen. Als er merkte, dass ich seine sarkastische Mimik mitbekommen hatte, lächelte er mich schuldbewusst an. Abgesehen von diesem Augenblick, war er jedoch den ganzen Abend ein Ausbund an Takt und Diplomatie. Obwohl er in seinem schwarzen Anzug recht respektabel aussah, musterten ihn Mr. und Mrs. Grey abschätzig – als würde er, der exotische Linke, jeden Augenblick auf den Tisch steigen und uns Passagen aus dem *Kapital* vorlesen. Nach dem eigentlichen Empfang ließ er es sich jedoch nicht nehmen, mit meinen Schwiegereltern zu plaudern, und brachte sie einmal sogar zum Lachen.

Ich fand es erstaunlich, dass die Greys Humor besaßen. Als Eric auf dem Weg zur Bar an mir vorbeikam, flüsterte ich ihm zu: »Hast du ihnen etwas in den Wein getan?«

»Nein, ich habe ihnen nur gesagt, dass sie mich an die Magnificent Ambersons erinnern.«

Ich unterdrückte ein Kichern.

»Wie schön, dass du das Lachen noch nicht verlernt hast«, sagte er. »Du wirst es noch brauchen.«

»Ich werde es schon schaffen«, sagte ich, aber es klang nicht sehr überzeugend.

»Und wenn nicht, kannst du auf mich zählen. Dein großer Bruder ist immer für dich da.«

Ich umschloss seine Hände. »Wenn ich dich nicht hätte!«

Er zog die Augenbrauen hoch. »Wie gut, dass du das endlich begriffen hast.«

Eine kleine Genugtuung gönnte Eric sich dann doch noch. George bat ihn, ein paar Worte im Namen der Angehörigen der Braut zu sprechen. Eric stand auf und hob sein Glas.

»Das beste Zitat zum *domicile conjugale*«, sagte er, »stammt von dem kleinen Franzosen namens Toulouse-Lautrec. Er nannte die Ehe eine langweilige Mahlzeit, bei der man das Dessert vorweggenommen hat. Ich bin überzeugt, dass dies bei George und Sara nicht der Fall sein wird.«

Raffiniert, dachte ich, obwohl die anderen Gäste fast alle nervös husteten, nachdem Eric sich wieder gesetzt hatte. Anschließend schnitten George und ich die Hochzeitstorte an, und wir bauten uns für den Fotografen auf. Die Torte wurde mit Kaffee gereicht. Zehn Minuten später standen Mr. und Mrs. Grey auf und gaben damit zu verstehen, dass sich das Fest dem Ende zuneigte. Also verabschiedeten wir uns. Mein Schwiegervater gab mir einen kurzen Kuss auf die Stirn, brachte jedoch kein Wort des Glückwunschs oder des Abschieds über die Lippen. Mrs. Grey, die mich auf die Wange küsste, meinte hingegen: »Sie haben sich tapfer gehalten, meine Liebe. Machen Sie weiter so, und wir werden wunderbar miteinander auskommen.«

Dann kam Eric zu mir und umarmte mich.

»*Nil carborundum*«, flüsterte er mir ins Ohr. »Das ist Lateinisch und heißt, lass dich von diesen Spießern nicht unterkriegen.«

Dann ging er. Rasch leerte sich der Raum. Der Empfang hatte um halb sechs begonnen, und schon um acht Uhr war alles vorüber. Uns blieb nichts anderes übrig, als uns in die »Hochzeitssuite« zurückzuziehen, die George für diesen Abend gebucht hatte.

Also gingen wir nach oben. George verschwand im Bad und tauchte im Schlafanzug wieder auf. Dann war ich an der Reihe. Ich zog mich aus und schlüpfte in einen Hausmantel. Als ich ins Zimmer zurückkam, lag George bereits im Bett. Ich öffnete den Mantel und legte mich nackt neben ihn ins Bett. Er zog mich an sich, küsste mein Gesicht, meinen Hals, meine Brüste. Dann öffnete er den Verschluss seiner Schlafanzughose. Er schob meine Beine auseinander und legte sich auf mich. Eine Minute später gab er ein leises Grunzen von sich und ließ sich von mir herunterrollen. Er zog seine Schlafanzughose hoch, küsste mich auf den Nacken und wünschte mir gute Nacht.

Ich brauchte einen Augenblick, bis ich begriff, dass er eingeschlafen war. Die Uhr auf dem Nachttisch zeigte zwanzig vor neun. *Das darf doch nicht wahr sein! An meinem Hochzeitstag, zwanzig vor neun, liegt mein Mann neben mir und schnarcht!*

Ich schloss die Augen und versuchte, George ins Reich der Träume zu folgen, doch es wollte mir nicht gelingen. Also stand ich wieder auf, ging ins Badezimmer, schloss die Tür hinter mir und drehte den Wasserhahn auf. Als das Wasser in die Wanne plätscherte, tat ich das, was ich am liebsten schon in den letzten Stunden getan hätte: Ich begann zu weinen.

Nach kurzer Zeit schluchzte ich so laut und unbeherrscht, dass es das Rauschen des Badewassers übertönte. Doch ich hörte nicht plötzlich ein Klopfen an der Badezimmertür. Und kein George kam zu mir, schloss mich in die Arme und versicherte mir, dass alles gut werden würde.

Denn George hatte einen tiefen Schlaf. Wenn ihn das Rauschen des Badewassers nicht weckte, warum dann das Weinen seiner Frau?

Langsam, ganz langsam fasste ich mich wieder. Als ich den Wasserhahn zudrehte, sah ich mein Gesicht im Spiegel. Meine Augen waren rot, mein Hochzeits-Makeup war verschmiert. Ich ließ mich in die Wanne gleiten, tauchte einen Waschlappen ins heiße Wasser und legte ihn mir aufs Gesicht. Dann starrte ich in das weiße Nichts. Und dachte: Dies war der größte Fehler meines Lebens.

Zu schnell, es geht einfach alles zu schnell. George ist zu schnell, wenn er mich liebt. Wir haben uns zu schnell verlobt. Ich habe zu schnell der Heirat zugestimmt. Er schläft zu schnell ein.

Und jetzt ...

Jetzt saß ich in der Falle ... in die ich mich natürlich selbst hineingeritten hatte.

Die Flitterwochen waren auch nicht gerade romantisch. Das von Mrs. Grey vorgeschlagene Hotel in Provincetown erwies sich als eine schäbig-elegante Pension älteren Datums, geführt von einem Ehepaar älteren Datums, besucht von Gästen vorwiegend älteren Datums. Die Matratzen waren durchgelegen, die Laken rochen nach Schimmel, die Toilette befand sich auf dem Flur. Die Badewanne hatte Rostflecken, das Emaille des Waschbeckens war abgestoßen. Da die Saison schon vorüber war, hatte kaum noch ein Restaurant in Provincetown geöffnet, sodass wir uns mit den zerkochten Mahlzeiten in der Pension begnügen mussten. An drei von den fünf Tagen, die wir dort verbrachten, regnete es. Immerhin gingen wir ein paar Mal am Strand spazieren, ansonsten saßen wir in der Halle der Pension und lasen. George gab sich betont fröhlich. Ich gab mich betont fröhlich. Ich brachte ihn sogar dazu, den Schlafanzug auszuziehen, wenn er mich liebte. Aber nach wie vor war es nach einer Minute vorbei. Ich bat ihn, sich hinterher nicht auf die Seite zu rollen und den Toten zu spielen. Er entschuldigte sich ausgiebig. Stattdessen nahm er mich nun in den Klammergriff, wenn es vorbei war. Nach einem kurzen Augenblick schnarchte er tief und fest, und ich war in seinen Armen gefangen. In jener Nacht schlief ich nicht sonderlich gut. Letztlich schlief ich keine Nacht gut in Provincetown. Das lag wohl an dem weichen Bett, an dem schlechten Essen, an der freudlosen Atmosphäre der Pension, vor allem aber daran, dass mir allmählich dämmerte, was mich in der Ehe mit George erwartete.

Doch irgendwann waren auch diese fünf Tage zu Ende. Wir stiegen in einen Bus, der uns in fünf Stunden von Cape Cod nach Boston brachte. Dort nahmen wir den Zug nach Süden. Gegen Mitternacht trafen wir in Old Greenwich ein. Da es um diese Stunde kein Taxi mehr am Bahnhof gab, trugen wir unsere Koffer die fünf Minuten Fußweg bis zur Park Avenue.

Als wir uns unserem zukünftigen Heim näherten, dachte ich nur noch eins: *Dieses Haus ist mein Tod.*

Gut, das war natürlich übertrieben. Dennoch empfand ich das Haus als trist, eng, einfach trostlos. Als ich die Koffer und Kartons aus unseren beiden New Yorker Wohnungen betrachtete, die sich im Wohnzimmer stapelten, dachte ich: *Morgen kann ich die Umzugsfirma anrufen, mein Zeug abholen lassen und bin weg, ehe George von der Arbeit zurückkehrt.*

Aber wo sollte ich hin?

Zwischen unseren beiden Einzelbetten im Schlafzimmer stand

ein Nachtschrank. Als wir damals das Haus besichtigt hatten, hatte George mir versprochen, er werde als Erstes den Nachtschrank beiseite schieben und die beiden Betten zusammenstellen. Nach unserer zwölfstündigen Reise waren wir jedoch so müde, dass jeder nur in sein Bett fiel und auf der Stelle einschlief. Als ich am nächsten Morgen aufwachte, lag ein Zettel für mich auf dem Tisch:

Liebling,
bin in der Stadt, um die Brötchen zu verdienen. Weil
du so friedlich geschlafen hast, habe ich mir meine Frühstücksbrötchen selbst geschmiert. Bin um 6.12 zurück.
Alles Liebe und einen dicken Kuss…

In der Stadt, um die Brötchen zu verdienen! Merkte dieser Mann denn gar nicht, wie lächerlich er sich machte?

Den Tag verbrachte ich mit Auspacken. Zwischendurch bummelte ich durch die Sound Beach Avenue, die Hauptstraße von Old Greenwich, und kaufte ein. 1947 waren die Ortschaften dieser Gegend noch nicht zu Schlafstädten Manhattans mutiert, und Old Greenwich hatte noch den Charakter einer Kleinstadt. Und wie es damals in solchen üblich war, erkannten die Geschäftsinhaber in mir auf Anhieb die neu Zugezogene und umgarnten mich mit ihrem Charme.

»Ach, Sie sind das Mädchen, das den Sohn von Mr. Grey geheiratet hat und in der Park Avenue wohnt«, sagte die Frau in Cuff's, dem Schreibwarenladen, dem einzigen Geschäft des Orts, in dem es die *New York Times* zu kaufen gab.

»Ja, ich bin Sara Grey«, sagte ich, wobei ich beim Nachnamen ein wenig stockte.

»Schön, dass Sie bei uns wohnen. Ich hoffe, sie werden hier glücklich.«

»Es scheint ja ein recht freundlicher Ort zu sein.« Ich konnte nur hoffen, dass meine Worte überzeugend klangen.

»Freundlich trifft den Nagel auf den Kopf. Und prima, wenn man Kinder hat.« Sie warf einen Blick auf meinen Bauch, wo sich noch keine verräterische Wölbung abzeichnete. Vergeblich versuchte sie, ein Grinsen zu unterdrücken. »Aber sicher wollen Sie so kurz nach der Hochzeit mit den Kindern noch ein bisschen warten.«

»Man kann nie wissen«, entgegnete ich ruhig.

In jedem Laden in der Sound Beach Avenue begrüßte man mich mit der gleichen Frage: »Neu zugezogen?« Und wenn ich erklärte, wer ich war, reagierte man mit einem wissenden Lächeln und Äußerungen wie: »Wir haben von Ihrer hübschen Hochzeitsfeier gehört«.

Oder: »Du meine Güte, ja, diese Romanze zwischen Ihnen und George ist niemandem verborgen geblieben.«

Am Ende meines ersten Einkaufsbummels kam ich mir vor, als hätte ich ein Schild um den Hals hängen, auf dem stand: *Frisch verheiratet und schon schwanger.* Schlimmer jedoch war die Vorstellung, dass diese acht Geschäfte an der Sound Beach Avenue der Mittelpunkt meines Lebens sein würden.

George traf um sechs Uhr zwölf mit dem Zug von der Grand Central Station ein. Er brachte mir Blumen mit und gab mir einen Kuss. Dann sah er, dass die Hälfte der Koffer und Kartons im Wohnzimmer weggeräumt war.

»Du hast schon ausgepackt?«, fragte er.

»Ja, meine Sachen habe ich zum größten Teil schon verstaut.«

»Ausgezeichnete Arbeit«, lobte er. »Meine Kleider kannst du ja dann morgen in Angriff nehmen. Ach, und Liebes, bügel doch bitte meine Anzüge kurz auf.«

»O ja, natürlich.«

»Prima! Ich gehe nach oben und ziehe mich um. Wie wäre es, wenn du uns zur Feier des ersten Abends in unserem neuen Heim einen Martini mixt?«

»Einen Martini? In Ordnung.«

»Aber bitte nicht zu trocken. Ich mag es nun einmal süß, also bitte mit viel Wermut. Und vier Oliven, wenn wir welche haben.«

»Leider nicht.«

»Das macht nichts. Dann bringst du eben morgen welche mit, wenn du einkaufen gehst. Ach ja, was ich noch fragen wollte: Was gibt's denn zum Abendessen?«

»Ähm, ich habe Lammkoteletts und Broccoli gekauft…«

»Ach, Mist, das wollte ich dir noch sagen, Broccoli mag ich ganz und gar nicht.«

»Tut mir leid…«

»He, das kannst du ja nicht wissen. Mein Geschmack ist deftige Hausmannskost. Weißt du, wie man einen richtigen Hackbraten zubereitet?«

»Nein, eigentlich nicht.«

»Wie schade! Ich sorge dafür, dass Bea, Mutters Köchin, dich morgen anruft und dir ihr Geheimrezept gibt. Und Liebling…«

»Ja?« Meine Stimme war inzwischen ziemlich gedämpft.

»Wenn ich abends nach sieben esse, kann ich nicht mehr so gut schlafen. Wenn du also bitte dafür sorgen könntest, dass das Essen nicht später als Viertel vor sieben auf dem Tisch steht, wäre das prima.«

»Ich werde mir Mühe geben!«

Er beugte sich vor und gab mir einen Kuss auf die Stirn. »Mehr kann ein Mann nicht erwarten.«

Während er nach oben ging und sich umzog, begab ich mich in die Küche und widmete mich meinen hausfraulichen Pflichten. Ich stellte die Lammkoteletts zum Braten in den Ofen. Ich schälte die Kartoffeln und warf sie in den Topf. Nachdem ich einen Glas-Shaker, eine Flasche Gilbert's Gin und eine Flasche Wermut aufgestöbert hatte, mixte ich eine anständige Portion Martini. Plötzlich brauchte ich einen kräftigen Drink.

George lobte meine Cocktails, nicht ohne mich leise daran zu erinnern, am nächsten Morgen »ein paar Oliven« zu besorgen. Die Lammkoteletts schmeckten ihm, allerdings gab er mir vorsichtig zu verstehen, dass sie ruhig noch ein bisschen besser durchgebraten hätten sein können (»Ich mag sie gern schön dunkel.«) Mein

Kartoffelpüree bestand den Test hingegen nicht. (»Ziemlich klumpig, findest du nicht auch, meine Süße? Gebackene Kartoffeln mag ich sowieso lieber.«) Dass ich keinen Nachtisch vorbereitet hatte, fand er enttäuschend. (»He, schließlich ist es das erste Mal, dass du für mich kochst. Wie sollst du da wissen, was mir schmeckt und was nicht? Du wirst es schon noch lernen, nicht wahr?«)

Ich lächelte. Mit verkniffenen Lippen. So wie Georges Mutter.

»Hattest du ein wenig Zeit, dir Old Greenwich anzusehen?«, fragte er.

»Ja. Es ist sehr … heimelig.«

»Heimelig.« Er ließ sich das Wort auf der Zunge zergehen. »Genau, das ist die treffende Bezeichnung. Ich habe ja gleich gesagt, dass es dir hier gefallen wird.«

»Die anderen wussten offenbar schon alle, wer ich bin.«

»Tja, dies ist nun mal ein kleiner Ort. So was spricht sich rasch herum.«

»Scheint so. Und offenbar wusste auch jeder, dass ich ein Kind kriege.«

»O je.« Das fand er offenbar nicht so prima.

»Ich frage mich, wie sich diese kleine hübsche Nachricht hier so schnell verbreiten konnte.«

»Das weiß ich auch nicht.«

»Wirklich nicht?«

»Worauf willst du hinaus?«

»Auf gar nichts. Ich stelle nur eine Frage …«

»Ich kann mir vorstellen, wie das passiert ist. Als die Leute hörten, wie plötzlich wir geheiratet haben, haben sie zwei und zwei zusammengezählt.«

»Es sei denn, jemand hat unser kleines Geheimnis …«

»Wer sollte so was tun?«

»Deine Mutter.«

»Das ist eine böse Unterstellung.«

»Nein, nur eine Vermutung.«

»So etwas Gehässiges würde sie nicht tun.«

»Doch, durchaus. So verweist sie mich gleich in meine Schranken. Hätte ich das Geld, würde ich tausend Dollar darauf setzen, dass sie jemandem im Ort von meiner Schwangerschaft erzählt hat. Natürlich in dem Bewusstsein, dass es sich dann in Windeseile verbreitet.«

»Wie kannst du so was behaupten?«, fragte er in scharfem Ton.

»Wie ich schon sagte, das ist nur eine Vermutung.«

»Gut, dann hör jetzt *auf der Stelle* mit den Vermutungen auf. Ich lasse das nicht zu!«

Ich starrte ihn verdutzt an. »Was lässt du nicht zu?«

Er holte tief Luft und gab sich versöhnlich. »Ich meine damit nur eins: Mutter kann manchmal schwierig sein, aber sie ist nicht gehässig. Außerdem hat sie dich ins Herz geschlossen …«

»Dass ich nicht lache!«

»Ich wusste nicht, dass ich eine Zynikerin geheiratet habe.«

»Und ich nicht, dass du ein Muttersöhnchen bist.«

Er wandte sich ab, als hätte ich ihm eine Ohrfeige verpasst.

»Tut mir leid«, sagte ich.

»Ist schon gut.«

Doch wir wussten beide, dass es nicht gut war.

Als ich am nächsten Morgen aufwachte, fand ich einen Zettel neben meinem Kopfkissen.

Hallo, du Schlafmütze,
soll ich mir etwa jeden Morgen meinen Speck selbst
braten? Bea ruft dich heute an und gibt dir das Rezept für
den Hackbraten. Bin wirklich gespannt, wie er dir gelingt.
Ich umarme dich. Und einen dicken Kuss …

Ja, du wirst dir jeden Morgen deinen Speck selbst braten. Denn ich sehe nicht ein, dass ich in aller Frühe als deine Köchin Gewehr bei Fuß stehe.

Später am Morgen, als ich gerade Georges letzten Karton ausgepackt hatte, kam der Anruf von Bea. Sie klang wie eine Frau von Mitte fünfzig, sprach mit starkem Südstaatenakzent und einer Art Ehrerbietung, die mich an Hattie McDaniel in *Vom Winde verweht* erinnerte. Sie nannte mich »Miz Grey«, von meinem Mann sprach sie als »Mistah George«. Für »Mistah George« hatte sie schon gekocht, als er noch ein kleiner Junge war, erklärte sie mir. Er war »das größte Leckermaul« auf Erden. Solange ich ihn mit Süßem verwöhnte, würde er immer zufrieden sein. Ich versprach, mir Mühe zu geben.

Dann diktierte sie mir das Rezept für den Hackbraten. Es war lang und kompliziert, beinhaltete mehrere Dosen Campbell's Tomatenkonzentrat und mindestens ein Kilo Rinderhack. Ich hatte Hackbraten noch nie gemocht. Von jetzt an würde ich ihn hassen.

Nachdem ich mir die Anleitung notiert hatte, ging ich in den Ort und brachte Georges Anzüge in die Reinigung. Ich hatte nicht vor, sein Dienstmädchen zu spielen. Dann besorgte ich die nötigen Zutaten für den Hackbraten und vergaß auch nicht das Glas Oliven. In der Bäckerei am Ort kaufte ich eine Schichttorte. Auf dem Heimweg kam ich an einer Autowerkstatt vorbei, die auch Fahrräder im Angebot hatte. Dort entdeckte ich ein gebrauchtes Holland-Rad, schwarz gestrichen, mit einem bequemen Lenker. Rechts und links vom Gepäckträger waren große Körbe angebracht, ideal fürs Einkaufen. Es befand sich in gutem Zustand, und obwohl es mit zwanzig Dollar nicht gerade billig war, empfand ich den Preis als reell, zumal mir der Besitzer der Werkstatt versicherte, dass sämtliche Wartungsarbeiten im Kaufpreis eingeschlossen seien. So gab ich ihm das Geld und verstaute meine Einkäufe in den Körben.

Anstatt von der Sound Beach Avenue direkt nach Hause zu fahren, radelte ich die Hauptstraße bis zum Ende – vorbei an der High-School des Ortes, dem kleinen Krankenhaus und mehreren prächtigen Häusern – und wandte mich dann nach links. Nach etwas mehr als einem Kilometer stieß ich auf ein Tor mit einem

Schild, das mir anzeigte, dass ich am Strand angekommen war: *Todd's Point Beach – nur für Anlieger.*

Da es erst Ende April war, wurde der Zugang noch nicht von einem Wächter bewacht. Also überquerte ich den Parkplatz und bog noch einmal nach links. Dann trat ich auf die Bremse. Zum ersten Mal seit Tagen durchströmte mich wieder Freude. Denn vor mir erstreckten sich ein langer, weicher Streifen weißen Sandstrands und das tiefblaue Wasser des Long Island Sound.

Ich lehnte das Fahrrad an einen Holzzaun, zog die Schuhe aus und grub meine Zehen in den Sand. Der Tag war mild, der Himmel klar. Warm schien die Sonne auf mich herab. Ich atmete tief durch, dann ging ich los. Der Strand war eineinhalb Kilometer lang. Ich schlenderte dahin und ließ meine Seele baumeln. Zum ersten Mal, seit ich von meiner Schwangerschaft erfahren hatte, kam ich innerlich wieder zur Ruhe. Am anderen Ende der Bucht setzte ich mich in den Sand und blickte eine halbe Stunde lang nur auf das Meer und ließ mich vom rhythmischen Anschwellen und Zurückweichen der Wellen in einen vorübergehenden Zustand der Ruhe und Gelassenheit wiegen.

Dieser Strand wird mein Zufluchtsort, dachte ich, mein Fluchtpunkt. Dieser Strand wird mir die Kraft geben, mich von George, seiner Familie, von Old Greenwich und Hackbraten nicht unterkriegen zu lassen.

Nach Hause zurückgekehrt, befolgte ich Beas Rezept Punkt für Punkt. Ich nahm zwei Pfund Rinderhack und vermischte es mit einer gehackten Zwiebel, Salz, Pfeffer, fein zerstoßenen Cornflakes (ja, wirklich Cornflakes!) und einem Drittel des Tomatenkonzentrats von Campbell's. Dann formte ich aus der Masse einen ovalen Kloß und legte ihn in eine Bratform. Die restlichen zwei Drittel des Tomatenkonzentrats wurden verdünnt und darüber gegossen. Die Bratzeit betrug fünfunddreißig Minuten.

Da George um 6.12 am Bahnhof eintreffen würde, schob ich den Hackbraten um 6.05 ins Backrohr. Schließlich erwartete mein Mann von mir, dass das Essen vor sieben auf dem Tisch stand. Um

6.20 Uhr trat er durch die Tür. Wieder hatte er Blumen dabei. Er gab mir einen flüchtigen Kuss auf die Wange.

»Irgendwas duftet hier ganz wunderbar«, stellte er fest. »Demnach hat Bea also angerufen.«

»Ja, das hat sie«, sagte ich, während ich ihm einen Martini reichte.

»Und du hast Oliven gekauft!«, rief er, als hätte ich soeben die Kernspaltung entdeckt.

»Dein Wunsch ist mir Befehl«, entgegnete ich leichthin.

Er musterte mich prüfend. »Das ist ein Scherz, oder?«

»Ja, George, das ist ein Scherz.«

»Ich wollte nur sichergehen. Du steckst schließlich voller Überraschungen.«

»Wirklich?«, fragte ich. »Was meinst du damit?«

Er trank einen Schluck von seinem Martini. »Zum Beispiel das neue Fahrrad draußen vor der Tür«, sagte er dann.

»Das ist nicht neu, George. Es ist gebraucht.«

»Für mich ist es neu, weil ich es noch nicht gesehen habe.«

Er lächelte. Nun war ich an der Reihe, mich in mein Glas zu vertiefen.

»Ich habe es ja auch heute erst gekauft.«

»Das denke ich mir. War es teuer?«

»Zwanzig Dollar.«

»Also nicht gerade billig.«

»Es ist von guter Qualität. Du willst doch sicher auch, dass ich ein Fahrrad fahre, auf dem mir nichts passieren kann, oder?«

»Darum geht es nicht.«

»Worum dann?«

»Dass du es gekauft hast, ohne mich vorher zu fragen.«

Entsetzt sah ich ihn an. »Ist das dein Ernst?«, fragte ich.

Sein Lächeln wirkte wie festgefroren. »Ich will damit nur sagen, dass ich davon unterrichtet werden möchte, wenn du größere Anschaffungen für den Haushalt machst.«

»Es war eine spontane Entscheidung. Ich habe es in Flannery's

Garage gesehen, und weil mir der Preis angemessen erschien, habe ich es gekauft. Außerdem brauche ich ein Fahrrad.«

»Das habe ich auch gar nicht bestritten.«

»Wo ist dann das Problem?«

»Dass du zwanzig Dollar vom Haushaltsgeld ausgegeben hast, ohne ...«

Ich fiel ihm ins Wort. »Ist dir eigentlich klar, was du da sagst?«

»Das ist kein Grund, in diesem Ton mit mir zu sprechen, Sara.«

»Doch, das ist es. Denn was du sagst, ist absurd. Du, der ach so großzügige, ach so gutmütige, mich liebende Ehemann ...«

Er sackte in sich zusammen. »Dass du so grausam sein kannst«, sagte er.

»Grausam? Es ist nur eine Antwort auf das dumme Zeug, das du redest. Als ob ich dein schriftliches Einverständnis bräuchte, wenn ich uns mit einem Fahrrad für sage und schreibe zwanzig Dollar ruiniere.«

Er schwieg. Schließlich meinte er: »Von schriftlich habe ich nichts gesagt.«

Da stürzte ich den Rest meines Drinks hinunter, rannte ins Schlafzimmer, schlug die Tür hinter mir zu und warf mich aufs Bett. Kurz darauf klopfte es zögernd an der Tür.

»Du weinst doch nicht, oder?« Er klang ängstlich.

»Natürlich nicht. Dazu bin ich viel zu wütend.«

»Darf ich reinkommen?«

»Das Schlafzimmer gehört uns beiden.«

Die Tür ging auf. Vorsichtig trat er ans Bett. In der Hand trug er zwei frisch gefüllte Martini-Gläser.

»Mein Friedensangebot«, erklärte er und hielt mir ein Glas hin. Ich richtete mich auf und nahm es ihm ab. Er setzte sich neben mich und stieß mit mir an. »Die ersten zehn Jahre in einer Ehe sind die schwierigsten, sagt man.«

Ich versuchte zu lächeln.

»War nur ein Scherz«, sagte er.

»Ich weiß.«

»Das war kein gelungener Start ins Eheleben, oder?«

»Nein, das war es nicht.«

»Und was kann ich tun, damit es besser wird?«

»Beispielsweise mich nicht als Dienstmädchen behandeln. Gut, ich bleibe daheim und kümmere mich um Dinge wie das Einkaufen und alles, was den Haushalt betrifft. Aber dass ich wegen des Geldes auf dich angewiesen bin, heißt noch lange nicht, dass ich dich auch bediene.«

»Das erwarte ich doch auch gar nicht.«

»Doch, das tust du. Und ich möchte, dass das aufhört.«

»Gut«, sagte er. Er sah zur Seite wie ein Kind, das getadelt wurde.

»Und was das Geld betrifft, wirst du bald feststellen, dass ich in puncto Sparsamkeit eine typische Neuengländerin bin. Ich brauche keinen Pelz, keine Juwelen, keine Kabine auf der *Queen Mary*, und ich trete auch nicht in Wettstreit mit unseren Nachbarn. Ein Fahrrad kann man ja nun wirklich nicht als übertriebenen Luxus bezeichnen, zumal ich es zum Einkaufen wirklich brauche.«

Er nahm meine Hand. »Du hast Recht, und ich habe Unrecht.«

»Meinst du das ernst?«

»Natürlich. Ich bin eben noch nicht daran gewöhnt, dass ich eine Frau habe.«

»Du hast mich nicht. Ich bin ein eigenständiger Mensch. Den Unterschied musst du selbst herausfinden.«

»Sicher, sicher.«

Wir nippten beide an unseren Martinis.

»Ich möchte, dass es klappt, Sara.«

Ich strich mir über den Bauch. »Das muss es auch. Aus ganz offensichtlichen Gründen.«

»Wir schaffen es schon, das verspreche ich dir.«

Er gab mir einen leichten Kuss auf die Lippen, dann strich er mir über den Kopf.

»Gut«, sagte ich, während ich ihm die Hand auf die Wange legte.

»Ich bin froh, dass wir darüber gesprochen haben.«

»Ich auch.«

Er zog mich an sich und nahm mich in die Arme. Dann sagte er: »Müsste der Hackbraten jetzt nicht fertig sein?«

Er war es. Wir gingen nach unten und aßen. George lobte mein Werk. Er freute sich über die Schichttorte und lachte, als ich ihm von Beas Bemerkungen über seine Vorliebe für Süßes berichtete. Wir gingen ins Bett. Wir liebten uns. Dieses Mal dauerte es fast zwei Minuten, worüber er sich ehrlich zu freuen schien. Danach küsste er mich.

Als er aufstand, stieß er gegen den Nachtschrank, der unsere beiden Betten voneinander trennte. Während er sich in sein Bett legte, sagte er: »Irgendwann muss ich das verdammte Ding wegschaffen.«

Ich schlief gut in jener Nacht. Bis George mich am nächsten Morgen wachrüttelte. Während ich langsam zu mir kam, sah ich, dass er schrecklich aufgeregt war.

»Liebling, was ist passiert?«, fragte ich.

»Meine Anzüge!«

»Was?«

»Meine Anzüge! Wo hast du meine Anzüge hingetan?«

»In die Reinigung gebracht.«

»Du hast was?«

Mittlerweile war ich hellwach. »Du hast mir gesagt, dass sie gebügelt werden müssen, also habe ich sie in die Reinigung gebracht.«

»Ich habe dich gebeten, sie selbst zu bügeln.«

»Ich kann aber keine Anzüge bügeln.«

»Das darf doch nicht wahr sein!«

»Tut mir leid. Solche lebenswichtigen Dinge haben sie uns im Bryn Mawr nicht beigebracht.«

»Da ist er schon wieder, dieser garstige Ton.«

»Das kommt daher, dass du redest, ohne nachzudenken.«

»Nachdenken? Und was zum Teufel soll ich heute anziehen?«

»Wie wär's mit dem Anzug, den du gestern anhattest?«

»Der ist zerknittert.«

»Dann bügele ihn dir selbst.«

Er ging zum Wandschrank und zog das gute Stück verärgert heraus.

»Das werde ich wohl müssen«, sagte er. »Ich kann jedenfalls mit einem Bügeleisen umgehen.«

»Gut zu wissen, dass du in Princeton was gelernt hast.«

Ich ließ mich aufs Kissen zurückfallen und zog mir die Decke über den Kopf. Die nächste halbe Stunde, bis das Zufallen der Haustür mir verkündete, dass George zur Arbeit aufgebrochen war, rührte ich mich nicht. Als ich so dort lag, krampfte sich mein Magen zusammen. Mir war übel. Es lag nicht an der Schwangerschaft. Ich war schier verzweifelt.

Natürlich hatte George nach unserer morgendlichen Auseinandersetzung ein furchtbar schlechtes Gewissen. Am frühen Nachmittag brachte ein Bote einen üppigen Blumenstrauß, in dem eine Karte steckte:

Manchmal bin ich begriffsstutzig, als hätte man mein
Gehirn geplättet. Ich liebe dich.

Wenigstens war das fast schon witzig.

Als George am Abend zurückkehrte, hatte er sich vom Saulus zum Paulus gewandelt. Er überreichte mir ein weiteres Friedensangebot in Form eines Blumenstraußes, dazu eine große Schachtel Pralinen – ein untrügliches Zeichen, wie schuldig er sich fühlte.

»Zwei Sträuße an einem Tag?«, fragte ich, während ich mit dem Kinn auf die zwölf langstieligen Rosen wies, die am Nachmittag eingetroffen waren. »Hier sieht es ja beinahe aus wie auf der Beerdigung eines Mafiabosses.«

Er sank in sich zusammen. »Gefallen sie dir nicht?«

»George, das sollte ein Witz sein!«

»Ist schon gut«, sagte er. »Ich habe ja auch nur nachgefragt.«

»Ich danke dir.«

»Nein, ich danke dir.«

»Für was?«

»Dafür, dass du es mit mir aushältst. Ich weiß, manchmal ist das nicht ganz einfach.«

»Ich möchte nur, dass wir uns gegenseitig als gleichberechtigt behandeln.«

»Dafür sorge ich. Ich verspreche es dir!«

»Ehrlich?«

Er nahm mich in den Arm.

»Du hast das alles in den falschen Hals gekriegt. Und ich werde mich ändern.«

»Gut«, sagte ich, während ich ihn auf die Stirn küsste.

»Ich liebe dich.«

»Ich dich auch«, entgegnete ich rasch, wobei ich hoffte, dass es überzeugend klang. Doch George hatte bereits anderes im Sinn.

»Ist das Hackbraten, was ich da rieche?«

Ich nickte.

»Du bist einfach wunderbar!«

In den nächsten Wochen gab George sich alle Mühe, eine *entente cordiale* zwischen uns herzustellen. Er richtete keine Wünsche an mich als Hausfrau. Er bat mich nicht, mir von Bea weitere Rezepte für seine Lieblingsgerichte geben zu lassen. Er nahm es hin, dass ich keine Anzüge bügeln konnte. Er war einverstanden, dass wir zwei Mal in der Woche fünf Dollar für eine Putzfrau ausgaben. Er versuchte, auf mich Rücksicht zu nehmen, besonders, da man mir meine Schwangerschaft inzwischen ansah und ich leicht müde wurde. Er gab sich betont liebevoll.

Um es kurz zu machen, er versuchte es. Und ich versuchte es auch. Ich versuchte, mich daran zu gewöhnen, dass ich zu Hause bleiben musste, fern vom hektischen Rhythmus und den zahllosen Zerstreuungen der Großstadt. Ich versuchte, mich mit meinen häuslichen Pflichten abzufinden und das Wesen zu sein, das ich niemals hatte sein wollen: eine Hausfrau in einem Vorort.

Am schwersten fiel es mir, mich dem so genannten Eheleben zu unterwerfen, der Erwartung, dass man alles miteinander teilt: die Wohnung, die Beschäftigungen, den Sinn im Leben und das Schicksal. Denn insgeheim war mir klar, dass es keine Gemeinsamkeiten zwischen uns gab. Wäre da nicht dieses biologische Missgeschick passiert, wäre die Verlobung wohl schon nach wenigen Wochen geplatzt (besonders nachdem ich gesehen hatte, dass letztlich Georges Mutter über sein Leben bestimmte). Wir spielten Mann und Frau, das verliebte junge Paar, obwohl wir insgeheim wussten, wie unecht das alles war. Wir hatten keine gemeinsame Grundlage, zwischen uns herrschte weder eine echte Freundschaft noch ein tiefes inneres Verständnis. Von Liebe ganz zu schweigen.

Ich spürte, dass George es auch wusste. Einen Monat nach der Hochzeit ging uns der Gesprächsstoff aus. Natürlich unterhielten wir uns, doch es waren gezwungene, schleppende Unterhaltungen voller langer Pausen. Wir hatten keine Interessen, die uns verbanden. Georges Freunde in Connecticut waren vom Typ Country Club. Die Männer sprachen fast ausschließlich über Golf, den Dow Jones und ihr Schreckgespenst in Gestalt von Harry S. Truman. Die Frauen tauschten Kochrezepte und Tipps zur Kindererziehung aus, trafen sich zum Frühstück und beäugten mich mit Misstrauen. Dabei erzählte ich ihnen keineswegs vom Leben der Bohème in Greenwich Village. Ich traf mich drei Mal mit ihnen zum Frühstück und bemühte mich, etwas zu ihren Gesprächen über die Gefahr von Schwangerschaftsstreifen und die Schwierigkeit, einen lockeren Biskuit zu backen, beizutragen. Doch sie spürten, dass ich mich nicht wirklich dafür interessierte. Ich war nicht »eine von ihnen«. Ich galt als Bücherwurm, als verschlossen und ganz und gar nicht begeistert über meinen neuen Status als Ehefrau, die sich von ihrem Mann den Lebensunterhalt bezahlen ließ. Ich gab mir wirklich alle Mühe, mich »anzupassen«, aber skeptische Menschen spüren es eben, wenn man nicht ganz bei der Sache ist, besonders in einer Clique.

Eric ließ sich bewundernswerterweise nicht davon abbringen, mich einmal in der Woche zu besuchen. Er stieg am Vormittag in der Grand Central Station in den Zug und blieb den Tag über bei mir. Um George nicht zu begegnen, fuhr er um 6.08 zurück nach New York. Ich kochte uns ein Mittagessen. Wenn das Wetter gut war, liehen wir uns in Flannery's Garage für ihn ein Fahrrad (Joe Flannery, der Besitzer der Werkstatt, und ich hatten uns angefreundet) und fuhren nach Todd's Point, um den Nachmittag am Strand zu verbringen.

»Eins muss ich dir sagen, S«, meinte er an einem milden Nachmittag Mitte Mai, als wir uns auf einer Decke ausgestreckt hatten und in den sonnigen Frühsommerhimmel blickten. »Old Greenwich ist ja vielleicht der weißeste, snobistischste Ort, den man sich vorstellen kann, aber an den Strand könnte ich mich gewöhnen.«

»Ja, er ist meine Zuflucht.«

»Steht es so schlimm?«

»Nun ja, George schlägt mich nicht mit dem Bleirohr, und er kettet mich auch nicht an die Heizung…«

»Zumindest hättest du dann Leben in der Bude.«

Ich lachte auf. »Du bist wirklich krank, Eric.«

»Merkst du das jetzt erst?«

»Nein. Aber als ich in diesem Sodom und Gomorrha namens Manhattan gewohnt habe, kam mir dein Witz nicht so abartig vor.«

»Aber hier, im Herzland der weißen angelsächsischen Protestanten…«

»Dich würde man hier für die Verkörperung des Antichristen halten. Wahrscheinlich würde man dich auf dem Dorfplatz an den Pranger stellen.«

»Und wie hältst du das aus?«

»Indem ich oft an den Strand gehe.«

»Vermisst du die Großstadt?«

»Mindestens fünf Mal pro Stunde.«

»Dann sag ihm, dass du wieder nach New York ziehen willst.«

»Genauso gut könnte ich Moskau vorschlagen. Seine Mutter würde es niemals zulassen. Und wenn Julia Grey sich gegen etwas ausspricht, gibt es keine Diskussion mehr.«

»Demnach ist sie ein bisschen aufdringlich.«

»Ein bisschen? Es ist unerträglich. In den ersten zwei Wochen hat sie uns ja noch in Ruhe gelassen. Doch nun, wo die Flitterwochen vorbei sind, ruft sie mich mindestens einmal am Tag an.«

»Du Glückliche!«

»Ich habe so etwas noch nie gesagt, aber ich hasse sie aus ganzem Herzen.«

»So schlimm?«

»Ja, es ist so schlimm.«

Und wenn ich die Anzeichen richtig deutete, würde es noch schlimmer werden. Nun, da ich gesetzlich mit ihrem Sohn verbunden war, fühlte Mrs. Grey sich berechtigt, über jedes Detail meines Lebens zu bestimmen. Außerdem machte sie mir klar, dass sich ihr Interesse an mir auf meine Rolle als Bruthenne der Familie beschränkte.

Ihr täglicher Anruf kam pünktlich um neun Uhr morgens.

»Hallo, meine Liebe«, erklärte sie kühl. Ohne weitere Einleitungsfloskeln kam sie dann auf ihr Tagesprogramm zu sprechen.

»Ich habe für Sie einen Termin bei einem ausgezeichneten Frauenarzt in Greenwich ausgemacht.«

»Aber ich gehe gern zu dem Arzt hier im Ort.«

»Meinen Sie Dr. Reid?«

»Ja, Dr. Peter Reid. Zu seiner Praxis sind es nur fünf Minuten zu Fuß. Vor allem aber fühle ich mich wohl bei ihm.«

»Ich bin sicher, dass er sehr nett ist. Aber wissen Sie auch, wo er studiert hat? An der McGill in Montreal!«

»McGill ist eine ausgezeichnete Universität. Und soweit ich weiß, werden auch in Kanada Babys geboren. Ich bin also überzeugt, dass Dr. Reid …«

Sie fiel mir ins Wort.

»McGill ist vielleicht eine ausgezeichnete Universität, meine

Liebe, aber sie liegt nicht in den Vereinigten Staaten. Der Facharzt, zu dem ich Sie schicke, Dr. Eisenberg, hat hingegen in Harvard studiert. Den Namen haben sie doch schon einmal gehört, nicht wahr?«

Ich schwieg.

»Außerdem ist er zufällig Chefarzt in der Gynäkologie des Doctor's Hospital und hat eine Praxis sowohl in Manhattan als auch in Greenwich. Und er ist Jude.«

»Was hat das denn damit zu tun?«

»Juden sind die besten Ärzte. Das liegt an ihrem eingefleischten Gefühl der gesellschaftlichen Unterlegenheit. Weil sie meinen, sich mehr anstrengen zu müssen, um sich zu beweisen, arbeiten sie weitaus sorgfältiger als andere. Sie haben doch nichts dagegen, sich von einem Juden behandeln zu lassen, oder?«

»Natürlich nicht. Nur dagegen, dass man mir vorschreibt, zu welchem Arzt ich gehen soll.«

»Ich bitte Sie! Schließlich zahlen wir die Behandlung ...«

»Die bezahlt mein Mann.«

»Da irren Sie sich. Das Gehalt, das George in der Bank verdient, reicht vielleicht für die Dienste eines Dr. Reid, aber sicher nicht für einen so bedeutenden Arzt wie Milton Eisenberg.«

»Dann werde ich nicht zu Dr. Eisenberg gehen.«

»O doch, das werden Sie, meine Liebe. Es handelt sich schließlich um unseren Enkel. Und der bekommt nur das Beste.«

»Ich kann ja wohl besser beurteilen, welcher der beste Arzt für ...«

»Kein Wort mehr, meine Liebe. Sie haben morgen um halb elf einen Termin bei Dr. Eisenberg. Ich schicke Ihnen ein Taxi vorbei, das Sie um zehn abholt.«

Ohne sich zu verabschieden, legte sie den Hörer auf. Als ich am Abend meinem Ärger Luft machte, zuckte George nur die Achseln.

»Aber sie meint es doch nur gut«, sagte er.

»Wenn du dich da nicht täuschst!«

»Sie möchte, dass du vom denkbar besten Arzt betreut wirst.«

»Nein, sie will alles unter Kontrolle haben.«

»Jetzt bist du ungerecht!«

»Ungerecht? Du wagst es, von Ungerechtigkeit zu sprechen?«

»Nimm sie doch bitte einfach nicht so ernst! Dann ist gleich alles viel leichter für uns.«

So kam ich zu Dr. Eisenberg, einem kleinen, schroffen Mann von Anfang sechzig ohne jegliche Herzlichkeit. Dafür war er sehr von sich überzeugt. Kein Wunder, dass Mrs. Grey ihn schätzte.

Jeden Tag kam ein Anruf von ihr. Jeden Tag gab es etwas Neues, das Mrs. Grey mit mir besprechen musste. Und meistens ging es um völlig banale Dinge.

»Hallo, meine Liebe, ich möchte, dass Sie zu Cuff's in der Sound Beach Avenue gehen und Ihrem Mann die Morgenausgabe des *Wall Street Journal* kaufen. Darin steht heute ein Artikel über einen seiner Studienkollegen von Princeton, einen gewissen Prescott Lawrence, der an der Wall Street eine beachtenswerte Karriere gemacht hat.«

»Soweit ich weiß, bekommt George das *Wall Street Journal* in der Bank.«

»Aber vielleicht heute gerade nicht. Also seien Sie brav, laufen Sie bei Cuff's vorbei, und besorgen Sie ihm die Zeitung.«

»Gut«, brummte ich ohne die Absicht, der Anweisung Folge zu leisten. Am Nachmittag klopfte es an der Tür. Es war ein Zeitungsjunge mit einer Ausgabe des *Wall Street Journal* in der Hand.

»Hier ist die bestellte Zeitung«, sagt er.

»Ich habe keine bestellt.«

»Aber irgendjemand anderes.«

Eine Stunde später klingelte das Telefon.

»Meine Liebe, haben Sie die Zeitung bekommen?«

Ich verkniff mir eine Bemerkung.

»Sorgen sie dafür, dass George den Artikel über Prescott Lawrence liest. Und zukünftig keine Allüren mehr, wenn ich Sie um einen Gefallen bitte.«

Tag für Tag rief sie mich an. Irgendwann, als ich im vierten

Monat war, hatte ich die Nase voll. Es war ein heißer, schwüler Julitag mit fast vierzig Grad. Die Luft im Haus war unerträglich stickig. Ich fühlte mich matt und schwerfällig. Unser Schlafzimmer glich einer Sauna, und ich hatte seit Tagen nicht mehr richtig geschlafen.

Dann kam der allmorgendliche Anruf von Mrs. Grey.

»Guten Morgen, meine Liebe…«

Doch ehe sie Gelegenheit hatte, mir ihren Auftrag des Tages mitzuteilen, legte ich den Hörer auf. Wenige Sekunden darauf klingelte der Apparat erneut. Ich ließ ihn klingeln. Fünf Minuten später begann er wieder. Ich nahm nicht ab. Und das hielt ich den Rest des Tages durch, obwohl das Telefon etwa alle zwanzig Minuten zum Leben erwachte.

Gegen drei Uhr nachmittags hörte das Klingeln auf. Ich fühlte mich unendlich erleichtert. Offenbar hatte ich einen Etappensieg errungen. Endlich hatte sie begriffen und würde mir von nun an nicht mehr die Nerven rauben.

Kurz vor halb sieben am Abend klingelte das Telefon erneut. Weil ich dachte, es sei George, der mir Bescheid sagen wollte, dass er im Büro aufgehalten worden war, nahm ich den Hörer ab. Es war ein Fehler.

»Hallo, meine Liebe?«

Ihre Stimme klang beherrscht wie immer.

»Hätten Sie die Güte, mir zu erklären, warum Sie heute Morgen während unseres Gesprächs einfach aufgehängt haben?«

»Weil ich nicht mit Ihnen sprechen wollte.«

Sie schwieg.

Ich merkte, dass meine Antwort sie verblüffte.

Schließlich sagte sie: »Das kann ich nicht hinnehmen.«

»Mir ist gleich, ob Sie das hinnehmen oder nicht. Ich will mich von Ihnen nicht mehr drangsalieren lassen.«

Sie lachte leise auf.

»Du meine Güte! Wir fühlen uns heute Abend hübsch mutig, was!«

»Ich bin nicht mutig. Ich habe die Nase voll!«

»Tja, tut mir leid, Sie werden sich wohl damit abfinden müssen, dass ich mich, wie man sagt, gern in alles einmische. Schließlich haben Sie meinen Sohn geheiratet, und …«

»Dass ich Ihren Sohn geheiratet habe, gibt Ihnen noch lange nicht das Recht, über mich zu bestimmen.«

»O doch, das gibt es mir! Denn sie tragen unseren Enkel …«

»Das Kind gehört mir!«

»Sobald Sie meinen Sohn verlassen, werden Sie ganz schnell merken, wem das Kind gehört.«

»Ich habe nicht vor, Ihren Sohn zu verlassen.«

»Doch, das haben Sie. Warum sonst besucht Ihr Bruder Sie mindestens einmal in der Woche?«

»Weil er mein Bruder ist. Und weil ich mich einsam fühle.«

»Das liegt nur daran, dass niemand Sie leiden mag, meine Liebe. Sie können und wollen sich nicht anpassen, ein Thema, über das Sie sicher ausführlichst mit Ihrem Bruder diskutieren, wenn Sie mit ihm stundenlang am Todd's Point spazieren gehen.«

»Woher zum Teufel wissen Sie von den Besuchen meines Bruders?«

»Sie leben in einer Kleinstadt, und da reden die Leute nun mal. Besonders mit mir. Und, meine Liebe, fluchen Sie nie wieder, wenn Sie mit mir sprechen. Das lasse ich nicht durchgehen.«

»Es ist mir verdammt egal, was Sie durchgehen lassen und was nicht.«

»Ich glaube nicht«, säuselte sie. »Denn eins sollten sie wissen. Wenn Sie beschließen, diese Ehe zu beenden, werde ich keine Einwände erheben. Mr. Grey übrigens auch nicht. Das Kind jedoch bleibt bei uns.«

Ich brauchte einen Augenblick, bis ich begriffen hatte, was das bedeutete.

»Was wollen Sie damit sagen?«, fragte ich unsicher.

Sie behielt ihren sanften Plauderton bei.

»Dass ich Ihnen alles Glück wünsche, wenn Sie diese Ehe nach der Geburt des Kindes beenden. Selbstverständlich unter der Voraussetzung, dass wir das Sorgerecht für das Kind bekommen.«

»Wir?«

»George natürlich, rein rechtlich gesehen.«

Meine Hände zitterten. Um Fassung ringend, holte ich tief Luft.

»Ist Ihnen klar, was Sie da sagen?«

»Welch seltsame Frage.« Sie lachte amüsiert auf. »Natürlich ist mir das klar. Die Frage lautet eher: Verstehen Sie, was ich sage?«

»Und wenn ich einfach fortgehe?«

»Wohin denn? In eine Hütte in den Wäldern? In eine Einzimmerwohnung in der Großstadt? Wir werden keine Kosten scheuen, um Sie zu suchen. Und wir werden Sie mit Sicherheit finden. In diesem Fall wird die Tatsache Ihrer Flucht unsere Position bei Gericht stärken. Natürlich können Sie warten, bis das Kind auf der Welt ist, und dann die Scheidung einreichen. Wenn Sie mit diesem Gedanken spielen, sollten Sie sich jedoch vor Augen halten, dass Mr. Grey Partner einer der angesehensten Anwaltskanzleien in der Wall Street ist und wir von daher alle Geschütze gegen Sie auffahren können. Glauben Sie mir, in einem Scheidungsverfahren spricht man Ihnen die Erziehungstauglichkeit ab, ehe Sie auch nur Luft geholt haben.«

Wieder begannen meine Hände zu zittern. Und plötzlich wurde mir übel.

»Sind Sie noch da, meine Liebe?«

Ich brachte kein Wort über die Lippen.

»Sie regen sich doch nicht etwa auf?«

Ich schwieg.

»Anscheinend doch, das spüre ich. Dabei wollte ich Ihnen nur vor Augen führen, was passiert, wenn Sie etwas Unvernünftiges tun. Aber das haben Sie ja nicht vor, oder?«

Ich sagte immer noch nichts.

»Wollen Sie mir nicht antworten?«

Die Worte blieben mir im Halse stecken.

»Ich will eine Antwort hören. Jetzt sofort!«

»Nein«, flüsterte ich. »Ich werde nichts Unvernünftiges tun.« Dann legte ich den Hörer auf.

Als George am Abend nach Hause kam, lag ich zusammengerollt im Bett, die Decke fest über mich gezogen. Er war beunruhigt.

»Liebling? Liebling?«

Er schüttelte mich an der Schulter.

»Liebling? Was ist mit dir?«

Ich antwortete nicht. Weil ich mich dazu nicht mehr in der Lage fühlte. Weil ich die Fähigkeit zu sprechen verloren hatte. Ich war anwesend und auch wieder nicht.

»Liebling, bitte! Sag mir, was dir fehlt.«

Ich sah ihn nur an. Mit einem Gefühl, als wäre ich innerlich leergefegt.

»O mein Gott!«, stieß George aus. Dann lief er aus dem Schlafzimmer. Ich döste ein. Als ich wach wurde, war Hilfe eingetroffen – Hilfe in Gestalt meiner Schwiegermutter. Sie stand am Fußende des Bettes. George neben ihr. Als er sah, dass ich aufgewacht war, kam er näher, kniete sich hin und strich mir über den Kopf.

»Geht es dir besser, Liebling?«, fragte er.

Ich konnte immer noch nicht antworten. Besorgt wandte er sich zu seiner Mutter um. Sie gab ihm mit einer Kopfbewegung zu verstehen, er solle das Zimmer verlassen. Kaum war er draußen, trat sie näher und setzte sich auf Georges Bett. Dann sah sie mich lange an. Ihr Blick war kalt.

»Ich nehme an, dafür bin ich verantwortlich«, stellte sie schließlich ungerührt fest.

Ich schlug die Augen nieder. Ich konnte es nicht ertragen, sie anzusehen.

»Ich weiß, dass Sie mich hören, meine Liebe«, sagte sie. »So wie ich weiß, dass derartige kleine Unpässlichkeiten zumeist selbst verschuldet und ein Zeichen für Schwäche sind. Über eins sollten Sie sich also klar sein: Mich können Sie nicht hinters Licht führen. Mich nicht.«

Ich schloss die Augen.

»Gut, dann spielen Sie mir vor, Sie würden schlafen. So wie Sie mir diesen Zusammenbruch vorspielen. Wenn es etwas mit Ihrer Schwangerschaft zu tun hätte, könnte ich ja sogar noch ein gewisses Mitgefühl aufbringen. Ich selbst habe diesen Zustand gehasst, jede einzelne Minute davon. Warum also sollte es Ihnen anders ergehen? Zumal Sie die Familie verachten, in die Sie hineingeheiratet haben.«

Damit hatte sie allerdings Recht. Was jedoch die Schwangerschaft betraf, schätzte sie meine Empfindungen falsch ein. Natürlich haderte ich mit den Umständen, in die sie mich gebracht hatte – die absurde Ehe, die Schwiegermutter, die mir zuwider war. Es gab nur einen Grund, dass ich nicht den Verstand verlor, und der war das Kind, das ich trug. Ich wusste nicht, was für ein Mensch es sein würde, ich wusste nur, dass ich ihn oder sie schon jetzt aus tiefstem Herzen und bedingungslos liebte. Warum das so war, hätte ich niemandem erklären können, denn es hatte nichts mit Logik zu tun. Es war nur ein überwältigendes Gefühl: Dieses Kind war meine Zukunft, mein Daseinszweck.

Aber jetzt hatte Mrs. Grey einen dunklen Schleier über diese Zukunft gebreitet.

Wenn Sie diese Ehe beenden wollen, werde ich keine Einwände erheben. Mr. Grey übrigens auch nicht. Das Kind jedoch bleibt bei uns.

Ich stellte mir schon vor, wie die ganze Sache aussehen würde. Das Baby wird geboren. Ich darf es eine Weile halten. Eine Krankenschwester kommt und erklärt mir, sie werde das Kind jetzt wieder in die Abteilung für Neugeborene bringen. Sobald ich das Baby aus den Händen gegeben habe, taucht ein Vollstreckungsbeamter mit einer gerichtlichen Verfügung auf. Mrs. Grey hat alles gut eingefädelt.

Glauben Sie mir, in einem Scheidungsverfahren spricht man Ihnen die Erziehungstauglichkeit ab, ehe Sie auch nur Luft geholt haben.

Mich überlief ein Schauer. Als hätte ich einen Elektrodraht angefasst. Ich kreuzte die Arme und legte die Hände auf die Schultern, wie um mich warm zu reiben.

»Ist Ihnen kalt, meine Liebe?«, fragte Mrs. Grey. »Oder tun Sie nur so?«

Ich schloss erneut die Augen.

»Gut – wie dem auch sei. Der Arzt wird bald hier sein. Aber ich bin mir sicher, dass er nur bestätigt, was ich ohnehin schon weiß: Körperlich fehlt Ihnen nichts. Wenn Sie aber weiterhin darauf bestehen, in diesem Zustand der Abwesenheit zu bleiben – es gibt mehrere gute Sanatorien im County Fairfield, wo man Sie einsperren wird, bis das Baby da ist. Vielleicht auch länger, wenn sich an Ihrem psychischen Zustand nichts ändert. Ich habe gehört, dass es nicht sehr schwierig ist, jemanden einweisen zu lassen. Vor allem, wenn er so ungewöhnliche Zeichen geistiger Störung an den Tag legt wie Sie …«

Es klopfte an der Tür.

»Ah, das ist sicher der Arzt.«

Der Arzt war ein ernster, wortkarger Mann Mitte fünfzig. Er stellte sich mir als Dr. Rutan vor und erklärte, er vertrete heute Abend Dr. Eisenberg. Er besaß dieselbe professionelle Liebenswürdigkeit wie sein Kollege. Als ich seine ersten Fragen nicht beantwortete – weil ich immer noch nicht in der Lage war, zu sprechen –, zeigte er sich weder betroffen noch besorgt. Er ging einfach zur Tagesordnung über, nahm mir den Puls und prüfte meinen Blutdruck. Er hörte mein Herz ab, legte das Stethoskop an meinen Bauch und horchte. Dann klopfte er auf meinen geschwollenen Unterleib und drückte mit seinen Händen daran herum. Er öffnete meinen Mund, nahm einen Spatel, um meine Zunge runterzudrücken, und blickte unter Zuhilfenahme einer Lampe in meinen Hals. Dann zog er eine kleine Stablampe heraus und leuchtete mir damit in die Augen. Schließlich wandte er sich zu meinem Mann und meiner Schwiegermutter und meinte: »Es ist alles in Ordnung. Sie hat entweder einen kleinen Zusammenbruch oder das, was man Schmollen nennt. Das ist nichts Ungewöhnliches während einer Schwangerschaft. Empfindliche Frauen fühlen sich oft dadurch überfordert und geraten aus dem Gleichgewicht. Dann ziehen sie sich wie kleine Kinder in sich selbst zurück. Und schmollen.«

»Und wie lange kann so etwas andauern?«, fragte George.

»Das weiß ich nicht. Versuchen Sie, ihr etwas zu essen einzuflößen und jede Aufregung zu vermeiden. In ein oder zwei Tagen dürfte sie es überwunden haben.«

»Und wenn nicht?«, fragte Mrs. Grey.

»Dann«, erwiderte der Arzt, »müssen wir weitere medizinische Maßnahmen in Betracht ziehen.«

Ich schloss erneut die Augen. Aber dieses Mal trat endlich die gewünschte Wirkung ein. Ich fiel ins Nichts.

Als ich die Augen aufmachte, wusste ich gleich, dass etwas ganz und gar nicht stimmte. Es war mitten in der Nacht. George lag in dem Bett neben meinem und schnarchte leise. Es war vollkommen dunkel im Zimmer. Und heiß. So heiß, dass ich in Schweiß gebadet war. Außerdem musste ich dringend zur Toilette. Doch als ich versuchte, mich aufzusetzen, fühlte ich mich benommen, mir schwindelte, alles drehte sich in meinem Kopf. Schließlich gelang es mir aber doch, die Füße auf den Boden zu setzen. Es kostete mich einige Mühe, aufzustehen. Als ich versuchte, einen Schritt zu gehen, wäre ich beinahe umgefallen. Die kleine Episode am Abend – meine Abwesenheit, wie Mrs. Grey sich ausgedrückt hatte – musste etwas Schlimmeres gewesen sein, als ich gedacht hatte. Ich fühlte mich durch und durch schwach.

Wankend schleppte ich mich durch das verdunkelte Zimmer, tastete mich mit ausgestreckten Händen bis zum Bad vor und schaltete darin das Licht an. Sofort war der Raum in blendende Helligkeit getaucht.

Und ich schrie.

Denn dort an der gegenüberliegenden Wand, in dem Badezimmerspiegel, sah ich mich. Mein Gesicht war kalkweiß, meine

Augen gelb. Und die untere Hälfte meines Nachthemds war rot. Purpurrot. Blutdurchtränkt.

Wieder hatte ich das Gefühl, ins Nichts zu fallen. Nur dass ich diesmal einen dumpfen Schlag hörte. Dann wurde es dunkel um mich herum.

Als ich wieder zu Bewusstsein kam, lag ich in einem weißen Zimmer. Mit grellem Licht. Ein älterer Herr in einer gestärkten weißen Jacke leuchtete mir mit einer kleinen Stablampe in die Augen. Mein linker Arm war ans Bett geschnallt. Ein Schlauch führte von dem Arm zu einer Flasche mit Blutplasma, die neben dem Bett hing.

»Da sind Sie ja wieder«, sagte der Mann.

»Ach ja … richtig«, erwiderte ich dumpf.

»Wissen Sie, wo Sie hier sind?«

»Äh … was?«

Er wiederholte seine Frage laut, als wäre ich taub.

»Wissen Sie, wo Sie hier sind?«

»Äh … nein.«

»Sie sind im Greenwich Hospital.«

Es dauerte eine Weile, bis ich begriff.

»Gut.«

»Wissen Sie, wer ich bin?«, fragte der Mann.

»Sollte ich das?«

»Wir kennen uns bereits. Ich bin Dr. Eisenberg, Ihr Gynäkologe. Wissen Sie, warum Sie hier sind, Sara?«

»Wo bin ich?«

»Wie ich schon sagte: im Greenwich Hospital. Ihr Mann hat Sie blutüberströmt auf dem Badezimmerboden gefunden.«

»Ich erinnere mich …«

»Sie haben großes Glück gehabt. Sie sind ohnmächtig geworden. Sie hätten sich das Genick brechen können. Wie sich herausgestellt hat, haben Sie aber nur ein paar kleine Prellungen.«

Allmählich fühlte ich mich wieder klarer im Kopf. Und plötzlich bekam ich Angst.

»Was fehlt mir?«, fragte ich leise.

Er musterte mich eingehend.

»Wie gesagt, Sie haben lediglich ein paar oberflächliche Prellungen. Und Sie haben viel Blut verloren.«

Jetzt bekam ich Panik. Und plötzlich war ich hellwach. »Doktor, ist alles in Ordnung?«

Eisenberg hielt meinem Blick stand. »Sie haben das Kind verloren.«

Ich schloss die Augen. Wieder hatte ich das Gefühl zu fallen.

»Es tut mir leid«, meinte er.

Ich legte die Hand auf den Mund und biss fest auf einen Fingerknöchel. Vor diesem Mann wollte ich nicht weinen.

»Ich komme später noch einmal zu Ihnen«, sagte er und ging zur Tür. Plötzlich entfuhr mir eine Frage:

»War es ein Junge oder ein Mädchen?«

Er drehte sich um.

»Es war eine Eileiterschwangerschaft. Der Fötus war nur teilweise ausgebildet.«

»Sagen Sie es mir: War es ein Junge oder ein Mädchen?«

»Ein Junge.«

Ich schlug die Augen zu und biss mir wieder auf den Fingerknöchel.

»Ich habe noch eine schlechte Nachricht«, sagte er. »Wir mussten Sie operieren, um den Fötus aus dem Eileiter zu entfernen. Bei der Operation hat sich herausgestellt, dass dieser Eileiter – und ein Teil der Gebärmutterwand – durch die Schwangerschaft schwer geschädigt waren. So schwer, dass Sie höchstwahrscheinlich kein Kind mehr austragen und auch keins mehr empfangen können. Verstehen Sie, das ist keine endgültige Diagnose, aber nach meiner Erfahrung als Arzt stehen die Chancen, dass Sie noch einmal ein Kind bekommen können, leider bei null.«

Es herrschte langes Schweigen. Eisenberg blickte zu Boden. »Haben Sie noch Fragen?«, meinte er schließlich.

Ich presste die Handflächen auf die Augen. Ich wollte nichts mehr von der Welt um mich wissen. Nach einer Weile sagte Eisenberg: »Sicher möchten Sie jetzt ein bisschen allein sein.«

Dann hörte ich, wie die Tür geschlossen wurde. Ich war außerstande, die Augen aufzumachen. Ich befand mich im Sturzflug.

Die Tür wurde wieder geöffnet, und ich hörte, wie George sanft meinen Namen sprach. Ich nahm die Hände von den Augen und sah ihn über mir. Er war sehr blass und wirkte, als hätte er tagelang nicht geschlafen. Neben ihm stand seine Mutter. Plötzlich hörte ich mich sagen: »Ich möchte Sie nicht hier haben.«

Mrs. Grey erbleichte. »Was haben Sie gesagt?«, fragte sie.

»Mutter«, sagte George und legte ihr die Hand auf den Arm, die sie sofort wegstieß.

»Sieh zu, dass sie geht, sofort!«, schrie ich.

Leise trat sie an mein Bett. »Ich will Ihnen diese Äußerung noch einmal verzeihen, aber nur, weil Sie ein traumatisches Erlebnis hinter sich haben.«

»Ich brauche es nicht, dass Sie mir verzeihen. Aber gehen Sie endlich.«

Sie verzog das Gesicht zu ihrem berühmten verkniffenen Lächeln und beugte sich über mich.

»Ich möchte Sie etwas fragen, Sara. Wollen Sie, nachdem Sie diese Tragödie selbst herbeigeführt haben, mit Ihrer Respektlosigkeit die Augen vor der Tatsache verschließen, dass Sie jetzt zweite Wahl sind?«

Ich schlug sie. Mit meiner freien Hand verpasste ich ihr eine kräftige Ohrfeige. Sie verlor das Gleichgewicht und taumelte mit einem Schrei zu Boden. George stürzte, etwas Unverständliches brüllend, zu ihr. Und während er seiner Mutter wieder auf die Beine half, flüsterte er ihr ins Ohr: »Es tut mir leid, es tut mir leid.« Als sie sich umwandte und mich ansah, wirkte sie verwirrt und sprachlos. Von ihrer triumphierenden Boshaftigkeit war nichts mehr übrig geblieben. George legte einen Arm um sie und führte sie aus dem Zimmer. Als er wenige Minuten später wieder hereinkam, sah er aus, als hätte er sich gerade aus einem Autowrack befreit.

»Eine der Schwestern kümmert sich um sie«, erklärte er. »Ich habe ihr gesagt, Mutter hätte sich umgedreht und sei dabei gefallen.«

Ich wandte mich ab.

»Es tut mir so leid«, jammerte er und trat näher. »Ich kann dir gar nicht sagen, wie leid es ...«

Ich schnitt ihm das Wort ab. »Wir haben uns nichts mehr zu sagen.«

Er wollte mich berühren, aber ich wehrte ihn ab.

»Liebling ...«, sagte er.

»Bitte, geh jetzt, George.«

»Du hattest Recht, sie zu schlagen. Sie hatte es verdient.«

»George, ich möchte jetzt nicht reden.«

»Natürlich. Ich komme später wieder. Aber lass dir noch sagen, Liebling: Alles wird wieder gut. Ich mache mir keine Gedanken über das, was Dr. Eisenberg sagt. Es ist nur eine Meinung. Und selbst wenn er Recht hat, können wir immer noch ein Kind adoptieren. Wirklich ...«

»George! Bitte geh.«

Er seufzte tief. Sein Blick zeigte, dass er ganz durcheinander war. Und dass er Angst hatte.

»Also dann komme ich gleich morgen früh wieder.«

»Nein, George. Ich möchte dich morgen nicht sehen.«

»Gut, ich kann auch übermorgen ...«

»Ich möchte dich überhaupt nicht mehr sehen.«

»Sag so etwas nicht.«

»Ich sage es aber.«

»Ich tue alles ...«

»Alles?«

»Ja, Liebling. *Alles.*«

»Dann möchte ich dich um zwei Dinge bitten. Erstens, ruf meinen Bruder an. Sag ihm, was passiert ist. Erzähl ihm alles.«

»Klar doch, klar. Ich rufe ihn an, sobald ich zu Hause bin. Und die zweite Bitte?«

»Lass dich nie wieder bei mir blicken.«

Es dauerte eine Weile, bis er das geschluckt hatte. »Das meinst du nicht ernst«, meinte er schließlich.

»Doch, ich meine es ernst.«

Schweigen. Als ich ihn ansah, weinte er.

»Es tut mir leid«, sagte er.

Er wischte sich die Augen. »Ich tue, was du von mir verlangst.«

»Danke.«

Er stand wie versteinert da, unfähig, sich zu rühren.

»Mach's gut, George«, flüsterte ich und wandte mich wieder ab.

Als er gegangen war, trat eine Krankenschwester mit einer kleinen Keramikschale ins Zimmer, in der eine Spritze und eine Phiole lagen. Sie stellte die Schale auf den Nachttisch, führte die Nadel in den Gummipropfen der Phiole ein und sog ein wenig von der Flüssigkeit heraus.

»Was ist das?«, fragte ich.

»Etwas, damit Sie schlafen können.«

»Ich möchte nicht schlafen.«

»Anweisung des Arztes.«

Bevor ich mich noch weiter zur Wehr setzen konnte, spürte ich einen Stich im Arm. Innerhalb weniger Sekunden war ich eingeschlafen. Als ich wieder wach wurde, war es bereits Morgen. Eric saß an meinem Bettrand und lächelte mich traurig an.

»Hallo.«

Ich griff nach seiner Hand. Er rutschte zu mir und verschränkte seine Finger in meine. »Hat George dich angerufen?«, fragte ich.

»Ja.«

»Und hat er dir erzählt …«

»Ja, er hat es mir erzählt.«

Plötzlich schluchzte ich. Sofort legte Eric seine Arme um mich, und ich grub den Kopf in seine Schulter. Mein Schluchzen wurde stärker, und schließlich weinte ich. Er drückte mich fest, aber ich war untröstlich. Noch nie hatte ich einen solch tiefen, bodenlosen Schmerz empfunden.

Ich weiß nicht, wie lange ich weinte. Eric sagte nichts. Kein Wort des Trostes oder des Bedauerns. Denn in diesem Augenblick waren Worte sinnlos. Ich würde nie Kinder bekommen. Das war die schreckliche, unumstößliche Wahrheit. Worte, von wem auch immer, konnten daran nichts ändern. Bei einer echten Tragödie wird die Sprache machtlos.

Schließlich ließ ich Eric los und sank in die Kissen. Er streichelte mir das Gesicht. Lange sagten wir nichts. Ich stand immer noch unter Schock.

»So …«, fing mein Bruder schließlich an.

»So …«

»Mein Sofa ist zwar nicht gerade das bequemste Bett der Welt, aber …«

»Es wird schon gehen.«

»Dann ist das also schon mal geregelt. Während ich darauf gewartet habe, dass du aufwachst, habe ich mit einer der Schwestern gesprochen. Sie meinte, du kämst wahrscheinlich in drei Tagen wieder raus. Wenn du einverstanden bist, rufe ich George an und mache mit ihm aus, wann du in euer Haus in Old Greenwich gehen und deine Sachen ausräumen kannst.«

»Es war nie mein Haus.«

»George klang ziemlich aufgewühlt am Telefon. Er bat mich, dir zu sagen, dass du es dir noch einmal überlegen sollst.«

»Auf keinen Fall.«

»Das habe ich ihm auch zu verstehen gegeben.«

»Soll er doch seine Mutter heiraten und es vergessen.«

»Warum ist mir das nicht eingefallen?«

Fast wäre mir ein Lächeln gelungen.

»Es wird schön sein, wenn du wieder da bist, S. Ich habe dich vermisst.«

»Ich habe es versaut. Ich habe alles versaut.«

»So darfst du nicht denken. Es stimmt nämlich nicht. Aber die

Ausdrucksweise solltest du behalten. Sie befreit dich von dem überkandidelten Gehabe, das sie dir aufgezwungen haben. Mir gefällt das.«

»Ich habe mich selbst in dieses Dilemma gebracht.«

»Das ist eine Deutung, und zwar eine, die dir mit Sicherheit eine Menge unnötigen Kummer bereitet.«

»Ich habe Kummer verdient.«

»Hör auf damit! Du verdienst nichts dergleichen. Es ist nun mal passiert. Und irgendwann wirst du dich damit abgefunden haben.«

»Ich werde mich nie damit abfinden.«

»Doch. Weil du musst. Du hast keine andere Wahl.«

»Ich würde am liebsten aus dem Fenster springen.«

»Denk doch nur mal an die schlechten Filme, die du dann verpasst.«

Dieses Mal lächelte ich wirklich. »Ich habe dich auch vermisst, Eric. Ich kann dir gar nicht sagen, wie.«

»Ich wette, nach zwei Wochen Zusammenleben sprechen wir nie mehr miteinander.«

»Eher schlägt in Manhattan ein Meteorit ein. Und da drin sind wir zwei.«

»Schön gesagt.«

»Ja. Die Iren haben auf alles die richtige Antwort.«

Er verdrehte die Augen: »Man lebt und man lernt.«

»Verdammt wahr.«

Ich sah aus dem Fenster. Es war ein herrlicher Sommertag. Ein stahlblauer Himmel. Eine strahlende Sonne. Nicht das geringste Anzeichen für eine Wetterverschlechterung. Ein Tag, an dem eigentlich alles möglich sein sollte.

»Sag mir eins, Eric…«

»Ja?«

»Ist es immer so hart?«

»Ist *was* immer so hart?«

»Alles.«

Er lachte. »Natürlich. Hast du das etwa nicht gewusst?«

»Ich frage mich, ob ich überhaupt etwas weiß.«

Er lachte erneut. »Sara, du kennst die Antwort selbst, nicht wahr?«

Ich hielt den Blick auf die Welt draußen gerichtet.

»Ja, leider kenne ich sie.«

DRITTER TEIL
SARA

1

Das Erste, was mir an Dudley Thomson auffiel, waren seine kurzen, dicken Finger, die mich an polnische Würste erinnerten. Unter seinem großen, ovalen Gesicht wuchs ihm ein Doppelkinn, sein Haar wurde bereits schütter. Er trug eine runde Hornbrille und einen sehr teuer aussehenden dreiteiligen Anzug, dunkelgrau mit Nadelstreifen. Meiner Einschätzung nach war er maßgeschneidert, denn er saß wie angegossen. Das holzgetäfelte Büro war mit schweren grünen Samtvorhängen, tiefen Ledersesseln und einem riesigen Mahagonischreibtisch ausgestattet. Es erschien mir wie die Miniaturausgabe eines vornehmen Londoner Herrenclubs. Eigentlich zeugte alles an Dudley Thomson von seiner Anglophilie, er selbst sah aus wie eine übergewichtige Kopie von T.S. Eliot. Nur dass er im Gegensatz zu Mr. Eliot kein Dichter im Gewand eines englischen Bankdirektors war. Nein, Mr. Thomson war Scheidungsanwalt, ein Partner der renommierten Kanzlei Potholm, Grey and Connell an der Wall Street, in der George Grey senior Seniorpartner war.

Dudley Thomson hatte mich drei Wochen nach meiner Entlassung aus dem Krankenhaus zu einem Gespräch in sein Büro gebeten. Ich wohnte bei meinem Bruder in der Sullivan Street, wo ich auf dem durchgesessenen Sofa schlief. Die Oberschwester hatte mich gewarnt, dass ich nach der Entlassung eine Phase der Depression und Niedergeschlagenheit durchmachen würde. Sie hatte Recht. Die drei Wochen hatte ich größtenteils in Erics Wohnung verbracht und mich nur gelegentlich nach draußen gewagt, um Lebensmittel einzukaufen oder mir eine Nachmittagsvorstellung in der Academy of Music in der 14th Street anzusehen. Es gab nicht viele Menschen, deren Gesellschaft ich ertrug, und ich vermied insbesondere den Kontakt zu befreundeten Paaren, die Kinder hatten. Der Anblick eines Kinderwagens auf der Straße oder die Schaufensterauslage eines Geschäftes für Babyausstattung und Umstandsmoden bedrückten mich. Seltsamerweise hatte ich seit meinem Gefühlsausbruch im Krankenhaus nicht wieder geweint. Stattdessen fühlte ich mich wie betäubt, wollte mich nur noch in Erics Wohnung vergraben. Schließlich ermunterte mich auch mein toleranter Bruder dazu, und so hatte ich die Zeit damit verplempert, stapelweise Schundromane zu lesen und mich durch Erics umfangreiche Plattensammlung zu arbeiten. Nur selten hörte ich Radio. Ich kaufte mir keine Zeitung und ging nicht ans Telefon (es läutete sowieso kaum). Sofern Eric, der geduldigste Mensch auf Erden, sich Sorgen machte wegen meiner solipsistischen Tendenzen, sprach er mich nie darauf an, nur hin und wieder erkundigte er sich vorsichtig nach meinem Befinden. Nie schlug er abends vor, auszugehen, und auch meine Benommenheit und Schwermut nahm er schweigend hin. Er wusste, was in mir vorging. Und er wusste, dass alles seine Zeit brauchte.

Nach diesem selbst gewählten dreiwöchigen Stubenarrest bekam ich einen Brief von Dudley Thomson. Darin erklärte er, er vertrete die Familie Grey in der Scheidungssache, und bat mich, so bald wie möglich mit seiner Sekretärin einen Termin zu vereinbaren. Es stehe mir frei, meinen eigenen Anwalt mitzubringen, doch könne ich mir den Aufwand in diesem frühen Stadium der Verhandlungen auch sparen, zumal die Greys eine möglichst rasche Regelung wünschten.

»Nimm dir einen Anwalt«, riet mir Eric, als ich ihm den Brief zeigte. »Sie möchten so billig wie möglich dabei wegkommen.«

»Aber ich will ja gar nichts von ihnen haben.«

»Du hast ein Recht auf Unterhaltszahlungen oder wenigstens auf eine angemessene Entschädigung. Das ist das Mindeste, was dir diese elende Sippe schuldet.«

»Ich möchte so wenig wie möglich mit ihnen zu tun haben.«

»Sie haben dich ausgenutzt.«

»Nein, haben sie nicht.«

»Sie haben dich als Legehenne missbraucht und…«

»Eric, mach kein Klassenkampfdrama daraus. Die Greys und wir gehören verdammt noch mal der gleichen Schicht an.«

»Trotzdem solltest du so viel wie möglich aus ihnen herausschinden.«

»Nein, das finde ich unmoralisch. Und es ist nicht mein Stil. Ich weiß schon, was ich von den Greys haben will. Wenn sie es mir geben, kann die ganze Sache über die Bühne gehen, ohne dass ich noch weiter leiden muss. Und glaub mir, was ich mir im Moment mehr als alles andere wünsche, ist, mir weitere Qualen zu ersparen.«

»Such dir wenigstens einen guten Scheidungsanwalt, der dir beisteht.«

»Ich brauche niemanden, Eric. Meine neueste Maxime heißt nämlich: Von nun an bin ich von niemandem mehr abhängig.«

Und so machte ich einen Termin mit Mr. Thomson aus und betrat sein Büro ohne Rechtsbeistand. Er war darüber ziemlich erstaunt.

»Ich hätte Sie eigentlich in Begleitung mindestens eines Anwalts erwartet.«

»Ach ja?«, entgegnete ich. »Sie selbst haben mir doch gesagt, bei dieser Besprechung sei das nicht nötig.«

Ein Lächeln huschte über sein Gesicht, das seine schlechten Zähne entblößte (ein sicheres Anzeichen für seine ausgeprägte Anglophilie). »Ich gehe eigentlich nicht davon aus, dass man meinen Ratschlägen wirklich folgt«, meinte er.

»Nun, ich habe es getan. Also, bringen wir es hinter uns. Wie lautet Ihr Vorschlag?«

Er hüstelte und kramte in seinen Papieren, um zu überspielen, wie sehr ihn meine direkte Art aus der Fassung brachte. »Die Greys möchten sich so großzügig wie möglich zeigen…«

»Sie meinen, *George Grey* möchte sich so großzügig wie möglich zeigen. Ich war – ich bin – mit ihm und nicht mit seiner Familie verheiratet.«

»Ja, ja, natürlich«, beschwichtigte er mich ein wenig nervös. »George Grey bietet Ihnen wirklich angemessene Konditionen an.«

»Und was stellt er – und Sie – sich unter ›angemessenen Konditionen‹ vor?«

»Wir dachten an eine Summe im Bereich von zweihundert Dollar monatlich, zahlbar bis zu dem Tag, an dem Sie wieder heiraten.«

»Ich werde nie wieder heiraten.«

Er versuchte wohlwollend zu lächeln. Es misslang ihm. »Ich verstehe Ihre Aufregung, Mrs. Grey, unter den gegebenen Umständen. Aber ich bin sicher, einer attraktiven, intelligenten Frau wie Ihnen wird es nicht schwer fallen, wieder einen Mann zu finden …«

»Nur dass ich das eben gar nicht vorhabe. Im Übrigen, selbst wenn, wäre ich jetzt – vom medizinischen Standpunkt her – *zweite Wahl*, um in den netten Worten meiner Schwiegermutter zu sprechen.«

Er war zutiefst verlegen. »Ja, ich habe gehört, dass Sie … gesundheitliche Probleme haben. Das tut mir schrecklich leid für Sie.«

»Danke. Aber zurück zum Geschäftlichen. Ich fürchte, zweihundert Dollar monatlich kann ich nicht akzeptieren. Mein Gehalt bei der *Saturday Evening Post* betrug dreihundert monatlich, und ich denke, so viel müsste es schon sein.«

»Ich bin sicher, dass mein Mandant auch mit dreihundert Dollar einverstanden ist.«

»Gut. Jetzt hören Sie sich bitte meinen Vorschlag an. Als ich Ihnen erzählte, dass ich keine erneute Eheschließung plane, haben Sie sicher schon daran gedacht, dass George mir dann für den Rest des Lebens Alimente zahlen müsste.«

»Ja, dieser Gedanke ist mir gekommen.«

»Ich würde die Angelegenheit in dieser Hinsicht gern vereinfachen. Ich wäre bereit, eine einmalige Pauschalsumme zu akzeptieren. Danach werde ich keinerlei Unterhaltsansprüche mehr an George stellen.«

Er presste die Lippen zusammen. »Und an welche Summe dachten Sie?«

»Ich war fünf Monate lang mit George verheiratet und zuvor zwei Monate mit ihm zusammen. Das macht insgesamt sieben Monate. Für jeden Monat hätte ich gern die Alimente eines Jahres, was alles in allem ...«

Er kritzelte bereits Zahlen auf seinen Notizblock. »Fünfundzwanzigtausendzweihundert Dollar macht«, fiel er mir ins Wort.

»Genau.«

»Eine beträchtliche Summe.«

»Nicht wenn man bedenkt, dass ich gut und gern noch fünfundvierzig oder fünfzig Jahre zu leben habe.«

»Das ist ein Argument. Und stellt diese Summe lediglich das Eröffnungsangebot dar?«

»Nein, es ist das endgültige Angebot. Entweder ist George damit einverstanden, oder er kann mich bis an mein Lebensende unterstützen. Sind wir uns da einig, Mr. Thomson?«

»Völlig. Natürlich muss ich erst mit den Greys, Entschuldigung, mit George darüber reden.«

»Nun, Sie wissen, wo Sie mich finden«, sagte ich und stand auf.

Er streckte mir seine Hand entgegen. Sie fühlte sich weich und schwammig an. »Darf ich Sie etwas fragen, Mrs. Grey?«

»Natürlich.«

»Das klingt jetzt vielleicht seltsam, weil ich schließlich Ihren Mann vertrete, aber eines interessiert mich trotzdem: Warum um alles in der Welt verzichten Sie auf laufende Unterhaltszahlungen?«

»Weil ich mit den Greys nie wieder etwas zu tun haben will. Und das können Sie von mir aus gern an Ihre Klienten weitergeben.«

Er ließ meine Hand los. »Ich denke, das wissen sie bereits. Auf Wiedersehen, Mrs. Grey.«

Als ich aus der Kanzlei Potholm, Grey and Connell trat, kam mir auf dem Korridor George Grey senior entgegen. Er senkte sofort den Kopf, um meinem Blick auszuweichen. Dann ging er an mir vorbei, ohne mich zu grüßen.

Sobald ich das Gebäude verlassen hatte, nahm ich mir ein Taxi und fuhr in die Sullivan Street zurück. Die Besprechung hatte mich erschöpft. Ich war nicht daran gewöhnt, den eiskalten Verhandlungspartner zu spielen. Aber ich war zufrieden mit mir. Meine Behauptung, ich würde nie wieder heiraten, hatte mich selbst erstaunt. Ich hatte es nur so dahingesagt, ohne jede Vorüberlegung. Im Grunde hatte ich mir noch keine Gedanken darüber gemacht. Aber offensichtlich spiegelte es meine momentane Gefühlslage wider. Wie es in ein paar Jahren aussehen würde, war eine andere Sache. Aber eines wusste ich jetzt schon: Es funktionierte nicht, wenn das Herz den Verstand leitete. Und es funktionierte nicht, wenn der Verstand das Herz leitete. Was wiederum bedeutete …

Was eigentlich?

Vielleicht, dass wir es nie richtig hinkriegen. Wir kämpfen uns nur irgendwie durch. Das ist wahrscheinlich einer der Hauptgründe, warum man von der Liebe immer enttäuscht wird. Wir stürzen uns hinein, weil wir hoffen, dass uns die Liebe zu einem ganzen Menschen macht, dass sie uns Halt und Beständigkeit gibt und uns das Gefühl nimmt, unvollkommen zu sein. Dann entdecken wir zu unserer Überraschung, dass es keine Vollkommenheit gibt. Die Liebe ist zwiespältig. Wir suchen bei einem anderen Menschen Sicherheit, und was wir finden, sind Zweifel, sowohl bei dem Geliebten als auch bei uns selbst.

Vielleicht liegt der Trick darin zu erkennen, dass hinter dem Streben des Menschen immer dieser Zwiespalt lauert. Denn wenn man das einmal akzeptiert hat, wenn man kapiert hat, dass *nichts* vollkommen ist, kann man seinen Weg gehen, ohne enttäuscht zu werden.

Natürlich nur so lange, bis man sich wieder verliebt.

Zwei Tage nach meinem Gespräch mit Dudley Thomson bekam ich einen Brief von ihm. Er erklärte mir, George Grey habe einer einmaligen Abfindung in Höhe von fünfundzwanzigtausend Dollar zugestimmt, unter der Bedingung, dass ich, wie er sich ausdrückte, von jeglichen weiteren Unterhalts- oder anderen Geldforderungen Abstand nehme. Die Hälfte der Summe sollte mit Unterzeichnung eines rechtlich verbindlichen Vertrags fällig werden (den er aufsetzen werde, sobald ich mich grundsätzlich mit diesen Bedingungen einverstanden erklärte) und die andere Hälfte in zwei Jahren, nach dem offiziellen Inkrafttreten der Scheidung (der Staat New York stellte Scheidungsurkunden damals nur *sehr* zögerlich aus).

Ich griff sofort zum Hörer, rief Mr. Thomson an und erklärte ihm, dass ich einverstanden sei. Binnen einer Woche nach dem Anruf traf per Post ein Vertragsentwurf ein. Er war ziemlich lang und für jemanden wie mich, der nicht Jura studiert hatte, schwer verständlich. Auch Eric wurde aus den verschlungenen Schachtelsätzen nicht schlau und besorgte mir noch am gleichen Tag einen Anwalt namens Joel Eberts. Eberts war von ausgesprochen kräftiger Statur, gebaut wie ein Schauermann, und wohl Ende fünfzig. Sein Büro lag gleich in der Nähe an der Thompson, Ecke Sullivan Street. Es bestand aus nur einem Zimmer mit abgetretenem Linoleumboden und Neonröhren an der Decke. Joel Eberts hatte einen Händedruck wie ein Schraubstock. Aber ich mochte seine offene Art. Nachdem er den Vertrag kurz überflogen hatte, pfiff er durch die Zähne und meinte: »Sie waren tatsächlich mit George Greys Sohn verheiratet?«

»Leider ja. Kennen Sie die Greys?«

»Für deren Geschmack bin ich wohl ein bisschen zu semitisch. Aber früher war ich auf Arbeitsrecht spezialisiert und vertrat eine Zeit lang die Ortsgruppe 502, die Hafenarbeiter drüben im Marinehafen von Brooklyn. Waren Sie schon mal dort?«

»Ja«, sagte ich leise. »Einmal.«

»Jedenfalls hat die Firma vom alten Grey damals viel Geld gemacht als Vertreter der Subunternehmer. Grey stand in dem Ruf, es regelrecht zu genießen, wenn er die Arbeiter übers Ohr hauen konnte, besonders bei Vertragsverhandlungen. Und das Schlimme dabei: Der Kerl hat wirklich immer gewonnen. Ich hab den Hurensohn gehasst – entschuldigen Sie meine Ausdrucksweise –, deshalb freut es mich besonders, das hier für Sie zu prüfen. Ich verlange sechs Dollar die Stunde. Ist das in Ordnung?«

»Das erscheint mir preiswert. Eigentlich sogar zu preiswert. Sollte ich Ihnen nicht mehr zahlen?«

»Wir sind hier in Greenwich Village, nicht in der Wall Street. Sechs Dollar die Stunde ist mein Honorarsatz, und ich habe nicht vor, ihn zu erhöhen, nur weil Sie es mit Potholm, Grey and Connell zu tun haben. Aber eines würde mich interessieren: Warum geben Sie sich bei diesen Schweinen mit einer einmaligen Abfindung zufrieden?«

»Ich habe meine Gründe.«

»Da ich Sie vertrete, wäre es besser, ich würde sie erfahren.«

Zögernd erzählte ich ihm von meiner katastrophalen Ehe, von meiner albtraumhaften Schwiegermutter, der Fehlgeburt und den damit für mich verbundenen Konsequenzen. Als ich fertig war, beugte er sich über den Schreibtisch und drückte kurz meine Hand.

»Das sind wirklich gute Gründe, Miss Smythe. Es tut mir sehr leid für Sie.«

»Danke.«

»Also, es wird ein paar Tage dauern, bis ich das alles durchgearbeitet habe. Ich schätze, meine Arbeitszeit wird sich maximal auf zehn bis zwölf Stunden belaufen.«

»Das ist in Ordnung«, sagte ich.

Eine Woche später rief mich Mr. Eberts in Erics Wohnung an.

»Entschuldigen Sie, dass ich mich jetzt erst melde, aber die Verhandlungen haben doch mehr Zeit in Anspruch genommen als erwartet.«

»Ich dachte, es wäre alles ganz unkompliziert.«

»Miss Smythe, in Rechtsangelegenheiten ist es nie unkompliziert. Nun gut, Folgendes habe ich erreicht: Zuerst die schlechte Nachricht: Ich habe schließlich doch zwanzig Stunden gebraucht, deshalb wird sich meine Rechnung auf hundertzwanzig Dollar belaufen, was, wie ich sehr wohl weiß, das Doppelte des ursprünglich angesetzten Honorars ist. Aber so ist es eben manchmal. Zum Glück ist die gute Nachricht eine wirklich sehr gute Nachricht. Die Gegenseite ist nämlich bereit, die Höhe der Abfindung auf fünfunddreißigtausend Dollar zu erhöhen.«

»Fünfunddreißigtausend Dollar? Mr. Thomson und ich hatten uns doch schon auf fünfundzwanzigtausend geeinigt.«

»Ja, ja, aber ich hole für meine Klienten immer gern noch ein bisschen mehr heraus, als sie ausgehandelt haben. Ich habe mich nämlich mit einem Freund unterhalten, der Arzt ist, und der hat gemeint, wir könnten den Quacksalber, den Ihnen Ihre Schwiegermutter aufgezwungen hat, verklagen. Wie hieß er noch mal?«

»Dr. Eisenberg.«

»Ja, so heißt der Ganove. Laut meinem Freund hat dieser Eisenberg jedenfalls grob fahrlässig gehandelt, weil er die Eileiterschwangerschaft nicht erkannte, und man kann ihn für den irreversiblen Schaden, den Sie erlitten haben, zur Verantwortung ziehen. Natürlich hat dieser Blödmann Dudley Thomson von Potholm, Grey and Connell versucht, das mit der Fahrlässigkeit herunterzuspielen, bis ich ihm erklärte, wenn die Greys wirklich Wert darauf legten, die ganze hässliche Geschichte in der Öffentlichkeit breitzutreten, könnten sie das gern haben.«

»Aber dazu hätte ich nie meine Einwilligung gegeben.«

»Das war mir durchaus klar. Ich wollte ja auch nur ein bisschen bluffen und habe ihnen erzählt, unsere Forderungen würden jetzt bei fünfzig Riesen liegen ...«

»Du lieber Gott.«

»Ich wusste natürlich, dass sie darauf nie eingehen würden. Aber ich habe ihnen offensichtlich ganz schöne Angst eingejagt, denn schon am nächsten Tag haben sie mir ihr Gegenangebot vorgelegt: fünfunddreißigtausend. Thomson meint, das ist ihr allerletztes Angebot, aber ich bin ziemlich sicher, dass ich sie auf vierzigtausend hochtreiben kann.«

»Fünfunddreißig sind völlig in Ordnung«, sagte ich. »Ehrlich gesagt bin ich nicht sicher, ob ich diese Summe überhaupt annehmen soll.«

»Warum denn nicht? Die Greys haben das Geld. Und was die medizinische Seite betrifft, sind sie mitverantwortlich für die falsche Behandlung. Genau genommen kommen sie noch gut dabei weg. Wenn sie Sie einmal ausbezahlt haben, haben sie Ihnen gegenüber keinerlei Verpflichtungen mehr, und genau das wollten Sie doch, nicht wahr?«

»Sicher, aber… ich hatte mich schon auf fünfundzwanzigtausend geeinigt.«

»Das war, bevor Sie sich einen Anwalt genommen haben. Und das eine können Sie mir glauben: Sie sind es Ihnen schuldig.«

»Ich weiß nicht, was ich sagen soll.«

»Sagen Sie nichts. Nehmen Sie einfach das Geld, und machen Sie sich deshalb keine Gewissensbisse.«

»Aber wenigstens werde ich Ihnen mehr als die hundertzwanzig Dollar bezahlen.«

»Warum? So ist mein Honorarsatz.«

»Danke.«

»Nein, ich danke Ihnen. Es hat mir großen Spaß gemacht, dieses eine Mal gegen den gottverdammten George Grey zu gewinnen. Der Vertrag dürfte morgen ankommen, ich rufe Sie an, wenn er zur Unterzeichnung fertig ist. Ach ja, es gibt noch eine gute Nachricht: Die Greys bezahlen die ganze Summe bereits jetzt, unter der Bedingung, dass Sie die Scheidung nicht anfechten.«

»Warum um alles in der Welt sollte ich das tun wollen?«

»Das habe ich ihnen auch gesagt. Aber was soll's. Sind Sie zufrieden?«

»Ich bin überwältigt.«

»Dazu haben Sie keinen Grund. Wenn ich Ihnen eines raten darf, Miss Smythe…«

»Ja?«

»Wie wir in Brooklyn zu sagen pflegen, *geben Sie das Geld mit Köpfchen aus.*«

Ich befolgte seinen Rat. Als die Summe einen Monat später eintraf, legte ich sie erst mal auf die Bank und verglich Angebote – für eine Wohnung. Schon nach einer Woche hatte ich gefunden, was mir vorschwebte: eine sonnige Zweizimmerwohnung im Erdgeschoss eines Sandsteinhauses aus der Jahrhundertwende in der West 77th, Ecke Riverside Drive. Die Wohnung war geräumig, zwei helle Zimmer und eine Küche mit hohen Decken und Parkettböden. Das Wohnzimmer hatte eine Nische, die sich sehr gut als Arbeitsecke nutzen ließ. Aber das Beste an der Wohnung – der Grund, warum ich sie sofort nehmen wollte – war der kleine Garten, der dazu gehörte. Na gut, es war zwar nur ein kleiner Fleck, zehn Quadratmeter kaputte Pflastersteine und welkes Gras, aber ich würde ihn schon zum Blühen bringen. Immerhin hätte ich meinen eigenen kleinen Garten mitten in Manhattan, ein wenig Grün in einer Wüste aus Beton und Backstein. Sicher, an den Wänden hing eine schwere dunkelbraune Blümchentapete, und auch die Küche war ziemlich altmodisch – mit einem antiquierten Kühlschrank, den man tatsächlich noch regelmäßig mit Eisbrocken füllen musste. Doch die Immobilienmaklerin meinte, für die nötigen Renovierungsarbeiten könnten dreihundert Dollar von den achttausend Dollar Kaufpreis abgezogen werden. Ich erklärte, wenn sie noch einmal zweihundert Dollar abzöge, wären wir uns einig. Sie stimmte zu. Da es kein Luxus-Apartmenthaus war, war eine Überprüfung meiner finanziellen Verhältnisse seitens der Genossenschaft nicht nötig. Das monatliche Wohngeld betrug lediglich zwanzig Dollar. Wieder ließ ich den Vertrag von Joel Eberts ausarbeiten. Ich zahlte in bar. Eine Woche nach der Besichtigung gehörte die Wohnung mir.

»Meine Schwester, die Wohnungseigentümerin«, spöttelte Eric, als er sich ein paar Tage vor der Vertragsunterzeichnung in der Wohnung umsah.

»Als Nächstes wirst du mich wohl als bourgeoise Kapitalistin bezeichnen.«

»Ich bin nicht ideologisch, nur ein wenig sarkastisch. Das ist schon ein gewisser Unterschied, weißt du.«

»Wirklich? Das wäre mir nie aufgefallen, Genosse.«

»Pscht!«

»Werd bloß nicht paranoid. Ich bezweifle, dass Mr. Hoover diese Wohnung verwanzt hat. Schließlich war die Vorbesitzerin eine kleine alte Dame aus Lettland.«

»Für Hoover ist jeder ein potenzieller Subversiver. Hast du nicht gelesen, was in Washington vor sich geht? Eine Hand voll Kongressabgeordneter schreit, dass in Hollywood in jedem Haus eine rote Laus ist. Sie verlangen einen Ausschuss, der die Infiltration der Unterhaltungsindustrie durch Kommunisten untersucht.«

»Hollywood ist weit weg.«

»Glaub mir, wenn der Kongress erst mal die Kommunisten in Los Angeles jagt, dauert es nicht lange, bis er seine Aufmerksamkeit auch auf New York richtet.«

»Ich hab's dir schon mal erklärt – wenn das passiert, musst du ihnen eben erzählen, dass du bereits 1941 aus der Partei ausgetreten bist, dann bist du aus dem Schneider. Außerdem kannst du jetzt sagen, du hättest diese erzkapitalistische Schwester, eine Wohnungseigentümerin.«

»Sehr witzig.«

»Ganz ehrlich, Eric: Gefällt sie dir?«

Er ließ seinen Blick über das leere Wohnzimmer schweifen.

»Ja, man kann was daraus machen. Wenn du erst mal diese osteuropäische Tapete abgerissen hast. Was, glaubst du, soll das Muster darstellen? Frühling in Riga?«

»Ich weiß nicht, aber sie wird, zusammen mit der Küche, verschwinden, bevor ich einen Fuß in diese Wohnung setze.«

»Bist du sicher, dass du in der Upper West Side leben möchtest? Ich meine, hier oben im wilden Westen ist es ziemlich ruhig.«

»Weißt du, das Einzige, was ich im Guten alten Greenwich vermisse, ist das Gefühl von Weitläufigkeit. Deswegen gefällt es mir hier. Ich bin in einer Minute am Riverside Park. Ich habe den Hudson. Ich habe meinen Garten…«

»Hör auf, du klingst schon wie Thoreau am Waldensee.«

Ich lachte. »Wenn ich das hier bezahlt und renoviert habe, bleiben mir immer noch ungefähr zweiunddreißigtausend Dollar – mit dem Geld, das wir von Mutter und Vater geerbt haben und das ich in Bundesanleihen angelegt habe.«

»Im Gegensatz zu deinem ausschweifenden Bruder.«

»Darüber wollte ich mit dir sprechen. Wie mir die Immobilienmaklerin erzählt hat, gibt es im zweiten Stock noch eine Wohnung, die zum Verkauf steht. Ich könnte sie dir doch kaufen und…«

»Auf keinen Fall«, unterbrach er mich.

»Warum lehnst du den Vorschlag von vornherein ab? Ich meine, deine Wohnung in der Sullivan Street ist wirklich nicht gerade…«

»Mir genügt sie. Mehr brauche ich nicht.«

»Meine Güte, Eric, das ist eine Studentenbude, wie in einer schlechten Version von *La Bohème* – und dabei bist du mittlerweile fast fünfunddreißig.«

»Ich weiß sehr gut, wie alt ich bin, S«, sagte er verärgert. »Und ich weiß sehr gut, was ich brauche und was nicht. Auf deine verdammte Wohltätigkeit kann ich gut verzichten, klar?«

Sein barscher Ton erstaunte mich.

»Ich habe doch nur einen Vorschlag gemacht. Ich meine, wenn es dir in der Upper West Side nicht gefällt, sieh dich doch mal im Zentrum nach etwas Geeignetem um…«

»Ich möchte nichts von dir geschenkt haben, S.«

»Warum denn nicht? Wo ich es mir doch leisten kann.«

»Weil ich keine Hilfe möchte. Ich will mich nicht als Verlierer fühlen.«

»Du weißt, dass ich dich nie so sehen würde.«

»Aber ich. Also erwarte bitte keine Dankbarkeit von mir.«

»Denk wenigstens noch mal darüber nach.«

»Nein, der Fall ist für mich erledigt. Aber nimm den praktischen Rat von einem unpraktischen Menschen an: Such dir einen gerissenen Börsenmakler, und lass ihn deine zweiunddreißigtausend Dollar in Blue Chips investieren: GE, General Motors, RCA, so was in der Art. Und wie man hört, ist IBM auch ein heißer Tipp, obwohl die Firma erst noch richtig Fuß fassen muss.«

»Ich wusste gar nicht, dass du die Aktienmärkte verfolgst, Eric.«

»Aber sicher, ehemalige Marxisten haben ein Händchen für die besten Aktien.«

Als ich die Wohnung ein paar Tage später in Besitz nahm, engagierte ich einen Raumausstatter und ließ die Tapeten abreißen, die Wände ausbessern und einheitlich weiß tünchen. Außerdem gab ich eine schlichte, moderne Küche mit einem nagelneuen Kühlschrank von Amana in Auftrag. Alles in allem kostete mich die Renovierung sechshundert Dollar, und dafür schliff mir der Raumausstatter auch noch die Parkettböden ab und versiegelte sie, baute zwei deckenhohe Bücherregale im Wohnzimmer ein und flieste das Badezimmer neu, wie die restliche Wohnung in Weiß. Die übrigen vierhundert Dollar, die ich noch für Renovierungsarbeiten zurückgelegt hatte, gab ich für Möbel aus. Ich kaufte mir ein antikes Messingbett, eine hohe Kommode aus Eschenholz, ein schlichtes Sofa von Knoll in neutralem Beige, einen großen, kuscheligen Sessel (mit dem gleichen Stoff wie das Sofa bezogen) und einen großen Kiefernholztisch, der mir als Schreibtisch dienen würde. Es war erstaunlich, wie viel man damals für vierhundert Dollar bekam, zumal es auch noch für ein paar Teppiche, Tischlampen und einen Küchentisch aus Chrom mit zwei passenden Stühlen reichte.

Die gesamte Renovierung dauerte etwa einen Monat. Kaum hatten die Maler die Wohnung verlassen, wurden sämtliche Möbel angeliefert. Bis Einbruch der Dunkelheit hatte ich – mit Erics Hilfe – alles an Ort und Stelle. Die nächsten Tage verbrachte ich damit, so nützliche Kleinigkeiten wie Teller, Gläser, Besteck und Handtücher zu besorgen. Außerdem überschritt ich mein Budget um hundertfünfzig Dollar und leistete mir ein hochmodernes Radio, kombiniert mit Plattenspieler von RCA, untergebracht in einem großen Mahagonigehäuse. Es war Luxus, aber ein unverzichtbarer. Der stoffbespannte Monolautsprecher erzeugte einen verblüffend reinen Klang. Der nur für Langspielplatten ausgelegte Plattenspieler war mit einer fantastischen neuartigen Vorrichtung ausgestattet, mit der man vier Platten im Voraus auflegen konnte. Wenn der Tonarm das Ende einer Platte erreicht hatte, ging er automatisch zurück. Dann fiel die nächste LP auf den Plattenteller, ohne dass man etwas tun musste.

Stellen Sie sich vor, Sie können sich eine ganze Oper anhören, ohne auch nur einmal die Platten umdrehen zu müssen! Kristallklarer Klang aus einem eleganten Mahagonigehäuse, das zum vielbewunderten Prunkstück Ihrer Wohnung werden wird – ein Stück, das die Generationen überdauert …

Es gab nicht viele materielle Dinge, die ich unbedingt haben musste. Aber nachdem ich diese Anzeige in *Life* für den RCA-Heimkonzertsaal (ja, so hieß er wirklich) gelesen hatte, wusste ich, dass ich ihn mir kaufen würde, obwohl er sagenhafte hundertneunundvierzig Dollar und fünfundneunzig Cent kostete. Und nun stand er tatsächlich hier in dieser Wohnung, die ebenfalls mir gehörte, und ließ den ersten Satz von Brahms' *Symphonie Nr. 3* erklingen (in einer wundervollen neuen Aufnahme von Bruno Walter und dem Columbia Symphony Orchestra). Ich war umgeben von den ersten eigenen Möbeln meines Lebens. Plötzlich hatte ich Besitz. Plötzlich fühlte ich mich sehr erwachsen – und sehr leer.

»Ich gäbe was dafür zu wissen, was du jetzt denkst«, sagte Eric und reichte mir ein Glas Sekt zum Anstoßen.

»Ich bin nur ein bisschen nachdenklich, das ist alles.«

»Gibt es dir zu denken, dass du die Herrin über all das hier bist?«

»Es gibt mir zu denken, dass ich hier gelandet bin.«

»Es könnte schlimmer sein. Du könntest immer noch in der Strafkolonie der Greys in Old Greenwich wohnen.«

»Ja, eine Scheidung hat wohl ihre Vorteile.«

»Du hast Schuldgefühle wegen alldem hier. Ich sehe es dir an.«

»Ich weiß, dass das albern klingt, aber ich denke ständig, es ist nicht richtig, dass ich all das bekommen habe, ohne…«

»Ohne was? Leiden, Martyrium, Kreuzigung?«

Ich lachte. »Ja«, sagte ich. »So was in der Art, irgendeine drastische Strafe.«

»Ich liebe Masochisten. Aber trotzdem, S, in meinen Augen sind fünfunddreißigtausend Dollar nicht mal ansatzweise ein Ausgleich dafür, dass du keine…«

»Halt«, unterbrach ich ihn.

»Entschuldige.«

»Nicht nötig. Das ist allein mein Problem. Ich komme schon darüber hinweg.«

Er legte mir den Arm um die Schulter.

»Du musst nicht darüber hinwegkommen«, sagte er.

»Doch, denn sonst…«

»Was sonst?«

»Sonst werde ich etwas sehr Dummes tun, es zum Beispiel zur Tragödie meines Lebens hochstilisieren. Und das möchte ich nicht. Ich bin nicht dafür geschaffen, die leidende Heldin zu spielen. Das ist einfach nicht mein Stil.«

»Gönn dir wenigstens ein bisschen Zeit, um darüber hinwegzukommen. Es ist erst zwei Monate her.«

»Es geht mir gut«, log ich. »Es geht mir wirklich gut.«

Tatsächlich ging es mir gar nicht so schlecht. Auch deshalb, weil ich mich bemühte, jede Stunde des Tages mit Aktivitäten auszufüllen. Nachdem ich die Wohnung bezogen hatte, vereinbarte ich Termine mit einem halben Dutzend Anlageberatern und entschied mich schließlich für Lawrence Braun – den Ehemann einer alten Freundin vom Bryn Mawr, Virginia Sweet. Sie hatte Lawrence gleich nach dem College geheiratet und schlug sich jetzt mit drei Kindern unter fünf Jahren herum, in einem weitläufigen Haus im Kolonialstil in Ossining. Aber nicht seine Verbindung zu Virginia machte Lawrence zu meinem Wunschkandidaten, sondern eher, dass er der Einzige war, der mich nicht so gönnerhaft behandelte und Sätze sagte wie: *Ich weiß schon, die Damen haben gewöhnlich kein Köpfchen für Zahlen, außer wenn es um die Größe von Strapsgürteln geht, hahaha!* (Ja, wirklich, das war 1947 ein gängiger Herrenwitz.) Im Gegenteil, Lawrence wollte genau wissen, welche langfristigen finanziellen Ziele ich mir gesteckt hatte *(Sicherheit, Sicherheit und noch mal Sicherheit)* und wie ich dazu stünde, auch mal ein Risiko einzugehen *(auf keinen Fall)*.

»Möchtest du von den Erträgen auch jetzt schon leben?«, wollte er wissen.

»Nein, gar nicht«, erwiderte ich. »Ich möchte so bald wie möglich wieder arbeiten. Das ›süße Nichtstun‹ liegt mir nicht, es ist so eine Verschwendung von Lebenszeit.«

»Und wenn du wieder heiratest?«

»Nein, das habe ich nicht vor. Nie wieder.«

Er dachte einen Augenblick nach, dann sagte er: »Gut, dann können wir ziemlich langfristig planen.«

Sein Finanzplan war sehr klar. Meine fünftausend Dollar in Bundesanleihen wurden in einen Rentenfonds umgewandelt, der mit meinem sechzigsten Geburtstag fällig würde. Für zwanzigtausend Dollar wollte er ein Aktienpaket kaufen, das ausschließlich aus Blue Chips bestand – bei einem angestrebten Mindestwachstum von mindestens sechs Prozent p. a. Über die restlichen fünftausend konnte ich nach Lust und Laune verfügen, auch um mir den Lebensunterhalt zu finanzieren, bis ich wieder Arbeit hatte.

»Wenn alles gut geht, hast du in einigen Jahren deine Kriegskasse gefüllt. Dazu kommt noch, dass du Eigentümerin einer schuldenfreien Immobilie bist. Es sieht ganz so aus, als wärst du finanziell völlig unabhängig.«

Das war genau das, was ich wollte – völlige Unabhängigkeit. Nie wieder würde ich auf jemanden angewiesen sein. Ich zog zwar keinen Schlussstrich unter das Kapitel Männer, Sex oder Liebe. Aber auf keinen Fall würde ich blindlings in eine Situation stolpern, in der ich in puncto Selbstwertgefühl, sozialer Status und Finanzen ohne Mann nicht auskam. Von nun an würde ich ein selbstbestimmtes Leben führen, autonom, ungebunden, frei.

Also stimmte ich Lawrence' Finanzplan zu. Ich schrieb Schecks aus und tätigte Investitionen. Obwohl auf meinem Bankkonto nun fünftausend Dollar lagen, über die ich nach Belieben verfügen konnte, zwang ich mich, sorgsam damit umzugehen und sie nicht für überflüssigen Luxus zu verschwenden. Denn Geld bedeutete jetzt Unabhängigkeit für mich. Oder wenigstens die Illusion von Unabhängigkeit.

Nachdem ich meine Finanzangelegenheiten geregelt hatte, rief ich bei der *Saturday Evening Post* an. Nathaniel Hunters grässliche Nachfolgerin hatte nur ein paar Monate durchgehalten. Auf ihrem Posten saß nun Imogen Woods, eine zierliche, spitzbübische Frau vom Typ Dorothy Parkers, die dafür bekannt war, mittags ausgedehnt zu speisen, ständig einen Kater und außerdem ein treffsicheres Gespür für gute Literatur zu haben. Als ich sie anrief, bat sie mich, am nächsten Nachmittag gegen fünf in ihr Büro zu kommen. Bei meinem Eintreten saß sie in einem Lehnstuhl neben ihrem Schreibtisch und korrigierte Druckfahnen. Eine Pall Mall glimmte in einem übervollen Aschenbecher vor sich hin. In der einen Hand hielt sie einen Cocktail, in der anderen einen Bleistift. Durch eine Halbbrille, die auf ihrer Nasenspitze saß, musterte sie mich eingehend.

»Aha, wieder eine, die aus dem Hafen der Ehe geflohen ist«, bemerkte sie.

»Neuigkeiten verbreiten sich offenbar schnell.«

»Das ist hier schließlich eine Zeitschrift. Was wiederum bedeutet, dass hier eine Menge Leute arbeiten, die denken, sie tun etwas furchtbar Wichtiges, insgeheim jedoch wissen, dass sie nichts von Bedeutung vollbringen und daher rasend gern über das sehr viel interessantere Leben anderer Leute klatschen.«

»Mein Leben ist nicht besonders interessant.«

»Eine Ehe, die nur fünf Monate dauert, ist immer interessant. Die kürzeste meiner drei katastrophalen Ehen hat immerhin sechs Monate gehalten.«

»Und die längste?«

»Eineinhalb Jahre.«

»Wie beeindruckend.«

Sie lachte gackernd los und stieß dabei eine Rauchwolke aus. »Ja, unheimlich. Also erzählen Sie schon, wann werden Sie wieder eine Geschichte für uns schreiben? Ich habe mir Ihre letzte aus dem Archiv besorgt. Sie war verdammt gut. Wo ist die nächste?«

Ich erklärte ihr, dass ich mich als literarische Eintagsfliege sah, dass ich zwar noch einmal versucht hatte, etwas zu schreiben, dabei aber herausgefunden hatte, dass ich nichts zu sagen hatte.

»Das wird also wirklich Ihr einziges Werk bleiben?«, wollte sie wissen.

»Ich denke schon.«

»Er muss ja ein toller Kerl gewesen sein, Ihr Matrose.«

»Er ist reine Fiktion.«

Sie kippte ihren Highball hinunter.

»Ja, ja, und ich heiße Rita Hayworth. Na, ich will mich nicht in Ihre Angelegenheiten einmischen, auch wenn es mich brennend interessieren würde. Womit kann ich Ihnen also helfen?«

»Ich weiß, dass meine alte Stelle besetzt ist, aber ich dachte, ich könnte vielleicht freiberuflich arbeiten und Manuskripte begutachten.«

»Kein Problem«, sagte sie. »Seit dieser verdammte Krieg zu Ende ist, hält sich jeder in diesem Land für einen Schriftsteller. Wir werden mit unaufgefordert eingesandten Manuskripten förmlich überschwemmt, das meiste davon der reinste Mist. Wenn Sie uns ungefähr zwanzig pro Woche abnehmen könnten, wären wir heilfroh. Pro Gutachten bezahlen wir drei Dollar. Das ist kein Vermögen, aber für ein paar Lebensmittel dürfte es reichen. Ihre Freundin Emily Flouton hat erwähnt, dass Sie gerade in eine eigene Wohnung gezogen sind.«

»Das stimmt«, sagte ich.

»Erzählen Sie mir davon«, bat sie.

Ich folgte ihrer Aufforderung und schilderte ein bisschen, wie ich mich, nachdem ich George verlassen hatte, auf Wohnungssuche machte, die Wohnung in der West 77th Street fand, die Tapeten herunterreißen und alles in neutralen Farben streichen ließ.

»Das geht.«

»Was geht?«

»Ihre Geschichte über die Wohnung. Wir nennen Sie »Zweiter Akt« oder »Der Neuanfang« oder so ähnlich. Ich möchte eine intelligente, witzige Geschichte darüber, wie Sie eine eigene Wohnung gefunden haben, nachdem Ihre Ehe in die Brüche gegangen ist.«

»Aber ich habe Ihnen doch bereits gesagt, dass ich keine Literatur mehr schreibe.«

»Das verlange ich auch gar nicht. Ich möchte gern, dass Sie den ersten Beitrag für eine neue Kolumne schreiben, die ich für Seine Gottheit, unseren Herausgeber, entwickeln soll. Er möchte es *Lebensansichten* nennen, woran Sie schon erkennen können, dass er nicht besonders viel Fantasie hat. Es soll ein kurzer, geschliffener Kriegsbericht vom Schlachtfeld des ›richtigen Lebens‹ sein. Tausend Wörter, nicht mehr, als Honorar gibt es vierzig Dollar, und um sicherzugehen, dass Sie nicht zu lange darüber brüten, erwarte ich es heute in fünf Tagen. Das heißt, wir sehen uns am Montag wieder. Alles klar, Miss Smythe?«

Ich schluckte laut.

»Sind Sie sicher, dass ich das für Sie schreiben soll?«, fragte ich.

»Nein, ich verschwende immer meine Zeit damit, Aufträge zu

vergeben, die ich eigentlich nicht ernst meine. Also, Smythe, sind Sie nun dabei oder nicht?«

Nach einer kurzen Pause erwiderte ich nervös: »Ja, ich mache es.«

»Das wäre also klar. In der Zwischenzeit lasse ich einen meiner Lakaien zwanzig frisch eingetroffene Kurzgeschichten aus dem Stapel »Unaufgefordert eingesandter Kitsch« suchen und zu Ihnen schicken. Aber erst schreiben Sie den Artikel. Und Montag heißt Montag, klar?«

»Ich werde mein Bestes tun.«

»Nein, Sie werden mehr als das tun, ich bin nur mit dem *Allerbesten* zufrieden. Und noch was: Schreiben Sie knapp. Es soll Biss haben. Das verkauft sich immer.«

Natürlich hatte ich am Sonntag um zehn Uhr abends die Hoffnung aufgegeben, es bis zum Abgabetermin am nächsten Morgen zu schaffen. Um meinen Schreibtisch herum sah es aus, als hätte ich mir eine Kulisse mit Schneegestöber zurechtgebastelt, denn es lagen kniehoch zusammengeknüllte Blätter auf dem Boden. Ich hatte eine Blockade, war wie erstarrt, mir fiel nichts ein. In den vergangenen vier Tagen hatte ich dutzende Mal von vorn angefangen. Stets hatte ich kurz darauf händeringend das Blatt aus der Maschine gerissen und mich dafür verflucht, diesen Auftrag angenommen zu haben. Ich war keine Schriftstellerin, ich war eine Schwindlerin. Jemand, der einmal einen Glückstreffer gelandet hatte und den seitdem die Muse verlassen hatte. Aber was das Ganze noch schlimmer machte: Ich wusste genau, dass Inspiration nur mit fünfzehn Prozent am Schreibprozess beteiligt war. Den Rest machten handwerkliches Können, Fleiß und große Beharrlichkeit aus, und daran mangelte es mir. Denn wenn ich nicht genügend Durchhaltevermögen und Selbstvertrauen besaß, um eine blöde, tausend Wörter lange Schilderung darüber zu schreiben, wie ich meine Wohnung renoviert hatte, wie sollte ich in diesem Bereich jemals professionell arbeiten können?

Ich wusste die Antwort auf diese Frage: Ich war nicht routiniert und hart genug, hatte einfach nicht den Mumm, den man beim Schreiben brauchte. Mir mangelte es an Selbstvertrauen.

Kurz vor Mitternacht griff ich zum Telefon und rief Eric an. Nachdem ich ihm voller Selbstmitleid mein Dilemma geschildert hatte, schloss ich mit der mitleidheischenden Bemerkung: »Na ja, ich kann mich ja immer noch aufs Redigieren verlegen.«

»Was für ein tragisches Ende«, meinte er, und es klang mehr als nur ein bisschen ironisch.

»Ich wusste doch, dass ich bei dir auf Mitgefühl und Verständnis stoße.«

»Ich kapiere nicht, warum du die blöde Geschichte nicht einfach schreibst und das Ganze hinter dich bringst.«

»Weil das verdammt noch mal nicht so leicht ist«, schnaubte ich und fügte noch hinzu: »Ich bin mir völlig bewusst, dass ich ziemlich gereizt klinge.«

»Wenigstens ist dir deine Selbsteinschätzung nicht abhanden gekommen.«

»Warum erzähle ich dir eigentlich immer alles?«

»Weiß der Himmel! Aber wenn du den guten Rat eines Schriftstellerkollegen haben willst: Setz dich einfach hin und tipp drauf los. Denk nicht nach, schreib einfach.«

»Vielen Dank«, sagte ich.

»Gern geschehen«, erwiderte er. »Viel Glück.«

Ich hängte ein, schlurfte ins Schlafzimmer, fiel aufs Bett und nickte ein (ich hatte die Nacht zuvor kaum geschlafen). Als ich aufwachte, war es fünf Uhr zwölf. Wie elektrisiert setzte ich mich auf. Mein erster Gedanke war: *Jetzt bleiben mir nicht mal fünf Stunden.*

Ich streifte mir rasch die Kleider vom Leib, nahm eine sehr heiße Dusche und brauste mich zum Schluss eine halbe Minute lang mit eiskaltem Wasser ab. Dann zog ich mich an und setzte eine Kanne Kaffee auf. Ein Blick auf die Uhr: fünf Uhr zweiunddreißig. Um zehn Uhr musste ich abgeben. Als der Kaffee fertig war, goss ich mir eine Tasse ein und trug sie zum Schreibtisch hinüber. Ich spannte ein Blatt in die Maschine, nippte an dem immer noch brühheißen Kaffee. Schließlich atmete ich tief durch.

Denk nicht nach, schreib einfach.

Gut, ich versuch's.

Ohne nachzudenken, tippte ich einen Absatz herunter:

Die Immobilienmaklerin war Mitte fünfzig. Sie hatte zu viel Rouge aufgetragen und ein strenges, gezwungenes Lächeln. Ich bemerkte, dass sie auf meine ringlose linke Hand starrte und auf den kunstvoll gearbeiteten Verlobungsring, den ich erst kürzlich auf die rechte Hand gesteckt hatte.

»War er ein Mistkerl?«, fragte sie.

»Nein«, entgegnete ich. »Es hat einfach nicht geklappt.«

Ich hielt einen Moment inne und nippte am Kaffee. Nach einem kurzen Blick auf die getippten Zeilen schrieb ich weiter:

»Sie wollen also noch einmal von vorn anfangen?«, meinte sie.

»Nein«, entgegnete ich. »Ich will nur eine Wohnung.«

Nicht schlecht, nicht schlecht. Weiter so. Ich kippte den Rest Kaffee hinunter, blickte auf die Tasten und hackte weiter.

Als ich wieder aufsah, war es acht Uhr neunundvierzig. Tageslicht flutete ins Wohnzimmer. Und neben mir auf dem Schreibtisch lagen vier getippte Seiten. Ich zog die letzte Seite aus der Maschine und legte sie unter den Stapel. Dann nahm ich einen Bleistift und las mir das Ganze noch mal durch, strich schnell ein paar holperige Sätze aus, korrigierte die Grammatik, schrieb einen Dialog um. Die Zeiger standen auf neun Uhr zwei. Ich holte mir zehn weiße Blätter und ein Kohlepapier, legte das Kohlepapier zwischen zwei Seiten und spannte sie sorgfältig in die Maschine. In weniger als vierzig Minuten schrieb ich die Geschichte noch einmal ab. Neun Uhr zweiundvierzig, keine Zeit mehr zu verlieren.

Hastig steckte ich das Original in meine Aktentasche, schnappte mir den Mantel und lief zur Tür. Ich winkte nach einem Taxi, das auf dem Riverside Drive Richtung Zentrum fuhr, und sagte dem Fahrer, er bekäme ein gutes Trinkgeld, wenn er mich bis zehn Uhr am Rockefeller Center abliefern könnte.

»Von hier zum Rockefeller Center in zwölf Minuten?«, fragte er. »Sie haben vielleicht Ideen!«

»Bitte, tun Sie Ihr Bestes!«

»Lady, das tun wir doch alle.«

Der Fahrer war nicht nur ein Philosoph, er war außerdem ein Verrückter am Steuer. Aber um zehn Uhr vier standen wir an der 50th, Ecke 5th. Ich gab ihm einen Dollar und fünfzig Cent, obwohl das Taxameter nur fünfundachtzig Cent anzeigte.

»Ich fahre Sie gern mal wieder«, meinte er, als ich ihm das Geld gab. »Ich hoffe, Sie schaffen es noch rechtzeitig.«

Ich stürmte in die Eingangshalle der *Post*. Der Fahrstuhl war überfüllt und hielt x-mal an, bevor er im fünfzehnten Stock ankam. Zehn Uhr elf. Ich schritt energisch den Flur entlang und klopfte an Imogen Woods' Tür. Statt, wie ich erwartet hatte, von ihrer Sekretärin empfangen zu werden, öffnete Miss Woods persönlich.

»Sie kommen zu spät«, sagte sie.

»Nur ein paar Minuten.«

»Und Sie sehen völlig abgehetzt aus.«

»Der Verkehr …«

»Ja, ja, das höre ich nicht das erste Mal. Und lassen Sie mich raten: Ihr Hund hat das Manuskript gefressen.«

»Nein«, sagte ich und mühte mich mit dem Verschluss meiner Aktentasche ab. »Ich habe es da.«

»Sehr schön, es gibt immer wieder Wunder.«

Ich griff in die Mappe und reichte ihr die fünf Blätter. Sie nahm sie in Empfang und öffnete dann wieder die Tür.

»Ich rufe Sie an, wenn ich alles gelesen habe«, sagte sie. »Was allerdings ein paar Tage dauern kann, ich hänge mit allem furchtbar nach. Gehen Sie einen Kaffee trinken, Smythe, Sie sehen aus, als könnten Sie einen gebrauchen.«

Tatsächlich gönnte ich mir ein Frühstück bei Lindy's: Bagels mit Räucherlachs, dazu jede Menge schwarzen Kaffee. Dann spazierte ich einen Block weiter zum Colony Record Shop und leistete mir für zwei Dollar neunundvierzig eine neue Aufnahme von *Don Giovanni*, mit Cesare Siepi als großem Verführer. Da ich mich wie eine Verschwenderin fühlte, nahm ich für den Heimweg die U-Bahn. Zu Hause schleuderte ich die Schuhe in die Ecke, legte die vier neuen Platten auf den Plattenspieler, schaltete ein und ließ mich aufs Sofa fallen. Die nächsten Stunden versenkte ich mich in Mozarts und da Pontes grandiose, düstere Geschichte von Verbrechen aus Leidenschaft und Sühne. Die Musik trug mich davon. Ich war erschöpft und ausgelaugt. Und völlig verwirrt darüber, wie ich es bloß geschafft hatte, doch noch eine Geschichte zu Papier zu bringen. Obwohl der Durchschlag auf meinem Schreibtisch lag, hatte ich keine Lust, sie zu lesen. Herausfinden, ob sie gut oder schlecht war, konnte ich später immer noch.

Ungefähr um drei Uhr nachmittags – Don Giovanni fuhr gerade in die Hölle hinab – klingelte das Telefon. Es war Imogen Woods.

»Na also«, begann sie. »Sie *können* schreiben.«

»Wirklich?«, fragte ich unsicher.

»Ja, *wirklich.*«

»Es hat Ihnen also gefallen?«

»Ja, o Ungläubige. Es hat mir tatsächlich gefallen. So sehr, dass ich noch eine Geschichte bei Ihnen in Auftrag gebe, falls Sie es sich zutrauen.«

»Klar traue ich mir das zu«, versicherte ich ihr.

»Das höre ich gern«, sagte sie.

Es ging um einen weiteren Beitrag für *Lebensansichten*, nur sollte es diesmal eine witzige und kluge Abhandlung über die erste Verabredung, jenen nervenaufreibenden Aufnahmeritus in die Welt der Erwachsenen, sein. Wieder tausend Wörter, wieder binnen einer Woche. Und wieder raufte ich mir die Haare dabei, bis ich Erics Rat folgte und mich einfach hinsetzte und das Ganze herunterschrieb. Ich erzählte die alberne Geschichte, wie mich Dick Becker, einer meiner Klassenkameraden in der Hartford High, ein groß gewachsenes, nervöses Naturwissenschaftsgenie mit Pickeln und Überbiss, zu einem Square-Dance-Abend in der örtlichen Episkopalkirche einlud. Es war nicht gerade eine besonders gewagte Angelegenheit, sondern ein bisschen unbeholfen und einfach nett. Am Ende des Abends (ich musste um halb zehn zu Hause sein) brachte er mich zu Fuß bis vor die Haustür und schüttelte mir sittsam die Hand.

Es passierte nichts Denkwürdiges, schrieb ich. *Keiner von uns tat etwas Peinliches, wir stießen nicht bei einem ungeschickten Kussversuch mit den Köpfen zusammen. Denn wir küssten uns gar nicht. Wir waren beide schrecklich förmlich. Förmlich, anständig und ach so unschuldig. Und so sollte es bei der ersten Verabredung auch sein.*

Dieses Mal hatte ich vor dem Abgabetermin noch zwanzig Minuten Zeit. Auf dem Heimweg von der *Post* frühstückte ich wieder bei Lindy's, ging danach zum Colony Record Shop und erstand drei Klaviersonaten von Mozart, gespielt von Horowitz. Ich spazierte nach Hause. Kaum hatte ich die Tür hinter mir geschlossen, klingelte das Telefon.

»Meiner voreingenommenen Meinung nach«, begann Imogen Woods, »sollte eine erste Verabredung damit enden, dass man am nächsten Morgen aufwacht und Robert Mitchum neben sich im Bett findet. Aber ich bin natürlich nicht so ein nettes Mädchen wie Sie.«

»Ich bin kein nettes Mädchen«, widersprach ich.

»O doch. Und genau deshalb passen Sie so gut zur *Post.*«

»Es hat Ihnen also gefallen?«

»Ja, abgesehen von ein paar Kleinigkeiten hat es mir gefallen. *Mucho*. Was kommt als Nächstes?«

»Sie möchten, dass ich noch mal was für Sie schreibe?«

»Ich liebe Menschen, die so scharfsinnig folgern können wie Sie.«

Die Überschrift meines dritten Beitrags sollte lauten: »Wenn nichts klappt«, ein mäßig amüsanter Kommentar zu dem leidigen Phänomen, dass es Tage gibt, an denen einfach alles schief geht. Sicher, das war leichte Kost, und ich war mir klar darüber, dass ich damit nicht den Pulitzer-Preis gewinnen konnte. Aber ich wusste auch, dass ich ein Talent für scharfsichtige Beobachtungen häuslicher oder persönlicher Problemchen hatte. Was ich schrieb, hatte – um Imogen Woods zu zitieren – *Biss*. Und was noch wichtiger war: Ich entdeckte, dass ich tatsächlich wieder schreiben konnte, eine Entdeckung, die mich verblüffte und erfreute. Es war keine Literatur, keine hohe Kunst. Aber es war atmosphärisch dicht und hatte Witz. Zum ersten Mal seit Jahren war ich merkwürdig zuversichtlich. Ich hatte Talent. Kein sehr großes Talent vielleicht, aber immerhin Talent.

»Wenn nichts klappt« lieferte ich einen Tag vor dem vereinbarten Abgabetermin ab. Wie immer feierte ich dieses Ereignis mit einem Frühstück bei Lindy's und dem Kauf einer Langspielplatte im Colony Record Shop (diesmal eine Aufnahme von Bachs *Goldberg-Variationen* für Cembalo, interpretiert von Wanda Landowski, ein Sonderangebot für neunundachtzig Cent). Beinahe achtundvierzig Stunden hörte ich nichts von Miss Woods. Als sie endlich anrief, war ich überzeugt davon, dass sie meine Geschichte schlecht fand und meine Karriere bei der *Post* bereits zu Ende war.

»Seine Gottheit, unser Herausgeber und ich haben uns über Sie unterhalten«, sagte sie, als ich den Hörer abnahm.

»Ach, wirklich?«, sagte ich. »Stimmt etwas nicht?«

»Ja, er findet Ihre Arbeit miserabel und möchte, dass ich es Ihnen mitteile.«

Nach einer langen Pause brachte ich heraus: »Tja, ich habe eigentlich nichts anderes erwartet.«

»Herrje, Sie müssten sich hören. Was für eine Fatalistin!«

»Dann hat er Sie … ähm … also nicht beauftragt, mich zu feuern?«

»Im Gegenteil – Seiner Gottheit haben Ihre Artikel sehr gefallen. So sehr, dass er Ihnen einen Vertrag anbieten möchte.«

»Was für einen Vertrag?«

»Was meinen Sie wohl? Einen *Mitarbeitervertrag*, Sie Dummerchen. Sie werden Ihre eigene wöchentliche Kolumne haben.«

»Das ist nicht Ihr Ernst.«

Aber es war wirklich ihr Ernst. Und in der ersten Woche des Jahres 1948 erschien meine erste Kolumne – *Sara Smythe's Geschichten aus dem richtigen Leben* – in der *Post*. Es war im Grunde eine Fortsetzung der drei *Lebensansichten*, die ich bereits für Miss Woods geschrieben hatte. Jede Woche nahm ich mir ein Ereignis oder Problemchen vor – »Der Typ mit Mundgeruch«, »Warum mir Spaghetti nie gelingen«, »Warum ich immer Socken kaufe, die einlaufen« – und machte ein kleines, leichtes Divertimento daraus. Ohne Frage feierte meine Kolumne das Triviale, das Prosaische. Aber sie war ziemlich komisch, und weil sie ihre Themen aus der weiblichen Alltagswelt bezog, gingen mir nie die Ideen aus.

Anfangs bekam ich für jede Folge fünfzig Dollar, bei achtundvierzig Kolumnen jährlich. Für mich war das unglaublich viel Geld, zumal ich nie länger als einen Tag für eine Kolumne brauchte. Nach einem halben Jahr verhandelte Seine Gottheit allerdings die Vertragsbedingungen neu mit mir aus, denn das *Ladies Home Journal* und der *Womans's Home Companion* versuchten mich abzuwerben. Zu meiner großen Überraschung waren *Sara Smythe's Geschichten aus dem richtigen Leben* nämlich ein Riesenerfolg geworden. Jede Woche erhielt ich circa fünfzig Leserbriefe von Frauen aus dem ganzen Land, die mir mitteilen wollten, wie sehr ihnen meine ach so lustigen Beobachtungen über »Mädchenkram«, wie Imogen Woods es nannte, gefielen. Auch Seine Gottheit selbst, Ralph J. Linklater, erhielt positive Reaktionen auf die Kolumne. Dann passierten zwei Dinge, die mich für die *Post* plötzlich sehr wertvoll machten: Vier Anzeigenkunden der Zeitschrift baten, ihre Anzeige direkt neben meiner Kolumne zu platzieren, und die beiden Frauenzeitschriften boten mir ein sehr viel höheres Honorar, falls ich zu ihnen wechselte.

Diese Angebote überraschten mich. So sehr, dass ich sie – eher beiläufig – Imogen Woods gegenüber erwähnte, als ich mich am Telefon mit ihr über meine nächste Kolumne unterhielt. Sie war sofort in Alarmbereitschaft.

»Ehrlich, Imogen«, beruhigte ich sie. »Ich würde die *Post* nicht im Traum verlassen. Schon aus moralischen Gründen nicht.«

»Na, Gott segne Sie für Ihre hehren Grundsätze, aber versprechen Sie mir wenigstens eines: Antworten Sie erst auf die Briefe, wenn ich mit Seiner Gottheit darüber gesprochen habe.«

Natürlich gab ich dieses Versprechen gern. Man mag mich naiv nennen, aber ich war mit den fünfzig Dollar pro Kolumne vollauf zufrieden. Zumal sie mir so leicht aus der Feder flossen. Ich wollte die anderen Angebote nicht als Trumpf bei den Vertragsverhandlungen benutzen. Doch als Seine Gottheit, Ralph J. Linklater, mich am nächsten Morgen höchstpersönlich in sein Büro bat, wurde mir plötzlich klar, dass sie genau das waren.

Ich hatte Mr. Linklater zuvor erst einmal getroffen, als er mich ein paar Monate nach dem ersten Erscheinen meiner Kolumne zusammen mit Miss Woods zum Essen einlud. Er war ein großer, stattlicher Mann, der mich sehr an Charles Laughton erinnerte. Er führte die Zeitschrift auf großväterliche Art und Weise, reagierte aber äußerst barsch auf jeden, der ihm widersprach. Miss Woods riet mir vor dem Essen: »Behandeln Sie ihn wie Ihren Lieblingsonkel, dann wird er Sie mögen. Aber wenn Sie ihm frech kommen – nicht dass ich das von Ihnen erwarten würde –, wird ihm das gar nicht gefallen.«

Natürlich begegnete ich dieser Autorität sofort mit Unterwürfigkeit, wie ich es in unserer Familie nicht anders gelernt hatte. Danach erzählte mir Miss Woods, dass Seine Gottheit mich »einfach prima« (ein Originalzitat) fand, ich sei »genau die nette, intelligente junge Frau, die wir für unsere Zeitschrift brauchen«.

Er rief mich um acht Uhr morgens an. In der Nacht zuvor war ich lange aufgeblieben und hatte die nächste Kolumne fertiggeschrieben, deshalb war ich noch im Halbschlaf, als ich den Hörer abnahm.

»Sara, guten Morgen! Hier spricht Ralph Linklater. Ich habe Sie doch hoffentlich nicht aufgeweckt?«

Sofort war ich hellwach. »Nein, Sir. Ich freue mich, Sie zu hören.«

»Auch für mich ist es ein Vergnügen, mit unserer Starkolumnistin zu sprechen. Sie sind doch noch *unsere* Starkolumnistin, Sara, oder?«

»Natürlich, Mr. Linklater. Bei der *Post* ist es mir immer gut gegangen.«

»Freut mich zu hören, Sara. Denn, wie Sie sicher wissen, sehe ich uns alle gern als die *Post*-Familie. Wir sind doch wie eine Familie für Sie, nicht wahr?«

»Absolut, Mr. Linklater.«

»Schön, dass Sie das sagen. Denn Sie sind für uns ein sehr wertvolles Familienmitglied. So wertvoll, dass wir Ihnen einen Exklusivvertrag anbieten und Ihr wöchentliches Honorar auf achtzig Dollar erhöhen.«

Als ich das Wort »exklusiv« hörte, schrillten bei mir die Alarmglocken. Ich beschloss, sehr vorsichtig zu Werke zu gehen.

»Du liebe Güte, Mr. Linklater, achtzig Dollar die Woche, das ist wirklich großzügig. Und ich möchte weiß Gott bei der *Post* bleiben, aber wenn ich Ihr Angebot annehme, beträgt mein wöchentliches Einkommen nur diese achtzig Dollar. Und das ist doch ein bisschen eingleisig, finden Sie nicht?«

»Dann sagen wir hundert Dollar.«

»Das klingt akzeptabel, aber angenommen, jemand bietet mir hundertzwanzig Dollar die Woche, und das ohne Exklusivvertrag?«

»So etwas würde niemand tun«, sagte er, plötzlich ein wenig verärgert.

»Da haben Sie sicher Recht, Sir«, entgegnete ich, die Höflichkeit selbst. »Mich stört nur ein wenig, dass ich damit andere Möglichkeiten, andere potenzielle Märkte so völlig ausschließe. Und das Beste aus seinen Möglichkeiten zu machen, ist doch einer der wichtigsten Bestandteile der amerikanischen Lebensauffassung, nicht wahr?«

Ich konnte kaum glauben, dass ich diesen Satz wirklich gesagt hatte (zumal ich wusste, dass Linklater in den *Gedanken des Herausgebers* immer über die amerikanische Lebensart schrieb). Und für mich war es schier unfassbar, dass ich mich mitten in Verhandlungen mit unserem gütigen Herrscher Ralph J. Linklater befand, bei denen es um (für meine Verhältnisse) so hohe Summen ging. Aber da ich nun einmal angefangen hatte, musste ich es auch zu Ende bringen.

»Ganz richtig, Sara«, meinte Seine Gottheit widerstrebend, »ein gesunder Wettbewerb ist einer der großen Vorzüge der amerikanischen Demokratie. Und ich respektiere es wirklich, wenn eine junge Dame ihr Talent so gut zu vermarkten versteht. Trotzdem sind hundertzwanzig Dollar pro Kolumne wirklich das Äußerste, was ich bezahlen kann. Und zwar für einen Exklusivvertrag. Aber ich mache Ihnen folgenden Vorschlag: Von Miss Woods weiß ich, dass Sie klassische Musik lieben und auch viel darüber wissen. Sie könnten eine weitere monatliche Kolumne über Beethoven und Brahms schreiben, welche Schallplatte man seinen Lieben zu Weihnachten schenken soll ... so in der Art. Wir könnten es ... ähm ... haben Sie eine Idee, wie wir es nennen könnten?«

»Wie wär's mit *Musik für Menschen wie du und ich?*«

»Perfekt. Und dafür bekommen Sie jeweils sechzig Dollar, zusätzlich zu den hundertzwanzig Dollar für *Sara Smythe's Geschichten aus dem richtigen Leben*. Klingt das nach einem prima Angebot?«

»Mehr als prima.«

Nach wenigen Tagen hatte ich den Vertrag mit der *Post* in der Tasche, zu genau jenen Bedingungen, die ich mit Seiner Gottheit ausgehandelt hatte. Ich beauftragte Joel Eberts, ihn durchzusehen. Er sprach mit einem Mitarbeiter der Rechtsabteilung der *Post*, und nach zähen Verhandlungen brachte er sie dazu, noch eine Klausel einzufügen, nach der beide Vertragsparteien die Bedingungen nach achtzehn Monaten neu verhandeln konnten. Wieder berechnete mir Mr. Eberts nur sechs Dollar pro Stunde. Und als er mir die Rechnung über vierundzwanzig Dollar überreichte, meinte er: »Tut mir leid, dass es eine Stunde länger gedauert hat, aber ...«

»Mr. Eberts, bitte. Ich kann es mir leisten. Ich verdiene jetzt so viel Geld, dass ich kaum noch weiß, wohin damit.«

»Ich bin sicher, da wird Ihnen schon was einfallen.«

Aber ich hatte nur wenig materielle Wünsche. Dank meiner neuen Musikkolumne wurde ich plötzlich mit kostenlosen Schallplatten von den Plattenfirmen überschwemmt. Ich hatte weder eine Hypothek noch Miete zu zahlen. Ich musste niemanden ernähren. Von den fünftausend Dollar auf der Bank hatte ich kaum etwas verbraucht. Und Lawrence Braun erwirtschaftete mit meinem Aktienpaket offenbar recht ordentliche Gewinne. Plötzlich verdiente ich siebentausend Dollar im Jahr, das machte fünftausend Dollar nach Abzug der Steuern. Ich war so vernünftig, zweitausend Dollar jährlich für meine Altersversorgung zurückzulegen, trotzdem blieben mir noch fast sechzig Dollar pro Woche für meinen Lebensunterhalt. 1948 kosteten die teuersten Karten am Broadway oder in der Carnegie Hall zwei Dollar fünfzig. Für eine Kinokarte musste man nur sechzig Cent bezahlen. Und meine wöchentliche Lebensmittelrechnung betrug nicht einmal zehn Dollar. Für vierzig Cent bekam ich in meinem griechischen Coffee Shop ein Frühstück, bestehend aus Rühreiern mit Speck, Toast, Orangensaft und Kaffee nach Belieben. Und eine Mahlzeit bei Luchow's mit allem Drum und Dran kostete höchstens acht Dollar.

Natürlich hätte ich am liebsten Eric mit Geld überhäuft. Aber er lehnte es ab, mehr anzunehmen als hin und wieder eine Essenseinladung oder die kostenlosen Langspielplatten, die ich zugeschickt bekam. Noch ein oder zwei Mal sprach ich die Möglichkeit an, eine Wohnung für ihn zu kaufen, aber solche Vorstöße wurden stets abgeschmettert. Wenngleich er mir immer wieder sagte, wie begeistert er über meinen Erfolg sei, war unschwer zu erkennen, dass dieser ihn auch ein wenig einschüchterte.

»In Zukunft werde ich mich als der Bruder von Sara Smythe vorstellen«, meinte er eines Abends.

»Aber ich stelle mich doch schon immer als die Schwester des witzigsten Comedy-Autors von New York vor«, konterte ich.

»Ein Comedy-Autor gilt nicht viel«, sagte er.

Das stimmte nicht ganz, denn ein paar Monate bevor ich meinen Vertrag bei der *Post* unterschrieb, rief mich Eric eines Tages in einem Zustand höchster Aufregung frühmorgens an. Bei NBC hatte man einen jungen Komiker namens Sid Caesar engagiert, der eine Fernseh-Show für die Hauptsendezeit konzipieren sollte, und zwar ab Januar 1949. Caesar erklärte Eric, er habe von seinem Freund Joe E. Brown Großartiges über ihn gehört, und bot ihm nach einem ausgedehnten Lunch im Friar's Club einen Vertrag als einer seiner Hauptautoren an.

»Natürlich habe ich sofort zugesagt, Sid Caesar ist wirklich ein ganz heißes Talent, sehr clever und ständig voller neuer Ideen. Das Problem dabei ist nur: Wer zum Teufel sieht schon fern? Ich meine, kennst du jemanden, der ein Fernsehgerät besitzt?«

»Alle sagen, dem Fernsehen gehört die Zukunft.«

»Das glaube ich nicht.«

Einige Tage später nahm einer der Anwälte von NBC Kontakt mit Eric auf, um die Vertragsklauseln mit ihm zu besprechen. Sie boten ihm eine erstaunliche Summe, zweihundert Dollar pro Woche ab dem ersten September 1948, obwohl die Show erst ab dem achtundzwanzigsten Januar 1949 laufen sollte. Ein Problem gab es dabei allerdings: Der Sender hatte erfahren, dass Eric sich stark in der Wahlkampagne von Henry Wallace engagierte. Henry Wallace war Roosevelts Vizepräsident gewesen, bis er ihn 1944 fallen ließ, weil er ihm zu radikal war, und sich stattdessen für den unerfahrenen, überall unbeliebten Harry S. Truman entschied. Hätte Roosevelt mehr Mut bewiesen und Wallace als Vizepräsident behalten, wäre er jetzt unser Präsident gewesen. Dann säße, wie Eric gern anmerkte, ein echter demokratischer Sozialist im Weißen Haus. Stattdessen mussten wir uns mit »diesem Provinzpolitiker, dieser kleinen Nummer aus Missouri« (wieder Originalton Eric) abfinden, mit dessen Niederlage gegen Dewey im November allgemein gerechnet wurde. Besonders da Wallace nun für seine eigene Progressive Party kandidierte und Truman wahrscheinlich viele Stimmen links von der Mitte abnehmen würde.

Eric bewunderte alles an Henry Wallace: seine messerscharfe Intelligenz, seinen Glauben an soziale Gerechtigkeit, sein unerschütterliches Eintreten für die Belange der Arbeiter und die ursprünglichen Prinzipien des *New deal.* Von dem Augenblick an, als Wallace seine Kandidatur bekannt gab, im Frühjahr 1948, war mein Bruder einer der Hauptakteure in der Kampagne »Show-Business für Wallace« gewesen. Er war einer der federführenden Spendeneintreiber in den drei Staaten um New York gewesen, hatte Benefizabende organisiert und in der New Yorker Showbiz-Szene für Unterstützung geworben.

Wie mir Eric später schilderte, war der Rechtsanwalt von NBC, Jerry Jameson, kein übler Kerl. Er habe ihm in angemessenem Ton und mit wohlgesetzten Worten erklärt, warum der Sender ein Problem mit seinem politischen Aktivismus hatte.

»›Die NBC steht weiß Gott eisern hinter unserer Verfassung‹, erklärte ihm Jameson. ›Und das heißt, Eric, Sie können jede Partei und jeden Kandidaten unterstützen, den Sie wollen, ob er extrem links, extrem rechts oder einfach nur total plemplem ist.‹

Jameson lachte über seinen Witz, aber Eric stimmte nicht mit ein. Stattdessen entgegnete er: ›Bringen Sie es auf den Punkt, Mr. Jameson.‹

›Der Punkt ist folgender, Mr. Smythe: Wenn Sie Wallace nur als Privatmann unterstützen würden, wäre das überhaupt kein Problem. Aber dass Sie Ihre radikalen Ansichten öffentlich zur Schau stellen, beunruhigt einige der hohen Herren bei der NBC. Sie wissen, dass Caesar Sie haben will Er erzählt denen unermüdlich, wie gut Sie sind. Und die hohen Tiere sind der Ansicht, wenn Sid Sie haben will, soll er Sie bekommen. Das Einzige, worüber sie sich ein wenig Sorgen machen, ist ...‹

›Was? Dass ich bei NBC ein Politbüro aufmachen könnte? Oder dass ich den alten Sprücheklopfer Joe Stalin für Sid engagiere?‹

›Ich kann gut verstehen, warum Sid so viel von Ihnen hält. Sie sind wirklich äußerst scharfzüngig.‹

›Ich bin kein Kommunist.‹

›Das freut mich zu hören.‹

›Ich bin meinem Land treu. Ich habe noch nie eine fremde Macht unterstützt. Weder habe ich je zu zivilem Ungehorsam aufgerufen noch dazu, den Kongress zu stürzen, und ich bin auch noch nie dafür eingetreten, unsere Armee unter sowjetisches Oberkommando zu stellen.‹

›Mr. Smythe, Sie müssen mich nicht von Ihrer patriotischen Gesinnung überzeugen. Alles, worum wir Sie bitten und wozu *ich* Ihnen rate, ist, sich bei der Kampagne für Wallace zurückzuhalten. Natürlich können Sie an Veranstaltungen teilnehmen, bei denen Spenden gesammelt werden, aber nicht an vorderster Front. Sehen Sie es doch mal so: Wallace hat nicht die geringste Chance, gewählt zu werden. Dewey wird unser nächster Präsident, und nach dem fünften November wird keiner mehr ein Wort über die ganze Sache verlieren. Aber das eine können Sie mir glauben, Eric, das Fernsehen ist ganz groß im Kommen. In fünf bis sechs Jahren wird es dem Radio den Rang abgelaufen haben. Sie könnten einer der Pioniere in diesem neuen Medium sein, mein Freund, ein Mann an der Spitze einer Revolution . .‹

›Hören Sie auf mit dem Quatsch, Jameson. Ich bin ein Gagschreiber und nicht Tom Paine. Und dass eins klar ist: Ich bin ganz sicher nicht Ihr *Freund.*‹

›In Ordnung, ich habe verstanden. Ich bitte Sie nur, realistisch zu bleiben.‹

›Gut, ich bin völlig realistisch. Wenn Sie wollen, dass ich mich aus der Wallace-Kampagne zurückziehe, möchte ich einen Zweijahresvertrag mit Caesar, bei dreihundert Dollar die Woche.‹

›Das ist viel zu viel.‹

›Nein, Jameson, entweder Sie akzeptieren, oder der Vertrag kommt nicht zustande.‹ Und dann habe ich aufgelegt.«

Ich schenkte Eric Wein nach. Er hatte es nötig.

»Und was ist dann passiert?«, fragte ich.

»Eine Stunde später rief der Hurensohn wieder an und erklärte sich mit den dreihundert Dollar pro Woche einverstanden, mit dem Zweijahresvertrag, drei Wochen bezahltem Urlaub, Krankenversicherung und so weiter und so fort… – unter der Bedingung, dass ich nicht mehr öffentlich für diesen schlimmen Mr. Wallace Gelder sammle. Sie haben sogar noch eine Sonderklausel hinzugefügt: Danach darf ich mich nicht mal mehr bei Kundgebungen oder Wahlpartys für Wallace zeigen. ›Der Preis für die zusätzlichen hundert Dollar pro Woche‹, erklärte mir Jameson.«

»Das ist ungeheuerlich«, sagte ich. »Und außerdem verfassungswidrig.«

»Tja, wie Jameson richtig meinte, muss ich diese Bedingungen ja nicht annehmen, ›schließlich ist das ein freies Land‹.«

»Und was willst du jetzt tun?«

»Oh, ich habe bereits etwas getan. Ich habe die Bedingungen akzeptiert.«

Ich sagte nichts darauf.

»Ist da vielleicht ein leiser Vorwurf in deinem Schweigen?«, wollte er wissen.

»Ich bin nur ein bisschen überrascht, sonst nichts.«

»Ich muss sagen, die Leute von Wallace waren sehr verständnisvoll. Und entgegenkommend. Sogar dankbar.«

»Dankbar? Warum?«

»Weil ich ihnen die zusätzlichen fünftausend Dollar spende, die ich bei der NBC verdiene, weil ich mich aus der Wallace-Kampagne zurückziehe.«

Ich lachte laut. »Wie schlau«, meinte ich. »Was für ein toller Schachzug.«

Er legte den Finger auf die Lippen. »Das ist natürlich alles streng geheim, denn wenn man bei der NBC erfährt, was ich mit ihrem Schweigegeld mache, bin ich geliefert. Es gibt allerdings noch ein Problem dabei – ich habe die fünftausend Dollar erst, wenn ich meinen Lohn bekomme.«

»Ich stelle dir einen Scheck aus«, bot ich an.

»Am ersten Februar zahle ich es dir bis auf den letzten Cent zurück, das verspreche ich dir.«

»Egal wann. Aber ich bin wirklich beeindruckt, Mr. Machiavelli. Taktierst du immer so?«

»He, das ist doch die amerikanische Art.«

Wie vorausgesagt erlitt Wallace eine herbe Niederlage. Und wie die ganze Nation ging Truman am Vorabend der Wahl in der sicheren Erwartung zu Bett, dass Thomas Dewey als Sieger daraus hervorgehen würde. Aber es sollte anders kommen, Harry blieb im Weißen Haus. Am Morgen des Wahltags hatte ich kalte Füße bekommen. In der Befürchtung, eine Stimme für Wallace bedeute in Wirklichkeit eine Stimme für Dewey, gab ich meine Stimme dem Präsidenten. Als ich Eric später davon erzählte, meinte er nur schulterzuckend: »Einer in der Familie muss vermutlich vernünftig bleiben.«

Zwei Monate später lief die *Admiral Broadway Review* mit Sid Caesar zum ersten Mal im Fernsehen. Sie war sofort ein Riesenerfolg. Kurz danach bekam ich Nachricht von meiner Bank, dass soeben fünftausend Dollar meinem Konto gutgeschrieben worden waren. Eric hielt eben immer sein Wort.

Und jetzt hatte endlich auch er Erfolg. Aus der *Admiral Broadway Review* wurde schließlich *Your Show of Shows*, und sie wurde sofort zum Stadtgespräch. Alle liebten sie. Ich zog sogar los und kaufte mir ein Fernsehgerät, denn natürlich musste ich mir ansehen, was mein Bruder da jede Woche zusammenbraute. Über Nacht wurden Sid Caesar und seine Bande – Imogen Coca, Carl

Reiner und Jerry Colonna – zu Stars. Aber man feierte auch Eric und sein Team. Die *New York Times* brachte in ihrer Sonntagsbeilage einen ausführlichen Bericht über einen Tag im Leben eines Gagschreibers für *Your Show of Shows*, in dem Eric als geistreicher Kopf einer Gruppe bezahlter Pointenschreiber herausgestellt wurde. Sogar Winchell erwähnte ihn in seiner Kolumne:

> Habe neulich im Stork Club einen guten Witz vom *Your-Show-of-Shows*-Autor Eric Smythe gehört: »Der Geist ist willig, aber der Wein macht schwach!« Smythe, der Sid Caesars Hausschreiber ist, hat auch eine begabte Schwester, Sara, deren flapsige Kolumne die Damenwelt allwöchentlich zum Lachen bringt. Talentierte Spaßvögel, diese Smythes...

»Hast du Winchell wirklich diesen schrecklichen Witz erzählt?«, fragte ich Eric, nachdem die Kolumne erschien.

»Ich war betrunken.«

»Na, er fand ihn offenbar lustig.«

»Weißt du nicht, dass fanatische Republikaner keinen Sinn für Humor haben?«

»Mir hat es gefallen, dass er mich als Spaßvogel bezeichnet hat.«

»Was soll ich sagen, S? Schließlich habe ich es doch noch geschafft – ich bin berühmt.«

Nicht nur das, Eric gehörte jetzt zur Prominenz. Der Erfolg verwandelte ihn. Er genoss die berufliche Anerkennung und den Reichtum. Endlich spielte er nicht mehr den gescheiterten Dichter in der Dachkammer, der sich selbst nicht ausstehen konnte. Bereits einen Monat nach der Premiere der Show tauschte er seine heruntergekommene Künstlerbude mit einer elegant möblierten Wohnung im Hampshire House an der Central Park South. Die Miete betrug schwindelerregende zweihundertfünfzig Dollar im Monat, fast vier Mal so viel wie seine Wohnung in Greenwich Village gekostet hatte, aber er sagte immer: »He, dafür ist das Geld doch da.«

Neben seinem Talent als Comedy-Autor entdeckte Eric während des ersten berauschenden Jahres mit Sid Caesar noch eine andere interessante Begabung an sich: Er konnte hemmungslos Geld ausgeben. Nachdem er in die neue Wohnung gezogen war, brachte er seine gesamte Garderobe auf Vordermann und entwickelte eine Vorliebe für Maßanzüge. Während Caesars andere Autoren sich wie Damon-Runyon-Charaktere kleideten – als kämen sie gerade von einem Tag auf dem Sportplatz zurück –, sah Eric sich gern als Dandy im Stil von Noel Coward: Krawatte, zweireihige Anzüge im Prince-of-Wales-Karo, handgefertigte Schuhe, teures Rasierwasser. Aber nicht nur die Kleider schluckten viel Geld. Er ging jeden Abend aus, war Stammgast im Stork Club, im 21, in der Astor Bar und in den Jazz-Clubs an der 52nd Street, wobei er immer die Zeche zahlte. Ebenso wie er darauf bestand, mich zu einer einwöchigen Kubareise einzuladen, wo wir im sündhaft teuren Hotel Nacional wohnten. Und er hatte seinen eigenen Kammerdiener. Außerdem lieh er jedem, der ihn darum bat, Geld. Und so war er gegen Monatsende regelmäßig pleite, bis dann der nächste Scheck eintrudelte.

Ich versuchte ihn zur Mäßigung zu bewegen und ihn zu überreden, jeden Monat ein wenig zur Seite zu legen. Aber er wollte nicht auf mich hören. Er genoss diese Art von Leben. Und außerdem war er verliebt, in einen Musiker namens Ronnie Garcia, der in der Hausband des Rainbow Room Saxophon spielte. Ronnie war von kleiner Statur, kubanisch-amerikanischer Abstammung, aufgewachsen am Grand Concourse in der Bronx. Ein High-School-Abbrecher und musikalischer Autodidakt, der mit wahnsinniger Geschwindigkeit Bücher verschlang. Ich hatte nie einen beleseneren Menschen getroffen. Als Musiker begleitete er Leute wie Dick Haymes, Mel Torme und Rosemary Clooney, aber er konnte sich auch äußerst gelehrt über Eliots *Vier Quartette* unterhalten (mit authentischem Bronx-Akzent). Eric hatte ihn im April 1949 im Rainbow Room auf einer Backstage-Party für Artie Shaw kennen gelernt, und seitdem waren sie unzertrennlich. Nur dass sie sich natürlich nie öffentlich zu ihrer Beziehung bekennen konnten. Äußerste Diskretion war erforderlich. Obwohl die Angestellten im Hampshire House offenbar wussten, dass Eric mit Ronnie zusammenlebte, wurde nie ein Wort darüber verloren. Und seine Kollegen bei *Your Show of Shows* fragten ihn nicht nach seinem Privatleben, obwohl allen auffiel, dass er als Einziger unter ihnen nicht mit weiblichen Eroberungen prahlte. Ronnie und Eric tauschten in der Öffentlichkeit keine Zärtlichkeiten aus. Selbst in meiner Gegenwart zeigten sie nie, dass sie ein Paar waren. Nur ein einziges Mal, als Eric und ich in Chinatown beim Essen waren, fragte er mich offen, ob ich Ronnie mochte.

»Ich finde ihn wunderbar, er ist äußerst intelligent und spielt hinreißend Saxophon.«

»Schön«, meinte er scheu. »Das freut mich wirklich. Denn, weißt du… ähm… du ahnst schon, worauf ich hinauswill, oder?«

Ich legte meine Hand auf seine. »Ja, Eric. Und ich finde es völlig in Ordnung.«

Er musterte mich misstrauisch. »Sicher?«

»Ich bin glücklich, wenn du glücklich bist. Das ist alles, was zählt.«

»Wirklich?«

»Ganz bestimmt.«

Er drückte meine Hand. »Danke«, flüsterte er. »Du weißt nicht, wie viel mir das bedeutet.«

Ich beugte mich zu ihm und küsste ihn auf die Stirn, dann sagte ich: »Halt die Klappe.«

»Jetzt müssen wir nur noch dich unter die Haube bringen.«

»Vergiss es«, entgegnete ich scharf. Und ich meinte es so. Denn obwohl es mir nicht an männlicher Gesellschaft und an Verehrern mangelte, ließ ich mich nie auf eine Beziehung ein. Zwar ging ich etwa vier Monate lang mit einem Redakteur von Random House namens Donald Clark. Und ich hatte auch eine kurze Affäre mit Gene Smadbeck, einem Journalisten bei der *Herald Tribune*. Aber ich machte mit beiden Schluss. Mit Clark wahrscheinlich, weil er zwar ganz nett, aber ein Langweiler war. Und Smadbeck versuchte sich bereits mit dreißig zu Tode zu trinken (wenngleich er in nüchternem Zustand ungeheuer charmant war). Als ich ihm sagte, es sei aus, nahm er es nicht sehr gut auf, denn er hatte sich der Illusion hingegeben, in mich verliebt zu sein.

»Lass mich raten«, meinte er, »du lässt mich fallen wegen so einem Firmenmenschen, der dir all die Sicherheit geben kann, die du bei mir nicht bekommst.«

»Mit so einem war ich verheiratet, wie du sehr wohl weißt, und ich habe ihn nach fünf Monaten verlassen. Du kannst mir also glauben, dass ich keinen Mann brauche, der mir Sicherheit gibt. Davon habe ich selbst genug.«

»Na, jemand anderen muss es ja geben, wenn du mich verlässt.«

»Wie kommen Männer eigentlich immer auf den idiotischen Gedanken, dass man sie nur deshalb verlässt, weil es einen anderen gibt? Schade, dass ich dich enttäuschen muss, aber es gibt keinen anderen. Ich verlasse dich, weil du beschlossen hast, dich noch vor deinem fünfunddreißigsten Geburtstag selbst zu zerstören, und ich möchte in diesem Melodram nicht mitspielen.«

»Herrje, hör sich nur einer dieses knallharte Frauenzimmer an.«

»Ich muss auch knallhart sein«, erwiderte ich. »Denn nur so kann man sich behaupten ... *als Frauenzimmer.*«

Dieses Gespräch fand in der Bar des New Yorker Hotel in der 34th, Ecke 7th statt. Nachdem ich mich schließlich von Gene verabschiedet hatte, fuhr ich mit der U-Bahn nach Hause und hörte mir wieder einmal die wundervolle Aufnahme von *Don Giovanni* mit Cesare Siepi an. Von allen Schallplatten in meiner Sammlung legte ich sie am häufigsten auf. Und an diesem Abend fand ich heraus, warum. In der Oper schwört Donna Elvira Rache an Giovanni, weil er ihr die Unschuld geraubt hat. Doch zugleich weist sie den anständigen, ehrenhaften Don Ottavio zurück, weil sie sich nicht an jemanden binden kann, bevor sie mit ihrem ehemaligen Geliebten abgerechnet hat. In Wahrheit beruht Elviras Kummer darauf, dass sie sich Hals über Kopf in Don Giovanni verliebt hat, der sie verführt und verlassen hat. Und jetzt gibt sie sich alle Mühe, den langweiligen, vorsichtigen Mann abzuweisen, der sie so gern zur Frau haben will.

Aus irgendeinem Grund sprach mich diese Geschichte an.

Auch ich war Don Giovanni erlegen. Und Don Ottavio. Aber warum sollte ich mich wieder jemandem hingeben, wenn ich mich doch auch allein ganz gut in der Welt zurechtfand?

An Silvester 1949 gab Eric in seiner Wohnung im Hampshire House eine Party. Es waren etwa vierzig Gäste da, dazu eine fünfköpfige Band mit Ronnie am Saxophon. Mein Vertrag mit der *Post* war gerade um zwei Jahre verlängert worden. Dank Joel Eberts war das Honorar pro Kolumne auf hundertfünfzig Dollar erhöht worden. Außerdem war ich zur Filmkritikerin der Zeitschrift befördert worden, wofür ich weitere hundertfünfzig Dollar pro Woche bekam. Und ich schrieb immer noch die monatliche Musikkolumne. Alles in allem brachte ich es 1950 auf sechzehn Riesen, und das war damals unglaublich viel Geld, noch dazu für eine so leichte, angenehme Arbeit. Auch Eric hatte ausgedehnte Neuverhandlungen mit der NBC hinter sich. Er blieb Sid Caesars wichtigster Autor, aber daneben wollte der Sender, dass er Ideen für andere Shows entwickelte. Um ihn bei Laune zu halten (und um ihn den gierigen Händen von CBS zu entreißen), erhöhten sie sein wöchentliches Gehalt für *Your Show of Shows* auf vierhundert Dollar, zusätzlich zu einem jährlichen Beraterhonorar von zwölftausend Dollar einschließlich eigenem Büro und Sekretärin.

So standen wir also zusammengedrängt in Erics Wohnung mit Blick über den Central Park, wir skandierten fünf, vier, drei, zwei, eins, als die letzten Sekunden des alten Jahres verstrichen, wünschten uns ein gutes neues Jahr und begrüßten das neue Jahrzehnt.

Nachdem ich von Dutzenden Fremden geküsst worden war, fand ich endlich meinen Bruder, er stand an einem Fenster. Ein Feuerwerk im Central Park erhellte den mitternächtlichen Himmel. Eric, der ein bisschen zu viel Champagner getrunken hatte, umarmte mich übermütig.

»Kannst du das eigentlich glauben?«, fragte er mich.

»Was?«

»Du und ich. Die Wohnung. Einfach alles.«

»Nein, ich glaube es kaum. Ich kann nicht fassen, wie viel Glück wir haben.«

Draußen hörte man Knaller, gefolgt von einem supernovaartigen Blitz in Rot, Weiß und Blau.

»Das ist es, S«, sagte Eric. »Ohne Frage ist das der Augenblick schlechthin. Genieße ihn. Weil er nicht andauern wird. Vielleicht ist es morgen schon vorbei. Aber jetzt, genau in diesem Augenblick, sind wir auf der Siegerseite. Wir haben den verdammten Kampf gewonnen. Wenigstens vorläufig.«

Die Party löste sich im Morgengrauen auf. Mit müden Augen blinzelte ich in den ersten Sonnenaufgang des Jahres 1950. Ich brauchte dringend mein Bett. Der Portier im Hampshire House rief mir ein Taxi. Zu Hause schlüpfte ich zwischen die Laken und war nach wenigen Sekunden eingeschlafen. Als ich um zwei Uhr nachmittags aufwachte, schneite es. Bis zum Abend entwickelte sich ein heftiger Schneesturm, der bis zum Morgen des dritten Januar anhielt. Wegen der Schneemassen war die ganze Stadt lahm gelegt. Zwei weitere Tage lang war es schier unmöglich, das Haus zu verlassen. Also ernährte ich mich von Dosen aus meiner Speisekammer und schrieb die Kolumnen für einen ganzen Monat im Voraus, um den erzwungenen Stubenarrest noch irgendwie sinnvoll zu nutzen.

Am Morgen des fünften Januar wurde im Radio gemeldet, dass sich das Leben in der Stadt allmählich wieder normalisierte. Es war ein klarer, kalter Tag. Die Straßen hatte man vom Schnee befreit, und auch auf den Bürgersteigen waren überall Wege freigeschaufelt. Ich trat vor die Tür und atmete tief ein, es war schön, wieder die schlechte Luft Manhattans zu schnuppern. Da in meinen Schränken gähnende Leere herrschte, musste ich unbedingt

Lebensmittel einkaufen. Aber bevor ich meine Vorräte auffüllte, wollte ich erst einmal – nach fünf Tagen im Haus – einen langen, flotten Fußmarsch machen. Gewöhnlich ging ich im Riverside Park spazieren, aber an diesem Morgen schlug ich wie aus heiterem Himmel den Weg nach Osten ein.

So bog ich also in die 77th Street ein und passierte einige Sehenswürdigkeiten des Viertels: die Collegiate School for Boys, Gitlitz's Delicatessen, das Bellecaire Hotel. Ich überquerte den Broadway und kam an schäbigen Sandsteinhäusern vorbei, die sich zwischen der Amsterdam und der Columbus Avenue drängten. Ich betrachtete bewundernd das gewaltige Museum of Natural History, das in seiner gotischen Pracht vor mir aufragte. Dann überquerte ich die Central Park West und betrat den Park.

Die kleinen Pfade im Central Park waren noch nicht geräumt, also musste ich auf dem schneebedeckten Hauptweg bleiben. Kaum war ich ein Stück bergab gegangen, kam es mir vor, als sei ich gar nicht mehr in New York City, sondern irgendwo in einer verschneiten, hinterwäldlerischen Ecke Neuenglands, einer weißen, eingefrorenen Landschaft, in der jegliche Geräusche von den Schneemassen erstickt wurden.

Ich wanderte weiter bergab und ging dann am See entlang. Von da aus schlug ich einen schmalen, kleinen Pfad ein, der zu einem Pavillon führte, und setzte mich dort auf eine Bank. Der See war zugefroren, und dahinter ragte die Skyline Manhattans auf: stolz, erhaben, unnahbar. Von allen Ansichten Manhattans mochte ich diese am liebsten – die ländliche Stille des Parks und im Hintergrund die glanzvolle Geschäftswelt dieser verrückten Insel. Kein Wunder, dass ich nach fünf Tagen zu Hause gerade hierher gekommen war. Ein neues Jahrzehnt voller spannender Aussichten war angebrochen. Jetzt fand ich zum ersten Mal Gelegenheit, darüber nachzudenken. Und wo konnte ich das besser tun als hier?

Nach ein paar Minuten hörte ich in einiger Entfernung Stimmengemurmel. Eine Frau in meinem Alter betrat den Pavillon. Sie hatte ein schmales Gesicht mit vornehmen Zügen, und wegen seiner attraktiven Strenge dachte ich sofort, sie müsse ebenfalls Neuengländerin sein. Sie schob einen Kinderwagen. Ich lächelte die Frau an und warf dann einen Blick auf das Kind, einen kleinen, ungefähr dreijährigen Jungen, der dick eingehüllt in dem Wagen saß. Wie immer, wenn ich ein kleines Kind sah, spürte ich einen Stich. Und wie immer verbarg ich meinen Anflug von Trauer hinter einem verkrampften Lächeln und einer Plattitüde.

»Er ist sehr hübsch«, sagte ich.

»Danke«, meinte die Frau lächelnd. »Das finde ich auch.«

»Wie heißt er?«

Die Frage wurde von jemand anderem beantwortet. Von einem Mann. Die Stimme hatte ich schon einmal gehört.

»Er heißt Charlie.«

Der Mann, der zwei oder drei Schritte hinter der Frau und dem Kind hergegangen war, betrat jetzt ebenfalls den Pavillon. Sofort legte er beschützend den Arm um die Frau. Dann wandte er sich zu mir. Und plötzlich wurde er bleich.

Es gelang mir, den Laut des Erstaunens, der mir die Kehle hochstieg, zu unterdrücken. Nach einigen Sekunden des entsetzten Schweigens brachte ich hervor:

»Hallo.«

Auch Jack Malone brauchte einen Augenblick, um seine Sprache wiederzufinden. Schließlich zwang er sich zu einem Lächeln.

»Hallo, Sara«, sagte er.

2

Hallo, Sara.

Ich starrte ihn sprachlos an. Wie lange war es her? 1945, am Vorabend von Thanksgiving. Vier Jahre – einen Monat hin oder her. Guter Gott, *vier Jahre*! Und irgendwie hatte er mich die ganze Zeit verfolgt. Kein Tag verging, an dem ich nicht an ihn dachte. Ständig beschäftigte mich die Frage, wo er wohl war. Ob ich ihn jemals wiedersehen würde. Oder ob diese Postkarte mit den fünf Wörtern – *Es tut mir leid. Jack* – das Letzte gewesen war, was er zu der ganzen Angelegenheit zu sagen hatte.

Vier Jahre. Wie schnell die Zeit vergangen war! Einmal zwinkern, und du bist eine frisch gebackene New Yorkerin, die gerade das College hinter sich hat. Beim zweiten Zwinkern bist du achtundzwanzig, geschieden, und siehst plötzlich den Mann wieder, mit dem du vor fast fünfzig Monaten eine Nacht verbracht hast und der dir seitdem nie mehr aus dem Kopf gegangen ist.

Ich musterte sein Gesicht. Auch nach vier Jahren sah er immer noch verdammt irisch aus. Seine Haut war rosig und glatt wie die eines jungen Ministranten, das Kinn kantig. Er trug einen dunkelbraunen Mantel und dicke Lederhandschuhe, dazu eine dieser Tweed-Schiebermützen, die modern waren, seit John Wayne in *Der Sieger* damit herumstolziert war. Auf den ersten Blick war Jack Malone noch genau derselbe, den ich 1945 getroffen hatte.

»Kennt ihr euch?«, fragte die Frau.

Wohlgemerkt: Sie war *seine Ehefrau*. Ihre Stimme klang angenehm, ohne jede Spur von Argwohn oder Misstrauen, obwohl ihr Mann und ich doch noch vor wenigen Augenblicken so offensichtlich außer Fassung geraten waren. Ich sah sie an. Ja, sie war etwa in meinem Alter – und hübsch. Zu ihrem marineblauen Mantel mit Pelzkragen trug sie passende Handschuhe. Ihr kurz geschnittenes hellbraunes Haar wurde von einem schwarzen Samtband zurückgehalten. Sie war so groß wie Jack, gut einen Meter fünfundsiebzig schätzte ich, wirkte aber dennoch zierlich. Trotz ihres dicken Wintermantels sah man deutlich, dass sie schlank, fast hager war. Ihr anziehendes Gesicht erinnerte an Porträts der ersten Siedler in der Massachusetts Bay Colony. Ich konnte sie mir gut als eine der Frauen vorstellen, die die Entbehrungen im Boston von 1630 mit eisernem Willen ertrugen. Obwohl sie mich mit einem freundlichen Lächeln bedachte, hatte ich das Gefühl, dass sie, falls nötig, auch sehr furchteinflößend sein konnte.

Der kleine Junge schlief. Er war sehr niedlich – wie alle kleinen Jungen. Eingepackt in einen marineblauen Schneeanzug, an dem mit Metallclips kleine Fäustlinge befestigt waren. Sein Anzug hatte die gleiche Farbe wie der Mantel seiner Mutter. Süß. Wie entzückend, wenn man sich und sein Kind in derselben Farbe kleiden konnte. Was für ein Privileg, obwohl ich sicher war, dass sie es nicht als Privileg empfand. Warum auch? Sie hatte einen Mann und ein Baby. Sie hatte *ihn*, verdammt noch mal. Ihn und eine intakte Gebärmutter. Und ich bin sicher, dass sie all das als ihr gutes Recht ansah. Ihr gottverdammtes, gottgegebenes Recht auf Mutterschaft und auf diesen Mann. Diesen verabscheuenswerten, widerwärtigen, egoistischen, attraktiven irischen …

O mein Gott, steh mir bei …

»Ja«, hörte ich ihn sagen, »natürlich kennen wir uns. Nicht wahr, Sara?«

Ich kam wieder in die Realität zurück.

»Ja, das stimmt«, antwortete ich mechanisch.

»Sara Smythe, meine Frau Dorothy.«

Sie lächelte und nickte mir zu. Ich tat es ihr nach.

»Und natürlich unser Sohn Charlie«, fügte er noch hinzu und tätschelte den Kinderwagen.

»Wie alt ist er?«

»Gerade dreieinhalb geworden«, erklärte Dorothy.

Ich rechnete schnell im Geist nach und blickte Jack dann direkt ins Gesicht. Er wandte den Blick ab.

»Dreieinhalb?«, fragte ich. »Bestimmt ist das ein nettes Alter.«

»Ja, einfach wunderbar«, pflichtete mir Dorothy bei. »Und er kann auch schon reden. Er ist ein richtiges kleines Plappermaul, nicht wahr, Liebling?«

»Absolut«, sagte Jack. »Wie geht es eigentlich deinem Bruder? Er ist ja inzwischen ganz schön berühmt.«

»Bestens«, entgegnete ich.

»Daher kennen Sara und ich uns«, sagte er zu Dorothy. »Wir haben uns auf einer Party bei ihrem Bruder kennen gelernt, wann war das gleich?«

»1945, am Abend vor Thanksgiving.«

»Meine Güte, du hast ein besseres Gedächtnis als ich. Mit wem warst du noch mal dort?«

O du raffinierter Kerl, verwischst deine Spuren wie ein ausgebuffter Dieb.

»Dwight D. Eisenhower«, antwortete ich.

Einen Augenblick lang herrschte verblüfftes Schweigen, dann lachten Jack und Dorothy nervös.

»Du bist immer noch so schlagfertig wie eh und je«, sagte Jack.

»Warten Sie mal«, sagte Dorothy, »Sie sind doch nicht etwa die Sara Smythe, die für die *Saturday Evening Post* schreibt?«

»Ja, das ist sie«, antwortete Jack an meiner Stelle.

»Ich liebe Ihre Kolumne«, schwärmte sie. »Ich bin ein großer Fan von Ihnen.«

»Ich auch«, schloss sich Jack an.

»Danke«, sagte ich und blickte zu Boden.

Sie stupste ihren Mann in die Seite. »Du hast mir nie erzählt, dass du die Sara Smythe von *Sara Smythe's Geschichten aus dem richtigen Leben* kennst.«

Jack zuckte nur mit den Schultern.

»Und habe ich bei Winchell nicht gelesen, dass Ihr Bruder für Sid Caesar schreibt?«

»Er ist einer von Caesars Spitzenleuten«, kam mir Jack zuvor. »Der führende Kopf bei *Your Show of Shows*.«

Ohne Jack anzusehen, sagte ich: »Offensichtlich hast du unsere Karriere mitverfolgt.«

»Ach, ich lese nur wie jeder die Zeitung. Aber es freut mich, dass ihr beide so erfolgreich seid. Bitte grüß Eric von mir.«

Ich nickte und dachte mir: Weißt du etwa nicht mehr, dass er dich nicht ausstehen konnte?

»Sie müssen uns einmal besuchen kommen«, sagte Dorothy. »Wohnen Sie in der Nähe?«

»Ja, nicht weit von hier.«

»Wir auch«, sagte Jack. »20th West, Ecke 84th Street, gleich bei der Central Park West.«

»Nun, Jack und ich würden uns freuen, wenn Sie und Ihr Mann …«

»Ich bin nicht verheiratet«, sagte ich. Wieder wich Jack meinem Blick aus.

»Bitte entschuldigen Sie«, sagte Dorothy. »Das war sehr unhöflich von mir.«

»Nein, gar nicht«, widersprach ich. »Ich war tatsächlich einmal verheiratet.«

»Ach wirklich?«, meinte Jack. »Lange?«

»Nein, nicht sehr lange.«

»Das tut mir leid für Sie«, sagte Dorothy.

»Das muss es nicht. Es war ein Irrtum, ein Irrtum, der nicht lange gedauert hat.«

»Jeder kann sich mal irren«, meinte Jack.

»Ja«, erwiderte ich. »Das stimmt.«

Ich wollte diese Unterhaltung so schnell wie möglich beenden, deshalb sah ich auf meine Uhr. »Meine Güte, wie spät es schon ist«, sagte ich. »Ich muss zurück.«

»Aber Sie besuchen uns doch einmal?«, fragte Dorothy.

»Sicher«, versprach ich.

»Und wie können wir dich erreichen?«, fragte Jack.

»Ich stehe nicht im Telefonbuch, ich habe eine Geheimnummer.«

»Natürlich«, sagte Dorothy, »Wenn man so berühmt ist wie Sie ...«

»Ich bin wohl kaum berühmt.«

»Na, wir stehen jedenfalls drin«, meinte Jack. »Und im Büro bin ich auch jederzeit zu erreichen.«

»Jack arbeitet bei Steele and Sherwood«, erklärte Dorothy.

»Die Werbeagentur?«, fragte ich. »Ich dachte, du bist Journalist.«

»Das war einmal, als es noch einen Krieg gab, über den man schreiben konnte. Jetzt ist in der Werbung das meiste Geld zu verdienen. Übrigens: Wenn du mal jemanden brauchst, der dein Bild in der Öffentlichkeit aufpolieren soll, sind wir genau die Richtigen dafür.«

Ich konnte nicht glauben, wie gelassen er war, wie er es schaffte, so zu tun, als wäre ich nur eine Bekannte. Vielleicht war ich für ihn nie mehr gewesen. Noch einmal stieß ihn Dorothy scherzhaft in die Seite.

»Wenn man dich so hört«, sagte sie, »immer auf Geschäfte aus.«

»Ich meine es ganz ernst. Unsere Firma könnte für eine aufstrebende junge Journalistin wie Sara Smythe einiges tun. Wir könnten dir ein ganz neues Profil geben.«

»Mit oder ohne Narkose?«, fragte ich. Jack und Dorothy lachten.

»Meine Güte, du bist wirklich nie um eine witzige Antwort verlegen«, sagte er. »Schön, dich nach so langer Zeit wieder zu sehen.«

Ich verkniff mir zu sagen, *ganz meinerseits.*

»Hat mich gefreut, Ihre Bekanntschaft zu machen, Dorothy«, sagte ich.

»Die Freude war ganz auf meiner Seite. Sie sind wirklich meine Lieblingsjournalistin.«

»Sie schmeicheln mir«, sagte ich.

Dann drehte ich mich schnell um, winkte kurz und ging zurück auf den Hauptweg. Dort angekommen, lehnte ich mich einen Augenblick an einen Laternenmast und atmete tief durch, um mich ein wenig zu beruhigen. Aber schon hörte ich ihre Stimmen näher kommen, denn sie hatten ebenfalls diesen Weg eingeschlagen. Sofort überquerte ich die Straße und marschierte flott auf den Parkausgang an der 77th Street zu. Aus Angst, sie könnten hinter mir sein, sah ich mich nicht mehr um. Ich wollte nur weg von hier. Und zwar schnell.

Als ich die Central Park West erreichte, winkte ich ein Taxi herbei und ließ es mich die vier langen Häuserblocks quer durch die Upper West Side zum Riverside Drive fahren. Kaum war ich zu Hause, knallte ich die Tür hinter mir zu, warf den Mantel aufs Sofa und lief im Wohnzimmer auf und ab. Ja, ich war wie besessen. Von Sinnen. Ich war völlig außer Fassung.

Dieser Mistkerl. Dieser Herzensbrecher.

Wie alt ist er?

Gerade dreieinhalb geworden.

Dreieinhalb? Bestimmt ist das ein nettes Alter.

Dreieinhalb bedeutete, dass Charlie im Frühsommer 1946 geboren war. Und wenn er »gerade« dreieinhalb war, musste die Empfängnis ...

Ich zählte an den Fingern die Monate. Juni, Mai, April, März, Februar, Januar, Dezember, November, Oktober.

Oktober 1945.

O du verdammter Hurensohn. Bei ihr war schon was unterwegs, als du deine schmalzige Show bei mir abgezogen hast.

Und der Gedanke – es war wirklich kaum zu fassen –, dass ich so dumm und schulmädchenhaft war, dir das auch noch abzukaufen. All die Briefe, in denen ich dir so wortreich, aber vergebens mein Herz ausgeschüttet habe. All die vielen Monate, in denen ich mich nach einer Antwort verzehrt habe. Und dann, schließlich, diese eine jämmerliche Postkarte mit den paar dürren Worten.

Es tut mir leid.

Jetzt wusste ich, warum. Und dass er all die Jahre meine Karriere mitverfolgt hatte. Er wusste, dass ich für die *Post* schrieb, und von Erics Erfolg. Über die Zeitung hätte er leicht Kontakt mit mir aufnehmen können. Aber offenbar war er dazu zu feige gewesen.

Ich versetzte dem Tisch einen Fußtritt. Ich verfluchte mich für meine Dummheit, meine übertriebene Reaktion – und dafür, dass ich ihn immer noch so verdammt attraktiv fand. Ich ging in die Küche, guckte in alle Schränke und entdeckte schließlich eine Flasche J&B Whisky. Ich schenkte mir ein Glas ein, stürzte es hinunter und dachte dabei: Eigentlich trinke ich nicht vor Sonnenuntergang. Aber jetzt brauchte ich etwas Starkes. Denn in der Sturzflut von Gefühlen, die über mich hereingebrochen war, war eines am stärksten: die bohrende Sehnsucht nach diesem verdammten Mann. Ich wollte ihn hassen, ihn für seine Unehrlichkeit verachten und dafür, wie er mich aufs Glatteis geführt hatte. Nein, noch besser, ich wollte ihn kühl und distanziert aus meinen Gedanken verbannen – einfach die Schultern zucken und weitermarschieren. Stattdessen stand ich nun da, keine zwanzig Minuten nach unserem Wiedersehen, und empfand zugleich Wut und Begehren. Wie ich ihn hasste. Und begehrte. Ich konnte mir beim besten Willen nicht erklären, warum ich bei seinem Anblick im Park so einen Schrecken bekommen, so eine Wut und so ein Verlangen empfunden hatte. Nein, den Schrecken und die Wut konnte ich verstehen. Aber das brennende Verlangen nach ihm hatte mich völlig unvorbereitet getroffen. Und es war dafür verantwortlich, dass ich mir noch einen kleinen Scotch einschenkte.

Nachdem ich den zweiten Scotch getrunken hatte, stellte ich die Flasche zurück und verließ die Wohnung. Ich zwang mich, im Coffee Shop um die Ecke etwas zu essen, und beschloss anschließend, mich mit einer Doppelvorstellung im Beacon, einem billigen Kino in meinem Viertel, abzulenken. Das B-Movie war ein nicht weiter erwähnenswerter Kriegsfilm mit Cornell Wilde und Ward

Bond. Aber der Hauptfilm, *Ehekrieg* mit Katherine Hepburn und Spencer Tracy, war ein Leckerbissen: klug, frech und kultiviert (abgesehen davon spielt er im Zeitungsmilieu, was mich über alle Maßen amüsierte). Filmhelden bekommen nicht nur die besten Texte, auch die romantischen Verwicklungen, in die sie geraten, lösen sich zum Schluss entweder auf oder enden wunderbar tragisch. Für uns normal Sterbliche liegen die Dinge nie so eindeutig. Bei uns herrscht ständig ein heilloses Durcheinander.

Als ich gegen sechs nach Hause kam, rief ich beim Lebensmittelladen an, sie könnten mir meine Einkäufe jetzt bringen. Kaum hatte ich den Hörer aufgelegt, klingelte es.

»Hallo, du«, sagte er.

Mein Herz setzte einen Schlag lang aus.

»Bist du noch dran, Sara?«, fragte Jack.

»Ja, ich bin noch dran.«

»Du hast also doch keine Geheimnummer.«

Ich schwieg.

»Aber ich werfe dir nicht vor, dass du so getan hast, als ob.«

»Jack, ich möchte wirklich nicht mit dir reden.«

»Ich weiß schon, warum. Und ich habe es nicht anders verdient. Aber wenn ich dir nur ...«

»Was? *Erklären* könnte?«

»Ja, ich möchte versuchen, es dir zu erklären.«

»Deine Ausflüchte interessieren mich nicht.«

»Sara ...«

»Nein. Keine Ausflüchte. Keine Erklärungen. Keine Rechtfertigungen.«

»Es tut mir leid. Du weißt nicht, wie sehr ...«

»Gratuliere. Du verdienst es, Schuldgefühle zu haben. Dafür, dass du mich hintergangen hast. Und dass du sie hintergangen hast. Ihr wart schon zusammen, als wir uns kennen gelernt haben, stimmt's?«

Schweigen.

»Stimmt das?«

»So einfach ist das nicht.«

»O bitte ...«

»Als ich dich kennen lernte, wusste ich nicht ...«

»Wie ich schon sagte, Jack: Es interessiert mich nicht. Also lass mich in Ruhe. Wir haben einander nichts mehr zu sagen.«

»Doch«, widersprach er heftig. »Weil ich die letzten vier Jahre ...«

»Ich lege jetzt auf, Jack.«

»... weil ich die letzten vier Jahre jede Stunde an dich gedacht habe.«

Langes Schweigen.

»Warum erzählst du mir das jetzt?«, fragte ich schließlich.

»Weil es die Wahrheit ist.«

»Ich glaube dir nicht.«

»Das kann ich verstehen. Ich weiß schon, ich hätte schreiben sollen. Ich hätte auf all die wundervollen Briefe antworten sollen, die du mir geschickt hast. Aber ...«

»Ich habe jetzt wirklich genug davon, Jack.«

»Ich würde mich gern mit dir treffen. Bitte.«

»Auf keinen Fall.«

»Ich bin jetzt am Broadway, Ecke 83rd Street. In fünf Minuten könnte ich bei dir sein.«

»Woher zum Teufel weißt du, wo ich wohne?«

»Aus dem Telefonbuch.«

»Und lass mich raten, was du deiner Frau erzählt hast ... dass du frische Luft schnappen und Zigaretten kaufen gehst, stimmt's?«

»Ja«, gab er widerstrebend zu. »So ungefähr.«

»Welch eine Überraschung. Noch mehr Lügen.«

»Lass mich dich wenigstens zu einer Tasse Kaffee einladen. Oder zu einem Drink.«

»Leb wohl.«

»Sara, bitte, gib mir doch eine Chance.«

»Das habe ich bereits. Erinnerst du dich noch?«

Dann legte ich auf. Sofort klingelte es wieder. Ich hob ab.

»Nur zehn Minuten«, bat Jack. »Mehr verlange ich nicht.«

»Ich habe dir acht Monate meiner Zeit geschenkt, und was hast du damit angefangen?«

»Ich habe einen schrecklichen Fehler gemacht.«

»Na endlich, ein Hauch von Selbsterkenntnis. Ich bin nicht interessiert. Lass mich in Ruhe, und ruf mich nie wieder an.«

Damit legte ich auf und nahm anschließend den Hörer von der Gabel.

Ich widerstand der Versuchung, mir zur Stärkung noch einen Scotch einzuschenken. Ein paar Minuten später klingelte es an der Tür. O Gott, er war hier. In der Küche nahm ich den Hörer der Sprechanlage ab und schrie:

»Ich habe dir gesagt, dass ich dich nie wieder sehen möchte.«

»An der Ecke gibt es einen Coffee Shop«, sagte Jack durch die knisternde Leitung. »Dort warte ich auf dich.«

»Du vergeudest deine Zeit«, sagte ich. »Ich werde nicht kommen.«

Dann hängte ich ein.

Die nächste halbe Stunde lang versuchte ich, mich mit allem Möglichen abzulenken. Ich spülte das schmutzige Geschirr eines ganzen Tages. Ich machte mir Kaffee. Ich trug ihn zu meinem Schreibtisch hinüber. Ich versuchte, die Kolumnen, die ich während des Schneesturms geschrieben hatte, zu korrigieren. Schließlich stand ich auf, schnappte mir meinen Mantel und verließ die Wohnung.

Zu Gitlitz's Delicatessen waren es nur zwei Minuten zu Fuß. Er saß in einer Nische in der Nähe der Tür. Vor ihm auf dem Tisch stand eine Tasse Kaffee und ein Aschenbecher mit vier ausgedrückten Zigaretten. Als ich eintrat, zündete er sich gerade eine neue Chesterfield an. Er sprang auf, ein nervöses Lächeln im Gesicht.

»Ich hatte schon fast die Hoffnung aufgegeben«, sagte er.

»Du kannst die Hoffnung aufgeben«, entgegnete ich und setzte mich ihm gegenüber. »Denn in zehn Minuten gehe ich wieder.«

»Es ist so wunderbar, dich zu sehen«, sagte er und ließ sich auch auf seinem Platz nieder. »Du weißt nicht, wie wunderbar …«

Ich unterbrach ihn.

»Eine Tasse Kaffee wäre nicht schlecht«, meinte ich.

»Natürlich, natürlich«, sagte er und winkte der Bedienung. »Und was möchtest du essen?«

»Nichts.«

»Sicher?«

»Ich habe keinen Appetit.«

Er griff nach meiner Hand. Ich zog sie weg.

»Du bist so schön, Sara.«

Ich sah kurz auf die Uhr. »Neun Minuten und fünfzehn Sekunden. Die Zeit läuft, Jack.«

»Du hasst mich wirklich, stimmt's?«

Wieder sah ich anstatt einer Antwort auf die Uhr. »Acht Minuten, fünfundvierzig Sekunden.«

»Ich habe einen schweren Fehler gemacht.«

»Worte kosten nichts, wie man in Brooklyn sagt.«

Er zuckte zusammen, dann nahm er einen tiefen Zug von seiner Zigarette. Die Kellnerin brachte meinen Kaffee.

»Du hast Recht«, sagte er. »Was ich getan habe, lässt sich nicht entschuldigen.«

»Du hättest nur auf einen meiner Briefe zu antworten brauchen. Die du alle bekommen hast, nicht wahr?«

»Ja, alle. Sie waren wunderschön, außergewöhnlich. So außergewöhnlich, dass ich alle aufgehoben habe.«

»Ich bin gerührt. Als Nächstes erzählst du mir wohl, du hast sie alle deiner Frau gezeigt ... wie heißt sie noch mal?«

»Dorothy.«

»Ach ja, Dorothy. Wie im *Zauberer von Oz.* Lass mich raten: Du bist ihr in Kansas mit ihrem kleinen Hund Toto begegnet ...« Dann riss ich mich zusammen. »Ich glaube, ich gehe jetzt besser.«

»Nein, bleib noch, Sara. Es tut mir so furchtbar leid ...«

»Wie oft habe ich dir geschrieben? Es müssen an die ...«

»Zweiunddreißig Briefe und vierundvierzig Postkarten«, sagte er.

Ich musterte ihn eingehend.

»Du hast ja sehr genau Buch geführt.«

»Jeder einzelne davon hat mir sehr viel bedeutet.«

»O bitte. Lügen kann ich gerade noch ertragen. Aber schmalzige Lügen ...«

»Es ist die Wahrheit.«

»Das glaube ich dir nicht.«

»Sie war schwanger, Sara. Das wusste ich nicht, als ich dich kennen lernte.«

»Aber offensichtlich *kanntest* du sie doch, als du mich kennen lerntest. Sonst wäre sie doch nicht schwanger von dir gewesen. Oder habe ich da was falsch verstanden?«

Er seufzte schwer und stieß eine Rauchwolke dabei aus.

»Ich habe sie im August 1945 kennen gelernt. Nach meinem Einsatz in Deutschland hatte mich *Stars and Stripes* wieder nach England versetzt. Ich sollte dort drei Monate lang in der europäischen Zentrale arbeiten, die zufälligerweise im Hauptquartier der Alliierten in der Nähe von London untergebracht war. Dorothy arbeitete im Hauptquartier als Schreibkraft. Sie kam gerade vom College und hatte sich freiwillig zum Militär gemeldet. ›Ich hatte diese romantische Vorstellung, dass ich meinen Teil beitragen wollte‹, erzählte sie mir später, ›ich sah mich als Hemingway-Heldin, die in einem Lazarett an der Front arbeitet.‹ Stattdessen wurde sie als Sekretärin im Hauptquartier in Crawley, West Sussex, eingesetzt. Eines Tages kamen wir während einer Kaffeepause in der Kantine miteinander ins Gespräch. Sie langweilte sich im Schreibbüro. Ich langweilte mich dabei, den ganzen Tag die Artikel von anderen Journalisten zu redigieren. Nach der Arbeit gingen wir hin und wieder miteinander aus. Irgendwann landeten wir zusammen im Bett. Es war keine Liebe, keine Leidenschaft. Es war einfach ... eine Abwechslung. Eine Art, die Zeit in Crawley, der langweiligsten Stadt Englands, auszufüllen. Natürlich mochten wir uns, aber wir wussten beide, dass es nur eine Affäre war, die nach unserem Aufenthalt in England zu Ende sein würde.

Ein paar Monate später, Anfang November, erfuhr ich, dass ich über den Beginn des Wiederaufbaus in Deutschland berichten sollte und zuvor Heimaturlaub bekäme. Als ich ihr erzählte, dass ich weggehen würde, war sie ein bisschen traurig. Trotzdem sah sie die Sache realistisch. Es war angenehm gewesen, wir mochten uns. Und ich fand sie wirklich elegant. Meine Güte, ich war ein ungehobelter Kathole aus Brooklyn und sie eine höhere Tochter aus Mount Kisco, Angehörige der Episkopalkirche. Ich war in die Erasmus High gegangen. Sie zur Rosemary Hall and Smith. Sie spielte in einer anderen Liga. Und das wusste sie auch, obwohl sie viel zu nett war, um es mir gegenüber auszuspielen. Teilweise fühlte ich mich sogar geschmeichelt, dass sie sich herabgelassen hatte, Zeit mit mir zu verbringen. Aber es gibt viele solche Geschichten aus Kriegstagen. Sie ist da, du bist da, also, warum nicht?

Jedenfalls, als wir am zehnten November in England den Anker lichteten, ging ich davon aus, dass ich Dorothy nie mehr wiedersehen würde. Zwei Wochen später traf ich dich, und ...«

Er verstummte und drückte seine Zigarette aus. Dann angelte er sich eine neue aus der Packung und zündete sie an.

»Und was?«, fragte ich leise.

»Und ich wusste es.«

Schweigen.

»Ich wusste es sofort«, sagte er. »Es traf mich wie ein Schlag. Ich wusste es einfach.«

Schweigend starrte ich auf meinen Kaffee. Wieder griff er nach meiner Hand. Seine Finger berührten meine. Ein Zittern überlief mich. Ich wollte meine Hand wegziehen, aber sie bewegte sich nicht. Als er weitersprach, flüsterte er beinahe: »Alles, was ich in jener Nacht zu dir gesagt habe, habe ich auch so gemeint, Sara, jedes Wort.«

»Ich möchte das nicht hören.«

»Doch, das möchtest du.«

Jetzt zog ich meine Hand weg. »Nein, möchte ich nicht.«

»Du wusstest es auch, Sara.«

»Ja, ich wusste es verdammt noch mal«, zischte ich. »Zweiunddreißig Briefe und vierundvierzig Postkarten, und du fragst mich, ob ich es wusste. Ich habe dich nicht einfach bloß vermisst, ich habe mich nach dir verzehrt. Ich wollte es nicht, aber ich konnte nichts dagegen tun. Und als du nicht geantwortet hast …«

Er griff in seine Manteltasche, zog zwei Briefumschläge heraus und legte sie vor mir auf den Tisch.

»Was ist das?«, fragte ich.

»Zwei Briefe, die ich dir geschrieben und nie abgeschickt habe.«

Ich starrte auf die Umschläge, in die das Emblem der amerikanischen Streitkräfte eingraviert war. Sie sahen abgenutzt und alt aus.

»Den ersten Brief habe ich auf dem Schiff nach Deutschland geschrieben«, sagte er. »Ich wollte ihn abschicken, sobald wir in Hamburg anlegten. Aber bei meiner Ankunft wartete schon ein Brief von Dorothy auf mich, in dem sie mir eröffnete, dass sie schwanger sei. Sofort beantragte ich Urlaub für das Wochenende und fuhr per Fähre und Zug nach London. Unterwegs beschloss ich, ihr zu sagen, dass ich sie, wenngleich ich sie mochte, nicht heiraten konnte, weil …«

Wieder inhalierte er tief.

»… weil ich sie nicht liebte. Und weil ich dich kennen gelernt hatte. Aber als ich in Crawley ankam und sie …«

»Was? Dir in die Arme fiel? Weinte? Dir sagte, dass sie solche Angst davor habe, du könntest sie verlassen? Dir beteuerte, wie sehr sie dich liebte?«

»Ja, all das. Sie erzählte mir auch, man würde sie enterben, wenn sie das Kind allein großzöge. Jetzt, wo ich ihre Familie kenne, weiß ich, dass sie die Wahrheit gesagt hat. Du darfst ihr keine Vorwürfe machen …«

»Warum sollte ich? An ihrer Stelle hätte ich genau das Gleiche getan.«

»Ich glaubte keine andere Wahl zu haben. Die alten Lehrsätze der Jesuiten fielen mir ein: *Du bist für deine Taten verantwortlich.*

Du musst für die Sünden des Fleisches bezahlen … All dieser mittelalterliche katholische Quatsch über die Schuld brachte mich dazu, ihr zu sagen, dass ich sie heiraten würde.«

»Das war sehr verantwortungsbewusst von dir.«

»Sie ist eine nette Frau. Wie haben keine großen Probleme. Wir kommen gut miteinander aus. Es ist … irgendwie freundschaftlich, denke ich.«

Ich entgegnete nichts darauf. Nach einer Weile tippte er auf einen der Umschläge und sagte: »Den zweiten Brief habe ich geschrieben, als ich wieder nach Hamburg fuhr. Ich wollte dir erklären …«

»Deine Erklärungen interessieren mich nicht«, sagte ich und schob die Briefe zu ihm zurück.

»Nimm sie wenigstens mit, und lies sie zu Hause.«

»Wozu? Was passiert ist, ist passiert, vor mehr als vier Jahren. Wir haben eine Nacht zusammen verbracht. Ich dachte, es wäre der Anfang von etwas. Ich habe mich getäuscht. *C'est la vie.* Ende der Geschichte. Ich bin nicht böse auf dich, weil du ›deine Pflicht getan‹ und Dorothy geheiratet hast. Es ist nur … du hättest mir viel Kummer und Leid ersparen können, wenn du vorher mit mir ins Reine gekommen wärst und mir erzählt hättest, was los ist.«

»Das wollte ich auch. Das stand in meinem zweiten Brief. Ich habe ihn auf der Fähre zurück nach Hamburg geschrieben. Aber als ich dort ankam und drei deiner Briefe vorfand, geriet ich in Panik. Ich wusste nicht, was ich tun sollte.«

»Also hast du dich entschieden, nichts zu tun. Meine Briefe nicht zu beantworten. Mich im Ungewissen zu lassen. Oder dachtest du, ich würde es irgendwann kapieren und dich in Ruhe lassen?«

Er starrte seine Tasse an und fiel in Schweigen. Schließlich sagte ich:

»*Ego te absolvo*, willst du das von mir hören? Mit Schande hätte ich leben können und mit Schuld. Auch die Wahrheit hätte ich ertragen. Aber du hast es vorgezogen zu schweigen. Nachdem du mir deine Liebe geschworen hattest – und das ist ein großer Schwur –, konntest du nicht einmal der einfachen moralischen Pflicht nachkommen, mir reinen Wein einzuschenken.«

»Ich wollte dich nicht verletzen.«

»Herrje, erspar mir dieses dumme Klischee.« Ich war jetzt regelrecht wütend. »Im Unklaren zu bleiben war viel verletzender für mich. Und als du dich dann herabgelassen hast, mir eine Postkarte zu schicken, was stand darauf? *Es tut mir leid.* Nach acht Monaten und all den Briefen war das alles, was du zu sagen hattest. Wie ich dich verachtet habe, als die Karte vor meiner Tür lag.«

»Manchmal tun wir Dinge, die wir selbst nicht verstehen.«

Er drückte seine Zigarette aus und wollte sich eine neue anzünden, besann sich jedoch anders. Er wirkte verwirrt und traurig, als wüsste er nicht mehr weiter.

»Ich sollte wirklich gehen«, sagte ich.

Als ich aufstehen wollte, ergriff er meine Hand.

»All die Jahre habe ich genau gewusst, wo du wohnst. Ich habe jede Zeile von dir in der *Post* gelesen. Und es verging kein Tag, an dem ich dich nicht anrufen wollte.«

»Aber du hast es nicht getan.«

»Weil ich es nicht konnte. Bis heute. Als ich dich im Park sah, wusste ich sofort, dass ...«

Ich entzog ihm meine Hand und unterbrach ihn.

»Jack, das ist alles sinnlos.«

»Bitte, ich möchte dich gern wiedersehen.«

»Ich gehe nicht mit verheirateten Männern aus. Und du bist doch verheiratet, oder?«

Nach diesen Worten stand ich auf und verließ rasch das Lokal. Ich sah mich nicht mehr um. Die kalte Januarluft traf mich wie ein Schlag ins Gesicht. Ich wollte schon westwärts zu meiner Wohnung gehen, aber dann kam mir der Gedanke, dass er mir womöglich dorthin folgte. Also schlug ich den Broadway in südlicher Richtung ein und nahm Zuflucht in der Bar des Ansonia Hotels.

Ich setzte mich an einen Tisch in der Nähe der Tür und trank einen J&B. Dann bestellte ich noch einen.

Manchmal tun wir Dinge, die wir selbst nicht verstehen.

Ja, zum Beispiel sich in dich verlieben.

Ich warf ein paar Münzen auf den Tisch, stand auf und verließ das Lokal. Ich winkte mir ein Taxi und sagte dem Fahrer, er solle mich in Richtung Innenstadt fahren. Als wir an der 34th Street ankamen, änderte ich meinen Entschluss und bat ihn umzukehren. Der Taxifahrer war verwirrt über den plötzlichen Meinungswechsel.

»Lady, wissen Sie eigentlich, wo Sie hinwollen?«, fragte er.

»Nein, ich habe keine Ahnung«, entgegnete ich.

Vor meiner Wohnung ließ ich ihn anhalten. Zu meiner großen Erleichterung wartete Jack nicht vor dem Haus. Aber er war hier gewesen, was die zwei Umschläge auf meiner Türmatte bewiesen. Ich nahm sie an mich und schloss die Tür auf. Drinnen zog ich den Mantel aus, ging in die Küche und setzte Wasser auf. Die zwei Briefe warf ich in den Mülleimer. Dann ging ich mit einer Tasse Tee ins Wohnzimmer, wo ich Mozarts *Symphonie Nr. 38* in einer neuen Aufnahme mit George Szell auflegte. Ich setzte mich aufs Sofa und versuchte zuzuhören. Nach fünf Minuten stand ich auf, ging in die Küche und fischte die Briefe wieder aus dem Mülleimer. Ich setzte mich an den Küchentisch und starrte die vor mir liegenden Umschläge an. Eine ganze Weile blieb ich so sitzen und zwang mich, sie nicht zu öffnen. Aus dem Wohnzimmer hörte ich Mozarts Symphonie. Schließlich nahm ich den ersten Brief. Er war an meine alte Wohnung in der Bedford Street adressiert. Die Anschrift war verschmiert, als wäre der Brief in den Regen gekommen. Der Umschlag war verknittert, abgegriffen, alt. Aber immer noch zugeklebt. Ich riss ihn auf. Ein einziger Briefbogen mit dem Briefkopf von *Stars and Stripes* steckte darin. Jacks Schrift war klar, flüssig und leicht zu entziffern.

27. November 1945

Meine wunderschöne Sara,
Hier bin ich nun, irgendwo vor der Küste von Neuschottland. Wir sind jetzt zwei Tage auf See. In einer Woche legen wir in Hamburg an. Die Atmosphäre in meinem »Prunkzimmer« könnte man höflich mit »intim« umschreiben (die Kajüte misst drei mal zwei Meter, die Größe einer Gefängniszelle). Es gibt hier keine Privatsphäre, denn ich teile die Zelle mit fünf anderen, von denen zwei notorische Schnarcher sind. Wie die Armee es nur fertig gebracht hat, sechs Männer in einer Besenkammer unterzubringen! Kein Wunder, dass wir den Krieg gewonnen haben.
Als wir vor zwei Tagen in Brooklyn den Anker lichteten, musste ich mich zurückhalten, nicht über Bord zu springen, an Land zu schwimmen, in die U-Bahn nach Manhattan zu hüpfen und bei dir in der Bedford Street an die Tür zu klopfen. Aber das hätte mich ein Jahr im Bunker gekostet, während jetzt das Urteil nur neun Monate lautet. Und wenn ich im September im Marinehafen in Brooklyn vor Anker gehe, wartest du besser dort auf mich, sonst tue ich vielleicht etwas Unüberlegtes und Selbstmörderisches, zum Beispiel der Christlichen Bruderschaft beizutreten.
Was soll ich sagen, Miss Smythe? Nur so viel: Es wird so viel über Liebe auf den ersten Blick geredet. Ich selbst habe nie daran geglaubt und immer gedacht, so was gäbe es nur in schlechten Filmen (meistens mit Jane Wyman in der Hauptrolle).
Aber vielleicht habe ich nur deshalb nicht daran geglaubt, weil es mir nicht passiert ist. Bis ich dich traf.
Ist das Leben nicht herrlich absurd? An meinem letzten Abend in New York gerate ich als ungebetener Gast auf eine Party und … da bist du. Beinahe augenblicklich dachte ich: Die heirate ich.

Und das werde ich auch tun, wenn du mich haben willst. Sicher, ich bin vielleicht ein bisschen voreilig. Und im Moment wahrscheinlich nicht ganz Herr meiner Sinne. Aber so ist das mit der Liebe, sie macht uns ungestüm und ein bisschen verrückt.
Unser Sergeant hat uns zum Küchendienst gerufen, deshalb muss ich aufhören. Diesen Brief gebe ich auf, sobald ich in Hamburg ankomme. In der Zwischenzeit denke ich Tag und Nacht an dich.
In Liebe, Jack

Als ich den Brief zu Ende gelesen hatte, las ich ihn noch einmal. Und noch einmal. Wie sehr ich mich auch bemühte, misstrauisch, skeptisch, abgebrüht zu sein, es gelang mir nicht. Ich empfand nur Trauer. Eine Ahnung dessen, was wir einander nach jener Nacht bedeutet hatten. Und eine Ahnung dessen, was hätte sein können.

Ich nahm den anderen Brief. Er war genauso verknittert und abgegriffen. Wie um mich daran zu gemahnen, dass auch die Menschen, wie dieses Papier, in vier Jahren beträchtlich altern.

3. Januar 1946

Liebe Sara,
Ich habe nachgerechnet und herausgefunden, dass wir uns vor siebenunddreißig Tagen in Brooklyn verabschiedet haben. Als ich damals in See stach, tat ich es in dem Bewusstsein, der Liebe meines Lebens begegnet zu sein. Den ganzen Weg über den Atlantik habe ich darüber nachgedacht, wie ich meine Stelle als Militärberichterstatter loswerden und zu dir nach Manhattan zurückkehren könnte, ohne vor ein Kriegsgericht gestellt zu werden.
Aber als wir in Hamburg ankamen, wartete dort ein Brief auf mich. Ein Brief, der mein Leben auf den Kopf gestellt hat.

Die nächsten fünf Absätze lang erzählte er mir, wie er eine amerikanische Schreibkraft namens Dorothy kennen gelernt hatte, als er in England stationiert war, dass er eine Affäre mit ihr hatte und dass sie Anfang November zu Ende gewesen war.

Aber bei seiner Ankunft in Hamburg hatte er erfahren, dass sie schwanger war. Er war zu ihr nach London gefahren. Dorothy hatte bei seiner Ankunft vor Erleichterung geweint, denn sie hatte Angst gehabt, er könnte sie verlassen. Aber er war nicht der Typ, der sich vor seiner Verantwortung drückte.

> All unsere Handlungen haben Folgen. Manchmal haben wir Glück und bleiben von den Auswirkungen verschont. Aber manchmal müssen wir auch bezahlen. Und das ist mir jetzt passiert.
> Noch nie ist es mir so schwer gefallen, einen Brief zu schreiben wie jetzt, denn eigentlich bist du die Frau, mit der ich bis ans Ende meiner Tage zusammen sein möchte. Dessen bin ich mir absolut sicher. Woher ich das weiß? Ich weiß es einfach.
> Aber ich kann die Situation nicht ändern. Ich stehe in der Verantwortung und muss Dorothy heiraten.
> Am liebsten würde ich den Kopf gegen die Wand schlagen, mich dafür verfluchen, dass ich dich aufgebe. Denn ich weiß, dass du von nun an für immer in meinen Gedanken sein wirst.
>
> Ich liebe dich.
> Es tut mir so leid.
> Versuch, mir zu verzeihen.
> Jack

O du Dummkopf. Du Riesendummkopf. Warum zum Teufel hast du diesen Brief nicht abgeschickt? Ich hätte es verstanden. Dir geglaubt. Dir sofort verziehen. Ich wäre damit klargekommen. Und irgendwann hätte ich es überwunden. Jedenfalls hätte ich nie angefangen, dich zu hassen.

Doch du konntest es nicht ertragen … was eigentlich? Mich zu verletzen? Mich im Stich zu lassen? Oder einfach nur die ganze jämmerliche Geschichte zuzugeben?

Dieses Eingeständnis, dass man etwas falsch gemacht hat, sich geirrt hat, eine falsche Entscheidung getroffen hat, ist manchmal schwerer als alles andere. Besonders wenn man wie Jack plötzlich durch einen biologischen Unfall an die Wand gedrängt wird.

»Kaufst du ihm das wirklich ab?«, fragte mich Eric, als ich ihn später anrief.

»Irgendwie passt es, es erklärt …«

»Was? Die Tatsche, dass er dir aus purer Feigheit die Wahrheit schuldig geblieben ist?«

»Er hat mir gesagt, dass er einen schrecklichen Fehler gemacht hat.«

»Wir machen alle schreckliche Fehler. Manchmal werden sie verziehen, manchmal nicht. Die Frage ist nur: Möchtest du ihm verzeihen?«

Lange Pause.

Schließlich sagte ich: »Ist es nicht für alle Beteiligten immer am besten, wenn man verzeiht?«

Eric seufzte vernehmlich.

»Klar, und wenn du schon dabei bist, warum schießt du dir nicht mit einer Maschinenpistole in den Fuß und überlegst dir, nachzuladen?«

»Das hat gesessen.«

»Du hast mich nach meiner Meinung gefragt. Aber du bist ein großes Mädchen, S. Glaub ihm, wenn du das willst. Du hast ihm schon einmal geglaubt und weißt, was dann passiert ist. Um deinetwillen hoffe ich, dass es nicht wieder so kommt. Also wenn du einen guten Rat von mir haben willst: *Caveat emptor.*«

»Hier gibt es nichts zu kaufen, Eric. Himmel noch mal, er ist schließlich verheiratet.«

»Wann hat eine Ehe schon mal jemanden davon abgehalten, sich in eine Affäre zu stürzen?«

»Ich habe nicht vor, Dummheiten zu machen, Eric.«

Das hatte ich wirklich nicht. Um drei Uhr morgens, als ich mich endlich meiner Schlaflosigkeit ergab, setzte ich mich an meinen Schreibtisch und tippte einen Brief.

5. Januar 1950

Lieber Jack,

Wer hat noch mal gesagt, dass man im Rückblick immer klarer sieht? Oder dass man eine Gelegenheit beim Schopf packen soll? Ich bin froh, dass ich deine Briefe gelesen habe, die ich dir hiermit zurückschicke. Sie haben vieles erklärt. Sie haben mich traurig gemacht, denn wie du war ich mir nach unserer gemeinsamen Nacht ganz sicher. Aber jeder hat seine Geschichte im Rucksack, und deine stand unserer gemeinsamen Zukunft im Weg. Ich empfinde keinen Groll und keine Feindseligkeit wegen Dorothy für dich. Ich wünschte mir nur, du wärst mutig genug gewesen, mir diese Briefe zu schicken.

Du hast angedeutet, dass du eine einigermaßen gute Ehe führst. Nachdem ich eine sehr schlechte Ehe hinter mir habe, klingt »einigermaßen gut« in meinen Ohren sehr gut. Du solltest dich glücklich schätzen.

Zum Schluss möchte ich dir und deiner Familie alles Gute für die Zukunft wünschen.

Deine …

Damit er auch wirklich begriff, dass es sich um einen Abschiedsbrief handelte, unterschrieb ich mit »Sara Smythe«.

Im Telefonbuch sah ich die Adresse von Steele and Sherwood nach. Ich suchte mir einen großen Umschlag und adressierte ihn. Dann zog ich mich rasch an und flitzte zum Briefkasten am Riverside Drive, Ecke 77th Street. Wieder in meiner Wohnung, zog ich mich aus und schlüpfte ins Bett. Jetzt konnte ich schlafen.

Aber nicht lange. Denn um acht Uhr am Morgen klingelte es an der Tür. Schläfrig wankte ich in die Küche und hob den Hörer der Sprechanlage ab. Es war jemand aus dem Blumenladen. Mein Mut sank. Ich öffnete, und der Botenjunge drückte mir ein Dutzend rote Rosen in die Hand. Dabei war eine Karte, auf der stand:

Ich liebe dich,
Jack.

Ich stellte die Blumen ins Wasser und zerriss die Karte. Bewusst verbrachte ich den Tag außer Haus und sah mir in verschiedenen Kinos in Midtown für meine Kinokolumne die neuesten Filme an. Als ich am Abend heimkam, stellte ich erleichtert fest, dass keine Briefe auf der Türmatte lagen.

Aber am nächsten Morgen um acht Uhr klingelte es wieder an der Tür.

»Handleman's Blumen.«

O Gott …

Diesmal war es ein Dutzend rosarote Nelken. Und natürlich wieder eine Karte.

Bitte vergib mir. Bitte ruf mich an.
In Liebe, Jack.

Ich stellte die Blumen ins Wasser, zerriss die Karte. Ich betete, dass er heute meinen Brief bekommen würde, dass er endlich begreifen und mich in Ruhe lassen würde.

Aber um acht Uhr am nächsten Morgen: *Klingeling.*

»Handleman's Blumen.«

»Was ist es heute?«, fragte ich den Botenjungen.

»Ein Dutzend Lilien.«

»Nehmen Sie sie wieder mit.«

»Tut mir leid, Lady«, sagte er und reichte sie mir. »Bestellt ist bestellt.«

Ich holte meine dritte und letzte Vase. Ich arrangierte die Blumen darin. Ich öffnete die Karte.

Ich packe die Gelegenheit beim Schopf.
Und ich liebe dich noch immer.
Jack

Der Teufel sollte ihn holen. Ich schnappte mir meinen Mantel und stürmte Richtung Broadway, zu einem Büro von Western Union an der 72nd Street. Dort ging ich zum Hauptschalter, nahm mir einen Telegrammvordruck und einen zerkauten Bleistift und schrieb:

Keine Blumen mehr. Keine Plattheiten mehr. Ich liebe dich nicht. Verschwinde aus meinem Leben. Lass mich in Ruhe!
Sara

Ich gab das Formular einem Schalterbeamten, der es mir mit ausdrucksloser Stimme noch einmal vorlas. Bei jedem Punkt sagte er »stopp«. Als er fertig war, fragte er, ob es normal oder express zugestellt werden sollte.

»So schnell wie möglich.«

Es kostete einen Dollar fünfzehn Cent. In zwei Stunden würde Jack das Telegramm in seinem Büro in Empfang nehmen. Als ich in die Geldbörse griff, um zu bezahlen, zitterten meine Hände. Auf dem Heimweg machte ich an einem Schnellimbiss Halt und starrte in eine Tasse schwarzen Kaffee. Ich versuchte mir einzureden, dass ich das Richtige getan hatte. In meinem Leben, so sagte ich mir, lief endlich alles gut. Ich hatte beruflichen Erfolg. Ich war materiell gut versorgt. Ich hatte die Scheidung so sauber wie möglich hinter mich gebracht. Gewiss, dass ich keine Kinder bekommen konnte, machte mir manchmal zu schaffen, aber das würde immer so sein, egal, mit wem ich zusammen war. Und ganz sicher würde es mich belasten, wenn ich mich mit einem verheirateten Mann einließ. Mit einem, der bereits ein Kind hatte.

Gut, ich liebte ihn noch. Aber ohne ein sicheres Fundament kann die Liebe nicht gedeihen. Und mit Jack gab es kein sicheres Fundament. Es würde uns – und vor allem mir – nur Qualen bereiten.

Also war es doch richtig gewesen, das Telegramm abzuschicken, oder?

Den Rest des Tages war ich unterwegs. Als ich am Abend nach Hause kam und kein Telegramm von Jack vorfand, war ich sehr enttäuscht.

Am nächsten Morgen schlief ich fast bis Mittag. Beim Aufwachen schreckte ich hoch und ging sofort nachsehen, ob etwas von Jack Malone in der Post war. Nichts. Ich dachte: Keine Blumen heute. Vielleicht hatte ich so tief geschlafen und das Klingeln nicht gehört …

Ich rief bei Handleman's an.

»Tut mir leid, Miss Smythe«, sagte Mr. Handleman. »Heute war nicht Ihr Glückstag.«

Auch der nächste Tag nicht, ebenso wenig wie der übernächste und der überübernächste.

Eine Woche verging ohne eine Nachricht von Jack. *Verschwinde aus meinem Leben. Lass mich in Ruhe.* O Gott, er hatte mich beim Wort genommen.

Unentwegt sagte ich mir, dass ich eine kluge und vernünftige Entscheidung getroffen hatte. Aber noch immer verzehrte ich mich nach ihm.

Schließlich, neun Tage nachdem ich ihm das Telegramm geschickt hatte, kam endlich ein Brief. Er lautete:

Sara,
das ist der zweitschwerste Brief, den ich je geschrieben habe. Aber anders als den ersten Brief werde ich diesen auch einwerfen.

Ich respektiere deine Wünsche. Du wirst nie wieder von mir hören. Aber eines sollst du wissen: Du wirst immer bei mir sein, weil ich dich nicht mehr aus dem Kopf bekomme. Und weil du die Liebe meines Lebens bist.

Diesen Brief zerriss ich nicht. Vielleicht weil ich zu verblüfft war. Später nahm ich ein Taxi zur Penn Station und stieg in den Zug nach Chicago. Ein Damenclub hatte mich eingeladen, einen Vortrag zu halten. Ich bekam zweihundert Dollar für eine Stunde Arbeit, dazu sämtliche Spesen. Ich wollte insgesamt vier Nächte dort bleiben. Doch als ich in Chicago ankam, tobte dort der schlimmste Schneesturm seit dreißig Jahren. Wie ich schnell feststellte, war ein Schneesturm in Manhattan ein leichtes Schneegestöber dagegen. Chicago kam nicht einfach nur zum Stillstand, es war wie versteinert. Das Quecksilber fiel auf zehn Grad minus, der Wind vom Lake Michigan her war schneidend wie ein Skalpell. Es schneite und schneite. Mein Vortrag wurde abgesagt, mein Zug zurück nach Hause fuhr nicht, man konnte sich nicht vor die Tür wagen. Acht Tage lang war ich im Hotel Ambassador an der Michigan North Avenue eingekerkert und vertrieb mir die Zeit damit, noch einige Kolumnen zu schreiben und billige Kriminalromane zu lesen. Und die ganze Zeit dachte ich, ich befinde mich nicht im mittleren Westen Amerikas, sondern in einem düsteren russischen Roman.

Jede einzelne Stunde des Tages versuchte ich mir einzureden, dass ich richtig gehandelt hatte, als ich Jack das Telegramm schickte. Er hatte mir schon einmal das Herz gebrochen. Ich hatte völlig Recht, dass ich das nicht ein zweites Mal erleben wollte. Oder zumindest betete ich mir das immer wieder vor, um den Gedanken beiseite zu schieben, dass ich den schwersten Fehler meines Lebens begangen hatte.

Schließlich fuhren die Züge wieder. Aber eine Reservierung nach New York zu bekommen erwies sich als Albtraum. Nach zwei Tagen gelang es dem Portier des Hotel Ambassador endlich, einen Sitzplatz für mich zu ergattern, wenn auch keinen Platz im Schlafwagen. So saß ich also die ganze Nacht im Speisewagen, trank schwarzen Kaffee und versuchte, den neuesten Roman von J. P. Marquand zu lesen (wobei mich die spirituelle Krise, die der Held, ein verknöcherter Bankangestellter aus Boston, durchmachte, ziemlich langweilte). Dabei nickte ich ein, und als ich mit steifem Hals wieder aufwachte, ging die Sonne im wunderbaren Newark in New Jersey auf.

In Manhattan war es kalt, aber klar. Ich setzte mich in ein Taxi und schlief während des ganzen Wegs. Auf meiner Türmatte lag ein Stapel Post. Ich sah ihn durch, aber es war nichts mit Jacks Schrift dabei. Er nahm mich wirklich beim Wort.

Ich ging hinein, packte aus, warf einen Blick in den Kühlschrank und stellte fest, dass meine Vorräte mal wieder zur Neige gingen. Deshalb griff ich zum Telefon und gab bei Gristedes eine große Bestellung auf. Weil es noch recht früh war, würde bereits in einer Stunde ein Botenjunge mit den bestellten Artikeln kommen.

Nachdem ich mit dem Auspacken fertig war, nahm ich ein Bad. Als ich mich abtrocknete, klingelte es an der Tür. Hastig zog ich mir den Bademantel über, wickelte ein Handtuch um den Kopf, ging in die Küche, nahm den Hörer der Sprechanlage ab und sagte: »Bin in einer Sekunde da.«

Ich ging in den Flur. Ich öffnete die Tür. Draußen stand Jack. Mein Herz setzte ungefähr vier Schläge lang aus. Er lächelte nervös.

»Hallo«, sagte er.

»Hallo«, sagte ich mit ausdrucksloser Stimme.

»Ich habe dich aus dem Bad geholt.«

»Ja, hast du.«

»Das tut mir leid, ich komme später wieder.«

»Nein«, sagte ich. »Komm herein.«

Ich ließ ihn ein. Als er die Tür zugemacht hatte, drehte ich mich zu ihm und sah ihn an. Keine Sekunde später lagen wir uns in den

Armen. Wir küssten uns. Dann sagte er meinen Namen. Ich hinderte ihn daran, weiterzusprechen, indem ich die Hände hinter seinen Kopf legte und ihn noch einmal küsste. Es war ein inniger, langer Kuss. Wir brauchten keine Worte. Ich wollte ihn nur halten. Und nie wieder gehen lassen.

3

Später am Morgen drehte ich mich zu Jack um und sagte:

»Erfüllst du mir einen kleinen Wunsch?«

»Ich werde es versuchen.«

»Ich möchte dich den ganzen Tag für mich allein haben.«

»Geht klar«, sagte er, schlüpfte aus meinem Bett und ging nackt in die Küche. Ich hörte ihn eine Nummer wählen und einige Minuten gedämpft in die Muschel sprechen. Schließlich kam er mit zwei Flaschen Bier ins Schlafzimmer zurück.

»Jetzt bin ich ganz offiziell bis Freitag, fünf Uhr nachmittags, auswärts auf Geschäftsreise«, sagte er. »Das macht drei Tage und zwei Nächte. Sag mir, was du tun willst, wohin du fahren möchtest…«

»Ich möchte nirgendwo hinfahren. Ich möchte einfach mit dir zusammen hier bleiben.«

»Einverstanden«, sagte er, krabbelte wieder unter die Decke und küsste mich innig. »Drei Tage mit dir im Bett, was Besseres kann ich mir nicht vorstellen. Zumal wir uns dann die Freiheit nehmen können, um zehn Uhr morgens Schlitz zu trinken.«

»Wenn ich gewusst hätte, dass du kommst, hätte ich Champagner besorgt.«

Man weiß es meistens sofort, wenn man mit jemandem gut harmoniert. Nämlich dann, wenn man in der Gesellschaft des anderen nicht aufhören kann zu reden. Oder zumindest war es bei uns in diesen drei Tagen so. Kein einziges Mal verließen wir die Wohnung. Wir verbarrikadierten uns vor der Welt. Ich ging weder ans Telefon noch an die Tür, außer wenn ich etwas bestellt hatte.

Von Gristedes wurde ich mit Lebensmitteln beliefert, von der Spirituosenhandlung um die Ecke ließ ich Wein, Bourbon und Bier kommen. Und bei Gitlitz's Delicatessen konnte man sich alles, was auf der Speisekarte stand, in kürzester Zeit ins Haus bringen lassen.

Wir schlossen uns ein. Wir redeten. Wir liebten uns. Wir schliefen. Wir wachten auf. Wir redeten wieder, denn schließlich wussten wir nur wenig voneinander und brannten beide darauf, etwas vom anderen zu erfahren. Ich wollte dort weitermachen, wo wir vor vier Jahren aufgehört hatten, und alles wissen, von Jacks Kindheit in Brooklyn, seinem brutalen Vater und seiner Mutter, die starb, als er dreizehn war.

»Es war furchtbar«, erzählte er mir. »Ich war damals in der siebten Klasse. Es passierte am Ostersonntag 1937. Wir waren gerade von der Messe heimgekommen, Mom, Dad, Meg und ich. Ich zog den Anzug aus und ging mit ein paar Kumpels aus der Nachbarschaft auf der Straße Stockball spielen. Meine Mutter sagte, ich solle in spätestens einer Stunde zu Hause sein, denn es würden ein paar Verwandte zum Essen kommen. Jedenfalls spielte ich gerade mit meinen Freunden, als Meg – sie war damals elf – tränenüberströmt die Straße raufgerannt kam und schrie: ›Mom ist furchtbar krank.‹ Ich weiß nur noch, dass ich wie der Teufel nach Hause lief. Auf der Straße stand bereits ein Krankenwagen und die Polizei. Plötzlich kamen diese zwei Männer mit einer Bahre aus der Tür, und da lag ein zugedeckter Körper drauf. Mein Dad ging hinter ihnen, gestützt von seinem Bruder Al. Und er, der sonst nie weinte, heulte wie ein Kind. Da wusste ich…

Eine Embolie war die Ursache. Eine Arterie zum Herzen war verstopft, und dann… Sie war erst fünfunddreißig. Hatte nie Probleme mit dem Herzen gehabt. Nichts. Verflucht, Mom war nie krank gewesen. Sie war zu sehr damit beschäftigt, sich um uns zu kümmern, um auch nur daran zu denken, krank zu werden. Und nun lag sie da auf der Bahre. Tot.

Ich hatte das Gefühl, den Boden unter den Füßen zu verlieren.

Eines hatte mich Moms Tod gelehrt: Du gehst hinaus zum Stockballspielen und denkst, in deinem Leben ist alles sicher. Und wenn du zurückkommst, stellst du fest, dass etwas Schreckliches passiert ist und es nie wieder so sein wird wie zuvor.«

Ich fuhr ihm mit den Fingern durchs Haar.

»Du hast Recht«, sagte ich. »Nichts ist je sicher. Und ich glaube, keiner kommt durchs Leben, ohne auch mal schlechte Karten ausgeteilt zu bekommen.«

Er strich mir übers Gesicht. »Aber manchmal auch vier Asse.«

Ich gab ihm einen Kuss und sagte: »Dann findest du also nicht, dass ich ein *Royal flush* bin?«

»Du bist die beste Karte überhaupt.«

Viel später am Abend, nachdem wir uns zwei der berühmten Roggen-Sandwiches mit Rindfleisch von Gitlitz's und ein paar Flaschen Budweiser geleistet hatten, erzählte er von seiner Arbeit in der Werbeagentur.

»Natürlich dachte ich, nach der Zeit bei *Stars and Stripes* würde ich direkt beim *Journal-American* oder sogar der *New York Times* landen. Aber als ich erfuhr, dass ich Vater werden würde, beschloss ich, mich nach etwas Lukrativerem umzusehen. Bei den großen Zeitungen bekam man damals nur sechzig Dollar Anfangsgehalt die Woche, und außerdem wusste ich ja nicht einmal, ob sie mich dort überhaupt genommen hätten. Genauer gesagt hatte der Chef des Londoner Büros von *Stars and Stripes*, Hank Dyer, vor dem Krieg bei Steele and Sherwood gearbeitet, deshalb war es nicht schwierig, dort unterzukommen. Und irgendwie gefällt es mir auch, denn die meiste Zeit geht es darum, mit Journalisten zum Lunch zu gehen, ein paar Martini zu trinken und mit den Kunden zu plaudern. Am Anfang war ich nur für Manhattan zuständig, aber unsere Firma hat expandiert, und wir sind jetzt auch für viele Kunden außerhalb der Stadt tätig. Im Augenblick betreue ich eine Reihe von Versicherungsfirmen entlang der Ostküste. Es macht nicht mehr so viel Spaß wie in der Anfangszeit, als ich mit Kunden wie Boxveranstaltern und mittelgroßen Broadway-Produzenten zu tun hatte. Aber man hat mein Wochengehalt um siebzig Dollar die Woche erhöht, und mit den Reisespesen …«

»Dafür, dass du nach Albany und Harrisburg fahren musst, sollten sie dich auch gut bezahlen.«

»Glaub mir, mit diesen Versicherungsfirmen habe ich höchstens noch zwei Jahre zu tun. Dann verlasse ich die Werbebranche, wenn es sich machen lässt, und fange wieder bei einer Zeitung an. Meine Schwester Meg hat gemeint, sie erwarte, dass ich spätestens mit fünfunddreißig den Pulitzer-Preis gewinne. Ich habe ihr gesagt: ›Nur wenn du bis dahin Cheflektorin bei McGraw Hill bist.‹ Meine Güte, das könnte sie tatsächlich schaffen. Sie ist gerade als Lektorin fest angestellt worden, und das mit fünfundzwanzig.«

»Ist sie schon verheiratet?«

»Nein, sie hält alle Männer für Mistkerle.«

»Da liegt sie nicht falsch.«

Jack sah mich argwöhnisch an. »Meinst du das wirklich?«

»Absolut«, erwiderte ich lächelnd.

»War dein Exmann ein Mistkerl?«

»Nein, nur ein Bankangestellter.«

»Irgendwas Schlimmes ist in deiner Ehe passiert, stimmt's?«

»Wie kommst du darauf?«

»Weil du immer ausweichst, wenn ich etwas über ihn hören will.«

»Wie ich schon sagte, die Ehe mit George war ein großer Irrtum. Aber damals dachte ich, ich hätte keine andere Wahl. Ich wurde schwanger.«

Dann erzählte ich ihm alles. Von der grässlichen, überstürzten Hochzeit. Den schrecklichen Flitterwochen. Meinem beschränkten Leben in Old Greenwich. Meiner albtraumhaften Schwiegermutter. Wie ich das Baby verlor. Dass ich keine Kinder mehr bekommen kann. Als ich fertig war, legte Jack seine Arme über den Küchentisch und nahm meine Hände in seine.

»O mein Liebling«, sagte er. »Wie wirst du damit fertig?«

»Wie man eben mit Verlusten fertig wird: Man lebt weiter. Es gibt keinen anderen Weg, außer Alkoholmissbrauch, Tabletten, Nervenzusammenbrüche, Depressionen oder irgendeine andere Art, in Selbstmitleid zu versinken. Aber weißt du, was ich mich manchmal frage? Besonders mitten in der Nacht, wenn ich nicht schlafen kann. War es meine eigene Schuld? Habe ich die Fehlgeburt vielleicht in Gedanken herbeigeführt? Denn damals habe ich mir oft gedacht: Wenn ich nur eine Fehlgeburt hätte, dann könnte ich George verlassen …«

»Es war kein Unrecht von dir, so zu denken, wenn man sich vor Augen hält, dass dir dein Ehemann, diese Niete, und seine gottverdammte Mutter das Leben zur Hölle gemacht haben. Außerdem malen wir uns immer so düstere Sachen aus, wenn wir verängstigt sind oder uns in einer ausweglosen Situation befinden.«

»Aber der Punkt ist, dass mir mein Wunsch erfüllt worden ist. Ich hatte eine Fehlgeburt. Und damit habe ich mir selbst die Möglichkeit genommen, jemals Kinder zu haben.«

»Begreif doch endlich, du hast keine Schuld. Es war … ich weiß nicht … einfach gottverdammtes Pech. Wir denken, wir haben alles im Griff. Aber das ist nicht wahr. Sicher, es gibt diese wirklich seltenen Augenblicke, in denen wir eine Gewissensentscheidung treffen müssen. Aber im Großen und Ganzen haben wir nur wenig Kontrolle über das, was uns geschieht. Und du hattest auf das, was dir passiert ist, keinen Einfluss. Nicht den geringsten.«

Ich schluckte schwer und musterte ihn eingehend. Seine Heftigkeit hatte mich überrascht, zugleich aber auch gefreut.

»Danke«, sagte ich schließlich.

»Wofür?«

»Ich habe es gebraucht, das zu hören.«

»Und ich musste es dir sagen.«

»Steh auf«, sagte ich.

Er tat wie befohlen. Ich zog ihn zu mir, küsste ihn innig.

»Komm wieder ins Bett«, bat ich.

In unserer zweiten gemeinsamen Nacht stand er gegen neun Uhr auf und sagte, er müsse jemanden anrufen. Er zog seine Hose an, steckte sich eine Zigarette in den Mund, entschuldigte sich und ging in die Küche. Ich hörte ihn eine Nummer wählen. Etwa zehn Minuten sprach er leise, in heiterem Ton. Ich versuchte mich abzulenken und ging ins Bad zum Duschen. Als ich eine Weile später im Bademantel herauskam, saß er auf meiner Bettkante und zündete sich eine neue Zigarette an. Ich lächelte gezwungen und fragte mich, ob man mir meine Schuldgefühle und Eifersucht ansah.

»Zu Hause alles in Ordnung?«, fragte ich sanft.

»Ja, bestens. Charlie hat eine leichte Erkältung, deshalb hatte Dorothy gestern eine schlechte Nacht …«

»Arme Dorothy.«

Er sah mich prüfend an. »Du bist wirklich nicht eifersüchtig?«

»Verdammt, natürlich bin ich eifersüchtig. Ich will dich. Ich möchte Tag und Nacht mit dir zusammen sein. Aber weil du verheiratet bist, geht das nicht. Und ich bin eifersüchtig auf Dorothy, weil sie mit dir verheiratet ist. Aber das bedeutet nicht, dass ich sie hasse. Ich bin nur schrecklich neidisch auf sie, was eindeutig von meinem schlechten Geschmack zeugt. Und du liebst sie, nicht wahr?«

»Sara …«

»Das soll kein Vorwurf sein. Es interessiert mich nur. Aus offensichtlichen Gründen.«

Er drückte seine halb gerauchte Zigarette aus. Dann holte er eine neue Chesterfield aus der Packung und zündete sie an. Er nahm zwei kräftige Züge, bevor er schließlich antwortete. »Ja«, sagte er, »ich liebe sie. Aber es ist nicht die große Liebe.«

»Was bedeutet?«

»Wir sind wegen Charlie zusammen. Wir beten unseren kleinen Jungen an. Wir kommen gut miteinander aus. Oder wir haben zumindest einen Weg gefunden, miteinander auszukommen. Aber zwischen uns gibt es keine … Leidenschaft. Es ist eher wie unter Freunden …«

»Dann geht ihr also nie …«

»Doch, gelegentlich natürlich schon. Aber ihr scheint es nicht so viel zu bedeuten.«

»Und dir?«

»Sagen wir mal so, mit Dorothy ist es, nun, irgendwie angenehm, aber nicht mehr. Mit dir ist es… unglaublich. Du weißt, was ich meine.«

Ich beugte mich zu ihm und küsste ihn. »Ich weiß, was du meinst.«

»Tu dir selbst einen Gefallen – wirf mich jetzt gleich hinaus, bevor es zu kompliziert wird.«

»Das Problem daran ist nur, wenn ich dich jetzt hinauswerfe, bist du in fünf Minuten wieder da und flehst mich an, dich hereinzulassen.«

»Du hast Recht.«

»Kommt Zeit, kommt Rat«, sagte ich.

»Ja, kommt Zeit, kommt Rat. Und wir haben morgen noch den ganzen Tag.«

»Das stimmt. Fast vierundzwanzig Stunden.«

»Komm her«, sagte er.

Ich ging zu ihm hinüber. Er bedeckte mein Gesicht, meinen Hals mit Küssen und flüsterte: »Nicht bewegen.«

»Ich bleibe, wo ich bin«, sagte ich.

Am nächsten Morgen blieben wir lange liegen. Es schneite wieder. Ich machte Kaffee und Toast. Wir machten es uns im Bett gemütlich und frühstückten dort. Zum ersten Mal seit Tagen schwiegen wir eine ganze Weile – es war ein einvernehmliches Schweigen wie zwischen einem Paar, das sich schon lange kennt. Wir teilten uns die neueste Ausgabe der *New York Times* und hörten Bachs Cello-Suiten in einer Aufnahme mit Pablo Casals. Es schneite und schneite.

»An das hier könnte ich mich gewöhnen«, sagte er.

»Ich auch.«

»Zeig mir deine Geschichte«, bat er.

»Was für eine Geschichte?«, fragte ich verwirrt.

»Die Geschichte, die du über uns geschrieben hast.«

»Woher weißt du davon?«

»Von Dorothy. Sie schwärmt tatsächlich sehr von dir und liest seit Jahren die *Saturday Evening Post.* Auf dem Nachhauseweg hat sie mir gesagt, dass das Erste, was sie je von dir gelesen hat, eine Kurzgeschichte in der *Post* war. Wann war das noch mal?«

»1947.«

»Tja, sie hat mir den Inhalt der Geschichte erzählt, und ich habe nur ›oh‹ darauf gesagt und gehofft, dass sie nicht bemerkte, wie entgeistert ich war.«

»Hat sie denn nichts geahnt?«

»Du lieber Himmel, nein. Ich meine, sie hat keine Ahnung, dass wir eine Nacht zusammen verbracht haben. Jetzt zeig mir die Geschichte.«

»Ich glaube, ich habe sie gar nicht hier.«

»Und das soll ich dir glauben?«

»Gut«, willigte ich ein. »Warte.«

Ich ging ins Wohnzimmer, kramte in meinen Unterlagen und fand die Ausgabe, in der *Shore Leave* erschienen war. Wieder im Schlafzimmer, überreichte ich sie Jack. Dann steuerte ich auf das Badezimmer zu.

»Ich nehme jetzt ein Bad«, sagte ich. »Klopf an die Tür, wenn du fertig bist.«

Etwa eine Viertelstunde später klopfte es. Jack kam herein, setzte sich auf den Rand der Wanne und zündete sich eine Zigarette an.

»Also?«, fragte ich.

»Findest du wirklich, dass ich dich wie ein Fünfzehnjähriger geküsst habe?«

»Nein, aber der Kerl in der Geschichte tut es.«

»Das ist doch unsere Geschichte.«

»Ja. Trotzdem ist es nur eine Geschichte.«

»Eine brillant geschriebene Geschichte.«

»Das musst du nicht sagen.«

»Wenn es nicht stimmte, würde ich es nicht sagen. Und wo ist die nächste?«

»Das ist bis jetzt mein literarisches Gesamtwerk.«

»Ich würde gern mehr von dir lesen.«

»Das kannst du, jede Woche in der *Saturday Evening Post.*«

»Du weißt, was ich meine.«

Ich hob meine nasse, seifige Hand und legte sie auf seinen Oberschenkel.

»Es macht mir wirklich nichts aus, Triviales, Minderwertiges, leichte Kost zu schreiben.«

»Du kannst mehr.«

»Das ist deine Meinung, und es rührt mich, dass du so denkst. Aber ich kenne meine Grenzen.«

»Du bist eine großartige Schriftstellerin.«

»Wohl kaum. Außerdem bin ich nicht im Entferntesten daran interessiert, ›großartig‹ zu sein. Mir gefällt, was ich schreibe. Ich kann es ganz gut. Natürlich ist es belangloses, einfach so dahingeschriebenes Zeug. Aber ich kann davon meine Rechnungen bezahlen und nachmittags ins Kino gehen. Was kann eine junge Frau mehr verlangen?«

»Literarischen Ruhm, vermute ich«, sagte er.

»Ruhm ist eine Biene. Er hat ein Lied. Und einen Stachel. Ach, und er hat auch Flügel.«

»Emily Dickinson?«

Ich sah ihn lächelnd an. »Sie kennen sich ja gut aus, Mr. Malone.«

Der Tag plätscherte dahin. Ungefähr um fünf Uhr nachmittags zog ich ihn wieder ins Bett. Um sechs drehte er sich zu mir und sagte: »Ich glaube, ich mache mich jetzt auf den Weg.«

»Ja, das solltest du wohl.«

»Ich möchte nicht.«

»Ich möchte auch nicht, dass du gehst, aber so ist es nun mal.«

»Ja. So ist es nun mal.«

Er duschte und zog sich an.

»Jetzt gehe ich besser«, sagte er. »Bevor ich wieder anfange, dich zu küssen.«

»Gut«, sagte ich leise. »Geh.«

»Morgen?«

»Wie bitte?«

»Kann ich dich morgen sehen?«

»Natürlich. Sicher, aber hast du denn Zeit?«

»Die werde ich finden. Gegen fünf, geht das?«

»Ich werde hier sein.«

»Gut.«

Er beugte sich zu mir, aber ich schob ihn weg.

»Morgen, Mr. Malone.«

»Nur noch ein letzter Kuss.«

»Nein.«

»Warum nicht?«

»Weil wir dann wieder im Bett landen ...«

»Stimmt.«

Ich half ihm in seinen Mantel. »Ich sollte nicht gehen«, sagte er.

»Aber du tust es.«

Ich öffnete die Tür.

»Sara, ich ...«

Ich legte einen Finger auf seine Lippen. »Sag nichts.«

»Aber ...«

»Morgen, mein Liebling. Morgen.«

Er drückte meine Hand. Er sah mir in die Augen und lächelte. »Ja«, sagte er. »Morgen.«

4

Am nächsten Nachmittag um zwanzig nach fünf war ich überzeugt, dass er nicht mehr kommen würde. Seit einer halben Stunde lief ich nun schon in der Wohnung auf und ab und dachte ständig, dass er sicher seine Meinung geändert oder Dorothy alles entdeckt hätte oder dass er plötzlich seinen Schuldgefühlen erlegen wäre. Doch dann klingelte es an der Tür. Sofort stürzte ich aus meiner Wohnung. Und da stand er – mit einer Flasche Champagner in der einen und einem Strauß Lilien in der anderen Hand.

»Entschuldige, Liebling«, sagte er. »Bin in einer Versammlung aufgehalten worden …«

Ich schnitt ihm das Wort ab.

»Jetzt bist du ja da«, sagte ich, packte ihn am Revers und zog ihn an mich. »Alles andere ist unwichtig.«

Ungefähr eine Stunde später wandte er sich im Bett zu mir und fragte: »Wo ist eigentlich der Champagner?«

Ich suchte den Boden ab – überall lagen unsere Kleider herum. Die Champagnerflasche war auf Jacks Jacke gelandet. Daneben lagen die Blumen verstreut.

»Da ist er ja«, sagte ich.

Er sprang aus dem Bett, hob die Flasche auf, entfernte die Folie und zog den Korken mit einem Knall heraus. Über uns beide ergoss sich eine Schaumfontäne.

»Na wunderbar«, sagte ich, als mir der Champagner übers Gesicht lief.

»Hoppla«, meinte er nur.

»Du hast Glück, dass ich dich liebe.«

Er gab mir die Flasche. »Na dann, prost!«

»In diesem Haushalt gibt es auch Gläser.«

»Trrrink aus Flasche, Liebling. So wie man macht in Moskau.«

»Gut, Genosse«, erwiderte ich, hob die Flasche und trank einen Schluck. »Übrigens, das ist echt französischer Champagner, viel zu teuer, um ihn in meinem Schlafzimmer zu versprühen. Was kostet die Flasche, sechs oder sieben Dollar?«

»Spielt das eine Rolle?«

»Wenn man eine Familie zu ernähren hat, ja, dann spielen sechs Dollar durchaus eine Rolle.«

»Mein Gott, bist du verantwortungsbewusst.«

»Halt den Mund«, sagte ich und fuhr ihm mit der Hand durchs Haar.

»Mit Vergnügen«, erwiderte er lachen und drückte mich erneut aufs Bett.

Danach lehnte er sich an mich und schlang die Arme um meine Brust. Eine Weile lagen wir still da und träumten. Schließlich meinte er: »Seit ich gestern Abend gegangen bin, konnte ich an nichts anderes mehr denken, als wieder hierher zu kommen.«

»Ich habe auch die Stunden gezählt.«

»Um drei Uhr bin ich aufgewacht und konnte nicht mehr schlafen.«

»Willkommen im Club.«

»Wenn ich das gewusst hätte. Ich war nämlich versucht, dich anzurufen.«

»Du darfst mich nie von zu Hause aus anrufen.«

»Das würde ich auch nicht.«

»Wenn das hier funktionieren soll, müssen wir sehr vorsichtig sein. Keine Anrufe von zu Hause oder von deinem Büro aus. Benutz ein öffentliches Telefon, wenn du mich anrufen willst. Wir dürfen uns auch nicht schreiben. Wenn ich dir etwas schenke, musst du es hier lassen. Niemand darf etwas über uns erfahren. *Niemand.*«

»Warum so viel Geheimnistuerei?«

»Glaubst du wirklich, ich möchte die Rolle der bösen Hexe spielen, die deine Ehe zerstört? Oder der Frau, die ausgehalten wird? *La maitresse?* Auf keinen Fall, mein Lieber. Ich werde deine Geliebte sein. Nicht deine *femme fatale*. Ich will dich, aber nicht den Kummer, der zwangsläufig entsteht, wenn man einen verheirateten Mann liebt. Das habe ich diese Nacht um drei beschlossen. Du wirst dein Leben leben und ich meins. Und wir werden ein gemeinsames Leben haben ... über das niemand etwas erfährt.«

»Glaub mir, Dorothy hat keinerlei Verdacht ... obwohl sie meinte, ich würde wohl ein anderes Aftershave benutzen.«

»Ich habe doch gestern gar kein Parfüm benutzt.«

»Das schon, aber ich bin auf dem Weg nach Hause in eine Drogerie gegangen, habe zwei Flaschen Mennen Skin Bracer gekauft und mir etwas davon aufgesprüht, bevor ich die Wohnung betreten habe ... nur für den Fall, dass du deine Spuren hinterlassen hast.«

»Und warum zwei Flaschen?«

Er griff nach seinem Mantel und zog eine kleine Tüte von einer Drogerie in der Nähe heraus.

»Eine Flasche für zu Hause, eine Flasche für hier. Ich habe auch die Seife, das Deodorant und die Zahnpasta gekauft, die ich zu Hause benutze.«

Ich blickte ihn argwöhnisch an. »Du legst aber ein ganz schönes Tempo vor. Oder machst du so etwas öfter?«

»Das ist wirklich das erste Mal.«

»Schön, das zu hören.«

»Ich möchte nur Dorothy nicht verletzen.«

»Wenn du Dorothy wirklich nicht verletzen willst, dann ziehst du dich jetzt besser an und gehst. Denn das hier wird Dorothy ganz sicher verletzen.«

»Sie muss es ja nicht erfahren.«

»Irgendwann findet sie es heraus.«

»Nur wenn ich es zulasse. Aber ich werde es nicht zulassen.«

»Bist du so schlau?«

»Es geht hier nicht um Schlauheit, es geht darum, sie zu schützen.«

»Nach dem Motto: *Was sie nicht weiß, kann sie auch nicht verletzen?*«

»Nein, nach dem Motto: Ich werde sie nicht verlassen … aber dich werde ich auch nicht aufgeben. Natürlich könnte es sein, dass dir dieses Arrangement nicht gefällt.«

»Ach, das ist das hier also: ein Arrangement. *Cinq-à-sept*, wie es im guten alten Paris so schön heißt? Du kennst dich ja in französischer Literatur aus, Jack. Welche Rolle spiele ich? Die der Madame Bovary?«

»War sie nicht verheiratet?«

»Touché.«

»Sara …«

»Und wie dumm von mir, mich für eine Ehebrecherin zu halten, wo ich doch in Wirklichkeit … warte … eine Kurtisane bin … ist das nicht das richtige Wort? Ja, eine Kurtisane, deren adeliger Liebhaber eine Flasche Mennen Aftershave in ihrem Bad aufbewahrt.«

Langes Schweigen. Jack versuchte seine Arme um mich zu legen. Ich drückte meine Hand an seine Brust und schob ihn vorsichtig weg.

»Ich will mich nicht noch einmal zugrunde richten lassen.«

»Ich tue dir bestimmt nicht weh.«

»Das werden wir ja sehen.« Ich warf einen Blick auf meine Uhr. »Du solltest dich auf den Weg nach Hause zu deiner Frau machen.«

Ein paar Minuten später ging er.

»Ich bin Montag und Dienstag auswärts und Mittwoch gegen Mittag wieder in New York«, sagte er, während er seinen Mantel anzog.

»Schön.«

»Aber wenn ich es geschickt anstelle, könnte ich vielleicht meine letzten Termine in Philadelphia verlegen und am Dienstag gegen acht Uhr abends wieder hier sein, falls du über Nacht gern Besuch hättest.«

»Ich weiß nicht. Darüber muss ich wirklich erst nachdenken, Jack.«

»Sara …«

»Und vergiss nicht, dein Aftershave und deine Zahnbürste mitzunehmen. Ich möchte sie nicht im Haus haben.«

»Ich rufe dich an«, sagte er und küsste mich auf die Stirn, bevor er die Wohnung verließ.

Aber er rief das ganze Wochenende nicht an. Und auch nicht am Montag. *Du verdammte Idiotin*, sagte ich mir immer wieder. *Du hast ihn vertrieben.* Am Dienstagabend um acht machte ich mich auf das Schlimmste gefasst. *Wenn du Dorothy wirklich nicht wehtun willst, dann ziehst du dich jetzt besser an und gehst. Denn das hier wird Dorothy ganz sicher verletzen.* Warum hatte ich das bloß gesagt? Es war offensichtlich angekommen. Warum hatte ich so ein Theater um das Aftershave gemacht? Weil ich unbedingt Miss Sinn und Sinnlichkeit spielen musste, nicht wahr? *Du solltest dich auf den Weg nach Hause zu deiner Frau machen.* Er hatte mich beim Wort genommen. Er war nach Hause zurückgekehrt. Für immer.

Und dann, es war zehn nach acht, läutete jemand. Ich stürmte zur Wohnungstür und öffnete wütend. Draußen schneite es. Jack trug seinen dunkelbraunen Mantel und einen braunen Filzhut mit hochgeknöpfter Krempe, wie ihn Zeitungsleute damals bevorzugten. In einer Hand hielt er einen Koffer, in der anderen einen Blumenstrauß.

»Wo bist du die ganze Zeit gewesen?«, fragte ich.

»In Philadelphia«, antwortete er, offenbar verblüfft über meinen Zorn. »Aber das wusstest du doch.«

»Und Samstag und Sonntag?«

»Zu Hause bei meiner Familie, wie du mir befohlen hast…«

»Ich weiß, was ich gesagt habe. Aber das heißt nicht, dass du meinem Rat auch tatsächlich folgen sollst.«

Er versuchte, ein Lächeln zu unterdrücken. »Na komm schon, du Närrin.«

Wir taumelten rückwärts in die Wohnung und rissen einander die Kleider vom Leib. Dabei kamen wir nicht weiter als bis zum Teppich im Wohnzimmer. Als ich den Eindruck hatte, zu laut zu werden und die Nachbarn zu stören, drückte ich meinen Mund fest auf seinen. Danach schwiegen wir lange.

»Hallo erst mal«, sagte er schließlich.

»Hallo.« Ich lachte.

»Vier Tage waren ...«

»Viel zu lang«, ergänzte ich. »Ich kann dir gar nicht sagen, wie sehr ich dich vermisst habe.«

»Darauf wäre ich nie gekommen.«

»Jetzt kokettierst du aber, mein Guter.«

Ich stand auf, verschwand im Schlafzimmer und zog meinen Bademantel an. Dann holte ich eine Einkaufstüte aus meinem Schrank. Als ich ins Wohnzimmer zurückkehrte, saß Jack auf dem Sofa und streifte sich gerade die Unterhose über.

»Du brauchst dich nicht anzuziehen«, sagte ich.

»Aber ich könnte erfrieren. Du scheinst es kalt zu mögen.«

»Das hier hält dich warm«, sagte ich, griff in die Tüte und warf ihm ein großes, rechteckiges Päckchen zu, das in gediegenem blauem Geschenkpapier von Brooks Brothers eingewickelt war.

»Ein Geschenk?«, fragte er.

»Meine Güte, bist du aber schlau.«

Er riss das Papier ab, lächelte und zog sofort den blauen Leinenbademantel an, den ich am Tag zuvor für ihn gekauft hatte.

»Sie haben Geschmack, Miss Smythe«, sagte er.

»Gefällt er dir?«

»Sehr. Brooks Brothers. Nicht schlecht. Ich fühle mich darin wie ein Princeton-Student.«

»Er steht dir gut.«

Jack ging in den Flur und musterte sich im Spiegel. »Ja«, meinte er. »Wirklich.«

Ich griff noch einmal in die Einkaufstasche und gab ihm ein zweites Päckchen.

»Bist du verrückt?«, sagte er.

»Nein. Nur großzügig.«

»Zu großzügig«, meinte er und gab mir einen Kuss auf den Mund.

»Sieh erst mal nach, ob es dir auch gefällt.«

Er öffnete das Päckchen und lachte. Es waren zwei Flaschen Bay Rum Aftershave von Caswell and Massey.

»Zwei Flaschen?«, sagte er und zog von einer die Verschlusskappe ab.

»Eine für hier, eine für zu Hause.«

Er lächelte amüsiert und schnupperte an der Flasche. »Nicht schlecht«, meinte er. »Willst du mir damit vielleicht etwas sagen?«

»Ja. Mit Mennen riechst du etwas aufdringlich.«

»Ach, du kleine Snobistin. Klamotten von Brooks Brothers, Aftershave von Caswell and Massey. Als Nächstes kommen wohl Rhetorikstunden.«

»Ist denn was dabei, wenn ich dir schöne Dinge kaufe?«

Er strich mir übers Haar. »Absolut nicht. Es gefällt mir. Ich frage mich nur, wie ich meiner Frau das neue Aftershave erklären soll.«

»Du kannst sagen, du hättest es selbst gekauft.«

»Aber ich bin jemand, der nie mehr als einen Dollar für eine Flasche Aftershave ausgibt.«

»Na gut, mein Junge aus Brooklyn, ich habe eine Idee. Geh bei Caswell and Massey vorbei, sie sind in der Lexington Avenue, Ecke 46th Street, und kauf deiner Frau dort eine Flasche von dem hauseigenen Eau de Toilette. Dann kannst du ihr sagen, du hättest, als du ihr Geschenk ausgesucht hast, auch dieses Aftershave probiert und beschlossen, dich von Mennen zu verabschieden. Es wird ihr gefallen, glaub mir.«

Er träufelte sich ein wenig Aftershave in die Hand und bestrich sich damit Kinn und Wangen.

»Was meinst du?«, fragte er.

Ich hielt die Nase an sein Gesicht, dann küsste ich seinen Hals. »Es funktioniert.«

»Du bist wunderbar. Wie schwer ist deine Schreibmaschine?«

»Ziemlich schwer.«

Er ging zu meinem Schreibtisch und hob meine Remington hoch. »Ich könnte sie tragen«, meinte er.

»Da bin ich mir sicher. Aber warum solltest du?«

»Ich habe eine Idee.«

Zwei Tage später saß ich mit Jack im Morgenzug nach Albany. Dort nahmen wir uns unter den Namen Mr. und Mrs. Jack Malone ein Zimmer im Capital Hotel. Während er sich mit seinen Kunden traf, saß ich in unserem Zimmer am Schreibtisch und hackte eine Kolumne »aus dem richtigen Leben« in meine Remington. Jack kam gegen fünf von seinen Terminen zurück. In null Komma nichts hatte ich ihn ausgezogen.

Eine halbe Stunde später zündete er sich eine Zigarette an und sagte: »So ein erotisches Abenteuer habe ich in Albany noch nie erlebt.«

»Das hoffe ich doch«, erwiderte ich.

Es herrschten fünfzehn Grad minus in Albany, deshalb blieben wir an jenem Abend im Hotel und bestellten etwas vom Zimmerservice. Am nächsten Morgen machte sich Jack trotz der unwirtlichen Witterung zu weiteren Kundenbesuchen auf. Nachdem ich mit flottem Schritt einmal durch die Innenstadt gelaufen war, dachte ich, für einen Morgen hätte ich genug von Albany gesehen. Also kehrte ich in unser Zimmer zurück, tüftelte an einer Filmkolumne und schlug den Nachmittag in einem billigen RKO-Kino in der Nähe tot, wo ein wunderbares Doublefeature *(Samson und Delila* und *Varieté-Prinzessin)* mit dem piekfeinen Victor Mature lief. Um halb sechs war ich wieder im Hotel. Als ich unsere Zimmertür öffnen wollte, hörte ich Jack telefonieren.

»Gut, gut, ich weiß, dass du wütend bist, aber was ist schon eine weitere Nacht? ... Ja, ja, ja ... du hast Recht ... aber es ist ja nicht so, dass ich gern weg bin ... du weißt, dass ich dich liebe ... sieh mal, noch eine Nacht in Albany bedeutet wahrscheinlich zehn Dollar mehr diese Woche ... gut, gut ... du auch, Liebling ... gib Charlie einen Kuss von mir ... ja, morgen punkt fünf Uhr ... gut, bis dann.«

Ich wartete einen Augenblick, ehe ich die Tür öffnete. Jack zündete sich eine Zigarette an und goss einen Schuss Hiram Walker Bourbon in ein Zahnputzglas. Er versuchte, sich ein Lächeln abzuringen, wirkte aber verkrampft. Ich ging zu ihm und legte ihm die Arme um den Hals.

»Was ist los?«, fragte ich.

»Nichts.«

»Das kann wohl kaum sein, so angespannt, wie du aussiehst.«

Er zuckte die Achseln. »Nur ein unangenehmer geschäftlicher Anruf, mehr nicht.«

Ich ließ seinen Hals los, ging ins Bad, nahm das andere Zahnputzglas vom Waschbecken, kehrte ins Zimmer zurück und schüttete mir eine ordentliche Portion Bourbon ein.

»Was hast du?«, fragte er.

»Ich hasse es, wenn man mich anlügt.«

»Womit habe ich dich angelogen?«

»*Nur ein unangenehmer geschäftlicher Anruf.* Ich habe gehört, mit wem du am Telefon gesprochen hast.«

»Was heißt das?«

»Ich stand vor der Tür.«

»Du hast gelauscht?«

»Ich wollte nicht einfach reingehen, während du mit Dorothy sprichst.«

»Entweder das, oder du wolltest mithören ...«

»Warum hätte ich wohl mithören wollen, Jack?«

»Ich weiß es nicht. *Du* hast schließlich vor der Tür gestanden ...«

»Weil ich nicht ins Zimmer stürmen und dich auf diese Weise in eine unangenehme Lage bringen wollte ...«

»Entschuldige«, sagte er plötzlich.

»Lüg mich nicht an, Jack. Niemals.«

Er wandte sich ab und sah aus dem schmutzigen Fenster in das trübe Licht der Innenstadt von Albany. »Ich dachte nur ... ich weiß nicht ... du wolltest bestimmt nicht hören, dass ich mich mit Dorothy gestritten habe.«

»Du bist ein Dummkopf, Malone. Mir gefällt ja vielleicht nicht, dass du verheiratet bist, aber das ist dein Reich. Und ich akzeptiere das. Aber falls das hier weitergehen soll, musst du Dorothy ständig belügen. Wenn du damit zurechtkommst, gut. Wenn nicht, fahre ich heute noch mit dem letzten Zug zurück nach Manhattan.«

Er drehte sich um und strich mir über den Arm. »Nimm nicht den Zug.«

»Worüber habt ihr gestritten?«

»Sie wollte, dass ich heute Abend zurückkomme.«

»Dann hättest du es tun sollen.«

»Aber ich wollte hier bei dir bleiben.«

»Das weiß ich sehr zu schätzen, aber nicht, wenn du anfängst, mich zu belügen, um zu verbergen, dass du Dorothy belügst.«

»Ich bin ein Trottel.«

Ich rang mir ein Lächeln ab.

»Nein, du bist ein verheirateter Trottel. Hat sie Verdacht geschöpft?«

»Keine Spur. Sie ist nur einsam. Und ich bin so durcheinander. Es gibt Augenblicke, da wünsche ich mir, Dorothy wäre nicht so zurückhaltend und verständnisvoll. Wenn sie eine Kratzbürste wäre ...«

»Wäre alles gut?«

»Dann würde ich mich nicht so schlecht fühlen.«

»Sie ist also keine Kratzbürste. Das tut mir aber leid für dich.«

»Mein Gott, du kannst ja ganz schön zynisch sein.«

»Reiner Selbstschutz. Es ist nicht leicht, jemanden zu lieben, den man mit jemandem teilen muss.«

»Das siehst du nicht richtig. Meine Liebe gehört dir.«

»Aber ihr fühlst du dich auch verpflichtet.«

Er zuckte die Achseln.

»Ich habe keine Wahl.«

»Dann steckst du also in der Zwickmühle. Die Frage lautet: Wirst du dich aus dieser Zwickmühle befreien?«

»Was schlägst du vor?«

»Einen Weg suchen, wie du mit mir und mit Dorothy leben kannst. Dein Leben aufteilen. Auf französische Art.«

»Könntest du damit umgehen?«

»Ich weiß es nicht. Die Zeit wird es zeigen. Die eigentliche Frage ist aber: Könntest du damit umgehen, Jack?«

»Ich weiß es auch nicht.«

»Tja, dann solltest du es herausfinden. Denn wenn unsere Beziehung so aussieht, dass du ständig mit einem schlechten Gewissen herumläufst, gehe ich. Ich weiß, was ich in so einer Situation zu erwarten habe – und was nicht. Es hängt alles von dir ab, mein Lieber.«

Am nächsten Morgen kehrten wir nach Manhattan zurück. Am Grand Central drückte er mich fest an sich.

»Die nächsten Tage bleibe ich wohl besser zu Hause«, meinte er.

»Das wäre sicher klug.«

»Darf ich dich anrufen?«

»Musst du diese Frage wirklich stellen?«

Er gab mir einen flüchtigen Kuss auf den Mund.

»Ich liebe dich«, sagte er.

»Das klingt ziemlich zaghaft.«

»Das sollte es nicht.«

Am nächsten Tag hörte ich nichts von ihm. Am übernächsten auch nicht. Und auch nicht am Tag danach. Natürlich machte mich sein Schweigen verrückt. Weil es nur eins bedeuten konnte: Es war vorbei.

Das Wochenende ging vorüber. Am Montag blieb ich den ganzen Tag in der Nähe des Telefons, für alle Fälle. Aber er rief nicht an. Und dann, am Dienstag, morgens um halb sieben, läutete es an der Tür. Er stand draußen. Hinter ihm wartete ein Taxi. Sein Gesicht hellte sich auf, als ich öffnete, obwohl ich noch im Nachthemd war und ziemlich verknittert aussah.

»Bist du fertig?«, fragte er.

»Wo bist du gewesen?«, fragte ich müde.

»Das erzähle ich dir später. Jetzt möchte ich, dass du dich anziehst, packst ...«

»Ich kann dir nicht ganz folgen.«

»Ganz einfach: Wir haben eine Fahrkarte für den Zug um acht Uhr siebenundvierzig von der Penn Station nach Washington, D.C. Wir bleiben drei Tage im Mayflower Hotel, und ...«

»Jack, das musst du mir erklären ...«

Er beugte sich vor und küsste mich.

»Später, Liebling. Ich muss noch schnell ins Büro, bevor wir abfahren.«

»Wer sagt denn, dass ich mitkomme? Und warum um alles in der Welt überfällst du mich damit so plötzlich?«

»Weil ich es erst vor zehn Minuten beschlossen habe. Gleis 17, Penn Station. Spätestens um halb neun solltest du dort sein. Somit bleiben dir noch ungefähr eineinhalb Stunden, um zu packen und hinzufahren.«

»Ich weiß nicht, Jack.«

»Und ob du es weißt«, sagte er und küsste mich noch einmal. »Bis dann.«

Bevor ich etwas erwidern konnte, hatte er sich schon umgedreht und stieg ins Taxi. Als er drinnen saß, kurbelte er die Scheibe herunter und rief: »Ich erwarte dich.«

Ich ging wieder in die Wohnung, trat gegen einen Stuhl. Dann traf ich blitzschnell einen festen Entschluss: Ich würde nicht alles stehen und liegen lassen und Jack folgen, nur weil er plötzlich beschlossen hatte, ich solle ihn begleiten. Verflucht, der Kerl hatte fünf ganze Tage nichts von sich hören lassen. Also kam es überhaupt nicht infrage, dass ich mich seinen Forderungen unterwarf.

Nachdem ich diesen Entschluss gefasst hatte, ging ich geradewegs ins Schlafzimmer und packte einen Koffer. Dann sprang ich unter die Dusche, zog mich hastig an, schnappte mir meine Schreibmaschine und hielt ein Taxi an, das auf der West End Avenue nach Süden fuhr.

Als ich ankam, blieben noch etwa zehn Minuten bis zur Abfahrt. Wie geplant wartete Jack auf dem Bahnsteig auf mich. Vor mir ging ein Gepäckträger, mein Koffer und meine Remington schaukelten auf seinem Gepäckwagen. Als Jack mich kommen sah, zog er seinen Hut und machte eine schwungvolle Verbeugung.

»Ich bin eine Närrin, dass ich das mache«, sagte ich.

»Küss mich.«

Ich gab ihm einen raschen Kuss auf den Mund.

»Das ist kein richtiger Kuss.«

»Zuerst möchte ich ein paar Fragen beantwortet haben.«

»Das wirst du«, sagte er und gab dem Gepäckträger ein Trinkgeld.

Wir setzten uns auf unsere Plätze. Doch kaum fuhr der Zug aus dem Bahnhof, schlug Jack vor, im Speisewagen zu frühstücken. Wir bestellten Kaffee. Jack redete belangloses Zeug und fragte mich unbeschwert nach den letzten sechs Tagen, welche Filme ich gesehen hätte, wie es mit meiner Arbeit lief und ob ich wirklich glaubte, Stevenson habe eine Chance gegen Ike, wenn es (wie ich erwartete) bei der Wahl zu einem Kopf-an-Kopf-Rennen käme. Schließlich unterbrach ich ihn.

»Was um alles in der Welt macht dich heute Morgen so munter?«

»Ach, dies und das.« Es klang immer noch viel zu fröhlich.

»Würdest du mir bitte erklären, warum du für sechs Tage von der Bildfläche verschwunden bist?«

»Gerne.«

Der Kaffee kam. Wir schwiegen, bis der Kellner wieder fort war.

»Also, dann schieß mal los.«

Er schob die unverzichtbare Zigarette zwischen die Lippen. Als er sie angezündet hatte, vergewisserte er sich, dass niemand direkt neben uns saß, beugte sich vor und erklärte: »Ich habe es ihr gesagt.«

Es dauerte eine Weile, bis die Worte bei mir ankamen.

»Was meinst du?«

»Ich habe es ihr gesagt.«

»Du hast Dorothy gesagt …«

»Ja. Ich habe es Dorothy gesagt.«

Ich war fassungslos.

»Was genau?«

»Alles.«

»Alles?«

»Ja«, erwiderte er, »alles.«

5

Als ich endlich wieder in der Lage war, zu sprechen, tauchte der Zug gerade in New Jersey aus dem Untergrund auf.

»Wann hast du es ihr gesagt?«, flüsterte ich.

»An dem Abend, als ich mit dir aus Albany zurückkam.«

»Wie hast du es ihr erklärt …«

»Ich hab ihr die ganze Geschichte von Anfang an erzählt. Wie wir uns kennen gelernt haben, als ich fünfundvierzig in die Vereinigten Staaten zurückkehrte, und ich sofort wusste, dass du …«

Er hielt inne und tat einen tiefen Zug aus seiner Zigarette. Nach einer Weile sprach er weiter.

»Dorothy ist nicht dumm. Sie hat sofort erkannt, wie die Dinge liegen, und gesagt: ›Dann wirst du uns also verlassen?‹ Ich sagte, nein, ich würde sie nicht verlassen. Ich wäre ja ihr gegenüber verpflichtet, durch das Eheversprechen gebunden. Und natürlich wegen Charlie. Aber ich würde dich auch nicht aufgeben. Wenn sie wollte, dass ich gehe, würde ich es selbstverständlich tun. Sie müsse wählen, die Entscheidung treffen.«

»Und sie hat dich rausgeworfen?«

»Nein. Sie sagte, dass sie Zeit zum Nachdenken brauche. Und ich musste ihr versprechen, dass ich keinen Kontakt zu dir aufnehme, bis sie alles überlegt habe. Deshalb hast du fast eine ganze Woche nichts von mir gehört. Ich habe ihre Wünsche respektiert, obwohl sie mir fünf ganze Tage lang die kalte Schulter gezeigt hat. Und dann, gestern Abend, hat sie endlich wieder mit mir gesprochen.

›Ich habe wohl keine große Wahl‹, hat sie gesagt. ›Aber eins muss klar sein: Ich möchte nichts darüber wissen. Für mich bist du einfach ein paar Tage in der Woche unterwegs. Du bist auswärts. Aber wenn du zu Hause bei Charlie und mir bist, bist du voll und ganz bei uns.‹«

Schließlich ergriff ich wieder das Wort. »Natürlich hat sie die Wahl. Sie könnte dich hinauswerfen. Wenn ich an ihrer Stelle wäre, würde ich es tun. Ohne langes Federlesen.«

»Ja, wahrscheinlich hätte ich es verdient.«

Ich stellte meine Kaffeetasse ab, beugte mich vor und sagte leise: »Das denkst du doch nicht wirklich, Jack. Du hättest nur mal vor zehn Minuten dein Gesicht sehen sollen, als du mich auf dem Bahnsteig entdeckt hast. Du sahst aus wie die Katze, die den Rahm abbekommen hat. Um alles in der Welt konnte ich mir nicht vorstellen, warum. Aber jetzt weiß ich natürlich, warum du so furchtbar glücklich bist. Etwas Besseres kann jemandem wie dir ja gar nicht passieren: die treue Gattin mit dem Baby zu Hause und dazu die andere Frau, die die treue kleine Gattin wunderbarerweise zu ignorieren beschlossen hat, unter der Bedingung, dass, wenn es um sie geht, immer nur die Rede ist von *auswärts sein*. Ich habe da eine Idee: Warum hörst du nicht auf, meinen richtigen Namen zu gebrauchen, und nennst mich ab sofort nur noch *auswärts*.«

»Ich dachte, du würdest dich freuen.«

»Natürlich dachtest du das. Schließlich bist du ja derjenige, der sich über Nacht von einem schuldbeladenen Katholiken in einen unbeschwert polygamen Mormonen verwandelt hat. Weil deine arme Frau dir den Freifahrtschein gegeben hat, alles so einzurichten, wie es dir beliebt.«

»Ich bin nicht selbstgefällig.«

»Nein, du bist nur äußerst zufrieden mit dir. Warum auch nicht? Du hast gestanden, du hast die Absolution bekommen. Und jetzt kannst du dich zwei oder drei Mal die Woche mit mir amüsieren, dann mit einem Strauß Rosen beschwingt wieder nach Hause gehen und dich vollkommen unschuldig fühlen …«

»Schhh…«, machte er und sah sich nervös im Wagen um.

»Von dir lasse ich mir nicht den Mund verbieten.« Ich stand auf.

»Wohin gehst du?«

»Weg.«

Er sprang auf.

»Was meinst du damit, weg?«

Ich stürmte durch den Gang. Jack warf Geld auf den Tisch und jagte hinter mir her. Zwischen zwei Abteilen holte er mich ein. Als er mir die Hand auf die Schulter legte, schüttelte ich sie ab.

»Ich kapier das nicht«, brüllte er gegen das Dröhnen der Räder.

»Natürlich nicht. Weil du dir nie über die Gefühle anderer Gedanken machst…«

»Ich habe es Dorothy erzählt, weil ich nicht lügen konnte…«

»Nein, du hast es ihr erzählt, damit du kein schlechtes Gewissen haben musst. Du hast darauf spekuliert, dass sie dich nicht hinauswerfen würde. Und du hast gewonnen. Jetzt hast du die ideale Lösung. Nur dass es ein kleines Problem gibt: Ich möchte nichts damit zu tun haben.«

»So lass es mich dir doch nur erklären…«

»Mach's gut«, sagte ich.

»Was?«

»Ich steige in Newark aus.«

Ich ging in den nächsten Wagon. Jack folgte mir.

»Bleib, bitte«, sagte er.

»Ich werde nicht Teil deines Arrangements sein.«

»Es ist kein Arrangement.«

»Für mich sieht es aber verdammt so aus. Wenn du mich jetzt bitte entschuldigen würdest…«

»Liebling…«, sagte er und berührte sanft meine Schulter.

»Lass mich in Ruhe!«, bellte ich. Plötzlich waren alle Blicke in dem Wagon auf uns gerichtet. Ich errötete. Jack wurde weiß im Gesicht.

»Gut, gut«, flüsterte er. »Mach, was du willst.«

Damit drehte er sich um und ging wieder in den Speisewagen.

Den Blick fest auf den Boden gerichtet – damit ich nicht die missbilligenden Gesichter meiner Mitreisenden sehen musste –, schlich ich mich wieder zu meinem Platz und setzte mich. Erregt und zittrig, wie man sich nach so einem heftigen Wortwechsel fühlt, starrte ich aus dem Fenster.

Kurz darauf kam ein Schaffner durch den Gang und rief: »Newark. Nächster Halt Newark.«

Ich wollte aufstehen, meinen Koffer und meine Schreibmaschine nehmen. Aber ich rührte mich nicht. Der Zug rollte langsam in den Bahnhof von Newark ein. Ich blieb sitzen. Wenige Minuten später pfiff der Schaffner, und wir fuhren weiter nach Süden.

Etwa eine halbe Stunde danach kam Jack zurück. Er konnte es nicht glauben, als er mich sah. Aber er lächelte nicht.

»Du bist noch da«, sagte er und setzte sich mir gegenüber.

»Offensichtlich.«

»Das überrascht mich.«

»Mich auch.«

»Wieso hast du deine Meinung geändert?«

»Wer hat gesagt, dass ich meine Meinung geändert habe? Ich kann ja immer noch in Philadelphia aussteigen.«

»Das ist deine Entscheidung, Sara. Genauso wie es deine Entscheidung ist, ob ...«

»Ich will nicht die Rolle der *anderen Frau* spielen.«

»Aber genau deshalb habe ich es ihr doch gesagt«, flüsterte er. »Darum habe ich ihr gestanden, dass ich dich liebe. Weil ich nicht wollte, dass du in die *Rolle der Geliebten* gedrängt wirst. Weil Dorothy wissen musste – auch wenn es sehr schmerzhaft für sie war –, dass ich dich liebe. Weil ihr das zumindest die Wahl gegeben hat, mich rauszuwerfen.«

»Warst du nicht enttäuscht, als sie törichterweise beschloss, dich zu halten?«

»In gewisser Hinsicht, ja ... ich war enttäuscht. Es hätte mir die Freiheit gegeben, immer bei dir zu sein. Aber es hätte mich auch furchtbar bedrückt. Wegen Charlie und auch wegen Dorothy, die einfach viel zu nett ist für einen Kerl wie mich.«

Ich seufzte laut.

»Trotzdem wünschte ich, du hättest es ihr nicht erzählt. Denn jetzt denke ich immer, wenn du bei mir bist: Sie weiß es.«

»Gut, jetzt weiß sie es. Aber Dorothy und ich sind ja füreinander nicht die große Liebe. Sie wäre nicht mit mir zusammen, wenn nicht dieser kleine Unfall passiert wäre. Und das weiß sie auch. Also habe ich das Arrangement mit ihr getroffen. Nicht mit dir. *Auf keinen Fall mit dir.* Glaub mir: Es wird alles gut werden.«

»Ich weiß nicht…«

»Bestimmt. Ich verspreche es.«

»Versprich mir nie etwas.«

»Warum nicht?«

»Weil es dann auch sein kann, dass du mich enttäuschst. Und weil sich etwas zwischen uns ändern wird, jetzt, wo Dorothy Bescheid weiß. Und eine Veränderung ist immer unangenehm.«

»Ich werde es nicht zulassen, dass sich etwas zwischen uns verändert.«

»Das wird es aber, mein Schatz. Weil wir nicht mehr in der Angst leben werden, entdeckt zu werden.«

»Das ist doch gut.«

»Stimmt«, sagte ich. Dann fügte ich hinzu: »Aber es wird nie mehr so romantisch sein, nicht wahr?«

In Washington gingen wir sofort in ein Hotel und liebten uns. Und wir liebten uns noch einmal spät am Abend. Und am nächsten Abend in Baltimore. Und den Abend darauf in Wilmington. Dann kehrten wir nach Manhattan zurück und nahmen zusammen ein Taxi. Als ich vor meiner Wohnung ausstieg, küsste er mich lange. Er versprach, mich am nächsten Tag anzurufen.

Er hielt sein Versprechen und rief mich am folgenden Nachmittag von der Arbeit aus an. Ich fragte ihn, wie seine Frau ihn zu Hause empfangen habe. Ich spürte, wie er sorgfältig seine Worte wählte.

»Sie hat sich gefreut, mich zu sehen.«

»Keine Fragen nach *auswärts* ...?«

»Keine einzige.«

»Wie geht es Charlie?«

»Wunderbar.«

»Hast du mit ihr geschlafen?«, hörte ich mich plötzlich fragen.

»Sara...« Ich spürte, dass er sich Mühe gab, geduldig zu klingen.

»Ich muss es wissen.«

»Wir haben das Bett miteinander geteilt.«

»Heißt das nun ja oder nein?«

»Sie wollte es, und...«

»Du hattest keine Wahl. Hoppla! Die Zynikerin schlägt wieder zu.«

»Du hättest mich nicht danach fragen sollen.«

»Du hast Recht. Das hätte ich nicht tun sollen. Ich schade mir damit nur selbst. Genauso wie mit meiner Liebe zu einem verheirateten Mann. Kannst du herkommen, *sofort?*«

»*Sofort?*«

»Ja, *sofort*. Weil ich dich *sofort* brauche.«

Dreißig Minuten später marschierte er durch meine Tür. Eine Stunde darauf sprang er aus meinem Bett und erledigte einen kurzen Anruf. Er teilte einem Kunden mit, er werde zehn Minuten später kommen. Als er sich anzog, sagte er: »Morgen bin ich auswärts unterwegs.«

»Wo?«

»Hartford und Springfield angeblich. Aber in Wirklichkeit könnte ich hier bei dir sein, wenn das in deinen Terminplan passt.«

»Ich werde sehen, ob ich etwas verschieben kann.«

Als er am nächsten Abend auftauchte, hatte er einen großen Koffer bei sich.

»Ich dachte mir, ich könnte ein paar Sachen hier unterbringen. Wenn du nichts dagegen hast.«

»Ich nehme an, du möchtest einen eigenen Schrank.«

»Das wäre praktisch.«

An jenem Abend packte er zwei Anzüge, zwei Paar Schuhe, drei Hemden und Unterwäsche zum Wechseln aus. Sein Schirm fand einen Platz neben meinem in dem Ständer an der Wohnungstür. Ein Ersatzmantel wurde in seinem Schrank untergebracht. Ebenso ein Regenmantel und einer seiner geliebten Filzhüte. Nach und nach füllte eine komplette zweite Garderobe meinen Gästeschrank. Sein Bademantel hing neben meinem an der Badezimmertür. Rasiercreme, Rasierpinsel und Rasierer beanspruchten eine Ecke des Waschbeckens. Seine Krawatten baumelten am Griff der Schranktür (bis ich ihm einen Krawattenhalter kaufte). In einem Küchenschrank brachte er zwei Stangen Chesterfield unter, im Kühlschrank Ballantine Ale (sein Lieblingsbier) und im Wohnzimmer eine kleine Flasche Hiram Walker.

Er wohnte jetzt bei mir.

Oder zumindest zwei Tage in der Woche. Die anderen zwei Tage war er tatsächlich *auswärts* unterwegs. Er reiste nach Norden in die trostlosen Ecken von Neuengland (Worcester, Lowell, Manchester). Oder nach Westen in die Städte des Industriegürtels von Pennsylvania. Oder nach Süden entlang der Achse Philadelphia–Washington. Manchmal packte ich mir meine Remington und begleitete ihn auf diesen Reisen (obwohl ich ihn, als Snobistin, die ich bin, im Allgemeinen nur auf der Route Washington–Philadelphia begleitete). Freitags abends kehrte er nach Hause zu Dorothy und Charlie zurück. Obwohl er es sich zum Prinzip machte, mich jeden Tag anzurufen (immer von einer Telefonzelle aus), sah ich ihn nie vor montags. Anfangs gefiel es mir nicht, dass er drei ganze Tage lang wegblieb. Doch nach etwa einem Monat lernte ich unseren gleichmäßigen Rhythmus zu schätzen. Ich war gern mit Jack zusammen. Ich mochte ihn als Freund und als Liebhaber. In seiner Gegenwart langweilte ich mich nie. Er machte mich glücklich.

Aber mit der Zeit genoss ich es auch, dass ich am Wochenende für mich sein konnte. Wie ich während meiner kurzen, unglücklichen Ehe mit George erkannt hatte, war ich zum Zusammenleben nicht geschaffen. Selbst bei Jack – einem Mann, den ich abgöttisch liebte – war ich immer ein bisschen froh, wenn er am Freitag ging. Denn das bedeutete, dass mein Leben für drei ganze Tage mir allein gehörte. Ich konnte meinem eigenen Rhythmus folgen, meine eigenen Pläne machen und brauchte nicht an die Bedürfnisse eines anderen zu denken. Doch am Sonntagabend sehnte ich mich danach, ihn wiederzusehen. Und ab Montag um sechs Uhr lauschte ich, wartete darauf, dass sich ein Schlüssel im Schloss umdrehte (er hatte inzwischen seine eigenen Schlüssel) und sich die Wohnungstür öffnete.

Irgendwann akzeptierte ich sogar, dass dies wirklich ein *Arrangement* war. Denn im Gegensatz zu einer konventionellen Ehe vollzog sich unsere Beziehung in strikten Grenzen. Wir wussten, wann wir uns sehen konnten (und wann nicht). Ich rief ihn nie im Büro an und nie zu Hause. Jede Woche hatte ich ihn eine festgesetzte Zeit für mich. Wenn ich wollte, konnte ich diese Zeit ausdehnen, indem ich ihn auf seinen Reisen begleitete. Ab Freitag gehörte er mir nicht mehr. Doch anstatt über seine dreitägige Abwesenheit zu jammern, erkannte ich schnell, dass dies ein Geschenk war. In vielerlei Hinsicht passte mir das Arrangement sehr – und brachte mir Vorteile (in Bezug auf meinen persönlichen Spielraum und die Zeit, die ich für mich hatte), die den meisten verheirateten Frauen versagt blieben. Noch besser aber war, dass ich nicht in den Machtkampf verwickelt war, der die meisten Ehen beherrscht. Unser Arrangement – die Abmachung, die wir getroffen hatten (ohne es jemals auszusprechen) – funktionierte nach einem äußerst einfachen Prinzip: Keiner von uns hatte das Sagen. Niemand war der Haushaltsvorstand. Niemand spielte die Rolle des Ernährers und der kleinen Frau zu Hause am Herd. Wir waren gleichberechtigt.

Natürlich stritten wir uns heftig. Aber je mehr sich das Arrangement verfestigte, desto weniger ging es in unseren Auseinandersetzungen um die emotionalen Belastungen, die unsere Teilzeitbeziehung für mich bedeuteten. Wie ich ihm an jenem Abend in Albany gesagt hatte (und ich selbst allzu gut wusste): Der Augenblick, da eine Romanze im Schlamm endloser Diskussionen über die ihr innewohnenden Probleme versinkt, ist auch der Augenblick, in dem sie sich dem Endstadium nähert.

Also mieden wir solche Themen. Natürlich fragte ich ihn immer wieder nach Dorothy und Charlie. Und wenn die Sprache auf seinen Sohn kam, spürte ich jedes Mal den stechenden Schmerz des Verlustes, den ich immer dann empfand, wenn ich an meine Kinderlosigkeit dachte. Jack war sich dessen bewusst und ging meinen Fragen nach seinem Sohn mehrmals aus dem Weg. Aber ich beharrte darauf, dass er mir antwortete, und sagte ihm, ich wolle über Charlies Fortschritte Bescheid wissen ... vor allem, weil er Jack alles bedeutete.

Nachdem wir drei Monate so gelebt hatten, kam mir eines Tages der Gedanke: Immer wenn wir uns streiten, geht es um so unpersönliche Dinge wie die Frage, ob man einen Polizeistaat wie Südkorea verteidigen soll.

»Sieh mal«, meinte Jack, »dieser Hurensohn, der Südkorea regiert ... wie heißt er noch gleich?«

»Syngman Rhee.«

»Genau, also Rhee ist zweifellos durch und durch totalitär. Aber zumindest ist er auf unserer Seite.«

»Du gibst es also zu. Er ist ein Diktator, der sein Volk unterdrückt. Ich habe zwar für Stalin und seinen nordkoreanischen Handlanger nur Verachtung übrig, aber sollen wir wirklich totalitäre Regimes stützen?«

»Darf ich dich daran erinnern, dass Rhee Antikommunist ist?«

»Deshalb ist er noch längst kein netter Mensch.«

»Wen interessiert es schon, ob er nett ist, solange er dafür sorgt, dass Stalins Verbündete nördlich des 36. Breitengrades bleiben.«

»Aber meinst du nicht, dass wir uns in unserer Außenpolitik an ein paar ethische Normen halten sollten?«

»Zufällig sind wir das moralischste Land der Welt.«

»Nicht, wenn wir mit Leuten wie Mr. Rhee gemeinsame Sache machen.«

»Du müsstest dich nur mal hören. Du klingst wie einer dieser Liberalen à la Adlai Stevenson.«

»Ich bin eine Liberale à la Adlai Stevenson.«

»Was im Grunde heißt, dass du eine ziemlich romantische Weltsicht hast. Du solltest dir mal ein paar Grundlagen der Realpolitik aneignen. Wie Chamberlain mit Entsetzen feststellen musste, bringt einen Appeasement-Politik kein Stück weiter.«

»Ach bitte, erzähl mir nichts von deiner beinharten Auffassung von Außenpolitik. ›Sprich leise, aber hab immer einen großen Stock dabei‹ mag ja für Teddy Roosevelt das Richtige gewesen sein, aber heute sind die großen Stöcke Atombomben, und die machen mir zufällig eine Höllenangst.«

»Hör zu, Gewalt ist die einzige Sprache, die ein Aggressor versteht. General MacArthur hat nämlich Recht: Wenn wir morgen den Korea-Konflikt beenden wollen, müssen wir Nordkorea und China eine Kostprobe unserer Atombomben geben und dann Tschiang Kai-schek die Sache übernehmen lassen.«

»Zum Glück sitzt Harry Truman im Weißen Haus und nicht dieser verrückte MacArthur …«

»Der Mann war ein Kriegsheld.«

»Schon, aber er macht, was er will.«

»Nur wenn es um Kommunisten geht.«

»Ich bin keine Kommunistin.«

»Vielleicht, aber nimm einmal an, jemand in deiner Familie wäre einer …«

Er sprach nicht weiter.

»Entschuldige«, meinte er plötzlich. »Das war dumm von mir.«

»Ja, in der Tat. Sehr dumm.«

»Verzeih mir.«

»Unter einer Bedingung: dass du das nie mehr aufs Tapet bringst. Ich bereue, dir jemals von Erics kurzem Flirt mit dieser Partei erzählt zu haben.«

»Ich werde es nie wieder erwähnen.«

»Ist das ein feierliches Versprechen?«

»Absolut.«

»Gut. Ich glaube nämlich, dass es Zeit ist, meinem Bruder von uns zu erzählen.«

»Was meinst du, wie er es aufnimmt?«

Ich zuckte die Achseln. Aber ich kannte die Antwort: *nicht gut.*

In jenem Jahr sah ich Eric nicht oft – was daran lag, dass er sehr gefragt war. Er schrieb für *Your Show of Shows* und entwickelte neue Programmvorschläge für NBC, verbrachte viel Zeit mit Ronnie und haute gehörig auf den Putz. Sein Terminkalender war randvoll. Dennoch blieb er ein treuer Bruder und rief mich mindestens zwei Mal die Woche an.

Und dann, kurz nachdem Jack seine Zweitgarderobe in meine Wohnung gebracht hatte, statteten mir Eric und Ronnie eines Sonntagnachmittags gegen fünf Uhr überraschend einen Besuch ab. Auf der Türschwelle teilte Eric mir mit, sie wollten mich ins St. Regis auf ein paar Drinks, dann zum Abendessen ins 21 und zu einer Jam-Session ins Blue Note entführen.

»Wunderbar«, sagte ich. »Ich hole nur meinen Mantel.«

Eric und Ronnie tauschten vielsagende Blicke.

»Willst du uns nicht erst mal hereinbitten?«, fragte Eric.

»Natürlich könnt ihr reinkommen«, erwiderte ich nervös. »Aber wozu, wo wir doch gleich aufbrechen wollen?«

Eric sah mich misstrauisch an. »S, wer zum Teufel ist da drin?«

»Niemand. Warum sollte da jemand sein ...?«

»Na gut«, meinte Eric, »wir wärmen uns ein bisschen auf, während du dich fertig machst.«

Er quetschte sich an mir vorbei, während Ronnie vor der Tür stehen blieb, weil er nicht unverschämt erscheinen wollte.

»Du kannst ruhig auch reinkommen, Ronnie«, sagte ich. »Die Katze ist jetzt nämlich endgültig aus dem Sack.«

Nein, Jack hatte mir keinen sonntäglichen Überraschungsbesuch abgestattet und hielt sich nicht in meiner Wohnung versteckt. Doch überall waren Beweise seiner Existenz – Beweise, die ich versteckt hätte, wenn ich gewusst hätte, dass Eric vorbeikommen würde.

»Aha«, meinte mein Bruder, während er auf das Paar großer schwarzer Schuhe neben der Tür starrte, »es gibt also nicht nur einen geheimnisvollen Unbekannten, er hat auch noch große Füße.«

Er lief in der ganzen Wohnung herum, und als er im Badezimmer die Sammlung von Toilettenartikeln für Männer, vor meinem Bett die Hausschuhe und auf dem Beistelltischchen im Wohnzimmer die Taschenbücher sah, zog er die Augenbrauen hoch.

»Ich wusste gar nicht, dass du eine Anhängerin von Mickey Spillane bist«, sagte er und nahm den Band *Ich, der Richter* in die Hand.

»Habe eben Geschmack daran gefunden«, erwiderte ich.

»Klar«, meinte Eric, »genauso wie an Hiram Walker Bourbon und Chesterfield. Du meine Güte, S, du hast dir ja richtig männliche Gewohnheiten zugelegt. Als Nächstes wirst du dir wohl einen Spucknapf neben das Bett stellen und mit den Jungs vom 20th District Binokel spielen.«

»Hm, ich habe schon daran gedacht, mit Bowling anzufangen.«

Eric wandte sich zu Ronnie. »Ziemlich schlagfertig, meine kleine Schwester.«

»Das habe ich nie bezweifelt.«

»Danke, Ronnie«, sagte ich.

»Natürlich käme man nie auf den Gedanken, dass hier ein Mann wohnt, stimmt's?«

»Ich sehe nichts, was darauf hindeutet«, erwiderte Ronnie mit unbeweglicher Miene.

»Noch mal danke, Ronnie«, sagte ich.

»Ja, vielen Dank, Ronnie, dass du für meine Schwester Partei ergreifst«, ergänzte Eric.

»Ich ergreife nicht für sie Partei, ich respektiere nur ihre Privatsphäre.«

»Womit du den Nagel auf den Kopf triffst, Ronnie, aber als ihr großer Bruder muss ich ihre Privatsphäre nicht respektieren. Also frage ich sie rundheraus: Warum zum Teufel hast du mir nicht erzählt, dass du mit jemandem zusammenwohnst?«

»Weil ich nicht mit jemandem zusammenwohne«, antwortete ich.

»Dennoch, Dr. Watson«, sagte Eric, »deutet alles in diesem Haushalt auf die Anwesenheit eines Mannes hin. Die dauernde Anwesenheit eines Mannes.«

»Vielleicht will sie es dir nicht erzählen«, meinte Ronnie.

»Ja«, bestätigte ich, »vielleicht will sie das nicht.«

»Schon gut, schon gut«, meinte Eric, »ich würde mir ja im Traum nicht einfallen lassen, mich jemals in die Angelegenheiten meiner Schwester einzumischen. Hat er auch einen Namen?«

»Interessanterweise ja. Aber ich werde ihn dir noch nicht verraten.«

»Und warum nicht?«

»Weil ich noch nicht so weit bin.«

Den Rest des Abends quälte Eric mich mit derselben Frage: *Wer ist der Kerl?* Nach dem zwanzigsten Versuch, mir die Antwort zu entlocken, erklärte Ronnie, er werde auf der Stelle aufstehen und gehen, wenn Eric nicht endlich damit aufhöre. Mein Bruder stellte sein Verhör ein. Doch am nächsten Morgen rief er gleich an und verlangte erneut, den Namen des fraglichen Herrn zu erfahren.

»Die Antwort muss ja ziemlich unerfreulich sein, wenn du dich so sträubst.«

»Hab Geduld. Ich werde es dir schon noch sagen.«

»Und warum kannst du das jetzt nicht?«

»Weil ich nicht weiß, ob es eine Zukunft hat.«

»Aber wenn es keine hat, dann kannst du es mir ebenso gut gleich sagen …«

»Kannst du nicht einfach akzeptieren, dass du nicht alles und jedes über mich wissen musst?«

»Nein.«

»Tja, sehr bedauerlich. Meine Lippen bleiben nämlich versiegelt.«

Auch die nächsten vierzehn Tage ließ Eric nicht locker, und meine Schuldgefühle nahmen zu. Denn er hatte ja Recht: Wir waren immer offen zueinander gewesen. Eric hatte mir schließlich auch von seiner Homosexualität erzählt, ein furchtbar schwieriges Bekenntnis damals, also schuldete ich ihm zweifellos eine ehrliche Antwort auf seine Frage... auch wenn ich seine Reaktion fürchtete. Schließlich schlug ich Eric vor, sich mit mir auf einen Drink im Oak Room des Plaza zu treffen. Wir waren bei unserem zweiten Martini, als ich endlich das Gefühl hatte, genügend Gin intus zu haben, um zu reden.

»Der Mann heißt Jack Malone.«

Eric wurde bleich. »Das ist nicht dein Ernst«, sagte er.

»Es ist mein voller Ernst.«

»Der?«

»Ja, *der.*«

»Aber das ist ja unglaublich. Er war doch wie vom Winde verweht. Er hat dein Leben kaputtgemacht. Und hast du mir nicht erzählt, dass du ihm eine Abfuhr erteilt hast, als du ihn mit seiner Frau getroffen hast?«

»Ich weiß, ich weiß, aber...«

»Und wie lange genau geht das schon?«

»Über vier Monate.«

Eric sah zutiefst entsetzt aus.

»*Vier Monate.* Warum um alles in der Welt hast du es so lange geheim gehalten?«

»Weil ich schreckliche Angst davor hatte, dass du es nicht gutheißen würdest.«

»Um Gottes willen, S. Ich habe den Kerl nicht gemocht, als ich ihn kennen lernte, und erst recht hat mir nicht gefallen, dass er dich so hat sitzen lassen, aber...«

»Als Jack verschwunden war, hast du mir immer wieder gesagt, wie dumm es von mir wäre, so viel Gefühl auf so eine Niete zu verschwenden. Als er dann wieder in mein Leben trat, hatte ich deshalb wirklich Angst vor deiner Reaktion.«

»Ich habe keine Reißzähne und schlafe nicht in einem Sarg, S.«

»Ich weiß, ich weiß. Und es war auch schrecklich für mich, es so lange vor dir geheim zu halten. Aber bevor ich es dir erzählen konnte, musste ich wissen, ob es eine Zukunft hat oder nicht.«

»Offensichtlich hat es eine, sonst würdest du es mir jetzt nicht erzählen.«

»Ich liebe ihn, Eric.«

»Das nehme ich an.«

»Aber ich meine es wirklich ernst. Es ist kein backfischhaftes Verknalltsein in einen verheirateten Mann, keine vorübergehende Romanze. Es ist wahre Liebe. Und zwar beidseitig.«

Eric schwieg. Nippte an seinem Martini. Rauchte. Schließlich zuckte er die Schultern und meinte: »Vielleicht sollte ich ihn noch mal richtig kennen lernen, was meinst du?«

Ich vereinbarte ein Treffen zu dritt – am späten Freitagnachmittag in der Bar des St. Moritz in der Central Park South, einen Straßenzug östlich von Erics Wohnung. Ich war furchtbar nervös. Und Jack auch, obwohl ich ihm versichert hatte, mein Bruder habe versprochen, sich anständig zu benehmen. Es fing schon schlecht an, denn wir mussten eine halbe Stunde warten. Dann kam ein Barkeeper an unseren Tisch und sagte, Eric habe angerufen. Er sitze in einer Konferenz fest, sei aber in zehn Minuten da.

Weitere vierzig Minuten verstrichen, und Jack trank noch zwei Bourbon mit Soda und rauchte drei weitere Zigaretten.

»Das findet dein Bruder wohl witzig?«, fragte er mich schließlich ärgerlich.

»Ich bin sicher, dass es gute Gründe gibt…«, antwortete ich nervös.

»Entweder das, oder er glaubt, seine Zeit sei wertvoller als meine. Natürlich bin ich nur so ein Werbefritze, während er der große Gagschreiber ist.«

»Jack, bitte.«

»Du hast ja Recht. Ich bin eben ein Hitzkopf.«

»Nein, du hast allen Grund, verärgert zu sein. Aber was soll ich machen…«

»Lass uns noch etwas trinken.«

»Einen vierten Bourbon mit Soda?«

»Willst du andeuten, dass ich nicht trinkfest bin?«

Ich hielt den Kellner auf, als er an unserem Tisch vorbeikam. »Noch einen Bourbon mit Soda für den Herrn, bitte.«

»Danke«, sagte Jack bissig, als der Kellner ging.

»Ich würde mich niemals zwischen einen Mann und seinen Alkohol stellen.«

»Das soll wohl ironisch sein.«

»Nein, nur ein Wink mit dem Zaunpfahl, den du aber nicht kapierst.«

»Ich weiß, wie viel ich vertrage.«

»Schon gut, schon gut.«

Jack blickte zur Tür. »Aber dein Bruder anscheinend nicht.«

Als ich ebenfalls zur Tür sah, sank mir der Mut. Eric war soeben eingetreten – betrunken. Zwischen seinen Zähnen klemmte eine erloschene Zigarette, seine Augen waren glasig, und er wankte. Als er uns sah, zog er mit einer übertriebenen Geste den Hut und machte eine tiefe Verbeugung. Dann torkelte er zu unserem Tisch und gab mir einen dicken, feuchten Kuss auf den Mund.

»An allem ist Mr. Caesar schuld. Er hat darauf bestanden, mir beim Mittagessen zwei Flaschen Wein einzuflößen.«

»Du kommst eineinviertel Stunden zu spät«, sagte ich.

»So ist das im Showgeschäft«, erwiderte er und ließ sich in einen Sessel fallen.

»Zumindest könntest du dich bei Jack entschuldigen.«

Sofort sprang Eric auf. Er nahm Haltung an und vollführte einen zackigen Militärgruß. In diesem Augenblick hätte ich ihn am liebsten umgebracht. Zum Glück bewahrte Jack die Ruhe. Er kippte seinen Bourbon mit Soda runter und griff nach dem neuen

Glas, das der Kellner soeben auf unseren Tisch gestellt hatte. »Schön, Sie zu sehen, Eric«, sagte er ruhig.

»Ganz meinerseits, Mr. Malone«, erwiderte Eric in einem schrecklichen Pat-O'Brien-Akzent.

»Vielleicht sollten wir uns ein anderes Mal treffen«, schlug ich vor.

»Ja«, meinte Jack. »Das ist sicher eine gute Idee.«

»Unsinn, Unsinn«, sagte Eric. »Noch ein Schlückchen, und mein Gleichgewicht ist wieder vollkommen hergestellt. Also, was wollen die beiden Turteltäubchen mit mir trinken? Aber natürlich … Kellner! Eine Flasche Champagner.«

»Ich bleibe bei Bourbon«, erklärte Jack.

»Bourbon? Ach, kommen Sie schon, wieso so proletarisch?«

»Wollen Sie sagen, dass ich ein Prolet bin?«, fragte Jack.

Eric wechselte wieder zu seinem Pat-O'Brien-Akzent.

»Natürlich steckt in jedem gemeinen Mann ein Dichter.«

»Um Himmels willen, Eric«, ermahnte ich ihn.

»Ich mache doch nur Spaß«, erwiderte er, jetzt wieder mit seiner normalen Stimme. »Ich wollte niemanden beleidigen.«

Jack nickte, schwieg aber. Er hob das Glas an die Lippen und kippte die Hälfte hinunter.

»Ah«, meinte Eric, »der harte, stille Typ.«

»Was ist Ihr Problem?«, fragte Jack.

»Ich habe kein Problem«, antwortete Eric. »Überhaupt keins. Ich bin zufrieden wie ein Ire im Moor.«

»Das reicht, Eric«, sagte ich.

»Du hast vollkommen Recht. Ich muss mich ausgiebig entschuldigen für meine absurden Abschweifungen. Also, Sir, begraben wir den Streit mit einem Glas bestem französischem Schaumwein.«

»Wie ich schon sagte, ich bleibe bei Bourbon.«

»Gut, gut. Ich verstehe. Und billige es.«

»Sie tun *was?*«, fragte Jack.

»Ich billige es. Das mit dem Bourbon, meine ich. Besonders, weil Bourbon so ein gutes, bodenständiges amerikanisches Getränk ist.«

»Haben Sie etwas gegen *amerikanische* Getränke?«

»Nicht im Geringsten, Pardner«, erwiderte Eric, diesmal John Wayne imitierend. »Es ist nur, Bourbon ist nicht gerade mein Lieblingsschnaps, mein Sohn.«

»Ach ja, ich vergaß. Kommunisten trinken ja nur Champagner.«

Eric sah aus, als hätte er eine Ohrfeige bekommen. Ich wäre am liebsten hinausgerannt. Nach einem Augenblick der Starre fing sich Eric wieder und sprach wie Scarlett O'Hara.

»O jemine, da hat jemand zu freimütig über meine schillernde Vergangenheit geplaudert. Doch nicht etwa du, Schwesterchen?«

»Lass uns gehen, Jack«, sagte ich.

»Aber was ist mit unserem Champagner?«, fragte Eric.

»Vergessen Sie es«, meinte Jack.

»Ich liebe einfach das lyrische Pathos der Brooklyner.«

»Ich spreche amerikanisch, obwohl ich mir sicher bin, dass amerikanisch sprechen Ihnen viel zu patriotisch vorkommt.«

»Wohl kaum. War es nicht Sam Johnson höchstpersönlich, der gesagt hat, Patriotismus sei die letzte Zuflucht eines Halunken?«

»Das reicht«, zischte Jack und schüttete Eric den Rest des Bourbon ins Gesicht. Dann drehte er sich um und stürmte aus der Bar.

Eric, dem der Bourbon mit Soda über die Backen lief, saß wie erstarrt da. Die Taufe schien ihn vollkommen verblüfft zu haben.

»Danke«, sagte ich mit zitternder Stimme. »Vielen Dank.«

»Habe ich etwas falsch gemacht?«

»Fahr zur Hölle«, sagte ich und ging.

Ich lief durch den Vorraum und holte Jack gerade noch an der Tür ein.

»Liebling«, sagte ich. »Es tut mir so leid …«

»Nicht so leid wie mir. Warum hat er das nur getan?«

»Ich weiß es nicht. Die Nerven, vermute ich.«

»Das war nicht Nervosität – er ist einfach ein Mistkerl.«

»Bitte verzeih mir.«

»Aber du hast doch keine Schuld, mein Schatz. Er hat ein Problem. Und das Problem bin ich.«

Er gab mir einen flüchtigen Kuss auf die Wange.

»Hör zu, ich muss nach Hause«, meinte er. »Ich rufe dich am Wochenende an, wenn ich nicht mehr das Bedürfnis habe, mit den Fäusten auf eine Wand einzuschlagen.«

Damit lief er die Central Park South hinunter. Ich wäre ihm am liebsten hinterhergerannt, um ihm zu erklären, dass das Ganze nichts zu bedeuten hatte ... obwohl ich wusste, dass es nicht stimmte. Wenn etwas wirklich schief läuft, kann man kaum etwas Schlimmeres tun, als darauf zu bestehen, dass alles gut ist. Dass morgen alle wieder die besten Freunde sind. Wenn es im Leben nur so laufen würde! Wenn wir die Dinge nicht so schrecklich kompliziert machen würden.

So folgte ich Jack nicht. Wahrscheinlich war es das Beste, erst dann wieder mit ihm zu reden, wenn er sich beruhigt hatte. Stattdessen ging ich in die Bar zurück und bereitete mich innerlich auf die Konfrontation mit meinem Bruder vor.

Doch als ich die Cocktail Lounge betrat, saß Eric zusammengesunken und schlafend in seinem Sessel. Er schnarchte laut, sehr zum Missfallen der anderen Gäste, ganz zu schweigen vom Barkeeper.

»Gehört der Kerl zu Ihnen?«, fragte er, als ich mich neben meinen Bruder setzte.

»Leider ja.«

»Dann schaffen Sie ihn besser von hier fort.«

Es dauerte fast eine ganze Minute, bis ich Eric endlich wachgerüttelt hatte. Er sah mich fragend an.

»Was machst du denn hier?«

»Ich passe auf einen Trottel auf«, erwiderte ich.

Der Barkeeper bat jemanden vom Hotelpersonal, mir zu helfen. Gemeinsam eskortierten wir Eric aus dem St. Moritz zu seiner Wohnung im Hampshire House, das sich einen Straßenzug weiter westlich befand. Zum Glück war Ronnie zu Hause. Er verdrehte die

Augen, als er Eric in diesem Zustand sah. Wir nahmen ihn an den Armen und führten ihn ins Schlafzimmer.

»Ich glaube, ich bin ein bisschen müde«, murmelte Eric noch, bevor er mit dem Gesicht nach unten aufs Bett plumpste und sofort weggetreten war. Ronnie zog meinem Bruder die Schuhe aus und deckte ihn zu.

»Lass ihn erst mal seinen Rausch ausschlafen«, flüsterte er und bedeutete mir, ihm ins Wohnzimmer zu folgen. »Bestimmt kannst du jetzt einen Drink vertragen.«

»Nach dem, was passiert ist, ist Alkohol so ziemlich das Letzte, was mich interessiert«, erklärte ich. Dann berichtete ich Ronnie von Erics kleiner Aufführung in der Bar des St. Moritz.

»Du meine Güte«, sagte Ronnie, als ich fertig war. »Er versteht es wirklich, Unfrieden zu stiften.«

»Ich kann es einfach nicht glauben, dass er sich so benommen hat... schließlich wusste er doch, wie wichtig es mir war, dass er sich mit Jack versteht.«

»Er ist eifersüchtig.«

»Worauf?«

»Auf deinen Kerl natürlich.«

»Das ist doch aberwitzig. Als ich verheiratet war, hatte er nicht das Geringste gegen meinen Ehemann...«

»Aber soweit ich sehe, fühlte er sich durch ihn auch nicht bedroht. Während bei deinem neuen...«

»Warum sollte er sich durch Jack denn bedroht fühlen?«

»Weil er dir so unheimlich viel bedeutet, darum. Und weil es ihn wirklich schwer getroffen hat, dass du es ihm ein paar Monate verschwiegen hast.«

»Woher weißt du das?«

»Er hat's mir gesagt.«

»Ich musste es ihm verschweigen. Bis ich mir ganz sicher war, dass...«

»He, das sollte keine Kritik sein. Ich wollte nur sagen, dass dein verrückter Bruder niemanden auf der Welt so liebt wie dich. Du solltest mal hören, wie er von dir spricht. Du bedeutest ihm alles. Und jetzt kommt dieser Kerl daher... den er ja schon vorher kannte, stimmt's?«

»Ja, und sie konnten einander vom ersten Augenblick an nicht ausstehen.«

»Da hast du's. Dieser Jack taucht also plötzlich wieder in deinem Leben auf – und offensichtlich ist die Angelegenheit so ernst, dass du sie vor deinem Bruder geheim hältst. Über Monate. Jetzt hat er Angst, dich zu verlieren.«

»*Mich zu verlieren?* Aber das würde doch nie passieren.«

»Das weißt du. Und ich weiß es auch. Aber wenn die Eifersucht regiert, setzt der Verstand aus, stimmt's?«

Ich saß bis ungefähr sechs Uhr mit Ronnie im Wohnzimmer und hoffte, Eric werde aufwachen. Doch als klar war, dass er die ganze Nacht durchschlafen würde, machte ich mich auf den Weg nach Hause. Ich sehnte mich verzweifelt danach, etwas von Jack zu hören, aber das Telefon blieb stumm. Doch am nächsten Morgen um acht läutete es an meiner Wohnungstür. Ich sprang aus dem Bett, warf mir den Bademantel über und lief hin. Es war Eric. Seine Augen waren blutunterlaufen, sein Gesicht aschfahl. Er war sichtlich nervös.

»Sprichst du noch mit mir?«, fragte er.

»Was bleibt mir schon anderes übrig?«

Er trat ein. Ich setzte Kaffee auf, während er schweigend am Küchentisch saß. Nach einer Weile ergriff ich das Wort.

»Na, dann mal los mit dem Akt der Reue.«

»Ich habe einen Fehler gemacht.«

»Einen unglaublichen Fehler.«

»Jetzt hasst mich Jack.«

»Macht dir das wirklich etwas aus?«

»Ja, stell dir vor. Weil ich weiß, dass er dir sehr viel bedeutet.«

»Dann solltest du dich nicht nur bei mir entschuldigen.«

»Stimmt. Es wird nicht wieder passieren.«

»Nein, das wird es nicht. Weil ich nie mehr in die Lage kommen will, zwischen dir und Jack wählen zu müssen. Besonders, weil das völlig überflüssig ist.«

»Ich weiß, ich weiß. Dasselbe hat Ronnie gestern Abend zu mir gesagt … nachdem er mir im wahrsten Sinne die Hölle heiß gemacht hat. Er hat gemeint, ich hätte mich benommen wie ein Dreizehnjähriger.«

»So ein unreifes Benehmen würde ich nicht einmal einem Dreizehnjährigen zutrauen.«

»Glaubst du, Jack wird mir verzeihen?«

»Versuch es.«

An jenem Wochenende hörte ich nichts von Jack – was mir Sorgen machte, weil er sich samstags mindestens ein Mal bei mir meldete. Am späten Sonntagabend fragte ich mich, ob sich nach Erics kleiner Darbietung vielleicht seine Gefühle mir gegenüber geändert hätten. Am Montagmorgen war ich mir sicher, was jetzt kommen würde: ein nervöser Anruf, bei dem er mir mitteilte, nach langem Nachdenken sei er zu dem Schluss gekommen, dass er dieses Hinundhergerissensein nicht mehr ertragen könne und für immer in den Schoß der Familie zurückkehren werde. Oder es würde mit der Morgenpost ein Abschiedsbrief eintreffen, in dem er feststellte, Erics Ausbruch am Freitag habe ihm einiges klar gemacht, und er habe erkannt, dass wir keine gemeinsame Zukunft hätten. Oder noch schlimmer, er würde sich auf ein Telegramm beschränken – mit derselben Botschaft, die er mir vor Jahren geschickt hatte.

Es tut mir leid.
Jack.

Es ist erstaunlich, wie Schweigen unsere schrecklichsten Ängste zutage fördert und uns das Schlimmste erwarten lässt.

Schließlich rief er mich doch an, am Montagmorgen um neun Uhr.

»Ich dachte, ich würde nie wieder etwas von dir hören«, sagte ich.

»So blöd bin ich nicht.«

»Jedenfalls warst du sehr wütend.«

»Ja, ich war wütend. Aber nicht auf dich.«

»Trotzdem hast du nicht angerufen. Und ich habe mir deswegen Sorgen gemacht.«

»Ich musste mich erst beruhigen. Und dann ist am Wochenende zu Hause so viel passiert. Charlie hatte 41 Grad Fieber …«

»O mein Gott. Geht es ihm besser?«

»Ja. Wir mussten den Kinderarzt rufen. Es war nur ein Virus. Aber wir sind die ganze Nacht von Freitag auf Samstag aufgeblieben. Und dann am Samstagmorgen, als wir beim Frühstück saßen, brach Dorothy plötzlich zusammen und begann zu weinen. Als ich sie gefragt habe, was los wäre, wollte sie nichts sagen. Natürlich wusste ich, warum sie so aufgelöst war. Aber als ich sie dazu bewegen wollte, mir zu sagen, was ihr so zu schaffen machte, schwieg sie. Deshalb fragte ich sie: ›Willst du, dass ich gehe?‹ Plötzlich hörte sie auf zu weinen und wurde furchtbar wütend.

›Ach ja, das würde dir gut in den Kram passen, nicht wahr?‹ meinte sie.

›Nein‹, habe ich geantwortet, ›überhaupt nicht.‹

›Ich weiß nicht mehr, wie ich das aushalten soll‹, sagte sie und lief ins Schlafzimmer. Ich hielt es für das Beste, sie in Ruhe zu lassen. Ungefähr eine halbe Stunde später kam sie wieder heraus, angezogen und geschminkt. Sie wirkte vollkommen ruhig, gab mir einen Kuss und bat mich, ihr den Gefühlsausbruch zu verzeihen. Da wir wegen Charlie ans Haus gebunden waren, wollte sie uns wenigstens etwas Besonderes zum Mittagessen holen. Sie blieb etwa eine halbe Stunde weg. Als sie zurückkam, war es, als wäre nichts geschehen. Wir setzten uns zu Tisch, aßen, Charlies Fieber ging schließlich zurück, wir sahen uns Milton Berle im Fernsehen an … eine richtig glückliche Familie. Und den Rest des Wochenendes über kein Wort mehr, dass sie wütend wäre. Heute Morgen habe ich meinen Koffer gepackt und ihr gesagt, dass ich bis Donnerstagabend unterwegs bin. Sie gab mir einen Abschiedskuss und sagte irgendwas Nettes wie: ›Vergiss nicht, anzurufen.‹ Und ich muss sagen, Sara, ich habe mich in meinem ganzen Leben noch nie so mies gefühlt.«

»Dann mach Schluss, Jack.«

»Du willst es doch nicht, oder?«

»Natürlich nicht. Und du?«

»Ich wünsche mir nichts so sehr wie dich. Wenn es dich nicht gäbe, wüsste ich nicht, wie ich den Tag überstehen sollte. Entschuldige … ich rede allmählich schon wie ein sentimentaler Trottel.«

»Das ist schon in Ordnung. Von mir aus kannst du ruhig weiter so reden.«

»Ich habe heute etwas von deinem Bruder bekommen.«

»Du hast *was?*«, fragte ich entsetzt.

»Als ich heute Morgen in mein Büro kam, lag da ein verpacktes Geschenk und ein Brief für mich. Möchtest du hören, was er geschrieben hat?«

»Natürlich.«

»Es ist kurz, aber reizend:

Lieber Jack,
gestern Nachmittag habe ich mich benommen wie ein betrunkenes Kind. Mein Verhalten ist unentschuldbar. Jeder tut manchmal etwas Dummes. Aber das gestern war wohl das Dümmste überhaupt. Ich weiß, wie sehr meine Schwester Sie liebt, und ich würde sie nie absichtlich kränken. Aber das, was ich am Freitag gemacht habe, hat sie zutiefst verletzt, und dafür schäme ich mich. Genauso wie ich mich sehr dafür schäme, Sie so verächtlich behandelt zu haben. Wenn Sie mir diesen Ausbruch nicht verzeihen möchten, kann ich Ihnen daraus keinen Vorwurf machen. Abschließend kann ich nur sagen: Ich habe einen Fehler begangen. Und das tut mir schrecklich leid.

Es gibt noch ein PS: ›Hier ist die Flasche Champagner, die ich euch gestern Abend spendieren wollte. Ich hoffe, Sie und Sara werden damit auf Ihr Glück anstoßen.‹

Ich muss sagen, ich war ein bisschen gerührt. Und ich habe ihm gleich ein paar Worte zurückgeschrieben: ›Danke für den Schampus. Ich bin nicht nachtragend. Jack.‹ Findest du, das reicht?«

»Ich glaube, das ist in Ordnung«, sagte ich. »Danke.«

»Wofür?«

»Dass du ihm verzeihst. Manchmal ist so etwas nicht leicht.«

»Ich liebe dich, Sara.«

»Dito, dito, Jack. Sehe ich dich heute Abend?«

»Ich habe nicht vor, den Champagner allein zu trinken.«

Von dem Zeitpunkt an bestand zwischen meinem Bruder und Jack eine *entente cordiale*. Obwohl sie sich nur selten sahen, legten beide großen Wert darauf, mich höflich danach zu fragen, wie es dem anderen ging. Jack war ein großer Liebhaber von *Your Show of Shows* und schrieb des Öfteren ein paar Zeilen an Eric, wenn ihm einer seiner Sketche besonders gut gefallen hatte. Und Eric revanchierte sich, indem er Jack zu seinem Geburtstag einen schönen Parker-Füller schickte.

Natürlich war ich hocherfreut, dass Eric und Jack einen Waffenstillstand geschlossen hatten. Denn im Grunde ihres Herzens waren sie völlig gegensätzlich und hatten vollkommen unterschiedliche Weltsichten. Ich wusste, dass sie einander wirklich nicht mochten, aber nach dem Vorfall im St. Moritz gingen sie sich aus dem Weg. Sie wollten vermeiden, zu mir etwas zu sagen, was ich als bissige Äußerung hätte verstehen können. Vielleicht merkten beide, wie idiotisch es war, um meine Zuneigung zu wetteifern, denn solche Spielchen führen nur zu Entfremdung und Selbstzerstörung. Jedenfalls wollte ich nicht zwischen ihnen wählen müssen – weil das eine schreckliche Entscheidung gewesen wäre, bei der alle nur verloren hätten. Wie ich nach seinem Entschuldigungsschreiben an Jack zu Eric sagte:

»Das hier ist kein Beliebtheitswettbewerb. Du bist mein angebeteter Bruder. Und er ist mein angebeteter Kerl. Wenn ich nicht wäre, hättet ihr euch nie kennen gelernt.«

»Ja«, erwiderte Eric, »dafür bist du ganz allein verantwortlich.«

»Ich weiß, ich weiß. Und ich verstehe vollkommen, warum ihr verschiedener Ansicht seid in ...«

»Allem.«

»Du hast ja Recht. Er ist ein Republikaner à la Eisenhower, und du bist ein liberaler Demokrat. Du bist im Showgeschäft, er arbeitet in einer Firma. Du bist Atheist, er ist immer noch gläubiger Katholik.«

»Und ein glühender Verfechter des fünften Gebots.«

»Du kannst einfach nicht damit aufhören, was?«

»Tut mir leid, entschuldige.«

»Bitte, Eric, streite nicht wegen Jack mit mir. Es würde böse enden.«

»Ich werde es nie wieder tun.«

Zu seiner großen Anerkennung muss ich sagen, dass er sich daran hielt. Und auch Jack äußerte kein verächtliches Wort mehr über meinen Bruder. Noch hatte seine Frau jemals wieder einen Gefühlsausbruch, weil sie ihn mit mir teilen musste (jedenfalls erzählte er mir nichts davon). Im echten Fünfzigerjahre-Stil ließen wir die ganze Angelegenheit einfach auf sich beruhen. Damals taten alle ihr Bestes, freimütige Debatten über wunde Punkte zu vermeiden. Einer allzu genauen Analyse ging man tunlichst aus dem Weg. Lieber nichts sagen – und die Tatsache akzeptieren, dass sich bestimmte Streitigkeiten einfach nicht ausräumen ließen.

So entwickelten sich zwischen uns dreien ungeschriebene Regeln. Meinen Bruder traf ich an den Wochenenden, Jack während der Woche. Seine Frau fragte nie nach mir. Ich wartete immer, bis Jack auf seine Familie zu sprechen kam. Alles spielte sich sehr kultiviert, sehr höflich ab, schiefe Töne, die den reibungslosen Ablauf hätten stören können, wurden vermieden. Und ich entdeckte eine nützliche Verbündete – in Gestalt von Jacks Schwester Meg.

Nach der Szene im St. Moritz hatte ich große Bedenken, Meg kennen zu lernen, denn ich fürchtete, sie würde mich sofort ablehnen oder einfach meine Rolle als die andere Frau im Leben ihres Bruders missbilligen. Auch Jack schien nicht geneigt, seine Schwester einzuweihen.

»Ich muss den geeigneten Augenblick abwarten«, sagte er zu mir. Und obwohl ich wusste, was er eigentlich meinte – ich habe eine Höllenangst davor, wie sie reagiert –, bestärkte ich ihn in dieser Haltung. Er sollte warten, bis die Zeit reif wäre.

So war ich ziemlich überrascht, als ich an einem Junimorgen – ungefähr einen Monat, nachdem ich Eric von meiner Begegnung mit Jack erzählt hatte – den Telefonhörer abnahm und von einer Frau mit schneidender, forscher Stimme folgendermaßen begrüßt wurde: »Meg Malone – die Phantomschwester.«

»Oh, guten Tag«, sagte ich ein wenig zögerlich.

»Sie klingen nervös«, meinte sie.

»Hm …«

»Nicht nötig. Schon gar nicht bei jemandem wie mir. Haben Sie heute Zeit zum Mittagessen?«

»Oh, natürlich.«

»Gut. Um eins im Sardi's. Noch eine Kleinigkeit: Sie sind doch keine Abstinenzlerin, oder?«

»Aber nein.«

»Dann werden wir uns sicher prächtig verstehen.«

Trotz Megs Versicherung, dass ich keinen Grund hätte, nervös zu sein, war ich doch ziemlich angespannt, als ich zum Mittagessen ins Sardi's ging. Der Oberkellner führte mich zu »Miss Malones Stammtisch« – mit einer gepolsterten Bank in allerbester Position an der Seitenwand, mit direktem Blick auf die Mitte des Lokals. Sie saß schon da, als ich kam – in einer Hand eine Zigarette, in der anderen einen Cocktail, und vor ihr auf dem Tisch lag aufgeschlagen eine Ausgabe des *Atlantic Monthly*. Anders als Jack war sie ziemlich klein, eine attraktive Erscheinung, und sie sah ein bisschen aus wie ein erwachsen gewordener Wildfang. Sie musterte mich von oben bis unten, und als ich mich setzte, deutete sie auf den *Atlantic* und sagte: »Ist Ihnen jemals der Gedanke gekommen, dass Edmund Wilson nur aus einem Haufen Scheiße besteht?«

»Aus einem Haufen Scheiße oder nur aus reinem Fett?«

Diese Äußerung brachte mir die Andeutung eines Lächelns ein. »Was trinken Sie?«, fragte sie.

»Wenn das ein Gimlet ist, nehme ich das Gleiche.«

»Genehmigt«, sagte sie, und dann setzte sie ihre Schmährede gegen Wilson, Cyril Connolly und all die anderen Möchtegernkritiker fort. Als der zweite Gimlet kam, erfuhr ich sämtliche Interna von McGraw Hill, wo sie als Lektorin arbeitete. Bei einer Flasche Soave zum Mittagessen wollte sie wissen, wie es sei, für die *Saturday Evening Post* zu arbeiten. Als der Kaffee serviert wurde, war es drei Uhr und wir beide randvoll (in jeder Hinsicht), und ich musste mir den ganzen Schmonzes über Megs kürzliche Affäre mit einem Lektor bei Knopf anhören.

»Wissen Sie, was ich an verheirateten Männern am meisten liebe?«, fragte sie mich und gestikulierte dabei heftig mit ihrem Weinglas. »Dass sie meinen, Herr der Lage zu sein, während in Wirklichkeit wir die Finger am Hebel haben. Vor allem wenn wir sie aus der Wohnung werfen können, sobald wir genug von ihnen haben. Natürlich bin ich eine Romantikerin, was diese Dinge betrifft.«

»Das glaube ich aufs Wort«, erwiderte ich lachend.

»Jack hat immer gesagt, ich hätte die Zynikergene der Familie geerbt. Im Gegensatz zu ihm, der furchtbar weich ist, obwohl er nach außen hin den starken Jungen aus Brooklyn mimt. Sie sollten mal hören, wie er über Sie redet. Sie sind für ihn die Rettung, Sie haben ihn erlöst von allem Übel, das ihm in seinem Leben widerfahren ist. Als er mir zum ersten Mal von Ihnen erzählt hat, hatte er einen Heidenbammel. Am Ende habe ich ihn einfach unterbrochen und zu ihm gesagt: ›Um Himmels willen, Jack, ich bin nicht Father Gilhooey. Liebst du das Mädchen?‹ Worauf er antwortete: ›Mehr als alles.‹ Und … nun seh sich einer das an … Sie werden ja ganz rot.«

»Ja«, sagte ich. »Ich werde ganz rot.«

»Schluss damit. Ich freue mich für euch beide. Wie einer aus dem Brill Building einmal geschrieben hat: ›Liebe ist was Wunderbares.‹«

»Er hatte schreckliche Angst, es Ihnen zu erzählen.«

»Weil mein Bruder ein irischer Katholik der schlimmsten Sorte ist. Er glaubt tatsächlich an die Erbsünde, an die Vertreibung aus dem Paradies, an Hölle und Verdammnis und all das andere hübsche Zeug aus dem Alten Testament. Ich dagegen sage immer: ›Moral ist kompletter Quatsch. Worauf es ankommt, ist nur ein gewisses Maß an Anstand im Umgang mit anderen.‹ Ich nehme an, er hat sich Dorothy gegenüber in der ganzen Angelegenheit ziemlich anständig verhalten.«

»Vielleicht, aber manchmal habe ich schreckliche Schuldgefühle wegen ihr.«

»Hören Sie zu, er hätte genauso ein Mistkerl sein und sie und Charlie einfach sitzenlassen können. Glauben Sie mir, viele Männer hätten das getan. Aber er steht treu zu ihr. Genauso wie Dorothy zu ihm. Ich habe schon immer gedacht, dass Dorothy im Grunde eine passable Frau ist. Nicht gerade eine Leuchte, und sie sprüht auch nicht vor Witz, aber im Grunde ist sie in Ordnung. Also, was macht es schon, wenn ihre Ehe nicht von tiefer, leidenschaftlicher Liebe geprägt ist – das hat er ja mit Ihnen. Für Dorothy empfindet er Kameradschaft, er kommt einfach gut mit ihr aus – und das ist nicht das Schlechteste. Besonders, wo die meisten mir bekannten Ehen auf gegenseitigem Abscheu beruhen.«

»Heißt das, dass Sie nie heiraten werden?«

»Ich sage niemals nie. Aber im Grunde meines Herzens glaube ich, dass ich für das Leben allein gemacht bin. Ich mag es, wenn ein Kerl da ist … aber mir gefällt es auch, wenn er wieder geht.«

»Für eine solche Haltung hege ich durchaus gewisse Sympathien.«

»Dann werden Sie also damit fertig, ›die andere Frau‹ zu sein?«

»Es ist erstaunlich, mit was man alles zurechtkommen kann.«

Nach diesem Mittagessen wurden Meg und ich Freundinnen, und wir machten es uns zum Prinzip, ungefähr alle sechs Wochen einen Frauenabend zu verbringen. Jack war hocherfreut, dass wir uns so gut verstanden, obwohl er immer ein wenig Bedenken hatte, über was wir wohl bei diesen alkoholreichen Abendessen redeten. Eines Abends in meiner Wohnung – ich lag an ihn gekuschelt auf dem Sofa – fragte er mich nach Strich und Faden aus. Er wollte unbedingt wissen, über was seine Schwester und ich uns in letzter Zeit unterhalten hatten.

»Das geht dich nichts an«, neckte ich ihn.

»Ich wette, es ist nichts als Weibergerede«, meinte er.

»Weibergerede! So ist das also – zwei berufstätige Frauen mit einer Ausbildung am Bryn Mawr und Barnard –, und du meinst, wir tauschen Rezepte für Plätzchen aus.«

»Nein, aber ich könnte mir vorstellen, dass ihr Gespräche über Nagellack und Nylonstrümpfe führt.«

»Wenn ich nicht wüsste, dass du mich auf den Arm nimmst, würde ich es dir jetzt ordentlich geben.«

»Also komm schon, worüber unterhaltet ihr euch?«

»Wie du im Bett bist.«

Er wurde blass. »Ist das dein Ernst?«

»Klar. Und Meg möchte jedes kleinste Detail wissen.«

»Mein Gott …«

»Was hast du denn erwartet, worüber wir reden?«

»Du machst nur Spaß, stimmt's?«

»Warum sind Männer nur so strohdumm?«

»Weil wir den Fehler machen, uns in so kluge Schätzchen wie dich zu verlieben.«

»Hättest du lieber ein dummes Schätzchen?«

»Auf keinen Fall.«

»Das war eine kluge Antwort.«

»Dann willst du mir also nicht sagen …«

»Nein. Unsere Unterhaltungen sind unsere persönliche Sache … und das gehört sich auch so. Aber eine Kleinigkeit, die ich ihr gestern gestanden habe, verrate ich dir: Ich bin glücklich.«

Er sah mich prüfend an: »So, so …«

»Das klingt nicht gerade überrascht.«

»Ich bin auch nicht überrascht. Ich freue mich nur, das ist alles.«

»Und ich freue mich auch. Weil alles so gut läuft.«

Er beugte sich zu mir hinunter und küsste mich. »Das Leben kann so wunderschön sein.«

»Ja«, sagte ich und erwiderte seinen Kuss. »Das kann es.«

Und wenn das Leben schön ist, scheint die Zeit schneller zu vergehen. Vielleicht, weil die Tage durch einen harmonischen Rhythmus gekennzeichnet sind – man hat das Gefühl, die Ereignisse vollzögen sich in angenehmer, angemessener Geschwindigkeit und die Umstände wären für alle günstig. Meine Kolumnen liefen gut. Harper and Brothers bezahlten mir sage und schreibe fünftausend Dollar (was damals viel Geld war) für ein Buch mit Auszügen aus meinem *Richtigen Leben*, das 1952 erschien. Jack wurde zum Abteilungsleiter befördert, und obwohl er immer noch hauptsächlich Versicherungsgesellschaften betreuen musste, verdoppelte sich zumindest sein Gehalt. Eric hatte inzwischen seinen Vertrag mit der NBC erneuert und legte dem Sender die Idee für eine Show mit dem Titel *Queen for a Day* vor, die sofort einschlug und sein Bankkonto noch mehr füllte. Meg wurde Cheflektorin bei McGraw Hill und ließ sich mit einem Bassisten der Band von Artie Shaw ein (es dauerte ungefähr ein halbes Jahr – nach Megs Maßstäben eine Romanze von geradezu epischer Länge). Das Beste aber war, dass sich in meinem Leben mit Jack eine angenehme Routine einspielte. Und soweit ich es beurteilen konnte, hatte sich auch Dorothy an die seltsamen Arrangements ihres Mannes gewöhnt – auch wenn sie sich immer noch weigerte, von seiner Zeit mit mir anders als von *auswärts* zu sprechen.

Es ist eine oft geäußerte Binsenweisheit, dass wir das Glück erst dann richtig erkennen, wenn es uns verlassen hat. Doch während des ersten Halbjahres 1951 war ich mir durchaus der Tatsache bewusst, dass dies zweifellos eine wunderbare Zeit war.

Und dann war sie plötzlich zu Ende. Ich erinnere mich sogar noch an das genaue Datum: Es war der achte März 1952. Um sechs Uhr morgens. Als ich durch wiederholtes Läuten an meiner Wohnungstür aus dem Bett geholt wurde. Jack war geschäftlich unterwegs, in Pittsburgh – deshalb konnte ich mir nicht vorstellen, wer mich zu dieser nachtschlafenden Zeit unbedingt stören wollte.

Ich öffnete die Tür. Draußen stand Eric. Er zitterte und sah aus, als sei er die ganze Nacht auf gewesen. Und er wirkte völlig verstört. Ich bekam sofort Angst.

»Was ist passiert?«, fragte ich.

»Sie wollen, dass ich Namen nenne.«

6

»Sie« waren der Sender: die National Broadcasting Corporation. Am Nachmittag hatte der Vizedirektor für Firmenorganisation – ein gewisser Mr. Ira Ross – Eric in seinem Büro in der einunddreißigsten Etage des Rockefeller Center angerufen und ihn um ein kurzes Treffen mit ihm und einem Kollegen gebeten. Eric fragte, ob sich das nicht auf den nächsten Tag verschieben ließe, da er Abgabetermin für die kommende Folge von *Your Show of Shows* habe.

»Tut mir leid«, hatte Ross geantwortet, »aber wir brauchen Sie gleich.«

»*Wir*«, meinte Eric. »Sobald dieser Hurensohn *wir* sagte, wusste ich, dass ich geliefert war.«

Eric hielt kurz inne, um an seinem Kaffee zu nippen. Dann fragte er, ob ich Whisky im Haus hätte.

»Eric, es ist sechs Uhr morgens.«

»Ich weiß, wie spät es ist«, erwiderte er. »Aber der Kaffee ist ein bisschen dünn, und ein Schuss Roggenschnaps würde ihn ein wenig aufbessern.«

Als ich zögerte, sagte er: »Bitte, S. Jetzt ist nicht der Augenblick, darüber zu streiten, ob es richtig ist, noch vor dem Frühstück was zu trinken.«

Ich stand auf und holte eine Flasche Hiram Walker aus dem Küchenschrank.

»Es ist kein Roggenwhisky, sondern Bourbon. Jack trinkt keinen Roggenwhisky.«

»Solange er über fünfzig Prozent hat, ist mir ziemlich egal, was es ist.«

Eric kippte sich einen ordentlichen Schuss in den Kaffee, nippte erneut und zuckte ein wenig, als der Whisky durch seine Kehle lief.

»Schon besser«, meinte er. Dann setzte er seinen Bericht fort.

»Also bin ich rauf zu Ross in der einundvierzigsten Etage. Die NBC-Autoren nennen Ross immer Himmler, weil er dafür zuständig ist, die Leute kaltzustellen, die die Firma aus dem Weg haben will. Seine Sekretärin wurde ganz blass, als sie mich sah – ein eindeutiges Signal, dass ich in großen Schwierigkeiten steckte. Aber anstatt in sein Büro führte sie mich in einen Konferenzraum daneben. Dort saßen fünf Typen um einen Tisch. Als ich eintrat, sahen mich alle an wie einen Gefangenen aus dem Todestrakt, den man vor die Berufungskommission gezerrt hat, damit er zum letzten Mal um Gnade bitten kann. Eine Zeit lang herrschte gespanntes Schweigen. Blöd wie ich bin, versuchte ich, die Situation etwas aufzulockern, und machte einen Witz.

›All das hier nur wegen mir?‹, fragte ich. Aber niemand lachte. Stattdessen stand Ross auf. Wirklich ein kaltblütiger Kerl, dieser Ross. Der nichtssagende Buchhaltertyp mit dicken Brillengläsern und fettigen braunen Haaren. Bestimmt ist er in der Schule zu Tode schikaniert worden, und seitdem rächt er sich, denn offensichtlich genießt er das bisschen Macht, das ihm sein Posten verleiht. Besonders in einem Augenblick wie diesem – als er im Begriff war, auf der einundvierzigsten Etage des Rockefeller Center seine eigenen Untersuchungen über unamerikanische Umtriebe durchzuführen.

Also, er stand auf und stellte mir mit ausdrucksloser Stimme alle vor, die am Tisch saßen. Bert Schmidt, Chefredakteur für Show und Comedy. Zwei Herren – Golden und Frankel – von der Rechtsabteilung. Und dann dieser feine Herr, ein gewisser Brad Sweet, Agent beim FBI. Diesen Sweet hättest du sehen müssen. Man hätte keinen Besseren mit dieser Rolle besetzen können. Ein richtig stämmiger Quadratschädel wie aus dem Mittelwesten mit Bürstenschnitt und kurzem Fettnacken. Bestimmt hat er auf der Highschool in Nebraska beim Football den Verteidiger gespielt, das Mädchen geheiratet, das er zum Abschlussball geführt hat, und die ganzen vier Jahre an der Wichita State University von dem Augenblick geträumt, in dem er endlich für Mr. Hoover arbeiten und seine Mom und die amerikanische Flagge vor gefährlichen subversiven Gagschreibern wie mich würde schützen können. Bist du im Bilde?«

»Ja«, sagte ich und goss mir ein klein wenig Bourbon in den Kaffee. »Voll und ganz.«

»Ich dachte, es ist noch zu früh für Whisky?«

»Ich glaube, jetzt brauche ich auch einen.«

»Jedenfalls deutete Ross auf einen Stuhl. Als ich mich setzte, merkte ich, dass vor Agent Sweet eine große, dicke Akte mit meinem Namen auf dem Tisch lag. Ich blickte zu den Anwälten. Sie hatten meine NBC-Verträge auf dem Tisch ausgebreitet. Ich versuchte, Blickkontakt mit Bert Schmidt aufzunehmen – er hat mich bei NBC immer am meisten unterstützt –, aber er sah weg. Er hatte vor Angst die Hosen voll.

Dann leitete Ross die Befragung mit der üblichen Standardformulierung ein: ›Ich bin sicher, Sie wissen, warum Sie hier sind.‹

›Eigentlich nicht‹, antwortete ich, ›aber wenn zwei Anwälte dabei sind, muss ich ziemlich was auf dem Kerbholz haben. Darf ich raten? Ich habe Ernie Kovaks ein paar Witze geklaut, und jetzt beschuldigen Sie mich des Diebstahls von geistigem Eigentum.‹

Wieder lag die Lacherquote bei null. Stattdessen forderte mich Ross gereizt auf, den Anwesenden mehr Respekt zu zeigen. Daraufhin ich: ›Ich will keineswegs respektlos sein. Ich frage mich nur, was ich hier soll … und was ich eigentlich verbrochen habe.‹

Nun folgte Agent Sweets Auftritt. Er starrte mich mit diesem fanatischen Blick an – wahrscheinlich Audie-Murphie-Patriotenschule – und stellte die Frage, die ich die ganze Zeit erwartet hatte:

›Mr. Smythe, sind oder waren Sie jemals Mitglied der Kommunistischen Partei?‹

Ohne auch nur einen Augenblick nachzudenken, antwortete ich: ›Nein.‹ Agent Sweet versuchte, sein hämisches Grinsen unter Kontrolle zu bekommen, als er meine ziemlich umfangreiche Akte öffnete.

›Sie lügen, Mr. Smythe‹, sagte er. ›Wenn das hier ein Gerichtssaal wäre, würden Sie möglicherweise wegen Missachtung des Gerichts angeklagt.‹

›Aber das hier ist kein Gerichtssaal‹, sagte ich. ›Es ist nur ein Möchtegerntribunal ...‹

Das brachte Ross ziemlich in Rage. ›Jetzt hören Sie mir mal zu, Sie neunmalkluges Bürschchen‹, zischte er leise. ›Besser, Sie kooperieren, oder ...‹

Einer der Anwälte – ich glaube, es war Frankel – legte eine Hand auf seinen Arm, als wollte er sagen: *Keine Drohungen.* Dann wandte er sich zu mir und erklärte mit betont freundlicher, zugleich jedoch sachlicher Stimme: ›Sie haben vollkommen Recht, Mr. Smythe. Das hier ist kein Gerichtssaal. Und wir befinden uns weder in einem Untersuchungs-, noch in einem Kongressausschuss. Dass wir uns heute hier treffen, geschieht in Ihrem Interesse ...‹

›*In meinem Interesse!*‹, sagte ich ein wenig zu laut. ›Dass ich nicht lache.‹

›Alles, was wir wollen‹, erklärte Frankel, ›ist, Schaden von Ihnen abzuwenden.‹

›Ach, dann sind wir wohl alle die besten Freunde?‹, entgegnete ich und sah dabei Bert Schmidt an. ›Mein lieber Mann, ich wusste ja gar nicht, dass ich an hoher Stelle so viele Freunde habe ...‹

›Es ist zwecklos‹, meinte Ross zu den anderen Inquisitoren. Sofort übernahm Schmidt die Rolle des guten Polizisten.

›Eric, versuch bitte, kooperativ zu sein.‹

›Gut, gut‹, sagte ich. ›Schießen Sie los.‹

Agent Sweet wandte sich wieder der Akte zu.

›Wie ich schon sagte, Mr. Smythe, wir haben Beweismaterial,

das Ihre letzte Äußerung widerlegt. Laut unseren Unterlagen haben Sie sich im März 1936 der Kommunistischen Partei angeschlossen und waren fünf Jahre lang Mitglied der New Yorker Zelle. Erst 1941 sind Sie ausgetreten.‹

›Gut, ich gebe es zu. Eine kurze Zeit lang, gleich nach dem College, war ich Mitglied der Partei. Aber das ist jetzt über zehn Jahre her…‹

›Und warum haben Sie mich in Bezug auf Ihre einstige Mitgliedschaft angelogen?‹, fragte mich Agent Sweet.

›Würden Sie eine solche Dummheit aus Jugendtagen gern zugeben?‹

›Natürlich nicht. Aber wenn mich ein Bundesbeamter der Regierung der Vereinigten Staaten fragen würde, dann würde ich die Wahrheit sagen. Ein Irrtum ist ein Irrtum. Aber einen Irrtum kann man nur wieder gutmachen, wenn man ihn zugibt und versucht, die Sache richtig zu stellen.‹

›Wie ich schon sagte, ich bin vor über zehn Jahren aus der Partei ausgetreten.‹

An dieser Stelle schaltete sich Golden, der andere Anwalt, ein. Er gab sich Mühe, möglichst freundlich zu klingen.

›Was hat Sie veranlasst, aus der Partei auszutreten, Eric?‹

›Ich hatte den Glauben an ihre Doktrin verloren. Ich hatte den Eindruck, dass sie in vielen Dingen die falsche Ideologie vertraten. Außerdem glaubte ich allmählich den Gerüchten, die über Stalins repressive Politik in der Sowjetunion verbreitet wurden.‹

›Also‹, sagte der sich stets hilfreich gebende Berater Golden, ›haben Sie erkannt, dass der Kommunismus ein Irrtum war.‹

Es war weniger eine Frage als eine Feststellung. Und Bert Schmidt warf mir einen flehenden Blick zu, als wolle er sagen: *Sei nicht blöd.*

›Stimmt‹, sagte ich. ›Ich kam zu dem Schluss, dass der Kommunismus ein Irrtum ist. Und schlecht.‹

Das war sicher die richtige Antwort, denn augenblicklich entspannte sich die ganze Runde ein wenig, obwohl Ross enttäuscht schien, dass ich plötzlich auf ihrer Seite zu stehen schien. Ohne Zweifel hätte er es so richtig genossen, wenn er mir mit einer hellen Lampe hätte ins Gesicht leuchten und mir mit dem Telefonbuch eins über den Schädel hauen können, um die Wahrheit aus mir herauszuholen. So aber waren alle die Freundlichkeit und Gelöstheit in Person. Für eine Weile jedenfalls.

›Angesichts Ihres bewundernswerten Sinneswandels in Sachen Kommunismus‹, sagte Agent Sweet, ›würden Sie sich als patriotischen Amerikaner bezeichnen?‹

Auch diese dämliche Frage hatte ich erwartet. Und ich wusste, dass ich lügen musste. So versicherte ich Agent Sweet – und allen anderen um den Tisch Versammelten –, dass ich mein Land mehr liebte als mich selbst oder irgend so einen Quatsch. Sweet schien erfreut über meine Antwort.

›Dann sind Sie also bereit zu kooperieren?‹, fragte er mich.

›Kooperieren? Was meinen Sie mit *kooperieren?*‹

›Ich meine, uns zu helfen, das kommunistische Netzwerk zu infiltrieren, das die Fundamente unseres Staates untergräbt.‹

›Ich wusste gar nicht, dass diese Bedrohung existiert‹, erwiderte ich.

›Glauben Sie mir, Mr. Smythe‹, erklärte Agent Sweet, ›sie existiert, und wir müssen sie sehr ernst nehmen. Aber durch die Zusammenarbeit mit ehemaligen Parteimitgliedern wie Ihnen können wir tief ins Herz der Partei vorstoßen und die eigentlichen Rädelsführer kaltstellen.‹

Ich sage dir, S, genau in diesem Augenblick hätte ich beinahe völlig die Beherrschung verloren. Am liebsten hätte ich Agent Sweet gesagt, er höre sich an wie einer der Hardy Boys auf der Spur der erzbösen Kommunisten. *Uns helfen, das kommunistische Netzwerk zu infiltrieren, das die Fundamente unseres Staates untergräbt.* Kannst du dir so einen Mist vorstellen? Als hätte es jemals ein kommunistisches Netzwerk in diesem Land gegeben.

Ich versuchte, logische Argumente vorzubringen. ›Hören Sie, Mr. Sweet, in den dreißiger Jahren haben sich viele Leute der Partei angeschlossen, weil man es damals schick fand – es war eine Mode wie der Hula-Hoop.‹

Das gefiel Ross: ›Sie wagen es, eine so gottlose Lehre wie den Kommunismus mit etwas so Harmlosem wie dem Hula-Hoop gleichzusetzen?‹

›Worauf ich hinauswill, Mr. Ross, ist, dass ich ein naiver Junge war, der frisch von der Columbia University kam und an das ganze Gewäsch von den Menschenrechten und der gerechten Verteilung des Reichtums glaubte, mit dem die Partei hausieren ging. Aber wenn man es recht bedenkt, war der eigentliche Grund für meinen Eintritt, dass es einfach schick war. Ich arbeitete damals für das Federal Theatre Project …‹

›Eine Brutstätte subversiver Aktivitäten‹, warf Ross ein.

›Mr. Ross, wann hat jemals irgendwo auf der Welt ein Haufen von Schauspielern und Regisseuren die Fundamente eines Regimes untergraben?‹

›Aha!‹, rief Ross triumphierend, ›Sie halten die US-Regierung also für ein *Regime*, nicht wahr?‹

›Das habe ich nicht gesagt …‹

›Ein echter amerikanischer Patriot weiß, dass uns die Gründungsväter das demokratischste Regierungssystem geschenkt haben, das es auf dieser Welt je gegeben hat.‹

›Ich habe die *Federalist Papers* gelesen, Mr. Ross. Ich verstehe die Lehre von der Gewaltenteilung, wie sie Jefferson, Franklin, Adams und all die anderen aufgeklärten Männer ausgearbeitet haben. Und ehrlich gesagt, diese Staatsmänner wären entsetzt zu sehen, wie ein Bürger dieses Landes verhört wird, um seine Treue zur Flagge auf die Probe zu stellen …‹

›Dies ist kein Verhör‹, bellte Ross und schlug mit der Faust auf den Tisch.

Wieder legte Frankel beruhigend die Hand auf seinen Arm. Dann sagte er: ›Eric, ich glaube, Agent Sweet – und jeder hier – möchte nur feststellen, ob Sie immer noch Verbindungen zur Partei haben.‹

›Steht denn nicht in dieser dicken Akte, dass ich vor zehn Jahren ausgetreten bin?‹

›In der Tat, es steht dort‹, meinte Sweet. ›Aber wer sagt denn, dass Ihr Austritt aus der Partei kein Scheinmanöver war? Sie könnten immer noch ein verdeckt operierender Mitarbeiter sein, der sich als ehemaliger Kommunist tarnt …‹

›Das meinen Sie doch nicht im Ernst, oder?‹, entgegnete ich.

›Mr. Smythe, das FBI meint es immer ernst. Besonders wenn es um Fragen der nationalen Sicherheit geht.‹

›Ich sagte es bereits, und ich sage es noch einmal: Ich bin 1941 aus der Partei ausgetreten und hatte seitdem keine Verbindungen mehr zur Partei. Mir gefällt die verdammte Partei nicht, und ich verfluche heute den Tag, an dem ich eingetreten bin. Meine Güte, ich bin doch nur einer von Sid Caesars Autoren. Seit wann gilt ein Gagschreiber als Bedrohung der nationalen Sicherheit?‹

›Mr. Smythe‹, sagte Agent Sweet, ›in unseren Unterlagen gibt es Hinweise, dass Sie in den vergangenen zehn Jahren mit zahlreichen Kommunisten verkehrt haben.‹ Und dann zählte er eine ganze Liste von Namen auf – hauptsächlich andere Autoren, mit denen ich vorübergehend beruflich zu tun hatte. Ich versuchte zu erklären, dass die meisten davon wie ich der Generation angehörten, die wegen des Zeitgeists in die Partei eingetreten war. Und weißt du, was Sweet darauf gesagt hat?

›Mein Vater gehört auch Ihrer Generation an, und er hat sich nicht der Partei angeschlossen.‹

Wieder musste ich mich schwer beherrschen, denn am liebsten hätte ich geantwortet: *Weil Ihr Dad wahrscheinlich ein Provinzler aus dem Mittelwesten war und keiner dieser übergebildeten Schriftsteller von der Ostküste, die so dumm waren, Marx zu lesen und an sein Arbeiter-aller-Länder-vereinigt-euch-Zeug zu glauben.* Stattdessen begann ich erneut zu erklären, dass es nur eine Jugendsünde war, die ich jetzt zutiefst bereute. Und wieder war es Golden, der mir die rettende Hand reichte.

›Eric, bestimmt freut sich jeder, der hier am Tisch sitzt, zu hören, dass Sie Ihren Irrtum einsehen. Wie Agent Sweet schon sagte, wir machen alle mal einen Fehler, vor allem, wenn wir jung sind. Und obwohl ich persönlich Ihnen glaube, dass sie seit 1941 keinen Kontakt mehr zur Partei hatten, sehen Sie doch sicher ein, dass weitere Beweise für Ihre vollständige Loslösung von der Partei notwendig sind.‹

Ich wusste, was jetzt kam, obwohl ich gegen jede Vernunft immer noch hoffte, die Frage, die sie gleich stellen würden, irgendwie umgehen zu können.

›Ganz einfach‹, sagte Golden, ›alles, was Agent Sweet wissen muss, sind die Namen der Leute, die Sie in die Partei gebracht haben, sowie die Personen, die heute noch in der Partei aktiv sind.‹

›Und‹, fügte Sweet hinzu, ›indem Sie uns diese Namen nennen, demonstrieren Sie nicht nur, dass Sie keinerlei Verbindungen zu gegenwärtigen kommunistischen Aktivitäten mehr haben, Sie bestätigen damit auch Ihren Patriotismus.‹

›Seit wann gilt die Denunzierung unschuldiger Menschen als ein Akt des Patriotismus?‹, fragte ich.

›Kommunisten sind keine unschuldigen Menschen‹, brüllte Ross aufgebracht.

›Die ehemaligen Kommunisten, die ich kenne, sind es zweifellos.‹

›Aha, dann geben Sie also zu, Kommunisten zu kennen‹, sagte Sweet.

›*Ehemalige* Kommunisten wie mich.‹

›Eric‹, versuchte es Frankel, ›wenn Sie Agent Sweet einfach nur ein paar Namen nennen …‹

›Und damit deren Leben zerstöre?‹

›Wenn diese Leute so unschuldig sind, wie Sie behaupten, haben sie nichts zu befürchten.‹

›Es sei denn, sie weigern sich ebenfalls, Namen zu nennen. So läuft das doch hier, oder? Sie wollen mich so einschüchtern, dass ich Namen nenne. Und dann, nachdem ich diesen Akt moralischer Feigheit begangen und ein paar Leute verpfiffen habe, gehen Sie hin und spielen mit ihnen dasselbe Spielchen. *Nennen Sie uns Namen, dann lassen wir Sie in Ruhe.* Das Problem ist nur, wenn Sie mich dann endlich in Ruhe lassen, muss ich noch in den Spiegel schauen können. Und möglicherweise gefällt mir dieser neue Eric Smythe dann gar nicht.‹

›Wollen Sie damit sagen, dass Sie keine Namen nennen werden?‹, fragte Ross.

›Ich sage, dass es sinnlos wäre, Ihnen Namen zu nennen, da ich keine aktiven Kommunisten kenne.‹

›Das zu beurteilen, können Sie ruhig uns überlassen, Mr. Smythe‹, erwiderte Sweet.

›Und wenn ich mich weigere?‹

›Dann können Sie Ihrer Arbeit ade sagen‹, antwortete Ross. ›Und zwar nicht nur bei der NBC, sondern bei sämtlichen Sendern, Filmstudios, Werbeagenturen oder Colleges des Landes. Sie werden keine Stelle mehr finden. Dafür werde ich sorgen.‹

Ich hielt seinem Blick stand. ›Daran zweifele ich nicht‹, sagte ich.

Plötzlich mischte sich Bert Schmidt in diesen sokratischen Dialog ein.

›Eric, hör mal zu. Du bist gegenwärtig einer der talentiertesten Comedy-Autoren Amerikas. Meiner Meinung nach bist du bei der NBC das beste Pferd im Stall: ein wichtiger Mann in unserer Branche, dem eine großartige Zukunft bevorsteht. Um es frei heraus zu sagen, wir wollen dich nicht verlieren. Ich weiß, dass das hier unangenehm ist – aber allen im Hause werden diese Fragen gestellt. Selbst wenn du dich weigerst, Namen zu nennen, wird also irgendjemand anderes uns diese Namen geben. Und im Gegensatz zu dir wird derjenige seine Stelle behalten. Was ich sagen will, ist folgendes: Mach dir die Dinge nicht unnötig schwer. Sag Agent Sweet, was er wissen muss, und du kannst die ganze Angelegenheit vergessen. Außerdem wird niemand jemals erfahren, dass du uns die Namen genannt hast … habe ich Recht, Agent Sweet?‹

›Vollkommen. Ihre unterzeichnete eidliche Erklärung wird als vertraulich gekennzeichnet und nur FBI-Beamten zugänglich sein sowie bestimmten Untersuchungsbeamten, die für den HUAC, den Kongressausschuss für unamerikanische Umtriebe, arbeiten.‹

›Also werde ich ebenfalls nie erfahren, wer mich bei den FBI-Agenten verpfiffen hat?‹

›Niemand hat Sie verpfiffen, Mr. Smythe‹, erklärte Agent Sweet. ›Man hat lediglich im Sinne Amerikas gehandelt. Und mehr verlangen wir von Ihnen auch nicht.‹

›Ich habe einen Vertrag mit diesem Sender. Sie können mich nicht von heute auf morgen feuern.‹

Golden und Frankel blätterten in ihren Kopien meines Vertrages. Frankel meldete sich als Erster zu Wort. ›Laut Klausel 21 a des Abschnitts über die Beschäftigungsbedingungen können Sie auf Grund moralischer Verfehlungen aus der National Broadcasting Corporation entlassen werden.‹

›Aber das ist doch vollkommener Unsinn.‹

›Es wäre Sache eines Gerichts, dies zu beurteilen‹, meinte Frankel. ›Sie müssten uns verklagen – was Sie, wie Sie sehr gut wissen, eine Menge Geld kosten würde. Ich will Ihnen ja nicht drohen, aber wir sitzen da wohl am längeren Hebel, Eric. Die Sache würde sich über Jahre hinziehen, und in dieser Zeit wären Sie ohne Arbeit – und würden, wie Mr. Ross bereits dargelegt hat, leider auch keine andere Stelle finden.‹

Ich konnte einfach nicht glauben, was ich da hörte. Das war Kafka im Rockefeller Center. Ich dachte mir, ich muss Zeit gewinnen. Deshalb sagte ich: ›Darüber muss ich erst einmal sorgfältig nachdenken.‹

›Selbstverständlich‹, erwiderte Agent Sweet. ›Wir sind gern bereit, Ihnen drei Tage Bedenkzeit zu geben. Eines sollten Sie jedoch wissen: Wenn Sie sich weigern, mit uns zusammenzuarbeiten, wird das nicht nur ein Kündigungsgrund für die NBC sein. Dann ist auch das FBI verpflichtet, Ihren Fall dem HUAC zu melden. Und dann werden Sie zweifellos vor den Ausschuss geladen. Sollten Sie dieser Vorladung nicht nachkommen – oder aber nach Washington gehen und die Fragen des Komitees einfach nicht beantworten –, wird dies als Missachtung eines Gerichts betrachtet, und Sie werden zu einer Gefängnisstrafe verurteilt.‹

›Guter Gott, was für ein nettes Bild Sie da von meiner Zukunft zeichnen!‹

›Ihre Zukunft wird nicht so aussehen, wenn Sie kooperieren‹, sagte Sweet.

Und dann spielte er seine Trumpfkarte aus. Er öffnete meine Akte, zog ein Foto von Ronnie heraus und hielt es hoch. Mein Magen schlug Purzelbäume, und ich musste die Hände unter dem Tisch verstecken, denn ich wollte nicht, dass jemand sah, wie sie zitterten.

›Kennen Sie diesen Mann?‹, fragte mich Sweet.

›Ja, ich kenne ihn.‹ Meine Stimme bebte.

›Inwiefern kennen Sie ihn?‹

›Er ist ein Freund.‹

Sweet beugte sich vor. ›Was für eine Art von Freund?‹

Du hättest den inquisitorischen Blick dieses Drecksacks sehen müssen – als wäre ich Sodom und Gomorrha in einem. Ich blickte Hilfe suchend zu Bert Schmidt, aber auch jetzt sah er mich wieder so verzweifelt an, als wolle er sagen: *In dieser Sache kann ich dir nicht helfen.*

Sweet gefiel es nicht, dass ich schwieg. ›Bitte, beantworten Sie die Frage, Mr. Smythe. Welche Art von Freundschaft unterhalten Sie zu diesem Mann?‹

Alle Blicke richteten sich auf mich. Ross grinste. Es fiel mir schwer zu sprechen.

›Wir sind einfach Freunde‹, sagte ich schließlich.

Sweet seufzte tief. Dann zog er einen dünnen Aktendeckel aus meiner dicken Akte, öffnete ihn und las vor: ›*Ronald Garcia. Geboren in Bronx, New York. Alter: 31. Beruf: Musiker. Keine Vorstrafen, keine Eintragungen ins Strafregister. Gegenwärtige Adresse: Suite 508, Hampshire House, 12 Central Park South, New York, New York.* Das ist zufällig auch Ihre Adresse, Mr. Smythe.‹

›Ja, das ist meine Adresse.‹

›Dann wohnt also Mr. Garcia bei Ihnen.‹

›Wie ich schon sagte, wir sind Freunde. Wir haben uns über unsere Tätigkeit in der Unterhaltungsbranche kennen gelernt. Ronald suchte eine Wohnung, und da er wenig Geld hatte, bot ich ihm an, für eine Weile bei mir zu wohnen.‹

›Und wo schläft er in Ihrer Wohnung?‹

›Auf dem Sofa. Es ist so ein Ding, das man ausziehen kann ...‹

Sweet studierte erneut die Akte. ›Nach Aussage von zwei Putzfrauen im Hampshire House, die wir befragt haben, ist Ihr Sofabett nie benutzt worden. Sie haben beide ausgesagt, persönliche Gegenstände von Mr. Garcia auf Ihrem Nachttisch und seine Toilettensachen in Ihrem Badezimmer gesehen zu haben. Und außerdem wies der ... ähm ... Zustand des Lakens auf ihrem Bett darauf hin ... ähm ... dass zwei Menschen das Bett benutzt haben und ...‹

Frankel unterbrach ihn.

›Ich denke, wir haben genug gehört, Agent Sweet. Und ich bin mir sicher, dass Mr. Smythe begriffen hat, worum es geht.‹

Ich vergrub mein Gesicht in den Händen. Mir war, als müsste ich mich jeden Augenblick übergeben. Diese Dreckskerle hatten mich in die Enge getrieben. Und sie wussten es.

Jemand berührte meine Schulter. Dann hörte ich Bert Schmidts Stimme.

›Komm, Eric – lass uns einen Kaffee trinken gehen.‹

Er half mir aufzustehen, ich war wie unter Schock. Und ich hätte es nicht ertragen, auch nur einem von ihnen ins Gesicht sehen zu müssen. Als wir hinausgingen, sagte Agent Sweet noch einmal: ›Zweiundsiebzig Stunden, Mr. Smythe, nicht mehr. Ich hoffe, Sie entscheiden sich für das Richtige.‹

Schmidt und ich fuhren mit dem Aufzug ins Erdgeschoss hinunter. Draußen hielt Schmidt ein Taxi an und bat den Fahrer, uns zum Carnegie Deli in der 56th Street, Ecke 7th zu fahren.

›Ich bin nicht gerade hungrig, Bert‹, sagte ich.

›Ich wollte nur einfach weg von diesem Drecksbau‹, meinte er.

Wir suchten uns im hinteren Teil des Lokals einen Platz. Nachdem uns die Kellnerin Kaffee gebracht hatte, fing Schmidt mit leiser, konspirativer Stimme an zu sprechen.

›Es tut mir leid‹, sagte er. ›Du kannst dir gar nicht vorstellen, wie leid es mir tut.«

›Was hast *du* ihnen denn erzählt?‹

›Sie haben mich nicht verhört.‹

›Quatsch. Natürlich haben sie dich auch gefragt. Ich habe nämlich gehört, wie du über deine Zeit mit Odets, Harold Clurman, Morris Carnovsky und Frances Farmer im alten Group Theatre geprahlt hast … eine echte Brutstätte politischer Subversion, wenn es denn jemals eine gegeben hat …‹

›Im Gegensatz zu dir war ich nie Mitglied dieser verdammten Partei …‹

›Aber du hast trotzdem eine Menge Leute gekannt, die Mitglied waren. Und ich wette, als sie dich unter Druck gesetzt haben, musstest du diesen Drecksäcken einfach ein paar Namen nennen, stimmt's?‹

›Ich würde nicht im Traum …‹

›Quatsch keine Opern, Bert. Du hast zwei Exfrauen und drei Kinder auf der Privatschule. Ständig jammerst du herum, dass du nicht genug Geld für diese kleinen Tänzerinnen hast, die du so gerne flachlegst …‹

›Sprich leise, du verdammter Idiot …‹

›Sie sind dabei, mein Leben zu ruinieren, und du willst, dass ich flüstere?‹

›Schon gut, schon gut‹, sagte Bert leise. ›Es ist schlimm. Es ist ein verdammter Mist. Ich stimme da völlig mit dir überein, Eric. Aber ich habe keinerlei Einfluss auf diese Schweine. Niemand hat das. Sie haben ihre eigenen Methoden …‹

›Die verfassungswidrig sind.‹

›Vielleicht … aber alle haben zu viel Angst, als dass sie es laut aussprechen würden.‹

›Bert, du musst es mir sagen: Hast du meinen Namen genannt?‹

›Ich schwöre, beim Leben meiner Kinder schwöre ich dir: Nein, ich habe es nicht getan.‹

›Aber du hast kooperiert, stimmt's?‹

›Eric, bitte …‹

›Antworte mir.‹

Er drückte seine Handballen an die Augen. Als er sie wieder wegzog, waren seine Augen feucht.

›Ja‹, sagte er zaghaft. ›Ich habe ihnen ein paar Namen genannt.‹

›Ein paar?‹

›Zwei oder drei … vielleicht vier. Aber ehrlich, Eric, die Namen, die ich ihnen gegeben habe … es waren Leute, die so oder so verhört worden wären. Ich meine, ich habe ihnen nur das gesagt, was sie ohnehin schon wussten.‹

Er sah mich mit einem flehenden Blick an, als wolle er um Verständnis bitten, um Absolution. Ich wusste nicht, was ich sagen sollte. Und er merkte es.

›Schweig mich nicht so verächtlich an‹, sagte er plötzlich wütend. ›Ich hatte keine andere Wahl. Ich habe ein paar Mäuler zu stopfen, habe Verpflichtungen. Wenn ich mich geweigert hätte, zu kooperieren …‹

›Hättest du alles verloren, ich weiß. Und wenn sich die Jungs, deren Namen du genannt hast, weigern zu kooperieren, verlieren *sie* alles. Ich glaube, das nennt man den Schwarzen Peter weitergeben.‹

›Nur weiter so‹, zischte er. ›Spiel nur den Heiligen. Dann gewinnst du bestimmt den Oscar für Tugend und Edelmut.‹

›Sie werden mich sowieso feuern – jetzt, wo sie mein schmutziges kleines Geheimnis kennen.‹

›Wenn du mit den Leuten vom FBI kooperierst, wird der Sender dich nicht feuern.‹

›Das kannst du nicht wissen.‹

›Doch, das weiß ich. Weil Frankel und Golden von der Rechtsabteilung mir versichert haben, dass die NBC über … ähm … das, was bei dir zu Hause läuft, hinwegsehen würde, sofern du Agent Sweet hilfst.‹

›Hast du das schriftlich?‹

›Bist du verrückt? Sie würden einem das niemals schriftlich geben, weil sie die Trümpfe in der Hand behalten wollen. Aber ich weiß sicher, dass sie dich nicht feuern, wenn du denen hilfst. Wie ich vorher schon gesagt habe, niemand will dich verlieren. Du bist für den Sender von großem Wert. Und ich persönlich hoffe, dass ich dich immer noch meinen Freund nennen kann.‹

Als er das sagte, bin ich aufgestanden und rausmarschiert. Das war, warte mal, gestern Nachmittag um fünf. Seitdem laufe ich herum.«

Ich griff nach der Flasche Hiram Walker und goss noch einen Schluck in seine Kaffeetasse.

»Du bist seitdem nicht mehr zu Hause gewesen?«

»Nein. Ich bin einfach nur herumgelaufen. Bis ich schließlich in einem dieser Kinos in der 42nd Street gelandet bin, die die ganze Nacht geöffnet sind. Ich wollte einfach alles vergessen.«

»Wo ist Ronnie?«

»Er ist für ein paar Tage weg – mit einer Band, die Rosemary Clooney in Atlantic City begleitet. Ich hätte ihn beinahe in seinem Hotel angerufen, aber ich wollte ihn nicht vorzeitig in Unruhe versetzen. Das kommt schon noch früh genug. Jedenfalls hätte ich es in meiner Wohnung nicht ausgehalten … wo ich doch wusste, dass sich diese unverschämten Typen vom FBI tatsächlich die Mühe gemacht haben, ein paar Putzfrauen zu fragen, wie …«

Er hob seine Kaffeetasse und stürzte den Bourbon hinunter. »Bin ich so bedeutend, S? Bin ich eine solche Bedrohung für die nationale Sicherheit, dass sie ein paar Putzfrauen in die Mangel nehmen, um zu erfahren, wer in meinem Bett schläft?«

»Ich kann es auch nicht glauben.«

»Glaub es ruhig, S. Diese Mistkerle meinen es nämlich verdammt ernst. Entweder man kooperiert, oder man kann sich gleich die Kugel geben.«

»Du brauchst einen Anwalt.«

»Wozu? Was soll mir ein überteuerter Rechtsverdreher schon sagen, was ich nicht schon wüsste? Selbst wenn der Anwalt ein Wunder bewerkstelligen und mir diese FBI-Agenten vom Hals halten könnte, würde man Druck auf den Sender ausüben, mich aus moralischen Gründen zu entlassen. Und wenn das erst mal publik wird, ist es aus mit meiner Karriere. Dann bin ich erledigt.«

»Du musst herausbekommen, wer dich auf die Liste gebracht hat.«

»Wozu sollte das gut sein?«

»Vielleicht könntest du moralischen Druck auf den Betreffenden ausüben, die Aussage zurückzunehmen ...«

»Moralischen Druck? Du bist zwar eine kluge Frau, S, aber das klingt so, als glaubtest du an den Weihnachtsmann. In diesem Spiel gibt es keine Moral, S. Keine. Jeder ist sich selbst der Nächste, und genau damit rechnen Joe McCarthy und seine netten Freunde: mit der Angst eines jeden, alles zu verlieren, was man sich hart erarbeitet hat. Bert Schmidt hat Recht. Wenn man vor der Wahl steht, seine Existenzgrundlage zu verlieren oder seine Freunde zu verpfeifen, haut man lieber seine Freunde in die Pfanne.«

»Dann wirst du also mit ihnen kooperieren?«

»Sieh mich nicht so an«, sagte er plötzlich in aggressivem Ton.

»Ich sehe dich weder so noch so an, Eric. Ich habe doch nur gefragt ...«

»Ich weiß es nicht. Ich habe ... wie viel sind es noch? ... zweieinhalb Tage Zeit, mich zu entscheiden. Und ich habe kein Geld auf der Bank.«

»Was heißt das, kein Geld? Letztes Jahr hast du über sechzigtausend verdient ...«

»Ja, und ich habe über sechzigtausend ausgegeben.«

»Wie hast du das denn geschafft?«

»Es war ganz leicht. So leicht, dass ich jetzt sogar Schulden habe.«

»Schulden? Auf deinem Gehaltskonto? Wieviel?«

»Ich weiß nicht. Sieben-, achttausend, vielleicht…«

»O mein Gott…«

»Richtig: O mein Gott. Du siehst also, dass ich ganz schön in Schwierigkeiten stecke. Wenn ich nicht kooperiere, bin ich nicht nur als Kommunist und Perverser gebrandmarkt, die NBC dreht mir auch den Geldhahn zu. Dann bin ich auf der ganzen Linie bankrott.«

»Also, was wirst du nun machen?«

»Ich habe nicht die leiseste Ahnung. Was würdest du denn machen?«

»Soll ich ehrlich sein?«

»Ja, bitte.«

»Ich weiß es nicht.«

7

Die nächsten beiden Tage waren ein Albtraum. Ich bestand darauf, dass Eric einen Anwalt aufsuchte. Natürlich wandte er sich an Joel Eberts aus der Sullivan Street, den Anwalt, den er mir besorgt hatte, als ich mich von George scheiden ließ. Gleich um neun Uhr am Morgen rief ich in seiner Kanzlei an. Er war selbst am Apparat und meinte, wir sollten sofort kommen. Angesichts seines gewerkschaftlichen Hintergrunds hatte Mr. Eberts vollstes Verständnis für Erics Zwangslage. Doch als er seinen Vertrag mit der NBC sorgfältig studiert hatte und erfuhr, dass das FBI über Ronnie Bescheid wusste, meinte er, er könne Eric wohl nur moralische Unterstützung anbieten.

»Natürlich besteht durchaus die Möglichkeit, vor Gericht zu gehen. Aber wie der NBC-Anwalt Ihnen bereits gesagt hat – sie können es sich leisten, das Verfahren über Jahre hinzuziehen. Währenddessen wären Sie als Roter gebrandmarkt. Und obwohl es mir vollkommen egal ist, wer mit wem ins Bett geht, fürchte ich, dass Sie über die Klausel mit der moralischen Unbescholtenheit stolpern werden. Es kann sogar noch schlimmer kommen – wenn Sie den Kampf mit ihnen aufnehmen, werden sie Informationen an einen Schleimscheißer wie Winchell durchsickern lassen. Und der wird die Sache garantiert in seiner Kolumne auftischen. Womit Sie geliefert wären.«

»Also, was soll ich tun?«, fragte Eric.

»Mein Freund, das müssen Sie allein entscheiden. Ich beneide Sie wirklich nicht. Denn Sie sind in jedem Fall der Verlierer. Es geht hier nur noch darum, wovon Sie sich am wenigsten trennen können.«

Eric rutschte nervös auf seinem Stuhl herum.

»Ich kann aber doch nicht Leute verraten, die sich nichts anderes haben zuschulden kommen lassen, als demselben dummen Idealismus verfallen zu sein wie ich damals. Herrje, selbst wenn es die Rosenbergs wären, könnte ich sie nicht anzeigen. Wahrscheinlich bin ich nicht Patriot genug.«

»Es geht hier nicht um Patriotismus«, sagte Joel Eberts. »Joe McCarthy und dieser Clown Nixon sind wahrscheinlich zwei der glühendsten Patrioten, die man sich nur vorstellen kann. Und sie sind trotzdem Schweine. Nein, es geht um etwas viel Schwierigeres. Sollen Sie sich selbst schaden, um andere zu retten... obwohl Sie wissen, dass diese anderen am Ende trotzdem dran sind? Natürlich ist es für mich leicht, hier zu sitzen und zu sagen, was ich tun würde. Aber ich bin nun mal nicht in Ihrer Lage. Hoover und seine Handlanger haben hundertprozentig auch über mich eine Akte angelegt, aber sie können mich nicht aus politischen Gründen aus der Anwaltschaft ausschließen. Zumindest noch nicht. Mich können sie nicht ruinieren, Sie dagegen sehr wohl.«

Ich sah, wie Eric sich nervös die Hände knetete. Ohne es zu merken, wippte er auf seinem Stuhl vor und zurück. Sein Blick war leer, gehetzt. Er brauchte dringend Schlaf, und sei es auch nur, um für ein paar Stunden dieser Tortur zu entfliehen. Ich hätte ihm so gern geholfen, aber ich wusste nicht wie.

»Ich kann Ihnen nur einen einzigen Rat geben«, meinte Joel Eberts. »Wenn ich an Ihrer Stelle wäre, würde ich das Land verlassen.«

Eric dachte einen Augenblick nach. »Aber wo sollte ich denn hingehen?«, fragte er.

»Außer Amerika gibt es noch eine Menge anderer Länder auf diesem Planeten.«

»Meine Frage war: Wo könnte ich meinen Lebensunterhalt verdienen?«

»Wie wär's mit London?«, schlug ich vor. »In London gibt's auch Fernsehsender, oder nicht?«

»Ja – aber sie haben nicht denselben Humor wie ich. Sie sind Engländer, verdammt noch mal.«

»Ich bin sicher, dass du eine Nische finden würdest. Und wenn nicht in London, dann gibt es ja immerhin auch noch Paris, Rom …«

»Ach ja, ich schreibe Gags auf Französisch. Was für eine prima Idee …«

Hier schaltete sich Joel Eberts wieder ein. »Ihre Schwester hat Recht. Ein Mann, der solche Talente hat wie Sie, findet überall Arbeit. Aber das ist im Moment zweitrangig. Sie sollten sich lieber überlegen, wie Sie innerhalb von achtundvierzig Stunden aus dem Land kommen.«

»Wird mich das FBI nicht aufspüren?«

»Wahrscheinlich nicht. Bis jetzt sieht es so aus, dass sie einen in Ruhe lassen, wenn sie einen erst einmal ins Ausland vertrieben haben … es sei denn, Sie versuchen zurückzukehren.«

»Sie meinen, ich dürfte dann nie mehr in die USA zurück?«

»Glauben Sie mir – in ein paar Jahren ist dieser Spuk mit den schwarzen Listen vorbei, und man wird sich davon distanzieren.«

»In ein paar Jahren«, sagte Eric verzweifelt. »Wer hat denn schon von einem Amerikaner gehört, der ins Exil gehen musste?«

»Was soll ich darauf antworten? Es sind eben schlechte Zeiten.«

Eric nahm meine Hand und drückte sie fest. »Ich möchte nicht weg. Es gefällt mir hier. Ich kenne nichts anderes. Und was anderes habe ich auch nicht.«

Ich schluckte schwer. »Aber alle Alternativen, die du hast, sind schrecklich. Zumindest kämst du auf diese Weise ungeschoren davon.«

Schweigen. Eric rutschte wieder auf seinem Stuhl herum. Er rang mit sich. »Selbst wenn ich mich entschließen würde, wegzugehen, gibt es ein Problem. Ich habe keinen Pass.«

»Das macht nichts«, erwiderte Joel Eberts.

Er erklärte uns, was wir zu tun hätten. Und ich bestand darauf, dass wir sofort handelten. Schließlich hatte Eberts meinen Bruder gewarnt, er könne sich den Luxus, lange nachzudenken, nicht leisten.

»Noch achtundvierzig Stunden, dann erwarten sie eine Namensliste von Ihnen. Wenn Sie sie ihnen nicht vorlegen, ist alles vorbei. Die Dampfwalze rollt unaufhaltsam auf Sie zu. Sie verlieren Ihre Stelle. Sie werden vom HUAC vorgeladen. Und von dem Augenblick an wird das Außenministerium einen Passantrag von Ihnen so lange auf Eis legen, bis Sie ausgesagt haben. So haben sie es mit Paul Robeson gemacht. Und mit Ihnen werden sie es genauso machen.«

Um das zu verhindern, musste Eric sich innerhalb der nächsten achtundvierzig Stunden einen Pass besorgen.

Laut Eberts dauerte es in der Regel zwei Wochen, bis ein Antrag bearbeitet war … es sei denn, man konnte beweisen, dass man unvorhergesehen verreisen musste. Also nahmen wir, kaum dass wir Eberts' Kanzlei verlassen hatten, ein Taxi zu einer großen Zweigstelle von Thomas Cook in der Fifth Avenue, Ecke 43rd Street. Nach einigem Herumsuchen konnte die Angestellte, mit der wir sprachen, einen Einzelplatz auf der *SS Rotterdam*, die am nächsten Abend nach Hoek van Holland fuhr, anbieten. Wir kauften die Passage und rasten anschließend zum Passamt in der 51st, Ecke Fifth. Der Beamte prüfte eingehend Erics Fahrschein nach Europa und erklärte ihm dann, damit der Pass am nächsten Tag um fünf Uhr nachmittags, also zwei Stunden vor Abfahrt der *SS Rotterdam*, ausgestellt werden könne, müsse er bis Dienstschluss Passfotos, eine Kopie seiner Geburtsurkunde und verschiedene Beglaubigungen vorlegen.

Es war ein Wettlauf mit der Zeit, aber Eric kriegte es bis zum Nachmittag hin. Der Beamte versicherte ihm, er werde den Pass am nächsten Tag zu Büroschluss bekommen – sodass Eric nur eine Stunde Zeit haben würde, quer durch die Stadt zum Hafen zu rasen, um das Schiff rechtzeitig um sechs Uhr zu erreichen (er musste mindestens eine Stunde vor dem Ablegen an Bord sein). Es würde knapp werden, aber es war zu schaffen.

Als wir im Passamt fertig waren, schlug Eric vor, zu seiner Wohnung im Hampshire House zu fahren. Dort half ich ihm, seine umfangreiche Garderobe zu sichten und nur so viel auszuwählen, dass es in einen einzigen großen Koffer passte. Als er den Deckel seiner Remington geschlossen hatte, sank er plötzlich auf seinem Schreibtischstuhl zusammen.

»Lass mich nicht auf dieses Schiff gehen«, sagte er.

Ich versuchte, die Fassung zu bewahren. »Eric, du hast keine andere Wahl.«

»Ich möchte nicht von dir weg. Ich möchte nicht von Ronnie weg. Ich muss ihn heute Abend sehen.«

»Dann ruf ihn an. Vielleicht kann er herkommen.«

Er fing an zu schluchzen. »Nein, ich könnte das Abschiednehmen nicht ertragen. Die herzzerreißende Szene am Hafen.«

»Ja«, erwiderte ich leise. »Das würde ich an deiner Stelle auch nicht wollen.«

»Ich schreibe ihm einen Brief, den kannst du ihm dann geben, wenn er am Wochenende zurückkommt.«

»Er wird es verstehen. Ich werde dafür sorgen, dass er es versteht.«

»Das ist alles so absurd.«

»Ja, es ist absurd.«

»Ich bin doch nur ein Witzeschreiber. Warum zum Teufel behandeln sie mich wie Trotzki?«

»Weil sie Menschenschinder sind. Und weil sie einen Freifahrtschein bekommen haben, sich wie Menschenschinder zu benehmen.«

»Alles lief so gut.«

»So wird es auch wieder werden.«

»Ich liebe meine Arbeit, S. Ich habe meine Nische gefunden. Und ich verdiene nicht nur lächerlich viel Geld, das Schreiben macht mir dazu auch noch großen Spaß. Das ist ja wohl nicht selbstverständlich. Zum ersten Mal in meinem Leben ist alles so, wie ich es mir vorgestellt habe. Die Arbeit. Das Geld. Der Erfolg. Ronnie…«

Er stand auf und ging zum Wohnzimmerfenster. Die Nacht hatte sich auf Manhattan herabgesenkt. Unter uns lag wie ein riesiger dunkler Fleck der Central Park, flankiert von dem verführerischen Schimmer der erleuchteten Wohnungen entlang der Fifth Avenue und der Central Park West. Immer wieder aufs Neue war ich verblüfft, wie großartig dieses Panorama die arrogante Gleichgültigkeit der Stadt widerspiegelte. Eine Skyline, die herausfordernd zu sagen schien: *Versuch doch, mich zu erobern.* Doch selbst wenn einem dies gelang – wenn man, wie Eric, in New York große Erfolge feierte –, hinterließ man in dieser Stadt doch keine Spuren. All die erbitterten Kämpfe, all der Ehrgeiz – wenn man seinen Zenit überschritten hatte, geriet man in Vergessenheit. Denn in Manhattan gab es immer jemanden, der nach einem kam und sich nach oben kämpfte. Gegenwärtig war Eric der größte Comedy-Autor fürs Fernsehen. Wenn morgen die *SS Rotterdam* ablegte, würde sich rasch die Kunde verbreiten, dass er es vorgezogen hatte, ins Ausland zu fliehen, anstatt Namen zu nennen. Einige würden sein Handeln gutheißen, andere es missbilligen. Aber schon in einer Woche würde von seinen Berufskollegen kaum noch einer einen Gedanken an ihn verschwenden. So war das Leben in dieser Stadt. Die, die ihn liebten, würden trauern, weil er nicht mehr da war. Bei allen anderen, die ihn kannten, würde der Schock über sein Verschwinden nichts weiter sein als eine vorübergehende (und willkommene) Ablenkung von den Anforderungen der Arbeit. Ein paar Tage lang würden die Leute mit gedämpfter Stimme über die Vergänglichkeit des Erfolgs miteinander tuscheln. Und darüber, wie Erics Entschluss, das Land zu verlassen, moralisch zu beurteilen sei. Dann würde man das Thema wieder fallen lassen. Denn eine neue Arbeitswoche begann, und eine neue Show musste geschrieben werden.

Business as usual.

Obwohl ich nichts sagte, wusste ich, dass Eric dasselbe durch den Kopf ging wie mir, als wir beide schweigend auf die Lichter der Skyline sahen. Er hatte den Arm um meine Schultern gelegt und sagte: »Andere verbringen ihr ganzes elendes Leben damit, hinter dem herzujagen, was ich erreicht hatte.«

»Hör auf, darüber in der Vergangenheit zu reden.«

»Aber es ist vorbei, S. Es ist vorbei.«

Wir bestellten ein Abendessen beim Zimmerservice und tranken zwei Flaschen Champagner. Es gelang mir, Jack im Parker House Hotel in Boston zu erreichen, und ich sagte ihm, ich würde die Nacht in Erics Wohnung verbringen. Er klang sofort besorgt.

»Ist etwas nicht in Ordnung?«

»Ich erzähl's dir, wenn du wieder hier bist.«

»Erzähl's mir lieber gleich.«

»Ich möchte darüber nicht am Telefon sprechen, Liebling.«

Lange Pause. Ich konnte förmlich hören, wie die Münzen durchliefen. »Es hat etwas mit der Arbeit zu tun, stimmt's?«, fragte er, und es klang ein wenig nervös.

»Ja. Er hat Schwierigkeiten in der Arbeit.«

»O mein Gott ...«

»Was hast du?«

»Nichts. Es ist nur ... ich bin nur sehr bestürzt. Es ist nicht fair.«

»Du hast Recht. Es ist nicht fair.«

»Bitte sag ihm ... dass es mir sehr leid für ihn tut.«

»Bestimmt weiß er das sehr zu schätzen. Ich jedenfalls tue es, Liebling.«

»Was wird er unternehmen?«

Ich wusste nicht, wer zuhörte, deshalb wählte ich meine Worte sorgfältig.

»Du bist am Donnerstag zurück, nicht wahr?«

»Ja, ja sicher.«

»Komm bei mir vorbei, bevor du nach Hause fährst, dann erzähl ich dir alles.«

»Ich liebe dich, Sara«, sagte er.

»Deine Stimme klingt ja so zittrig, Jack.«

»Wir leben in einer beängstigenden Zeit. Sag deinem Bruder, er soll sich nicht unterkriegen lassen.«

Eric schien ehrlich überrascht.

»Bei seinen politischen Ansichten erstaunt es mich, dass er nicht zu McCarthys großen Bewunderern gehört. Zumal die Iren, was Engstirnigkeit und Intoleranz angeht, doch immer an vorderster Front stehen.«

»Das ist ungerecht, und das weißt du genau.«

»Ja, es ist ungerecht. Aber heute Abend bin ich komischerweise nicht in der Stimmung, gerecht zu sein.«

»Jack mag ja ein Republikaner sein, aber er hat genauso seine moralischen Grundsätze wie du. Und er fühlt mit dir. Er hat für das, was sie mit dir machen, sogar das Wort ›unfair‹ gebraucht. Dabei weiß er noch nicht mal alles.«

»Schon gut, schon gut… vielleicht war ich zu hart. Ich bin eben im Moment auf die ganze Welt wütend.«

»Das kann ich verstehen.«

In der Nacht schlief ich auf seinem Sofa. Am nächsten Morgen listete Eric seine Schulden auf. Es waren fast fünftausend Dollar bei Dunhill, Brooks Brothers, dem 21, dem El Morocco und diversen anderen Luxustempeln, die ihm Kredit gewährten. Auf der Bank hatte er keine tausend Dollar mehr.

»Wie hast du dich nur so in die roten Zahlen bringen können?«, fragte ich ihn.

»Ich habe immer für alle bezahlt. Außerdem habe ich eine postmarxistische Schwäche für Luxusartikel entwickelt.«

»Ein gefährliches Laster. Besonders in Verbindung mit Leichtsinn und Großzügigkeit.«

»Was soll ich sagen… außer dass ich im Gegensatz zu dir nie die Freuden der Sparsamkeit kennen gelernt habe. Ein Gutes hat es jedenfalls, wenn ich das Land verlasse. Ich bin außer Reichweite der Steuerbehörde.«

»Jetzt sag nicht, dass du auch noch Probleme mit der Steuer hast.«

»Es ist eigentlich kein Problem. Ich habe lediglich ... hm, ich weiß nicht ... vielleicht drei Jahre keine Steuererklärung mehr eingereicht.«

»Aber du hast doch Steuern bezahlt, oder nicht?«

»Hm, wenn es mir schon zu viel war, die Steuererklärung auszufüllen, dann erst recht, ihnen Geld zu überweisen.«

»Dann schuldest du ihnen also ...«

»Eine Menge. Es dürften so um die dreißig Prozent meines gesamten Einkommens bei der NBC sein. Was ein beträchtliches Sümmchen ist.«

»Und du hast nichts beiseite gelegt?«

»Um Himmels willen, S – wann habe ich je etwas Vernünftiges getan?«

Ich blickte auf die Schuldenliste und beschloss, die offenen Rechnungen zu begleichen, sobald Eric auf der anderen Seite des Atlantik war. Außer dem größten Teil meiner Abfindung bei der Scheidung, den ich in Aktien angelegt hatte, hatte ich regelmäßig etwas auf die hohe Kante gelegt, seit ich für die *Post* schrieb, und auch die fünftausend Dollar Vorschuss von Harper and Brothers hatte ich zur Bank gebracht. So würde ich in der Lage sein, bei verschiedenen Geschäftshäusern der Stadt den Namen meines Bruders reinzuwaschen. Das mit der Steuerbehörde war etwas anderes. Vielleicht konnte ich ein paar Aktien verkaufen oder eine Hypothek auf die Wohnung aufnehmen. Im Augenblick aber wollte ich nur, dass Eric das Schiff bestieg. Aus Angst, er könne plötzlich die Nerven verlieren und untertauchen, kurz bevor es ernst wurde, nahm ich ihm das Versprechen ab, bis halb fünf in der Wohnung zu bleiben ... also bis wir uns ein Taxi schnappen und zum Passamt fahren würden.

»Aber vielleicht ist heute mein letzter Tag in Manhattan für immer. Lass mich dich wenigstens zum Mittagessen ins 21 ausführen.«

»Ich möchte, dass du dich versteckt hältst. Nur für den Fall, dass …«

»Was? Dass J. Edgar Hoover und sein Freund beschlossen haben, mich den ganzen Tag zu beschatten?«

»Lass uns das alles so sauber wie möglich hinter uns bringen.«

»Aber die ganze Angelegenheit ist nicht sauber. Kein bisschen.«

Auch wenn es ihm nicht gefiel, willigte Eric schließlich ein, den Tag über zu Hause zu bleiben, während ich alles erledigte. Ich ließ ihn einen Scheck über die verbleibenden tausend Dollar auf seinem Bankkonto ausstellen, ging zu seiner Zweigstelle der Manufacturer's Hanover, hob das Geld ab und kaufte dafür Reiseschecks. Ich stattete Joel Eberts' Kanzlei einen kurzen Besuch ab und holte mir dort eine Vollmachtsurkunde. Dann raste ich zu Tiffany's, kaufte einen Füllhalter aus Sterlingsilber und ließ die Worte *Von S für E. Auf immer* eingravieren.

Um drei Uhr war ich wieder in seiner Wohnung. Er unterschrieb mir eine Vollmacht, die mir Verfügungsgewalt über seine Finanzangelegenheiten gab. Wir kamen überein, dass ich am nächsten Tag einen Lagerraum ausfindig machen würde, wo seine verbleibenden Kleider, seine Papiere und seine sonstigen persönlichen Besitztümer untergebracht würden, bis er wieder zurückkehrte. Dann gab er mir einen dicken Umschlag, der an Ronnie adressiert war. Ich versprach, ihn auszuhändigen, sobald Ronnie wieder in der Stadt wäre. Als Eric für eine Weile im Badezimmer verschwand, konnte ich das verpackte Geschenk von Tiffany's in seinen Koffer schieben. Kurz vor halb fünf sah ich meinen Bruder an und sagte: »Es ist Zeit.«

Er ging noch einmal zum Fenster, lehnte den Kopf an die Scheibe und blickte hinaus auf die Stadt.

»Ich werde nie wieder so einen Ausblick haben.«

»Ich bin sicher, auch London hat seine großen Momente.«

»Aber dort sind die Häuser so niedrig.«

Als er sich zu mir umdrehte, war sein Gesicht feucht. Ich biss mir auf die Lippe.

»Noch nicht«, sagte ich. »Ich möchte noch nicht weinen.«

Er trocknete sich mit dem Ärmel die Augen und holte tief Luft. »Gut. Lass uns gehen.«

Rasch verließen wir die Wohnung. Der Portier winkte für uns ein Taxi heran. Auf der Fifth Avenue blieben wir im Verkehr stecken und erreichten gerade noch rechtzeitig, zwei Minuten vor Büroschluss, das Passamt. Eric war der letzte Kunde an diesem Tag. Als er zum Schalter ging, bat ihn der Beamte, der am Tag zuvor seine Papiere angenommen hatte, einen Augenblick Platz zu nehmen.

»Ist etwas nicht in Ordnung?«

Der Beamte mied den Blickkontakt mit uns. Stattdessen nahm er den Telefonhörer ab, wählte eine Nummer und sprach schnell etwas hinein. Dann legte er wieder auf.

»Gleich wird jemand zu Ihnen kommen«, sagte er.

»Gibt es Probleme?«, fragte Eric.

»Nehmen Sie doch Platz, bitte.«

Er deutete auf eine Bank an der gegenüberliegenden Seite des Raums. Wir setzten uns. Ich blickte besorgt auf die Uhr an der Wand. Bei dem Feierabendverkehr würde es mindestens vierzig Minuten dauern, bis Eric am Pier in der 46th Street war. Jede Minute zählte.

»Was glaubst du, was los ist?«, fragte ich Eric.

»Wahrscheinlich irgendein bürokratisches Hindernis, mehr nicht. Jedenfalls hoffe ich das.«

Plötzlich öffnete sich eine Seitentür, und zwei Herren in dunklen Anzügen traten ein. Als Eric sie sah, wurde er bleich.

»Ach du Scheiße«, flüsterte er.

»Guten Tag, Mr. Smythe«, sagte einer der Männer. »Ich hoffe, dies ist keine unangenehme Überraschung für Sie.«

Eric schwieg.

»Wollen Sie mich nicht vorstellen?«, fragte der Herr. Dann bot er mir seine Hand. »Brad Sweet, Agent des Federal Bureau of Investigation. Sie müssen Sara Smythe sein.«

»Woher wissen Sie das?«, fragte ich.

»Der Portier vom Hampshire House kennt Sie. Er hat uns berichtet, dass Sie seit gestern Abend bei Ihrem Bruder in der Wohnung waren. Natürlich erst nach Ihrem Besuch im Anwaltsbüro eines gewissen ...«

Er streckte die geöffnete Hand aus, und sein Begleiter gab ihm eine Akte. Sweet öffnete sie und las laut vor:

»... im Anwaltsbüro eines gewissen Joel Eberts in der Sullivan Street. Hat untadelige subversive Referenzen, Ihr Anwalt – ganz zu schweigen von einer Akte, die dick ist wie das Telefonbuch von Manhattan. Und dann, nach Ihrer kurzen Rechtsberatung, sind Sie zur Filiale von Thomas Cook in der Fifth Avenue, Nummer 511 gefahren und haben eine Passage auf der *SS Rotterdam* gebucht, die heute Abend abfährt. Zuvor mussten Sie natürlich noch hierher ins Passamt, wo Sie hofften, mit dem Trick der unvorhergesehenen Reise an einen Pass zu kommen – eine sehr beliebte Methode bei Leuten, die über Nacht die Vereinigten Staaten verlassen wollen.«

Er schloss die Akte wieder.

»Aber ich fürchte, Sie werden heute Abend nicht ausreisen, da das Außenministerium Ihren Passantrag zurückhält, so lange der Ausgang der Befragung über Ihre politischen Verbindungen noch nicht feststeht.«

»Das ist ungeheuerlich«, hörte ich mich sagen.

»Keineswegs«, erwiderte Agent Sweet freundlich. »Es ist alles vollkommen legal. Warum sollte das Außenministerium schließlich jemandem einen Pass ausstellen, der im Ausland den amerikanischen Interessen schaden könnte...«

»Du meine Güte«, sagte ich, »welchen Schaden hat er denn seinem Land bisher zugefügt?«

Eric schwieg. Er saß auf der Bank und starrte auf den marmorierten Fußboden.

»Wenn er morgen mit uns kooperiert, wird ihm innerhalb von vierundzwanzig Stunden ein Pass ausgestellt. Natürlich nur, falls er dann immer noch ausreisen will. Morgen Nachmittag um fünf bei der NBC, Mr. Smythe. Ich freue mich schon darauf, Sie dort zu sehen.«

Er nickte mir kurz zu, dann verließ er mit seinem Begleiter den Raum. Eric und ich saßen eine Weile wie erstarrt auf der Bank.

»Ich bin erledigt«, sagte Eric.

Auch in dieser Nacht blieb ich bei ihm. Ich versuchte, ihn dazu zu bewegen, alles noch einmal durchzusprechen, eine Art Strategie zu überlegen, bevor er am nächsten Tag Sweet und den Leuten von der NBC gegenübertreten würde.

»Es gibt nichts mehr zu bereden«, meinte Eric.

»Aber was willst du tun?«

»Ich gehe ins Bett, ziehe mir die Decke über den Kopf und verstecke mich.«

Ich konnte ihn nicht daran hindern. Und ich wollte es auch nicht. Zumindest wusste ich dann, wo er war. Er war so erschöpft, stand so unter Druck, dass er, kaum dass er im Bett lag, einschlief. Ich wollte seinem Beispiel folgen, doch ich starrte fast die ganze Nacht an die Wohnzimmerdecke, aufgebracht und wütend, aber zugleich auch hilflos angesichts der Hatz, die das FBI auf meinen Bruder veranstaltete. Tausend Gedanken schossen mir durch den Kopf, als ich einen Ausweg für Eric suchte. Aber ich fand keine Lösung. Wenn er keine Namen nannte, musste er die entsprechenden Folgen tragen.

Ich redete mir ein, dass ich, wäre ich an seiner Stelle, die Jeanne d'Arc spielen und mich weigern würde zu kooperieren. Doch so lange man selbst bequem im Sessel sitzt, ist es leicht, sich heldenhafte Taten auszumalen. Wenn man dann selbst in der Klemme steckt, sieht die Sache ganz anders aus. Man weiß nie genau, aus welchem Holz man geschnitzt ist, bis man vor dem Abgrund steht und in eine bodenlose Leere blickt.

Gegen drei Uhr morgens übermannte mich schließlich der Schlaf. Als ich hochschreckte, stand die Sonne auf ihrem höchsten Punkt. Ich sah auf meine Armbanduhr. Halb zwölf. Mist. Mist.

Mist. Ich rief nach Eric. Keine Antwort. Ich stand vom Sofa auf und ging in sein Schlafzimmer. Er war nicht da – auch nicht im Badezimmer oder in der Küche. Voller Panik suchte ich überall nach einer Nachricht. Vielleicht war er nur spazieren gegangen. Nichts. Schließlich rief ich den Portier an.

»Ja, Mr. Smythe hat heute Morgen gegen sieben das Haus verlassen. Aber es war seltsam ...«

»Was war seltsam?«

»Er rief mich an, bevor er herunterkam, und fragte mich, ob ich mir einen Zehner verdienen wolle. ›Klar doch‹, sage ich. ›Dann werde ich mit dem Lift bis in den Keller fahren, und ich gebe Ihnen zehn Dollar, wenn Sie mir den Dienstboteneingang öffnen und mich rauslassen. Ach ja, und wenn heute Morgen jemand vorbeikommt und nach mir fragt, sagen Sie ihm einfach, ich hätte meine Wohnung nicht verlassen.‹ – ›Kein Problem‹, sage ich, ›für zehn Dollar halte ich gern den Mund.‹«

»Und, ist jemand gekommen?«

»Ne. Aber drüben auf der anderen Straßenseite sitzen diese beiden Männer in einem Wagen, seit ich um sechs meinen Dienst angetreten habe.«

»Dann haben die also nicht gesehen, wie er weggegangen ist?«

»Wie denn, wo er doch hinten raus ist.«

»Und er hat Ihnen nicht gesagt, wohin er gehen wollte?«

»Ne. Aber er hatte einen Koffer bei sich ...«

Ich wurde hellhörig.

»Was hatte er?«

»Er hatte diesen großen Koffer dabei. Als wollte er verreisen.«

Meine Gedanken überschlugen sich.

»Wie würde es Ihnen gefallen, noch einmal zehn Dollar zu verdienen?«, fragte ich ihn.

Ich zog mir schnell etwas über und fuhr mit dem Lift in den Keller. Dort gab ich dem Portier zehn Dollar, und er öffnete den Dienstbotenausgang für mich.

»Wenn diese Männer kommen und nach Eric oder mir fragen ...«

»Sind Sie noch oben und schlafen, stimmt's?«

Der Dienstboteneingang führte auf eine schmale Gasse, die an der West 56th Street endete. Ich stieg in ein Taxi und ließ mich zu Joel Eberts' Kanzlei fahren. Denn ich wusste, ehrlich gesagt, nicht, wo ich sonst hätte hinfahren sollen. Wie immer begrüßte er mich freundlich, war aber entsetzt, als ich ihm erzählte, was am Nachmittag zuvor auf dem Passamt geschehen war.

»Ich sage Ihnen«, meinte er, »allmählich bekommen wir einen Polizeistaat, und alles nur wegen der Roten Gefahr.«

Dass Eric zuletzt gesehen worden war, als er mit einem Koffer in der Hand durch einen Hintereingang des Hampshire House schlüpfte, beunruhigte ihn jedoch noch mehr.

»Man kann zwar weglaufen, aber vor diesen Mistkerlen kann man sich nicht verstecken. Wenn er heute nicht bei der NBC erscheint, wird ihn der HUAC sofort vorladen. Und die Leute vom FBI werden sich irgendein Verbrechen oder Vergehen ausdenken, um einen Haftbefehl erlassen zu können. Er sollte einfach die Suppe auslöffeln, egal, was passiert.«

»Ich stimme Ihnen zu, aber da ich nicht weiß, wo er ist, kann ich ihm auch nicht diesen Rat geben.«

»Für Kanada braucht man keinen Pass«, meinte Eberts.

Er rief bei der Penn Station an und bat, zum Reservierungsschalter durchgestellt zu werden. Ja, hieß es dort, der Zug nach Montreal sei um zehn Uhr am Morgen abgefahren, aber es sei kein Passagier mit dem Namen Eric Smythe auf der Liste. Als Eberts den Beamten bat, nachzusehen, ob er für irgendeinen anderen Zug reserviert habe, bekam er zur Antwort, man habe weder die Zeit noch genügend Arbeitskräfte, um die Passagierlisten sämtlicher Züge zu überprüfen.

»Wissen Sie, was der Kerl von der Reservierung zu mir gesagt hat?«, fragte mich Eberts, als er auflegte. »›Wenn es so wichtig ist, diesen Mann zu finden, rufen Sie doch das FBI an.‹«

Zum ersten Mal seit zwei Tagen lachte ich.

Plötzlich hatte ich einen verrückten Einfall und bat, das Telefon benutzen zu dürfen. Zuerst rief ich im Rainbow Room an und sprach dort mit der Rezeptionistin. Von ihr erfuhr ich, dass die Band des Rainbow Room in Atlantic City im Hotel Shoreham untergebracht war. Ich ließ mir die Nummer geben und hatte Glück. Wie es sich für einen echten Musiker gehörte, hatte Ronnie noch geschlafen, obwohl es bereits halb eins war. Aber als ich ihm von den Ereignissen der letzten beiden Tage berichtete, war er sofort hellwach.

»Und du hast keine Ahnung, wo er ist?«, fragte er aufrichtig besorgt.

»Ich hatte gehofft, er wäre vielleicht zu dir gefahren. Aber dann müsste er jetzt schon dort sein.«

»Hör zu, ich bleibe den ganzen Nachmittag über in meinem Zimmer. Wenn er um vier immer noch nicht da ist, versuche ich, mir für heute Abend freizunehmen und nach Manhattan zu kommen. Ich hoffe nur, er hat keine Dummheiten gemacht. Wenn er seine Stelle verliert, verliert er sie eben. Ich sorge dann schon für ihn. Und du auch, das weiß ich.«

»Ich bin mir sicher, dass er einfach die Nerven verloren hat«, sagte ich, obwohl ich nicht davon überzeugt war. »In ein paar Stunden taucht er wieder auf, da wette ich. Deshalb gehe ich jetzt gleich wieder in seine Wohnung. Dort kannst du mich den ganzen Tag erreichen.«

Um eins war ich wieder im Hampshire House. Ich benutzte den Dienstboteneingang und nahm den Lift hinauf zu Erics Wohnung. Keine Anzeichen für seine Rückkehr. Und auch der Telefonist hatte keine Anrufe für ihn registriert. Ich rief über das Haustelefon Sean, den Portier, an.

»Tut mir leid, Miss Smythe. Ihr Bruder hat sich noch nicht blicken lassen, aber der Wagen mit den beiden Männern steht immer noch gegenüber.«

Den ganzen Nachmittag saß ich am Telefon und rief alle Bars, Restaurants und Kneipen an, in denen sich Eric oft aufhielt. Ich rief die Angestellte bei Thomas Cook an, die Erics Passage nach

Europa gebucht hatte, in der vagen Vermutung, er habe sie vielleicht gebeten, ihm ein Reiseziel irgendwo in den Vereinigten Staaten zu vermitteln. Stündlich meldete ich mich bei Ronnie. Ich telefonierte mit dem Hausmeister meines Hauses, um zu fragen, ob er meinen Bruder draußen habe warten sehen. Ich wusste, dass alle meine Bemühungen, ihn ausfindig zu machen, fruchtlos waren, aber ich musste mich irgendwie beschäftigen.

Um vier rief mich Ronnie an, um mir zu sagen, er habe jemanden gefunden, der ihn am Abend vertreten würde, und werde den nächsten Zug nach Manhattan nehmen. Als er gegen halb sieben in der Wohnung aufkreuzte, lief ich schon eine Weile vor Nervosität auf und ab und quälte mich mit der Frage, warum Agent Sweet nicht um fünf Uhr angerufen und nach Erics Verbleib gefragt hatte. Schließlich hätte er zu diesem Zeitpunkt bei der NBC sein sollen. Jetzt würde er als flüchtig gelten. Ich wollte Ronnie zwar nichts von meinen schlimmsten Befürchtungen sagen, aber ich dachte ständig: *Vielleicht sehe ich meinen Bruder nie wieder.*

Um acht riefen wir im Carnegie Deli an und bestellten Sandwiches und Bier. Wir ließen uns im Wohnzimmer nieder und warteten weiter. Der Abend verging rasch. Ronnie war ein großartiger Geschichtenerzähler, und es gelang ihm, die bohrende Angst, die wir beide empfanden, ein wenig zu verdrängen. Doch als es Mitternacht wurde, meinte er plötzlich:

»Wenn dein hirnverbrannter, verrückter Bruder sich irgendetwas angetan hat, verzeihe ich ihm das niemals.«

»Dann sind wir also schon zwei.«

»Wenn ich ihn verliere …«

Ihn schauderte. Ich streckte die Hand aus und drückte seinen Arm.

»Er kommt wieder, Ronnie. Da bin ich ganz sicher.«

Doch als Eric um zwei Uhr immer noch kein Lebenszeichen von sich gegeben hatte, zog sich Ronnie ins Schlafzimmer zurück, und ich legte mich wieder aufs Sofa. Ich war so erschöpft, dass ich schon nach wenigen Minuten einschlief. Dann roch ich den Zigarettenqualm. Sofort schlug ich die Augen auf. Es war früh am Morgen. Das schwache Licht der Dämmerung drang durch die Rollläden. Schlaftrunken blinzelte ich auf meine Uhr. Sechs Uhr neunzehn. Dann hörte ich eine Stimme.

»Guten Morgen.«

Es war Eric, der in einem Sessel neben dem Sofa saß und kräftig an seiner Zigarette zog. Sein Koffer stand neben ihm auf dem Boden.

Ich sprang vom Sofa auf und schlang die Arme um ihn.

»Gott sei Dank…«, sagte ich.

Eric rang sich ein müdes Lächeln ab.

»Der hatte nichts damit zu tun«, meinte er.

»Wo um Himmels willen bist du gewesen?«

»Da und dort.«

»Du hast mich zur Verzweiflung gebracht. Ich dachte, du wärst weggefahren.«

»Das bin ich auch. Sozusagen. Als ich gestern Morgen um sieben aufgewacht bin, dachte ich mir, das Einzige, was mir noch bleibt, ist, das nächste Flugzeug nach Mexiko-Stadt zu nehmen. Denn außer Kanada ist Mexiko das einzige Land, in das man ohne Pass einreisen kann. Und dann habe ich ja auch nach Vaters Tod einige Zeit dort verbracht. Deshalb fand ich, dass es ein geeignetes Ziel für mich wäre.

Natürlich wusste ich, dass die Kerle vom FBI draußen vor dem Haus warteten. Also gab ich dem Portier ein Trinkgeld, und er schleuste mich dafür durch den Hintereingang. Ich stieg in ein Taxi und ließ mich nach Idlewild fahren. Und weißt du, was komisch ist? Wenn das Taxi nicht über die Brücke an der 59th Street gefahren wäre, säße ich jetzt hundertprozentig schon in Mexiko. Aber wir fuhren nun mal über diese Brücke Richtung Queens. Und ich machte den Fehler, mich auf dem Rücksitz umzudrehen, sodass ich durch das Heckfenster die Skyline von Manhattan sah. Bevor ich noch richtig darüber nachdenken konnte, sagte ich zum Fahrer: ›Ich habe meinen Plan geändert. Sobald Sie von der Brücke runter sind, kehren Sie bitte um und bringen mich wieder nach Manhattan.‹

Dem Fahrer gefiel das überhaupt nicht. ›Sind sie verrückt?‹, fragte er mich.

›Ja, ich bin verrückt. So verrückt, dass ich hier bleibe, obwohl es besser wäre wegzugehen.‹

Ich sagte ihm, dass ich an der Grand Central Station aussteigen wolle. Dort brachte ich meinen Koffer bei der Gepäckaufbewahrung unter. Aber es regnete, und bevor ich ihn abgab, öffnete ich ihn, um meinen Schirm rauszuholen, den ich für London eingepackt hatte. Da fand ich dein Geschenk. Ich sage dir, ich habe geweint, als ich die Inschrift gelesen habe. Denn ich wusste, dies war der Füller, den ich benutzen würde, um Namen zu nennen.«

Ich schluckte schwer, sagte aber nichts.

»Das hatte ich nämlich mitten auf der Brücke an der 59th Street beschlossen. Ich würde singen. Singen wie ein Kanarienvogel. Ich würde mehrere Leute, die ich seit Jahren nicht gesehen hatte und die unschuldig waren wie ich, verpfeifen. Ich würde meine Stelle behalten, meinen Lebensstil wahren und weiterhin in der Lage sein, im 21 zu dinieren. Ja, ich würde mich nicht gut dabei fühlen ... aber sie haben eben Pech gehabt, was soll's? Ich meine, wenn die Leute vom FBI wussten, dass ich einmal Mitglied der Partei war, dann wussten sie auch, dass die Leute, die ich ihnen nennen würde, Mitglieder gewesen waren. Also würde ich ihnen nur erzählen, was sie ohnehin schon wussten.

Zumindest redete ich mir das ein.

Ich steckte also den Füller in die Innentasche meiner Jacke und beschloss, in meinen letzten acht Stunden als Mann mit einem relativ reinen Gewissen all das zu tun, wonach mir der Sinn stand. Besonders da ich ja tausend Dollar in Travellerschecks in meiner Brieftasche hatte. Also gönnte ich mir ein Champagnerfrühstück im Waldorf. Dann ging ich zu Tiffany's, gab ein beträchtliches Sümmchen für eine Zigarettendose aus Silber für Ronnie und eine Kleinigkeit für dich aus.«

Er griff in seine Jackentasche und zog eine kleine blaue Schachtel mit der Aufschrift »Tiffany's« heraus. Als er sie zu mir schob, starrte ich sie ungläubig an.

»Bist du verrückt geworden?«

»Vollkommen. Nun komm schon, mach das verdammte Ding auf.«

Ich hob den Deckel und blickte auf ein funkelndes Paar tropfenförmiger Platinohrringe, die mit kleinen, makellosen Diamanten besetzt waren. Ich war sprachlos.

»Bedeutet dein Schweigen, dass du dir nicht sicher bist, ob sie dir gefallen?«

»Sie sind wunderschön. Aber das hättest du nicht tun dürfen.«

»Und ob. Weißt du nicht, dass die amerikanische Faustregel lautet: Wenn du einen Akt moralischer Feigheit begehst, bekämpfe deine Gewissensbisse, indem du mit Geld um dich wirfst?

Nach meiner kleinen Kauforgie bei Tiffany's schlenderte ich die Fifth Avenue entlang, verbrachte ein paar entspannte Stunden im Metropolitan Museum und sah mir die Rembrandts an. Dort hängt als Leihgabe aus Amsterdam *Die Rückkehr des verlorenen Sohnes*. Ein verdammt gutes Bild, wie Jack Warner sagen würde. Das Elend der Familie, das Bedürfnis nach Erlösung, der Kampf zwischen Verantwortung und Verlangen – all das in ausgesprochen düsteren Farben gemalt. Ich sage dir, S, es gibt nur einen einzigen Menschen, der mit Schwarz besser umgehen kann als Rembrandt, und das ist Coco Chanel.

Nach dem Metropolitan war es Zeit zum Mittagessen. Also zum 21. Zwei Martinis, ein ganzer Hummer aus Maine, eine halbe Flasche Pouilly-Fumé. Danach war ich gerüstet für eine weitere Dosis Hochkultur. In der Carnegie Hall fand eine Matinee des New York Philharmonic Orchestra mit deinem alten Liebling Bruno Walter als Dirigent statt. Sie haben Bruckners *Neunte* gespielt. Ein unglaubliches Stück. Eine Klangkathedrale. Eine Führung in den Himmel in Begleitung eines hingebungsvollen Gläubigen – und das Gefühl, dass es noch etwas Größeres und Umfassenderes gibt als unsere banalen Sorgen auf dem Planeten Dummheit.

Als das Konzert zu Ende war, geriet das Publikum außer Rand und Band. Auch ich sprang auf und schrie mir vor Begeisterung die Lunge aus dem Leib. Bis ich auf meine Uhr sah. Halb fünf. Zeit, zum Rockefeller Center zu gehen und meine schmutzige Arbeit zu verrichten.

Im einundvierzigsten Stock warteten Agent Sweet und dieser Drecksack Ross schon auf mich. Wieder wurde ich in den Konferenzraum geführt. Wieder blickte mich Ross finster an.

›Dann haben Sie also beschlossen zu kooperieren.‹

›Ja‹, sagte ich. ›Ich gebe Ihnen ein paar Namen.‹

›Agent Sweet hat mir von Ihrem kleinen Seitensprung ins Passamt berichtet.‹

›Ich habe die Nerven verloren‹, sagte ich.

›So kann man Ihr Tun auch beschreiben.‹

›Aber wenn der Pass ausgestellt worden wäre, wären Sie jetzt außer Landes.‹

›Und hätte diese Entscheidung mein Leben lang bereut‹, ergänzte ich.

›Lügner‹, sagte Ross.

›Haben Sie noch nie von der Bekehrung des Paulus gehört, Mr. Ross?‹

›War das nicht auf dem Weg nach Damaskus?‹, fragte Agent Sweet.

›Ja, und dasselbe geschieht gleich hier im Rockefeller Center‹, erwiderte ich. ›Was wollen Sie wissen?‹

Sweet setzte sich mir gegenüber. Er hatte schwer zu kämpfen, um seine Erregung im Zaum zu halten bei der Aussicht, dass ich gleich meine Freunde verraten würde.

›Wir möchten wissen‹, sagte er, ›wer Sie in die Partei gebracht hat, wer der Anführer Ihrer Zelle und wer die anderen Mitglieder waren.‹

›Gut‹, sagte ich. ›Würde es Ihnen etwas ausmachen, wenn ich es aufschreibe?‹

Sweet gab mir einen gelben Notizblock. Ich zog den schönen neuen Füllhalter aus meiner Jackentasche und nahm die Kappe ab. Dann holte ich tief Luft und schrieb acht Namen auf. Es dauerte keine Minute. Das Komische war, dass mir alle sofort wieder einfielen.

Als ich fertig war, steckte ich die Kappe wieder auf den Füllhalter, verstaute ihn in meiner Jackentasche und schob den Block von mir, als wäre mir der Anblick unerträglich. Sweet trat zu mir und klopfte mir auf die Schulter. ›Ich weiß, dass es nicht leicht für Sie war, Mr. Smythe. Aber ich freue mich, dass Sie sich richtig entschieden und wie ein Patriot gehandelt haben.‹

Er nahm den Block und fing an zu lesen. Gleich darauf schleuderte er ihn wütend auf den Tisch. ›Was zum Teufel ist das denn?‹

›Sie wollten doch Namen‹, sagte ich. ›Ich habe Ihnen welche aufgeschrieben.‹

›Namen‹, wiederholte er und schnappte sich erneut den Block. ›Das sollen Namen sein?‹ Und er las sie der Reihe nach vor:

›Sleepy, Grumpy, Dopey, Bashful, Happy, Sneezy, Doc und – wer zum Teufel ist S. W.?‹

›Schneewittchen natürlich‹, antwortete ich.

Ross riss Sweet den Block aus der Hand, warf einen Blick darauf und sagte: ›Sie haben soeben berufliches Harakiri begangen.‹

›Ich wusste gar nicht, dass Sie Japanisch sprechen, Ross. Vielleicht haben Sie im letzten Krieg als Spion für die Japsen gearbeitet.‹

›Raus!‹, brüllte er. ›Sie sind erledigt.‹

Als ich ging, sagte Sweet noch, ich müsse jeden Tag mit einer Vorladung vom HUAC rechnen. ›Wir sehen uns in Washington, Sie Mistkerl‹, schrie er beim Hinausgehen.«

Ich starrte Eric mit weit aufgerissenen Augen an. »Du hast wirklich die Namen der Sieben Zwerge aufgeschrieben?«, fragte ich.

»Tja, sie waren die ersten Kommunisten, die mir in den Sinn

kamen. Mal ehrlich, sie lebten doch im Kollektiv, teilten den gemeinsamen Reichtum und …«

Plötzlich sackte er in sich zusammen und begann zu zittern. Ich lief zu ihm und hielt ihn fest.

»Ist ja gut, ist ja gut. Das hast du wunderbar gemacht. Ich bin furchtbar stolz auf …«

»Stolz worauf? Dass ich mir heute Nachmittag meine Karriere ruiniert habe? Dass ich nun keine Arbeit mehr bekomme? Dass ich alles verliere?«

Plötzlich hörte ich Ronnies Stimme. »Uns hast du nicht verloren.«

Ich sah auf. Ronnie stand in der Tür zum Schlafzimmer. Eric blickte zu ihm hinüber.

»Was machst du denn hier?«, fragte er tonlos. »Ich habe dich erst am Montag zurückerwartet.«

»Sara und ich haben uns ein bisschen Sorgen gemacht, du könntest dich in Luft aufgelöst haben.«

»Ihr solltet euch wirklich um wichtigere Dinge Sorgen machen.«

»Hört euch nur diesen Ignoranten an«, meinte Ronnie. »Und wo bist du gewesen, seitdem du die Namen der Sieben Zwerge aufgeschrieben hast?«

»Ach, hier und dort. Vor allem in ein paar heruntergekommenen Bars am Broadway, dann in einem Kino in der 42nd Street, das die ganze Nacht geöffnet hat. Dort lief ein neuer Klassekrimi mit Robert Mitchum: *Satansweib*, Produktion Howard Hughes. Mit Jane Russell. Ziemlich gutes Drehbuch: ›Ich war gerade dabei, meine Krawatte abzunehmen, und habe überlegt, ob ich mich damit aufhängen soll.‹ Eine Art Zusammenfassung dessen, wie ich mich letzte Nacht gefühlt habe.«

»Nur kein Selbstmitleid«, meinte Ronnie. »Im Übrigen wäre es schön gewesen, wenn du fünf Cent übrig gehabt hättest, um uns Bescheid zu geben, dass du lebst und alles in Ordnung ist.«

»Ach, das wäre leicht gewesen. Und ich mache nichts, was leicht ist.«

Ich zerzauste ihm das Haar.

»Aber Sie haben Ihre Sache gut gemacht, Mr. Smythe«, sagte ich. »Nicht wahr, Ronnie?«

»Ja«, antwortete er, trat zu uns und nahm Erics Hand. »Er hat seine Sache wirklich gut gemacht.«

»Darauf müssen wir anstoßen«, sagte ich und nahm den Hörer ab. »Bringt der Zimmerservice auch so früh schon Champagner?«

»Klar«, meinte Eric. »Und wo du schon dabei bist, sag ihnen auch, dass ich zum Nachspülen was mit Arsen möchte.«

»Keine Angst, Eric«, sagte ich. »Du wirst es überleben.«

Er lehnte seinen Kopf an Ronnies Schulter.

»Da habe ich meine Zweifel.«

8

Die Geschichte stand am nächsten Morgen in allen Zeitungen. Und wie vorauszusehen war, wühlte der große Patriot Walter Winchell im Dreck. Der Artikel in seiner Kolumne *Journal-American* war nur kurz, aber er richtete eine Menge Schaden an:

> Er mag ja Sid Caesars bester Autor sein, aber er war ein Roter. Und jetzt ist Eric Smythe in die Wüste geschickt worden, nachdem er beim FBI das Recht auf Aussageverweigerung in Anspruch genommen hat. Er weiß zwar, wie man Witze reißt, aber »God Bless America« kann er nicht singen. Und was ist das für eine romantische Beziehung, die der ledige Smythe in seiner schicken Bude im Hampshire House unterhält? Kein Wunder, dass ihn die NBC vor die Tür gesetzt hat.

Um zwölf war Winchells Kolumne überall zu haben. Eine Stunde später rief mich Eric in meiner Wohnung an. Nach der Lektüre dieses vernichtenden Angriffs auf meinen Bruder stand ich noch vollkommen unter Schock, aber ich wusste nicht, ob er den Artikel ebenfalls schon gelesen hatte. Bis ich seine Stimme hörte. Er klang verstört.

»Hast du es schon gelesen?«, fragte er.

»Ja, habe ich. Und ich bin mir sicher, man könnte diesen Bastard Winchell wegen Verleumdung verklagen.«

»Ich habe soeben einen Räumungsbefehl bekommen«, sagte Eric.

»Wie bitte?«

»Soeben hat jemand von der Hausverwaltung einen Brief unter meiner Tür durchgeschoben, in dem es heißt, dass ich innerhalb von achtundvierzig Stunden meine Wohnung zu räumen habe.«

»Mit welcher Begründung?«

»Was meinst du wohl? Wegen Winchells Satz über die *romantische Beziehung*, die ich in meiner *schicken Bude im Hampshire House* pflege.«

»Aber die Verwaltung wusste doch sicher, dass Ronnie bei dir wohnt.«

»Klar. Nur dass die Abmachung lautete, wenn ich nichts davon herumerzähle, fragen sie nicht weiter nach. Aber jetzt hat dieser Dreckskerl Winchell alles auffliegen lassen ... und die Verwaltung des Hampshire House sieht sich gezwungen, etwas zu unternehmen, was Schlagzeilen macht ... zum Beispiel den Perversen rauszuschmeißen.«

»Sprich nicht so von dir.«

»Warum denn nicht? Alle werden mich ab jetzt so nennen. Schließlich bin ich der *ledige Smythe*. Man braucht kein Lionel Trilling zu sein, um zu begreifen, was damit gemeint ist.«

»Ruf Joel Eberts an und bitte ihn, eine richterliche Verfügung gegen den Räumungsbefehl zu erwirken. Dann kannst du vor Gericht dagegen kämpfen.«

»Wozu? Sie werden sowieso gewinnen, und dann habe ich noch mehr Schulden am Hals.«

»Ich bezahle die Gerichtskosten. Außerdem ist Mr. Eberts nicht so teuer ...«

»Aber so ein Streit würde sich wahrscheinlich ein halbes Jahr hinziehen, und am Ende würde ich ihn dann doch verlieren. Ich will nicht dein Bankkonto plündern. Besonders, da du Geld brauchen wirst. Schließlich ist jetzt dank mir deine Stellung bei der *Post* ebenfalls in Gefahr.«

»Red keinen Unsinn. Sie werden nicht zur Sippenhaft greifen.«

Aber sie taten es. Am Morgen nach dem Erscheinen des Winchell-Artikels erhielt ich einen Anruf von Imogen Woods, meiner

Redakteurin bei der *Post.* Sie gab sich alle Mühe, ruhig und gelassen zu klingen, aber sie war merklich nervös und meinte, ob wir uns nicht zu einem Kaffee treffen könnten. Als ich ihr sagte, ich sei mit meiner Arbeit sehr in Verzug – wegen der chaotischen Ereignisse dieser Woche – und hätte erst am Wochenende Zeit, schlug sie einen anderen Ton an.

»Es tut mir leid, aber es handelt sich um eine dringende Angelegenheit.«

Jetzt war ich diejenige, die nervös wurde. »Können wir dann nicht gleich darüber sprechen?«

»Nein. Ich glaube nicht, dass das am Telefon möglich ist… wenn Sie wissen, was ich meine.«

Ich wusste es. Und mir wurde heiß und kalt. »Gut, wo sollen wir uns treffen?«, fragte ich.

Sie schlug die Bar des Roosevelt Hotels in der Nähe der Grand Central Station vor. In einer Stunde.

»Aber ich habe heute Nachmittag einen Abgabetermin bei Ihnen«, wandte ich ein.

»Das kann warten«, erwiderte sie.

Ich war zur verabredeten Zeit, um elf Uhr, dort. Imogen hatte einen Manhattan vor sich stehen. Als ich an ihren Tisch trat, lächelte sie gequält. Sie stand auf, gab mir einen Kuss auf die Wange und bot mir einen Cocktail an. Ich sagte, zu dieser Morgenstunde zöge ich einen Kaffee vor.

»Nehmen Sie einen Drink«, redete sie mir zu. Es war unübersehbar, dass sie sich unbehaglich fühlte.

»Na gut«, willigte ich ein, denn inzwischen glaubte ich auch, dass ich das Gespräch ohne Alkohol nicht überstehen würde. »Dann einen Scotch mit Soda.«

Sie bestellte und plauderte dann ein wenig über die Broadway-Premiere eines Stücks von Garson Kanin, die sie am Abend zuvor besucht hatte.

»Winchell war auch da«, schloss sie ihren kurzen Bericht und musterte mich dabei eingehend. Aber ich verzog keine Miene.

»Ich glaube, er ist ein Monster«, fügte sie hinzu.

»Das glaube ich auch.«

»Und ich möchte Ihnen sagen, dass ich gestern, als ich diesen Artikel in Winchells Kolumne sah, wirklich Mitgefühl mit Ihnen empfunden habe.«

»Danke, aber es war mein Bruder, der verunglimpft wurde…«

»Hören Sie, Sie sollen wissen, dass ich persönlich vollkommen hinter Ihnen beiden stehe…«

Bei mir läuteten die Alarmglocken. »Wirklich beruhigend«, unterbrach ich sie, »aber wie ich schon sagte, Eric bekommt im Moment die Schläge ab, nicht ich.«

»Sara…«

»Was ist denn nur los, Imogen?«

»Gleich heute Morgen bekam ich einen Anruf von Seiner Gottheit. Anscheinend hatte der Vorstand gestern Abend seine monatliche Sitzung, und eins der großen Themen war die Kontroverse um Ihren Bruder. Denn seien wir doch ehrlich, es sind nicht nur seine ehemaligen politischen Verbindungen, die ihn zu Fall gebracht haben. Es ist auch sein Privatleben.«

»Das stimmt. Es geht um *sein Privatleben. Seine* ehemaligen politischen Verbindungen, nicht meine.«

»Wir wissen, dass Sie nie politisch engagiert waren…«

»Was meinen Sie mit *wir?*«

»Seine Gottheit, Ralph J. Linklater, hatte gestern Morgen Besuch von einem Mann namens Sweet, vom FBI. Er hat ihm erklärt, dass man die politische Vergangenheit Ihres Bruders gründlich unter die Lupe genommen hat. Seit Monaten. Und natürlich habe man nebenbei auch Sie überprüft.«

»Das kann ich nicht glauben. Warum sollten sie an mir interessiert sein?«

»Weil Sie wie Ihr Bruder ein gewisses öffentliches Forum haben…«

»Ich schreibe Filmkritiken und eine ziemlich frivole Kolumne über ziemlich frivole Dinge…«

»Sara, bitte... Ich bin in dieser Angelegenheit lediglich der Bote.« Und dann blickte sie sich kurz in der Bar um, beugte sich vor und flüsterte: »Ich persönlich halte diese Untersuchungen ja für völligen Schwachsinn. Und für viel unamerikanischer als die unamerikanischen Umtriebe, denen man damit ein Ende bereiten will. Aber wie alle anderen sitze auch ich zwischen den Stühlen.«

»Ich bin nie, wirklich nie Kommunistin gewesen«, zischte ich. »Herrje, 1948 habe ich für Truman gestimmt, nicht für Wallace. Ich bin wohl der unpolitischste Mensch, den man sich vorstellen kann.«

»Das haben die vom FBI Linklater auch gesagt.«

»Und wo liegt dann das Problem?«

»Es gibt zwei Probleme. Das erste ist Ihr Bruder. Wenn er mit der NBC kooperiert hätte, wäre alles ganz einfach. Da er es aber nicht getan hat, gibt es nun ein Problem für Sie und die *Post*.«

»Aber warum? Ich bin doch nicht die Hüterin meines Bruders.«

»Ich erkläre es Ihnen. Wenn Eric geredet hätte, wäre diese Meldung von Winchell nie erschienen, und die ganze Sache wäre bald in Vergessenheit geraten. Aber jetzt ist er als ehemaliger Kommunist entlarvt und als jemand, der kein... wie soll ich sagen? ... kein im herkömmlichen Sinne normales Leben führt. Aus dem, was Linklater mir heute Morgen erzählt hat, entnehme ich, dass der Vorstand sich große Sorgen macht, seine Probleme könnten irgendwie ein schlechtes Licht auf Sie werfen...«

»Hören wir doch auf, um den heißen Brei herumzureden, Imogen«, sagte ich laut. »In Wirklichkeit wollen Sie doch sagen, dass die *Post* sich Sorgen macht wegen einer Kolumnistin, deren Bruder ehemaliger Kommunist ist und praktizierender Homosexueller...«

Plötzlich war es in der Bar mucksmäuschenstill. Und Imogen sah aus, als wäre sie am liebsten im Erdboden versunken.

»Ja«, sagte sie leise. »Das ist im Prinzip das Dilemma der Zeitung.« Sie deutete mir mit einer Geste an, ich solle näher zu ihr rücken. »Aber es kommt da noch ein anderes Problem hinzu. Seine Gottheit weiß von Ihnen und dem verheirateten Mann.«

Verblüfft lehnte ich mich wieder zurück.

»Wer hat ihm davon erzählt?«, fragte ich.

»Der Typ vom FBI.«

Ich war entsetzt. »Aber woher zum Teufel weiß der das denn?«

»Als sie vor ein paar Monaten beschlossen, Nachforschungen über Ihren Bruder anzustellen, haben sie sich vermutlich gedacht, da könnten sie auch gleich mal bei Ihnen nachsehen. Dabei haben sie zwar nichts Politisches gefunden, aber sie haben herausbekommen, dass Sie diese Sache mit einem verheirateten Mann haben …«

»Aber das hätten sie nur rauskriegen können, wenn sie mir nachspioniert hätten. Oder meine Telefongespräche abgehört. Oder …«

»Ich habe keine Ahnung, wie sie es in Erfahrung gebracht haben. Jedenfalls wissen sie es. Und sie haben es Linklater erzählt … und Linklater hat es dem Vorstand erzählt.«

»Aber … aber … das ist mein Privatleben. Es hat keinerlei Auswirkungen auf meine Kolumne. Ich meine, für die Öffentlichkeit bin ich ja eigentlich niemand. Wie Sie wissen, habe ich mich sogar gegen ein Foto von mir in der Zeitschrift gesträubt. Niemand weiß, wer ich bin. Und es gefällt mir so. Also warum … warum? … sollte sich jemand Gedanken darüber machen, mit wem ich mein Leben teile?«

»Jetzt, da Ihr Bruder entlarvt ist, hat Linklater wahrscheinlich Angst, es könnte auch über Ihr Privatleben etwas durchsickern. Ich meine, es ist nur eine Frage der Zeit, wann Eric vom HUAC vorgeladen wird. Seine Aussagen werden die Zeitungen füllen. Wenn er sich immer noch weigert zu kooperieren, wird er wegen Missachtung einer Behörde vor Gericht gestellt, und er wird sitzen müssen. Das bedeutet noch mehr öffentliches Aufsehen. Wer sagt denn, dass das FBI Winchell oder einem anderen Auftragsschreiber nicht einen kleinen Leckerbissen über Sie und Ihren verheirateten Freund zukommen lässt? Und Sie wissen, was dieser elende Kerl dann schreiben würde: ›Es ist nicht nur der ritzerote Eric Smythe, der ein ungewöhnliches Privatleben führt. Sein allein lebendes Schwesterchen Sara – genau die, die die merkwürdige Kolumne *Aus dem richtigen Leben* in der *Post* schreibt – hat ebenfalls ein interessantes Arrangement: mit einem Mann, der an seinem linken Finger einen Ehering trägt. Und ich dachte immer, die *Post* betrachte sich als Familienblatt.‹«

»Das ist ja völlig verrückt…«

»Ich weiß, dass es verrückt ist, aber so denken die Leute nun mal im Augenblick. Ich habe einen Bruder, der Chemieprofessor in Berkeley ist. Und der Verwaltungsrat hat ihn vor kurzem gebeten, einen Treueid zu unterzeichnen – ja, ein richtiges Stück Papier, in dem er schwört, dass er nicht einer subversiven Organisation angehört, die die Stabilität der Vereinigten Staaten gefährdet. Alle Mitglieder des Lehrkörpers wurden zu dieser Unterschrift gezwungen. Ich finde so etwas widerwärtig. Und genauso widerwärtig finde ich, was mit Ihrem Bruder geschieht. Und mit Ihnen.«

»Was geschieht denn mit mir, Imogen?«

Sie hielt meinem Blick stand. »Sie wollen Ihre beiden Kolumnen eine Zeit lang auf Eis legen.«

»Mit anderen Worten, Sie werfen mich raus.«

»Nein, das tun wir definitiv nicht.«

»Wie nennen Sie es denn dann, verdammt?«

»Hören Sie zu. Seine Gottheit mag Sie wirklich, Sara – wie wir alle. Wir wollen Sie nicht verlieren. Wir meinen nur, dass es am besten ist, wenn Sie eine Weile pausieren, bis diese ganze Sache mit Ihrem Bruder geklärt ist.«

»Ich soll also von der Bildfläche verschwinden.«

»Man schlägt Ihnen folgende Vereinbarung vor, und unter den gegebenen Umständen halte ich es nicht für das Schlechteste. In der nächsten Ausgabe unserer Zeitschrift kündigen wir an, dass Sie ein halbes Jahr aussetzen, um etwas anderes zu schreiben. Wir zahlen Ihnen weiterhin einen Vorschuss von zweihundert Dollar die Woche. Und in sechs Monaten prüfen wir die Lage dann erneut.«

»Und wenn mein Bruder dann immer noch Probleme hat?«

»Das werden wir sehen, wenn es so weit ist.«

»Nehmen wir einmal an, ich sträube mich dagegen und mache publik, wie Sie sich dem Druck …«

»Das würde ich an Ihrer Stelle auf keinen Fall tun. Diesen Kampf können Sie nicht gewinnen, Sara. Wenn Sie versuchen, etwas dagegen zu unternehmen, wird man Sie rauswerfen, und dann stehen Sie mit nichts da. So aber kommen Sie wenigstens ohne Gesichtsverlust aus der Sache heraus – und vor allem ohne größere Einkommenseinbußen. Betrachten Sie es als bezahlten Urlaub mit freundlicher Genehmigung der *Post*. Reisen Sie nach Europa. Schreiben Sie einen Roman. Das Einzige, worum Seine Gottheit Sie bittet, ist …«

»Ich weiß, mein vollständiges Stillschweigen.« Ich stand auf. »Ich gehe«, sagte ich.

»Bitte, überstürzen Sie nichts«, meinte sie. »Überdenken Sie alles noch einmal in Ruhe.«

Ich nickte. Imogen erhob sich ebenfalls. Sie nahm meine Hand.

»Es tut mir leid«, flüsterte sie.

Ich zog meine Hand weg.

»Sie sollten sich schämen«, sagte ich.

Ich verließ das Roosevelt und ging auf der Madison Avenue nach Norden, ohne die Woge von Fußgängern zu beachten, die sich nach Süden wälzte. Ich war kurz vor einem Wutanfall und hätte jedem, der mich angerempelt hätte, den Kopf abgerissen. In diesem Augenblick hasste ich die ganze Welt. Ich hasste ihre Kleinlichkeit, ihre Missgunst und Gehässigkeit. Und vor allem verabscheute ich es, wie sich Menschen die Angst zunutze machen, um Macht über andere zu gewinnen. Am liebsten wäre ich gleich in den nächsten Zug nach Washington gesprungen und ins Büro von J. Edgar Hoover marschiert, um ihn zu fragen, was seiner Ansicht nach damit gewonnen sei, meinen Bruder zu verfolgen. *Sie be-*

haupten, dass Sie unsere Verfassung schützen, würde ich zu ihm sagen. *Aber in Wirklichkeit vergrößern Sie nur Ihre Macht. Information ist Wissen. Und Wissen ist Macht. Macht basiert auf Angst. Weil Sie uns alle in Angst versetzt haben, gewinnen Sie. Und wie die Schafe können wir alle nur uns selbst für Ihre Macht verantwortlich machen, denn wir haben sie Ihnen gegeben.*

Ich war so in Rage, dass ich schon fast zwanzig Blocks weit gegangen war, ehe ich merkte, wo ich war. Als ich aufsah, befand ich mich in der East 59th Street, nur fünf Minuten von Erics Wohnung entfernt. Aber in meinem Zustand konnte ich ihm unmöglich einen Besuch abstatten. Und ich konnte ihm auch nicht von dem Gespräch erzählen, das ich soeben mit Imogen Woods geführt hatte. Er würde sich ohnehin Vorwürfe machen, sobald er nächste Woche in der *Post* las, dass ich »Urlaub genommen« hatte.

Ich lehnte mich an eine Telefonzelle und überlegte, was ich tun sollte. Und dann trat ich in die Telefonzelle, warf ein Fünf-Cent-Stück in den Schlitz und tat etwas, was ich mir nie zu tun geschworen hatte: Ich rief Jack in der Arbeit an.

Er wollte am Morgen aus Boston zurück sein und am Abend auf dem Nachhauseweg bei mir vorbeikommen. Ich musste ihn jedoch *gleich* sehen. Aber seine Sekretärin sagte mir, er säße in einer Besprechung.

»Würden Sie ihm bitte ausrichten, dass Sara Smythe angerufen hat?«

»Weiß er, worum es geht?«

»Ja – ich bin eine alte Freundin aus der Nachbarschaft. Sagen Sie ihm, ich sei in Manhattan und würde ihn gern zum Mittagessen im Lindy's treffen. Ich bin um eins dort, wenn er das schafft. Wenn nicht, bitten Sie ihn, mich dort anzurufen.«

Punkt eins betrat Jack das Lindy's. Er wirkte ausgesprochen nervös. Natürlich weil wir uns nie am Tag trafen und schon gar nicht an einem öffentlichen Ort. Deshalb gab er mir keinen Begrüßungskuss. Stattdessen setzte er sich gleich mir gegenüber und nahm unter dem Tisch meine Hände.

»Ich habe mir schreckliche Sorgen gemacht«, sagte er. »Gestern Abend habe ich bestimmt fünf Mal in deiner Wohnung angerufen, und seit ich heute Morgen aus Boston zurück bin, habe ich es alle zehn Minuten versucht.«

»Entschuldige, dass ich dich im Büro angerufen habe, aber die letzten vierundzwanzig Stunden waren ziemlich ereignisreich.«

Er musste sich alles der Reihe nach anhören: Erics Weigerung, Namen zu nennen, die Sache mit Winchells Kolumne und die Räumungsklage und schließlich mein Gespräch mit Imogen Woods. Als ich erzählte, das FBI habe der *Post* von meiner Beziehung zu einem verheirateten Mann erzählt, waren Jacks Hände kalt und feucht.

»Keine Sorge«, sagte ich. »Ich bezweifle, dass irgendwas davon an die Öffentlichkeit dringt. Ich werde es verhindern.«

»Ich fasse es nicht«, meinte Jack. »Ich kann mir nicht vorstellen, wie …«

Er brach ab. Offenbar war er sehr beunruhigt. Er ließ meine Hände los und tastete nervös seine Jackentaschen nach Zigaretten ab.

»Ist alles in Ordnung mit dir?«

»Nein«, erwiderte er und zog eine Chesterfield und sein Feuerzeug heraus.

»Ich verspreche dir, Jack, dein Name wird niemals in Verbindung mit …«

»Sie haben bereits meinen Namen.«

»Wie sollten sie?«

»Ganz einfach. Wenn sie beobachtet haben, dass ich in deiner Wohnung ein und aus gehe, haben sie bestimmt auch schon herausgefunden, wer ich bin.«

»Na gut, dann kennen sie also deinen Namen. Aber es gibt keinen Grund, warum sie ihn an deine Arbeitgeber weitergeben sollten. Ich meine, in der Werbebranche suchen sie ja wohl keine Kommunisten, oder?«

Er stützte den Kopf in die Hände. »Nein, wohl nicht.«

Ich drückte ihm unter dem Tisch das Knie. »Dann mach dir keine Sorgen. Dein Name wird nicht in den Dreck gezogen.«

»Aber Eric und dich hat man verleumdet. Und dass … diese Hunde … sie …«

Er sprach nicht weiter. Seine Verzweiflung angesichts unserer misslichen Lage berührte mich unsagbar. In diesem Augenblick liebte ich ihn mehr als je zuvor.

»Es tut mir leid«, sagte er schließlich. »Es tut mir so verdammt leid.«

»Aber es ist doch nicht deine Schuld. Niemand hat Schuld … außer Joe McCarthy, Hoover, Nixon und alle, die Namen genannt haben.«

»Wie wird Eric damit fertig?«

»Vermutlich ist er damit beschäftigt, eine neue Wohnung zu finden. Morgen Abend um sechs Uhr muss er draußen sein.«

»Sag ihm, wenn es etwas gibt … irgendetwas …, was ich für ihn tun kann …«

Ich beugte mich zu ihm und gab ihm einen Kuss.

»Du bist ein guter Mensch«, sagte ich.

Er schüttelte den Kopf.

»Nicht gut genug«, meinte er leise.

»Sei nicht so hart zu dir.«

Er musste sich beeilen, ins Büro zurückzukommen. Aber er versprach, mich noch am Abend anzurufen, bevor er nach Hause zu Dorothy ging. Er rief nicht nur mich an, sondern auch Eric und bot ihm seine Unterstützung an. Am nächsten Tag kam er um fünf zum Hampshire House, um meinem Bruder beim Umzug ins Ansonia am Broadway, Ecke 74th Street zu helfen. Das Ansonia war ein Wohnhotel, in dem sich gern Leute der mittleren bis unteren Ebene des Showgeschäfts vorübergehend einmieteten. Erics neue Unterkunft bestand aus zwei dunklen Zimmern, die auf eine Hintergasse führten. Die grüne, geblümte Tapete löste sich stellenweise von der Wand, der abgetretene grüne Teppich hatte Brandlöcher, und die winzige Kochnische war nur mit einer Elektroplatte und einem defekten Kühlschrank bestückt. Dafür war die Miete niedrig: fünfundzwanzig Dollar die Woche. Und die Hotelleitung schien sich nicht groß darum zu kümmern, ob die Bewohner noch andere bei sich wohnen ließen. Solange die Miete rechtzeitig bezahlt wurde und man nicht den Hausfrieden störte, lautete die Devise: Wir wollen nichts wissen.

Eric hasste seine neue Bleibe. Er hasste die düstere Atmosphäre des Ansonia, das wie eine letzte Absteige auf ihn wirkte. Aber er hatte keine große Auswahlmöglichkeit. Schließlich war er völlig abgebrannt. Die tausend Dollar auf der Bank waren sein letztes Geld gewesen, und so hatte er nach seiner kleinen Kauforgie keine hundert Dollar mehr in der Tasche. Dem Räumungsbefehl lag auch eine Rechnung über vierhundert Dollar bei – für den Zimmerservice und andere Kosten. Als Eric der Verwaltung des Hampshire House erklärte, er könne die Rechnung erst bei seinem Auszug begleichen, teilten sie ihm mit, sie würden all seine Besitztümer beschlagnahmen. Also statteten Ronnie und ich Tiffany's einen Besuch ab und bekamen siebenhundertzwanzig Dollar für die Diamantohrringe und die silberne Zigarettendose zurückerstattet. Nachdem Eric die Rechnung im Hampshire Hotel bezahlt hatte, blieben noch dreihundertzwanzig Dollar als Rücklage und zwei Monatsmieten im Ansonia. Jack bestand darauf, die dreißig Dollar für den Lastwagen zu bezahlen, mit dem Erics Zeug zu der neuen Wohnung transportiert wurde. Außerdem bestellte er zwei Maler, die die unfreundliche Tapete in der neuen Wohnung entfernen und sie mit mehreren weißen Farbschichten ein wenig aufhellen sollten.

Eric und ich waren überwältigt von Jacks Großzügigkeit.

»Du brauchst das wirklich nicht zu machen«, sagte ich zu Jack, als ich bei mir ein Abendessen zubereitete. Es war an dem Montag nach Erics Umzug, und die Maler hatten an dem Tag mit der Arbeit begonnen.

»Aber ich möchte es gern.«

»Du hast schon für eine Frau und ein Kind zu sorgen, Jack.«

»Für zwei Tage zwei Maler zu bezahlen, sprengt nicht gerade die Bank. Außerdem habe ich unverhofft eine Prämie bekommen. Wie aus heiterem Himmel wurde mir ein Scheck über achthundert Dollar ausgehändigt. Das ist Steele and Sherwoods Art, sich für einen neuen Versicherungskunden zu bedanken. Wenn es gut bei einem läuft, sollte man anderen helfen, nicht wahr?«

»Sicher. Aber ich habe immer gedacht, wenn es um Eric geht ...«

»Nicht doch, das ist Vergangenheit. Für mich gehört er zur Familie. Und er ist in Schwierigkeiten. Ich weiß, wie es mir gehen würde, wenn ich vom Hampshire House ins Ansonia ziehen müsste. Und wenn ein bisschen Farbe die neue Wohnung für deinen Bruder etwas freundlicher macht, ist das Geld gut angelegt.«

»Er ist sehr gerührt, dass du ihm so hilfst. Vor allem, weil ihr politisch nicht dieselbe Wellenlänge habt.«

»Aber ich bin wohl auch der Ansicht, dass man jemanden nicht entlassen darf, nur weil er sich weigert, seine Freunde zu verraten. Und mir ist es zuwider, was sie mit dir gemacht haben.«

»Für mich ist es nicht so schlimm«, sagte ich, aber es klang nicht gerade überzeugend.

»Bist du seit dem Treffen mit deiner Redakteurin schon einmal wieder bei der *Post* gewesen?«

»Nein.«

»Du musst ihr Angebot annehmen, Sara. Deine Redakteurin hat Recht – wenn du etwas gegen die *Post* unternimmst, verlierst du. Nimm das Geld, Liebling. Mach eine Pause. In ein oder zwei Monaten dürfte sich die ganze Sache mit dem Namennennen erledigt haben. Die ganze Affäre ist ja völlig außer Kontrolle geraten. Der pure Wahnsinn.«

Wie gern hätte ich Jack geglaubt, dass dieser Albtraum mit den schwarzen Listen bald vorbei sein würde. Und ich hätte auch gern das Angebot der *Post*, mir zweihundert Dollar die Woche als Vorschuss zu bezahlen, zurückgewiesen. Denn schließlich war ihr Angebot ein faustischer Handel: Das Geld sollte ihr schlechtes Gewissen beruhigen, weil sie mich entlassen hatten ... aus der lächerlichen Angst heraus, dass ihre so genannte Familienzeitschrift vielleicht ihrem Image nicht gerecht würde, wenn herauskam, dass eine ihrer Kolumnistinnen das Bett mit einem verheirateten Mann teilte und einen Exkommunisten zum Bruder hatte, der auch noch »die Liebe, deren Namen man nicht auszusprechen wagt«, praktizierte.

Seine Gottheit mag Sie wirklich, Sara – wie wir alle. Wir wollen Sie nicht verlieren. Wir meinen nur, dass es am besten ist, wenn Sie eine Weile pausieren, bis diese ganze Sache mit Ihrem Bruder geklärt ist.

Mein Gott, Imogen hatte so von Gewissensbissen geplagt ausgesehen, als sie mir diesen Vorschlag machte. Aber natürlich fühlte sie sich, wie alle anderen, ebenfalls bedroht. Hätte sie die »Anweisungen nicht befolgt«, wäre wahrscheinlich ihr eigener Posten bei der Zeitung gefährdet gewesen. Oder man hätte ihr Fragen gestellt über ihre Treue zu Gott und Vaterland. Das war das Schlimmste an der schwarzen Liste – dass sie alle davor zurückschrecken ließ, das Selbstverständliche zu tun, und an die niedrigsten menschlichen Instinkte appellierte: das persönliche Überleben ... koste es, was es wolle.

Nimm das Geld, Liebling.

Und am Ende tat ich es auch. Denn Jack hatte Recht: Dies war ein Kampf, den ich nicht gewinnen würde. Zumindest war mir auf diese Weise ein Gehalt für die nächsten sechs Monate sicher – und das Geld würde sehr nützlich sein, wenn ich Eric über Wasser halten wollte.

Die Winchell-Kolumne über Erics Entlassung führte nicht nur zum Rauswurf aus dem Hampshire House. Nach und nach schlugen ihm alle Restaurants und Geschäfte, die ihn einst als guten Kunden geschätzt (und ihm in Kenntnis seiner spendablen Art Kredit gewährt) hatten, die Tür vor der Nase zu. Wenige Tage nach seinem Umzug ins Ansonia verabredete er sich nach Mitternacht mit Ronnie zu einem Drink im Stork Club. Doch als er dort auftauchte, teilte ihm der Oberkellner mit, er sei nicht erwünscht. Eric kannte den Mann mit Namen (»Verflucht, ich habe ihm jede Woche zehn Dollar Trinkgeld gegeben«) und flehte ihn an, ihn einzulassen.

»Tut mir leid, Mr. Smythe«, sagte der Oberkellner. »Ich bin nicht derjenige, der hier die Regeln aufstellt. Vermutlich macht sich die Leitung des Hauses ein wenig Sorgen wegen der offenen Rechnungen.«

Am nächsten Tag traf die Rechnung ein: siebenhundertvierundvierzig Dollar und achtunddreißig Cent. Zahlbar innerhalb achtundzwanzig Tagen.

Ihr folgten bald ähnliche von Alfred Dunhill, Lobb's Shoemakers, dem 21, dem El Morocco und Saks Fifth Avenue – allesamt mit der Aufforderung, die Schulden innerhalb von vier Wochen zu begleichen, sonst müsse Eric mit einem Gerichtsverfahren rechnen.

»Ich wusste gar nicht, dass so viele Leute Walter Winchell lesen«, sagte ich, als ich den Stapel von Drohbriefen durchblätterte.

»Ja, dieser Hundesohn ist furchtbar beliebt. Natürlich weil er so ein großartiger Amerikaner ist.«

»Hast du wirklich bei Lobb's hundertfünfundsiebzig Dollar für ein Paar Maßschuhe ausgegeben?«, fragte ich, als ich eine der angehängten Rechnungen unter die Lupe nahm.

»Ein Narr und sein Geld sind schnell getrennt.«

»Lass mich raten: Bud Abbott oder vielleicht doch eher Lou Costello? Bestimmt nicht Oscar Wilde.«

»Er ist ein Gentleman, mit dem ich mich inzwischen mehr und mehr verbunden fühle. Besonders weil ich selbst meine ›Ballade vom Zuchthaus zu Reading‹ schreiben kann, wenn der HUAC feststellt, dass ich das Gericht missachtet habe.«

»Bitte ein Drama nach dem anderen. Noch bist du nicht vor den Ausschuss geladen worden.«

»Und ob ich das bin«, sagte er und nahm ein Dokument von

dem abgewetzten Spieltisch, den er inzwischen als Schreibtisch benutzte. »Eine gute Nachricht kommt selten allein. Das hier ist heute Morgen gekommen. Ein FBI-Beamter ist doch tatsächlich persönlich bei mir aufgetaucht, um es mir in die Hand zu drücken. Ich kenne sogar schon das Datum, an dem ich erscheinen muss: 21. Juli. In Washington ist es ziemlich schwül im Juli, nicht wahr? Und in den meisten Bundesgefängnissen auch.«

»Du kommst nicht ins Gefängnis, Eric.«

»O doch. Weil der Ausschuss Namen verlangen wird. Unter Eid, versteht sich. Wenn ich mich weigere, ihnen die gewünschten Informationen zu geben, werde ich ganz bestimmt ins Gefängnis wandern. So läuft das nun mal.«

»Wir rufen Joel Eberts an. Du brauchst eine Rechtsberatung.«

»Nein. Die Gleichung ist in diesem Fall doch ganz einfach: Kooperiere und du landest nicht im Knast. Kooperierst du nicht, bist du ein halbes bis ein Jahr lang Gast der Regierung der Vereinigten Staaten in einem ihrer erlesenen Gefängnisse.«

»Nun mal der Reihe nach, Eric. Gib mir alle Rechnungen.«

»Auf keinen Fall.«

»Ich habe Geld auf der Bank. Ich muss nicht überziehen ...«

»Ich will nicht, dass du für meine Dummheit bezahlst.«

»Es ist nur Geld, Eric.«

»Ich war verschwenderisch.«

»Oder *großzügig*. Also lass mich auch großzügig sein. Was macht der ganze Schaden? Ungefähr fünf Riesen?«

»Ich schäme mich.«

»Du wirst dich noch mehr schämen, wenn man dich wegen nicht bezahlter Rechnungen vor Gericht zitiert. So werden zumindest deine Schulden beglichen. Eine Sorge weniger, mit der du zu kämpfen hast. Du hast schon genug zu kämpfen.«

»Gut, gut«, sagte er schließlich und schob den Stapel Rechnungen zu mir herüber. »Dann spiel eben den Samariter. Aber unter einer Bedingung: Diese fünf Riesen sind nur geliehen. Zurückzuzahlen, sobald ich Arbeit finde.«

»Wenn das dein Gewissen erleichtert, gut – nenn es geliehen. Aber ich werde dich nie um das Geld bitten.«

»Ich kann diese Großzügigkeit nicht ertragen.«

Ich lachte.

»Ja, das glaube ich. Aber du wirst deine Misanthropie ablegen und akzeptieren müssen, dass es auch ein paar wenige anständige Menschen gibt, denen du nicht egal bist.«

Ich bezahlte Erics Rechnungen gleich am nächsten Tag. Außerdem rief ich Imogen Woods bei der *Post* an und teilte ihr mit, ich würde das Angebot annehmen. Sie versicherte mir, dass ich in sechs Monaten wieder für die Zeitschrift schreiben würde.

»Bitte hassen Sie mich jetzt nicht«, sagte sie. »Ich sitze einfach zwischen den Stühlen, wie andere auch.«

»Alle sitzen zwischen den Stühlen, oder etwa nicht?«

»Was werden Sie mit den sechs Monaten anstellen?«

»Mein erstes Ziel ist, zu verhindern, dass mein Bruder ins Gefängnis kommt.«

In Wahrheit war mein erstes Ziel, Eric über die depressive Phase hinwegzuhelfen, in die er schon bald geriet. Eine Depression, die sich noch verschlimmerte, als Ronnie eine Riesenchance geboten wurde: eine dreimonatige Tournee mit Count Basies Orchester. Das Angebot traf eine Woche, nachdem er mit Eric ins Ansonia gezogen war, ein. Unter vier Augen sagte er mir, er sei zwar ganz aus dem Häuschen wegen der Aussicht, in der Bigband von Count Basie mitzuspielen, aber er zögere, das Angebot anzunehmen, weil er sich Sorgen um Erics Zustand mache. Bei einem Kaffee in Gitlitz's Deli vertraute er mir an:

»Er schläft nicht und trinkt jeden Abend mehr als einen Liter Canadian Club.«

»Ich werde mit ihm reden.«

»Viel Glück. Er will nicht, dass man mit ihm redet.«

»Hast du ihm von dem Basie-Angebot erzählt?«

»Natürlich. ›Fahr nur mit, fahr nur‹, hat er gesagt. ›Ich komme auch ohne dich zurecht.‹«

»Du möchtest das Angebot gern annehmen, nicht wahr?«

»Es ist eine große Chance, mit dem Count ... natürlich möchte ich.«

»Dann nimm sie an.«

»Aber ... Eric braucht mich. Und in der Zeit bis zu seinem Termin vor dem Ausschuss wird er mich noch mehr brauchen.«

»Ich bin ja da.«

»Ich habe Angst um ihn.«

»Das musst du nicht«, log ich. »Sobald er eine Arbeit gefunden hat, wird er sich wieder beruhigen.«

Ich muss es Eric zugute halten, dass er nach seinem Rausschmiss bei der NBC an viele Türen klopfte. Anfangs war er optimistisch, was die Aussichten auf eine neue Anstellung betraf. Schließlich war er Eric Smythe, der Hausschreiber, aus dessen Feder *Your Show of Shows* stammte, ein Mann, der in New York weithin als ein echtes Talent in diesem neumodischen Medium galt, das sich Fernsehen nannte. Darüber hinaus hatte er den Ruf eines ausgemachten Profis. Er war klug, boshaft und schnell. Was die Bearbeitung des Materials betraf, setzte er sich stets einen unumstößlichen Termin, sodass es immer frisch und originell war. Wie jeder in diesem Geschäft bestätigen konnte, war er einfach gut.

Aber jetzt wollte ihn keiner mehr einstellen. Man lud ihn nicht einmal zu einem Gespräch ein. Sobald er sich im Ansonia eingerichtet hatte, begann er herumzutelefonieren und versuchte, mit verschiedenen Produzenten und Agenten in der Stadt einen Termin zu vereinbaren.

»Gestern habe ich bestimmt ein Dutzend Telefonate geführt«, sagte er, als ich mit einer Tüte voller Lebensmittel für ihn in seiner Wohnung vorbeischaute. »Die Leute, die ich angerufen habe, wollten früher unbedingt, dass ich für sie schreibe. Jetzt war keiner von ihnen für mich zu sprechen. Drei saßen gerade in einer Konferenz, vier waren beim Mittagessen und der Rest auswärts.«

»Vielleicht«, meinte ich, »war das einfach nicht dein Tag.«

»Danke, Louisa May Alcott, dass du wieder mal die Sonnenseite des Lebens siehst.«

»Ich will damit nur sagen, dass du noch keinen Grund hast, in Panik zu geraten.«

Am nächsten Tag um fünf Uhr war es dann endgültig so weit. Eric hatte noch einmal dieselben zwölf Produzenten und Agenten angerufen. Und wieder war keiner für ihn zu sprechen gewesen.

»Weißt du, was ich daraufhin beschlossen habe?«, sagte er am Telefon zu mir. »Ich beschloss, mit dem Bus zur 50th Street zu fahren und in der Mittagszeit mal kurz bei Jack Dempsey's vorbeizuschauen, um mal zu schnuppern, wie der Wind steht. Dort trifft sich jeden Tag die halbe Comedy-Szene von New York, um zu fachsimpeln. Ich weiß nicht genau, aber es waren bestimmt sechs, die um einen Tisch saßen. Sie kannten mich alle. Und alle haben irgendwann einmal versucht, mich für sich zu gewinnen ... obwohl ich zu diesen arroganten Dreckskerlen gehörte, die immer behauptet haben, dass sie nie einen Agenten brauchen würden. Ich schlendere also da rein, und kaum dass sie mich kommen sehen, ist es, als hätte der Aussätzige des Ortes das Lokal betreten. Die Hälfte von ihnen wollte nicht mit mir reden. Die anderen mussten plötzlich irgendwohin. Zwei Minuten nachdem ich das Dempsey's betreten hatte, war der Tisch leer. Mit Ausnahme des alten Moe Canter. Er muss inzwischen etwa zweiundsiebzig sein und ist schon seit den Tagen von Vaudeville im Geschäft. Und er ist ziemlich unverblümt, dieser Moe. Kaum hatten alle die Flucht ergriffen, forderte er mich auf, Platz zu nehmen, und bestellte mir einen Kaffee. Dann redete er ganz offen.

›Eric, was soll ich Ihnen sagen? In unserem Geschäft haben alle Angst. Jeder fürchtet, eines Tages auf der beschissenen Liste eines Kongressabgeordneten zu stehen. Und deshalb ist jeder bereit, sogar seinen eigenen Bruder zu verraten, um seinen Posten zu behalten. Deshalb denke ich, Sie sollten sich im Augenblick lieber eine andere Arbeit suchen. Denn nach dem Winchell-Artikel sind Sie in dieser Stadt ein Unberührbarer. Es tut mir leid, aber so ist es nun mal.‹

Dann sagte er noch, dass er mich sehr bewundere, weil ich mich geweigert hätte, meine Freunde zu verraten. Weißt du, was ich darauf geantwortet habe? ›Alle lieben den Helden, wenn er tot ist.‹«

Ich holte tief Luft und gab mir Mühe, sachlich zu klingen. »Gut, das ist schlimm, aber …«

»*Schlimm?* Es ist eine Katastrophe. Ich bin erledigt. Und du auch. Und das ist allein meine Schuld.«

»Das darfst du nicht sagen. Und schreib dich nicht ganz ab. Vergiss nicht, dass der Winchell-Artikel erst vor einer Woche erschienen ist. Alle haben ihn noch frisch im Gedächtnis. In einem Monat …«

»Du hast Recht. Dann haben alle ihn vergessen. Und stattdessen konzentrieren sie sich auf meine Vorladung beim Ausschuss für unamerikanische Umtriebe. Und nach meinem Auftritt vor den Kongressabgeordneten werden die Stellenangebote bestimmt nur so hereinregnen.«

Ich hörte, wie Flüssigkeit in ein Glas geschüttet wurde. »Was ist das?«

»Canadian Club.«

»Fängst du jetzt schon um drei Uhr nachmittags an zu trinken?«

»Nein, heute habe ich um zwei angefangen.«

»Ich mache mir Sorgen.«

»Das brauchst du nicht. Herrje, ich kann mich ohne Probleme über Wasser halten, indem ich Sonette am laufenden Band produziere. Oder vielleicht decke ich auch den Markt mit norwegischen Epen ein. Wahrscheinlich ist das ein Sektor, der noch vor schwarzen Listen sicher ist. Dafür brauche ich nur mein Isländisch wieder aufzufrischen …«

»Ich komme rüber«, sagte ich.

»Nicht nötig, S. Mir geht's bestens.«

»Ich bin in fünf Minuten da.«

»Aber ich nicht mehr. Ich habe heute Nachmittag eine wichtige Verabredung…«

»Mit wem?«

»Mit dem Kino Loew's, 84th. Dort gibt es eine tolle Doppelvorstellung: *Maskierte Herzen* mit Joan Crawford, Gloria Graham und dem köstlichen Jack Palance und danach *Stahlfalle* mit Joe Cotton. Ein Nachmittag reinster Wonnen in Schwarz-Weiß.«

»Dann lass mich und Jack dich wenigstens zum Abendessen einladen.«

»Abendessen? Warte, ich muss erst meinen Terminkalender befragen… Nein, leider habe ich heute Abend schon etwas anderes vor.«

»Was denn?«

»Meinem Kalender nach betrinke ich mich. Allein.«

»Warum meidest du mich?«

»Ich möchte allein sein, Liiiebling.«

»Dann lass uns einen Kaffee trinken gehen.«

»Wir sprechen uns morgen wieder, Liiiebling. Und bitte, ruf nicht wieder an – ich hänge den Hörer aus.«

Er legte auf. Natürlich versuchte ich gleich, ihn wieder anzurufen. Es war besetzt. Also warf ich mir den Mantel über und lief auf dem Broadway die drei Blocks zum Ansonia Hotel. Als ich vor der schäbigen Rezeptionstheke stand, teilte mir der Angestellte mit, mein Bruder habe soeben das Gebäude verlassen. Ich schnappte mir ein Taxi, das Richtung Norden fuhr, und bezahlte fünfundsiebzig Cent für die Fahrt bis zum Loew's 84th Street. Ich sah im Orchestergraben nach, in der Loge, auf dem Balkon. Keine Spur von meinem Bruder. Es lief der Film *Maskierte Herzen*. Als mir klar war, dass ich Eric hier nicht finden würde, ließ ich mich auf einen Sitz fallen. Auf der Leinwand sprach Joan Crawford gerade mit Jack Palance:

Denk an Nietzsches Worte – lebe gefährlich.
Weißt du auch, was mit Nietzsche geschah?
Was denn?
Er starb.

Ich verließ das Kino und kehrte nach Hause zurück. Von dort rief ich im Ansonia an. In Erics Zimmer meldete sich niemand. Als Jack von der Arbeit kam, hielt er den ganzen Abend mit mir Wache. Alle halbe Stunde rief ich im Ansonia an. Mein Bruder meldete sich nicht. Gegen neun ging Jack los und suchte die Bars in der Nähe ab, während ich am Telefon sitzen blieb. Nach einer Stunde kam Jack zurück, erfolglos. Gegen Mitternacht gab Jack auf und ging ins Bett. Ich blieb im Wohnzimmer sitzen. Schließlich nickte ich ein. Als ich wieder zu mir kam, war es halb sieben. Jack stand angezogen vor mir und reichte mir wortlos eine Tasse Kaffee.

»Danke.«

Ich nippte hastig an dem Kaffee, dann wählte ich die Nummer des Ansonia. »Tut mir leid«, sagte die Telefonistin, nachdem ich es ein Dutzend Mal hatte läuten lassen. »Es meldet sich niemand.«

Ich legte auf. »Vielleicht sollte ich die Polizei anrufen«, überlegte ich laut.

»Du hast gestern Nachmittag das letzte Mal mit ihm gesprochen, nicht wahr?«

Ich nickte.

»Die Polizei wird nichts wegen einem Kerl unternehmen, der noch keine vierundzwanzig Stunden vermisst wird. Warte noch bis heute Nachmittag. Wenn du bis dahin nichts von ihm gehört hast, können wir anfangen, uns Sorgen zu machen, abgemacht?«

Ich ließ mich von ihm hochziehen und umarmen. »Komm, leg dich hin, und schlaf dich aus«, sagte er. »Und ruf mich im Büro an, wenn du mich brauchst.«

»Ist das eine gute Idee?«

»Sag einfach, du wärst eine Miss Olson von *Standard Life* in

Hartford, dann denkt meine neugierige Sekretärin keine Sekunde darüber nach.«

»Wer ist Miss Olson?«

»Jemand, den ich soeben erfunden habe. Und mach dir keine Sorgen wegen Eric, ja? Ich bin sicher, es geht ihm gut.«

»Danke, Jack, du hast dich die ganze Zeit wunderbar verhalten.«

Er schüttelte den Kopf. »Ich wollte, ich könnte mehr tun.«

Es heißt, man lernt einen Menschen erst dann richtig kennen, wenn man gesehen hat, wie er sich in einer Krise verhält. Die Krise mit Eric war gewiss ein Albtraum, aber allein durch Jacks Anwesenheit konnte ich sie leichter ertragen. Er sprach nicht viel. Er erteilte auch keine phrasenhaften Ratschläge. Er war schlichtweg besorgt und nachdenklich, und er fühlte mit mir. Denn allmählich machte ich mir ernsthafte Sorgen wegen der mangelnden Standfestigkeit meines Bruders. Man darf nicht vergessen, es waren erst zwei Wochen vergangen, seit die NBC ihn rausgeworfen hatte, und er stand verständlicherweise noch immer unter Schock, einem Schock, der noch verschlimmert wurde durch Ronnies Abwesenheit. Und jetzt ... jetzt ... war er verschwunden.

Ich fiel wie ein Stein ins Bett. Als ich mich wieder rührte, war es kurz nach zwölf Uhr mittags. Ich griff nach dem Telefon und rief im Ansonia an. Dieses Mal hatte ich Glück. Eric meldete sich, wenn auch furchtbar verschlafen.

»Gott sei Dank«, sagte ich.

»Wofür bist du denn so dankbar?«

»Dass du wieder da bist und dir nichts passiert ist. Wo bist du gewesen?«

»Wie üblich an meinen Lieblingsplätzen, wo die ganze Nacht was geboten ist. Zum Schluss war ich noch im New Liberty in der 42nd Street. Dort habe ich zusammen mit der Pennergemeinde des Viertels auf dem Balkon meinen Rausch ausgeschlafen.«

»Weißt du, dass ich dich gestern Nachmittag im Loew's 84th Street gesucht habe?«

»Das habe ich mir gedacht. Deshalb habe ich mir eine Doppelkarte im Paramount gekauft.«

»Warum gehst du mir aus dem Weg? Das hast du doch sonst auch nicht gemacht, Eric.«

»Alles passiert irgendwann zum ersten Mal. Hör zu, ich lege mich jetzt wieder schlafen. Und der Hörer liegt daneben. Sie brauchen uns nicht mehr anzurufen. Wir melden uns bei Ihnen ... wie mir neuerdings jeder in dieser Stadt sagt.«

Natürlich versuchte ich es doch. Aber es war ständig belegt. Ich widerstand der Versuchung, zum Ansonia zu gehen und ihn zu zwingen, sich mir zu stellen. Stattdessen spielte ich Miss Olson und rief Jack an. Er gab mir einen klugen Rat. Zieh dich zurück. Lass ihn ein paar Tage in Ruhe.

»Er muss allein mit dem ganzen Zeug fertig werden«, meinte Jack.

»Aber er ist in einer zu schlechten Verfassung, als dass man ihn allein lassen könnte.«

»Er ist doch bei klarem Verstand, oder nicht?«

»Ja. Er trinkt nur ständig und ist die ganze Nacht unterwegs.«

»Er trauert. Für ihn ist das etwa so, als wäre jemand gestorben. Dir bleibt nichts anderes übrig, als den Dingen ihren Lauf zu lassen. Im Augenblick hat nichts von dem, was du sagst, einen Sinn für ihn. Weil ihm alles sinnlos erscheint.«

Also rief ich Eric drei Tage lang nicht an. Am Freitag wartete ich bis fünf Uhr am Nachmittag. Er klang einigermaßen wach und nüchtern.

»Ich habe eine neue Arbeit«, sagte er.

»Wirklich?« Ich war ganz aus dem Häuschen.

»Ja. Eigentlich ist es sogar mehr als eine Arbeit, es ist eine Berufung.«

»Erzähl.«

»Ich bin jetzt professioneller Herumtreiber.«

»Eric ...«

»Lass mich zu Ende reden. Es ist wirklich fantastisch. Die produktivste Art, die Zeit totzuschlagen, die man sich vorstellen kann. Den ganzen Tag herumlaufen. Sich ziellos von Kino zu Kino treiben lassen. Im Automat ein Mittagessen zu fünfundzwanzig Cent zu sich nehmen. Im Metropolitan und im Museum für Naturgeschichte herumhängen, gehen, gehen, gehen. Weißt du, dass ich gestern tatsächlich von der West 74th Street bis nach Washington Heights zu Fuß gelaufen bin? Ich habe dafür nur etwa drei Stunden gebraucht. Fast wäre ich noch weiter bis The Cloisters spaziert, aber da es schon drei Uhr morgens war …«

»Du bist mitten in der Nacht bis nach Washington Heights gelaufen? Bis du verrückt geworden?«

»Nein, ich erfülle nur meine Aufgabe als …«

»Hast du viel getrunken?«

»Sicher nicht, während ich schlafe. Aber ich habe noch weitere Neuigkeiten, was die Arbeitssuche betrifft.«

»Wirklich?«

»Ja – großartige Neuigkeiten. Ich habe beschlossen, die Agenten zu umgehen. Stattdessen habe ich ins Telefonbuch geschaut und fünf Komikern, die ich kenne, meine Dienste angeboten. Und weißt du was? Alle haben mir einen Korb gegeben. Dabei war es noch nicht einmal die erste Wahl. Nur die zweite Garnitur, die in den mittelmäßigen Clubs in den Poconos, den Catskills und in West Palm Beach auftritt. Meine Aktien stehen schon so schlecht, dass selbst die nichts von mir wissen wollen.«

»Wie oft habe ich dir schon gesagt, dass dies eine schwierige Zeit ist. Wenn du erst mal die Vernehmung durch den HUAC hinter dir hast …«

»… und ich mein Jahr hinter Gittern absolviere …«

»Gut, nehmen wir einmal an, es kommt dazu. Sagen wir, du musst tatsächlich ins Gefängnis. Es wird furchtbar sein, aber du wirst es überleben. Und wenn das mit den schwarzen Listen aufhört, wird man dir nicht nur Anerkennung zollen, weil du dich geweigert hast, Namen zu nennen, sondern …«

»Wenn das mit den schwarzen Listen aufhört? Du machst wohl

Witze. Die Chance, dass das passiert, ist gegenwärtig etwa so groß wie die, dass ich Außenminister werde. Und selbst wenn der ganze Mist später einmal verurteilt wird, bleibt doch etwas an einem hängen. Ich werde immer der ehemalige Kommunist mit dem unmoralischen Liebesleben sein. Niemand wird mich mehr einstellen wollen.«

Er ließ sich nicht von dieser Schwarzseherei abbringen. Und er weigerte sich, sich mit mir zu treffen. Wieder lief ich hinüber zum Ansonia. Wieder war er weg, als ich dort ankam. Wieder dauerte es vierundzwanzig Stunden, bis ich ihn ans Telefon bekam. Aber dieses Mal verlangte ich keine lange Erklärung, wo er gewesen war. Ich gab mich pragmatisch.

»Wie steht's momentan mit deinem Geld?«, fragte ich.

»Ich schwimme darin. Zünde mir kubanische Zigarren mit Fünf-Dollar-Noten an.«

»Freut mich zu hören. Ich hinterlege an der Rezeption einen Umschlag mit fünfzig Dollar für dich.«

»Nein, danke.«

»Eric, ich weiß, wie es um deine Finanzen steht.«

»Ronnie hat mir etwas Geld gegeben, bevor er gefahren ist.«

»Wie viel?«

»Eine Menge.«

»Ich glaube dir nicht.«

»Das ist dein Problem, S.«

»Warum lässt du dir nicht von mir helfen?«

»Weil du schon einen zu hohen Preis für meine Idiotie bezahlt hast. Das reicht.«

»Gehen wir am Wochenende zusammen zum Abendessen?«

»Nein«, sagte er nur noch, dann legte er auf.

Ich steckte fünfzig Dollar in einen Umschlag und gab ihn im Ansonia an der Rezeption ab. Am nächsten Morgen lag der Umschlag auf meiner Türmatte. Der Name Eric war durchgestrichen, und darüber stand jetzt in der unverkennbaren, krakeligen Handschrift meines Bruders: Sara. An diesem Tag habe ich wohl ein

Dutzend Nachrichten für ihn hinterlassen. Keine Antwort. In meiner Verzweiflung gelang es mir, Ronnie in einem Hotel in Cleveland ausfindig zu machen. Er war entsetzt, als ich ihm von Erics ziellosem Herumlaufen erzählte.

»Ich rufe ihn zwei Mal die Woche an«, sagte Ronnie, »und ich finde, er klingt immer ganz gut.«

»Er hat gesagt, du hättest ihm ein wenig Geld gegeben ...«

»Ja, etwa dreißig Dollar.«

»Aber das ist jetzt zehn Tage her. Also wird er vollkommen pleite sein. Er muss mein Geld annehmen.«

»Das wird er nicht tun. Er hat ein schlechtes Gewissen wegen deiner Geschichte mit der *Post*.«

»Aber er weiß doch, dass sie mir zweihundert Dollar Vorschuss pro Woche bezahlen. Und ich habe weder Schulden noch Angehörige. Warum also sollte er die fünfzig Dollar nicht nehmen? Mir bleibt immer noch genügend ...«

»Ich muss dir doch wohl nicht sagen, was sich bei deinem Bruder abspielt? Er hat eine Menge Skrupel und dazu eine gehörige Portion Dickköpfigkeit. Das ist eine schlechte Kombination.«

»Würde er das Geld von dir annehmen?«

»Ja, vielleicht. Aber ich wüsste nicht, wie ich fünfzig Dollar aufbringen sollte.«

»Ich habe eine Idee.«

Am Nachmittag ging ich zur Western Union und telegrafierte Ronnie eine Zahlungsanweisung über fünfzig Dollar in sein Hotel in Cleveland. Einen Tag später überwies er diesen Betrag Eric ins Ansonia. Abends rief ich Ronnie in seinem nächsten Anlaufhafen an: Cincinnati.

»Ich habe Eric vorgelogen, Basie habe allen Bandmitgliedern eine Gehaltserhöhung gegeben«, erklärte er mir, »aber anscheinend hat er keinen Verdacht geschöpft. Ich glaube, er braucht das Geld wirklich. Er hat nämlich gesagt, er werde gleich mit dem Telegramm zur Western Union gehen und das Geld abholen.«

»Gut, zumindest wissen wir jetzt, dass er genug Geld hat, um satt zu werden. Wenn ich ihn doch jetzt noch dazu bringen könnte, sich mit mir zu treffen.«

»Lass ihm etwas Zeit. Ich weiß, dass er dich vermisst.«

»Woher weißt du das?«

»Weil er's mir gesagt hat.«

Ich befolgte den Rat und hielt mich zurück. Jeden Tag rief ich Eric an, um mich nach seinem Befinden zu erkundigen. Wenn ich Glück hatte, war er nüchtern und einigermaßen klar im Kopf. In der Regel klang er jedoch entweder betrunken oder verkatert und zutiefst niedergeschlagen. Ich fragte nicht mehr, ob er sich noch um Arbeit bemühte. Stattdessen hörte ich mir seine Monologe über die fünf Filme an, die er am Tag zuvor gesehen hatte. Oder über die Bücher, die er in der Bücherei in der 42nd Street gelesen hatte (er war inzwischen Stammgast im Lesesaal). Oder über die Broadway-Show, in die er sich am Abend zuvor hineingemogelt hatte.

»Das ist gar nicht so schwer«, erklärte er mir. »Man wartet bis zur ersten Pause vor dem Theater. Wenn alle auf die Straße rennen, um eine Zigarette zu rauchen, mischt man sich unter die Menge, geht mit hinein und sucht sich einen leeren Platz hinter dem Orchestergraben. Und schon kann man sich die nächsten beiden Akte kostenlos ansehen. Guter Trick, nicht?«

»Ja, nicht schlecht«, erwiderte ich möglichst freundlich und tat so, als sei es ganz natürlich, wenn sich ein Mann an die vierzig heimlich in eine Broadway-Show schlich.

In Wirklichkeit war mir eher danach zumute, zum Ansonia zu laufen, Eric in einen Wagen zu packen und ihn für ein paar Wochen nach Maine zu schicken. Ich hatte das sogar einmal am Telefon angesprochen und ihm erklärt, es würde ihm sicher gut tun, eine Zeit lang nicht in New York zu sein. Vielleicht würde dann alles anders aussehen.

»Oh, ich verstehe«, meinte er. »Nachdem ich eine Woche an einem leeren Strand spazieren gegangen bin, wird mein inneres Gleichgewicht wiederhergestellt, mein Glaube an die Menschheit zurückgekehrt und ich in einem Eins-a-Zustand sein, um die Fragen der reizenden Menschen vom Ausschuss für unamerikanische Umtriebe parieren zu können.«

»Ich meine ja nur, dass eine Luftveränderung dir gut tun würde.«

»Tut mir leid – keine Chance.«

Ich bat ihn nicht mehr um ein Treffen. Aber ich fand einen Portier im Ansonia – Joey –, der für fünf Dollar die Woche gern bereit war, mich über Erics Kommen und Gehen auf dem Laufenden zu halten. Ich wusste, dass dies eine Art Überwachung war, aber ich musste über seinen psychischen und physischen Zustand Bescheid wissen. Joey hatte, für den Notfall, meine Telefonnummer. Eine Woche vor Erics Termin beim HUAC läutete um drei Uhr morgens das Telefon. Jack, der neben mir schlief, fuhr erschreckt hoch. Und ich ebenfalls. Mit dem Schlimmsten rechnend, nahm ich den Hörer ab.

»Miss Smythe, hier ist Joey vom Ansonia. Entschuldigen Sie, dass ich Sie mitten in der Nacht anrufe, aber Sie haben gesagt, ich solle mich jederzeit melden, wenn es ein Problem gäbe…«

»Was ist passiert?«, fragte ich zutiefst erschrocken.

»Keine Sorge, Ihr Bruder ist nicht verletzt. Aber er ist vor etwa fünfzehn Minuten völlig betrunken hier aufgetaucht. Ich sage Ihnen, er war so fertig, dass ich und der Dienst habende Detektiv ihn vom Taxi nach oben tragen mussten. In seinem Zimmer hat er dann alles vollgekotzt. Es war eine Menge Blut dabei…«

»Rufen Sie die Sanitäter.«

»Ist schon passiert. Sie müssten in ein paar Minuten hier sein.«

»Ich komme sofort.«

Jack und ich waren in Windeseile angezogen und zur Tür hinaus. Wir nahmen ein Taxi. Vor dem Ansonia stand ein Krankenwagen. Als wir in die Eingangshalle hasteten, wurde Eric gerade auf einer Bahre heruntergetragen. In den drei Wochen seit unserem letzten Treffen war er um fast zehn Jahre gealtert. Sein Gesicht wirkte ausgemergelt, die Knochen traten hervor wie bei einem Totenschädel. Sein spärlicher Bart war blutbefleckt. Sein Haar war dünn geworden, seine Hände knochig, die Fingernägel brüchig und schmutzig. Er wirkte unterernährt, nahezu verhungert. Doch am meisten erschreckten mich seine Augen. Sie waren rot, blutunterlaufen, glasig – als hätte ihm das Leben nichts als Prügel beschert. Ich nahm seine Hand. Sie war mager, schwerelos. Ich rief ihn bei seinem Namen, aber er sah mich nur mit leeren Augen an. Ich musste weinen. Jack – selbst bleich vor Entsetzen – legte den Arm um mich, als die Sanitäter meinen Bruder nach draußen rollten und in den Wagen luden.

Wir durften mitfahren. Der Krankenwagen raste über den Broadway. Während der fünfminütigen Fahrt zum Roosevelt Hospital hielt ich Erics Hand. Meine Augen schwammen in Tränen, und ich schüttelte immer wieder den Kopf.

»Ich hätte ihn nicht allein lassen dürfen«, sagte ich.

»Du hast alles getan, was in deiner Macht stand.«

»Alles? Sieh ihn dir doch an, Jack. Ich habe ihn im Stich gelassen.«

»Hör auf damit«, befahl mir Jack. »Du hast niemanden im Stich gelassen.«

Im Krankenhaus wurde Eric sofort in die Notaufnahme gebracht. Eine Stunde verstrich. Jack machte sich zu einem Coffee Shop um die Ecke auf, der die ganze Nacht geöffnet hatte, und kehrte mit Doughnuts und Kaffee zurück. Er rauchte eine Zigarette nach der anderen, während ich im Wartezimmer auf und ab ging und mich fragte, warum wir immer noch nichts hörten. Schließlich trat ein müde wirkender Arzt in weißem Kittel durch die Schwingtür der Intensivstation. Er war um die dreißig, in seinem Mundwinkel hing eine Zigarette.

»Wartet hier jemand auf einen Mr. …« Er sah auf die Karte in seiner Hand. »… Eric Smythe?«

Jack und ich sprangen sofort auf, und der Arzt fragte mich, in welcher Beziehung ich zu Mr. Smythe stünde.

»Nun, Miss Smythe«, sagte er, als ich ihm Auskunft gegeben

hatte, »Ihr Bruder leidet unter Mangelernährung und hat eine schwere Alkoholvergiftung, dazu kommt ein aufgebrochenes Zwölffingerdarmgeschwür. Noch zwei Stunden, und er wäre daran gestorben. Weshalb ist er so unterernährt?«

Ich hörte mich sagen: »Es ist meine Schuld.«

Sofort mischte sich Jack ein. »Hören Sie nicht auf sie, Doktor. Mr. Smythe hatte schwerwiegende berufliche Probleme, und genau genommen hat er sich selbst zugrunde gerichtet. Seine Schwester hat ihr Bestes getan...«

Der Arzt unterbrach ihn. »Es geht mir hier nicht um Schuldzuweisungen. Ich möchte nur wissen, wie er in diesen Zustand geraten ist. Wir müssen ihn nämlich sofort operieren...«

»Oh, mein Gott«, entfuhr es mir.

»Wenn es zu einem Bruch der Duodenaldrüse kommt, bleibt nur eine Operation, sonst stirbt der Patient. Aber ich denke, es ist noch nicht zu spät. Die nächsten beiden Stunden sind entscheidend. Sie können hier warten oder mir Ihre Telefonnummer geben. Wir rufen...«

»Ich bleibe hier«, sagte ich. Jack nickte zustimmend.

Als der Arzt gegangen war, sank ich auf einen Stuhl. Ich gab mir Mühe, meine Gefühle unter Kontrolle zu halten. Jack setzte sich neben mich und legte mir den Arm um die Schultern.

»Er wird es schaffen«, sagte er.

»Das hätte nicht passieren dürfen...«

»Es ist nicht deine Schuld.«

»Doch. Ich hätte ihn nicht seinem Schicksal überlassen dürfen.«

»Ich höre mir nicht mehr länger an, wie du dich selbst fertig machst...«

»Er bedeutet mir alles, Jack. *Alles.*«

Ich barg mein Gesicht an seiner Schulter. Nach einer Weile sagte ich: »Ich glaube, ich habe mich nicht besonders glücklich ausgedrückt...«

»Weiß ich doch.«

»Jetzt habe ich dich verletzt.«

»Psst«, sagte er sanft. »Du musst das nicht erklären.«

Um sieben Uhr früh hatten wir immer noch nichts Neues über Erics Zustand erfahren, außer dass er jetzt auf der Intensivstation lag. Jack bot an, sich freizunehmen, aber ich bestand darauf, dass er ins Büro ging. Ich musste ihm versprechen, ihn jede Stunde anzurufen und ihm Bericht zu erstatten, auch wenn es nichts Neues gab.

Kaum dass er gegangen war, streckte ich mich auf einem Sofa im Wartezimmer aus und schlief ein. Das Nächste, an das ich mich erinnern kann, war, dass mich eine Krankenschwester schüttelte. »Miss Smythe, Sie dürfen jetzt zu Ihrem Bruder gehen.«

Sofort war ich hellwach. »Ist alles in Ordnung?«

»Er hat viel Blut verloren, aber er hat's geschafft. Gerade noch.«

Ich wurde durch die Notaufnahme zu einem dunklen, voll belegten Krankensaal in einem entfernten Flügel der Klinik geführt. Eric lag am Ende einer Reihe von zwanzig Betten. Es herrschte ein ohrenbetäubender Lärm – ein dauernder Missklang aus dem Stöhnen der Patienten, brüsken Anweisungen und dem lauten Rufen der Leute, die sich wegen dem Widerhall in dem großen Saal schlecht verständigen konnten. Eric war erschöpft, aber wach. Er lag flach im Bett, ein Laken bis zum Hals hochgezogen, zwei dicke intravenöse Schläuche mit Blutplasma und einer klaren, dicken Flüssigkeit verschwanden unter der Decke. Er sah mich schweigend an, und ich küsste ihn auf die Stirn und streichelte sein Gesicht. Vergeblich versuchte ich, die Tränen zurückzuhalten.

»Das ist dumm«, sagte er mit schwerer, noch von der Narkose träger Stimme.

»Was?«

»Zu weinen – als ob ich schon tot wäre.«

»Vor ein paar Stunden hast du tatsächlich wie tot ausgesehen.«

»So fühle ich mich jetzt auch. Bring mich hier raus, S.«

»Ich denke nicht daran.«

»Ich meine ... besorg mir ein Zimmer. Die NBC zahlt ...«

Ich antwortete nicht, denn es war ziemlich offensichtlich, dass er fantasierte.

»Besorg mir ein Zimmer«, sagte er noch einmal. »Die NBC …«

»Lass uns später darüber reden«, unterbrach ich ihn und streichelte weiter seine Stirn.

»Sie haben meine Versicherung nicht gekündigt …«

»Was?«

»In meiner Brieftasche …«

Ich schnappte mir den Portier, der Erics Brieftasche heraussuchte (man hatte sie gleich nach seiner Aufnahme im Krankenhaussafe eingeschlossen – zusammen mit seiner Uhr und den sieben Dollar, die er noch an Bargeld besaß). In der Brieftasche fand ich eine Versicherungskarte, auf deren Rückseite eine Telefonnummer stand. Ich rief dort an und erfuhr, dass Eric noch immer betrieblich versichert war.

»Ja, ich habe seine Akte gefunden«, sagte die Versicherungsangestellte. »Wir wissen, dass Mr. Smythe nicht mehr bei der NBC arbeitet. Aber laut seiner Police ist er noch bis zum 31. Dezember 1952 anspruchsberechtigt.«

»Dann kann ich ihn also im Roosevelt Hospital in ein Einzelzimmer verlegen lassen.«

»Leider ja.«

Innerhalb einer Stunde wurde Eric in ein kleines, aber freundliches Zimmer in einem der oberen Stockwerke gebracht. Er war immer noch vollkommen erschöpft.

»Was? Kein Ausblick?«, lautete sein einziger Kommentar über seine neue Umgebung, bevor er wieder wegdämmerte.

Um vier Uhr am Nachmittag rief ich Jack an und teilte ihm mit, Eric sei außer Gefahr. Dann ging ich nach Hause und schlief bis zum nächsten Morgen. Als ich aufwachte, lag Jack friedlich schlafend neben mir. Ich schlang die Arme um ihn. Die Tragödie war abgewendet worden. Eric hatte es geschafft. Und neben mir lag dieser außergewöhnliche Mensch.

»Du bedeutest mir auch alles«, flüsterte ich.

Dann stand ich leise auf, ging unter die Dusche, zog mich an und brachte Jack ein Frühstück ans Bett. Wie immer zündete er sich nach dem ersten Schluck Kaffee eine Zigarette an.

»Wie geht es dir?«, fragte er.

»Du weißt doch, nach zwölf Stunden Schlaf sieht die Welt gleich viel besser aus.«

»Stimmt. Wann gehst du wieder ins Krankenhaus?«

»So etwa in einer halben Stunde. Kannst du mich begleiten?«

»Ich habe einen frühen Termin in Newark ...«

»Macht nichts.«

»Aber richte Eric meine besten Wünsche aus. Und sag ihm, ich bin zur Stelle, wenn er mich braucht.«

Auf dem Weg zum Krankenhaus kam mir der Gedanke, dass Jack seine eigene Art gefunden hatte, mit meinem Bruder umzugehen. Seit Eric auf der schwarzen Liste stand, hatte sich Jack ihm gegenüber ausgesprochen korrekt (und großzügig) verhalten – aber aus vorsichtiger Distanz heraus. Er mied den direkten Umgang mit ihm. Ich konnte ihm das nicht zum Vorwurf machen, besonders, da das FBI über unsere Beziehung Bescheid wusste. Und ich bewunderte, dass er auf seine eigene stille Art Eric in dieser schweren Zeit beigestanden hatte. Viele Leute wären entsetzt gewesen bei dem Gedanken, auch nur vage mit ihm in Verbindung gebracht zu werden.

Als ich ins Krankenhaus kam, war Eric wach. Zwar wirkte er noch immer ausgezehrt und hager, doch war ein klein wenig Farbe in seine Wangen zurückgekehrt. Und er sprach auch ein bisschen klarer als am Vortag.

»Sehe ich so schlecht aus, wie ich mich fühle?«

»Ja.«

»Das ist eine eindeutige Antwort.«

»Die hast du auch verdient. Was um alles in der Welt hattest du vor?«

»Ich wollte mich betrinken.«

»Ohne etwas zu essen?«

»Das Essen raubt einem zu viel Zeit, in der man sich betrinken kann.«

»Du hattest Glück, dass Joey Dienst hatte …«

»Ich wollte wirklich sterben, S.«

»Sag so etwas nicht.«

»Aber es ist wahr. Ich habe keinen Ausweg mehr gesehen …«

»Wie ich dir immer wieder gesagt habe, du wirst da durchkommen. Aber nur, wenn du zulässt, dass ich dir helfe.«

»Ich bin das alles nicht wert, was du schon bezahlt …«

Ich strich mit dem Daumen über den Zeigefinger.

»Weißt du, was das ist? Das Unwichtigste von der Welt.«

Es gelang ihm zu lächeln. Ich nahm seine Hand.

»Was haben wir denn außer dem Leben?«

»Schnaps.«

»Vielleicht, aber was den betrifft, habe ich schlechte Nachrichten für dich. Laut dem Arzt, mit dem ich auf dem Weg hierher gesprochen habe, ist es für dich aus mit dem Trinken. Dein Zwölffingerdarm ist ziemlich kaputt. Mit der Zeit müsste er von selbst wieder heilen. Aber auch dann wird dein Magen keinen Alkohol mehr vertragen. Tut mir leid, dass ich dir das sagen muss …«

»Nicht so leid wie mir.«

»Der Arzt hat außerdem gemeint, du müsstest mindestens zwei Wochen hier bleiben.«

»Na ja, wenigstens wird die NBC die Rechnung bezahlen.«

»Ja, das ist eine gewisse Genugtuung.«

»Und was ist mit meinem kleinen Auftritt vor dem HUAC nächste Woche?«

»Ich bitte Joel Eberts, den Termin zu verschieben.«

»Für immer, wenn möglich.«

Wie sich herausstellte, konnte Mr. Eberts lediglich eine Verschiebung der Vorladung um einen Monat erreichen. Während dieser Zeit gelang es Eric, trocken zu werden und sich zu erholen. Nach seinem zweiwöchigen Aufenthalt im Roosevelt Hospital überredete ich ihn, ein Häuschen in Sagaponack zu mieten. Damals war dieses Eck von Long Island noch völlig unerschlossen. Sagaponack war ein kleines Fischerdorf – ein Ort mit stark salzhaltiger Luft, der noch nicht von der höheren Gesellschaft heimgesucht worden war und wo es nur Hummerboote gab, Bars, in denen man auf den Boden spuckte, und Fischer mit von Wind und Wetter gegerbter Haut. Obwohl Sagaponack nur drei Zugstunden von Manhattan entfernt lag, war es dort völlig einsam. Ich mietete ein einfaches, verwittertes Häuschen mit drei Zimmern an einem weiten, leeren Strand. Anfangs saß Eric immer nur im Sand und starrte auf die sich brechenden Wellen. Aber am Ende unseres vierzehntägigen Aufenthalts lief er jeden Tag fast zwei Kilometer am Strand entlang. Obwohl er strikt eine langweilige Diät einhalten musste (ich wurde Expertin für Makkaroni mit Käse), nahm er doch ein wenig zu. Und, was noch wichtiger war, er schlief jede Nacht acht bis zehn Stunden. Tagsüber unternahmen wir so wenig wie möglich. In dem Haus gab es ein Regal mit billigen Krimis, die wir regelrecht verschlangen. Es gab weder Radio noch Fernsehen. In den ganzen zwei Wochen kauften wir nicht einmal eine Zeitung. Eric gab mir zu verstehen, dass er absolut nichts von der Welt jenseits des Strandes wissen wollte. Und ich hatte nichts dagegen. Nach den vergangenen Wochen wollte auch ich die Tür zu dem Chaos, das man Leben nennt, zuschlagen. Natürlich vermisste ich Jack furchtbar. Ich hätte ihn eingeladen, für ein paar Tage zu kommen, aber er sagte, er sei gerade mit Arbeit zugeschüttet, und die Wochenenden kamen nicht infrage, da sie ausschließlich Dorothy und Charlie vorbehalten waren. Es gab auch kein Telefon in dem Häuschen. So ging ich zwei Mal in der Woche ins Dorf und wartete im Postamt auf einen Anruf von Jack. Wir hatten dafür dienstags und donnerstags um drei Uhr am Nachmittag ausgemacht. Jacks Anruf kam stets pünktlich. Die Postmeisterin war gleichzeitig die Telefonistin, und mir fiel auf, dass sie ausgesprochen neugierig war. Deshalb achtete ich sorgfältig darauf, am Telefon nichts von der schwarzen Liste zu sagen oder Jacks Familie zu erwähnen. Falls sie mithörte (und ich war mir ziemlich sicher, dass sie es tat), hörte sie nur zwei Menschen, die einander schrecklich vermissten. Aber jedes Mal, wenn ich Jack darauf ansprach, ob er sich nicht einen Tag und eine Nacht aus dem Staub machen könne, behauptete er eisern, in der Arbeit stehe er momentan viel zu sehr unter Druck.

Nach zwei herrlichen Wochen stellten wir fest, dass die Zeit wie im Fluge vergangen war. Am Abend vor unserer Abreise setzten Eric und ich uns an den Strand, um zuzuschauen, wie die Sonne in der Meerenge versank. Als das Licht langsam verblasste und den Strand noch einmal in einen whiskyfarbenen Schleier tauchte, sagte Eric: »In Augenblicken wie diesem denke ich, jetzt wäre es Zeit für einen Cocktail.«

»Sei froh, dass du solche Augenblicke noch erleben kannst.«

»Aber sie wären viel schöner mit einem Gin-Martini. Ich weiß, dass ich in den nächsten Wochen den Alkohol schrecklich vermissen werde.«

»Alles wird gut werden.«

»Nein. Wird es nicht. In vier Tagen stehe ich vor diesem verdammten Ausschuss.«

»Du wirst es überleben.«

»Wir werden sehen.«

Am nächsten Morgen kehrten wir in die Stadt zurück. Gegen Mittag kamen wir an der Penn Station an und nahmen gemeinsam ein Taxi. Eric stieg am Ansonia aus. Wir verabredeten uns für den nächsten Morgen um neun Uhr zum Frühstück, und danach wollte ich ihn zu einem Gespräch mit Joel Eberts begleiten.

»Müssen wir das mit Eberts wirklich machen?«, fragte er mich, während der Portier vom Ansonia Erics Tasche aus dem Kofferraum hob.

»Er ist dein Anwalt. Er ist bei dir, wenn du am Freitag vor dem Ausschuss stehst. Deshalb ist es sicher gut, wenn er vorher mit dir eine Art Strategie abspricht.«

»Es gibt keine Strategie, wenn man sich auf sein Recht beruft, die Aussage zu verweigern.«

»Darüber können wir uns morgen Gedanken machen«, erwiderte ich. »Jetzt geh erst einmal nach oben und ruf Ronnie an. Wo spielt er heute Abend?«

»Ich weiß es nicht. Ich habe seinen Tourplan irgendwo vergraben.«

»Dann such ihn und ruf an. Bestimmt brennt er schon darauf, etwas von dir zu hören.«

»Danke für die beiden Wochen. Wir sollten das öfter machen.«

»Das werden wir auch.«

»Du meinst, wenn ich aus dem Gefängnis komme.«

Ich gab ihm einen Abschiedskuss. Dann stieg ich wieder in das Taxi und fuhr vier Blocks weiter zur West 77th Street. Den Nachmittag verbrachte ich damit, die Briefe, die sich angesammelt hatten, zu sortieren. Ein Stapel stammte von der *Saturday Evening Post* – zwanzig Briefe von verschiedenen Lesern, die alle die Notiz über meinen so genannten Urlaub gelesen hatten und sich wünschten, dass bald wieder etwas von mir gedruckt wurde.

»Ich werde Sie vermissen«, schrieb eine Miss A. Ireland aus South Falmouth in Maine. Als ich das las, spürte ich einen Stich. Denn ich sehnte mich verzweifelt danach, wieder etwas Gedrucktes von mir zu sehen – auch wenn ich es Eric oder Jack gegenüber nie zugegeben hätte.

Gegen vier Uhr verließ ich die Wohnung und beeilte mich, etwas zum Essen einzukaufen. Um kurz vor fünf war ich zurück. Zehn Minuten später hörte ich, wie in der Wohnungstür ein Schlüssel umgedreht wurde. Ich öffnete die Tür und zog Jack in die Wohnung. Kaum eine Minute später lagen wir im Bett. Erst nach einer halben Stunde sprachen wir miteinander.

»Ich glaube, ich habe dich vermisst«, sagte ich.

»Ich glaube, ich dich auch.«

Schließlich standen wir auf, und ich kochte etwas zum Abendessen. Wir aßen, tranken eine Flasche Chianti, gingen wieder ins Bett. Wann wir einschliefen, weiß ich nicht mehr. Ich kann mich nur noch daran erinnern, dass ich plötzlich hochschreckte. Jemand läutete an meiner Wohnungstür. Ich brauchte eine Weile, bis mir bewusst wurde, dass es mitten in der Nacht war: vier Uhr achtzehn zeigte der Wecker neben meinem Bett an. Es läutete erneut. Jack regte sich.

»Was zum Teufel...«, sagte er müde.

»Ich mache das schon«, unterbrach ich ihn, zog den Bademantel an und ging in die Küche. Dort nahm ich den Hörer der Sprechanlage, drückte den Knopf und murmelte ein schläfriges »Hallo«.

»Sind Sie Sara Smythe?«, fragte jemand in barschem Ton.

»Ja. Wer sind Sie?«

»Polizei. Würden Sie uns bitte hineinlassen?«

Nein! Mein Gott, bitte nicht!

Einen Augenblick lang stand ich wie angewurzelt da. Dann hörte ich die barsche Stimme erneut.

»Miss Smythe... sind Sie noch da?«

Ich drückte den Türöffnerknopf. Kurz darauf klopfte es an der Wohnungstür. Aber ich war nicht in der Lage aufzumachen. Das Klopfen wurde lauter. Ich hörte, wie Jack aufstand. Er kam in die Küche, wobei er sich den Bademantel umwickelte. Ich stand noch immer an der Sprechanlage, den Kopf an die Wand gelehnt.

»Du liebe Güte, was ist passiert?«, fragte er.

»Bitte, mach du die Tür auf«, sagte ich.

Das Klopfen war inzwischen heftig geworden.

»Wer ist denn da?«

»Die Polizei.«

Er wurde bleich. Ging in den Flur. Ich hörte, wie er die Tür aufschloss.

»Ist Sara Smythe hier?«, fragte dieselbe barsche Stimme, die ich über die Sprechanlage gehört hatte.

»Was ist los, Officer?«, fragte Jack.

»Wir müssen mit Miss Smythe sprechen.«

Einen Augenblick später tauchten zwei uniformierte Polizisten in der Küche auf. Jack folgte ihnen. Einer der beiden trat auf mich zu. Er war etwa fünfzig, hatte ein längliches, weiches Gesicht und einen scheuen Blick, der verriet, dass er keine guten Nachrichten zu übermitteln hatte.

»Sind Sie Sara Smythe?«, fragte er.

Ich nickte.

»Haben Sie einen Bruder namens Eric?«

Ich antwortete nicht. Weinend sackte ich zusammen.

9

Die Polizisten nahmen uns in ihrem Wagen mit. Ich saß mit Jack hinten, den Kopf an seine Schulter gelehnt. Er hatte beide Arme um mich gelegt und drückte mich so fest an sich, als würde er meinen Körper zusammenhalten. Tatsächlich fühlte ich mich, als könnte ich jeden Moment auseinander fallen.

Während wir auf der 34th Street Richtung Osten fuhren, erhellte das erste schimmernde Licht den Nachthimmel. Niemand sprach. Die beiden Polizisten blickten nach vorn auf die regennasse Windschutzscheibe und kümmerten sich nicht um das Knistern und Knarren ihrer Funkanlage. Jack bemühte sich, mir schweigend Trost zu spenden, aber auch er war merklich entsetzt. Ich hörte, wie sein Herz gegen die Brust hämmerte. Vielleicht hatte er Angst, ich würde wieder anfangen zu heulen, so wie zuvor, als sie mir die Nachricht mitgeteilt und ich hemmungslos geweint hatte. Ungefähr eine halbe Stunde hatte ich auf meinem Bett gelegen, die Decken fest an mich gedrückt.

Ich war völlig außer mir gewesen. Immer wenn Jack versuchte, mich zu trösten, schrie ich ihn an, er solle mich in Ruhe lassen. Ich war so verzweifelt, dass mir schon der Gedanke unerträglich war, jemand würde mich in diesem Moment zu beruhigen versuchen. Es gab keine Linderung für meinen Schmerz. Schließlich fragte mich einer der beiden Polizisten, ob ich ärztliche Hilfe benötige. Doch da hatte ich mich schon wieder im Griff, und ich zog mich an. Jack und einer der beiden Männer fassten mich bei den Armen und wollten mich so zum Wagen hinausführen – aber ich wand mich höflich heraus. Wie Eric gesagt hätte (boshaft unseren

Vater imitierend): Eine Smythe bricht in der Öffentlichkeit nicht zusammen. Selbst wenn sie soeben eine Nachricht erhalten hat, die schlimmer nicht sein könnte.

Jetzt war ich nicht mehr in der Lage zu weinen. Ich empfand eine Trauer, die über Tränenvergießen oder Schmerzensschreie hinausging. Ich war sprachlos, wie versteinert und zu keinem Gedanken mehr fähig.

Auf der Second Avenue fuhren wir zwei Blocks nach Süden, dann ging es auf der 32nd Street wieder Richtung Osten, bis wir vor dem Seiteneingang eines niedrigen Backsteingebäudes hielten. Über dem Haupteingang waren die Wörter *Pathologisches Institut der Stadt New York* eingemeißelt.

Die Polizisten führten uns durch den Seiteneingang mit der Aufschrift *Einlieferungen*. Drinnen saß ein älterer schwarzhäutiger Herr hinter einem Tisch – der heilige Petrus des Leichenschauhauses. Als einer der beiden Polizisten sich vorbeugte und »Smythe« sagte, öffnete der Herr ein großes Buch und fuhr mit dem Finger eine Seite hinab, bis er bei dem Namen meines Bruders Halt machte. Dann nahm er das Telefon und wählte eine Nummer.

»Smythe«, sagte er leise in den Hörer. »Schrank 58.«

Ich spürte, wie meine Unsicherheit zurückkehrte. Jack merkte es und legte den Arm um meine Taille. Nach einer Weile betrat ein Angestellter in weißem Kittel den Raum. »Sie sind gekommen, um Smythe zu identifizieren?«, fragte er mit ausdrucksloser Stimme.

Einer der Polizisten nickte. Der Angestellte wies ihn mit einer Daumenbewegung an, ihm zu folgen. Wir liefen durch einen schmalen Gang, der in grüner Amtsfarbe gestrichen und von Neonröhren beleuchtet war. Vor einer Eisentür blieben wir stehen. Unser Begleiter öffnete sie, und wir betraten einen kleinen Raum, in dem es kalt war wie in einem Schlachthaus. An einer Wand befanden sich nummerierte Schränke aus rostfreiem Stahl. Der Angestellte ging zu dem Schrank mit der Nummer 58. Einer der Polizisten schob mich sanft nach vorn. Jack stellte sich neben mich.

Er drückte meinen Arm. Eine Weile herrschte absolute Stille. Die Polizisten sahen mich verlegen an. Der Angestellte trommelte geistesabwesend mit den Fingern an die Stahltür. Schließlich holte ich tief Luft und nickte.

Mit einem langen Zischlaut öffnete sich der Schrank. Sofort schloss ich die Augen. Doch schon wenig später zwang ich mich hinzusehen. Eric lag vor mir, vom Hals abwärts mit einem groben weißen Tuch bedeckt, die Augen geschlossen. Die Haut schien wie gebleicht, die Lippen waren blau. Er sah nicht friedlich aus, sondern nur leblos. Eine leere Hülle, die einst mein Bruder gewesen war.

Ich unterdrückte ein Schluchzen und schloss rasch wieder die Augen, denn ich konnte seinen Anblick nicht ertragen. Ich wollte nicht, dass dieses letzte Bild von ihm mich mein Leben lang verfolgte.

»Ist das Eric Smythe?«, fragte der Angestellte.

Ich nickte.

Er zog das Tuch über Erics Gesicht und schob die Bahre wieder in den Schrank, der sich gleich darauf mit einem dumpfen Knall schloss. Der Angestellte nahm ein Klemmbrett, das an der Wand an einem Nagel hing, blätterte ein paar Formulare durch, fand, was er suchte, und reichte mir das Brett.

»Unterschreiben Sie bitte hier unten auf der Seite«, sagte er und zog einen zerkauten Bleistift aus der Brusttasche seines fleckigen weißen Kittels.

Ich unterschrieb und gab ihm die Schreibunterlage zurück.

»Welches Bestattungsinstitut nehmen Sie?«, fragte er.

»Ich weiß noch nicht«, antwortete ich.

Er riss einen Teil des Formulars am perforierten Rand ab und gab es mir. Es trug den Namen Smythe sowie eine Nummer.

»Wenn Sie wissen, welches Institut Sie nehmen, sagen Sie ihnen, sie sollen hier anrufen und diese Nummer angeben. Die wissen dann schon Bescheid.«

»Gut«, sagte Jack, nahm mir das Papierstück ab und schob es in seine Jackentasche. »Sind wir hier fertig?«

»Jawohl.«

Die Polizisten begleiteten uns nach oben. »Können wir Sie zu Hause absetzen?«, fragte einer von ihnen.

»Ich möchte ins Ansonia gehen«, erklärte ich.

»Das können wir später auch noch machen«, meinte Jack. »Du brauchst jetzt Ruhe.«

»Ich gehe ins Ansonia«, beharrte ich. »Ich möchte seine Wohnung sehen.«

»Sara, ich glaube nicht …«

»Ich gehe in seine Wohnung«, wiederholte ich und merkte, wie sich meine Stimme fast überschlug.

»Schon gut, schon gut«, sagte Jack und nickte den Polizisten zu. Wir stiegen wieder in den Polizeiwagen. Während der Fahrt gelang es mir, die Fassung zu bewahren. Jack sah erschöpft und tief betroffen aus. Er hielt meine Hand, wirkte aber abwesend. Vielleicht kam es mir auch nur so vor, weil ich mich wie in einem schrecklichen Albtraum fühlte, aus dem es kein Erwachen gab.

Als wir ins Ansonia kamen, war Joey noch immer im Dienst. Sofort bot er uns seine Hilfe an, fand jemanden, der ihn an der Rezeption vertrat, und führte uns in die Bar.

»Vielleicht ist es ein wenig zu früh dafür, aber möchten Sie vielleicht etwas trinken?«

»Das wäre gut«, sagte ich.

»Whisky?«

Jack nickte. Joey holte eine Flasche billigen Scotch und zwei Gläser, die er bis zum Rand füllte. Jack stürzte seinen in einem Schluck hinunter. Ich nippte nur und würgte. Ich nahm noch einen Schluck. Der Whisky brannte in meiner Kehle. Mit dem vierten Schluck war das Glas leer. Joey goss uns beiden nach.

»Haben Sie ihn gefunden?«, fragte ich.

»Ja«, erwiderte Joey leise. »Ich habe ihn gefunden. Und … wenn ich das gewusst hätte, hätte ich dem Ausfahrer nie gestattet …«

»Welchem Ausfahrer?«, fragte ich.

»Ein Mann vom Spirituosenladen in der Nähe. Soweit ich herausgefunden habe, hat Ihr Bruder gestern am späten Nachmittag dort angerufen und ein paar Flaschen Canadian Club auf sein Zimmer bestellt. Zumindest hat das Phil, der tagsüber Dienst hatte, gesagt. Er war hier, als der Ausfahrer auftauchte und nach der Nummer der Wohnung Ihres Bruders fragte. Wenn ich an der Rezeption gewesen wäre, hätte ich Sie sofort angerufen. Schließlich wusste ich ja nach dem, was vor ein paar Wochen passiert war, dass er Alkoholprobleme hatte. Na ja, ich bin etwa um sieben gekommen. Und von Ihrem Bruder habe ich nichts gehört und gesehen, bis er mich kurz nach Mitternacht anrief. Er klang völlig betrunken. Er war so daneben, dass er nuschelte. Ich habe nichts verstanden. Deshalb holte ich jemanden, um mich zu vertreten, und ging nach oben. Ich habe bestimmt fünf Minuten lang geklopft. Nichts. Keine Antwort. Dann bin ich wieder nach unten gegangen und habe den Nachschlüssel geholt. Als ich die Tür aufschloss …«

Er brach ab und sank in sich zusammen. »Ich sage Ihnen, Miss Smythe, das war kein schöner Anblick. Er lag auf dem Boden, und aus seinem Mund floss das Blut stoßweise. Auch das Telefon war mit Blut bedeckt, das heißt, dass er schon ziemlich stark geblutet haben muss, als er mich anrief. Ich wollte Ihnen Bescheid sagen, aber es sah so schlimm aus, dass ich dachte, ich hole erst mal den Notarztwagen. Es dauerte nicht lange, höchstens zehn Minuten. Doch als die Sanitäter kamen, war er schon tot. Dann tauchten die beiden Polizisten auf und übernahmen die Sache. Sie sagten, ich dürfe Sie nicht anrufen, weil sie selbst Ihnen die Nachricht überbringen müssten.«

Er griff nach einem Glas und füllte es mit Scotch. »Ich glaube, jetzt brauche ich auch etwas zu trinken«, meinte er und stürzte den Whisky hinunter. »Ich kann Ihnen gar nicht sagen, wie leid mir das alles tut.«

»Es ist nicht Ihre Schuld«, sagte Jack.

»Die beiden Flaschen Canadian Club, waren sie leer?«, fragte ich.

»Ja, bis zum letzten Tropfen«, antwortete Joey.

Im Geiste hatte ich wieder den Morgen im Roosevelt Hospital vor mir, als ich Eric sagte, er könne nie mehr trinken. Er hatte das philosophisch gesehen. Obwohl er es nicht geäußert hatte, schien er doch insgeheim froh, wieder im Land der Lebenden zu sein. Während der zwei Wochen in Sagaponack hatte er sich allmählich wieder gefangen. Und als ich vor kaum vierundzwanzig Stunden hier wegfuhr, war er …

Ich schluckte schwer, legte den Kopf in die Hände. Jack strich mir über das Haar.

»Ist ja gut«, sagte er sanft.

»Nein, ist es nicht«, schrie ich. »Er hat sich umgebracht.«

»Das weißt du nicht«, meinte Jack.

»Er hat zwei Flaschen Canadian Club getrunken, obwohl er genau wusste, dass sein Geschwür das nicht mitmachen würde. Ich habe ihn gewarnt. Die Ärzte haben ihn gewarnt. Als wir gestern im Zug zurückfuhren, schien er so guter Dinge zu sein. Ich habe mir überhaupt keine Sorgen gemacht. Aber offenbar habe ich mich getäuscht …«

Ich sprach nicht weiter und schluchzte erneut. Jack legte seine Arme um mich und wiegte mich hin und her. »Entschuldige«, sagte ich.

»Mach dir keine Vorwürfe«, sagte Jack.

Joey hüstelte nervös. »Da ist noch etwas, was ich Ihnen sagen muss, Miss Smythe. Phil hat es mir erzählt. Gestern Nachmittag gegen drei Uhr hatte Ihr Bruder Besuch. Ein Mann mit Anzug, der einen Aktenkoffer bei sich trug. Er zeigte Phil nur kurz einen Ausweis und sagte, er sei Zustellungsbeamter. Dann bat er Phil, Ihren Bruder anzurufen und ihn in die Eingangshalle zu bitten, ihm aber nicht mitzuteilen, wer er sei. Phil folgte seinen Anweisungen. Ihr Bruder kam herunter, und der Zustellungsbeamte steckte ihm ein Dokument in die Hand und sagte etwas Förmliches wie ›Hiermit wird Ihnen mitgeteilt, dass …‹ bla, bla, bla. Phil hat es nicht verstanden. Aber er meinte, Ihr Bruder sei ziemlich verblüfft gewesen.«

»Und was ist passiert, nachdem Eric das Papier ausgehändigt wurde?«, fragte ich.

»Der Mann mit dem Anzug ging wieder, und Ihr Bruder fuhr hinauf in sein Zimmer. Etwa eineinhalb Stunden später tauchte der Ausfahrer vom Spirituosenladen auf.«

»Und Eric hat die ganze Zeit das Haus nicht verlassen?«

»Laut Phil nicht.«

»Dann muss das Papier noch oben liegen. Gehen wir.«

Joey zögerte. »Da oben ist noch ein ziemliches Durcheinander, Miss Smythe. Vielleicht sollten Sie lieber warten …«

»Ich komme schon damit zurecht«, sagte ich und stand auf.

»Bitte, lass es sein«, flehte Jack.

»Das ist meine Sache«, erwiderte ich und verließ die Bar. Joey und Jack folgten mir. An der Rezeption nahm Joey einen Schlüssel von der Wand mit den Briefboxen. Wir fuhren mit dem Aufzug in den vierten Stock und gingen zu einer abgenutzten Tür mit der Nummer 512. Joey hielt kurz inne, bevor er den Schlüssel ins Schloss steckte. »Sind Sie sicher, dass Sie da hinein wollen, Miss Smythe?«, fragte er.

»Ich schaffe das schon.«

»Lass mich hineingehen«, schlug Jack vor.

»Nein. Ich will es sehen.«

Joey zuckte die Achseln und ließ das Schloss aufschnappen. Die Tür schwang auf, und ich trat ein. Ich hielt den Atem an. Ich hatte einen blutbefleckten Teppich erwartet, aber mit diesem Ausmaß hatte ich nicht gerechnet. Das Blut schimmerte noch feucht. Telefon und Möbel waren voller Blutspritzer. An zwei Wänden und auf einem Tisch neben der Stelle, wo Eric gestürzt war, sah man die Blutspur einer Hand. Plötzlich lief in meinem Kopf ein Film von den schrecklichen letzten Minuten meines Bruders ab. Er hatte auf dem demolierten Sofa gesessen und getrunken. Neben dem billigen kleinen Fernseher lag eine leere Flasche Canadian Club auf dem Boden. Die zweite Flasche – bis auf ein paar Tropfen ebenfalls leer – stand auf dem niedrigen, holzfurnierten Couchtisch. Auf dem Sofa entdeckte ich ein blutbespritztes Glas. Erics Blutung musste begonnen haben, während er die letzte Flasche austrank. Erschrocken hatte er die Hand auf den Mund gelegt (daher all die blutigen Handabdrücke). Dann war er zum Telefon gewankt und hatte Joey angerufen. Aber wegen des Alkohols (und durch den Schock) sprach er nur undeutlich. Dann hatte er den Hörer fallen gelassen und war gegen den Spieltisch gefallen. Er hatte sich daran angelehnt, war auf den Boden gesunken und gleich darauf gestorben. Zumindest hoffte ich das inständig. Denn der Gedanke, dass Eric lange gelitten hatte, war mir unerträglich.

Ich konnte die Blutlache nicht mehr ansehen, und mein Blick wanderte zu dem Spieltisch, wo unter einem Aschenbecher ein Papier hervorlugte, das wie ein offizielles Dokument aussah. Es war ebenfalls blutbeschmiert. Ich zog es hervor und sah es mir an. Es war ein Schreiben der Steuerbehörde, in dem Eric mitgeteilt wurde, er habe sich einer Steuerprüfung zu unterziehen. Außerdem verlangten sie – auf Grund einer Einkommensmitteilung der NBC –, er müsse unverzüglich die Summe von 43 545 Dollar bezahlen, um seine Steuerschuld für die letzten drei Jahre zu begleichen. Weiter hieß es in dem Schreiben, wenn er diese Forderung anfechten wolle, habe er dreißig Tage Zeit, seine Belege beim örtlichen Finanzamt einzureichen, um Rechtsmittel gegen die genannte Summe einzulegen. Sollte er jedoch diesen Termin nicht einhalten und/oder die genannte Summe nicht zahlen, werde er strafrechtlich verfolgt und müsse mit Gefängnis und der Konfiszierung seines Eigentums rechnen.

Dreiundvierzigtausendfünfhundertfünfundvierzig Dollar. Kein Wunder, dass er sich die beiden Flaschen Canadian Club hatte kommen lassen. Wenn er mich nur angerufen hätte. Ich hätte einen Wagen gemietet und ihn nach Kanada gefahren. Oder ich hätte ihm so viel Geld gegeben, dass er hätte nach Mexiko fliegen und dort ein paar Monate leben können. Aber er hatte Panik bekommen. Vielleicht konnte er auch den Gedanken an ein weiteres Verfahren nach dem Verhör durch das HUAC nicht ertragen – gefolgt von

Inhaftierung, Bankrott und etlichen Jahren verzweifelter Versuche, den Schuldenberg abzutragen.

Meine Hand zitterte und mit ihr der Brief. Jack kam sofort zu mir und stützte mich. »Diese Hunde«, sagte ich. »Diese Hunde.«

Jack nahm mir das Blatt aus der Hand und las es flüchtig durch. »Mein Gott«, sagte er. »Wie konnten sie das tun?«

»Wie? Wie?«, schrie ich außer mir. »Das ist doch ganz einfach. Hätte Eric kooperiert und Namen genannt, wäre ihm diese Forderung nie ausgehändigt worden. Aber wenn man bei diesen Schweinen, diesem Abschaum, nicht spurt, tun sie alles, um einen zu zerstören. *Alles.*«

Ich fing wieder an zu weinen und barg meinen Kopf an Jacks Schulter.

»Es tut mir leid«, sagte er. »Es tut mir so unendlich leid …«

Ich spürte eine andere Hand auf meiner Schulter. Es war Joey. »Kommen Sie«, sagte er sanft. »Sie sollten sich das nicht noch länger ansehen.«

Irgendwie schafften wir es bis zum Aufzug und zurück in die Bar. Joey überließ uns den Whisky und zwei Gläser. Jack goss uns etwas ein. Mein Zustand verschlimmerte sich so sehr, dass ich das Glas kaum halten konnte. Aber der Whisky half. Zum achten Mal in dieser Nacht riss ich mich zusammen. Jack saß zusammengesunken in einem Sessel und starrte vor sich hin. Ich nahm seine Hand.

»Ist alles in Ordnung mit dir?«, fragte ich.

»Ich kann es einfach nicht fassen. Und ich habe ein schlechtes Gewissen, weil …«

Er zögerte.

»Ja?«

»Weil ich mich nie richtig mit Eric verstanden habe.«

»So etwas kommt vor.«

»Ich hätte mir mehr Mühe geben sollen. Ich hätte …«

Er fing an zu schluchzen. Die Menschen überraschen einen in den seltsamsten Augenblicken. Jack, der meinen Bruder nie richtig gemocht hatte, weinte über seinen Tod. So ist das bei einer echten Tragödie. Sie führt einem vor Augen, dass alle Auseinandersetzungen, die wir miteinander haben, letztlich bedeutungslos sind. Der Tod bringt die Waffen zum Schweigen, und plötzlich erkennen wir, dass unser Streit mit einem anderen Menschen eigentlich anachronistisch ist, dass er, wie alles, was wir tun, nur dem Augenblick geschuldet war. Und dieser Augenblick – dieser Zeitsplitter, den wir Leben nennen – zählt gar nichts. Und doch verstricken wir uns immer wieder in Auseinandersetzungen, Streitereien, gegenseitigen Groll, Wut, Eifersucht, Abneigung – jene Übellaunigkeiten, die unser Leben verdüstern. Wir tun es, obwohl wir wissen, dass alles einmal ein Ende hat, dass alles dem Untergang geweiht ist. Vielleicht ist das der eigentliche Grund unseres Zorns – wir lehnen uns auf gegen unsere völlige Bedeutungslosigkeit. Der Zorn verleiht dem, was im Grunde unwichtig ist, Bedeutung. Er lässt uns glauben, wir seien unsterblich.

Wir tranken noch mehr Whisky. Und er tat seine Wirkung. Eine Weile saßen wir schweigend in der leeren Bar, in die allmählich das Morgenlicht flutete. Schließlich ergriff ich das Wort.

»Ich muss Ronnie Bescheid sagen.«

»Ja«, meinte Jack. »Das habe ich auch gerade gedacht. Soll ich das übernehmen?«

»Nein. Er muss es aus meinem Mund erfahren.«

Ich bat Joey, nach oben zu gehen und in Erics Unterlagen nach Ronnies Tourneeplan zu suchen. Er lag auf demselben Tisch, auf dem ich das Schreiben der Steuerbehörde gefunden hatte. Ronnie spielte an diesem Abend in Houston. Ich wartete mit meinem Anruf bis Mittag. Zu dieser Zeit war ich bereits wieder zu Hause und traf die ersten Vorbereitungen für die Beerdigung. Ronnie war schläfrig, als er ans Telefon kam. Er schien überrascht, meine Stimme zu hören, und ahnte auf Anhieb nichts Gutes.

»Du klingst, als ginge es dir schlecht«, sagte er.

»Mir geht es auch schlecht, Ronnie.«

»Es ist Eric, nicht wahr?«, fragte er mit gedämpfter Stimme.

Ich erzählte ihm, was passiert war. Nur in groben Zügen, da ich befürchtete, es würde ihn zu sehr mitnehmen, wenn ich ins Detail ging. Als ich geendet hatte, herrschte lange Schweigen.

»Ronnie ...?«

Schweigen.

»Warum hat er mich nicht angerufen?«, fragte er kaum noch hörbar. »Oder dich?«

»Ich weiß es nicht. Oder doch, aber ich möchte es nicht sagen ...«

»Er hat dich mehr geliebt als ...«

»Bitte, Ronnie, nicht. Ich kann es nicht ertragen, wenn ...«

»Schon gut.«

Wieder Schweigen.

»Bist du noch da?«, fragte ich.

»Mein Gott, Sara ...«

Er begann zu weinen. Plötzlich legte er auf. Eine halbe Stunde später rief er zurück. Er klang zittrig, aber beherrscht.

»Entschuldige, dass ich aufgelegt habe«, sagte er. »Ich konnte einfach nicht ...«

»Du brauchst dich nicht zu rechtfertigen«, unterbrach ich ihn.

»Ich werde nie darüber hinwegkommen.«

»Ich weiß«, erwiderte ich. »Ich weiß.«

»Ich habe ihn wirklich geliebt.«

»Und er dich auch, Ronnie.«

Ich hörte, dass er schwer schluckte. Warum versuchen wir immer, tapfer zu sein, wenn Tapferkeit gar nicht angebracht ist?

»Ich weiß nicht, was ich sagen soll. Es ist alles so sinnlos.«

»Du brauchst nichts zu sagen. Die Beerdigung findet übermorgen statt. Kannst du kommen?«

»Absolut unmöglich. Basie ist sehr strikt. Er würde einem frei geben, wenn die Mutter stirbt. Aber zur Beerdigung eines Freundes nach New York fliegen? Keine Chance. Außerdem würden die Leute sich fragen, was für eine Art Freund Eric für mich war.«

»Mach dir deswegen keine Gedanken.«

»Doch. Ich würde doch gern dabei sein. Ich sollte dabei sein.«

»Ruf mich an, wenn du wieder hier bist. Jederzeit.«

»Danke.«

»Pass gut auf dich auf.«

»Du auch.«

»Sara?«

»Ja?«

»Was soll ich nur tun?«

Ich wusste, was *ich* tun würde. Nachdem ich den Hörer aufgelegt hatte, wankte ich ins Schlafzimmer, warf mich aufs Bett und ließ meinen Gefühlen freien Lauf. Bestimmt habe ich eine ganze Stunde lang geweint. Jack versuchte, mich zu trösten, aber ich schrie ihn an, er solle mich in Ruhe lassen. Ich weinte und unterwarf mich dem Entsetzlichen.

Es gibt Zeiten, da glaubt man, man werde nie mehr aufhören zu weinen. Aber irgendwann zwingt einen die pure körperliche Erschöpfung, aufzuhören, sich wieder zu fassen, sich trotz des schrecklichen Verlustes, der einen in den Wahnsinn zu treiben droht, zu beruhigen. Und so zwang ich mich nach einer Stunde aufzustehen (vielleicht waren es auch eineinhalb – ich hatte vollkommen das Zeitgefühl verloren). Ich zog mich aus, ließ meine Kleider auf den Boden fallen und nahm ein Bad. So heiß, dass ich es gerade noch aushalten konnte. Ich nahm einen Waschlappen, tauchte ihn ins Wasser, wrang ihn aus und legte ihn mir aufs Gesicht. So saß ich eine ganze Stunde lang im Wasser und versuchte, meinen Kopf frei zu bekommen. Jack kam wohlweislich nicht herein, um zu sehen, wie es mir ging. Er hielt Abstand. Als ich schließlich aus dem Bad kam – im Bademantel, ein Handtuch um den Kopf gewickelt –, machte er weder einen Versuch, mich zu umarmen, noch sagte er etwas Banales wie »Geht's dir jetzt besser, Liebes?«. Er war einfühlsam genug zu bemerken, dass ich nicht bedrängt werden wollte. Und so fragte er nur: »Hunger?«

Ich schüttelte den Kopf und setzte mich aufs Sofa. »Komm her«, sagte ich.

Als er sich neben mich setzte, nahm ich sein Gesicht in meine Hände. Ich sagte nichts, sah ihn nur lange an. Er fragte nicht, was ich dachte. Vielleicht wusste er es. *Du bist jetzt alles, was ich habe. Alles.*

Die Trauerfeier fand zwei Tage später im Riverside Funeral Home in der Amsterdam Avenue, Ecke 75th Street statt. Nur ein Dutzend Leute waren gekommen: Jack und Meg, Joel Eberts, eine Hand voll Freunde aus Erics Zeit beim Theater, ein oder zwei Klassenkameraden von der Columbia. Niemand von der NBC. Sid Caesar hatte einen Kranz geschickt und einen Brief an mich, in dem er schrieb, Eric sei nicht nur ein brillanter Autor für Comedys gewesen, sondern ein aufrechter Mensch... und jemand, der dieses Schicksal nicht verdient hatte.

»Wir leben in einer merkwürdigen Zeit«, schrieb Caesar, »in der ein so lustiger und freundlicher Mensch wie Ihr Bruder in die Verzweiflung getrieben wird. Alle, die bei *Your Show of Shows* mitgewirkt haben, mochten ihn. Und wir alle wünschten, wir könnten am Montag da sein und ihm einen angemessenen Abschied bereiten – aber Montag ist unser großer Probetag. Und wie Eric selbst gesagt hätte: *The show must go on.* Bitte lassen Sie sich versichern, dass unsere Gedanken bei Ihnen sind...«

Ich wusste genau (von Eric), dass am Montag lediglich der erste Durchgang des wöchentlichen Drehbuchs stattfand – und selbst das begann nie vor elf Uhr am Morgen. Hätten Caesar und Co. es wirklich gewollt, hätten sie ohne weiteres an der Trauerfeier um zehn Uhr teilnehmen können. Aber ich begriff, dass es ihnen widerstrebte, bei der Beerdigung zu erscheinen. Genauso, wie ich zwischen den Zeilen lesen konnte und wusste, was er mit dem Satz meinte, Eric sei in die Verzweiflung getrieben worden. Caesar und seine Mitarbeiter hatten, wie jeder, schreckliche Angst davor, dass sie dasselbe Schicksal ereilen könnte. Und ich war mir ganz sicher, dass es eine Direktive von Ira Ross und den hohen Tieren vom einundvierzigsten Stock gab, niemand vom NBC-Personal dürfe zu der Beerdigung gehen, denn schließlich konnte es ja sein, dass das FBI jemanden am Eingang postiert hatte, um alle aufzuschreiben, die es gewagt hatten, Solidarität mit Eric zu zeigen.

Wie sich herausstellte, hatten Mr. Hoover und seine Helfershelfer erkannt, dass mein Bruder keine Bedrohung der nationalen Sicherheit mehr darstellte – es sei denn, sie hätten die Riverside Chapel verdeckt überwacht. Ich entdeckte jedenfalls keinerlei Anzeichen für die Anwesenheit des FBI. Nur das Dutzend Trauernde, das den Mut aufgebracht hatte, sich hier zu zeigen, saß in den ersten beiden Reihen, während Roger Webb, ein Priester der Unitarierkirche, eine eloquente Rede über Erics Integrität, seine Gewissenhaftigkeit und seinen Mut hielt. Das Bestattungsinstitut hatte mir den Priester empfohlen, als ich sagte, Eric sei ungläubig gewesen (»Dann ist dieser Reverend Ihr Mann«, hatte der Leiter des Bestattungsunternehmens gemeint). Ich hatte einen gelangweilten Geistlichen erwartet, der ein paar Gebete sprechen, Platituden vor sich hin murmeln und die ganze Zeit auf seine Uhr sehen würde. Aber Roger Webb war jung, ernsthaft und richtig nett. Er legte Wert darauf, mich am Tag vor der Trauerfeier anzurufen und mir zahlreiche Fragen über Eric zu stellen. Ich schlug ihm vor, zu mir zu kommen und alles zu besprechen.

Wenige Stunden später war er da – ein Dreißigjähriger mit einem kindlichen Gesicht, der aus Columbus, Ohio, stammte. Schon seine ersten flüchtigen Äußerungen bei einer Tasse Kaffee machten ihn mir sympathisch. Wie die meisten Unitarier hatte er eine liberale Einstellung. Daher legte ich ihm freimütig und in allen Einzelheiten dar, was Eric widerfahren war, und erzählte ihm auch von der bewundernswerten, aber selbstmörderischen Weigerung, Namen zu nennen. Ich wagte sogar, seine Beziehung zu Ronnie zu erwähnen. Roger Webb hörte schweigend zu. Schließlich sagte er: »Klingt, als wäre Ihr Bruder ein bemerkenswerter Mensch gewesen. Und sehr originell.«

Mir schnürte sich die Kehle zu. »Ja«, erwiderte ich. »Das war er bestimmt.«

Am nächsten Morgen stand Roger Webb links neben dem Sarg meines Bruders und sprach zu der kleinen, zwölfköpfigen Gemeinde. Sein Thema waren die Entscheidungen der Menschen.

»Entscheidungen sagen etwas darüber aus, wer wir sind. Wenn wir eine Entscheidung treffen müssen, sind wir gezwungen, uns unserem wahren Wesen zu stellen – unseren Zielen, unseren Ängsten, unserer Charakterstärke. Oft treffen wir die falsche Entscheidung. Oder wir tun, wie in Erics Fall, etwas Heldenhaftes – wir treffen die richtige Entscheidung, obwohl wir wissen, dass diese Entscheidung alles zunichte machen wird, was wir im Leben erreicht haben. Eric stand vor einer furchtbaren Wahl. Sollte er anderen Schaden zufügen, um sich selbst zu retten? Oder sich selbst retten, indem er anderen Schaden zufügte? Diese Art von Entscheidung wirft ein Licht auf das Gewissen eines Menschen. Jeder hätte es verstanden, wenn Eric sich entschieden hätte, sich selbst zu retten, denn schließlich ist der Selbsterhaltungstrieb ein starker Instinkt. Und ich persönlich weiß nicht, was ich an Erics Stelle getan hätte. Deshalb hoffe ich, dass wir alle in unserem Innersten Verständnis aufbringen für diejenigen, die in letzter Zeit eine solche Entscheidung treffen mussten und denen, aus welchem Grund auch immer, nicht ein solches Maß an Selbstlosigkeit gegeben war wie Eric. Vergebung ist eins der schwierigsten Dinge im Leben – und wahrscheinlich das entscheidendste. Eric hat etwas äußerst Mutiges getan. Aber diejenigen, die sich anders verhalten haben, sollten wir nicht von vornherein verurteilen. Dies ist eine seltsame Zeit – und eine, die, wie ich meine, später einmal als abscheulicher, demagogischer Augenblick in die Geschichte unseres Landes eingehen wird. Ich hoffe, dass wir alle begreifen, welchem moralischen Druck so viele von uns ausgesetzt werden, und Eric Smythe's Tapferkeit und Mut würdigen. Wir sollten uns jedoch auch in jene einfühlen können, die sich in einer ähnlich schwierigen Situation anders entschieden haben.

Als Priester sollte ich wohl eine solche Predigt mit einem Vers aus der Bibel untermauern. Doch als Unitarier darf ich sicher auch auf die Dichtung zurückgreifen. Und so möchte ich denn ein paar Zeilen von Swinburne zitieren:

Schlaf; und wenn das Leben bitter war für dich, verzeih, wenn's süß war, sei dankbar; du hast nicht mehr zu leben: dankbar zu sein ist gut und ebenso verzeihen.

Jack, der neben mir stand, barg sein Gesicht in den Händen. Meg schluchzte. Ebenso die meisten anderen Trauernden. Ich aber starrte nur auf den Sarg. Ich konnte nicht begreifen, was gerade geschah. Vielleicht lag es an dem tristen Anblick des schlichten Kastens aus Kiefernholz - und der Vorstellung, dass mein Bruder darin lag. Vielleicht spielte aber auch der Gedanke eine Rolle, dass alles, was man im Leben macht, am Ende hierauf reduziert wird - dass dies das unausweichliche Schicksal eines jeden Menschen ist.

Wir sprachen das Vaterunser. Wir baten um Vergebung unserer Sünden, so wie wir auch (vorgeblich) jenen vergaben, die sich gegen uns versündigt hatten. Wir sangen nur ein einziges Kirchenlied: *Ein feste Burg ist unser Gott* - ausgewählt nicht wegen der erhebenden lutherischen Botschaft, sondern weil Eric einmal zu mir gesagt hatte, er bekäme dieses Lied nie aus seinem atheistischen Kopf und das läge sicher daran, dass unsere Eltern uns jeden Sonntag in die Kirche geschleppt hätten. Roger Webb erteilte uns zum Schluss seinen Segen und forderte uns auf, in Frieden zu gehen. Die Totengräber zogen den Sarg auf Rädern durch den Gang. Wir folgten und traten hinaus in einen herrlichen Frühlingstag. Als der Sarg in den Leichenwagen geschoben wurde, umarmten sich viele der Trauernden und trockneten sich die Tränen. Nach und nach verabschiedeten sich alle, bis wir schließlich nur noch zu viert waren - Jack, Joel Eberts, Roger Webb und ich. Wir würden Eric zum Krematorium in Queens begleiten. Ich hatte es so gewünscht, denn ich wusste, dass alle Blicke auf mir ruhen würden, wenn der Sarg im Ofen verschwand, und für mich war es wichtig, diese letzten Augenblicke im ganz privaten Kreis zu erleben.

Wir fuhren in einer langen, schwarzen Limousine, hinter der der Leichenwagen folgte. Auf der Queensboro Bridge gerieten wir wegen eines Unfalls in einen dicken Verkehrsstau. Um uns herum wurde ununterbrochen gehupt. Seit Verlassen der Trauerhalle hatte niemand von uns mehr etwas gesagt. Schließlich brach Roger Webb das Schweigen.

»Sieht aus, als würden wir uns ein wenig verspäten«, sagte er geistesabwesend.

»Man wird bestimmt auf uns warten«, erwiderte Joel Eberts, und zum ersten Mal seit Tagen musste ich kichern.

»Eric hätte das gefallen«, sagte ich mitten in dem Lärm der Autohupen. »Ein echtes New Yorker Abschiedskonzert. Obwohl er Queens nie besonders gemocht hat.«

»Niemand, der in Manhattan wohnt, mag Queens, die Bronx oder Brooklyn«, sagte Joel Eberts. »Das Problem ist nur, wenn man tot ist, will Manhattan nichts mehr von einem wissen. Und so landet man unausweichlich in Queens, in der Bronx oder in Brooklyn. Ich glaube, das nennt man ›Ironie‹.«

»Hat Ihr Bruder in seinem Testament die Feuerbestattung gewünscht?«, fragte Roger Webb.

»Es gab kein Testament«, erklärte Joel Eberts.

»Wie zu erwarten«, sagte ich. »Eric war nicht besonders weitsichtig. Nicht, dass es irgendeinen nennenswerten Nachlass geben würde. Und selbst wenn, würden diese Mistkerle von der Steuerbehörde alles einkassieren. Zweifellos werden sie jetzt versuchen, das Pfandrecht auf die wenige Habe, die er hinterlassen hat, geltend zu machen.«

»Darüber können Sie sich ein anderes Mal den Kopf zerbrechen«, meinte Joel Eberts.

»Ja, das stimmt wohl«, erwiderte ich müde.

»Joel hat Recht«, sagte Jack und drückte meine Hand. »Eins nach dem anderen. Du hast schon genug durchgemacht.«

»Und es ist noch nicht vorbei«, fügte ich düster hinzu.

Joel Eberts wechselte das Thema. »Das war eine verdammt gute Predigt, Reverend. Aber eins muss ich Ihnen sagen. Ich denke zwar, dass die Idee, auch die andere Wange hinzuhalten, sehr edel ist und von hoher Gesinnung zeugt, aber sie in die Praxis umzusetzen ist gottverdammt schwer… entschuldigen Sie meine Schimpfwörter.«

»Ich bin Unitarier, also können Sie so oft ›gottverdammt‹ sagen, wie Sie wollen«, erwiderte Roger Webb lächelnd. »Aber Sie haben Recht. Auch die andere Wange hinzuhalten ist ein christliches Ideal. Und wie alle Ideale – besonders die christlichen – ist es außerordentlich schwer, danach zu leben. Trotzdem sollten wir es versuchen.«

»Selbst wenn es sich um den schlimmsten Verrat handelt?«, fragte Joel Eberts. »Tut mir leid, aber ich glaube, dass unser Handeln nach dem Prinzip von Ursache und Wirkung Folgen hat. Wenn man es wagt, A zu tun, wird unausweichlich B eintreten. Das Problem ist, dass die meisten Menschen glauben, sie könnten die Folgen ihres Tuns umgehen. Aber das ist unmöglich. Die Dinge holen einen immer ein.«

»Ist das nicht eine ziemlich alttestamentarische Auffassung von Moral?«, fragte Roger Webb.

»He, ich bin Jude«, erwiderte Joel Eberts. »Natürlich betrachte ich solche Dinge aus dem Blickwinkel des Alten Testaments. Man trifft eine Wahl, eine Entscheidung – und lebt mit den Folgen.«

»Dann gibt es also Ihrer Meinung nach nicht so etwas wie Absolution?«, fragte Jack.

»Da hört man gleich den Katholiken heraus«, meinte Joel Eberts. »Das ist der große Unterschied zwischen Iren und Juden. Obwohl beide sich in Schuldgefühlen wälzen, lauft ihr Iren immer der Absolution hinterher. Ihr seht alles aus dem Blickwinkel der Vergebung. Während wir Juden an unsere Gräber gehen und uns selbst für alles verantwortlich machen.«

»Besonders dafür, Jesus umgebracht zu haben«, fügte Jack hinzu. Und wir lachten.

Schließlich kam wieder Bewegung in den Verkehr. Zehn Minuten später hatten wir den Friedhof erreicht. Wieder fielen wir in Schweigen, während wir auf einem gepflasterten Weg an endlosen Grabreihen vorbeifuhren. Schließlich kamen wir zu einem niedrigen Steingebäude, über dem ein langer, schmaler Kamin emporragte. Der Leichenwagen fuhr am Haupteingang vorbei zur Rückseite des Krematoriums. Vor dem Eingang hielten wir an. Der Fahrer drehte sich zu uns um und sagte: »Wir warten hier, bis jemand herauskommt und uns Bescheid gibt, dass alles bereit ist.«

Nach zehn Minuten kam ein Herr mit grauem Haar und in dunklem Anzug aus dem Gebäude und nickte uns zu. Wir gingen hinein. Die Kapelle war klein und schlicht, mit fünf Bankreihen. Erics Sarg stand rechts neben dem Altar auf einer Bahre. Wir setzten uns in die erste Reihe. Wie zuvor vereinbart, sprach Roger Webb kein letztes Gebet mehr. Auch keinen Schlusssegen. Er las nur eine Passage aus der Offenbarung vor:

Er wird alle Tränen von ihren Augen abwischen:
Der Tod wird nicht mehr sein, keine Trauer, keine Klage,
keine Mühsal. Denn was früher war, ist vergangen.

Ich glaubte kein Wort von diesem Bibeltext. Genauso wenig wie mein verstorbener Bruder. Und ich hatte den Eindruck, Roger Webb auch nicht. Aber das, was hinter diesen Versen steckte, hatte mir immer gefallen: die Vorstellung von einem ewigen Leben ohne Leid und Not, ein himmlischer Lohn für die Schicksalsschläge im Leben. Roger Webb sprach die Verse wunderbar. So wunderbar, dass ich erneut leise zu schluchzen begann. Einen Augenblick später hörte ich ein rasselndes Geräusch. Hinter der Bahre öffnete sich ein Vorhang, der Sarg wurde wie von Geisterhand in den Ofen geschoben. Ich erstarrte. Sofort nahm Jack meine Hand und drückte sie.

Der Vorhang schloss sich wieder, und der Direktor des Bestattungsinstituts öffnete die Türen der Kapelle. Wir gingen hinaus und fuhren schweigend in die Stadt zurück.

Als wir wieder in meiner Wohnung waren, bot Jack an, noch eine Nacht bei mir zu bleiben. Aber dann wären es bereits fünf

Nächte hintereinander gewesen, und obwohl Jack nichts dergleichen erwähnte, würde Dorothy bestimmt ziemlich verärgert sein über diese lange Abwesenheit. Ich wollte alles vermeiden, was das Gleichgewicht stören könnte, das sich zwischen seinen beiden Leben eingestellt hatte. Deshalb bestand ich darauf, dass er wieder zu seiner Familie ging.

»Ich habe eine Idee«, meinte er. »Ich nehme mir den Rest der Woche frei und verbringe den morgigen Tag mit dir.«

»Das darfst du nicht tun«, erwiderte ich. » Und das weißt du auch. Schließlich hast du dir bereits eine halbe Woche freigenommen.«

»Du bist jetzt wichtiger.«

»Nein«, sagte ich und nahm ihn in die Arme. »Das stimmt nicht. Du hast eine Stelle, die du nicht verlieren darfst. Setz sie nicht wegen mir aufs Spiel. Ich komme schon zurecht.«

Er versprach, mich jeden Tag zwei Mal anzurufen. Der erste Anruf am nächsten Morgen kam jedoch vom Bestattungsinstitut The Riverside. Erics Asche war vom Krematorium zurückgekommen. Ob ich den ganzen Vormittag zu Hause wäre, um sie in Empfang zu nehmen.

Eine Stunde später läutete es an der Tür. Es war ein Herr in dunklem Anzug, und er trug einen Homburger. Mit einer leichten Verbeugung fragte er mich nach meinem Namen, dann übergab er mir eine kleine Schachtel, die in braunes Papier eingewickelt war. Ich stellte sie auf den Küchentisch und betrachtete sie lange. Schließlich nahm ich all meine Kraft zusammen und riss das Papier ab. Ich hatte keine Urne bestellt, deshalb hatten sie die Überreste meines Bruders in einem viereckigen Karton geschickt. Die Schachtel war grau angemalt mit einem marmorähnlichen Muster. Eine schlichte weiße Karte schmückte den Deckel. Darauf stand: Eric Smythe. Ich bewunderte die schöne Handschrift. Sie war höchst eindrucksvoll.

Am liebsten hätte ich den Deckel abgenommen und hineingeschaut. Aber ich beherrschte mich, stand auf, nahm meinen Regenmantel und steckte die Schachtel in die Manteltasche. Dann verließ ich die Wohnung und ging über den Broadway zur U-Bahnstation 72nd Street.

Ich wusste, wohin ich gehen wollte. Schon vor ein paar Tagen hatte ich den Ort ausgewählt, als ich (in den wenigen klaren Augenblicken seit Erics Tod) darüber nachdachte, wo er wohl gern seine Asche hätte verstreut haben mögen. Der Hudson River war zwar von uns aus leicht zu erreichen, aber die Vorstellung, irgendwo in der Nähe von New Jersey zu enden, hätte ihm nicht gefallen, denn er hatte ständig Witze gemacht über den Garden State (als ich einmal einen Ausflug nach Princeton und Umgebung vorschlug, sagte er in bissigem Ton: »Tut mir leid, Jersey mache ich nicht.«).

Auch der East River war von meiner Liste möglicher Orte gestrichen, denn mit ihm verband ihn überhaupt nichts. Das Gleiche galt für den Central Park, denn mein ultra-urbaner und weltgewandter Bruder hielt wirklich nicht viel von Grün oder der weiten Natur. Er liebte das schrille Getöse der Städte, das Verkehrschaos, das hektische Hin und Her der Menge, die geradezu manische Energie von Manhattan. Ich hatte sogar überlegt, seine Asche auf der 42nd Street zu verstreuen, aber das schien mir doch allzu trostlos. Dann kam mir die Idee. Trotz seiner Abneigung gegen Grün und üppige Vegetation verbrachte Eric doch einen beträchtlichen Teil seiner Zeit in dem städtischsten und sandigsten öffentlichen Raum – dem Washington Square Park. In all den Jahren, in denen er im Village gewohnt hatte, hatte er ihm als Freiluftbüro gedient: ein Ort, in dem er sich stundenlang mit einem Roman auf einer Parkbank lümmeln oder mit den Schachspielern in der nordöstlichen Ecke des Parks wetteifern konnte. Er sprach oft davon, wie sehr ihm das Getümmel im Park gefalle, in dem alle gleich waren, ganz zu schweigen von dem bunt zusammengewürfelten Haufen New Yorker Charaktere, die sich jeden Tag dort versammelten.

»Wenn ich da sitze«, erzählte er mir einmal, »weiß ich, warum ich von Hartford weg bin, ohne mich auch nur ein Mal umzublicken.«

Und jetzt würde er auf ewig bei den Stammgästen seines Lieblingsplatzes unter freiem Himmel verweilen.

Ich nahm kein Taxi. Obwohl Eric in seinen letzten Jahren äußerst freigiebig und leichtfertig mit Geld umgegangen war, hätte ihm die Vorstellung, für fünf Cent mit der U-Bahn zu seiner letzten Ruhestätte zu fahren, bestimmt gefallen. Auch wollte ich niemanden mitnehmen, der mir dabei hätte helfen können, seine Asche zu verstreuen. Dies würden meine letzten Minuten mit meinem Bruder sein, und ich wollte sie allein mit ihm verbringen.

Also steckte ich an der Haltestelle 72nd Street einen Chip in das Drehkreuz und nahm die Linie eins Richtung Süden. Es war zehn Uhr. Obwohl die Hauptverkehrszeit vorbei war, drängten sich die Menschen in den Wagons. Kein Platz war mehr frei, sodass ich stehen und mich an einem Ledergriff fest halten musste. Als mich jemand anrempelte, wanderte meine Hand sofort zu meiner Manteltasche. Und mir kam ein boshafter Gedanke: wenn dies jetzt ein Taschendieb gewesen wäre und er die Schachtel gestohlen hätte. Der Arme hätte bestimmt einen Herzinfarkt bekommen, wenn er gesehen hätte, was er da ergattert hatte.

Ich stieg am Sheridan Square aus und ging nach Osten, machte noch einen Abstecher zur Bank Street – dem Ort meiner ersten Wohnung in Manhattan. Ich schlenderte weiter zur Sullivan Street und ging an dem Sandsteinhaus vorbei, in dem Eric über zehn Jahre gewohnt hatte. Dabei dachte ich an die Jahre im Village zurück und fragte mich, ob Eric wohl noch leben würde, wenn er nicht diesen Ruhm erlangt hätte. Hätte das FBI ihn ignoriert, wenn er nicht ein so hochrangiger Autor in einem so einflussreichen neuen Medium gewesen wäre? Kein Erfolg, und sei er noch so groß, war den Preis wert, den mein Bruder gezahlt hatte. Keiner.

Als ich den Washington Square Park erreichte, stand die Sonne im Zenit. Auf den Bänken schliefen ein paar Betrunkene. Zwei junge Männer mit kurz geschorenen Haaren spielten Schach. Ein paar Studenten der New Yorker Universität saßen im Gras, obwohl das ausdrücklich verboten war. Ich sah einen Drehorgelspieler, auf dessen Schulter ein Äffchen saß. Als er seinen Apparat in Gang setzte, ertönte eine Kneipenversion von *La donna e mobile* aus der Oper *Rigoletto*. Eric hätte das gefallen – sowohl dass es Verdi war, als auch dass ein exzentrischer Musiker das letzte Abschiedslied für ihn spielte. Ich sah in den wolkenlosen Himmel hinauf und freute mich, dass der Wind beschlossen hatte, heute fern zu bleiben. Ich zog die Schachtel aus meiner Manteltasche, öffnete den Deckel und blickte auf das kalkig weiße Pulver. Dann begann ich, den schmalen Pfad entlangzulaufen, der um den Park herumführte – ein Weg von höchstens zehn Minuten. Alle paar Meter nahm ich eine Hand voll von der Asche und verstreute sie, ohne mich danach umzusehen, ob jemand mitbekam, was ich da machte. Und ich ging langsam, damit die Asche auch wirklich auf der ganzen Strecke verteilt wurde. Als ich wieder zum Eingang an der Fifth Avenue kam, war die Schachtel leer. Eric war fort. Ich wandte mich nach Norden und verließ das Village.

Ich ging den ganzen Weg nach Hause zu Fuß. Am nächsten Tag spazierte ich über den Broadway bis zum Battery Park. Wieder einen Tag später – oder waren es zwei? – marschierte ich Richtung Norden bis zum Fort George Park in The Cloisters. Jack rief wie versprochen jeden Tag zwei Mal an. Er war zutiefst besorgt, aber ich sagte ihm, es ginge mir gut. Er war nach Wilmington und Baltimore beordert worden und hatte ein schlechtes Gewissen, weil er nicht bei mir sein konnte.

»Um mich brauchst du keine Angst zu haben«, erklärte ich ihm. »Ich komme gut zurecht.«

»Sicher?«

»Es gibt nichts, worüber du dir Sorgen machen müsstest«, log ich.

»Ich vermisse dich. Furchtbar.«

»Du bist der wichtigste Mensch in meinem Leben, Jack. Ohne dich würde ich das alles nicht durchstehen.«

Aber ich stand es nicht durch. Ich schlief nicht mehr. Meine Ernährung bestand aus Salzgebäck, Campbell's Tomatensuppe und unendlichen Mengen Kaffee. Und ich lief jeden Tag acht Stunden. Den Rest der Zeit schlug ich mir in Doppelvorstellungen der großen Kinopaläste am Broadway tot. Wie mein Bruder in den Wochen nach seinem Rausschmiss war auch ich eine professionelle Herumtreiberin geworden.

Eine Woche nach der Beerdigung bekam ich einen Anruf von Joel Eberts. Er klang sorgenvoll.

»Haben Sie heute Morgen Zeit?«, fragte er mich.

»Seit ich bezahlten Urlaub habe, führe ich ein Leben in Muße.«

»Dann schauen Sie doch bitte in meiner Kanzlei vorbei. Es gibt da ein, zwei Dinge, die ich mit Ihnen besprechen muss.«

Eine Stunde später war ich dort. Joel wirkte ungewöhnlich gereizt. Er begrüßte mich mit einer väterlichen, aber kurzen Umarmung und meinte, ich sähe erschöpft aus. Dann forderte er mich mit einer Handbewegung auf, mich auf den Stuhl vor seinem Schreibtisch zu setzen, nahm eine Akte mit der Aufschrift »Eric Smythe« in die Hand und begann, darin zu blättern.

»Es gibt ein paar Dinge, über die wir reden müssen. Das Erste ist die Frage nach Erics Versicherungspolice.«

»Seiner was?«

»Die NBC hat eine Lebensversicherung für Ihren Bruder abgeschlossen. Sie war mit der Krankenversicherung gekoppelt, mit der auch die Rechnungen für seinen Krankenhausaufenthalt im letzten Monat gedeckt wurden. Wie wir wissen, hat der Sender seine Krankenversicherung nach seinem Rausschmiss nicht gekündigt. Und inzwischen habe ich herausbekommen, dass diese Idioten auch seine Lebensversicherung nicht gekündigt haben. Aber es kommt noch besser. Letztes Jahr, als bei der NBC alle meinten, er sei das Beste, was ihnen jemals begegnet wäre – genauer gesagt äußerst profitträchtig –, haben sie seine Lebensversicherung auf fünfundsiebzigtausend Dollar erhöht.«

»Guter Gott.«

»Ja. Ein ganz schöner Batzen Geld. Und es geht alles an Sie.«

»Das kann doch nicht wahr sein.«

»Sagen wir, etwa die Hälfte davon wird bei Ihrer Bank eingehen. Die andere Hälfte fällt leider der Steuerbehörde in die Hände. Ich weiß, dass sich ihre gegenwärtige Forderung auf etwa dreiundvierzigtausend beläuft ... aber ich habe einen guten Steuermenschen, einen knallharten Burschen. Den Fall habe ich bereits mit ihm besprochen, und er ist sich ziemlich sicher, dass er ihre Forderung um sieben bis zehn Riesen runterdrücken kann. Dann blieben noch etwa fünfunddreißigtausend für Sie ... was nicht so schlecht ist.«

»Das kann ich nicht glauben.«

»Eric hätte sich gefreut, wenn er gewusst hätte, dass Sie es bekommen.«

»Aber woher wollen Sie wissen, dass es für mich ist, wo es doch kein Testament gibt.«

»Sie sind seine einzige noch lebende Angehörige. Es gibt keine weiteren Geschwister, nicht wahr? Das Geld gehört Ihnen.«

Ich saß schweigend da und wusste nicht, was ich sagen sollte. Joel Eberts musterte mich.

»Das ist also die gute Nachricht«, meinte er schließlich.

»Das heißt ...«

Er zögerte. »Es gibt noch etwas, worüber ich mit Ihnen sprechen möchte.«

Sein Ton ließ mich Schlimmes befürchten. »Etwas Ernstes?«, fragte ich.

»Leider, ja.«

Wieder ängstliches Schweigen. Dabei war Joel Eberts doch nie ängstlich.

»Sara«, sagte er dann und beugte sich vor. »Ich muss Ihnen eine Frage stellen.«

»Gut«, erwiderte ich, obwohl mein Magen sich verkrampfte. »Fragen Sie.«

»Nehmen wir einmal an, ich würde Ihnen sagen ...«

Er stockte. Es schien ihm äußerst unangenehm zu sein.

»Was ist los, Joel?«

»Einesteils möchte ich es gar nicht.«

»Was möchten Sie nicht?«

»Ihnen diese Frage stellen.«

»Stellen Sie sie.«

Er schwieg wieder.

»Also gut. Sagen wir, ich wüsste, wer dem FBI den Namen Ihres Bruders genannt hat…«

»Sie wissen es?«, sagte ich laut.

Er hob beschwichtigend die Hand.

»Eins nach dem anderen. Sagen wir, ich wüsste es. Die Frage ist… und ich bin wirklich der Meinung, Sie sollten sich das gründlich überlegen: Würden Sie den Namen dieses Menschen erfahren wollen?«

»Machen Sie sich über mich lustig? Auf jeden Fall. Also sagen Sie es mir. Wer war der Kerl?«

»Sara… sind Sie sich sicher? Wirklich sicher?«

Plötzlich fröstelte mich schrecklich. Aber ich nickte trotzdem.

»Ich möchte es wissen.«

Joel sah mir ins Gesicht.

»Es war Jack Malone.«

10

Ich war wie versteinert. Ich saß kerzengerade auf dem Stuhl und starrte auf meine Hände. Mir war, als hätte mir jemand ins Gesicht geschlagen.

Obwohl ich ihn nicht ansah, spürte ich, dass Joel Eberts' Blick auf mir ruhte.

»Ist alles in Ordnung?«, fragte er.

Ich schüttelte den Kopf.

»Es tut mir wirklich leid.«

»Seit wann wissen Sie es?«

»Seit dem Tag nach der Beerdigung.«

»Und Sie haben so lange gewartet, es mir zu sagen?«

»Ich musste erst noch Verschiedenes überprüfen. Und bevor ich mir nicht absolut sicher war, dass es stimmte, wollte ich Sie nicht damit belasten. Und auch dann habe ich noch tagelang überlegt, ob ...«

»Ihre Entscheidung war richtig. Dieses Wissen durften Sie mir nicht vorenthalten.«

Er seufzte müde.

»Ja, das denke ich auch«, meinte er.

»Wie haben Sie es herausgefunden?«

»Unter Anwälten kennt man sich eben, man spricht mit diesem und jenem ...«

»Ich verstehe nicht ganz.«

»Sagt Ihnen der Name Marty Morrison etwas?«

Ich schüttelte den Kopf.

»Er besitzt eine der größten Anwaltskanzleien der Stadt. Seit dieser Unsinn mit den schwarzen Listen angefangen hat, hat Martys Firma schon eine Menge Leute betreut, die vor den HUAC zitiert wurden. Schließlich ist nicht nur in der Unterhaltungsbranche nachgeforscht worden. Die Leute vom FBI haben angefangen, auch an Schulen, in Colleges, ja sogar in ein paar großen amerikanischen Firmen rumzuschnüffeln. Nach dem Motto: In jedem Haus versteckt sich eine rote Laus.

Also, Marty und ich kennen uns seit Adam und Eva. Er ist zwei Blocks entfernt von mir in Flatbush aufgewachsen, und wir haben gemeinsam in Brooklyn Jura studiert. Obwohl er seine Kanzlei in der Wall Street eröffnet hat, sind wir Freunde geblieben. Natürlich kriegen wir uns wegen der Politik ständig in die Wolle. Ich sage immer, er ist der einzige Republikaner, mit dem ich mich jemals an einen Tisch setzen würde. Und er nennt mich immer noch Eugene Debs, Sie wissen schon, den Chef der Bahnarbeitergewerkschaft. Aber er ist ein aufrichtiger Kerl. Und er hat gute Verbindungen und weiß, wer welche Leichen im Keller hat.

Zufällig ist er auch ein großer Bewunderer von Sid Caesar. Vor ungefähr einem Jahr, als wir einmal zusammen zu Mittag aßen, fing er an, von einem Sketch zu erzählen, den er am Abend zuvor in *Your Show of Shows* gesehen hatte. Da habe ich ein bisschen geprahlt und ihm gesagt, Caesars wichtigster Autor – Eric Smythe – sei zufällig mein Klient. Marty war wirklich beeindruckt … obwohl er sich natürlich darüber lustig machen musste: ›Seit wann vertritt ein Dockarbeiter-Anwalt Schriftsteller?‹

Das war das einzige Mal, dass Ihr Bruder erwähnt wurde. Ein Jahr vergeht. Die NBC wird gefilzt. Eric weigert sich, seine Freunde in die Pfanne zu hauen. Schließlich wird er durch Winchells Kolumne in den Dreck gezogen. Am nächsten Tag ruft mich Marty an. ›Ich hab den Artikel über deinen Klienten in Winchells Kolumne gelesen‹, sagt er. ›Starker Tobak.‹ Dann fragt er mich, ob er was für mich tun könne, weil er doch all diese Dreckskerle vom HUAC kennt. Insgeheim hält nämlich auch er sie für opportunistisches Gesindel – obwohl er das niemals öffentlich behaupten würde.

Jedenfalls dankte ich Marty für sein Hilfsangebot, sagte ihm aber, Ihr Bruder sei nicht auf einen Handel aus und würde gewiss nicht plötzlich zum Singvogel werden, nach all dem Schaden, den der Winchell-Artikel angerichtet habe. Deshalb könne er leider nichts tun.

Drei Wochen später starb Eric. Und …«

Er hielt inne. Seine Lippen zuckten, und er mied meinen Blick. »Was ich Ihnen jetzt sage, wird Sie vielleicht ärgern. Weil es mich eigentlich nichts anging. Aber …«

Er schwieg erneut.

»Fahren Sie fort«, sagte ich.

»Als Eric starb, war ich so wütend … so in Rage … dass ich Marty anrief. ›Du kannst mir einen Gefallen tun‹, sagte ich. ›Verschaff mir den Namen desjenigen, der meinen Klienten verpfiffen hat.‹ Und er hat es getan.«

»Jack Malone?«

»Ja. Jack Malone.«

»Wie hat Ihr Freund das herausgefunden?«

»Es war nicht so schwierig. Laut Bundesgesetz darf eigentlich nichts, was ein Zeuge bei einer HUAC-Anhörung – oder bei einem Gespräch mit einem FBI-Agenten – aussagt, gedruckt oder öffentlich verbreitet werden. Aber es gibt drei ehemalige FBI-Agenten, die – unterstützt von diesem rechten Supermarkt-Magnaten namens Alfred Kohlberg und einem ultrapatriotischen Priester namens Father John F. Cronin – ein Unternehmen mit dem Namen American Business Consultants gegründet haben. Dessen Haupttätigkeit – unglaublich, aber wahr – besteht darin, Angestellte in großen Unternehmen daraufhin zu überprüfen, ob sie Rote sind. Daneben geben sie auch zwei Mitteilungsblätter heraus, *Counterattack* und *Red Channels*. Diese Schundblätter haben nur einen Zweck – die Namen derjenigen aufzulisten, die bei einer Geheimsitzung des HUAC als Kommunisten genannt wurden. Diese beiden Mitteilungsblätter sind die Bibel der Kommunistenjäger: Dort sieht die Wirtschaft und die Unterhaltungsindustrie nach, wessen

Name genannt wurde. Natürlich hat Marty die beiden Drecksblätter abonniert. So entdeckte er, dass Ihr Bruder im *Red Channels* auf der Liste stand. Übrigens erfuhren Erics Arbeitgeber bei der NBC auf dieselbe Weise, dass Ihr Bruder bei einer Aussage vor dem HUAC genannt worden war.

Der Rest war ein Kinderspiel für Marty. Er brauchte nur ein paar seiner Anwaltskollegen in der Stadt anzurufen – Leute, die sich auf Klienten spezialisiert haben, die zum HUAC vorgeladen werden. Sie machen ein großes Geschäft damit. Und wie Anwälte so sind, unterhält man sich eben über dies und das. Mit dem dritten Anruf traf Marty ins Schwarze. Bei einem berühmten Anwalt namens Bradford Ames, einem von diesen konservativen Protestanten, der unter anderem Steele and Sherwood rechtlich betreut. Ames war Marty einen Gefallen schuldig. Und jetzt bat Marty ihn um die Begleichung seiner Schuld.

›Ganz unter uns, haben Sie eine Ahnung, wer Eric Smythe genannt haben könnte?‹, fragte er Ames. Natürlich hatte Ames von Ihrem Bruder gehört – schließlich war die Sache mit der schwarzen Liste und die Nachricht von seinem Tod durch alle Zeitungen gegangen. ›Ganz unter uns‹, erwiderte er, ›ich kenne den Kerl gut, der Smythe verpfiffen hat. Ich habe ihn nämlich vertreten, als er vor dem HUAC aussagte. Das Komische war, dass er gar nicht im Showgeschäft arbeitet. Er gehört zur Werbeabteilung von Steele and Sherwood. Jack Malone.‹«

Mir drehte sich der Kopf. »Jack hat vor dem HUAC ausgesagt?«, fragte ich Eberts.

»Anscheinend, ja.«

»Das kann ich nicht glauben. Jack ist der größte Patriot, den man sich nur vorstellen kann.«

»Laut Marty gab es einen dunklen Punkt in seiner Vergangenheit. Zwar nur einen kleinen, aber heute kann man ja schon über kleine Sünden stolpern. Wie sich herausstellte, wurde Mr. Malone kurz vor dem Krieg Mitglied eines antifaschistischen Flüchtlingskomitees ... einer dieser Organisationen, die Menschen bei der

Flucht aus Nazideutschland, Italien und den Balkanländern behilflich waren. Und dieses Komitee hatte direkte Verbindungen zur Kommunistischen Partei Amerikas. Wie Brad Ames mir berichtete, schwor Malone Stein und Bein, dass er nie Mitglied der Partei gewesen sei ... ein paar Freunde aus Brooklyn hätten ihn überredet, dem Komitee beizutreten ... er sei nur ein paar Mal hingegangen, nicht mehr. Das Problem war nur, dass einer der Kerle, die ihn angeblich mit zu dem Komitee geschleppt hatten, vor den HUAC geladen worden war. Und er hatte Malones Namen genannt. So stand Jack Malone schließlich auch auf der Liste im *Red Channels* – und seine Bosse bei Steele and Sherwood erfuhren von seinem unabsichtlichen Flirt mit der Subversion.

Natürlich stellte sich Malone vor seinen Arbeitgebern als hundertprozentiger Patriot dar und sagte, er werde alles tun, was sie von ihm verlangten, um seinen Namen reinzuwaschen. Sie zogen ihren Firmenanwalt Bradford Ames hinzu, der sich mit Malone traf. Die beiden sprachen alles durch. Dann ging Ames zu einem Verbindungsmann vom Ausschuss und handelte ein bisschen mit ihm. So läuft das beim HUAC. Wenn sich der Vorgeladene kooperativ zeigt, wird die Zahl der Namen – und die Namen selbst auch – vorher zwischen dem Ausschuss und seinem Anwalt abgesprochen. Malone bot an, denselben Kerl zu nennen, der ihn genannt hatte. Aber das reichte dem Ausschuss nicht. Daraufhin erklärte er sich bereit, noch drei weitere Leute anzugeben, die er vom Komitee kannte. Aber der Ausschuss sagte: ›Nichts da‹, denn der Kerl, der Malone hingehängt hatte, hatte diese drei Namen ebenfalls genannt.

›Sie müssen ihnen einen neuen Namen liefern‹, erklärte ihm Ames. ›Einer genügt. Und danach erzählen Sie ihnen noch, es sei alles eine Jugendsünde gewesen, und dass Sie Amerika mehr lieben als Kate Smith und so weiter und so fort. Dann wird man Sie freisprechen.‹

Da sagte Malone: ›Eric Smythe.‹ Natürlich wusste Ames sofort, wer das war, schließlich sah auch er sich Sid Caesars Show an. Und so meinte er zu Malone, der Ausschuss werde bestimmt mit diesem Namen zufrieden sein. Denn Eric Smythe sei ein relativ großer Fisch.

Eine Woche später fuhr Malone nach Washington und sagte vor dem HUAC aus. Es war eine Geheimsitzung, das heißt, es fand alles hinter verschlossenen Türen und ohne Journalisten statt. Deshalb hat Malone wohl geglaubt, niemand werde es erfahren. Aber Anwälte schwatzen gern.«

Es tut mir leid, hatte Jack gesagt, als ich ihm erzählte, dass jemand Eric vor dem Ausschuss genannt hatte. *Es tut mir so schrecklich leid.... Sag ihm, wenn es etwas gibt... irgendetwas... was ich für ihn tun kann...*

Ich weiß noch, wie ich mich vorbeugte, um ihn zu küssen, und sagte: *Du bist ein guter Mensch.*

Damals hatte er unwillkürlich ein wenig den Kopf geschüttelt und erwidert: *Nicht gut genug.*

Ich sah vor mir, wie er nach Erics Tod in diesem scheußlichen Zimmer im Ansonia stand, auf den Blutfleck starrte und an meiner Schulter schluchzte. Und wieder sagte er: *Es tut mir leid. Es tut mir leid. Es tut mir so unendlich leid.* Und wieder war ich gerührt, dass er mit mir fühlte, mit mir trauerte. Er hat um Eric geweint, um mich, weil uns diese Tragödie widerfahren war, dachte ich später.

Und jetzt stellte sich heraus, dass er aus Schuldgefühlen geweint hatte. Aus Schuldgefühlen und Scham und Reue und...

Ich schluckte schwer. Meine Hände ballten sich zu Fäusten. Er hatte uns verraten... und dann auch noch darüber geweint.

»Hat der Ausschuss Malone freigesprochen?«, fragte ich.

Malone. Nicht Jack. Nie wieder würde er Jack für mich sein. Von jetzt an war er nur noch *Malone.* Der Mann, der meinen Bruder auf dem Gewissen hatte.

»Natürlich«, erwiderte Joel Eberts. »Er wurde vollkommen entlastet. Laut Marty war man bei Steele and Sherwood so erfreut darüber, wie er alles mit dem HUAC geregelt hatte, dass sie ihm eine Prämie gaben.«

Du musst das wirklich nicht tun, hatte ich gesagt, nachdem er darauf bestanden hatte, die Kosten für Erics Umzug und die Malerarbeiten im Ansonia zu übernehmen.

»Für zwei Tage zwei Maler zu bezahlen, sprengt nicht gerade die Bank. Außerdem habe ich unverhofft eine Prämie bekommen. Wie aus heiterem Himmel wurde mir ein Scheck über achthundert Dollar ausgehändigt. Das ist Steele and Sherwoods Art, sich für einen neuen Versicherungskunden zu bedanken…

Nein, dafür, dass du einen Namen genannt hast. Dafür, dass du deine eigene Haut gerettet hast. Dafür, dass du Eric vernichtet hast. Dafür, dass du zwischen uns alle Liebe und alles Vertrauen zerstört hast, dafür, dass du alles ruiniert hast. Für lumpige achthundert Dollar. Entspricht das nach dem momentanen Kurs nicht genau dreißig Silberlingen?

»Dann denkt also Malone immer noch, niemand weiß, dass er Eric verpfiffen hat?«, fragte ich.

»Ich glaube schon. Sara, ich habe es schon einmal gesagt, und ich wiederhole es: Ich habe mich lange damit herumgequält, ob ich Ihnen das überhaupt erzählen soll. Und jetzt habe ich fast ein schlechtes Gewissen…«

»Warum sollten Sie ein schlechtes Gewissen haben?«, sagte ich und stand auf. »Ich danke Ihnen.«

»Wofür?«

»Dass Sie mir die Wahrheit gesagt haben. Es war sicher keine leichte Entscheidung. Aber es war die richtige.«

»Was werden Sie nun tun, Sara?«

»Es gibt nichts zu tun«, erwiderte ich. »Es ist bereits getan.«

Ich verabschiedete mich. Als ich auf die Straße trat, musste ich mich nach zwei Schritten an einem Laternenpfahl fest halten. Nein, ich brach nicht zusammen, ich schrie nicht vor Wut. Ich schnappte nach Luft. Mein Magen rebellierte. Ich beugte mich vor und erbrach mich mitten auf der Straße.

Ich erbrach mich, bis nichts mehr kam. Ich war in Schweiß gebadet. Aber es gelang mir, mich aufzurichten. Ich trocknete mir den Mund mit einem Taschentuch ab. Schließlich brachte ich auch noch die Kraft auf, meine Hand zu heben und ein Taxi herbeizuwinken.

In meiner Wohnung ging ich schnurstracks ins Wohnzimmer und setzte mich in einen Sessel. Wie mir vorkam, nur für ein paar Minuten. Doch als ich auf meine Uhr sah, stellte ich fest, dass über eine Stunde vergangen war. Der Schock saß mir immer noch so tief in den Knochen, dass ich jegliches Zeitgefühl verloren hatte. Ich war wie erstarrt und fühlte mich völlig leer, zu keiner normalen emotionalen Reaktion mehr fähig. Ich saß einfach nur da und wusste mir keinen Rat mehr.

Es verging eine weitere Stunde. Dann hörte ich einen Schlüssel im Schloss. Jack betrat die Wohnung. Er kam von einer Geschäftsreise, in der einen Hand trug er einen Koffer, in der anderen einen Blumenstrauß.

»Hallo!«, sagte er, setzte seinen Koffer ab und kam zu mir. Ich blickte zu Boden. Auf einmal erschien es mir unerträglich, ihm ins Gesicht zu sehen. Er spürte sofort, dass etwas nicht stimmte.

»Sara, Liebling …«

Ich schwieg. Er beugte sich vor und wollte mich berühren, aber ich schüttelte seine Hand ab – was ihn zutiefst beunruhigte.

»Was ist passiert?«, flüsterte er und ging neben mir auf die Knie.

»Ich möchte, dass du gehst, Jack Malone. Geh und komm nie mehr wieder.«

Er ließ die Blumen fallen.

»Ich verstehe nicht«, sagte er kaum hörbar.

»Doch, du verstehst sehr gut«, erwiderte ich und stand auf. »Geh jetzt.«

»Sara, bitte.« Als ich aufstand und das Zimmer verlassen wollte, legte er eine Hand auf meine Schulter. Ich drehte mich zu ihm.

»Fass mich nie wieder an, nie wieder, hörst du?«

»Warum bist du …?«

»*Warum? Warum?* Du weißt warum, Jack. Du hast nur gedacht, ich würde es nie erfahren.«

Sein Gesicht wurde grau. Er setzte sich aufs Sofa, legte den Kopf in die Hände und blieb eine ganze Weile so sitzen.

»Darf ich es dir erklären?«, fragte er schließlich.

»Nein. Nichts, was du sagst, zählt mehr.«

»Sara, meine Liebe …«

»Keine zärtlichen Worte mehr. Keine Erklärungen. Keine Rechtfertigungen. Wir haben uns nichts mehr zu sagen.«

»Aber du musst mich anhören.«

»Nein. Muss ich nicht. Dort ist die Tür. Raus.«

»Wer hat es dir gesagt?«

»Joel Eberts. Ein Freund von ihm kennt den Anwalt, der dich vertreten hat, als du vor den Ausschuss geladen wurdest. Eberts sagt, dass du dich – laut seinem Freund – nicht groß geweigert hast. Du hast sofort ausgepackt.«

»Ich hatte keine andere Wahl.«

»Jeder hat die Wahl. Du hast eben deine getroffen. Jetzt musst du damit leben.«

»Sie haben mich in die Enge getrieben, Sara. Ich hätte …«

»Was? Deine Stelle verloren? Dein Einkommen? Deine berufliche Stellung?«

»Ich habe ein Kind. Ich muss die Miete bezahlen. Ich muss für meine Familie sorgen.«

»Das müssen alle. Auch Eric musste von irgendwas leben.«

»So begreif doch. Deinem Bruder zu schaden war das Letzte, was ich gewollt habe.«

»Trotzdem hast du dem FBI und dem Ausschuss für unamerikanische Umtriebe seinen Namen genannt.«

»Ich dachte …«

»Was? Dass das FBI ihn mit ein paar warnenden Worten gehen lässt?«

»Jemand hatte mich genannt. Und sie haben verlangt, dass auch ich Namen nenne.«

»Du hättest nein sagen können.«

»Das hätte ich auch am liebsten!«

»Aber du hast es nicht getan.«

»Es gab keinen Ausweg. Wenn ich mich geweigert hätte, Namen zu nennen, hätte ich meine Stelle verloren. Und dann wäre jemand anderes gekommen und hätte ihnen genau die Namen genannt, die sie jetzt von mir bekommen haben.«

»Aber es wäre jemand anderes gewesen und nicht du.«

»Ich musste zuerst an meine Verpflichtungen denken.«

»Verpflichtungen wem gegenüber, Jack?«

»Gegenüber Dorothy und Charlie.«

»Und nicht mir? Oder meinem vollkommen unschuldigen Bruder? Waren wir entbehrlich?«

»Du weißt, dass ich nicht so denke.«

»Ich kenne dich nicht mehr.«

»Bitte, sag so etwas nicht, Sara.«

»Warum nicht? Es ist die Wahrheit. Du hast alles zerstört.«

Trotz allem blieb ich beherrscht. Jack vergrub sein Gesicht in den Händen und schwieg erneut. Als er endlich weitersprach, klang seine Stimme ganz dünn, gebrochen.

»Bitte, versuch doch zu verstehen: Sie haben darauf bestanden, sie haben verlangt, dass ich Namen nenne. Glaub mir, ich habe versucht zu erklären, dass ich nie Kommunist gewesen bin. Dass ich mit achtzehn, als halbes Kind, diesem antifaschistischen Komitee beitrat, und zwar nur aus dem Grund, weil ich glaubte, mich damit entschieden gegen Hitler, Mussolini und Franco zu stellen. Die Leute vom FBI sagten, das verstünden sie. Und sie wüssten auch, dass ich meinem Land im Krieg gedient und mich seitdem nicht mit Politik befasst hätte. In ihren Augen wäre ich ein ›guter Amerikaner‹, der eine kleine Jugendsünde begangen hätte. Andere Mitglieder dieses Komitees hätten denselben Fehler gemacht – und, um ihren Patriotismus zu beweisen, die Namen derer genannt, die damals mit dieser Gruppe in Verbindung standen oder einmal mit den Kommunisten sympathisiert hatten.

›Wahrscheinlich sind sie genauso unschuldig wie Sie‹, sagte einer von den FBI-Leuten zu mir. ›Aber Sie müssen eins verstehen:

Wir führen Ermittlungen über eine breite Verschwörung durch, die eine Bedrohung für die nationale Sicherheit darstellt. Wir müssen einfach herausfinden, wer die Köpfe dieser Verschwörung sind. Deshalb brauchen wir Namen. Indem Sie uns *Informationen* geben, dienen Sie nicht nur unserem Land. Sie vermeiden damit auch, dass gegen Sie noch länger ermittelt wird. Wenn Sie sich hingegen weigern, uns zu helfen, wird der Verdacht gegen Sie weiterhin bestehen bleiben. Sehen Sie's mal so, uns entwischt sowieso keiner, der früher einmal Kommunist war. Also können Sie sich genauso gut alles von der Seele reden... solange dies noch möglich ist.‹«

Jack stockte erneut. Er hob den Kopf und sah mir ins Gesicht. Ich wandte mich ab.

»Ihre Argumente waren von einer grausamen Logik. Jemand hatte meinen Namen genannt. Ich konnte meine Unschuld beweisen, indem ich selbst einen Namen nannte. Und derjenige wiederum würde seine Unschuld beweisen, indem er einen anderen nannte. Jeder verriet jeden. Und das Vertrackte daran war – niemand hatte eine andere Wahl.«

»O doch«, widersprach ich wütend. »Die Zehn von Hollywood hatten eine Wahl – sie sind alle ins Gefängnis gewandert. Arthur Miller hatte eine Wahl: Er wurde wegen Missachtung eines Gerichts vor Gericht gestellt. Mein Bruder hatte die Wahl... und er starb.«

Jack verbarg den Kopf erneut in seinen Händen.

»Ich habe ja versucht, ihnen nur die Namen der anderen aus dem Komitee zu geben. Aber sie haben zu mir gesagt: ›Das reicht nicht. Wir kennen bereits alle, die damals mit Ihnen zusammen waren. Wir brauchen andere Namen.‹ Darauf beteuerte ich, keine anderen Kommunisten zu kennen. Aber das haben sie mir nicht abgenommen. ›Jeder kennt einen ehemaligen Kommunisten.‹ Und ich erwiderte, die Vorstellung, jemand anderem Schaden zuzufügen, sei mir verhasst. ›Sie fügen niemandem Schaden zu‹, meinten sie. ›Wenn er sich zu seiner Vergangenheit bekennt und mit uns kooperiert, wird ihm nichts passieren.‹ Wieder versuchte ich, sie davon zu überzeugen, dass die einzigen Kommunisten, die ich gekannt hätte, die Mitglieder dieses Komitees seien, und das sei auch schon über zehn Jahre her. Aber sie ließen nicht locker. Ich musste ihnen einen neuen Namen nennen. Sonst…

Ich saß in der Zwickmühle. Ich musste ihnen einen Exkommunisten auftischen. Aber ich kannte keinen.«

»Außer meinen Bruder.«

»Ich war verzweifelt. Und da habe ich zu den Leuten vom FBI gesagt: ›Schauen Sie, der Einzige, den ich kenne, der vielleicht eine Verbindung zur Partei hat, ist schon vor so langer Zeit ausgetreten, dass es keine Bedeutung mehr hat.‹ Sie aber meinten: ›Dann kann er sich selbst entlasten, so wie Sie.‹«

»Und da hast du ihnen Eric genannt.«

»Sara, Liebling… bei seiner prominenten Stellung in der Fernsehbranche hätten sie früher oder später ohnehin etwas von seiner politischen Vergangenheit spitzgekriegt. Das musst du doch einsehen.«

»O ja, in der Tat. Und ehrlich gesagt, seit diese verfluchten schwarzen Listen aufgekommen sind, habe ich gewusst, dass Erics kurzer Flirt mit der Partei ihm irgendwann zum Verhängnis werden würde. Aber ich habe nicht damit gerechnet, dass der Mann, den ich einmal geliebt habe, sich als der Verräter, als Judas entpuppen würde.«

Lange Pause.

»Einmal geliebt habe?«

»Ja. Einmal. Und jetzt nicht mehr.«

Er sah mich verzweifelt an.

»Nicht eine Sekunde lang war es meine Absicht, ihm Schaden zuzufügen«, sagte er. »Ich dachte, er würde das Spiel mitspielen, wie alle anderen auch.«

»Zum Glück besaß Eric das, was man *Gewissen* nennt.«

»Glaubst du, ich habe kein Gewissen?« Jack war aufgestanden, und er schrie fast vor Verzweiflung. »Glaubst du, das, was mit Eric geschehen ist, hätte mir nicht zu schaffen gemacht?«

»Nachdem man ihn gefeuert hatte, hast du deine Komödie gespielt. Du warst grandios. Eigentlich hättest du Schauspieler werden sollen. Du warst ja so mitfühlend und hilfsbereit. Du konntest gar nicht genug tun für den armen Jungen.«

»Das war keine Komödie. Es war ...«

»Ich weiß. Das schlechte Gewissen, der Schmerz, die Scham. Du bist ein Katholik, wie er im Buche steht. Ich wette, du bist sogar zur Beichte gegangen, nachdem du ihn verpfiffen hast.«

»Ich hätte nie, wirklich nie damit gerechnet, dass sie ihm so zusetzen.«

»Und deshalb war es in Ordnung, seinen Namen zu nennen?«

»Bitte, versuch doch zu verstehen ...«

»Da gibt es nichts zu verstehen.«

»Es war nicht meine Absicht, ihm Schaden zuzufügen.«

»Aber du hast es getan.«

»Ich habe das nicht gewusst.«

Ich sah ihn an.

»Was hast du gerade gesagt?«, fragte ich leise.

Er holte kurz Luft.

»Ich sagte: *Ich habe das nicht gewusst.*«

»*Ich habe das nicht gewusst*«, wiederholte ich auf Deutsch.

»Ich verstehe nicht.«

»Doch, und ob du verstehst. Dachau 1945. Du gehörtest zu dem Bataillon, das das Lager befreit hat. Ike hatte befohlen, alle Bewohner des Ortes durch die Baracken und Krematorien zu führen, damit sie sahen, welch entsetzliche Verbrechen in ihrem Namen verübt worden waren. Und da war dieser dicke, gut gekleidete Bankdirektor, der zusammenbrach und immer wieder sagte: *Ich habe das nicht gewusst ... Ich habe das nicht gewusst.* Erinnerst du dich?«

Er nickte.

»Das ist doch wirklich passiert, nicht wahr?«, fragte ich. »Oder war das auch nur eine deiner Lügen?«

»Nein«, antwortete er, »es ist wirklich passiert.«

»*Ich habe das nicht gewusst.* Diese Geschichte hast du mir an unserem ersten Abend erzählt. Ich hatte mich schon in dich verliebt, bevor du es mir erzähltest. Und danach …«

Ich schluckte schwer.

»Danach dachte ich, du wärst der außergewöhnlichste Mann, der mir je begegnet ist. War das nicht idiotisch? Besonders angesichts dessen, wie du dich dann aus dem Staub gemacht hast. Ich hätte es besser wissen müssen. Aber mein Herz gehörte dir, du Mist…«

»Mein Herz gehört immer noch dir, Sara.«

»Lügner.«

»Es ist wahr.«

»Wenn das wahr wäre, hättest du nie und nimmer Erics Namen genannt. Aber du dachtest, du kämst ungestraft davon. Du dachtest, ich würde es nie erfahren.«

Er fing an zu weinen. »Es tut mir so leid«, sagte er.

»Das nützt jetzt nichts mehr, ich werde dir das nie verzeihen. Du und Eric, ihr wart alles für mich. Und jetzt habe ich alles verloren.«

»Liebling, ich bin doch noch bei dir.«

»Nein.«

»Sara, bitte, ich flehe dich an …«

»Verschwinde!«

»Sag das nicht.«

»Verschwinde!«

Er wankte mit offenen Armen auf mich zu. »Ich liebe dich.«

»Wag es nicht, dieses Wort noch einmal in den Mund zu nehmen.«

»Ich liebe dich.«

»Raus jetzt!«

»Ich …«

Als er versuchte, mich zu umarmen, schrie ich, er solle mich ja nicht anrühren. Dann fing ich an, ihn zu schlagen. Ich gab ihm Ohrfeigen, prügelte auf ihn ein. Er wehrte sich nicht, ließ alles mit sich geschehen. Plötzlich weinte ich. Hemmungslos. Meine Schläge gingen ins Leere. Ich sank zu Boden und bekam einen Weinkrampf. Wieder versuchte er, mich zu berühren. Doch diesmal ballte ich die Faust und traf ihn auf den Mund. Er taumelte rückwärts und schlug gegen den kleinen Tisch am Sofa. Der Tisch fiel um und mit ihm die Leselampe. Auch Jack stürzte hin, landete auf allen vieren. Mit einem Mal hörte ich auf zu weinen. Wir starrten einander mit weit aufgerissenen Augen an. Er fasste sich an die Lippen. Sie bluteten. Er stand auf und schwankte ins Badezimmer. Ich war wie gelähmt. Nach einer Weile kam Jack zurück. Er drückte sich einen Waschlappen an den Mund. Er war blutdurchtränkt. Jack sagte nichts. Als ich mich erhob, bot er mir die freie Hand, um mir zu helfen, aber ich stieß sie weg und ging in die Küche. Dort nahm ich ein Geschirrtuch, holte ein Stück Eis aus dem Gefrierfach, legte es in das Spülbecken und zerkleinerte es mit einer kleinen Eishacke. Dann wickelte ich ein faustgroßes Stück in das Spültuch und kehrte ins Wohnzimmer zurück.

»Hier«, sagte ich und gab es ihm. »Nimm das, damit es nicht zu sehr anschwillt.«

Er nahm den eingewickelten Eisklumpen und drückte ihn an den Mund.

»Ich möchte, dass du jetzt gehst, Jack.«

»Gut«, murmelte er.

»Morgen packe ich deine Sachen zusammen. Ich hinterlasse in deinem Büro, wann ich nicht zu Hause bin und du sie abholen kannst. Die Schlüssel lässt du dann hier.«

»Lass uns morgen noch einmal darüber reden.«

»Nein.«

»Sara ...«

»Und ruf mich nie mehr an.«

»Sara ...«

»Gib mir die Wohnungsschlüssel.«

»Lass uns bis morgen warten, ehe ...«

»Sieh zu, dass du wegkommst«, sagte ich, ging ins Schlafzimmer und schloss mich ein.

Ich fiel aufs Bett. Jack rüttelte mehrmals an der Tür und flehte, ich solle ihn einlassen. Ich zog mir ein Kissen über den Kopf, um seine Stimme nicht hören zu müssen. Nach ein paar Minuten gab er es auf.

»Ich ruf dich an«, sagte er schließlich durch die Tür. »Bitte, versuch, mir zu verzeihen.«

Ich antwortete nicht und zog mir das Kissen noch fester über den Kopf.

Als ich hörte, wie die Wohnungstür ins Schloss fiel, blieb ich auf dem Bett liegen. Bald empfand ich keinen Schmerz mehr, ich empfand gar nichts mehr. Alles war auf einmal sehr klar. Nein, es konnte keine Vergebung, keine Absolution geben. Was Jack getan hatte, war so schlimm – so ein Missbrauch meines Vertrauens –, dass es mir unmöglich war, ihm jemals zu verzeihen. Er hatte Eric verraten. Er hatte mich verraten. Ja, ich konnte nachvollziehen, warum er meinen Bruder genannt hatte. Ja, ich verstand, dass er unter enormem Druck gestanden hatte. Aber vergeben konnte ich ihm nicht. Vielleicht kann man Dummheit oder Gedankenlosigkeit verzeihen, aber jemandem zu vergeben, der so berechnend gehandelt hat, ist unmöglich. Mag sein, dass es nur eine Frage der Zeit gewesen wäre, bis ein anderer Erics Namen genannt hätte. Aber wie hätte ich jemals wieder neben dem Mann schlafen können, der meinen Bruder verraten hatte? Jack hatte nicht erkannt, dass er in dem Augenblick, da er mit dem Finger auf meinen Bruder zeigte, unser gemeinsames Leben zerstört hatte. Er hatte gewusst, wie unzertrennlich Eric und ich waren. Und dass ich außer ihm keine Angehörigen mehr hatte. Ich hatte immer schon das Gefühl gehabt, dass er insgeheim auf unsere enge Beziehung eifersüchtig war. Hatte er deshalb alles aufs Spiel gesetzt? Oder gab es hinter seinem Tun noch eine tiefere, erschreckendere Wahrheit, nämlich die, dass Jack Malone einfach ein Feigling war? Ein Mann, der seine Suppe nicht auslöffeln wollte und der, wenn er vor einer schweren Entscheidung stand, immer zum eigenen Wohl handelte und den einfachen Weg ging? Er hatte nicht den Mut besessen, mir zu schreiben, als er von Dorothys Schwangerschaft erfahren hatte. Jahre später, als er unerwartet wieder in mein Leben trat, flehte er mich um Verständnis dafür an, dass er aus reiner Scham all die Jahre keinen Kontakt zu mir aufgenommen hatte. Dumm wie ich war, nahm ich schließlich seine Entschuldigung, seine leidenschaftliche Bitte um Vergebung an. Und indem ich ihn wieder in mein Leben ließ, hatte ich jenen Prozess in Gang gesetzt, der schließlich zum Tod meines Bruders führte.

Als ich nun ausgestreckt auf meinem Bett lag, hallte Erics Stimme in meinem Kopf wider.

»Vergiss ihn«, hatte er mir in dem Jahr, als ich mich so offensichtlich nach Jack verzehrte, immer wieder gesagt. »Er ist ein Mistkerl.«

Und mir fiel auch jenes katastrophale Treffen in der Bar des St. Moritz wieder ein, das ich arrangiert hatte – als Eric betrunken auftauchte und so beleidigend wurde, dass Jack ihm seinen Bourbon ins Gesicht schüttete.

Sie hatten sich immer gehasst, auch wenn sie es beide leugneten. Als sich dieser Kerl vom FBI an Jack wandte und von ihm den Namen eines Kommunisten verlangte, hatte Jack da vielleicht gedacht: Jetzt kann ich diesen Dreckskerl endlich fertig machen?

Aber was spielten solche Überlegungen jetzt noch für eine Rolle? Tatsache war: Ich würde nie mehr etwas mit Jack Malone zu tun haben.

Das Telefon begann zu läuten. Ich ignorierte es. Eine Stunde später trafen Blumen ein. Ich weigerte mich, sie anzunehmen, und sagte dem Boten, er solle sie in die nächste Mülltonne werfen. Später am Nachmittag erhielt ich ein Telegramm. Ich zerriss es ungeöffnet. Um sechs Uhr läutete es an der Wohnungstür. Eine Viertelstunde lang. Als es endlich aufhörte, wartete ich noch eine weitere Viertelstunde, bevor ich die Tür aufmachte und in den Flur hinausspähte. An der Tür steckte ein Brief. Ich erkannte sofort die Handschrift auf dem Umschlag, ging zurück in die Wohnung und warf den Brief in den Abfalleimer. Dann zog ich meinen Mantel an und nahm meine Schreibmaschine und den Koffer, den ich am Nachmittag gepackt hatte. Ich schloss die Wohnungstür hinter mir ab und kämpfte mich mit dem Gepäck zum Hauseingang.

Als ich auf die Straße treten wollte, sah ich Jack, er kauerte vor der Haustür, aschfahl, nervös und vom Regen durchnässt.

»Verschwinde!«, schrie ich ihn an.

Entsetzt blickte er auf mein Gepäck. »Was hast du vor?«

»Ich fahre weg.«

»Wohin?«

»Das geht dich nichts an«, erwiderte ich und drängte mich an ihm vorbei.

»Bitte, fahr nicht.«

Ich sagte nichts und wandte mich nach rechts in die West End Avenue. Er folgte mir.

»Du darfst nicht weggehen. Du bedeutest mir alles.«

Ich ging weiter.

»Ich bin verloren, wenn du weggehst.«

Ich ging weiter. Plötzlich überholte er mich und fiel vor mir auf die Knie.

»Du bist die Liebe meines Lebens.«

Ich sah zu ihm hinunter. Ich empfand weder Wut noch Mitleid. Nur unendliche Gleichgültigkeit.

»Nein«, sagte ich leise. »Du bist die Liebe deines Lebens.«

Er fasste nach dem Saum meines Mantels. »Sara, Liebling.« Tränen rannen ihm über die Wangen.

»Bitte, geh mir aus dem Weg, Jack.«

Er hielt den Saum fest. »Nein. Erst musst du mir zuhören.«

»Ich gehe jetzt weiter, Jack.«

Ich versuchte, einen Schritt zu machen. Aber er hielt mich fest.

»Jack, es ist vorbei.«

»Sag das nicht.«

»Es ist vorbei.«

»Du musst mich anhören.«

»Es ist vorbei. Endgültig. Jetzt lass mich …«

Jemand unterbrach mich mitten im Satz.

»Sind Sie in Schwierigkeiten, Lady?«

Ich drehte mich um. Ein Polizist kam auf uns zu.

»Fragen Sie ihn«, sagte ich und deutete mit einem Kopfnicken zu Jack, der immer noch vor mir kniete. Der Polizist sah ihn verächtlich, aber amüsiert an.

»Also, was ist los, Bürschchen?«, fragte er Jack.

Jack ließ meinen Mantel los. »Nichts«, sagte er. »Ich wollte nur …«

Der Polizist wandte sich zu mir. »Hat er Sie belästigt?«

»Ich wollte mir gerade ein Taxi nehmen …«

»Werden Sie sie jetzt wohl ins Taxi steigen lassen, Mann?«

Jack zögerte kurz, dann nickte er langsam.

»Gute Entscheidung. Jetzt möchte ich, dass Sie aufstehen und sich dort auf die kleine Mauer setzen, während ich der Dame ins Taxi helfe. Sind Sie so gut?«

Jack stand auf, ging zu der Mauer und setzte sich. Er sah aus, wie am Boden zerstört. Der Polizist nahm mein Gepäck und ging mit mir zur Ecke 77th Street und West End Avenue. Als er den Arm ausstreckte, hielt sofort ein Taxi. Der Fahrer stieg aus und stellte mein Gepäck in den Kofferraum.

»Danke«, sagte ich zu dem Polizisten.

»Keine Ursache. Der Kerl hat doch keine Dummheiten bei Ihnen versucht, oder?«

»Nichts Strafbares, wenn Sie das meinen.«

»Na dann. Gute Reise, wohin auch immer. Ich werde Ihren eifersüchtigen Liebhaber noch eine Weile im Auge behalten, damit er Ihnen nicht folgt.«

Ich stieg ein. »Penn Station«, sagte ich zum Fahrer. Das Taxi fuhr los und fädelte sich in den Verkehr ein. Als ich mich umsah, saß Jack immer noch auf der Mauer. Er weinte.

An der Penn Station holte ich die Fahrkarte ab, die ich am Nachmittag bestellt hatte, und ließ mir von einem Gepäckträger den Koffer zu meinem Schlafwagenabteil im Nachtzug nach Boston bringen. Ich hatte einen Aufschlag für ein Einzelabteil bezahlt. In dieser Nacht musste ich unbedingt allein sein. Nachdem ich mich eingerichtet hatte, klopfte ein Steward an die Tür. Ich bestellte nichts zu essen, nur einen doppelten Whisky mit Soda. Dann zog ich mich aus, zog mir ein Nachthemd und einen Bademantel an und ließ das Bett herunter. Der Steward kam mit meinem Whisky. Ich trank in kleinen Schlucken. Ein oder zwei Mal zitterte mir die Hand beim Heben des Glases. Als ich ausgetrunken hatte, legte ich mich zwischen die steifen Laken und schaltete das Licht aus. Dann fuhr der Zug ruckelnd aus dem Bahnhof, und ich schlief ein.

Ich wachte erst wieder auf, als erneut an die Tür geklopft wurde. Der Steward brachte mir Toast und Kaffee. Es war etwa noch eine halbe Stunde bis Boston. Das erste Tageslicht erhellte den Nachthimmel. Ich setzte mich im Bett auf, nippte an meinem Kaffee und sah zu, wie die Sonne über Neuengland aufging. Ich hatte tief und fest geschlafen, traumlos. Mein Magen verkrampfte sich vor Trauer. Doch ich hatte keine Tränen. Ich hatte meine Entscheidung getroffen, mein Herz war wie aus Stein. Es war Morgen. Ich war unterwegs. Und der Kaffee des Stewards war tatsächlich genießbar.

An der South Station in Boston stieg ich um. Gegen Mittag traf ich in Brunswick, Maine, ein. Wie verabredet holte mich Ruth Reynolds vom Bahnhof ab. Es war jetzt über fünf Jahre her, dass ich hierher geflohen war. Damals, im Frühjahr 1946, nach Jacks Verschwinden, war die Welt für mich zusammengebrochen. Und als ich am Nachmittag zuvor wieder in einen Abgrund zu stürzen glaubte, war ich zu dem Schluss gekommen, dass jetzt nur noch eines helfen konnte: Ich musste die Stadt verlassen, für eine Weile verschwinden, ohne dass jemand mir folgen konnte. Wäre ich in Manhattan geblieben, hätte Jack mich ständig mit Anrufen, Blumen und Telegrammen bombardiert und wäre womöglich spätabends bei mir aufgetaucht. Ich wollte allem den Rücken kehren, den schwarzen Listen, der NBC, der *Saturday Evening Post*, Walter Winchell und all dem Schmerzlichen, was ich jetzt mit Manhattan verband. Also griff ich nach meinem Adressbuch und suchte die Telefonnummer von Ruth Reynolds in Bath, Maine, heraus. Sie konnte sich sofort an mich erinnern, und es waren auch gerade ein paar Ferienhäuser frei.

So reservierte ich ein Abteil im nächsten Zug, der nach Boston fuhr, packte einen Koffer und floh... während Jack weinend auf einer Mauer zurückblieb. Und jetzt war ich wieder hier in Maine. Geborgen in Ruth Reynolds herzlicher Umarmung.

»Sie sehen fantastisch aus«, log sie.

»Sie auch«, erwiderte ich, obwohl ich entsetzt war, als ich sie auf dem Bahnsteig entdeckte – sie hatte in den Jahren seit meinem letzten Besuch bestimmt dreißig Pfund zugenommen.

»Sie brauchen nicht zu flunkern, meine Liebe«, sagte sie. »Ich weiß, dass ich dick bin.«

»Nein, gar nicht.«

»Sie sind zu liebenswürdig, Sara – aber eine schreckliche Lügnerin.«

Wir verließen Brunswick Richtung Norden und fuhren nach Bath. »Na, wie fühlt man sich so als berühmte Journalistin?«, fragte sie mich.

»So berühmt bin ich nicht. Und außerdem habe ich Urlaub.«

»Und da haben Sie beschlossen, wieder mal nach Maine zu kommen?«

»Ja«, log ich. »Es gibt einiges, was ich hier zu Papier bringen möchte.«

»Tja, da haben Sie sich den idealen Platz ausgesucht. Nichts als Ruhe und Frieden. Leider konnte ich Ihnen nicht Ihr altes Ferienhaus geben, weil Mr. und Mrs. Daniels es schon vor Jahren verkauft haben. Haben Sie noch Kontakt zu ihnen?«

Ich schüttelte den Kopf.

»Aber ich habe etwas sehr Hübsches für Sie ausgesucht. Und es hat ein zusätzliches Schlafzimmer, falls Sie mal einen Gast haben... oder Ihr Bruder Sie für ein paar Tage besuchen kommt.«

Ich erstarrte. Ruth merkte es. »Ist etwas nicht in Ordnung?«, fragte sie.

»Nein, nein, alles bestens«, sagte ich, denn ich hatte mir vorgenommen, kein Sterbenswörtchen über die Geschehnisse der letzten Monate zu erzählen.

»Wie geht es Ihrem Bruder?«

»Ganz gut.«

»Schön zu hören.«

Den Rest der Fahrt unterhielten wir uns über belanglose Dinge. Als wir in Bath ankamen, bogen wir nach rechts in die Route 209 ab und hielten in einem Dorf namens Winnegance an einem Gemischtwarenladen, um Vorräte einzukaufen. Dann fuhren wir weiter über die einsame, zweispurige Asphaltstraße, die sich durch die schmale Halbinsel schlängelte und in Popham Beach endete. Das Ferienhaus war dem, in dem ich vor fünf Jahren gewohnt hatte, ganz ähnlich. Dieselben verwitterten Schindeln. Das gleiche gemütliche, abgenutzte Mobiliar. Derselbe salzige, modrige Geruch. Und der Strand war auch so leer wie damals.

»Hier ändert sich wohl nie etwas, wie?«, sagte ich.

»Das ist eben Maine.«

Ruth meinte, sie würde sich sehr freuen, wenn ich zu ihr zum Abendessen käme. Aber ich lehnte ab und erklärte, ich sei müde.

»Und morgen?«

»Reden wir in ein paar Tagen noch einmal darüber«, sagte ich, »wenn ich mich eingerichtet habe.«

»Ist auch bestimmt alles in Ordnung?«

»Natürlich. Das Haus gefällt mir gut.«

»Ich meinte Sie, Sara. Ist alles mit Ihnen in Ordnung?«

»Sie haben doch selbst gesagt, ich sehe gut aus, oder?«

Der scharfe Ton ließ sie zurückschrecken. »Und das habe ich auch so gemeint. Aber ...«

Bevor sie noch eine Frage stellen konnte, schnitt ich ihr das Wort ab.

»Ich habe eine schwere Zeit hinter mir, und ich möchte nicht darüber reden.«

»Sara, entschuldigen Sie. Ich wollte nicht aufdringlich sein.«

»Sie waren nicht aufdringlich. Und verzeihen Sie meinen Ton. Es ist … ich muss einfach eine Zeit lang allein sein.«

»Hier in Maine lassen wir einander in Ruhe. Und wenn Sie Gesellschaft haben wollen, wissen Sie ja, wo Sie mich finden können.«

Ich wollte keine Gesellschaft. Keine Unterhaltung. Keinen menschlichen Kontakt, in welcher Form auch immer. Ich wollte die Schotten dicht machen, nichts und niemanden an mich heranlassen. Und genau das tat ich. Ich schrieb einen Brief an die Buchhaltung der *Post*, dass sie alle Gehaltsschecks direkt an meine Bank schicken sollten. Anschließend bevollmächtigte ich Joel Eberts, Erics Steuerschulden zu begleichen (wenn Erics Lebensversicherung ausgezahlt wurde) und den restlichen Betrag in meinen Aktienfonds einzuzahlen. Außerdem schickte ich ihm die Schlüssel für meine Wohnung und bat ihn, jemanden für mich zu engagieren, der die Post aus dem Briefkasten holte, alle Briefe aufbewahrte und meine Rechnungen bezahlte … Ein paar Tage später schrieb er mir zurück, dass er sich um alles gekümmert hätte.

»Aber sind Sie wirklich sicher«, hieß es in seinem Brief, »dass ich Ihnen die persönliche Post nicht nachsenden soll?«

»Absolut sicher«, schrieb ich zurück. Und bat ihn darum, meine Adresse nicht herauszugeben – besonders nicht an Jack Malone.

Ich war fest entschlossen, jeden möglichen Kontakt zwischen mir und Jack zu unterbinden. Nicht nur, weil ich auf meiner unversöhnlichen Haltung beharren wollte, sondern auch, weil ich schreckliche Angst hatte, ich würde, wenn ich einen seiner flehentlichen Briefe las (oder noch schlimmer, ihm von Angesicht zu Angesicht gegenüberstand), wieder rückfällig werden … wie vor all den Jahren, als er durch einen Zufall wieder in mein Leben getreten war. Wir waren fertig miteinander. Er konnte sagen oder tun, was er wollte, nichts würde daran etwas ändern. Er war aus meinem Leben gestrichen. Ich war jetzt allein. Ich wollte es so.

In den ersten drei Wochen ging ich selbst Ruth aus dem Weg.

Natürlich kam sie zwei Mal die Woche, um zu putzen und die Laken zu wechseln. Aber ich achtete darauf, dass ich dann immer draußen am Strand war. Sie akzeptierte meine Zurückgezogenheit und hinterließ mir kleine freundliche Briefe oder Zettel, in denen sie mich fragte, ob sie etwas für mich besorgen könne. Ich schrieb ihr Listen für Lebensmittel und für Bücher aus der örtlichen Leihbücherei und bat um Verständnis dafür, dass ich noch eine Weile für mich sein musste.

Eine Woche verging. Dann noch eine. Und noch eine. Ich las. Ich ging spazieren. Ich schlief. Ich erhielt einen Brief – von Joel Eberts. Er schrieb mir, der Scheck von der Versicherung über siebzigtausend Dollar sei eingetroffen. Mit Hilfe seines »Steuermenschen« habe er außerdem mit der Steuerbehörde eine Einigung in Bezug auf Erics ausstehende Zahlungen erzielt.

»Sie geben sich mit 32 500 Dollar zufrieden. Ich wollte sie noch weiter drücken, aber mein Steuermensch hat mich darauf hingewiesen, dass es uns bereits gelungen sei, die Zahlung um fast fünfzehn Riesen zu senken. Dafür sollten wir dankbar sein. Ich habe mich ein wenig mit Lawrence Braun, Ihrem Anlageberater, unterhalten. Er hat vor, die Restsumme in solide Blue-Chip-Aktien zu investieren, es sei denn ›Miss Smythe ist plötzlich abenteuerlustig geworden‹ (so seine Worte). Ich habe ihm gesagt, so lange ich nichts Gegenteiliges von Ihnen hören würde, seien Blue Chips wohl die richtige Wahl.

Das ist alles, was es hier an Neuigkeiten gibt, außer dass Sie einen ganzen Berg von Privatpost bekommen haben. Ich bewahre sie gern für Sie auf. Wenn ich sie schicken soll, brauchen Sie sich nur zu melden.

Zum Schluss, Sara, möchte ich noch eine ganz persönliche Hoffnung äußern: dass Sie in irgendeiner Weise zurechtkommen mit all dem, was passiert ist. Was Sie in den letzten zwei Monaten mitgemacht haben, würde man seinem schlimmsten Feind nicht wünschen. Das Leben ist an sich schon ungerecht. Aber gegen Sie ist es mit geradezu unbarmherziger Härte vorgegangen. Das wird nicht immer so bleiben. Vielleicht kommen Sie nie über den Verlust Ihres Bruders hinweg. Genauso wenig wie wohl über den Akt des Verrats, den Mr. Malone begangen hat. Aber ich weiß, dass Sie am Ende lernen, damit zu leben. Denn um weiterzugehen, müssen wir uns alle mit den schrecklichen Dingen abfinden, die uns das Leben in den Weg wirft.

Vorerst aber lassen Sie sich Zeit. Lassen Sie die Welt stillstehen. Suchen Sie sich Ihren eigenen Weg durch diesen schwierigen Lebensabschnitt. Und vergessen Sie nicht, dass ich für Sie da bin, wann immer Sie mich brauchen.«

Aber ich brauchte niemanden. Bis zum Beginn der vierten Woche. Es war ein Dienstagmorgen. Als ich aufwachte, hatte ich ein seltsames Gefühl. Zwei Minuten später musste ich mich heftig übergeben. Ich verbrachte eine grässliche Viertelstunde auf der Toilette. Am nächsten Morgen war mir wieder schlecht. Am Donnerstag blieb ich von der morgendlichen Übelkeit verschont. Aber am Freitag war sie wieder da, und auch am Wochenende quälte sie mich.

Ich musste einen Arzt aufsuchen. Schließlich war noch dazu meine Periode seit zwei Wochen überfällig. Also ging ich zum ersten Mal wieder bei Ruth vorbei. Ich sagte ihr nichts von meinen Beschwerden, sondern nur, dass ich mich nicht wohlfühlen würde. Sie schickte mich zu ihrem Hausarzt – einem ernst aussehenden Mann Mitte fünfzig namens Grayson. Er trug ein gestärktes weißes Hemd, einen gestärkten weißen Arztkittel und eine randlose Brille. Und er blickte die ganze Zeit sehr finster drein. Er sah aus wie ein griesgrämiger Apotheker. Seine Praxis befand sich in der Center Street in Bath. Seine Patienten waren vor allem die Männer, die im Stahlwerk von Bath arbeiteten, und deren Familien. Ich erzählte ihm von meiner Übelkeit und dass meine Periode ausgeblieben war.

»Klingt, als wären Sie schwanger«, meinte er knapp.

»Das ist unmöglich«, erwiderte ich.

»Sie meinen, Sie und Ihr Mann hatten keinen …«

Er stockte, dann brachte er schließlich mit merklichem Abscheu das Wort »Verkehr« heraus.

»Ich bin nicht verheiratet«, erklärte ich.

Sein Blick wanderte zu meiner linken Hand. Als er sah, dass ich keinen Ehering trug, zögerte er kurz, bevor er meinte:

»Aber Sie haben Verkehr gehabt mit …«

»Mit jemandem, ja. Aber es ist aus medizinischen Gründen ausgeschlossen, dass ich schwanger bin.«

Ich erzählte ihm von meiner Eileiterschwangerschaft und dass mir der Gynäkologe im Greenwich Hospital gesagt hatte, ich könne keine Kinder mehr bekommen.

»Vielleicht hat er sich geirrt«, meinte Doktor Grayson und bat mich, einen Ärmel hochzukrempeln. Er nahm mir Blut ab. Dann gab er mir ein Glasfläschchen und wies mir den Weg zur Toilette. Als ich mit der Urinprobe zurückkehrte, sagte er, ich solle in zwei Tagen wiederkommen, dann würde ich das Ergebnis erfahren.

»Aber das weiß ich jetzt schon. Ich bin nicht schwanger. Es ist unmöglich.«

Mir war jedoch immer noch jeden Morgen schlecht.

Als ich zwei Tage später wieder zu Doktor Grayson ging, sah er kurz von meiner Krankenkarte auf und sagte: »Das Ergebnis ist positiv.«

Ich war wie betäubt. »Das kann nicht sein«, stammelte ich.

»Diese Tests sind äußerst zuverlässig.«

»In diesem Fall bin ich mir sicher, dass das Ergebnis nicht stimmt.«

Der Arzt beugte sich vor und blickte mich an wie ein verstörtes Kind.

»Sie sind schwanger, Miss Smythe«, insistierte er, wobei er meinen Status als Unverheiratete besonders betonte. »Das zeigt der Test, und deshalb lautet auch meine klinische Diagnose so. Sie können es glauben oder auch nicht.«

»Könnten Sie den Test wiederholen?«

»Ich mache so viele Tests, wie Sie wollen – solange Sie bereit sind, sie zu bezahlen. Aber ich rate Ihnen, so bald wie möglich einen Gynäkologen aufzusuchen. Der nächste Gynäkologe hier ist Dr. Bolduck in Brunswick. Er hat seine Praxis in einer Seitenstraße der Maine Street, direkt neben dem College. Ich gebe Ihnen seine Telefonnummer.«

Er kritzelte ein paar Zahlen auf einen Rezeptblock, riss das Blatt ab und gab es mir. »Bei meiner Sprechstundenhilfe können Sie die Rechnung bezahlen.« Ich stand auf. »Noch etwas, Miss Smythe«, sagte er.

»Ja?«

»Meine Glückwünsche.«

Ruth wartete bei der Anmeldung auf mich. Ich bezahlte meine Rechnung und gab Ruth durch ein Nicken zu verstehen, dass ich bereit sei zu gehen. Ich hatte ihr nichts von dem Schwangerschaftstest erzählt. Und ich hatte es auch jetzt nicht vor. Aber mein Gesicht verriet offenbar, dass ich mir Sorgen machte. Denn kaum waren wir draußen, legte sie ihre Hand auf meinen Arm und fragte:

»Es ist doch nichts Unheilbares, oder?«

Beinahe hätte ich gelacht. »Ich wollte, das wäre es.«

»Ach du liebe Güte«, sagte sie. Und sofort war mir klar, dass ich mich verraten hatte. Ich ließ den Kopf auf ihre Schulter sinken. Ich war wie gelähmt, betäubt.

»Wie wär's mit einem schönen Frühstück hier irgendwo?«, schlug sie vor.

»Wahrscheinlich kommt alles wieder raus.«

»Diesmal vielleicht nicht.«

Sie führte mich zu einem kleinen Diner in der Nähe des Stahlwerks und bestand darauf, dass ich Rühreier mit Bratkartoffeln und zwei dicke, mit Butter bestrichene Scheiben Toast aß. Zuerst widerstrebte es mir, aber dann schmeckte das Essen wunderbar. Außerdem beruhigte es mich ein wenig.

»Ich weiß, dass Sie nicht gern über sich reden«, sagte Ruth,

»und ich will nicht in Sie dringen. Aber wenn Sie etwas loswerden möchten …«

Da erzählte ich ihr alles, was seit meinem letzten Aufenthalt in dem Ferienhaus passiert war. Es floss nur so aus mir heraus. Sie wurde bleich, als sie hörte, dass ich das Kind verloren und man mir gesagt hatte, ich könne nie wieder schwanger werden. Und als ich ihr von Eric erzählte – und Jacks unrühmlicher Rolle in dem Drama –, fasste sie mich am Arm.

»Ach Sara«, flüsterte sie. »Was für ein schreckliches Jahr für Sie.«

»Ich hatte schon bessere. Und jetzt bin ich zu allem Überfluss auch noch schwanger.«

»Mein Gott – Sie müssen völlig durcheinander sein«, sagte sie voller Mitgefühl.

»Durcheinander ist gar kein Ausdruck. Ich fühle mich, als wäre ich von einem Zug überrollt worden.«

»Das glaube ich Ihnen.« Sie lächelte und drückte meine Hand.

»Aber wenn der erste Schock vorbei ist – dann werde ich mich ziemlich freuen.«

»Das ist gut.«

»Es ist so unwirklich. Wo ich mich doch längst damit abgefunden hatte, keine Kinder zu bekommen.«

»Das muss schlimm gewesen sein.«

»Ja, sehr.«

»Ärzte irren sich oft.«

»Zum Glück.«

»Darf ich Sie etwas fragen?«

»Natürlich.«

»Werden Sie es ihm sagen?«

»Auf keinen Fall.«

»Meinen Sie nicht, dass er ein Recht darauf hat?«

»Nein.«

»Entschuldigung – es geht mich nichts an.«

»Ich kann, ich will es ihm nicht sagen. Ich kann ihm einfach nicht verzeihen.«

»Ich verstehe, dass das sehr schwer wäre…«

In ihrer Stimme schwang ein leiser Zweifel mit.

»Aber…?«, fragte ich.

»Wie ich schon sagte, Sara. Ich will meine Nase nicht in so komplizierte Dinge stecken.«

»Nun kommen Sie schon, heraus mit der Sprache.«

»Es ist auch sein Kind.«

»Und Eric war mein Bruder.«

Schweigen.

»Da haben Sie Recht. Die Sache ist erledigt.«

»Danke.«

Ich hob meine Kaffeetasse. »Auf die gute Nachricht.«

Sie hob ebenfalls ihre Tasse und stieß mit mir an. »Es ist eine großartige Nachricht«, sagte sie. »Die beste, die es gibt.«

11

Ein paar Tage später suchte ich Dr. Bolduck auf. Ich war auf einen weiteren frostigen, strengen Arzt gefasst, der meinen ringlosen Finger anstarren und den Neuengland-Puritaner spielen würde. Aber Bolduck war ein angenehmer, freundlicher Herr Ende dreißig – ein Bowdoin-Absolvent, der nach dem Medizinstudium in seine College-Stadt zurückgekehrt war, um sich hier eine Praxis aufzubauen. Ich fühlte mich bei ihm von Anfang an wohl.

»Also Dr. Grayson hat Sie zu mir überwiesen?«, fragte er. Ich nickte. »Ist er schon lange Ihr Arzt?«

»Ich bin neu hier. Und ich glaube, wir sind nicht besonders gut miteinander ausgekommen.«

»Aber Dr. Grayson ist doch so ein netter Mann«, meinte er und zog die Augenbrauen hoch wie Groucho Marx. »Vor allem kann er so gut mit Patienten umgehen.«

Ich lachte. »Es hat ihm wohl nicht gefallen, dass ich unverheiratet bin. Stört Sie das, Herr Doktor?«

Er zuckte die Achseln. »Ihr Privatleben ist Ihre Sache, Miss Smythe. Das Einzige, was mich interessiert, ist, Sie und Ihr Baby gut durch die Schwangerschaft zu bringen.«

»Ich kann immer noch nicht glauben, dass ich schwanger bin.«

Er lächelte. »Das höre ich oft.«

»Ich meine, medizinisch gesehen kann ich nicht schwanger werden.«

Dann erzählte ich ihm, was vor fünf Jahren im Greenwich Hospital passiert war. Im Gegensatz zu Dr. Grayson zeigte er sich sofort interessiert und fragte mich nach dem Namen des Gynäkologen, der mich damals behandelt hatte.

»Ich schreibe ihm und bitte ihn um Ihre Krankenakte. Aber vorerst stimme ich Ihnen zu. Es wäre sicher klug, einen zweiten Schwangerschaftstest zu machen.«

Er nahm mir Blut ab. Ich gab eine Urinprobe ab und verabredete einen weiteren Termin bei Dr. Bolduck in einer Woche. Dann kehrte ich in das Ferienhaus in Popham Beach zurück und versuchte, mich mit der Neuigkeit anzufreunden. Ich hatte mir immer ein Kind gewünscht und sehr darunter gelitten, dass ich keins bekommen konnte, auch wenn ich das nie offen geäußert hatte. Als Jack wieder in mein Leben getreten war, war meine Trauer darüber noch größer geworden. Jetzt war ich schwanger (sofern natürlich das erste Testergebnis nicht falsch war). Hätte ich an Gott geglaubt, hätte ich es als ein Wunder bezeichnet. Wäre ich noch mit Jack zusammen gewesen, hätte mich diese Nachricht überglücklich gemacht. Doch was ich jetzt empfand, war eine Mischung aus Hochstimmung und Verzweiflung. Hochstimmung, weil ich endlich ein Kind haben würde. Verzweiflung, weil ich nie wieder mit dem Vater des Kindes ein Wort wechseln würde. Welch eine grausame Ironie des Schicksals.

Ständig verfolgten mich die Gedanken an Eric und Jack. Oft überfiel mich der Schmerz ohne Vorwarnung, und während ich gerade noch gefasst gewesen war, stand ich im nächsten Augenblick schon wieder am Rande des Abgrunds. Jack hatte alles zerstört. Man konnte ihm nicht trauen. Er war feige. Er würde dieses Kind niemals zu Gesicht bekommen.

Ja, ich war hart und unerbittlich. Aber diese Härte war notwendig – ein Mittel, um mit dem übermächtigen Gefühl des Verlusts fertig zu werden, ein Mittel, um über die Tage zu kommen, die mir häufig leer und sinnlos schienen. Aber jetzt war da die unerwartete Aussicht auf ein Kind. Und obwohl diese Aussicht nichts an meiner Haltung gegenüber Jack ändern würde, gab sie mir doch eine Perspektive, ein Ziel am Ende all der Qualen.

Nach einer Woche ging ich wieder zu Dr. Bolduck. Er war freundlich wie zuvor.

»Ich fürchte, der reizende Dr. Grayson hatte Recht: Schwangerschaftstests lügen selten. Sie bekommen tatsächlich ein Baby.«

Ich lächelte.

»Zumindest scheinen Sie sich darüber zu freuen«, meinte er.

»Das können Sie mir glauben. Ich hätte nie mehr damit gerechnet.«

»Das verstehe ich. Besonders nachdem ich Ihre Akte vom Greenwich Hospital durchgesehen habe. Sie ist gestern erst gekommen. Der Arzt, der Sie behandelt hat, hat sich meiner Meinung nach geirrt, als er Ihnen sagte, Ihre Eileiterschwangerschaft habe jede Möglichkeit zunichte gemacht, ein Kind auszutragen. Einer Ihrer Eileiter wurde stark geschädigt, wodurch eine Befruchtung erschwert wird. Außerdem haben die inneren Blutungen bei dem Abgang die Wahrscheinlichkeit einer Schwangerschaft verringert. Aber ausgeschlossen ist sie keineswegs. Ich selbst kenne mehrere Fälle, in denen es nach einer Eileiterschwangerschaft zur Empfängnis gekommen ist und das Kind ausgetragen wurde. Was im Klartext bedeutet, dass Ihr Arzt im Greenwich Hospital im Hinblick auf Ihre Chancen, ein Baby zu bekommen, ein bisschen zu pessimistisch war.«

Er lächelte, doch dann wurde sein Gesichtsausdruck wieder ernst. »So schön das nun alles für Sie sein mag, möchte ich Sie doch darauf hinweisen, dass Sie sich schonen müssen. Äußerste Ruhe. Denn angesichts Ihrer Vorgeschichte wird es eine heikle, nicht ganz unproblematische Schwangerschaft werden.«

»Besteht die Gefahr, dass ich das Kind verliere?«

»In den ersten drei Monaten stehen die Chancen einer Fehlgeburt immer eins zu sechs.«

»Und in meinem Fall?«

»Bei Ihnen steht es vielleicht eins zu drei, aber es sieht immer noch gut aus. Sie müssen nur so vorsichtig wie möglich sein. Solange Sie nicht auf den Mount Kathadin klettern und Eishockey für Bowdoin spielen, haben Sie gute Chancen, ihr Kind zu behalten. Haben Sie vor, hier in der Gegend zu bleiben?«

Es gab keinen anderen Ort, wo ich hätte hingehen können. Und da Ruhe und mein Seelenfrieden die nächsten acht Monate von entscheidender Bedeutung sein würden, konnte ich auf keinen Fall nach Manhattan zurückkehren.

»Ja, ich bleibe in Maine.«

Dr. Bolduck sah mich nachdenklich an. »Glauben Sie denn, dass es gut ist, so allein in einem einsamen Ort wir Popham Beach zu wohnen?«

Ich musste zugeben, dass es nicht gut war. Deshalb zog ich eine Woche später nach Brunswick, sosehr ich auch den Verlust dieser außerordentlichen Weite von Strand, Himmel und Meer bedauerte. Nachdem ich ein paar Tage lang die Kleinanzeigen im *Brunswick-Bath Times Record* studiert hatte, fand ich eine freundliche, wenn auch für meinen Geschmack etwas zu rustikale Wohnung in der Federal Street. Es war eine Zweizimmerwohnung in einem nichtssagenden weißen Haus mit Schindeldach. Die Einrichtung war, höflich gesprochen, abgenutzt: vergilbte Wände, abgeschabte Möbel, eine Küche, in der es nur das Notwendigste gab, ein Messingbett, das dringend einer Politur bedurfte. Aber das Wohnzimmer lag nach Osten und hatte Morgensonne. Dort stand ein großer Mahagonisekretär mit einem herrlich altmodischen Chefsessel (Schreibtisch und Stuhl begeisterten mich sofort). Und die Wohnung befand sich in der Nähe des College, der Innenstadt und der Praxis von Dr. Bolduck, sodass ich überall leicht zu Fuß hinkam.

Ruth half mir beim Umziehen. Ich richtete ein Konto bei der Casco National Bank in der Maine Street ein und ließ mir über Joel Eberts meine wöchentlichen Schecks von der *Saturday Evening Post* dorthin schicken. Mein angeblicher »Urlaub« würde noch vier Monate dauern. Mit dem regelmäßigen Vorschuss konnte ich ohne weiteres meine achtzehn Dollar für die Miete und die Ausgaben für meine Grundbedürfnisse aufbringen. Ich hatte sogar genügend Geld übrig, um mir ein Radio und einen Plattenspieler sowie Bücher und Schallplatten zu kaufen. Außerdem fing ich wieder an, Zeitung zu lesen: die Lokalzeitung *Times Record* und den *Boston Globe* (da es die aktuelle Auflage der *New York Times* in Brunswick erst nach drei Tagen gab). Joe McCarthy und seine Freunde befanden sich auf dem Höhepunkt ihres demagogischen Kampfes. Soeben hatte der letzte Berufungsprozess der Rosenbergs begonnen, die wegen der angeblichen Weitergabe von Geheimmaterial über die Atombombe an die Sowjets zum Tode verurteilt worden waren. Es sah so aus, als würde Eisenhower die Präsidentenwahl im kommenden Jahr todsicher gewinnen. Und mit jedem aus Washington telegrafierten AP-Bericht schien die schwarze Liste länger zu werden. Für mich persönlich bedeutete diese immer stärker werdende Panik vor den Roten, dass mich die *Post* auf keinen Fall wieder aufnehmen würde, wenn mein Einsiedlerdasein beendet war. Über Erics Tod war in allen Zeitungen berichtet worden, und Seine Gottheit der Herausgeber würde viel zu viel Angst haben, er könne den Vorstand der Zeitung verärgern, wenn er mich wieder beschäftigte. Schließlich war ich die Schwester eines Mannes, der die Stirn besessen hatte, so unpatriotisch zu handeln und andere *nicht* zu verpfeifen.

Und so rechnete ich mir aus, dass die Zahlungen der *Post* in der Mitte der Schwangerschaft auslaufen würden und ich danach das Versicherungsgeld von der NBC oder mein Aktienpaket würde in Anspruch nehmen müssen, obwohl ich mir irgendwo im Hinterstübchen meines sparsamen puritanischen Gehirns Sorgen machte, dass ich in so jungen Jahren schon an meine Altersvorsorge gehen würde. Außerdem brauchte ich das Geld ja unbedingt, um das Kind allein großziehen zu können. Und ob ich je wieder journalistisch arbeiten konnte, war unter den politischen Umständen, die zur Zeit herrschten, mehr als fraglich.

Doch immer, wenn mich eine dieser nervenaufreibenden Vorstellungen über meine Aussichten auf Arbeit (oder den Mangel derselben) heimsuchte, beruhigte ich mich mit dem Gedanken, dass ich mir schon irgendwie meinen Lebensunterhalt verdienen würde. Und noch wichtiger, ich zählte ja zu den wenigen Glücklichen, die Geld auf der Bank und eine eigene Wohnung in Manhattan hatten. Man konnte mir meine Karriere nehmen, aber nicht das Dach über dem Kopf.

Aber nach Manhattan würde ich in nächster Zeit ohnehin nicht zurückkehren können. Genauso wie keinerlei Möglichkeit bestand, irgendjemandem von meiner Schwangerschaft zu erzählen. Ruth war die Einzige, die Bescheid wusste, und sie versprach mir, Stillschweigen zu wahren.

»Glauben Sie mir«, sagte sie, »ich weiß, wie es in einer Kleinstadt zugeht. Sobald Gerüchte über einen im Umlauf sind, wird man auf der Straße angestarrt.«

»Aber wird man mich nicht ohnehin neugierig angucken, wenn ich hier auf der Straße gehe?«

»Das hängt davon ab, wie sehr Sie sich zeigen. Wie viele Leute Sie kennen lernen und was Sie ihnen erzählen. Ich garantiere Ihnen, wenn Sie verkünden, dass Sie die Sara Smythe sind, die für die *Saturday Evening Post* schreibt, wird Ihr Terminkalender ziemlich voll werden. Die halbe Englisch-Fakultät von Bowdoin wird Sie dann wahrscheinlich kennen lernen wollen. Schließlich gibt es in dieser Stadt nur ganz selten Neuankömmlinge. Und Zuzügler, die auch noch landesweit bekannte Kolumnistinnen sind …«

»Ich bin nicht Walter Lippman, Ruth. Ich bin eine sehr durchschnittliche Autorin, die sehr durchschnittliches Zeug schreibt.«

»Nur keine falsche Bescheidenheit.«

»Aber so ist es. Und glauben Sie mir, ich werde niemandem erzählen, was ich in Manhattan gemacht habe. Die Zudringlichkeit, die ich durch das FBI erlebt habe, reicht mir für die nächsten zehn Jahre.«

Also übte ich mich in äußerster Zurückhaltung. Ich folgte Dr. Bolducks Rat und unternahm nichts Anstrengendes. Ich beschränkte meine körperlichen Betätigungen auf Spaziergänge im Bowdoin Pines Park hinter dem Campus oder zur Bücherei und zu den Geschäften an der Maine Street. Ich trieb einen Lebensmittelhändler auf, der mir die Waren ins Haus lieferte, und einen Zeitungsladen, der sich bereit erklärte, die Sonntagsausgabe der *New York Times* für mich zu bestellen. Bei Mac Bean's, dem Buch- und Plattenladen der Stadt, wurde ich Stammkundin. Und schon bald war ich mit den Bibliothekarinnen vom Bowdoin, mit Mr. Cole im Lebensmittelgeschäft, Thelma, der Filialleiterin der Casco National Bank, und dem Apotheker Mr. Mullin per du. Obwohl anfangs alle meinen Namen wissen wollten – und ob ich neu in der Stadt sei –, horchten sie mich nicht weiter aus. Wie ich allmählich feststellte, war das Fehlen aufdringlicher Neugier typisch für Maine (und ich schätzte es sehr). Die Leute respektierten die Privatsphäre eines jeden … weil sie wollten, dass man auch ihre Privatsphäre respektierte. Mehr noch, in diesem Bundesstaat galt ein unausgesprochenes Gesetz, das von großer Selbstgenügsamkeit zeugte: Deine Angelegenheiten sind deine Angelegenheiten und gehen mich nichts an. Maine war vermutlich eine der wenigen amerikanischen Regionen, wo Verschwiegenheit und Distanziertheit als bürgerliche Werte betrachtet wurden.

Und so stellte sich heraus, dass es sich in Brunswick recht gut leben ließ. Nachdem ich fünf Jahre lang Woche für Woche einen journalistischen Text produziert hatte, war es angenehm, Urlaub von der Schreibmaschine zu nehmen. Ich las Bücher, für die ich bisher keine Zeit gefunden hatte. Ich nahm an einem College-Kurs in französischer Konversation teil und lernte mindestens drei Stunden pro Tag Verbkonjugationen und Vokabeln. Ruth bestand darauf, mich einmal in der Woche bei sich zu Hause zum Abendessen einzuladen und mich mit ihrem Studebaker abzuholen. Einmal in der Woche ging ich die drei Straßen bis zu Dr. Bolducks Praxis, um mich untersuchen zu lassen. Ich war in der sechsten Schwangerschaftswoche, und er war sehr zufrieden mit dem bisherigen Verlauf.

»So weit, so gut«, sagte er, als ich mich wieder angezogen hatte und mich ihm gegenüber an den Schreibtisch setzte. »Wenn Sie die ersten drei Monate ohne Komplikationen hinter sich bringen, stehen die Chancen wirklich gut. Sie schonen sich doch, oder?«

»Brunswick ist nicht gerade eine anstrengende Stadt.«

Dr. Bolduck zog die Augenbrauen hoch. »Soll ich das als Kompliment verstehen?«

»Tut mir leid. Ich habe mich unglücklich ausgedrückt.«

»Nein, Sie haben ja Recht. Das hier ist ein ziemlich ruhiges Städtchen.«

»Weshalb es auch im Moment der richtige Ort für mich ist.«

»Schreiben Sie denn im Moment etwas?«

Ich wurde blass.

»Tut mir leid. Ich wollte nicht aufdringlich sein«, sagte er sofort.

»Woher wissen Sie, dass ich schreibe?«

»Ich habe die *Saturday Evening Post* abonniert, Miss Smythe. Und ich lese auch jeden Nachmittag den *Brunswick-Bath Times Record*. Auch hier haben die Zeitungen über den Tod Ihres Bruders berichtet.«

»Das kann ich nicht glauben.«

»Es war nur eine kleine Agenturmeldung über seinen plötzlichen Tod und seine vorhergehende Entlassung bei der NBC, nachdem Winchell seine Vergangenheit aufgedeckt hatte. Und dass Sara Smythe von der *Saturday Evening Post* seine Schwester sei.«

»Und warum haben Sie das nicht schon früher erwähnt?«

»Weil ich Ihnen nicht zu nahe treten wollte. Und auch jetzt ärgere ich mich, weil ich so dumm war und den Mund nicht halten konnte. Ich wollte eigentlich gar nicht darüber sprechen.«

»Glauben Sie, dass auch andere Leute in Brunswick wissen, wer ich bin?«

»Nun...«, meinte er zögernd. »Brunswick ist eine Kleinstadt. Und obwohl Sie niemand direkt darauf ansprechen würde, redet man doch untereinander. Gestern zum Beispiel war ich mit zwei Leuten vom College und Duncan Howell, dem Herausgeber des *Times Record*, beim Abendessen. Ich weiß nicht mehr, wie wir darauf kamen, aber Duncan wandte sich zu mir und sagte: ›Wissen Sie, wer hier in Brunswick wohnt? Sara Smythe – die Sara Smythe, die diese witzige Kolumne in der *Post* hatte. Ich würde sie ja gern mal darauf ansprechen, ob sie nicht für uns schreiben möchte… aber ich möchte nicht lästig fallen. Besonders weil ich mir denke, dass sie hier ist, um Abstand von New York und der ganzen Angelegenheit mit ihrem Bruder zu gewinnen…«

Plötzlich wurde mir übel.

»Dr. Bolduck, Sie haben doch wohl nicht gesagt, dass ich eine Patientin von Ihnen bin?«

»Um Gottes willen, nein. Das hätte ja vollkommen gegen die Ehre meines Berufsstandes verstoßen. Ich würde ja nicht einmal im Traum…«

»Gut, gut«, sagte ich mit schwacher Stimme.

»Jetzt habe ich ein schrecklich schlechtes Gewissen. Aber glauben Sie mir: Maine ist Maine. Die Leute werden sich nie anmerken lassen, dass sie wissen, wer Sie sind.«

»Wer ich bin, ist vollkommen belanglos. Was mir Sorgen macht, ist, dass die Leute mich anstarren werden, sobald nicht mehr zu übersehen ist, dass ich schwanger bin.«

»Man ist hier ziemlich tolerant, Miss Smythe. Ich glaube, dass man Ihnen vor allem Anteilnahme entgegenbringen wird. Und lassen Sie mich Ihnen eins sagen: Bei dem Essen gestern Abend fanden es alle furchtbar, was mit Ihrem Bruder passiert ist… alle bewunderten seinen Mut und seinen aufrechten Charakter.«

»Dann glauben Sie also nicht, dass er ein kommunistischer Agent war? Ein Handlanger Stalins in der Maske von Sid Caesars Chefschreiber?«

Er lächelte. »Nein, das glaube ich nicht. Viele Leute, die ich hier kenne, haben große Zweifel an dem, was McCarthy und seinesgleichen tun. Besonders, weil sie diese Hexenjagd angeblich in unserem Namen veranstalten… Mir ist gar nicht wohl dabei.« Er sah mich ernst an. »Es tut mir sehr leid, dass Sie Ihren Bruder verloren haben. Haben Sie noch mehr Geschwister?«

»Nein. Außer ihm hatte ich keine Verwandten.«

Dr. Bolduck sagte nichts darauf, wofür ich ihm sehr dankbar war.

»Dann sehen wir uns also nächste Woche wieder?«, fragte ich und stand auf. Auch Bolduck erhob sich und reichte mir die Hand. »Ich hoffe, Sie sind nicht böse, dass ich diese Dinge angesprochen habe.«

»Nein, nein. Es ist immer besser, wenn man Bescheid weiß.«

»Darf ich Ihnen dann noch etwas sagen?«

»Bitte, nur zu.«

»Ich weiß, dass Duncan Howell in seiner zurückhaltenden Art nicht im Traum daran denken würde, Sie anzurufen und Sie zu fragen, ob Sie für den *Times Record* schreiben möchten. Aber es klang so, als würde er sich riesig freuen, wenn Sie Interesse hätten.«

»Ich mache gerade Urlaub vom Geschäft mit den Wörtern«, erwiderte ich. »Aber vielen Dank für den Tipp.«

Natürlich rief ich zwei Tage später Duncan Howell beim *Times Record* an. Ich wurde sofort zu ihm durchgestellt.

»Was für eine Ehre«, sagte er.

»Sie sind der erste Herausgeber, der je so etwas gesagt hat.«

»Freut mich. Schön, dass wir Sie jetzt hier bei uns in Brunswick haben.«

»Schön, hier zu sein.«

»Wie wär's, wenn ich Sie heute zum Mittagessen einlade, Miss Smythe?«

»Gern.«

»Es gibt zwei Möglichkeiten. Ich könnte Ihnen zeigen, was die Brunswicker unter piekfein verstehen, und Sie in unser nobelstes Restaurant, das Stowe House, führen. Oder Sie entscheiden sich für etwas Lokalkolorit, und wir gehen in unseren besten Diner: den Miss Brunswick.«

»Oh, den Diner, keine Frage.«

Duncan Howell war ein freundlicher, wohlbeleibter Herr Anfang dreißig. Er war gekleidet wie ein College-Professor: Tweedjacke, Pullover mit V-Ausschnitt, Strickkrawatte. Er trug eine Hornbrille, rauchte Pfeife und war in Brunswick geboren. Schon seit seiner Kindheit hatte er gewusst, dass er aufs Bowdoin gehen und irgendwann für die Zeitung arbeiten würde, die seit fünfundsiebzig Jahren im Besitz der Familie war. Er hatte den langsamen, gemächlichen Tonfall, der typisch für die Provinz war. Aber wie jeder, den ich in Maine bisher kennen gelernt hatte, war er alles andere als ein Hinterwäldler.

Als ich das Miss Brunswick betrat, saß er bereits in einer Sitzecke. Es war ein Diner wie aus dem Bilderbuch: ein Fertiggebäude aus Wellblech mit einer Resopaltheke und sechs Sitzgruppen, einer Kundschaft, die aus Lkw-Fahrern und Soldaten der benachbarten Luftwaffenbasis bestand, mit einem Koch, der, eine angezündete Zigarette im Mund, Schnellgerichte brutzelte, und Bedienungen, die Bleistifte als Haarnadeln benutzten. Es gefiel mir auf Anhieb. Genauso wie Duncan Howell.

Er stand auf, als ich an seinen Tisch trat. Und ehe er sich wieder setzte, wartete er, bis ich ihm gegenüber Platz genommen hatte. Die Bedienung nannte ihn »Duncan«. Er bestand darauf, mich Miss Smythe zu nennen, und empfahl mir das Spezialmenü für Lkw-Fahrer: ein Steak, einen Berg Pfannkuchen, drei Rühreier, Bratkartoffeln, sechs Scheiben Toast und Kaffee nach Belieben. Als ich sagte, ich würde mich lieber mit einem Hamburger und einer Tasse Tee begnügen, meinte er, da hätte ich aber als Sattelschlepperfahrerin wenig Zukunftsaussichten.

Wir bestellten. Wir unterhielten uns über dies und das. Er klärte mich ein bisschen über die Lokalpolitik auf, über die Erweiterung der Papierfabrik und die Befürchtungen in der Region, die Zugverbindung noch Boston könne bald eingestellt werden, weil sie sich nicht mehr rentiere. Dann erzählte er vom *Times Record*: dass sein Urgroßvater die Zeitung 1875 gegründet, dass sie sich ihren politisch unabhängigen Status bewahrt habe und sich (wie fast ganz Maine) weigere, einer bestimmten Partei sklavisch die Treue zu halten.

»In Maine wählt man allgemein eher republikanisch«, erklärte er mir. »Aber das heißt nicht, dass wir ausschließlich republikanische Kandidaten für Bundes- oder Staatsämter unterstützen. Wir waren immer für Roosevelt. Und zwei Mal haben wir demokratische Kandidaten für den Senat unterstützt.«

»Und was halten Sie von Joe McCarthy?«, fragte ich.

Mein herausfordernder Ton schien ihn nicht aus der Ruhe zu bringen ... obwohl ich, ehrlich gesagt, selbst etwas überrascht war, dass ich mit dieser Frage so direkt herausgeplatzt war.

»Ich möchte ganz offen sein, Miss Smythe. Ich nehme den Gedanken an eine kommunistische Bedrohung ernst. So denke ich zum Beispiel, dass alles für die Schuld der Rosenbergs spricht, und ich finde, dass Verrat ein Kapitalverbrechen ist. Aber was Mr. McCarthy angeht ... nun, mit ihm habe ich doch Probleme. A, weil ich ihn für einen Opportunisten halte, dem es nur darum geht, Macht auszuüben, und für den das Thema Kommunismus nur ein willkommenes Hilfsmittel ist. Und b, weil er schon das Leben vieler unschuldiger Menschen zerstört hat.«

Er sah mir in die Augen. »Und meiner Ansicht nach ist das unverzeihlich.«

Ich hielt seinem Blick stand. »Es freut mich, dass Sie so denken.«

Er wechselte das Thema und fragte mich nach meiner momentanen »Arbeit«.

»Ich arbeite im Augenblick nicht. Sie wissen sicher, warum.«

»Wir haben einen Artikel über Ihren Bruder gebracht. Eine schlimme Geschichte. Ist das der Grund, warum Sie nach Maine gekommen sind?«

»Ich musste Abstand gewinnen, ja.«

»Ich nehme an, die *Post* hatte Verständnis dafür und hat Ihnen Urlaub bewilligt.«

»Oh, im Gegenteil, *sie* wollten, dass ich eine Auszeit nehme. Denn aus ihrer Sicht bin ich durch die Weigerung meines Bruders, vor dem HUAC zu kuschen, zur Belastung geworden.«

Duncan Howell wirkte schockiert. »Das gibt's doch nicht.«

»Ich war genauso erstaunt darüber wie Sie. Schließlich wussten alle, dass ich der unpolitischste Mensch bin, den man sich vorstellen kann. Und auch mein Bruder hatte nach seinem kurzen Flirt mit der Partei in den dreißiger Jahren dem Kommunismus längst abgeschworen.«

»Aber er hat sich trotzdem geweigert, Namen zu nennen.«

»Zu Recht, wie ich finde.«

»Wie man es auch betrachtet, es ist eine schwierige Entscheidung. Und ich verstehe, warum gewisse Menschen geglaubt haben, es wäre eine patriotische Geste gewesen, Namen zu nennen … und andere wiederum meinten, das hätte nur ihm selbst gedient. Auf jeden Fall habe ich aber Respekt vor den hohen Prinzipien Ihres Bruders.«

»Und wohin hat ihn das gebracht? Ich möchte ehrlich zu Ihnen sein, Mr. Howell. Es gibt Zeiten, da wünsche ich mir, er hätte Namen genannt wie alle anderen auch. Denn dann würde er noch leben. Und offen gesagt, wenn die Geschichte uns eins lehrt, dann, dass Standpunkte, die heute über Leben und Tod entscheiden, ihre Bedeutung im Laufe der Jahre verlieren. Damit will ich sagen: Früher oder später wird auch dieses Land Vernunft annehmen, und die Sache mit den schwarzen Listen hat ein Ende. Und dann werden die Historiker diese Epoche als Zeit der politischen Verirrung bezeichnen. Und damit werden sie Recht haben. Aber mein Bruder wird dadurch nicht wieder lebendig.«

»Ich bin sicher, er hätte gewollt, dass Sie weiter schreiben.«

»Aber haben Sie denn nicht verstanden? – Auch ich stehe auf der schwarzen Liste.«

»Nur bei der *Post*. Und auch dort hat man Ihnen nicht offiziell gekündigt.«

»Wenn dieser bezahlte Urlaub vorbei ist, werden sie es tun. Und in Manhattan arbeiten die Buschtrommeln schnell. Wenn die *Post* mich feuert, werde ich überall als unberührbar gelten.«

»Aber nicht in Brunswick, Maine.«

»Das ist wirklich schön zu wissen«, sagte ich lachend.

»Ich wette, das Schlimmste an Ihrem Zwangsurlaub ist die Tatsache, dass Sie sich nicht gedruckt sehen, was?« Er grinste verschmitzt.

»Wie kommen Sie denn darauf?«, sagte ich und fühlte mich durchschaut.

»Weil ich mein ganzes Leben lang mit Journalisten zu tun hatte. Wenn es eins gibt, ohne das sie nicht leben können, dann ein Publikum. Ich biete Ihnen ein Publikum an, Sara. *Ein kleines Publikum.* Aber immerhin ein Publikum.«

»Haben Sie denn keine Angst, jemanden wie mich einzustellen, den alle anderen wie eine heiße Kartoffel fallen lassen?«

»Nein«, sagte er ohne Umschweife.

»Und was soll ich schreiben?«

»Vielleicht etwas Ähnliches wie Ihre Kolumne *Aus dem richtigen Leben.* Aber darüber sprechen wir noch.«

»Bei der *Post* nimmt man es möglicherweise schlecht auf, wenn man entdeckt, dass ich für jemand anderen arbeite, während ich ihre Schecks kassiere.«

»Haben Sie einen Vertrag unterschrieben, dass Sie exklusiv für die *Post* arbeiten?«

Ich schüttelte den Kopf.

»Dann gibt es kein Problem.«

»Das nehme ich auch an.«

»Aber natürlich ist da noch das Thema Geld. Wie viel hat die *Post* Ihnen wöchentlich für die Kolumne bezahlt?«

»Hundertundachtzig Dollar.«

Duncan Howell schluckte. »So viel verdiene nicht einmal ich«, sagte er. »Und ich kann Ihnen nicht annähernd so viel bezahlen. Wir sind schließlich eine Kleinstadt.«

»Ich sage ja nicht, dass Sie so viel bezahlen müssen. Wie wär's mit fünfzig Dollar pro Kolumne? So viel gebe ich ungefähr in der Woche für Miete und die wichtigsten Dinge aus.«

»Das ist immer noch weitaus mehr, als ich jedem anderen Kolumnisten zahle.«

Ich hob die Augenbrauen. Duncan Howard verstand den Wink.

»Gut, gut«, sagte er und hielt mir die Hand hin. »Abgemacht, fünfzig pro Woche.«

Ich schlug ein. »Schön, wieder arbeiten zu können«, sagte ich.

Natürlich hatte Duncan Howard Recht. Obwohl ich es nicht zugegeben hatte (und mir immer wieder sagte, dass ich wirklich mal Urlaub von meiner Schreibmaschine wollte), vermisste ich es furchtbar, jede Woche gedruckt zu erscheinen. Ja, und es war wirklich schlau von ihm gewesen, mich daran zu erinnern. Wahrscheinlich hatte er auch gespürt, wie wichtig es für mich war, zu arbeiten. Es lag mir nicht, faul und unproduktiv zu sein. Ich brauchte ein Ziel, etwas, worauf ich mich konzentrieren konnte. Etwas, was dem Tag Struktur und Sinn gab. Und wie jeder, der an ein Publikum gewöhnt war, sehnte auch ich mich schrecklich danach, wieder eins zu haben. Auch wenn mein Publikum kein landesweites mehr war, sondern nur aus den achttausend Leuten bestand, die täglich den *Brunswick-Bath Times Record* lasen.

Meine erste Kolumne erschien eine Woche nach dem Treffen im Miss Brunswick Diner. Wir kamen überein, sie *Alltagskram* zu nennen. Wie meine alte Kolumne handelte es sich um einen leicht ironischen Kommentar zu den kleinen Dingen des Lebens. Nur dass ich jetzt nicht mehr den großstädtischen Blickwinkel einnahm und mich stattdessen mehr auf so bedeutende Themen konzentrierte wie »Dreiundzwanzig überflüssige Verwendungsarten für Kraft-Schmelzkäse« oder »Warum Frauen kein Bier mögen«.

Duncan Howell wollte unbedingt, dass ich den schnodderigen Ton beibehielt, der so typisch gewesen war für meine Kolumnen in der *Post*. »Glauben Sie bitte nicht, Sie müssten sich für Ihr neues Publikum bewusst einfach ausdrücken. Die Bewohner von Maine merken es sofort, wenn man sie gönnerhaft behandelt... und sie mögen es nicht. Vielleicht brauchen sie etwas Zeit, um sich an Ihren Stil zu gewöhnen, aber am Ende werden Sie sie für sich gewinnen.«

Natürlich hatte ich nach den ersten Wochen von *Alltagskram* noch niemanden für mich gewonnen.

In einem der ersten Leserbriefe hieß es:

> Wie kommen Sie bloß dazu, so eine neunmalkluge Kolumnistin einzustellen, die in einer vernünftigen, geachteten Zeitung wie Ihrer so ein neunmalkluges Zeug schreibt?

Eine Woche später landete ein weiterer Torpedo auf der Leserbriefseite.

> Vielleicht passt so was ja zu Manhattan, aber Miss Smythe's Weltsicht hat ganz ohne Frage nicht das Geringste mit dem Leben zu tun, das wir hier führen. Vielleicht sollte sie einmal darüber nachdenken, ob sie nicht doch lieber wieder nach Hause geht.

Uff.

»Sie dürfen diese Briefe nicht persönlich nehmen«, meinte Duncan Howell, als wir uns einen Monat nach Erscheinen der ersten Kolumne wieder zu einem Tête-à-tête im Miss Brunswick trafen.

»Aber wie soll ich es denn *nicht* persönlich nehmen? Schließlich, wenn ich keinen Draht zu Ihren Lesern bekomme …«

»Aber den haben Sie ja. Die meisten Leser mögen Sie. Und jedes Mal, wenn ich irgendwo in der Stadt zum Abendessen gehe, sagen mir mindestens ein oder zwei Professoren vom Bowdoin oder andere Geschäftsleute, wie sehr ihnen Ihre Sicht der Dinge gefällt und was für einen tollen Fang ich gemacht habe. So ein paar Grantler, die sich über alles Neue, alles, was ein bisschen von dem Üblichen abweicht, beschweren, gibt es immer. Das ist ganz normal. Also, bitte ärgern Sie sich nicht. Sie machen Ihre Sache sehr gut. So gut, dass ich mir überlegt habe … wären Sie bereit, auch zwei Kolumnen in der Woche für uns zu schreiben?«

»Sie machen Scherze?«

»Nein, ich meine es absolut ernst. Ich möchte, dass sich *All-*

tagskram wirklich durchsetzt, und ich denke, um das zu erreichen, ist es am besten, den Einsatz zu erhöhen, sozusagen ... und dafür zu sorgen, dass man Sie jeden Montag und Freitag liest. Machen Sie mit?«

»Sicher doch. Können Sie es sich denn auch leisten?«

»Irgendwie wird es schon gehen.«

Wieder hielt er mir die Hand hin. »Abgemacht?«

»Und ich bin nach Maine gekommen, um mir ein faules Leben zu machen.«

»Einmal Journalistin ...«

Ich schüttelte seine Hand. »Gut, abgemacht.«

»Wie schön. Ein Letztes noch. Es gibt in der Stadt eine Menge Leute, die Sie gern kennen lernen würden. Ich weiß ja nicht, wie Ihr Terminkalender gegenwärtig aussieht ...«

»Er ist vollkommen leer – absichtlich. Ich bin immer noch nicht so recht in der Stimmung, unter Leute zu gehen.«

»Das verstehe ich gut. Solche Dinge brauchen Zeit. Aber wenn Sie jemals das Bedürfnis nach Gesellschaft haben, denken Sie daran, dass es zahlreiche Gelegenheiten dazu gibt. Sie haben viele Fans.«

Dr. Bolduck zum Beispiel. Er war nicht nur froh, dass ich durch meinen Anruf bei Duncan Howell den Köder gefressen hatte, den er mir vor die Nase gehängt hatte ... sondern auch, dass ich die ersten drei Monate ohne Probleme hinter mich gebracht hatte.

»Kein besorgniserregender Ausfluss, keine dauernden Krämpfe, kein bedenkliches Unwohlsein?«

»Überhaupt nichts Bedenkliches. Bis jetzt ist alles sogar viel einfacher gewesen als bei meiner ersten Schwangerschaft.«

»Tja, da kann ich nur noch sagen: bravo. Ich drücke die Daumen. Und schonen Sie sich auch weiterhin.«

»Das ist schwer möglich, wo Duncan Howell jetzt auf zwei Kolumnen pro Woche besteht.«

»Ach ja, ich habe davon gehört. Gratuliere. Sie sind auf dem besten Weg zur Lokalprominenz.«

»Und in drei Monaten erst recht, wenn auf der Maine Street alle meinen dicken Bauch sehen.«

»Wie ich schon sagte, es wird nicht so schlimm sein, wie Sie es sich vorstellen. Und außerdem, was kümmert Sie, was die Leute hier denken?«

»Weil ich jetzt hier lebe.«

Darauf hatte Dr. Bolduck auch keine Antwort. Außer: »Das ist auch gut so.«

Von der folgenden Woche an erschien meine Kolumne jeden Montag und Freitag. Wieder hagelte es Leserbriefe, in denen mein neunmalkluger Stil beklagt wurde. Aber Duncan Howell rief mich jede Woche an, um mit mir die Texte für die nächste Woche zu besprechen, und dabei äußerte er sich immer enthusiastisch darüber, wie sehr sich die Kolumne machte. Außerdem behauptete er, er bekomme begeisterte Rückmeldungen. Er habe sogar eine wirklich tolle Nachricht für mich: Die beiden größten Zeitungen in Maine – der *Portland Press Herald* und die *Bangor Daily News* – hätten nachgefragt, ob sie nicht die Abdruckrechte für die Kolumne bekommen könnten.

»Sie bieten nicht gerade viel dafür: etwa sechzig Dollar pro Woche für beide«, meinte Mr. Howell.

»Wovon ich wie viel bekommen würde?«

»Tja, das ist Neuland für mich. Der *Times Record* hat noch nie einen Kolumnisten gehabt, der in mehreren Zeitungen zugleich veröffentlicht hat. Aber ich habe mit einem unserer Anwälte gesprochen, und er hat mir gesagt, dass eine Aufteilung sechzig zu vierzig zwischen Autor und Zeitung üblich wäre.«

»Sagen wir achtzig zu zwanzig«, sagte ich.

»Das ist ganz schön happig, Miss Smythe.«

»Ich bin es wert.«

»Natürlich sind Sie das, aber wie wär's mit siebzig zu dreißig?«

»Fünfundsiebzig zu fünfundzwanzig, darunter gehe ich nicht.«

»Sie sind eine harte Verhandlerin.«

»Ja, das bin ich. Fünfundsiebzig zu fünfundzwanzig, Mr. Howell. Und zwar hierfür und für alle zukünftigen Lizenzen. In Ordnung?«

Pause.

»Gut«, sagte er schließlich. »Ich werde unsere Anwälte veranlassen, einen Vertrag zur Unterschrift für Sie auszufertigen.«

»Ich freue mich schon darauf, wenn ich ihn in Händen halte. Und danke, dass Sie mir Zugang zum *Portland* und zur *Bangor* verschafft haben.«

»Wann darf ich Sie denn nun zu uns zum Abendessen einladen? Meine Frau kann es gar nicht erwarten, Sie endlich einmal kennen zu lernen.«

»Bald, Mr. Howell. Bald.«

Wahrscheinlich galt ich als arrogante Einzelgängerin. Aber wegen meiner Schwangerschaft und meiner immer noch anhaltenden Trauer schreckte ich vor jeder Art von Geselligkeit zurück. Das allwöchentliche Abendessen bei Ruth konnte ich noch ganz gut verkraften. Und ich nahm drei Mal in der Woche morgens an dem französischen Konversationskurs im Bowdoin teil. Aber der Gedanke, bei einem Abendessen höflich Konversation zu treiben und wohlmeinende Fragen wie »Was hat Sie nach Brunswick geführt?« zu beantworten, dämpfte jegliches Verlangen nach Geselligkeiten. Immer noch plagten mich Anfälle tiefster Verzweiflung. Und ich zog es vor, dabei allein zu sein. Deshalb lehnte ich sämtliche Einladungen ab.

Doch als mich eines Nachmittags Jim Carpenter bat, mit ihm auszugehen, sagte ich zu meiner eigenen Überraschung ja. Jim war mein Französischlehrer am Bowdoin. Er war Ende zwanzig – ein großer, schlaksiger Typ mit sandfarbenem Haar und randloser Brille. Hinter seinem zurückhaltenden, fast scheuen Wesen verbarg sich ein schelmischer Zug. Wie alle am Bowdoin (einschließlich der Studenten) trug er die typische akademische Tracht eines Neuengländers: Tweedjacke, graue Flanellhose, Hemd mit Kragenknöpfen und College-Krawatte. Im Laufe unserer Konversationsstunden wurde deutlich, dass dies seine erste Anstellung als Lehrer war – und dass er zuvor zwei Jahre an der Sorbonne an seiner Doktorarbeit geschrieben hatte. Ich war in diesem Kurs die einzige Gasthörerin – und die einzige Frau unter den Studenten (Bowdoin war damals noch strikt Männern vorbehalten). Trotzdem blieb Jim in den ersten beiden Monaten des Kurses ziemlich förmlich mir gegenüber. Er stellte mir ein paar grundsätzliche Fragen – *en français* – über meine Arbeit (*»Je suis journaliste, mais maintenant je prends une periode sabbatique de mon travail«*), fragte mich diskret nach meinem Familienstand und ob es mir in Maine gefiele. Doch sonst gab er sich sehr sachlich. Bis er mich eines Nachmittags – ein paar Wochen nachdem ich meine erste Kolumne geschrieben hatte – aufhielt, als ich gerade den Raum verlassen wollte.

»Ihre Kolumne gefällt mir sehr, Miss Smythe«, sagte er.

»Oh, danke«, erwiderte ich ein wenig verlegen.

»Einer meiner Kollegen hat mir gesagt, dass Sie früher für die *Saturday Evening Post* geschrieben haben. Stimmt das?«

»Leider ja.«

»Ich wusste ja gar nicht, dass ich eine Berühmtheit in meiner Klasse habe.«

»Aber das haben Sie ja auch gar nicht.«

»Bescheidenheit ist eine überschätzte Tugend«, sagte er lächelnd.

»Und Unbescheidenheit kann ganz schön anstrengend sein, finden Sie nicht?«

»Vielleicht... aber nach ein paar Monaten in Maine hätte ich nichts gegen eine Prise guter alter Pariser Arroganz. Hier sind alle so höflich und zurückhaltend.«

»Womöglich gefällt es mir hier gerade deshalb so. Vor allem, nachdem ich in Manhattan gelebt habe, wo alle sich möglichst gut verkaufen wollen. Ich finde es ganz angenehm, wenn man nicht gleich, nachdem man sich vorgestellt hat, weiß, was der andere macht, wie viel er verdient und wie oft er geschieden ist.«

»Aber ich würde das gern alles wissen. Vielleicht weil ich immer noch damit beschäftigt bin, meine ländlichen Wurzeln abzuschütteln. Ich komme aus Indianapolis.«

»Tatsächlich?«

»Ja, leider.«

»Dann muss Paris für Sie ja eine Offenbarung gewesen sein.«

»Tja… der Wein ist dort jedenfalls besser als in Indianapolis.«

Ich lachte. »Ich glaube, den Satz werde ich mal verwenden.«

»Bitte, gern. Aber nur unter einer Bedingung: dass ich Sie einmal zum Abendessen ausführen darf.«

Ich muss überrascht ausgesehen haben, denn Jim wurde sofort rot. Dann sagte er: »Natürlich sind Sie zu gar nichts verpflichtet…«

»Gern«, unterbrach ich ihn. »Ein Abendessen wäre schön.«

Wir verabredeten uns für drei Tage später. Zwei Mal dachte ich daran, ihn anzurufen und abzusagen. Denn mit jemandem auszugehen war das Letzte, was ich im Augenblick wollte. Ich wollte nicht alles erklären müssen, was im letzten halben Jahr passiert war. Und schließlich war ich schwanger, verdammt noch mal.

Aber eine andere Stimme in meinem Kopf sagte mir, ich solle mit diesem albernen Getue aufhören. Schließlich war es nur ein Abendessen. Er hatte weder Reißzähne, noch schien er in einem Sarg zu schlafen. Obwohl ich gesellschaftliche Zusammenkünfte mied, bedauerte ich es allmählich, immer allein zu sein. Also zog ich ein hübsches Kleid an, trug ein wenig Makeup auf und ließ mich von ihm ins Stowe House zum Abendessen ausführen. Anfangs war er ein wenig nervös und zurückhaltend – was ich liebenswert fand, aber auch mühsam, denn ich musste mich sehr anstrengen, um das Gespräch aufrechtzuerhalten. Aber nach dem zweiten Cocktail taute er ein bisschen auf. Als er fast die ganze Flasche Wein getrunken hatte (ich beschränkte mich auf zwei Gläser), wurde er sogar hin und wieder recht spritzig und geistreich – was er sonst wohl hinter seiner Zugeknöpftheit verbarg.

»Wissen Sie, was mir am meisten an Paris gefallen hat?«, fragte er. »Außer der schier unfassbaren Schönheit der Stadt? Dass man dort bis zum Morgengrauen herumspazieren kann. Ich habe wohl die Hälfte meiner Zeit damit verschwendet, die ganze Nacht aufzubleiben, von Café zu Café zu schlendern oder einfach nur kilometerweit herumzulaufen. Ich hatte ein winziges Zimmer im fünften Arrondissement, gleich bei der Rue des Écoles. Mit fünfzig Dollar im Monat konnte ich meine Miete bezahlen und mir den Magen vollstopfen. Ich konnte den ganzen Tag in einer großen Brasserie gleich bei mir um die Ecke lesen. Und ich hatte eine Freundin namens Stephanie, die Bibliothekarin war und die letzten vier Monate meines Aufenthalts bei mir wohnte ... und die nicht verstehen konnte, warum um alles in der Welt ich das Leben in Paris gegen eine Dozentenstelle in Brunswick, Maine, eintauschen wollte.«

Er hielt inne, und plötzlich sah er verlegen aus. »Und das hier ist für heute mein letztes Glas Wein – sonst schütte ich Ihnen noch mein Herz aus.«

»Ach kommen Sie schon«, sagte ich und schenkte ihm den Rest der Flasche ein.

»Nur wenn Sie auch noch etwas trinken.«

»Ich bin ein billiger Gast. Zwei Gläser sind meine Grenze.«

»War das immer schon so?«

Beinahe hätte ich die Dummheit begangen, mich zu offenbaren und zu sagen: »Der Arzt hat mir verboten, mehr als ein oder zwei Gläser am Tag zu trinken.« Stattdessen sagte ich nur: »Alkohol steigt mir immer zu Kopf.«

»Macht ja nichts«, meinte er. »*Santé.*«

»Also, warum haben Sie Stephanie und *la vie parisienne* gegen das Bowdoin College eingetauscht?«

»Damit will ich gar nicht erst anfangen. Es könnten abscheuliche Wahrheiten ans Licht kommen.«

»Das klingt ziemlich furchterregend. Aber Sie haben meine Frage nicht beantwortet.«

»Was soll ich sagen ... außer dass ich der Sohn eines ultrakonservativen, ultraängstlichen Versicherungsangestellten aus Indianapolis bin. Und wenn man in der Welt der Versicherungen aufwächst, ist man immer sehr auf Sicherheit bedacht. Und als das Stellenangebot von Bowdoin kam… tja, das Gehalt ist eben nicht schlecht. Und die Aussicht auf eine feste Stelle, Sicherheit, berufliches Ansehen. All das langweilige bürgerliche Zeug… von dem Sie bestimmt zum Glück nichts wissen.«

»Im Gegenteil, mein Vater war ein großes Rad im Versicherungsgetriebe. Und mein Freund war in der Werbebranche, bei…«

Plötzlich stockte ich.

»Aha, es gibt also einen Freund?«, fragte er und versuchte dabei möglichst gleichgültig zu klingen.

»Es gab einen. Es ist vorbei.«

Er strahlte unwillkürlich. »Das tut mir leid.«

»Es passierte ungefähr zur gleichen Zeit, als mein Bruder… haben Sie von meinem Bruder gehört?«

Seine Miene wurde wieder ernst. »Ja. Als ich einem Kollegen gegenüber erwähnte, dass Sie an meinem Kurs teilnehmen, sagte er, er habe etwas über Ihren Bruder in der Zeitung gelesen…«

»Dass er gestorben ist.«

»Ja. Dass er gestorben ist. Es tut mir wirklich leid. Es muss schrecklich…«

»Es war schrecklich.«

»Und deshalb sind Sie nach Maine gezogen?«

»Unter anderem.«

»War Ihr ehemaliger Freund ein weiterer Grund?«

»Das kam zu dem Schlamassel hinzu, ja.«

»Guter Gott, was müssen Sie für ein furchtbares Jahr…«

»Reden Sie nicht weiter.«

»Entschuldigen Sie, habe ich…«

»Nein, Sie sind sehr nett gewesen. Es ist nur… ich kann kein Mitgefühl ertragen.«

»Verstehe. Dann gebe ich mich also hart und zynisch.«

»Das können Sie nicht, Sie sind aus Indiana.«

»Sind in Manhattan alle so schlagfertig wie Sie?«

»Und sind in Indianapolis alle so charmant wie Sie?«

»Oh.«

»Ich habe das nicht negativ gemeint.«

»Aber es war auch nicht gerade charmant.«

»*Touché.* Sie sind auch nicht auf den Mund gefallen.«

»Für einen Jungen aus Indianapolis.«

»Es gibt Schlimmeres.«

»Wie das?«

»Wenn Sie zum Beispiel aus Omaha kämen.«

Er lächelte mich schelmisch an. »Ihr Stil gefällt mir.«

Um ehrlich zu sein, seiner gefiel mir auch. Als er mich an diesem Abend bis vor die Haustür brachte, fragte er mich, ob ich bereit wäre, Leib und Leben zu riskieren und am kommenden Samstag in seinem Wagen einen Ausflug zu machen.

»Was ist so gefährlich an Ihrem Wagen?«, fragte ich.

»Der Fahrer.«

Er hatte ein zweisitziges Alfa-Romeo-Cabrio in leuchtendem Tomatenrot. Als er damit am Samstagmorgen vor meinem Haus vorfuhr, konnte ich es gar nicht fassen.

»Sind Sie nicht ein bisschen jung für die Midlife-Crisis?«, fragte ich, als ich mich in den tiefen Schalensitz fallen ließ.

»Auch wenn Sie es nicht glauben, er ist ein Geschenk meines Vaters.«

»Ihr Dad, Mr. Indianapolis, der Versicherungskönig? Ich kann es nicht glauben.«

»Ich denke, auf diese Art wollte er mir zu meiner Entscheidung gratulieren, nach Hause zurückzukehren und hier eine Stelle anzunehmen.«

»Verstehe. Nach dem Motto: *Wie soll man jemanden in der Provinz halten, nachdem er einmal Paris gesehen hat?* Mit einem Sportwagen natürlich.«

»Einem bestens versicherten Sportwagen.«

»Was Sie nicht sagen.«

Wir fuhren den ganzen Tag auf der Route 1 Richtung Norden.

An Bath vorbei und dann an wunderbar idyllischen Kleinstädten wie Wiscasset, Damriscotta und Rockland, bis wir gegen Mittag schließlich Camden erreichten. Ungefähr eine Stunde lang hielten wir uns in einem herrlichen Antiquariat in der Bayview Street auf. Dann gingen wir hinunter zu einem kleinen Lokal am Strand und aßen Shrimps, die wir mit Bier hinunterspülten. Danach zündete sich Jim eine Gauloise an. Ich lehnte sein Angebot, ebenfalls zu rauchen, ab.

»Guter Gott«, meinte er. »Sie vertragen nur wenig Alkohol und mögen keine Zigaretten. Wahrscheinlich sind Sie in Wirklichkeit eine Mormonin.«

»Im College habe ich mal versucht, mir das Rauchen anzugewöhnen. Aber es ist mir nicht gelungen. Ich wusste einfach nicht, wie man inhaliert.«

»Das ist ganz leicht.«

»Ich habe einfach kein Talent dazu. Aber beantworten Sie mir eine Frage: Wie kann man nur diese französischen Glimmstängel rauchen? Sie riechen wie Autoabgase.«

»Hm, aber sie schmecken wie ...«

»Französische Autoabgase. Ich wette, Sie sind in Maine der Einzige, der dieses Zeug raucht.«

»Soll ich das als Kompliment auffassen?«, fragte er.

Ich hatte viel Spaß mit Jim. Das amüsante Geplänkel ging den ganzen Tag weiter. Er hatte Witz. Er war furchtbar gebildet. Er besaß Selbstironie. Er gefiel mir sehr ... als Freund, als Kumpel, als *bon copain*. Mehr nicht. Selbst wenn ich auf eine Liebschaft aus gewesen wäre, er wäre nicht der Richtige gewesen. Zu provinziell. Zu jung. Zu abhängig. Ich war gern mit ihm zusammen, aber ich wollte nicht seine Hoffnungen nähren, dass dies zu mehr als Freundschaft führen könnte. Deshalb schob ich Arbeit vor, als er zwei Tage später ein Treffen vorschlug.

»Ach, kommen Sie schon«, sagte er leichthin. »Bestimmt können Sie es einrichten, einen Abend ins Kino zu gehen und einen Cheeseburger zu essen.«

»Ich möchte mich wirklich auf meine Kolumne konzentrieren«, sagte ich, hasste mich aber sofort dafür, weil es ziemlich streberhaft klang. Aber Jim lachte nur.

»Wissen Sie, es ist immer das Gleiche bei einer Abfuhr. Es riecht verdächtig nach einer Ausrede.«

»Sie haben Recht. Es ist eine Ausrede. Was ist es denn für ein Film?«

»*Reporter des Satans* von dem großen Billy Wilder.«

»Den habe ich schon letztes Jahr in Manhattan gesehen.«

»Und, war er gut?«

»Ein bitterböser Film über Journalismus.«

»Dann schauen Sie ihn sich sicher noch einmal an.«

»Ja. Ich glaube schon.«

So viel zu meinem Versuch, Jim abzuschütteln. Aber ich muss ihm sehr zugute halten, dass er an unseren gemeinsamen Abenden nie durchblicken ließ, dass er auf eine Liebesbeziehung aus war. Wie ich war er neu in der Stadt. Er sehnte sich nach Gesellschaft. Und mir ging es genauso, auch wenn ich es nicht gern zugab. Deshalb konnte ich kaum sein Angebot zurückweisen, ins Kino oder zu einem Kammermusikkonzert in Portland zu gehen oder einen Abend mit einigen seiner Freunde vom Fachbereich zu verbringen (ja, ich ging allmählich wieder unter Leute). Selbst nachdem wir schon einen ganzen Monat lang des öfteren miteinander ausgegangen waren, gab er mir den Gutenachtkuss immer nur auf die Wange. Ich fragte mich sogar (tatsächlich): Warum um alles in der Welt unternimmt er nichts? Und das, obwohl ich den Eindruck hatte, dass er sich auf diesem Gebiet deshalb so zurückhielt, weil er wusste, dass ich kein Interesse hatte.

Und mir war natürlich klar, dass ich irgendwann nicht mehr umhin kommen würde, meine Schwangerschaft einzugestehen. Schließlich war ich schon im fünften Monat, und mein Bauch zeigte allmählich eine verräterische Schwellung. Aber ich schob es weiter auf. Denn feige wie ich war, hatte ich Angst, es könne unserer guten Beziehung schaden. Ich mochte ihn. Ich wollte, dass er weiterhin mein Freund war... und ich glaubte, alles wäre zu Ende, wenn er entdeckte, was mit mir los war.

Dennoch beschloss ich nach einem meiner wöchentlichen Besuche bei Dr. Bolduck, die Katze aus dem Sack zu lassen.

»Alles sieht auch weiterhin nach einem normalen Schwangerschaftsverlauf aus«, sagte Dr. Bolduck.

»Ich befolge ja auch haargenau ihre Anweisungen, Herr Doktor.«

»Aber wie ich gehört habe, gehen sie jetzt wenigstens mal ab und zu aus... was sehr gut ist.«

»Woher wissen Sie das?«

»Wir leben in einer Kleinstadt, haben Sie das vergessen?«

»Und was haben Sie noch gehört?«

»Nur, dass man Sie bei dem einen oder anderen Abendessen mit Leuten vom Bowdoin gesehen hat.«

»In Begleitung von Jim Carpenter, stimmt's?«

»Ja, das habe ich gehört. Aber...«

»Wir sind nur befreundet.«

»Schön.«

»Ich meine es ernst. Ich will nichts mit ihm anfangen.«

»Jetzt aber mal Halt. Niemand sagt, dass Sie es auf ihn abgesehen haben. Oder dass Sie Stadtgespräch sind. Oder sonst etwas in der Richtung.«

»Aber es ist den Leuten aufgefallen, dass wir uns treffen. Oder etwa nicht?«

»Willkommen in Brunswick, Maine. Wo jeder von jedem weiß, was er macht. Ohne Hintergedanken, versteht sich. Stören Sie sich nicht daran.«

Aber ich tat es doch – weil Jim wie ein Idiot dastehen würde, wenn die ganze Stadt von meiner Schwangerschaft erfuhr. Deshalb beschloss ich, es ihm am nächsten Tag zu sagen.

Es war ein Samstag. Wir hatten uns für einen Nachmittagsausflug zum Reid State Park verabredet. Doch als ich am Morgen aufwachte, war mir ein wenig übel, was ich auf den Dosenlachs zurückführte, den ich am Abend zuvor gegessen hatte. Also rief ich Jim an und sagte ab. Als er hörte, dass ich mich erbärmlich fühlte, bot er sofort an, einen Arzt zu holen, zu mir zu kommen und Florence Nightingale zu spielen.

»Mir ist bloß schlecht«, sagte ich.

»Das kann viele Ursachen haben.«

»Die Ursache ist, dass ich gestern Abend eine Dose schlechten kanadischen Fisch gegessen habe. Jetzt muß ich eben dafür büßen.«

»Dann lassen Sie mich zumindest später vorbeischauen und nach Ihnen sehen.«

»Na gut«, sagte ich, denn plötzlich war ich zu müde, um noch weiter zu diskutieren.

Kaum hatte ich den Hörer aufgelegt, überkam mich ein Brechreiz. Ich lief ins Badezimmer und übergab mich. Als das Schlimmste vorbei war, spülte ich mir den Mund aus und wankte zum Bett zurück. Mein Nachthemd war von Schweiß durchtränkt. Mich fröstelte. Aber zumindest musste ich mich nicht mehr übergeben.

Fünf Minuten später fing es erneut an. Aber dieses Mal kam nichts mehr hoch. Ich hing über der Kloschüssel, würgte furchtbar und fühlte mich unsagbar elend. Nach diesem Würgeanfall schleppte ich mich wieder zum Bett. Kurz darauf war ich schon wieder auf dem Weg ins Badezimmer und umklammerte die Kloschüssel.

Eine ganze Stunde lang ging es so weiter. Schließlich konnte sich mein Magen nicht mehr aufbäumen. Ich fiel ins Bett, und mein Körper ergab sich der Erschöpfung. Ich dämmerte ein.

In den fünfziger Jahren schloss in Brunswick niemand die Wohnungstür ab. Anfangs hatte ich noch den Riegel vorgeschoben. Bis mir die Putzfrau einmal eine Notiz hinterließ, dass diese Vorsichtsmaßnahme unnötig sei – der letzte Wohnungsdiebstahl in der Stadt sei ungefähr vier Jahre her, und der Dieb sei ein Betrunkener gewesen.

Seither schloss ich nicht mehr ab. Ohne Zweifel hat mir diese

Tatsache an jenem Samstagnachmittag das Leben gerettet. Denn gegen drei Uhr tauchte Jim auf und klopfte fünf Minuten lang an die Tür. Aber ich war bewusstlos und hörte nichts. Da Jim wusste, dass es mir nicht gut ging, beschloss er, die Wohnung ohne Aufforderung zu betreten. Nachdem er mehrmals meinen Namen gerufen und keine Antwort erhalten hatte, ging er schließlich in mein Schlafzimmer.

Später erzählte er mir: »Ich dachte, Sie wären tot.«

Denn er fand mich in einer Blutlache.

Die Bettlaken waren tiefrot durchtränkt. Ich zeigte keinerlei Reaktion. Jim brachte kein Wort aus mir heraus. Er lief zum Telefon und rief einen Krankenwagen.

Im Krankenhaus kam ich kurz zu mir. Ich lag auf einer Bahre, um mich herum standen Ärzte und Krankenschwestern. Ich hörte, wie einer der Ärzte mit Jim sprach.

»Wie lange ist Ihre Frau schon schwanger?«

»Sie ist schwanger?«

»Ja. Haben Sie es denn nicht gewusst?«

»Sie ist nicht meine Frau.«

»Wie heißt sie mit Vornamen?«

»Sara.«

Der Doktor schnipste vor meinem Gesicht mit den Fingern. »Sara, Sara, hören Sie mich?« Es gelang mir, drei Wörter zu murmeln: »Das Baby ist…« Dann wurde es erneut dunkel um mich.

Mitten in der Nacht kam ich wieder zu mir. Ich lag allein in einem leeren, kleinen Krankenzimmer. An meinem Arm hingen Tropfe und Schläuche. Ich sah nur verschwommen. Mir war, als hätte jemand meinen Kopf mit einer Axt gespalten. Aber das war nichts im Vergleich zu dem Schmerz in meinem Unterleib. Ich fühlte mich wie aufgerissen und ausgeweidet. Alles brannte. Ich wollte schreien. Aber es ging nicht. Meine Stimmbänder schienen wie gefroren. Ich tastete nach dem Rufknopf, der neben mir hing, und drückte ihn lange. Kurz darauf hörte ich energische Schritte auf dem Flur. Eine Krankenschwester kam zu mir ans Bett und sah mich an. Wieder versuchte ich zu sprechen. Wieder gelang es mir nicht. Aber mein Gesicht sagte ihr wohl genug.

»Die Schmerzen …?«, fragte sie.

Ich nickte heftig. Sie drückte mir einen kleinen Kolben in die Hand.

»Sie hängen am Morphiumtropf«, sagte sie.

Morphium? O Gott…

»Immer wenn die Schmerzen unerträglich werden, brauchen Sie nur auf diesen Kolben zu drücken. Und…«

Sie zeigte es mir. Sofort breitete sich in meinem Körper eine Woge betäubender Wärme aus. Und ich verlor das Bewusstsein.

Dann war es wieder hell. Eine andere Krankenschwester beugte sich über mich. Das Bettzeug war abgezogen worden. Jemand hatte mein Krankenhemd bis über meinen Bauch hochgerollt. Die Krankenschwester zog mir mit einem Ruck den blutdurchtränkten Verband von der Haut. Ich zuckte vor Schmerzen zusammen.

»An Ihrer Stelle würde ich mir das nicht ansehen«, sagte sie zu mir.

Aber ich tat es doch – und zuckte erneut zusammen, als ich die entsetzliche Spur der Stichnaht quer über meinen Unterleib sah. Ich brachte nur ein Wort heraus: »Was…«

Wieder überrollte mich der Schmerz. Ich tastete nach dem Kolben. Die Krankenschwester legte ihn mir in die Hand, und ich drückte zu. Schwärze.

Wieder Licht. Jetzt sah ich ein vertrautes Gesicht über mir: Dr. Bolduck. Er hörte mit einem Stethoskop meine Brust ab. Sein Finger lag auf meinem linken Handgelenk und fühlte meinen Puls.

»Hallo«, sagte er. Seine Stimme klang ruhig, gedämpft. Mir war sofort klar, was passiert war. »Wie sind die Schmerzen?«

»Schlimm.«

»Das glaube ich. Aber schlimmer dürfte es nicht mehr werden.«

»Ich habe es verloren, nicht wahr?«

»Ja. Es tut mir sehr leid.«

»Was ist passiert?«

»Sie haben eine so genannte Dysfunktion des Gebärmutterhalses. Man kann sie praktisch erst diagnostizieren, wenn es schon zu spät ist. Im Wesentlichen bedeutet es, dass das Gewicht des Babys nach dem fünften Monat zu schwer war für den Gebärmutterhals. Deshalb haben Sie eine Blutung bekommen. Sie hatten Glück, dass Ihr Freund Jim Sie gefunden hat. Sonst wären Sie gestorben.«

»Haben Sie mich operiert?«

»Wir hatten keine andere Wahl. Die Gebärmutterwand war gerissen. Irreparabel. Wenn wir nicht operiert hätten …«

»Sie haben meine Gebärmutter entfernt?«

Schweigen.

Dann: »Ja, Sara. Wir haben Ihre Gebärmutter entfernt.«

Ich griff nach dem Kolben, drückte und tauchte ab.

Dann kam die Nacht. Die Deckenbeleuchtung war ausgeschaltet. Draußen regnete es. Ein heftiger Sturm. Heulender Wind. Klirrende Fensterscheiben. Himmlische Kesselpauken. Hin und wieder aufleuchtende Blitze. Es dauerte ein paar Minuten, bis sich der Morphiumnebel lichtete. Der Schmerz war noch da, aber nicht mehr so heftig wie zuvor. Ein dumpfes, eindringliches Pochen. Ich blickte aus dem Fenster und dachte an die Tage in Greenwich fünf Jahre zuvor. Wie ich den Kopf in Erics Arme vergraben und losgeheult hatte. Damals ging die Welt für mich unter. Und vor sechs Monaten in New York, als ich die Blutflecken in der Wohnung meines Bruders sah, hatte ich auch geglaubt, das Leben ginge nicht mehr weiter.

Und dann Jack. Und jetzt das.

Ich schluckte schwer. Ich widerstand der Versuchung, wieder auf den Kolben zu drücken. Der Regen prasselte jetzt ans Fenster wie Schrotkörner. Ich wollte weinen, aber es ging nicht. Ich konnte nur in die dunkle, leere Nacht hinausschauen. Und denken: *Jetzt ist es also passiert.* Vielleicht waren es die Nachwirkungen der Narkose. Oder ein postoperativer Schock. Möglicherweise gibt es aber auch einen Punkt, da man sich einfach nicht mehr über all die Steine grämen kann, die das Leben einem in den Weg wirft. Was nicht heißt, dass man plötzlich sein Schicksal hinnimmt. Vielmehr begreift man eine grundlegende und bedeutende Wahrheit: die Tatsache, dass es das Unglück gibt und dass es uns alle überschattet. Wir leben in der Furcht vor ihm. Wir versuchen es von uns fern zu halten. Aber wie der Tod ist es allgegenwärtig. Es durchdringt alles, was wir tun. Das ganze Leben lang bauen wir Festungen gegen das Unglück. Aber es triumphiert trotzdem. Weil es so zufällig und ziellos und nicht wählerisch ist. Und wenn es uns trifft, suchen wir nach den Gründen, nach Erklärungen, Botschaften von oben. Ich werde schwanger. Ich verliere das Kind. Man sagt mir, ich werde nie mehr ein Kind bekommen. Ich werde wieder schwanger. Wieder verliere ich das Kind. Was hat das zu bedeuten? Möchte mir jemand etwas damit sagen? Oder hat es überhaupt keine Bedeutung?

Am nächsten Tag besuchte mich Jim. Er schien sich unbehaglich zu fühlen. Er hatte einen Strauß Blumen dabei, die bereits halb verwelkt waren.

»Die habe ich Ihnen mitgebracht«, sagte er und legte sie auf den kleinen Tisch neben meinem Bett. Dann trat er sofort einige Schritte zurück. Entweder weil er mich nicht belästigen wollte, oder weil ihm nicht ganz wohl in meiner Nähe war.

»Danke«, erwiderte ich.

Er stellte sich an die Wand neben der Tür. »Wie fühlen Sie sich?«, fragte er.

»Ich kann Morphium nur empfehlen.«

»Sie waren dem Tod ziemlich nah.«

»Nichts, was man nicht mit einer Totaloperation heilen könnte.«

Die Farbe wich ihm aus dem Gesicht.

»Das wusste ich nicht. Es tut mir so …«

»Ich bin diejenige, die sich entschuldigen muss. Ich hätte es Ihnen von Anfang an erzählen müssen. Aber ich war zu feige.«

Er hob abwehrend die Hand. »Sie brauchen nichts zu erklären.«

»Der Arzt hat gesagt, wenn Sie mich nicht gefunden hätten …«

Peinliches Schweigen.

»Ich glaube, ich gehe jetzt besser wieder«, sagte er dann.

»Danke für Ihren Besuch. Und danke für die …«

»Darf ich Sie etwas fragen?«, unterbrach er mich.

Ich nickte.

»Der Mann, von dem Sie schwanger waren … lieben Sie ihn?«

»Ich *habe* ihn geliebt. Sehr.«

»Ist es vorbei?«

»Ganz und gar.«

»Nein«, meinte er, »ist es nicht.«

Darauf wusste ich nichts zu erwidern. Außer etwas Nichtssagendes wie: »Lassen Sie uns darüber sprechen, wenn ich wieder hier raus bin.«

»Hm, klar.«

»Es tut mir leid, Jim. Sehr leid.«

»Ist schon gut.«

Aber es war nicht gut. Und ich stellte auch fest, dass sich die Nachricht von meinem Krankenhausaufenthalt rasch in der ganzen Stadt verbreitete. Natürlich hatte auch Duncan Howell erfahren, dass man mich ins Brunswick Regional Hospital gebracht hatte, denn am Nachmittag traf ein großes Blumenarrangement ein. Darin steckte eine Karte:

Werden Sie bald wieder gesund … Belegschaft des *Brunswick-Bath Times Record.*

Dr. Bolduck teilte mir mit, dass ich wegen der Naht und dem vielen Blut, das ich verloren hatte, noch zehn Tage in der Obhut des Krankenhauses bleiben müsse. Ich hatte Angst, die nächsten Abgabetermine für die Kolumne zu verpassen, und ließ mich deshalb mit dem Herausgeber des *Times Record* verbinden. Zum ersten Mal, seit ich für diese Zeitung schrieb, nahm Mr. Howell meinen Anruf nicht entgegen. Seine Sekretärin meldete sich und teilte mir mit, der Herausgeber sei in »einer Besprechung«, wolle aber, dass ich die nächsten beiden Wochen Urlaub nehme, »bei voller Bezahlung«.

»Das ist sehr großzügig von Mr. Howell«, sagte ich. »Bitte richten Sie ihm meinen Dank aus.«

Die nächsten zehn Tage verbrachte ich wie in Trance. Obwohl es schon nicht mehr so schlimm war, gab ich zu verstehen, dass ich noch starke Schmerzen hätte. Es muss für Dr. Bolduck und die Krankenschwestern überzeugend geklungen haben, denn mein Morphiumbeutel wurde weiterhin nachgefüllt. Es gibt Zeiten im Leben, in denen man sich mit bestimmten Dingen nicht konfrontieren sollte, in denen man kein Bedürfnis danach hat, Klarheit zu gewinnen, Probleme anzugehen, der Wahrheit ins Auge zu sehen. Dies war so eine Zeit. Jedes Mal, wenn sich der Nebel lichtete, griff ich nach dem Morphiumkolben. Natürlich war mir klar, dass ich irgendwann wieder aus diesem Bett steigen und mein Leben meistern musste. Bis dahin hatte ich es dringend nötig, mithilfe der Chemie alles von mir wegzuschieben.

Alle zwei Tage kam Ruth vorbei. Sie brachte mir selbst gebackene Haferplätzchen, Zeitschriften und ein Flasche Christian Brothers Brandy mit.

»Wozu Brandy, wo ich doch das hier habe?«, sagte ich und zog an dem Morphiumkolben.

»Egal was, Hauptsache, es hilft«, erwiderte sie mit einem besorgten Lächeln.

Sie bot mir an, meine Post zu holen. »Keine Post, keine Zeitungen, nichts dergleichen. Ich mache Urlaub von allem.«

Ich sah, wie sie den Kolben in meiner Hand beäugte. »Hilft das Zeug?«, fragte sie.

»Hundertprozentig. Am liebsten würde ich es zu Hause an meinem Wasserhahn installieren lassen.«

»Was für eine gute Idee«, meinte sie in vergnüglichem Ton. Sie hielt es offenbar für einen Scherz. »Haben Sie irgendeinen Wunsch?«

»Ja.«

»Welchen?«

»Ich möchte das Gedächtnis verlieren.«

Zwei Tage vor meiner Entlassung schob eine Krankenschwester den Ständer mit dem Morphiumtropf beiseite.

»He! Den brauche ich noch«, sagte ich.

»Jetzt nicht mehr.«

»Wer sagt das?«

»Dr. Bolduck.«

»Und was ist mit den Schmerzen?«

»Wir geben Ihnen Tabletten.«

»Tabletten sind nicht das Gleiche.«

»Sie helfen auch.«

»Nicht so wie Morphium.«

»Sie brauchen kein Morphium.«

»O doch.«

»Dann regeln Sie das mit dem Arzt.«

Die Tabletten verminderten die Schmerzen, aber natürlich kam ich mit ihnen nicht in das Wolkenkuckucksheim wie mit dem Morphium. Ich konnte nicht schlafen. Die ganze Nacht starrte ich an die Zimmerdecke. Irgendwann kurz vor Morgengrauen kam ich zu dem Schluss, dass ich das Leben hasste. Es bereitete mir zu viele Qualen und war erschreckend leicht zu zerstören. Es schmerzte alles viel zu sehr. Das Beste war, jetzt ein Ende zu machen. Denn ich wusste nur zu gut, dass mir die Welt unerträglich erscheinen würde, sobald ich kein Morphium mehr nahm. Ich hatte keine Reserven mehr, meine Stärke, mein Gleichmut, meine Widerstandskraft, alles war dahin. Ich wollte nicht mehr durch dieses schreckliche Jammertal gehen. Der Gedanke, in ständiger Qual zu leben, war mir unerträglich. Deshalb war die Lösung ganz einfach: endgültige Flucht.

Die Krankenschwester hatte zwei Schmerztabletten für die Nacht ans Bett gelegt. Ich würde Dr. Bolduck bitten, mir eine große Packung davon zu verschreiben, wenn ich das Krankenhaus verließ. Ich würde nach Hause fahren. Ich würde eine Flasche anständigen Whisky aufmachen. Ich würde alle Tabletten mit reichlich J&B hinunterspülen. Dann würde ich mir einen Plastikbeutel um den Kopf binden und alle Luftlöcher mit Tesaband verkleben. Dann würde ich mich ins Bett legen. Der Cocktail aus Tabletten und Scotch würde mich bewusstlos machen. Ich würde im Schlaf unbemerkt in den Tod hinübergleiten.

Ich griff nach den beiden Tabletten, schluckte sie hinunter und sah weiter zur Decke hinauf. Plötzlich fühlte ich mich wunderbar, jetzt, wo ich wusste, dass ich nur noch achtundvierzig Stunden leben würde. Ich begann, in meinem Kopf Listen aufzustellen, was ich tun musste. Ich musste mein Testament ändern. Bestimmt gab es in der Stadt einen Anwalt, der mir auf die Schnelle helfen konnte… sofern ich nicht durchblicken ließ, dass das neue Testament schon einen Tag nach meiner Unterzeichnung eröffnet werden würde. Ich musste niederlegen, wie meine Bestattung aussehen sollte. Ich wollte kein kirchliches Begräbnis. Keine Ansprachen am Grab. Vielleicht eine Anzeige in der *New York Times*, damit ein paar Leute in Manhattan von meinem Ableben erfuhren. Aber bestimmt keinen Trauergottesdienst. Nur eine Feuerbestattung hier in Maine, und mit meiner Asche konnte das Bestattungsinstitut machen, was es wollte. Und mein Geld? Mein so genannter Nachlass? Ich vererbe alles…

Wem?

Es gab niemanden. Keinen Ehemann. Keine Familie. Kein Kind. Keine Lieben.

Die Lieben. Was für ein einfacher Ausdruck für das zentralste Bedürfnis im Leben. Aber wer waren meine Lieben? Wem würde ich meinen Nachlass vererben? Ich war allein auf dieser Welt. Mein Tod würde nichts bedeuten. Er würde niemandem wehtun… also war mein Selbstmord nicht egoistisch oder ein Akt der Rache. Er würde lediglich eine drastische, aber notwendige Form der Schmerzbeseitigung sein.

Die Tabletten wirkten. Ich fiel in tiefen Schlaf. Irgendwann im

Laufe des Vormittags wachte ich auf. Ich fühlte mich seltsam ruhig, fast in Hochstimmung. Ich hatte einen Plan, eine klare Vorstellung, ein endgültiges Ziel.

Am Nachmittag kam Dr. Bolduck vorbei. Er sah sich meine Kriegsverletzungen an und schien erfreut über den Heilungsprozess. Als er mich fragte, wie es mir ginge, klagte ich über ständige, schlimme Schmerzen.

»Wie wirken die Tabletten?«

»Ich vermisse das Morphium.«

»Das kann ich mir vorstellen. Darum bekommen Sie auch nichts mehr. Ich möchte nicht, dass Sie dieses Krankenhaus wie ein zweiter Thomas D'Quincy verlassen.«

»Ich dachte, er habe Opium genommen.«

»Na, ich bin Arzt, nicht Literaturkritiker. Und ich weiß, dass Morphium süchtig macht.«

»Aber Sie werden mir doch sicher etwas gegen die Schmerzen geben.«

»Natürlich. Ich verschreibe Ihnen die Ration für eine Woche. In drei oder vier Tagen dürften Sie keine Schmerzen mehr haben, also werden Sie wohl gar nicht alle brauchen.«

»Das ist gut zu wissen.«

»Und wie geht es Ihnen sonst?«

»Überraschend gut.«

»Wirklich?«

»Es sind schwere Zeiten, aber ich werde damit schon fertig.«

»Wundern Sie sich nicht, wenn Sie sich deprimiert fühlen. Das ist eine normale Reaktion.«

»Ich werde wachsam sein.«

Dann sagte er, ich könne am nächsten Tag nach Hause gehen. Ich rief Ruth an und fragte sie, ob sie mich am Morgen abholen könne. Sie war um neun Uhr da. Sie half mir in den Wagen und fuhr mich zu meiner Wohnung, die erst am Tag zuvor geputzt worden war. Das Bett war frisch bezogen. Ruth hatte eingekauft und die Speisekammer mit den wichtigsten Vorräten vollgestopft.

Auf meinem Küchentisch lag ein kleiner Stapel Post. Ich beschloss, alles ungeöffnet zu lassen.

Ruth fragte mich, ob sie noch etwas für mich tun könne.

»Ich habe ein Rezept von Dr. Bolduck…«

»Kein Problem«, sagte sie und nahm mir das Rezept mit der krakeligen Schrift aus der Hand. »Ich laufe schnell zur Apotheke in der Maine Street. Schließlich möchte ich nicht, dass Sie Schmerzen haben.«

Während sie weg war, rief ich den ersten Rechtsanwalt an, den ich im Telefonbuch fand. Er hieß Alan Bourgeois. Er hob selbst ab. Ich erklärte ihm, mein Testament läge bei meinem Anwalt in New York. Darin hätte ich meinen gesamten Nachlass meinem Bruder vererbt, der jetzt verstorben sei. Wie ich dieses Testament ändern könne? Er sagte, er werde gern ein neues Testament aufsetzen, wodurch das alte ungültig würde. Ob ich am nächsten Tag vorbeikommen könne. Es ginge aber auch noch an diesem Nachmittag. Ich hatte nichts vor.

Ich verabredete mich mit ihm für zwei Uhr. Ruth kam nach einer Stunde mit den Tabletten zurück. »Der Apotheker hat gesagt, Sie sollten nicht mehr als zwei Stück alle drei Stunden nehmen. Es sind also genug für eine Woche.«

Zweiundvierzig Tabletten. Das würde reichen.

»Ich weiß gar nicht, wie ich Ihnen danken soll«, sagte ich zu Ruth. »Sie sind mir eine wunderbare Freundin gewesen.«

»Ich komme morgen mal nachsehen, wenn es Ihnen recht ist.«

»Nicht nötig«, erwiderte ich. »Ich komme schon zurecht.«

Sie sah mich besorgt an. »Ich schaue mal vorbei.«

Am Nachmittag rief ich ein Taxi und fuhr die Maine Street hinunter zur Kanzlei von Alan Bourgeois. Sie bestand aus einem Zimmer, das sich über einem Herrenausstatter befand. Alan Bourgeois war ein kleiner Herr Mitte fünfzig, der einen nichtssagenden grauen Anzug und darunter einen Pullover mit V-Ausschnitt trug. In seiner Brusttasche steckte ein Füller. Er wirkte auf mich wie ein typischer Anwalt aus der Provinz: ruhig, direkt, geschäftsmäßig.

Er schrieb sich meine persönlichen Daten auf und bat mich um den Namen meines New Yorker Anwalts. Dann fragte er mich, wie ich mein Erbe aufteilen wolle.

»Fünfzig Prozent für Ruth Edwards in Bath, Maine«, sagte ich.

»Und die verbleibende Hälfte?«

Ich holte Luft. »Die verbleibende Hälfte soll treuhänderisch verwaltet werden für Charles Malone, bis zu seinem fünfundzwanzigsten Geburtstag.«

»Ist Charles Malone ein Neffe von Ihnen?«

»Der Sohn eines Freundes.«

Mr. Bourgeois sagte, das Testament sei einfach und er habe es bis zum nächsten Tag fertig.

»Können wir das nicht gleich heute erledigen?«, fragte ich.

»Hm, ich denke, bis Geschäftsschluss habe ich es aufgesetzt. Aber das bedeutet, dass sie in ein paar Stunden noch einmal herkommen müssen.«

»Das ist kein Problem. Ich habe einiges zu erledigen.«

»Einverstanden«, sagte er, und wir verabredeten uns für kurz vor fünf.

Ich konnte nicht sehr weit laufen – also nahm ich wieder ein Taxi. Ich bat den Fahrer zu warten, während ich in ein Haushaltswarengeschäft ging und ein paar Plastiktüten und eine Rolle Packklebeband kaufte. Dann ging ich zur Bank, wo ich fünfzig Dollar abhob, um die Anwaltskosten für Mr. Bourgeois zu bezahlen. Anschließend ließ ich mich zum Spirituosengeschäft neben dem College in der Maine Street fahren. Ich wollte gerade eine kleine Flasche J&B kaufen, als ich daneben einen Glenfiddich sah. Der Preisunterschied betrug sechs Dollar. Ich beschloss zu prassen.

Endlich ließ ich mich zu Hause absetzen und verabredete mit dem Fahrer, dass er mich um kurz vor fünf Uhr wieder abholte. In den eineinhalb Stunden bis dahin war ich sehr produktiv. Ich holte sämtliche Scheck- und Sparbücher heraus und legte sie auf meinen Schreibtisch. Meine wenigen Schmuckstücke legte ich daneben. Ich spannte ein Blatt Papier in meine Schreibmaschine und verfasste schnell einen Brief an Joel Eberts, in dem ich ihm erklärte, dass ich von Alan Bourgeois ein neues Testament hatte aufsetzen lassen und dafür sorgen würde, dass ihm, Eberts, eine Kopie geschickt würde.

> Wenn Sie das Testament erhalten, werde ich nicht mehr am Leben sein. Ich will meine Entscheidung, allem ein Ende zu setzen, nicht groß rechtfertigen. Das Einzige, was ich zu sagen habe, ist: Ich weiß einfach, dass ich nicht mehr weitermachen kann.
>
> In dem neuen Testament sind Sie als mein Nachlassverwalter aufgeführt. Das heißt, ich vertraue Ihnen den Verkauf meiner Wohnung und meiner Aktien an und setze Sie als Treuhänder für Charles Malone ein, dem ich die Hälfte meines Nachlasses vererbe. Sicher finden Sie es merkwürdig, dass er so viel von mir erbt. Aber die Erklärung dafür ist einfach: Jack Malone war der Mann, den ich am meisten geliebt habe. Ja, er hat diese Liebe zerstört, indem er Eric verraten hat, aber dieser Verrat ändert nichts daran, dass er in den letzten Jahren meines Lebens eine zentrale Rolle gespielt hat. Ich wollte immer Kinder haben, aber dieser Wunsch blieb unerfüllt. Malone hat einen Sohn. Ich möchte, dass er von der Liebe profitiert, die ich einst für seinen Vater empfunden habe … aber bitte sorgen Sie dafür, dass Jack Malone selbst unter keinen Umständen Zugang zu diesem Vermögen bekommt.
>
> Zum Schluss möchte ich noch sagen, dass Sie immer ein großartiger Freund für mich gewesen sind. Bitte haben Sie Verständnis. Ich weiß, dass dies die richtige Entscheidung ist. Ich betrachte es wie das Scheitern langwieriger Verhandlungen. Ich habe gekämpft, so gut ich konnte – aber ich habe immer wieder verloren, bin immer wieder geschlagen worden. Es ist Zeit, dass ich mich mit dem Unausweichlichen abfinde

und zugebe, dass die Verhandlungen keinen Sinn mehr haben. Ich wünsche Ihnen alles Gute. Und danke für alles.

Ich unterschrieb den Brief, faltete ihn und steckte ihn in einen Umschlag. Dann adressierte ich ihn und klebte eine Briefmarke darauf. Anschließend spannte ich ein zweites Blatt in meine Remington und schrieb eine kurze Notiz, die ich in einem Umschlag auf die Türmatte legen wollte:

Liebe Ruth,
gehen Sie nicht hinein. Rufen Sie die Polizei. Bitte entschuldigen Sie, dass ich Sie mit dieser unangenehmen Aufgabe behellige. Nehmen Sie Kontakt zu Alan Bourgeois in der Maine Street in Brunswick auf. Für mich waren Sie die beste Gefährtin, die man sich vorstellen kann.
In Liebe

Ich setzte meine Unterschrift darunter, steckte den Zettel in einen Umschlag und schrieb ›Ruth‹ darauf. Später am Abend würde ich ihn vor die Tür legen.

Es klopfte. Der Taxifahrer. Ich nahm meinen Mantel und den Brief an Joel Eberts, den ich in den Briefkasten neben meiner Haustür steckte. Dann stieg ich in das Taxi und ließ mich wieder zur Kanzlei von Alan Bourgeois fahren. Er begrüßte mich mit einem ernsten Nicken und gab mir mit einer Handbewegung zu verstehen, ich möge auf dem Stahlrohrsessel gegenüber seinem Schreibtisch Platz nehmen. Schließlich überreichte er mir das Testament.

»Hier ist es«, sagte er. »Lesen Sie es sich sorgfältig durch. Denn sollten Sie irgendwelche Zusatzklauseln oder Nachträge wünschen, jetzt ist noch Zeit dazu.«

Ich studierte das Dokument aufmerksam. Alles schien in Ordnung zu sein.

»Die Bestimmungen für die Bestattung haben Sie ein wenig vage gelassen«, meinte Mr. Bourgeois.

»Ich wünsche ja auch ein vages Begräbnis«, sagte ich leichthin. Mr. Bourgeois sah mich besorgt an, sodass ich hinzufügte: »In fünfzig Jahren, versteht sich.«

Er schürzte die Lippen, sagte aber nichts. Ich legte das Testament wieder auf seinen Schreibtisch.

»Ich glaube, es ist alles in Ordnung. Soll ich jetzt unterschreiben?«

Er griff in seine Jackentasche, zog einen Füllhalter heraus, schraubte die Kappe ab und gab ihn mir.

»Ich habe drei Kopien angefertigt. Eine für Ihre Unterlagen, eine für Ihren Anwalt in New York und eine für meine Akten. Sie müssen alle drei unterschreiben. Dann kann ich das Ganze notariell beglaubigen. Die Notargebühr beträgt zwei Dollar pro Schriftstück.«

»Gut«, erwiderte ich und kritzelte an der vorgesehenen Stelle meine Unterschrift unter alle drei Ausfertigungen. Als ich sie ihm zurückgab, setzte Mr. Bourgeois sein altmodisches Siegel auf jede Kopie und unterschrieb ebenfalls.

»Jetzt haben Sie ein neues Testament«, sagte er. Dann griff er in seine Ablage und gab mir seine Rechnung. Ich zog mein Portemonnaie heraus, zählte das Geld passend ab und legte es auf seinen Schreibtisch. Er steckte meine Ausfertigung des Testaments in einen dicken Umschlag und überreichte es mir mit einer feierlichen Geste.

»Vielen Dank für die rasche Erledigung«, sagte ich und stand auf.

»Keine Ursache, Miss Smythe. Ich hoffe, ich kann Ihnen wieder einmal behilflich sein.«

Ich schwieg. Als ich mich zur Tür wandte, meinte Mr. Bourgeois noch: »Darf ich Ihnen eine Frage stellen?«

»Nur zu.«

»Warum haben Sie das Testament so schnell gebraucht?«

Ich hatte diese Frage bereits erwartet und mir eine vernünftig klingende Antwort überlegt: »Ich trete morgen eine Reise an.«

»Aber ich dachte, Sie seien heute erst aus dem Krankenhaus gekommen.«

»Woher um alles in der Welt wissen Sie das?«, fragte ich in scharfem Ton.

»Ich kenne Ihre Kolumne, und ich habe gehört, dass es Ihnen nicht gut geht.«

»Von wem?«

Er schien überrascht über meinen schneidenden Ton. »Von … ähm … irgendwem hier in Brunswick. Es ist ja eine Kleinstadt. Ich war nur neugierig, mehr nicht.«

»Ich mache eine Reise. Deshalb wollte ich mein Testament in Ordnung bringen. Mein Bruder …«

»Ich verstehe. Ich wollte Ihnen nicht zu nahe treten, Miss Smythe.«

»Schon gut, Mr. Bourgeois. Schön, Sie kennen gelernt zu haben.«

»Ganz meinerseits, Ma'am. Und Ihr Reiseziel, ist es ein schöner Ort?«

»Bitte?«

»Ich habe nur gefragt, ob es schön dort ist, wo Sie hinfahren.«

»Ich weiß es nicht. Ich bin noch nie dort gewesen.«

Ich fuhr mit dem Taxi wieder nach Hause, entschlossen, es so bald wie möglich hinter mich zu bringen … für den Fall, dass Mr. Bourgeois ahnte, was ich vorhatte, und die Polizei zu mir schickte. Ich blickte hinaus auf die inzwischen dunklen Straßen von Brunswick und dachte: Jetzt sehe ich zum letzten Mal diese Welt. Als das Taxi vor meinem Haus hielt, gab ich dem Fahrer zehn Dollar Trinkgeld. Er war erstaunt und bedankte sich überschwänglich. Am liebsten hätte ich gesagt: *Das ist meine letzte Taxifahrt. Und morgen brauche ich sowieso kein Geld mehr.*

Ich ging hinein, nahm den Brief an Ruth und legte ihn auf die Matte vor der Wohnung. Dann verschloss ich die Tür hinter mir und zog den Mantel aus. Die Putzfrau hatte ein Feuer im Kamin aufgeschichtet. Ich hielt ein Streichholz an den Anzünder. Sofort bildeten sich Flammen. Ich holte die Packung mit den Schmerztabletten aus dem Badezimmer. Anschließend ging ich in die Küche und nahm eine Plastiktüte, eine Rolle Packklebeband und eine Schere. Die Tüte legte ich im Schlafzimmer auf mein Kissen, schnitt vier lange Klebestreifen ab und klebte sie an das Nachttischchen. Ich nahm die Flasche Glenfiddich und ein Glas, ging ins Wohnzimmer und setzte mich aufs Sofa. Meine Hände begannen zu zittern. Ich goss einen Schluck Glenfiddich in das Glas und trank es aus. Meine Hände zitterten immer noch. Ich goss mir eine weitere Portion Whisky ein und stürzte sie ebenfalls in einem Schluck hinunter. Ich holte tief Luft und spürte, wie der Whisky Wärme in meinem Körper verbreitete.

Mein Plan war einfach. Ich würde jeweils fünf Tabletten schlucken und mit einem großen Glas Glenfiddich nachspülen. Wenn die Flasche leer war, würde ich rasch ins Schlafzimmer gehen, mir den Beutel um den Kopf kleben und mich ins Bett legen. Die Mischung aus Scotch und Schmerztabletten würde mich innerhalb weniger Minuten bewusstlos machen. Ich würde nie wieder aufwachen.

Ich zog das Fläschchen mit den Schmerztabletten aus meiner Rocktasche und entfernte den Deckel. Ich zählte fünf Tabletten ab. Das Telefon läutete. Ich ignorierte es. Das Telefon läutete weiter. Ich goss mir ein großes Glas Whisky ein. Das Telefon hörte nicht auf zu klingeln. Ich fürchtete, dass Alan Bourgeois sich nach meinem Befinden erkundigen wollte – und das Schlimmste vermuten würde, wenn ich nicht abnahm. Am besten, ich meldete mich und versicherte ihm, es sei alles in Ordnung. Ich griff nach dem Hörer.

»Sara, Duncan Howell am Apparat.«

Mist, Mist, Mist. Ich versuchte, möglichst liebenswürdig zu klingen.

»Hallo, Duncan.«

»Rufe ich in einem ungünstigen Augenblick an?«

»Nein«, erwiderte ich und trank noch einen ordentlichen Schluck von dem Scotch. »Was gibt es denn?«

»Ich habe gehört, dass Sie heute aus dem Krankenhaus entlassen wurden. Wie geht es Ihnen?«

»Ganz gut.«

»Wir haben uns alle Sorgen um Sie gemacht. Und ich habe bestimmt ein Dutzend Leserbriefe bekommen mit der Frage, wann Ihre Kolumne wieder erscheint.«

»Das ist sehr schön«, sagte ich und schüttelte dabei das Fläschchen mit den Tabletten. »Aber… könnte ich Sie später zurückrufen? Oder vielleicht morgen? Es ist… ich bin immer noch sehr erschöpft, und…«

»Glauben Sie mir, Sara, ich weiß, dass Sie sehr krank waren, und habe mir lange überlegt, ob ich heute Abend schon anrufen soll. Aber ich dachte, ich sollte mit Ihnen reden, bevor Sie selbst entdecken…«

»Was selbst entdecken?«

»Wollen Sie sagen, dass heute Nachmittag niemand aus New York bei Ihnen gewesen ist?«

»Ich war nicht zu Hause. Aber warum sollte jemand aus New York zu mir kommen?«

»Weil Sie heute Hauptthema von Walter Winchells Kolumne waren.«

»*Was?*«

»Wollen Sie, dass ich es Ihnen vorlese?«

»Unbedingt.«

»Es ist nicht gerade schmeichelhaft.«

»Bitte, lesen Sie.«

»Gut, also dann:

Einst war sie die Starkolumnistin der Saturday Evening Post, *jetzt verbringt sie ihre Zeit in dem hinterletzten Nest. Sara Smythe – die spaßige junge Dame, die sich hinter der Kolumne* Aus dem richtigen Leben *verbirgt – verschwand vor ein paar Monaten aus dem Blatt… kurz nachdem ihr ritzeroter Bruder Eric, Chefschreiber bei Sid Caesar, rausgeflogen war.*

Anscheinend wollte Eric nichts über seine kommunistische Vergangenheit preisgeben und hüllte sich in unpatriotisches Schweigen, ein Fauxpas, der die Post *offenbar so nervös machte, dass auch Schwesterchen Sara aus dem Verkehr gezogen wurde. Einen Monat später soff sich der gute alte Eric zu Tode, und Sara löste sich in Luft auf. Bis einer meiner Spione – der in dem wunderbaren Maine Urlaub machte – ein kleines Lokalblättchen mit dem Namen* The Brunswick-Bath Times Record *in die Finger bekam … Und wer produziert in dem Käseblatt am laufenden Band Texte? Richtig: die einst so berühmte Sara Smythe. Ach, wie tief die Mächtigen fallen, wenn sie das kleine Lied mit dem Titel* The Star Spangled Banner *vergessen.«*

Duncan Howell stockte für einen Augenblick und räusperte sich nervös.

»Wie ich schon sagte, es ist nicht besonders schön. Und natürlich habe ich Anstoß genommen daran, dass unsere Zeitung als Käseblatt bezeichnet wird.«

»Dieser Dreckskerl.«

»Da stimme ich völlig mit Ihnen überein. Und wir stehen in der ganzen Sache hinter Ihnen.«

Ich schüttelte erneut das Tablettenfläschchen, sagte aber nichts.

»Es gibt da noch etwas, was Sie wissen müssen«, fuhr Duncan Howell fort. »Zwei Dinge eigentlich. Beides nicht gerade erfreulich. Erstens habe ich heute Nachmittag einen Anruf von einem Mann namens Platt erhalten. Er sagte, er sei von der Rechtsabteilung der *Saturday Evening Post.* Er hat Sie aufzuspüren versucht, aber da er keine Ahnung hatte, wo Sie sich aufhalten könnten, hat er mich angerufen, nachdem er durch Winchells Kolumne erfahren hat, dass Sie für uns schreiben. Jedenfalls hat er mich gebeten, Ihnen mitzuteilen, Sie hätten den Vertrag gebrochen, indem Sie für uns geschrieben haben …«

»Das ist vollkommener Unsinn«, sagte ich und war selbst überrascht, wie laut meine Stimme klang.

»Ich gebe nur weiter, was er mir gesagt hat. Außerdem sollen Sie wissen, dass von jetzt an Ihre Urlaubszahlungen eingestellt werden.«

»Das ist in Ordnung. Es wären sowieso nur noch fünf Wochen gewesen. Noch weitere gute Nachrichten?«

»Leider gibt es auch ein Echo auf die Winchell-Kolumne.«

»Was für ein Echo?«

»Am späten Nachmittag habe ich zwei Anrufe von den Herausgebern des *Portland Press-Herald* und der *Bangor Daily News* bekommen. Sie waren beide sehr besorgt wegen der antiamerikanischen Behauptungen in dem Winchell-Artikel ...«

»Ich bin nicht antiamerikanisch. Und mein verstorbener Bruder war es genauso wenig.«

»Sara, das habe ich ihnen auch gesagt. Aber wie so viele Leute heutzutage haben sie Angst, mit irgendetwas oder irgendjemand in Verbindung gebracht zu werden, der auch nur in dem leisesten Verdacht steht, kommunistisch zu sein.«

»Ich bin keine gottverdammte Kommunistin«, schrie ich und schmetterte das Fläschchen mit den Schmerztabletten quer durchs Zimmer. Es landete genau im Kamin und zerbrach in tausend Stücke.

»Niemand bei uns behauptet das. Und ich möchte eins klar und deutlich sagen: Wir stehen vollkommen hinter Ihnen. Ich habe heute Nachmittag mit der Hälfte des Vorstands gesprochen, und alle sind sich mit mir einig: Sie sind ein Gewinn für die Zeitung, und wir werden uns durch einen Boulevard-Journalisten wie Mr. Winchell sicher nicht einschüchtern lassen. Sie haben also unsere volle Unterstützung, Sara.«

Ich sagte nichts, beobachtete stattdessen, wie die Tabletten an den Holzscheiten zerschmolzen. Mein Selbstmord hatte sich in Rauch aufgelöst. Aber auch der Wunsch, mir das Leben zu nehmen. Wenn ich mich umgebracht hätte, hätte man das als Kapitulation vor Winchell, McCarthy und all den anderen Fanatikern interpretiert. Und diesen Triumph würde ich den Menschen, die das Leben meines Bruders und das so vieler anderer zerstört hatten, nicht gönnen.

»Sara, sind Sie noch da?«

»Ja. Ich bin noch da.«

12

Am nächsten Morgen rief ich bei Joel Eberts an.

»Bevor Sie sich aufregen«, meinte er gleich, »möchte ich Ihnen Folgendes sagen: Ich bin sicher, dass wir diesen Dreckskerl Winchell wegen Verleumdung und Rufschädigung verklagen könnten …«

»Ich möchte ihn nicht verklagen.«

»Ich habe die Sache mit der *Post* gehört. Wie wär's, wenn wir sie für die restlichen Wochen Ihres Urlaubs und wahrscheinlich auch für mehr ein wenig schröpfen?«

»Für solche Dinge habe ich jetzt nicht den Kopf.«

»Sollten Sie aber. Wenn Leute wie Sie sich nicht wehren …«

»Ich bin nicht in der Stimmung dazu. Denn Sie wissen so gut wie ich, dass ich diesen Kampf nicht gewinnen würde. Außerdem verlasse ich das Land.«

»Wann haben Sie das beschlossen?«

»Gestern, am späten Abend. Oder besser gesagt, um fünf Uhr heute Morgen.«

»Ich persönlich halte das für eine gute Idee. Kann ich Ihnen irgendwie behilflich sein?«

»Ich brauche einen Pass. Glauben Sie, dass ich einen bekommen werde?«

»Ich wüsste nicht, warum nicht. Sie sind ja nicht vor den HUAC geladen worden. Sie werden nicht vom FBI überprüft. Es wird keine Probleme geben. Ich würde allerdings rasch handeln, für den Fall, dass in Washington jemand den Winchell-Artikel liest und zu dem Schluss gelangt, es würde sich lohnen, Sie einmal unter die Lupe zu nehmen. Wann kommen Sie wieder nach New York?«

»Vermutlich morgen Abend.«

»Ich habe immer noch die Vollmacht über Ihre Bankkonten. Soll ich Ihnen für dieses Wochenende eine Schiffspassage buchen?«

»Unbedingt.«

»Ich werde mich gleich um alles kümmern.«

»Noch ein Letztes. Ich habe Ihnen gestern Nachmittag einen Brief geschickt, den ich unter ziemlichem Druck geschrieben habe ... und zu einem Zeitpunkt, als ich überhaupt nicht klar denken konnte. Sie müssen mir versprechen, ihn nicht zu lesen ... Bitte zerreißen Sie ihn und werfen ihn weg, sobald er eintrifft.«

»Na, das muss ja ein Brief sein.«

»Geben Sie mir Ihr Wort?«

»Klar. Rufen Sie mich an, sobald Sie hier sind. Werden Sie in Ihrer Wohnung sein?«

»Wo sonst?«

»Hm, ein gewisser Herr könnte Ihnen dort einen Besuch abstatten.«

»O nein ...«

»O ja ...«

»Hat er Ihnen viele Fragen über mich gestellt?«

»Sie haben mir gesagt, ich solle Ihnen nichts erzählen.«

»Aber jetzt bitte ich Sie darum.«

»Ich habe eine ganze Reihe Briefe von ihm. Laut Ihrem Hausmeister taucht er alle zwei Tage dort auf, in der abwegigen Hoffnung, Sie seien vielleicht zurückgekehrt.«

Ich spürte einen Stich. Schuldgefühle und Reue. Aber es ging rasch wieder vorbei. »Ich suche mir ein Hotel«, sagte ich.

»Das wäre wohl das Gescheiteste ... wenn Sie ihn wirklich nicht sehen wollen.«

»Ich möchte ihn wirklich nicht sehen.«

»Das ist Ihre Entscheidung, Sara. Melden Sie sich, wenn Sie in der Stadt sind.«

Nach dem Telefonat mit Joel Eberts rief ich bei Dr. Bolduck an. Als ich ihm erklärte, dass ich vorhätte, am nächsten Tag die Stadt zu verlassen, reagierte er besorgt.

»Die Operation ist erst zwei Wochen her. Die Fäden sind gerade erst gezogen worden. Mir wäre wohler, wenn Sie sich noch mindestens eine Woche ausruhen würden.«

»Eine Atlantiküberquerung ist nicht gerade eine besondere körperliche Anstrengung.«

»Ja, aber Sie werden fünf Tage lang auf See sein. Was ist, wenn Sie medizinische Hilfe brauchen?«

»Ich bin mir sicher, dass auf den meisten Schiffen ein oder zwei Ärzte mitfahren.«

»Ich wünschte mir wirklich, Sie würden hier bleiben.«

»Ich kann nicht. Und ich will auch nicht.«

Er spürte, dass ich nicht nachgeben wollte. »Ich verstehe ja, dass Sie das Bedürfnis haben, zu verreisen«, meinte er. »Es ist nichts Ungewöhnliches nach …«

»Dann setze ich also Ihrer fachmännischen Meinung nach meine Gesundheit nicht aufs Spiel, wenn ich reise.«

»Physisch ist es ein wenig riskant … aber es könnte gehen. Psychisch betrachtet ist es eine kluge Idee. Wissen Sie, was ich Leuten rate, die jemanden verloren haben? In Bewegung bleiben.«

Genau das tat ich. Am Nachmittag kam Ruth herüber und half mir, die Wohnung auszuräumen. Ich schrieb einen Brief an Duncan Howell und kündigte meinen Vertrag:

> Ich bitte um Ihr Verständnis: Ich bin nicht durch Walter Winchell eingeschüchtert. Ich brauche lediglich eine vollständige Pause von allem, was mit Journalismus zu tun hat. Nach dem, was sich im letzten Jahr ereignet hat, scheint mir Anonymität genau das Richtige zu sein. Ich danke Ihnen für Ihre moralische Standhaftigkeit nach dem Erscheinen der Winchell-Kolumne. Viele andere Herausgeber hätten den leichteren Weg gewählt und mich schnurstracks hinausgeworfen.

Sie haben es nicht getan – und das werde ich Ihnen nie vergessen.

Ich schrieb auch einen kurzen Brief an Jim:

Wenn ich Sie wäre, würde ich mir nicht verzeihen. Ich habe es mit der Wahrheit nicht gerade ernst genommen, was sowohl unfair als auch gewissenlos war. Zu meiner Verteidigung kann ich nur sagen, dass ich – aus verständlichen Gründen – Angst hatte, über meine Schwangerschaft zu sprechen. Aber das entschuldigt keineswegs mein Verhalten. Das Schlimmste, was man im Leben tun kann, ist, jemanden zu verletzen ... und ich glaube, dass ich Sie verletzt habe.

Beide Briefe gab ich am nächsten Morgen am Brunswicker Bahnhof auf. Ich hatte wenig Gepäck – nur einen Koffer und meine Schreibmaschine. Seit meinem Umzug nach Maine hatte ich mir nicht viele Kleider gekauft, und die hier erworbenen Bücher und Schallplatten hatte ich der Stadtbibliothek vermacht. Am Schalter wurde mein Gepäck gleich bis zur Penn Station aufgegeben. Ruth, die mich zum Bahnhof gefahren hatte, umarmte mich zum Abschied.

»Ich hoffe, wenn Sie das nächste Mal nach Maine kommen, dann nicht, um vor etwas zu fliehen.«

Ich lachte. »Aber hier kann man so gut die Tür hinter sich zuschlagen und den Rest des Landes vergessen.«

»Warum um alles in der Welt müssen Sie dann unbedingt nach Europa fahren?«

»Weil ich mich dank Mr. Winchell zu Hause fremd fühle. Also werde ich jetzt herausfinden, ob ich mich in der Fremde zu Hause fühle.«

Fast die ganze Strecke bis New York schlief ich. Ich fühlte mich immer noch erschöpft und hatte immer noch beträchtliche Schmerzen – schließlich war mein Vorrat an Schmerztabletten im Feuer gelandet. Ich hatte nicht gewagt, Dr. Bolduck um ein neues Rezept zu bitten, und deshalb behalf ich mich jetzt mit Aspirin. Jedes Mal, wenn ich mich mit dem Fläschchen Tabletten und dem Whisky auf dem Sofa sitzen sah, schauderte ich. Noch vor zwei Tagen war mir der Entschluss, mir das Leben zu nehmen, derart logisch und vernünftig erschienen, dass mich der Gedanke, allem ein Ende zu machen, in Hochstimmung versetzte. Doch während sich jetzt der Zug an der Ostküste entlangschlängelte, musste ich unwillkürlich denken: *Wenn jener Anruf nicht gekommen wäre, hätte ich den heutigen Tag nicht erlebt.* Es war nicht einmal ein besonders schöner Tag – der Himmel war bewölkt und düster. Aber ein *Tag.* Ich war noch da und erlebte ihn. Und dafür empfand ich Dankbarkeit.

Gegen neun Uhr am Abend kam ich in Manhattan an. Ich ließ mir von einem Träger das Gepäck über die Straße ins Hotel Pennsylvania bringen. Sie hatten ein Zimmer für mich. Ich bezahlte für eine Nacht, wobei ich mir vorbehielt, eventuell um einen Tag zu verlängern. Ich wollte nicht zu viel Zeit in dieser Stadt verbringen. Oben in meinem Zimmer blickte ich hinaus auf die Silhouette der Stadt, ließ dann aber die Rollos herunter, um die aufdringlichen Lichter Manhattans auszublenden. Ich packte aus, entkleidete mich, stieg ins Bett und war nach wenigen Minuten eingeschlafen. Als ich um acht Uhr aufwachte, fühlte ich mich zum ersten Mal seit Monaten ausgeruht. Ich nahm ein Bad, zog mich an und telefonierte mit Joel Eberts. Er meinte, ich solle gleich zu ihm kommen. Im Taxi las ich die *New York Times.* Auf Seite elf unten entdeckte ich einen kurzen Artikel über einen Hollywood-Schauspieler namens Max Monroe, der sich umgebracht hatte. Er war sechsundvierzig Jahre alt gewesen und bekannt für seine Rollen in verschiedenen RKO-Filmen und zweitklassigen Streifen. Man hatte ihn am Nachmittag zuvor in seiner Wohnung in West Hollywood mit einer Schusswunde gefunden. Laut seinem Agenten hatte Mr. Monroe in den letzten beiden Jahren unter Depressionen gelitten – er war vom Ausschuss für unamerikanische Umtriebe als

Staatsfeind gebrandmarkt worden und war seitdem so gut wie arbeitslos.

Ich ließ die Zeitung sinken. Es war mir unmöglich, den Artikel zu Ende zu lesen. Ich sah aus dem Wagenfenster. New York war hektisch und von sich selbst besessen wie eh und je. Alle hasteten irgendwohin. Alle waren so beschäftigt, so in Eile, dass sie sich wahrscheinlich gar nicht im klaren darüber waren, was im Namen des Vaterlandes alles geschah – dass Karrieren zerstört, Hoffnungen zunichte gemacht, Leben vernichtet wurden. So war das mit den schwarzen Listen – solange es einen nicht selbst betraf, konnte man weitermachen, als ob um einen herum nichts Böses geschehen würde. Ich konnte es nicht fassen, dass wir uns von diesen patriotischen Demagogen derart hatten einschüchtern lassen. Ich wusste nur, dass ich hier weg musste. Weit weg von meinem Land auf die andere Seite des Atlantik. Bis dieser Wahnsinn ein Ende hatte.

Joel Eberts begrüßte mich wie immer mit einer väterlichen Umarmung. Und mit zahlreichen Neuigkeiten. Er hatte für mich eine Passage auf der *S.S. Corinthia* gebucht, die am Abend ablegen und in einer Woche in Le Havre wieder anlegen würde. Er hatte mir eine Innenkabine für eine Person besorgt: nichts Besonderes, aber zumindest würde ich allein sein. Und auch die Formulare für meinen Pass waren fertig.

»Es ist der gleiche Ablauf wie bei Ihrem Bruder. Sie gehen zum Passamt im Rockefeller Center, geben dort die Formulare und einen Scheck über zwölf Dollar ab und zeigen ihnen Ihre Schiffsfahrkarte. Am Nachmittag um fünf Uhr müssten sie Ihren Pass fertig haben. Aber Sie sollten sich beeilen. Sie müssen spätestens um halb elf dort sein, sonst wird Ihr Pass heute nicht mehr ausgestellt. Sie haben also eine halbe Stunde Zeit, dorthin zu kommen.«

Mit den Formularen in der Hand winkte ich ein Taxi heran. Um fünf vor halb elf war ich am Passamt. Der Beamte prüfte eingehend alle Unterlagen und sagte mir, ich solle zu Dienstschluss wiederkommen. Als ich das Amt verließ, merkte ich, dass ich mich gegenüber dem Gebäude der *Saturday Evening Post* befand. Ich wandte den Blick sofort wieder ab, hielt ein Taxi an und ließ mich zurückfahren.

Joel Eberts hatte mir angeboten, mich zum Mittagessen in ein kleines italienisches Lokal in der Nähe seiner Kanzlei auszuführen. Wir setzten uns und bestellten. Der Chef – ein Freund von Eberts – bestand darauf, uns ein Glas Spumante zu servieren. Wir stießen auf meine Reise in die Fremde an.

»Haben Sie schon darüber nachgedacht, was Sie dort drüben machen werden?«

»Nein. Ich weiß nicht einmal, wo ich schließlich landen werde… obwohl ich wohl zuerst einmal in Paris absteige.«

»Schreiben Sie mir, sobald Sie sich irgendwo niedergelassen haben?«

»Ich telegrafiere Ihnen. Ich muss ja auch dafür sorgen, dass mir Geld überwiesen werden kann.«

»Kein Problem. Ich kümmere mich darum.«

»Und Sie stellen mir eine Rechnung über alles aus, was Sie für mich getan haben?«

»Betrachten Sie es als einen Akt der Freundschaft.«

»Ich würde Sie wirklich lieber anständig bezahlen, Joel.«

»Das ist eine der vielen Eigenschaften, die mir an Ihnen gefallen, Sara – Sie haben moralische Grundsätze.«

»Und wohin hat mich das gebracht?«

Er schwieg eine Weile und fuhr mit seinem dicken Zeigefinger gedankenverloren den Brillenrand entlang. »Darf ich Sie etwas fragen?«

»Ja, ich denke noch oft an ihn.«

Er lächelte. »Kann man so leicht meine Gedanken lesen?«, fragte er.

»Nein, meine.«

»Wie ich Ihnen schon am Telefon sagte, es müssen fünfzehn, zwanzig Briefe von ihm da sein. Sie liegen alle in meinem Büro. Außerdem hat er vier Mal bei mir angerufen und mich angefleht, ihm zu verraten, wo Sie sind.«

»Und was haben Sie gesagt?«

»Was Sie mir aufgetragen haben: dass Sie nicht in New York sind und dass ich keine Adresse herausgeben darf. Dann fragte er, ob ich seinen Brief nachsenden würde, und ich erklärte ihm, Sie hätten mich angewiesen, sämtliche persönliche Post zurückzuhalten, bis Sie mich wieder anrufen würden.«

»Hat er Sie danach in Ruhe gelassen?«

Wieder eine Pause. »Möchten Sie es wirklich wissen?« Ich nickte. »Er kam selbst her. Vor etwa sechs Wochen. Er saß auf dem Stuhl vor meinem Schreibtisch und …«

»Ja?«

»Er fing an zu weinen.«

»Das möchte ich nicht hören.«

»Gut«, sagte er und griff nach der Speisekarte. »Sollen wir bestellen?«

»Was hat er gesagt?«

»Ich dachte, Sie wollten es nicht hören …«

»Sie haben Recht.« Ich nahm ebenfalls die Speisekarte. »Ich möchte es nicht. Sagen Sie mir, was er gesagt hat.«

Eberts legte die Speisekarte auf den Tisch. »Dass Sie das Beste gewesen sind, was ihm jemals passiert ist. Das Zentrum seines Lebens. Und er hat versucht zu erklären …«

»Warum er meinen Bruder umgebracht hat?«

»Sie wissen, dass er das nicht getan hat.«

»Gut – es war kein Mord. Aber er hat zweifellos den Ball in diese Richtung getreten. Er hat Eric dem FBI auf dem Silbertablett serviert. Er hat ihn verraten. Wie soll ich ihm das verzeihen? *Wie?*«

Eberts trommelte mit den Fingern auf den Tisch. »Vergebung ist das Schwerste im Leben … und das Entscheidendste. Aber es bleibt das Schwierigste.«

»Das können Sie leicht sagen.«

»Sie haben Recht. Eric war nicht mein Bruder.«

»Genau«, sagte ich und vertiefte mich wieder in die Speisekarte. »Und ich nehme das Kalbspiccata.«

»Eine gute Wahl«, meinte Eberts und winkte dem Kellner. Wir bestellten. Dann griff er in seine Jackentasche, zog einen Umschlag heraus und gab ihn mir. Ich sah, dass er in Brunswick abgestempelt war und von mir stammte.

»Hier ist der Brief, den Sie mir geschickt haben.«

»Oh.« Plötzlich fühlte ich mich unbehaglich. »Sie haben ihn doch nicht etwa gelesen?«

»Er ist ungeöffnet geblieben, Sara – wie Sie es gewünscht haben. Ich folge immer den Anweisungen meiner Klienten, sofern sie nicht gegen das Recht verstoßen.«

»Danke.« Ich steckte den Brief in meine Handtasche. Eberts musterte mich. Ich hatte das Gefühl, dass er wusste, was in dem Brief stand – und wie nah ich am Rande des Abgrunds gewesen war.

»Ich hoffe, Sie kommen ein wenig zur Ruhe, während Sie den Atlantik überqueren«, sagte er. »Sie sehen müde aus, Sara.«

»Ich bin müde. Und ja, ich habe tatsächlich vor, die nächsten sieben Tage auf der *S.S. Corinthia* im Tiefschlaf zu verbringen. Wenn sie mich aufs Schiff lassen, heißt das.«

»Warum sollten sie nicht?«

»Ohne Pass kommt man nicht auf einen Ozeandampfer, nicht wahr? Und wenn das Außenministerium Eric einen Pass verweigert hat …«

»Keine Sorge, Sie werden einen Pass bekommen.«

Eberts hatte Recht. Um fünf Uhr am Nachmittag händigte mir der Beamte im Rockefeller Center einen funkelnagelneuen grünen, fünf Jahre gültigen Reisepass aus. Ich war in Begleitung meines Anwalts hingegangen, für den Fall, dass es Schwierigkeiten mit dem Antrag gab. Aber man stellte mir keine Fragen und erhob keine Einwände. Der Beamte wünschte mir sogar gute Reise.

Es gelang uns, mitten im Trubel des Feierabendverkehrs auf der Fifth Avenue ein Taxi zu finden. Ich hatte keine fünfundfünfzig Minuten mehr, um zum Pier 76 zu gelangen, wo die *S.S. Corinthia* vor Anker lag und am Abend um halb acht auslaufen sollte.

Ich blickte aus dem Taxifenster, während die Nacht über Manhattan hereinbrach. Plötzlich überkam mich der Wunsch, aus dem Wagen zu springen, zur nächsten Telefonzelle zu laufen und Jack anzurufen. Aber was hätte ich ihm sagen sollen?

»Glauben Sie, dass alles, was geschieht, einen Grund hat?«, hörte ich mich sagen.

Eberts musterte mich aufmerksam. »Sie sprechen mit einem echten jüdischen Agnostiker, Sara. Ich glaube nicht an den Plan eines Allmächtigen, nicht einmal an das, was man dummerweise ›Schicksal‹ nennt. Ich glaube nur, dass man versuchen sollte, ein moralisches Leben zu führen und im Übrigen das Beste zu hoffen. Was können wir sonst schon tun?«

»Ich wünschte, ich wüsste es, Joel.«

Wir schwiegen beide einen Moment.

»Wenn Eric nur seinen Pass bekommen hätte.«

»Sara ...«

»Oder wenn er am nächsten Tag nach Mexiko geflogen wäre ... Wenn er in dem Taxi zum Flughafen nicht nach hinten geschaut und die Silhouette von Manhattan gesehen hätte ... Wenn nur ...«

»Kein *wenn nur*, Sara. Dabei können Sie nur verlieren.«

Langsam schob sich das Taxi auf der 50th West Street vor. Wir kamen zur 12th Avenue. Wir fuhren nach Süden zur 48th Street. Wir hielten vor den Toren zum Pier 76 und stiegen aus. Der Fahrer gab meinen Koffer und meine Schreibmaschine einem Träger, der in der Nähe stand. Plötzlich klammerte ich mich an Joels Ärmel.

»Was tue ich hier?«, fragte ich.

»Sie steigen auf ein Schiff.«

»Ich habe Angst.«

»Sie reisen zum ersten Mal ins Ausland. Da ist es nur natürlich, dass Sie Angst haben.«

»Es ist die falsche Entscheidung.«

»Sie können jederzeit wieder umkehren und zurückkommen. Es ist ja nicht für immer.«

»Sagen Sie mir, dass ich verrückt bin.«

Er küsste mich zärtlich auf die Stirn – wie ein Vater, der seiner Tochter seinen Segen gibt.

»Gute Reise, Sara. Schicken Sie mir ein Telegramm, wenn Sie Fuß gefasst haben.«

Der Träger räusperte sich, um anzudeuten, dass es Zeit war, aufs Schiff zu gehen. Ich umarmte Joel. Sanft löste er meine Hände von seinen Ärmeln.

»Was werde ich da drüben machen?«, sagte ich.

»Im allerschlimmsten Fall werden Sie überleben. Wie wir alle.«

Ich drehte mich um und folgte dem Träger zur Landungsbrücke. Kurz bevor wir das Hauptdeck erreichten, wandte ich mich noch einmal um. Das Taxi mit Joel Eberts fuhr gerade durch das Tor. Ich hielt den Blick auf die Straße gerichtet. Nach oben zu sehen hätte bedeutet, der Silhouette von Manhattan einen letzten, traurigen Tribut zu zollen. Ich wollte keinen langen Abschied. Ich wollte die Stadt so unauffällig wie möglich verlassen.

13

Sieben Tage nachdem die *S.S. Corinthia* aus dem Hafen von New York ausgelaufen war, legte sie in Le Havre an. Als ich französischen Boden betrat, war ich von der Überfahrt ziemlich wackelig auf den Beinen. Ich nahm mir sofort ein Taxi zum Bahnhof und stieg in den Expresszug nach Paris.

Eine Woche später wechselte ich von meinem Hotel in der Rue de Sèvres in ein gemütliches Studio in der Rue Cassette im sechsten Arrondissement. Dort wohnte ich die folgenden vier Jahre. Anfangs nahm ich Französischunterricht und verbrachte meine Tage in Kinos und Brasserien. Dann fand ich eine Stelle in einer kleinen französisch-amerikanischen Werbeagentur an den Champs-Élysées. Über Arbeitskollegen bekam ich Zugang zu der ständig wachsenden amerikanischen Gemeinde von Paris. Denn es war die Zeit, als sich die französische Hauptstadt wegen der Schwäche des Franc, dem hohen Wert der *GI*-Banknote und der fortgesetzten Hexenjagd in den USA vor den vielen amerikanischen Exilanten kaum mehr retten konnte. Zunächst wollte ich mit meinen Landsleuten nichts zu tun haben. Doch auf die Dauer kam ich nicht umhin, mich ihnen anzuschließen. Besonders, nachdem ich bei einer Party Mort Goodman kennen gelernt hatte, den Chefredakteur der *International Herald Tribune*.

»Ich bin sicher, Ihren Namen irgendwoher zu kennen«, meinte er, als wir einander vorgestellt wurden.

»Haben Sie mal in New York gearbeitet?«, fragte ich.

»Selbstverständlich. Ich war drei Jahre beim *Collier's*, bevor ich die Stelle hier bekam.«

»Und ich habe ein wenig für die *Post* geschrieben.«

»Ach, natürlich, dann sind Sie die Sara Smythe«, sagte er und bestand darauf, mich am nächsten Tag zum Mittagessen einzuladen. Bei dieser Gelegenheit bot er mir an, hin und wieder eine Reportage für seine Zeitung zu schreiben. Ich produzierte weiterhin Texte für die Werbeagentur, doch alle paar Wochen tauchte auch in der *Herald Tribune* meine Verfasserzeile auf. Drei Monate nachdem mein erster Artikel in dieser Zeitung erschienen war, führte mich Mort Goodman erneut zum Mittagessen aus und fragte mich, ob ich mich nicht einmal an einer Kolumne versuchen wolle.

»Bisher hatten wir immer einen ›Amerikaner in Paris‹, der hier wohnte und wöchentlich einen Artikel über das Leben in der Hauptstadt schrieb, Lokalkolorit, *la mode du moment* und so weiter und so weiter. Der Herr, der das in den letzten beiden Jahren gemacht hat, ist aber rausgeworfen worden, weil er eine kleine Romanze mit der Flasche hatte und deshalb vier Mal hintereinander den Abgabetermin nicht eingehalten hat. Mit anderen Worten: Sein Posten ist vakant. Interessiert?«

Natürlich sagte ich ja. Meine erste Kolumne erschien am 7. November 1952 – drei Tage nachdem Eisenhower bei der Präsidentschaftswahl über Stevenson gesiegt hatte. Diese Wahl – und McCarthys immer rascher aufeinander folgenden Vernehmungen in Washington – bestätigten mich in der Überzeugung, dass ich im Moment hier in Paris am besten aufgehoben war. Noch dazu, wo mir die Stadt sehr gut gefiel. Nein, ich gehörte nicht zu jenen unverbesserlichen Romantikern, die jedes Mal ins Schwärmen gerieten, wenn ihnen in ihrer *boulangerie* der Duft frisch gebackenen Baguettes entgegenwehte. Ich empfand Paris als komplex und in sich widersprüchlich – rau und freundlich, gebildet und banal. Wie alles, was einem interessant erscheint, war es von starken Gegensätzen geprägt. Die hochtrabende Distinguiertheit der Stadt – ihr Eigendünkel – war Ausdruck dessen, dass sie sich als etwas Einmaliges betrachtete und hier zu wohnen ein Privileg war. Darin erinnerte mich Paris an New York, denn beide verhielten sich vollkommen gleichgültig gegenüber ihren Bürgern. Die Amerikaner unter meinen neuen Bekannten, die Paris hassten – und gegen seine Arroganz wetterten –, stammten meistens aus kleineren, idyllischeren Städten wie Boston oder San Francisco, wo man sich in der ansässigen *beau monde* gegenseitig das Ego streichelte und jeder, der Macht oder Autorität besaß, überzeugt war, es komme auf ihn an. Hier hingegen war niemand wichtig, niemand zählte. Das gefiel mir am besten an der Stadt. Als Exilant verfolgte man in Paris keine großen Ziele. Man versuchte, gut zu leben. Man fühlte sich stets als Außenseiter ... doch nach allem, was in New York passiert war, nahm ich die Rolle des *étranger* gern an.

Und Paris wiederum nahm mich an. Die Kolumne machte mich zu jemandem. Und ebenso – wie ich feststellen musste – die Umstände, die mich ins Exil gebracht hatten. Ich erwähnte nie meinen Bruder. Zu meiner Überraschung wussten dennoch viele Mitglieder der amerikanischen Enklave von Erics Tod und hatten auch gehört, dass man mich bei der *Post* fallen gelassen hatte. Ich vermied es, über diese Dinge zu sprechen – weil mir der Gedanke, die schwarzen Listen als eine Art Eintrittskarte in diese Kreise zu gebrauchen, nicht behagte. Und ganz in der Tradition der Smythes hätte ich es unangebracht gefunden, wegen meines persönlichen Unglücks Mitleid erheischen zu wollen. Dennoch wurde ich Mitglied einer eklektischen, unkonventionellen Gemeinschaft. Nachdem ich in New York ein recht einsames Leben geführt hatte (und ohnehin nie besonders gesellig gewesen war), empfand ich es fast wie eine Befreiung, mich hier vom Strudel der gesellschaftlichen Ereignisse mitreißen zu lassen. Ich ging mindestens an fünf Abenden in der Woche aus. Ich trank mit Leuten wie Irwin Shaw, James Baldwin und Richard Wright und vielen anderen amerikanischen Schriftstellern, die in Paris lebten. In einem *cave* in St. Germain hörte ich Boris Vian seine Lieder singen und nahm sogar an einer Lesung teil, die Camus in einer Buchhandlung in St. Germain hielt. Ich war Stammgast in einigen Kneipen, in denen bis spät in die Nacht Jazz gespielt wurde. Ich gönnte mir ausgiebige Mittagessen mit Freunden im Le Balzar (meiner Lieblingsbrasserie). Ich fand Geschmack an Ricard und gelegentlichen Affären. Paris behandelte mich gut.

Dank Joel Eberts erfuhr ich regelmäßig, was in New York geschah. Wir schrieben uns einmal in der Woche – in der Regel, um finanzielle Dinge zu regeln (als klar war, dass ich eine Weile in Paris bleiben würde, fand er jemanden, der meine Wohnung mietete), und er schickte mir meine Post nach.

Im Juni 1953 schloss sein wöchentlicher Bericht mit den folgenden Zeilen:

> In dem Stapel Post, den ich diese Woche mitschicke, befindet sich nur ein privater Brief. Ich weiß, von wem er stammt, da er persönlich überbracht wurde: von Meg Malone. Sie ist vor ein paar Tagen unangekündigt hier aufgekreuzt und bestand darauf, von mir zu erfahren, wo sie Sie finden könne. Aber ich sagte ihr nur, dass Sie das Land verlassen hätten. Daraufhin überreichte sie mir den beigefügten Umschlag mit der dringenden Bitte, ihn an Sie weiterzuschicken. Ich sagte ihr dasselbe wie ihrem Bruder: Ihnen wäre ganz besonders daran gelegen, dass ich jegliche Post von Jack zurückhielte. »Ich bin nicht Jack«, konterte sie – und als Rechtsanwalt muss ich zugeben, dass dies ein Argument war. Sonst sagte sie nichts – außer dass ich für immer ihr Feind sei, wenn ich den Brief nicht weitersenden würde. Sie lächelte dabei, und das gefiel mir… und es veranlasste mich, ihrer Bitte nachzukommen. Deshalb hier der Brief. Lesen Sie ihn, wenn Sie wollen. Wenn nicht, werfen Sie ihn weg. Sie haben die Wahl.

Der richtige Zeitpunkt spielt eine große Rolle im Leben. Der Brief traf im falschen Augenblick ein. Es war der Abend, nachdem die Rosenbergs in Sing-Sing hingerichtet wurden, weil sie angeblich geheimes Material über die Atombombe an die Sowjets verkauft hatten. Wie fast alle Amerikaner, die ich in Paris kannte (selbst die, die in der Regel republikanisch wählten), war ich entsetzt über diesen despotischen Akt. Und ich empfand erneut tiefe Verachtung für jene politischen Kräfte, die meinen Bruder vernichtet hatten. Zum ersten Mal in meinem Leben hatte ich etwas getan, das man politisch nennen könnte. Ich hatte an einer Nachtwache vor unserer Botschaft teilgenommen (zusammen mit etwa dreitausend Parisern, angeführt von Persönlichkeiten wie Sartre und de Beauvoir) und eine Petition unterzeichnet, in der die Hinrichtung als Mord bezeichnet und scharf verurteilt wurde. Und als sich dann gegen zwei Uhr morgens die Nachricht verbreitete, dass die Hinrichtungen trotzdem stattgefunden hatten, fühlte ich mich vollkommen machtlos und war zornig. Am nächsten Tag traf dann dank Joel Eberts der Brief von Meg ein. Mein erster Gedanke war: *Zerreiß ihn – ich will keine Entschuldigungen für Jack Malone hören.* Stattdessen öffnete ich den Umschlag und las:

Liebe Sara,
ich weiß nicht, wo du bist und was du denkst. Aber ich weiß, dass Jack dich mehr als alles liebt und seit deinem Verschwinden nahezu ununterbrochen Höllenqualen leidet. Er hat mir alles erzählt. Was er getan hat, hat mich zutiefst entsetzt. Ich verstehe deinen Schmerz und deine Wut vollkommen. Aber... ja, hier kommt das aber: Er ist genauso ein Opfer des Wahnsinns, der unser Land erfasst hat, wie dein Bruder. Dies schreibe ich nicht, um seine Entscheidung und sein Verhalten zu entschuldigen, das viele als egoistisch bezeichnen würden. Angesichts der schrecklichen Wahl, vor die er gestellt wurde, bekam er Angst. Er weiß, dass er damit deine Liebe verloren hat. Seit nunmehr fast einem Jahr versucht er vergeblich, Kontakt zu dir aufzunehmen. Dein Anwalt hat ihm mitgeteilt, dass du dich weigerst, seine Briefe zu lesen. Auch das mache ich dir nicht zum Vorwurf. Und glaub mir, ich schreibe dir nur, weil Jack einem Nervenzusammenbruch nahe ist – was einzig und allein auf seine

niederschmetternden Schuldgefühle zurückzuführen ist, die er empfindet, weil er den Namen deines Bruders genannt und dich verloren hat.

Was soll ich noch sagen, Sara? Vielleicht dies: Ich weiß, wie sehr du ihn einst geliebt hast. Ich bitte nicht um eine wundersame Versöhnung. Ich bitte dich nur darum, dass du irgendwie versuchst, ihm zu verzeihen und ihm dies mitzuteilen. Ich glaube, es würde ihm sehr viel bedeuten. Er ist zutiefst unglücklich. Er braucht deine Hilfe, um wieder zu sich zu finden. Vielleicht kannst du ja die Tragödie, die du erlebt hast, einen Moment vergessen und ihm schreiben.

Deine Meg Malone

Ich war wütend. Der ganze Schmerz, den ich hinter mir gelassen hatte, überrollte mich wie eine Woge. Ich spannte ein Blatt Papier in meine Remington und schrieb:

Liebe Meg,

George Orwell hat einmal geschrieben, alle Klischees seien wahr. In diesem Sinne hier meine Antwort auf dein Bittgesuch für deinen Bruder:

Jack hat sich selbst das Bett hergerichtet. Jetzt kann er auch darin liegen. Allein.

Deine Sara Smythe

Ich zog das Blatt aus der Maschine. Binnen einer Minute hatte ich es unterschrieben, zusammengefaltet, in einen Umschlag gesteckt, Megs Adresse darauf geschrieben und die erforderlichen Briefmarken und das Luftpostzeichen aufgeklebt.

Zwei Wochen später traf in der Redaktion der *Herald Tribune* ein Telegramm für mich ein. Es enthielt nur vier Wörter:

Du solltest dich schämen.

Meg

Ich knüllte das Telegramm zusammen und warf es weg. Falls Meg damit Schuldgefühle in mir hatte wecken wollen, so war ihr das gelungen. Und zwar in einem Ausmaß, dass ich schließlich mit meiner neuen Freundin von der *Herald Tribune* – Isabel van Arnsdale – ausging, zu viel *vin rouge* trank und ihr die ganze verfluchte Geschichte erzählte.

Isabel war stellvertretende Chefredakteurin der Zeitung – eine untersetzte Frau Ende vierzig aus Chicago. Sie war 1947 unmittelbar nach dem Scheitern ihrer dritten Ehe nach Paris gezogen, galt als ausgemachter Profi im Journalismusgeschäft und als jemand, der eine ganze Flasche Whisky wegstecken konnte, ohne betrunken zu wirken.

»Du meine Güte«, meinte sie, als ich ihr alles erzählt hatte, was im letzten Jahr passiert war. »Nein, ich korrigiere mich: Du verfluchte Güte.«

»Ja, solche langweiligen Flüche sind jetzt genau das Richtige für mich«, sagte ich, wobei ich ziemlich betrunken klang.

»Nein, ein unbeschwertes Leben, das wäre jetzt das Richtige für dich.«

»So etwas gibt es nicht.«

»Stimmt. Aber glaub einer Veteranin, die drei schlimme Ehen hinter sich hat: Es gibt immer Möglichkeiten, sich gegen zukünftiges Leid zu schützen.«

»Und, was ist das Geheimnis?«

»Verlieb dich nicht.«

»Ich habe das nur ein Mal getan.«

»Und aus dem, was Du gesagt hast, schließe ich, dass es dein Leben zerstört hat.«

»Vielleicht. Aber …«

»Lass mich raten: Wenn ich richtig sehe, war es … hm … *Magisch? Unvergleichlich? Einmalig?* Bin ich nah dran?«

»Ich habe ihn einfach geliebt. Das ist alles.«

»Und jetzt?«

»Jetzt wünschte ich, er würde mich in Ruhe lassen.«

»Du meinst: Du wünschst dir, du könntest aufhören, an ihn zu denken.«

»Ja, das meine ich. Ich hasse und ich liebe ihn immer noch.«

»Möchtest du ihm vergeben?«

»Ja, aber ich kann es nicht.«

»So lautet deine Antwort, Sara. Und aus meiner Sicht ist es die richtige. Schon nach dem, wie er dich das erste Mal enttäuscht hat, hätten die meisten Frauen nichts mehr mit ihm zu tun haben wollen. Dich und deinen Bruder aber dann auch noch zu verraten …«

»Du hast Recht.«

»Deine Antwort auf den Brief seiner Schwester war richtig. Es ist zu Ende, vorbei, kaputt. Schau nicht zurück. Er ist es nicht wert.«

Ich nickte.

»Außerdem wimmelt es in dieser Stadt nur so von interessanten Kerlen, wie du bereits bemerkt hast. Ganz zu schweigen von den vielen uninteressanten Männern, die trotzdem *baisable* sind, wenn du verstehst, was ich meine. Stürz dich in ein paar Abenteuer. Glaub mir, in ein paar Monaten bist du darüber hinweg.«

Ich wollte es nur zu gern glauben. Und um diesen Distanzierungsprozess zu beschleunigen, setzte ich meine Serie unbekümmerter Affären fort. Nein, ich verwandelte mich nicht in eine *femme fatale*, die gleich drei Männer auf einmal hatte. Ich war eine altmodische Serienmonogamistin. Ich lernte jemanden kennen, verbrachte eine nette Zeit mit ihm, ließ der Sache ihren Lauf. Wenn es ernst zu werden begann, langweilig oder auch Routine, sprang ich ab. Ich wurde regelrecht zur Expertin, wenn es darum ging, mich ohne großes Trara aus einer Beziehung zu lösen. Männer waren nützlich als Begleiter, für den gelegentlichen Austausch von Zärtlichkeiten und die flüchtigen Freuden des Sex. Sobald jemand zu anhänglich wurde, beendete ich die Beziehung rasch. Sobald ein Mann versuchte, mich zu ändern – sich laut fragte, warum um Himmels willen ich in einem kleinen Studio wohnte und warum ich Hosenanzüge im Colette-Stil bevorzugte statt »weiblichere« Kleidung –, wies ich ihm höflich die Tür. In den vier Jahren, in denen ich in Paris lebte, bekam ich drei Heiratsanträge – die ich alle ablehnte. Dabei fand ich keinen der Bewerber ausgesprochen unpassend. Im Gegenteil, der erste war ein erfolgreicher Bankier, der zweite Literaturdozent an der Sorbonne und der dritte ein Möchtegernromancier, der von Papas Vermögen lebte. Alle drei waren auf ihre Weise äußerst charmant, intelligent und emotional stabil. Aber alle drei waren auf der Suche nach einer Frau. Doch diese Rolle wollte ich niemals wieder spielen.

Die Jahre in Paris vergingen viel zu schnell. Am 31. Dezember 1954 stand ich mit Isabel van Arnsdale und anderen Taugenichtsen der *Herald Tribune* auf einem Balkon mit Blick auf die Avenue Georges V. Als die Autohupen erklangen und ein Feuerwerk den Winterhimmel erleuchtete, stieß ich mit Isabel an und sagte: »Auf mein letztes Jahr in Paris.«

»Hör auf, solchen Unsinn zu reden«, erwiderte sie.

»Das ist kein Unsinn, sondern die Wahrheit. Nächstes Jahr um diese Zeit möchte ich auf dem Heimweg in die Vereinigten Staaten sein.«

»Aber du führst doch hier ein wunderbares Leben.«

»Als ob ich das nicht selbst wüsste.«

»Warum willst du es dann einfach wegwerfen?«

»Weil ich keine überzeugte Exilantin bin. Weil ich Baseball und Bagels und ›Barney Greengrass the Sturgeon King‹ und Gitzlitz's Deli vermisse und funktionierende Duschen, einen Lebensmittelladen, der mir die Sachen ins Haus liefert, ich vermisse es, meine eigene Sprache zu sprechen, und …«

»Ihn?«

»Nicht im Geringsten.«

»Ehrlich?«

»Wann hast du mich das letzte Mal von ihm sprechen hören?«

»Ich kann mich nicht erinnern.«

»Na also.«

»Und wann wirst du wieder so etwas Dummes tun wie dich verlieben?«

»Jetzt mal langsam – du hast mir doch gesagt, dass man nur durchs Leben kommt, wenn man sich nicht verliebt.«

»Herrgott noch mal, glaubst du wirklich, ich erwarte, dass sich jemand an diesen Rat hält?«

Die Sache aber war die, dass ich ihrem Rat gefolgt war. Nicht absichtlich. Sondern eher, weil nach Jack niemand, den ich kennen gelernt hatte, dieses wunderbar seltsame, verwirrende Gefühl in mir ausgelöst hatte… wie nennt man es? Verlangen? Wahn? Leidenschaft? Vollkommenheit? Dummheit? Selbsttäuschung?

Aber eines wusste ich: Ich konnte nicht mit ihm zusammen sein, und ich konnte nicht über ihn hinwegkommen. Die Zeit hatte den Schmerz betäubt – aber wie jede Betäubung hatte sie nicht die Wunde geheilt. Ich wartete immer noch auf den Tag, an dem ich aufwachte und Jack endgültig aus meinen Gedanken verschwunden war. Stattdessen beschäftigten mich unablässig andere Fragen: Was, wenn ich mich nie mit diesem Verlust würde abfinden können? Was, wenn mich dieses Gefühl immer begleitete? Was, wenn es mein Leben bestimmte?

Als ich Isabel von meinen Befürchtungen erzählte, lachte sie.

»Süße, der Verlust ist ein wesentlicher Bestandteil des Lebens. *C'est notre destin* – in vielerlei Hinsicht. Ja, es gibt bestimmte Dinge, über die man nie wirklich hinwegkommt. Aber was ist schon dabei?«

»Es tut so verdammt weh… das ist dabei.«

»Aber das Leben tut nun einmal weh.«

»Hör auf mit diesem existenzialistischen Quatsch, Isabel.«

»Ich verspreche dir eins – in dem Augenblick, in dem du akzeptierst, dass du nicht darüber hinwegkommst… gerade dann kommst du vielleicht darüber hinweg.«

In den nächsten zwölf Monaten behielt ich diesen Gedanken im Kopf – während ich mich zu einer kurzen Affäre mit einem dänischen Jazz-Bassisten hinreißen ließ, meine wöchentliche Kolumne schrieb, nachmittags lange Stunden in der Cinemathèque Française verbrachte, während ich morgens (wenn mildes Wetter herrschte) eine Stunde auf einer Bank im Jardin du Luxembourg las, als ich meinen dreiunddreißigsten Geburtstag feierte, indem ich bei der *Herald Tribune* kündigte und Joel Eberts schrieb, der Mieter meiner Wohnung müsse zum 31. Dezember 1955 gekündigt werden. Weil ich zurückkäme.

Am 10. Januar 1956 stand ich wieder am Pier 76 in der West 48th Street und ging von Bord der *S.S. Rotterdam*. Joel Eberts erwartete mich bereits.

»Sie sind kein bisschen älter geworden, Herr Anwalt«, sagte ich, nachdem ich ihn umarmt hatte. »Verraten Sie mir Ihr Geheimnis?«

»Ständige Rechtsstreits. Aber he, Sie sehen auch wunderbar aus.«

»Nur älter.«

»Ich würde sagen: ›äußerst elegant‹.«

»Das ist ja nur ein anderes Wort für ›älter‹.«

Wir fuhren mit dem Taxi zu meiner Wohnung. Meiner Bitte entsprechend hatte er mit dem Hausmeister vereinbart, sie vor Weihnachten neu streichen zu lassen, wenn die Mieter ausgezogen waren. Es roch noch nach Terpentin und frischer Farbe – aber der weiße Anstrich an den Wänden war ein aufmunterndes Gegenmittel gegen den aschfahlen Januarmorgen.

»Nur ein Verrückter kann beschließen, mitten im Winter nach New York zurückzukehren«, meinte Joel.

»Ich mag Nebel.«

»Dann waren Sie bestimmt in Ihrem früheren Leben eine Russin.«

»Vielleicht bin ich aber auch nur jemand, der empfänglich ist für schwermütige Stimmungen.«

»So ein Unsinn. Sie sind eine Überlebenskünstlerin, meine Kleine. Und zwar eine ziemlich clevere. Wenn Sie mir nicht glauben, brauchen Sie sich nur den Stapel Bank- und Investmentmitteilungen anzusehen, den ich in einem Aktenordner auf ihren Küchentisch gelegt habe. Sie haben kaum einen Cent von Ihrem

Vermögen angerührt, während Sie in Frankreich waren. Und auch durch die Miete für Ihre Wohnung ist einiges zusammengekommen. Außerdem: Ihr Börsenmakler ist ein guter Spekulant. Es ist ihm gelungen, das Vermögen aus Ihrer Abfindung für die Scheidung und Erics Lebensversicherung um dreißig Prozent zu vermehren. Wenn Sie also in den nächsten zehn Jahren nicht arbeiten wollen …«

»Ohne Arbeit kann ich nicht auskommen«, sagte ich.

»Da geht's Ihnen wie mir. Dennoch, finanziell gesehen sind Sie verdammt gut abgesichert.«

»Was ist denn da drin?«, fragte ich und trat leicht gegen eine Pappschachtel, die neben der Couch stand.

»Das ist die gesamte Post, die ich Ihnen in all den Jahren nicht nachgesandt habe. Ich habe sie gestern hierher schicken lassen.«

»Aber Sie haben mir so ungefähr alles nachgeschickt, bis auf …«

»Stimmt. Seine Briefe.«

»Ich habe Ihnen doch gesagt, Sie sollen sie wegwerfen.«

»Ich dachte, es könne nicht schaden, sie bis zu Ihrer Rückkehr aufzuheben … für den Fall, dass Sie sie vielleicht doch lesen wollten.«

»Ich will sie nicht lesen.«

»Gut, in diesem Haus wird einmal am Tag der Müll abgeholt. Sie können sie also wegwerfen, wann immer Sie wollen.«

»Haben Sie jemals wieder etwas von Jack oder seiner Schwester gehört?«

»Nein. Sie?«

Ich hatte Joel nie etwas von meiner Antwort auf Megs Brief erzählt. Und ich würde es auch jetzt nicht tun.

»Nein, nie.«

»Sicher hat er den Wink verstanden. Aber das ist ja jetzt sowieso alles Vergangenheit. Genauso wie Joe McCarthy. Ich sage Ihnen, ich bin kein konventioneller Patriot, aber 1954, an dem Tag, an dem der Senat den Mistkerl an den Pranger stellte, dachte ich: Im Gegensatz zu anderen Ländern folgte dieses hier immerhin stets der beruhigenden Gewohnheit, zuzugeben, wenn es einen falschen Weg eingeschlagen hat.«

»Schade nur, dass sie ihn nicht drei Jahre früher an den Pranger gestellt haben.«

»Ich weiß. Ihr Bruder war ein großartiger Mensch.«

»Nein – er war nur ein guter Mensch. Zu gut. Andernfalls wäre er noch am Leben. Das ist das Schlimmste an meiner Rückkehr nach Manhattan – zu wissen, dass jedes Mal, wenn ich am Ansonia oder am Essex House vorbeikomme …«

»Bestimmt schmerzt es auch nach vier Jahren noch furchtbar.«

»Den Verlust des Bruders zu ertragen wird immer schwer wiegen.«

»Und Jack zu verlieren?«

Ich zuckte die Achseln. »Schnee von gestern.«

Er musterte aufmerksam mein Gesicht. Ich fragte mich, ob er mir anmerkte, dass ich log.

»Na, das ist doch schon etwas, würde ich sagen«, meinte er.

Rasch wechselte ich das Thema.

»Wie wär's, wenn wir im Gitlitz's etwas zu Mittag essen? Ich habe seit fünf Jahren keinen Lachs auf Roggenbrot mehr gegessen und keinen Selleriesaft getrunken.«

»Weil die Franzosen nichts vom Essen verstehen.«

Ich nahm die Schachtel mit Jacks Briefen, und wir verließen die Wohnung. Draußen steckte ich den Karton hinten in einen Müllwagen, der die Tonnen in der West 77th Street leerte. Joels Blick verriet, dass er das missbilligte, aber er sagte nichts. Als sich die Klauen des Müllwagens um die Schachtel schlossen, fragte ich mich: Warum hast du das getan? Aber ich verbarg mein schlechtes Gewissen, indem ich mich bei Joel unterhakte und sagte: »Gehen wir essen.«

Gitlitz's hatte sich nicht verändert, seit ich fort war. Und die ganze Upper West Side ebenso wenig. Mühelos und froh, wieder hier zu sein, fügte ich mich in das Leben Manhattans ein. Von Schwierigkeiten bei der Wiederanpassung, wie ich sie befürchtet hatte, konnte nicht die Rede sein. Ich traf alte Freunde, ging in Broadway-Shows und Freitagsmatinees in der Philharmonie und besuchte gelegentlich die Met. Im Metropolitan Museum, in der Frick-Sammlung, in der Zweigstelle der städtischen Bibliothek in der 42nd Street und in den billigen Kinos um die Ecke – im Beacon und im Loew's 84th Street – wurde ich wieder Stammgast. Und alle zwei Wochen hämmerte ich einen *Brief aus New York* in meine Schreibmaschine – der dank Western Union in die Redaktion der *International Herald Tribune* in Paris geschickt wurde. Die Kolumne war ein Abschiedsgeschenk von Mort Goodman an mich.

»Wenn ich Sie nicht dazu bringen kann, in Paris zu bleiben und hier für mich zu schreiben, dann ist es wohl das Beste, ich lasse Sie von New York aus für mich schreiben.«

Also war ich jetzt eine Auslandskorrespondentin. Nur dass das Land, über das ich berichtete, mein eigenes war.

»Während der vier Jahre, in denen ich immer wieder durch die Rue Cassette bummelte (schrieb ich in einer Kolumne vom 20. März 1956), ist etwas Merkwürdiges mit den Amerikanern geschehen: Nach der Zeit der wirtschaftlichen Depression und der kriegsbedingten Rationierungen wachten sie eines Morgens auf und entdeckten, dass sie jetzt in einer reichen Gesellschaft lebten. Und zum ersten Mal seit den goldenen Zwanzigern kaufen sie ein wie die Verrückten. Nur dass diese ach so vernünftige Eisenhower-Ära im Gegensatz zu den hedonistischen Zwanzigern um das eigene Zuhause kreist – einen glücklichen, wohlhabenden, gottesfürchtigen Ort, wo zwei Autos in der Garage stehen, wo die Küche mit einem nagelneuen Amana-Kühlschrank und das Wohnzimmer mit einem Philco-Fernseher ausgestattet ist, wo man den *Reader's Digest* abonniert hat und vor jedem TV-Dinner ein Dankgebet spricht. Was? Ihr Exilanten habt noch nie von einem TV-Dinner, diesen wunderbaren Fertiggerichten, gehört? Tja, während ihr dachtet, die amerikanische Küche könne fader nicht mehr werden…

Diese Kolumne (wie meistens in schnoddrigem Ton geschrieben) führte dazu, dass mein Telefon ein paar Tage lang wie verrückt klingelte. Denn der Pariser Korrespondent des äußerst konservativen *San Francisco Chronicle* zitierte daraus lang und breit in einem Artikel über den antiamerikanischen Schund, der in einer angeblich angesehenen Zeitung wie der *International Herald Tribune* gedruckt wurde. Bevor ich mich versah, war ich wieder Thema in Walter Winchells Kolumne:

> In Kürze das Neueste: Sara Smythe, einst Schmierfink bei der *Saturday Evening Post* und bis vor kurzem eine der professionellen Amerikanerinnen in Paris, ist wieder in Gotham City… aber wohl nicht sehr glücklich. Nach Aussage unserer Spione produziert sie am laufenden Band Texte mit billigen Witzen über unseren Lebensstil für all die verbitterten Exilanten, die es vorziehen, fern von diesem großartigen Land zu leben. Liebe Miss Smythe: Wenn es Ihnen hier nicht gefällt, warum versuchen Sie es nicht mal mit Moskau?

Vier Jahre zuvor hätte Winchells verunglimpfender Artikel sämtliche Aussichten auf eine Anstellung in New York zunichte gemacht. Wie die Zeiten sich geändert hatten – jetzt erhielt ich etliche Anrufe von Redakteuren in der Stadt, die ich aus den vierziger und fünfziger Jahren kannte und die mich fragten, ob ich bereit wäre, mit ihnen zum Mittagessen zu gehen, um Einzelheiten zu besprechen.

»Aber laut Winchell«, sagte ich zu Imogen Woods, meiner ehemaligen Redakteurin bei der *Post* (inzwischen die Nummer zwei bei *Harper's*), »bin ich immer noch die Emma Goldman der West 77th Street.«

»Herzchen«, meinte Imogen, während sie in ihrem Maissalat

herumstocherte und gleichzeitig dem Kellner Zeichen gab, uns noch etwas zu trinken zu bringen, »Walter Winchell ist Schnee von vorgestern. Eigentlich sollten Sie sich glücklich schätzen, dass er Ihnen erneut einen Kinnhaken versetzt hat. Denn auf diese Weise habe ich herausgefunden, dass Sie wieder in New York sind.«

»Ihr Anruf hat mich überrascht«, sagte ich vorsichtig.

»Ich habe mich sehr gefreut, dass Sie sich bereit erklärt haben, sich mit mir zu treffen. Denn ... und das meine ich ganz ehrlich ... ich habe mich geschämt, als die *Post* Sie entlassen hat. Ich hätte mich für Sie einsetzen müssen. Ich hätte darauf bestehen sollen, dass Ihnen jemand anderes die Hiobsbotschaft überbringt. Aber ich hatte Angst. Furchtbare Angst, meine lausige Stelle zu verlieren. Und ich habe mich dafür gehasst, dass ich so feige war und weiter bei ihnen mitgemacht habe. Es wird immer auf meinem Gewissen lasten.«

»Das dürfen Sie nicht zulassen.«

»Daran kann ich nichts ändern. Und als ich vom Tod Ihres Bruders las ...«

Ich schnitt ihr das Wort ab.

»Wir sitzen jetzt hier und unterhalten uns«, sagte ich. »Nur das zählt.«

Am Ende des Mittagessens war ich die neue Filmkritikerin bei *Harper's*. Zu Hause läutete weiter das Telefon. Der Feuilletonredakteur der *New York Times* bot mir Buchbesprechungen an. Genauso sein Kollege bei der *New Republic*. Und eine Außenredakteurin von *Cosmopolitan* verabredete sich mit mir zum Mittagessen und verriet mir, dass sie gern die Kolumne *Aus dem richtigen Leben* wiederbeleben würde – »nur zugeschnitten auf die anspruchsvollere Frau von heute«.

Ich nahm die Rezensionsaufträge an. Aber das Angebot von *Cosmopolitan* lehnte ich mit der Begründung ab, meine Kolumne von damals sei Vergangenheit. Als mich die Redakteurin jedoch fragte, ob ich bereit wäre, sechs Monate lang die lukrative Tätigkeit der Kummerkastentante bei der Zeitung zu übernehmen, sagte ich sofort zu. Denn es gab wohl niemanden auf der Welt, der weniger geeignet war, vernünftige Ratschläge zu erteilen, als ich.

Die Redakteurin der *Cosmopolitan* – Alison Finney – lud mich zum Mittagessen im Stork Club ein. Während wir aßen, kam Winchell herein. Der Stork Club war immer sein Stammlokal gewesen, sein Außenbüro – und obwohl alle in New York glaubten, Winchells Stern sei im Sinken begriffen (wie Imogen Woods mir berichtet hatte), residierte er immer noch an dem sichtbarsten Tisch in der Ecke, der eigens für ihn mit einem Telefon ausgestattet war. Alison stieß mich in die Seite und sagte: »Da ist Ihr treuester Anhänger.«

Ich zuckte nur die Achseln. Als wir mit dem Essen fertig waren, entschuldigte sich Alison und verschwand auf die Toilette. Ohne darüber nachzudenken, stand ich plötzlich auf und ging zu Winchells Tisch. Er korrigierte gerade einen Text, und so bemerkte er nicht, wie ich auf ihn zutrat.

»Mr. Winchell?«, sagte ich freundlich.

Er blickte kurz auf und sah mich prüfend an. Als klar war, dass es sich nicht lohnte, mir seine Aufmerksamkeit zu schenken, nahm er seinen Bleistift und wandte sich wieder seinem Artikel zu.

»Kenne ich Sie, junge Dame?«, fragte er mit einem barschen Unterton in der Stimme.

»Und ob Sie mich kennen«, sagte ich. »Aber meinen Bruder kennen Sie noch besser.«

»Ach ja? Wie heißt er denn?«

»Eric Smythe.«

Der Name sagte ihm offenbar nichts, denn er schürzte nur kurz die Lippen und setzte dann seine Korrekturen fort.

»Und wie geht es Eric?«, fragte er.

»Er ist tot, Mr. Winchell.«

Er hielt kurz inne, den Blick auf den Text gerichtet.

»Tut mir leid, das zu hören«, sagte er, und es klang, als wolle er mich damit entlassen. »Mein Beileid.«

»Sie wissen nicht, von wem ich spreche, nicht wahr?«

Er schwieg und ließ sich auch weiterhin nicht von mir ablenken.

»*Er mag ja Sid Caesars bester Autor sein, aber er war ein Roter*, haben Sie über meinen Bruder geschrieben, Mr. Winchell. Daraufhin hat er seine Stelle verloren und sich schließlich zu Tode getrunken. Und Sie können sich nicht einmal mehr an seinen Namen erinnern.«

Jetzt sah Winchell auf – zum Oberkellner.

»Sam«, rief er und deutete auf mich. Ich sprach weiter – im Plauderton und seltsam ruhig.

»Und ich wette, dass Sie sich auch an mich nicht erinnern, stimmt's? Obwohl Sie erst vor einer Woche über mich geschrieben haben. Ich bin die Sara Smythe, die *nach Aussage unserer Spione am laufenden Band Texte mit billigen Witzen über unseren Lebensstil für all die verbitterten Exilanten schreibt, die es vorziehen, fern von diesem großartigen Land zu leben. Denken Sie daran, Miss Smythe: Wenn es Ihnen hier nicht gefällt, warum versuchen Sie es nicht mal mit Moskau?‹* Erstaunlich, dass ich Sie Wort für Wort zitieren kann, nicht wahr, Mr. Winchell?«

Ich spürte eine Hand auf meinem Arm. Es war Sam, der Oberkellner.

»Miss, würden Sie bitte an Ihren Tisch zurückkehren?«, sagte er.

»Ich wollte gerade gehen«, erwiderte ich, wandte mich aber noch einmal Winchell zu. »Ich möchte mich nur dafür bedanken, dass Sie mich erwähnt haben, Mr. Winchell. Sie glauben ja nicht, wie viele Angebote ich seitdem bekommen habe. Es zeigt, wie kraftvoll Ihre Schläge in diesen Zeiten sind.«

Dann drehte ich mich um und ging wieder zu unserem Tisch. Als Alison zurückkehrte, erzählte ich ihr nicht, was in ihrer Abwesenheit geschehen war, und schlug vor, zum Abschluss noch etwas zu trinken. Alison war einverstanden und gab dem Kellner ein Zeichen, uns nachzuschenken.

»Ich wette, Winchell schreibt als Nächstes, dass Sie zum Mittagessen zu viel trinken.«

»Dieser Mann kann über mich schreiben, was er will. Es trifft mich nicht mehr.«

Doch nach dieser einzigen und letzten Begegnung erwähnte mich Winchell nie mehr wieder in seiner Kolumne.

Aber was meine schriftstellerische Tätigkeit betraf, hatte er sich wirklich als nützlich erwiesen. Ich hatte so viel Arbeit, dass ich froh war, wenn das Telefon endlich aufhörte zu läuten und ich die vielen Aufträge erledigen konnte, mit denen ich im Rückstand war. Wie immer schrieb ich am liebsten am Wochenende – denn keiner meiner verschiedenen Redakteure arbeitete dann, und die meisten meiner Freunde verbrachten ihre Zeit im Kreis der Familie. Der Sonntag war der Tag, an dem ich sicher sein konnte, keinen einzigen Anruf zu bekommen – und damit der Tag, an dem ich ohne Ablenkung durcharbeiten konnte.

Bis eines Sonntagmorgens im Mai früh um neun Uhr das Telefon doch klingelte. Ich nahm den Hörer ab.

»Sara?«

Mein Puls raste auf einmal. Der Hörer zitterte in meiner Hand. Ich hatte mich schon oft gefragt, ob dieser Anruf irgendwann kommen würde. Jetzt war es also so weit.

»Bist du noch da?«, fragte die Stimme.

Lange Pause. Ich wollte auflegen, tat es aber nicht.

»Ich bin noch da, Jack.«

14

»Tja«, sagte er.

»Tja«, sagte ich.

»Es ist lange her.«

»Allerdings.«

»Wie geht es dir?«

»Gut. Und dir?«

»Gut.«

Er klang nicht gut. Seine Stimme wirkte gepresst, geschwächt. Er war genauso nervös wie ich. Im Hintergrund hörte man Straßenlärm.

»Wo bist du?«, fragte ich.

»77th Street, Ecke Broadway.«

Wie früher, dachte ich. Schleicht sich aus dem Haus, um mich anzurufen.

»Bist du gerade beschäftigt?«

»Eigentlich schon. Ich habe einen Abgabetermin...«

»Ach so. Schade.«

»Tut mir leid. Es ist nur... na ja, die Arbeit.«

»Verstehe«, sagte er.

»Woher weißt du, dass ich wieder in der Stadt bin?«

»Walter Winchell.«

»Mein größter Verehrer.«

Er lachte. Aber nur kurz. Dann ging das Lachen über in Husten. Es dauerte eine Weile, bis der Hustenanfall vorüber war.

»Alles in Ordnung?«, fragte ich.

»Ja, ja«, antwortete er. »Es ist nur eine Bronchitis...«

»Du solltest dich besser nicht an eine zugige Straßenecke stellen.«

»Ich war an der Reihe, das Baby spazieren zu fahren.«

Es dauerte eine Zeit, bis ich begriff.

»Du hast ein Baby?«, fragte ich.

»Ja. Eine Tochter. Kate.«

»Wie alt?«

»Siebzehn Monate.«

»Herzlichen Glückwunsch.«

»Danke«, antwortete er.

Schweigen.

»Tja…«, sagte er. »Ich wollte nur mal hallo sagen.«

»Hallo.«

»Sara… Ich möchte dich sehen. Bitte.«

»Jack, ich halte das für keine gute Idee.«

»Es ist vier Jahre her.«

»Ich weiß, aber…«

»Vier Jahre. Eine lange Zeit. Ich will nichts von dir. Ich möchte dich nur sehen. Eine halbe Stunde deiner Zeit. Mehr verlange ich nicht.«

Der Hörer zitterte erneut in meiner Hand. Schließlich sagte ich: »Bei Gitlitz's. In zehn Minuten.«

Ich legte auf. Erstarrt stand ich neben dem Telefon. Ein Baby. Eine Tochter. Kate. Nein…

Am liebsten wäre ich weggerannt. Eine Tasche packen, zur Penn Station laufen, in den nächsten Zug einsteigen, irgendwohin…

Wohin?

Wohin konnte ich diesmal fliehen? Selbst wenn ich es gewusst hätte – er wäre ja doch bei mir gewesen. So wie immer.

Ich widerstand der Versuchung, mich mit einem Schluck Scotch zu beruhigen. Stattdessen zwang ich mich, ins Bad zu gehen. Dort starrte ich in den Spiegel. Er wird denken, wie alt ich aussehe… denn ich bin ja älter geworden. Rasch putzte ich mir die Zähne, trug Lippenstift auf und bürstete mir die Haare. Dann legte ich die Bürste beiseite. Ich klammerte mich ans Waschbecken, um nicht den Halt zu verlieren. Erneut packte mich das Verlangen, wegzurennen. Ich schleppte mich aus dem Badezimmer. Ich zog den Mantel an und verließ die Wohnung. Es hatte zu schneien begonnen. Mit hochgeschlagenem Kragen und gesenktem Kopf marschierte ich die zwei Blocks Richtung Osten zu Gitlitz's.

Kaum hatte ich den Deli betreten, fiel mein Blick auf einen großen blauen Kinderwagen neben einem der Tische. Ich trat näher. Jack wartete bereits. Er hielt mit beiden Händen eine Tasse umklammert und starrte in den schwarzen Kaffee. Er hatte mein Kommen nicht bemerkt, und das war gut so, denn es gab mir einen Augenblick Zeit, meine Bestürzung über sein Aussehen zu verkraften. Er hatte erschreckend abgenommen. Seine Wangen waren hohl, seine Haut grau. Das Haar schütter, in den Augen ein müder Glanz. Er sah krank aus. Seit ich ihn das letzte Mal gesehen hatte, schien er um zwanzig Jahre gealtert zu sein.

Er sah auf, und unsere Blicke trafen sich. Er versuchte zu lächeln, doch es misslang. Auch ich rang mir ein Lächeln ab, aber ihm war offenbar mein Schreck über seinen Zustand nicht verborgen geblieben. Sofort stand er auf. Sein Gewichtsverlust fiel nun noch stärker ins Auge. Er streckte mir beide Hände entgegen, besann sich jedoch eines Besseren und ließ es bei der rechten Hand bewenden. Sie fühlte sich mager an. Ausgezehrt. Er wandte den Blick nicht von mir. Es fiel mir schwer, ihm standzuhalten.

»Hallo«, begrüßte er mich.

»Hallo.«

»Du siehst wundervoll aus.«

Ich enthielt mich der üblichen Erwiderung – »Du auch« –, weil es nicht angebracht war. Stattdessen sah ich in den Kinderwagen. Kate, ein niedliches, pummeliges Baby in einem Schneeanzug, zugedeckt mit einer dicken Decke, schlief. Ich streckte die Hand aus und streichelte ihr über das eine Händchen. Instinktiv öffnete es sich und schloss sich dann um meinen kleinen Finger. Regungslos stand ich da und bemühte mich um Fassung.

»Wie hübsch sie ist«, sagte ich.

Er stellte sich neben mich und betrachtete die Kleine.

»Ja«, bestätigte er, »das ist sie.«

»Sie ist bestimmt Dorothys und dein ganzer Stolz.«

Er nickte. Dann forderte er mich mit einer Geste auf, mich zu setzen. Vorsichtig entwand ich meinen kleinen Finger dem Händchen des Babys und setzte mich. Er nahm mir gegenüber Platz und bestellte Kaffee. Wieder legte er die Finger um die Tasse. Eine Weile herrschte Schweigen. Schließlich sprach er, den Blick auf den Tisch gerichtet.

»Das ist ... Ich habe mich immer gefragt ... Ich ... Ich bin so froh, dich zu sehen, Sara.«

Da ich nicht wusste, was ich antworten sollte, schwieg ich.

»Ich kann gut verstehen, dass du mich verabscheust«, sagte er.

»Ich verabscheue dich nicht.«

»Aber du hast mich verabscheut.«

»Vielleicht. Eine Zeit lang. Aber ... Hass lässt sich schwer aufrechterhalten. Anders als Trauer. Trauer kann einen über lange Zeit begleiten.«

»Ich weiß«, antwortete er. »Es hat in den letzten vier Jahren Zeiten gegeben, da dachte ich mir: Wird es jemals erträglicher?«

»Und? Ist es erträglicher geworden?«

»Nein. Nie. Ich habe dich jede Stunde eines jeden Tages vermisst.«

»Verstehe.«

»Und deine Trauer um Eric? Hat sie jemals ...?«

»Nachgelassen? Nein. Aber ich habe damit zu leben gelernt. So wie ich gelernt habe, mit der Trauer um dich zu leben.«

Er sah mich an.

»Du hast um *mich* getrauert?«, fragte er.

»Natürlich«, antwortete ich. »Unendlich.«

Er starrte mich in schmerzlicher Verwunderung an.

»Aber … du wolltest doch nicht mit mir reden.«

»Richtig.«

»Demnach hast du also auch keinen meiner Briefe gelesen?«

»Stimmt. Ich habe sie nicht mal geöffnet.«

»Aber wie kannst du dann behaupten …?«

»… dass ich dich die ganze Zeit vermisst habe? Weil es so war. Weil ich dich geliebt habe. Mehr als irgendjemanden auf der Welt.«

Er barg den Kopf in den Händen. »Aber warum hast du dann alle meine Versuche abgewehrt, Verbindung mit dir aufzunehmen?«

»Weil … ich nicht anders konnte. Die Trauer war zu groß. Ich habe dich so sehr geliebt, dass ich dir einfach nicht mehr ins Gesicht sehen konnte, nachdem du Eric und mich so verraten hattest. Was geschehen war, war einfach zu schrecklich. Und dass ich verstand, weshalb du nicht anders konntest, machte es umso schlimmer. Du warst in der Zwickmühle, und in einer solchen Situation kann man leicht in Panik geraten und eine schreckliche Fehlentscheidung treffen. Aber trotzdem, das machte die Entscheidung nicht weniger schlimm. Weil mir dadurch die beiden Menschen genommen wurden, die ich am meisten geliebt hatte.«

Der Kaffee wurde gebracht. Er starrte unverwandt auf den Tisch. Schließlich sagte er: »Weißt du, wie oft ich diese Szene im Kopf durchgespielt habe?«

»Welche Szene?«, fragte ich.

»Die Szene, als mich die beiden FBI-Agenten in einem Sitzungsraum von Steele and Sherwood verhört haben. Neben mir saß der Firmenanwalt. Die Befragung zog sich über den ganzen Vormittag hin. Ich versuchte beharrlich, der Frage nach mir bekannten Kommunisten auszuweichen. Drei Stunden hielt ich durch und wiederholte immer nur die Namen jener, die meinen genannt hatten. Schließlich wurden sie es leid und verlangten, den Firmenanwalt allein zu sprechen. Nach ungefähr zwanzig Minuten kam er allein zurück und sagte: ›Jack, wenn Sie ihnen nicht noch einen Namen verraten, werden Sie vom HUAC vorgeladen. Und das bedeutet das Ende Ihrer Karriere bei Steele and Sherwood.‹

Ich hätte nur nein zu sagen brauchen. Nicht mehr. Gut, ich wäre vielleicht meine Stelle los gewesen, aber meine Brötchen hätte ich bestimmt auch woanders verdienen können. Doch sie trieben mich in die Enge. Solche Leute verstehen sich ziemlich gut darauf, die Leichen in deinem Keller aufzuspüren. Herrje, haben die mich in die Mangel genommen! Natürlich wussten sie bis in alle Einzelheiten über uns Bescheid und gaben mir unablässig durch die Blume zu verstehen, dass man mich nicht nur feuern würde, sondern sich auch meine unübersichtlichen privaten Arrangements herumsprächen. Ich wäre also als Sympathisant der Kommunisten und zudem als Mann abgestempelt worden, der den Begriff Moral recht flexibel auslegt. Ich erinnere mich noch genau an den Wortlaut eines Agenten: ›In Paris, mein Freund, würde sich niemand um Ihre doppelte Haushaltsführung scheren, aber hier in Amerika herrscht nun mal ein etwas strengerer Moralkodex: *Wenn du dich erwischen lässt, bist du erledigt.* Sie können von Glück reden, wenn Sie irgendwo als Schuhputzer unterkommen.‹

Da habe ich ihnen Erics Namen verraten. Im selben Augenblick wusste ich, dass ich alles vermasselt hatte. Es war nur eine Frage der Zeit, bis du es herausfinden würdest. Und als Dorothy dahinter kam, meinte sie, ich sei wirklich das Letzte.«

»Aber hat sie denn nicht begriffen, dass du es für sie und Charlie getan hattest?«

»O doch. Aber in ihren Augen war es einfach ein weiterer Betrug von mir. Sie hat mich danach vor die Tür gesetzt und gesagt, sie würde in die Scheidung einwilligen, die ich ja ohnehin immer gewollt hätte, damit ich für dich frei wäre …«

Es dauerte eine Weile, ehe ich antworten konnte.

»Das wusste ich nicht«, antwortete ich schließlich.

»Hättest du doch nur meine Briefe gelesen … oder mir erlaubt, mit dir in Kontakt zu treten … Ich hatte nur den einen Gedanken: Das ist die grausamste Ironie, die man sich vorstellen kann. Es ist alles mein Fehler …«

Er schwieg, griff in seine Manteltasche und suchte nach einer

Zigarette. Er steckte sie in den Mundwinkel. Dann nahm er ein Streichholzbriefchen vom Tisch und zündete sie sich mit zitternden Händen an. Der Lichtschein der Flamme erhellte sein ausgemergeltes Gesicht. Er wirkte elend, verletzlich, gebrochen. Ich sah mich den Karton mit seinen Briefen wegwerfen. Briefe, die zu schreiben ihn gewiss Stunden gekostet hatten. Wie es mich im Winter 1946 Stunden gekostet hatte, an ihn zu schreiben, als ich mich vor lauter Liebe zu ihm wie im Delirium fühlte und mein Glück kaum fassen konnte. Vier Jahre lang hatten die Briefe in Joels Büro gelegen und Staub angesetzt. Vier Jahre. Ich ließ sie dort liegen und warf sie an dem Tag, als ich nach New York zurückkehrte, einfach weg. Ein letzter Akt der Vergeltung. Warum hatte ich sie eigentlich nie gelesen? Warum musste ich ihn unbedingt bestrafen? Der Gedanke daran würde mich von nun an nicht mehr loslassen. Ich würde mich immer fragen, ob ich sein Handeln nicht vielleicht doch verstanden hätte, wenn ich jene Briefe aus den Monaten nach Erics Tod gelesen hätte. Hätte ich ihm vergeben können? Hätten wir wieder zueinander gefunden?

»Was geschah, nachdem Dorothy dich hinausgeworfen hatte?«

»Ich nistete mich ein halbes Jahr bei Meg ein und schlief dort auf dem Klappsofa.«

Meg. Ihr Brief an mich aus dem Winter 1953.

Was soll ich noch sagen, Sara? Vielleicht dies: Ich weiß, wie sehr du ihn einst geliebt hast. Ich bitte dich nicht um eine wundersame Versöhnung. Ich bitte dich nur darum, dass du irgendwie versuchst, ihm zu verzeihen und ihm dies mitzuteilen. Ich glaube, es würde ihm sehr viel bedeuten. Er ist zutiefst unglücklich. Er braucht deine Hilfe, um wieder zu sich zu finden.

Aber nein, ich rückte keinen Millimeter von meiner Haltung ab. Ich ließ mich von Selbstgerechtigkeit leiten. Verdammnis über ihn bis in alle Ewigkeit. Meine sarkastische Antwort an Meg lautete:

Jack hat sich selbst das Bett hergerichtet. Jetzt kann er auch darin liegen. Allein.

»Schließlich hat Meg all ihr diplomatisches Geschick bei Dorothy spielen lassen«, sagte Jack. »Tief in ihrem Herzen war Dorothy schon immer eine Pragmatikerin, und dass sie mich wieder bei sich aufnahm, hatte rein praktische Gründe: Allein mit einem kleinen Kind zu leben ist nicht einfach. ›Für mich‹, erklärte sie mir, ›bist du nur jemand, der mit anfasst. Sonst nichts. Ganz anders liegt die Sache natürlich bei Charlie. Er braucht einen Vater. Und das kannst ebenso gut du sein.‹«

»Und trotzdem bist du zu ihr zurückgegangen?«, fragte ich.

»Ja. In eine Ehe ohne Liebe. Aber ich hatte schließlich ein Eheversprechen gegeben. Ich sage dir, das Pflichtbewusstsein der Katholiken ist immer wieder erstaunlich. Aber eigentlich habe ich es nur wegen Charlie getan. Ich konnte es nicht ertragen, von ihm getrennt zu sein.«

»Er braucht dich bestimmt sehr.«

»Und ich ihn. Ohne ihn hätte ich die letzten Jahre gewiss nicht bewältigt.«

Plötzlich schüttelte er ärgerlich den Kopf.

»Ach, entschuldige, das klingt so melodramatisch.«

»Alles in Ordnung mit dir?«

»Könnte nicht besser sein«, antwortete er und zog nervös an seiner Zigarette.

»Du bist ein bisschen … blass.«

»Nein. Ich sehe miserabel aus.«

»Es geht dir nicht gut, hab ich Recht?«

Wieder schlossen sich seine Finger um die Tasse. Auch jetzt sah er mich nicht an.

»Ich war krank. Schwere Hepatitis. Nimm meinen Rat an: Iss niemals Austern in City Island.«

»War es wirklich nur eine Hepatitis?«, fragte ich und versuchte so beiläufig wie möglich zu klingen.

Wieder ein hastiger Zug an der Zigarette.

»Sehe ich so schlecht aus?«

»Na ja …«

»Antworte lieber nicht. Aber ich sage dir, Hepatitis kann einen ganz schön umhauen.«

»Warst du krankgeschrieben?«

»Sechs Monate.«

»Du lieber Himmel …«

»Steele and Sherwood waren sehr entgegenkommend. Die ersten drei Monate volles, danach halbes Gehalt. Dadurch müssen wir uns natürlich ziemlich einschränken, vor allem, seitdem unser Goldschatz Kate da ist. Aber es geht schon.«

»Ist das Verhältnis zwischen dir und Dorothy jetzt besser?«

»Durch Kate hat sich manches verändert. Jetzt haben wir wieder Gesprächsstoff. Oder anders ausgedrückt, wir müssen uns nicht immer nur über Charlie unterhalten.«

»Aber das Eis zwischen euch ist doch offensichtlich schon eine Weile vorher getaut, oder?«, fragte ich und deutete mit einer Kopfbewegung auf den Kinderwagen.

»Das scheint nur so. Sie ist das Ergebnis einer Nacht, in der wir beide vier Scotch zu viel intus hatten und Dorothy sich kurzfristig nicht mehr daran erinnerte, dass sie mich eigentlich nicht leiden kann.«

»Ich wünsche euch wirklich, dass Kate euch …«

Er unterbrach mich hastig und sagte barsch: »Ach ja, vielen Dank für die lieb gemeinte Glückwunschkarte.«

»Ich meine es ehrlich, Jack. Ich wünsche euch wirklich nichts Schlechtes.«

»Bist du dir ganz sicher?«

»Ich habe euch nie Schlechtes gewünscht.«

»Aber du hast mir auch nicht verziehen.«

»Stimmt. Ich habe mich lange schwer getan, dir für das, was du getan hast, zu vergeben.«

»Und jetzt?«

»Vorbei ist vorbei.«

»Ich kann es nicht ungeschehen machen.«

»Ich weiß.«

Er streckte seine Hand aus und legte sie auf meine. Kaum hatte er sie berührt, spürte ich so etwas wie einen elektrischen Schlag... Es war das gleiche Gefühl wie an unserem ersten Abend im Jahr 1945. Nach einer Weile legte ich meine linke Hand auf seine.

»Es tut mir so leid«, sagte er.

»Ist schon in Ordnung«, antwortete ich.

»Nein«, entgegnete er leise. »Es wird nie in Ordnung sein.«

Plötzlich hörte ich mich sagen: »Ich verzeihe dir.«

Schweigen. Wir sagten lange nichts, bis Kate unruhig wurde. Leise gurgelnde Laute verstärkten sich rasch zu lautem Schreien. Jack stand auf, suchte im Kinderwagen, bis er den Schnuller fand, den die Kleine ausgespuckt hatte. Aber kaum steckte er in ihrem Mund, spuckte sie ihn wieder aus und fing von neuem an zu schreien.

»Mir scheint, sie hat Hunger«, sagte Jack. »Ich mache mich wohl besser auf den Heimweg.«

»In Ordnung«, sagte ich.

Er setzte sich rasch noch einmal hin.

»Kann ich dich wiedersehen?«, fragte er.

»Ich weiß nicht.«

»Verstehe...«

»Nein, es gibt keinen anderen.«

»Das wollte ich damit nicht sagen.«

»Es ist nur... weißt du... ich muss mir erst über manches klar werden.«

»Keine Eile«, sagte er. »Ich bin ohnehin ungefähr eine Woche lang auswärts. Geschäftlich. Ich muss für Steele and Sherwood nach Boston. Ich habe dort etwas zu erledigen, bevor ich nächsten Monat wieder zu arbeiten anfange.«

»Bist du gesund genug, um zu reisen?«

»Ich sehe schlechter aus, als ich mich fühle.«

Kate schrie immer lauter.

»Du solltest lieber gehen«, sagte ich.

Er drückte mir ein letztes Mal die Hand.

»Ich rufe dich von Boston aus an«, sagte er.

»Ja«, antwortete ich, »ruf an.«

Er stand auf. Nachdem er die Decke um Kate festgesteckt hatte, drehte er sich noch einmal zu mir um. Ich stand auf. Unvermittelt zog er mich an sich und küsste mich. Ich wandte mein Gesicht nicht ab und erwiderte den Kuss. Es dauerte nur einen Augenblick. Als ich mich von ihm löste, flüsterte er:

»Auf Wiedersehen.«

Dann umfasste er mit beiden Händen den Griff des Kinderwagens und schob ihn hinaus.

Ich setzte mich an den Tisch, überkreuzte die Arme und ließ den Kopf darauf sinken. Lange blieb ich so sitzen.

Der Schock wirkte die ganze folgende Woche nach. Ich tat meine Arbeit. Ich ging ins Kino, traf Freunde. Immer wieder musste ich an den Kuss denken. Ich wusste nicht, wie ich ihn einordnen sollte. Ich wusste gar nichts mehr.

Er hatte gesagt, er würde anrufen. Er rief nicht an. Aber er schrieb. Eine kurze Karte. In Boston abgestempelt. Geschrieben mit zittriger Hand.

Ich bin noch hier. Es dauert nicht mehr lange.

Ich liebe dich.

Jack.

Ich las die Karte unzählige Male und versuchte herauszufinden, was er mir damit sagen wollte. Schließlich kam ich zu dem Ergebnis, dass es keine versteckte Botschaft gab. Er war noch in Boston. Was immer er dort zu tun hatte, wäre bald vorbei. Er liebte mich – und ich ihn auch. Noch immer.

Aber ich erwartete nichts. Denn wenn man nichts erwartete, wurde man oft angenehm überrascht, so viel hatte ich gelernt.

Eine weitere Woche verging. Keine Anrufe. Keine Karten. Ich blieb ruhig. Am Montag, den fünfzehnten April, verließ ich eilig die Wohnung. Ich musste zur Presseaufführung eines Films und war spät dran. Da sich der Verkehr auf dem Broadway staute, entschied ich mich gegen den Bus und wollte stattdessen die U-Bahn Richtung Innenstadt nehmen. Ich eilte zur Station an der 79th Street, kaufte mir am Kiosk die *New York Times* und stieg in den Wagon. Wie üblich überflog ich die Zeitung. Als ich bei den Todesanzeigen angekommen war, sah ich, dass die größte einem ehemaligen Arbeitskollegen meines Vaters aus Hartford gewidmet war. Rasch las ich den Nachruf und wollte gerade umblättern, als mein Blick auf einen kleinen Absatz inmitten der großformatigen Todesanzeigen fiel:

> Malone, John Joseph, 34, Massachusetts General Hospital, Boston, 14. April. Ehemann von Dorothy, Vater von Charles und Katherine. Ehemaliger Mitarbeiter von Steele and Sherwood Public Relations Inc., New York. Familie und Freunde nehmen in tiefer Trauer Abschied. Trauergottesdienst, Mittwoch, 17. April, Holy Trinity Church, West 82nd Street, Manhattan. Beisetzung im engsten Familienkreis. Von Blumenspenden bitten wir Abstand zu nehmen.

Ich las die Anzeige nur einmal. Dann ließ ich die Zeitung auf den Schoß sinken und starrte blicklos vor mich hin. Ich nahm nichts mehr um mich herum wahr, bis ein Mann in Uniform zu mir trat und sagte: »Alles in Ordnung mit Ihnen?«

Da merkte ich, dass der Zug längst gehalten hatte. Der Waggon war leer.

»Wo sind wir?«, brachte ich schließlich heraus.

»Endstation.«

15

Zwei Tage später fand das Begräbnis statt. Holy Trinity war zwar keine große Kirche, aber sie wirkte dennoch wie eine Höhle. Nur etwa zwanzig Trauergäste hatten sich eingefunden. Sie saßen in den ersten zwei Bankreihen, direkt vor dem Sarg. Vier Kerzen umrahmten den Schrein, über den die amerikanische Flagge gebreitet lag. Jack hatte als ehemaliger Angehöriger der Streitkräfte ein Anrecht auf ein Begräbnis mit allen militärischen Ehren. Zwei Soldaten in Gala-Uniform hielten zu beiden Seiten des Sargs Wache. Glockengeläut leitete den Gottesdienst ein, als der Pfarrer und zwei Ministranten den Mittelgang nach vorn zum Altar schritten. Einer der Knaben trug ein Weihrauchfass, der andere ein großes goldenes Kreuz. Der Pfarrer – ein kleiner, grauhaariger Mann mit harten Gesichtszügen – ging um den Sarg herum und besprengte ihn mit Weihwasser. Dann stieg er die Stufen zur Kanzel hinauf und las die lateinische Messe. Seine Stimme war emotionslos, sachlich. Wie der Mann, den er zu bestatten hatte, stammte auch er aus Brooklyn. Ich fragte mich, ob Jack jemals bei ihm gebeichtet hatte.

In der ersten Reihe fing ein Baby an zu schreien. Es war Kate. Ihre Mutter hielt sie im Arm. Dorothy wirkte erschöpft und müde. Neben ihr saß Charlie in Blazer und Flanellhose. Er war das Abbild seines Vaters. Es fiel mir schwer, ihn anzusehen.

Rasch absolvierte der Pfarrer die Gebete. Als er ins Englische überwechselte und von »unserem lieben verstorbenen Bruder Jack« sprach, spürte ich ein Brennen in den Augen. Man hörte unterdrücktes Schluchzen. Es kam hauptsächlich von Meg, die auf der anderen Seite von Charlie saß und den Arm um ihn gelegt hatte. Die übrigen Trauernden kannte ich nicht. Ich saß in der hintersten Bankreihe, weit entfernt von der Trauergemeinde. Ich hatte mich zwischen ein paar Kirchenbesucher gemischt, die zum Beten gekommen waren oder einfach nur Schutz vor dem nassen Aprilwetter gesucht hatten.

Ich musste einfach dabei sein. Ich musste Abschied nehmen. Aber es war mir auch klar, dass mein Platz auf den hinteren Bänken war, in gebührender Entfernung von Dorothy, den Kindern und Meg. Ich hatte dieser Familie genug Leid zugefügt und wollte ihnen durch meine Anwesenheit nicht noch mehr Kummer bereiten. Deshalb war ich auch erst eine Viertelstunde vor dem Gottesdienst gekommen und hatte mich in einem Hauseingang auf der gegenüberliegenden Straßenseite der 82nd Street untergestellt. Ich sah, wie zwei Limousinen vorfuhren und die Familie die Kirche betrat. Ich wartete weitere fünf Minuten ab, bis ich sicher war, dass sich alle Trauergäste in der Kirche versammelt hatten. Erst dann überquerte ich die Straße, den Kopf mit einem Tuch verhüllt, stieg die Stufen zur Kirche hinauf und schlüpfte verstohlen in die hinterste Bankreihe. Der Anblick des Sargs traf mich wie ein Hieb. Dass Jack tot war, war mir bis zu jenem Augenblick unvorstellbar, ja geradezu absurd erschienen. Nachdem ich die Anzeige in der *New York Times* gelesen hatte, hatte ich keine Sekunde mehr an die Voraufführung des Films gedacht, an der ich hätte teilnehmen sollen, sondern war den Rest des Tages wie in Trance ziellos durch die Stadt gestreift, bis ich mich schließlich auf den Heimweg machte. Es war bereits dunkel. Ich schloss die Eingangstür auf und ging in die Wohnung. Ich zog den Mantel aus. Ich setzte mich in einen Sessel und blieb lange darin sitzen. Erst nach etwa einer Stunde bemerkte ich, dass ich vergessen hatte, in der Wohnung Licht zu machen, und dass es um mich herum dunkel war. Das Telefon klingelte. Ich ließ es klingeln. Irgendwann ging ich ins Schlafzimmer, entkleidete mich, kroch ins Bett und zog die Decken fest um mich. Ich starrte hinauf an die Zimmerdecke. Die ganze Zeit wartete ich darauf, die Fassung zu verlieren und in Tränen auszubrechen. Aber ich war zu erschüttert, um weinen zu können. Das Unfassbare – die schreckliche Erkenntnis, nie wieder mit ihm sprechen zu können – machte mich vollkommen gefühllos. Ich begriff den Verlust nicht. Noch weniger verstand ich jetzt, weshalb ich mich vier Jahre lang so starrköpfig, abweisend und unversöhnlich verhalten hatte. Vier Jahre war ich getrennt gewesen von dem Mann, dem all meine Liebe galt – eine Trennung, die sein schrecklicher Fehler verursacht hatte, und die ich aufrecht hielt durch mein Unvermögen, Verständnis und Nachsicht zu üben. Indem ich ihn strafte, hatte ich mich selbst gestraft. Wie konnte ich nur diese vier Jahre vergeuden?

In jener Nacht fand ich keinen Schlaf. Irgendwann stand ich auf und zog mich an. Ich verließ die Wohnung und verbrachte zwei Stunden in einem Coffee Shop am Broadway, Ecke 76th Street, der rund um die Uhr geöffnet hatte. Als es zu dämmern begann, zahlte ich. Ich spazierte zum Riverside Park, ging hinunter an den Fluss, setzte mich auf eine Bank und starrte auf den Hudson. Ich wünschte mir nichts sehnlicher, als zusammenzubrechen, ich wollte die große Katharsis erleben. Aber ich konnte nur mit leerem Blick auf das Wasser sehen und mir die Frage stellen, ob ich ihn vielleicht auf meine Weise umgebracht hatte.

Schließlich ging ich zurück in meine Wohnung. Die Küchenuhr zeigte neun Uhr fünfzehn. Das Telefon klingelte. Diesmal ging ich dran. Es war Joel Eberts.

»Gott sei Dank«, sagte er erleichtert. »Ich habe gestern den ganzen Tag versucht, Sie zu erreichen. Ich habe mir Sorgen gemacht.«

»Nicht nötig«, antwortete ich.

»Sie klingen müde.«

»Ich hatte eine schlechte Nacht.«

»Das wundert mich nicht«, antwortete er. »Nachdem ich die Anzeige in der *Times* gelesen hatte, wollte ich Sie …«

»Ich komme schon zurecht«, sagte ich leise.

»Kennen Sie die Todesursache?«

»Nein.«

»Hat er nicht versucht, Kontakt mit Ihnen aufzunehmen, seitdem Sie wieder in der Stadt sind?«

»Nein. Kein einziges Mal«, log ich. Ich konnte jetzt beim besten Willen nicht darüber sprechen.

»Das war wahrscheinlich das Beste.«

Ich schwieg.

»Sara, ist wirklich alles in Ordnung mit Ihnen?«

»Ich bin einfach nur erschüttert, das ist alles.«

»Falls Sie Hilfe brauchen, ich bin hier. Nur dass Sie es wissen. Sie ... können jederzeit anrufen.«

»Danke.«

»Und was immer Sie jetzt tun ... fühlen Sie sich nicht schuldig. Es liegt lange zurück.«

Aber ich schrieb mir die Schuld zu. Mir allein.

Pure Erschöpfung zwang mich an jenem Abend um sieben ins Bett. Am nächsten Morgen erwachte ich um kurz nach fünf. Es war noch dunkel. Aber ich hatte gut geschlafen und fühlte mich seltsam ausgeruht. Ich wusste, dass die Beerdigung in kaum vier Stunden stattfinden würde. Ich hatte Angst hinzugehen. Aber ich musste einfach.

Jetzt saß ich mit gesenktem Kopf in der hinteren Bankreihe, während der Text der Totenmesse durch das Kirchenschiff hallte.

Agnus Dei, qui tollis peccata mundi, dona eis requiem.

Lamm Gottes, der du nimmst hinweg die Sünden der Welt, gib uns Frieden.

Ich presste die Finger auf die Augenlider. Würde ich je meinen Frieden finden? Ich hatte ihn verurteilt. Und, ja, ich hatte ihm schließlich vergeben. Viel zu spät.

Kate fing wieder an zu weinen. Doch diesmal ließ sie sich nicht beruhigen, und ihr Weinen ging über in lautes Geschrei. Die ganze Zeit hielt ich den Kopf gesenkt, doch in dem Augenblick, als Meg den Mittelgang entlangkam, blickte ich auf. Offenbar wollte sie Dorothy entlasten und strebte mit ihrer Nichte im Arm auf die

Tür zu. Als sie mich entdeckte, erstarrte sie sichtlich schockiert. Doch gleich darauf nahmen ihre Augen einen Ausdruck von Todesverachtung an. Rasch senkte ich den Kopf. Ich wollte am liebsten weglaufen, aber ich wusste, sie war mit dem Kind dort draußen. Tief beschämt blieb ich sitzen. Die Messe ging weiter. Der Priester bat uns, für die »Seele eines guten Gatten, guten Vaters, sehr verantwortungsvollen Mannes« zu beten. Zwischen zwei Sätzen hörte ich Schritte. Verstohlen schaute ich hoch. Meg war mit der schlafenden Kate im Arm bereits fast bei der ersten Bankreihe angekommen. Im selben Augenblick schlüpfte ich aus der Bank, hastete durch den Vordereingang hinaus ins Freie, ging die Stufen hinab und stieg in das erste Taxi, das auf mein Zeichen reagierte.

»Wohin wollen Sie?«, fragte der Fahrer.

»Ich weiß nicht. Fahren Sie einfach los.«

Er fuhr den Broadway hinunter. An der 42nd Street stieg ich aus und floh ins erstbeste Kino. Ich sah mir eine Doppelvorstellung an. Danach ging ich ins nächste Kino und sah mir eine weitere Doppelvorstellung an. Dann noch ein Kino und noch eine Doppelvorstellung. Anschließend trank ich eine Tasse Kaffee und fasste den Entschluss, der während meines siebenstündigen Filmabenteuers in meinem Kopf gereift war. Ich trank aus und sah auf die Uhr. Es war kurz nach sieben. Ich trat auf die 42nd Street und winkte einem Taxi, das Richtung Osten fuhr. Auf der First Avenue wies ich den Fahrer an, vor einem Wohnblock namens Tudor City anzuhalten. Ein Portier nahm gerade eine Lebensmittellieferung entgegen. Ich sagte, ich wolle Margaret Malone einen Besuch abstatten. Er musterte mich und entschied, dass ich nicht gefährlich aussah.

»Werden Sie erwartet?«

Ich nickte.

»Wohnung 7E. Fahren Sie hinauf.«

Ich nahm den Aufzug bis in den siebten Stock und ging den Gang entlang zu Wohnung E. Noch ehe ich einen Rückzieher machen konnte, hatte ich bereits die Klingel gedrückt. Kurz danach wurde die Tür geöffnet. Meg stand vor mir. Immer noch in dem schwarzen Kostüm, das sie zur Trauerfeier getragen hatte. Sie sah abgespannt aus, geradezu erschöpft. In der linken Hand hielt sie eine Zigarette. Als sie mich sah, zuckte sie zusammen. Sie presste die Lippen aufeinander.

»Das kann doch nicht wahr sein«, sagte sie.

»Meg, darf ich …«

»Nein. Verschwinde.«

»Wenn du mir bitte einfach nur zuhören würdest …«

»Du meinst, so wie du meinem Bruder zugehört hast? Hau ab.«

Sie schlug mir die Tür vor der Nase zu. Ich stützte mich an der Wand ab, bis ich nicht mehr zitterte. Kurz darauf wurde die Tür erneut geöffnet. Meg sah plötzlich niedergeschmettert und verzweifelt aus. Ich trat einen Schritt auf sie zu. Laut weinend barg sie den Kopf an meiner Schulter. Ich schlang die Arme um sie und konnte endlich auch weinen.

Als wir uns beide wieder beruhigt hatten, führte sie mich in ihr Wohnzimmer und bat mich mit einer Handbewegung, Platz zu nehmen. Das Mobiliar der kleinen Zweizimmerwohnung war unauffällig, überall lagen Bücher und Zeitschriften, die Aschenbecher quollen über. Meg verschwand in der Küche und kam mit einer Flasche Scotch und zwei Gläsern zurück.

»Medizin«, erklärte sie und goss zwei Gläser ein. Sie reichte mir eines und ließ sich in den Sessel mir gegenüber sinken. Dann zündete sie sich eine Zigarette an, nahm zwei tiefe Züge und begann endlich zu reden.

»Ich wollte dich wirklich nie mehr wieder sehen.«

»Ich kann es dir nicht verdenken«, erwiderte ich.

»Andererseits habe ich dein Verhalten verstanden. Wäre es um Jack und nicht um Eric gegangen, ich wäre vermutlich gnadenlos gewesen.«

»Ich war auch gnadenlos.«

Ein weiterer Zug an der Zigarette. »Stimmt«, sagte sie. »Das warst du. Aber … er hat mir gesagt, du hättest ihm verziehen.«

»Er hat es dir also erzählt.«

»Ja. Ungefähr eine Woche vor seinem Tod. Er wusste seit einem Jahr, dass er sterben würde.«

»Seit einem Jahr?«

»Wenn nicht länger. Leukämie ist eine tückische Krankheit. Wenn du sie einmal hast, kannst du damit rechnen, dass dein letztes Stündchen geschlagen hat.«

»Leukämie?«, sagte ich entsetzt. »Aber es hat doch nie irgendwelche Anzeichen dafür gegeben ...«

»Es kam aus heiterem Himmel. Wie die meisten Katastrophen.«

»Demnach war Jack also nicht auf einer Geschäftsreise in Boston.«

»Nein. Er war im Mass General Hospital bei einem namhaften Blutspezialisten, einer Koryphäe seines Fachs. Er wollte einen letzten Versuch wagen. Aber es war so, wie mir der Arzt eine Woche zuvor gesagt hatte: Für Jack kam jede Behandlung zu spät.«

»Wenigstens haben Steele and Sherwood die Kosten übernommen.«

»Du machst wohl Witze! Steele and Sherwood haben sich mit keinem Cent an den Arztkosten beteiligt.«

»Aber er hat mir erzählt, er sollte wieder in der Firma einsteigen ... Er war doch nur krankgeschrieben.«

»Er wollte dir bloß nicht die Wahrheit sagen.«

»Welche Wahrheit?«

»Sie haben ihn vor zwei Jahren gefeuert.«

Ich griff zu meinem Whiskyglas und nahm einen großen Schluck.

»Aber er war doch einer ihrer Topkräfte«, wandte ich ein.

»Richtig«, stimmte Meg mir zu. »*War.* Bis zu seinem Zusammenbruch nach ...«

Sie hielt mitten im Satz inne.

»Also gut: Ich sag dir, wie's war, Sara. Nachdem Eric gestorben war und du nichts mehr mit ihm zu tun haben wolltest, erlitt er so was wie einen Nervenzusammenbruch. Er schlief nicht mehr, magerte ab, tauchte bei Sitzungen unrasiert und nachlässig gekleidet auf. Ein oder zwei Mal ist er sogar vor Kunden zusammengebrochen. Der Fairness halber muss man sagen, dass sich Steele and Sherwood wirklich verständnisvoll gezeigt haben. Nachdem sie sich das alles acht Monate angesehen hatten, schickten sie ihn in den Krankenstand und überwiesen ihn tatsächlich auf Firmenkosten zu einem Psychiater. Alle dachten, er würde sich wieder erholen. Aber wir hatten uns getäuscht.«

»War das zu der Zeit, als du mir nach Paris geschrieben hast?«

»Ja. Genau.«

Einen Brief. Einen kurzen, großmütigen Brief – mehr verlangte sie nicht von mir. Und nicht einmal dazu hatte ich mich überwinden können. Stolz macht einen so blind und rücksichtslos wie kein anderes Gefühl sonst.

»In den ersten Wochen nach seiner Rückkehr dachten alle, er würde wieder ganz der alte werden. Aber er schaffte es nicht. Er versäumte Sitzungen und brachte keine Vertragsabschlüsse zustande. Seine Vorgesetzten sahen sich das weitere sechs Monate an, zitierten ihn dann schließlich zu sich und forderten ihn auf, seinen Schreibtisch zu räumen. Auch da verhielten sie sich wirklich anständig. Sie zahlten ihm noch sechs Monatsgehälter und ein Jahr lang die Krankenversicherung. Doch mittlerweile war er vollkommen arbeitsunfähig, zumal er nach der Kündigung erneut in eine tiefe Depression fiel. Aber immerhin sah er nach Kates Geburt das Leben in einem etwas positiveren Licht. Bereits wenig später wurde er zunehmend blasser, und die Lymphknoten an seinem Hals traten immer stärker hervor. Ich redete ihm zu, er solle sich keine Sorgen machen, sein Körper würde nur auf den Stress reagieren, den er hinter sich hatte. Aber im Grunde rechnete ich mit dem Schlimmsten. Und Jack auch. Als dann die Diagnose schließlich auf dem Tisch lag ...«

Sie hielt mitten im Satz inne, griff zur Scotchflasche und schenkte jedem von uns noch mal ein.

»Eines muss ich sagen«, fuhr sie dann fort, »Dorothy hat sich die meiste Zeit wirklich bewundernswert benommen. Wenn man bedenkt, dass sie meinen Bruder nicht mehr leiden konnte – die Ehe war eine Katastrophe, und sie hatte es gehasst, wenn er zu dir ging –, und trotzdem hat sie zu ihm gehalten. Bis zum Schluss.«

»Er hat mir erzählt, sie hätte ihn hinausgeworfen, nachdem er in Washington ausgesagt hatte.«

»Das stimmt. Sie war ziemlich entsetzt, als sie hörte, dass er mit dem Ausschuss zusammengearbeitet hatte ... Besonders als sie herausfand, dass der Tod deines Bruders dadurch ausgelöst wurde. Außerdem verkraftete sie es nicht, dass er völlig zusammenbrach, als du ihm den Laufpass gegeben hast. Ich konnte es ihr nicht verdenken. Aber nachdem ich mir den Mund fusselig geredet hatte, durfte er schließlich wieder bei ihr einziehen. Wahrscheinlich nur, weil sie das Alleinsein nicht ertrug. Aber gewiss wollte sie die ehelichen Beziehungen nicht mehr aufnehmen. Diese eine gemeinsame Nacht, deren Ergebnis Kate war, war sicher nur ein Ausrutscher, weil sie betrunken waren.«

»Das hat er erwähnt.«

»Aber wahrscheinlich hat er verschwiegen, dass seine Abfindung nach sechs Monaten aufgebraucht war. Dann wurde Kate geboren, wenig später diagnostizierte man bei ihm Leukämie. Doch da war die Krankenversicherung bereits abgelaufen. Mit anderen Worten, sein letztes Lebensjahr war eine einzige finanzielle Katastrophe. Seine wenigen Aktien musste er alle verkaufen, um die Arztrechnungen bezahlen zu können. Es ging ihnen finanziell immer schlechter. So schlecht, dass ich den beiden in den letzten drei Monaten die Miete bezahlt habe. Dorothy muss allein achttausend Dollar für das Krankenhaus und die Beerdigung aufbringen ... und noch dazu hat sie das kleine Problem, zwei Kinder allein großziehen zu müssen.«

Jetzt hatte ich dringend einen weiteren Schluck Whisky nötig.

»Ich glaube, es ist alles meine Schuld«, sagte ich.

»Das ist Unsinn. Und das weißt du auch.«

»Ich hätte ihm den Brief schreiben sollen, um den du mich gebeten hattest.«

»Ja, das hättest du tun sollen. Aber hätte der Brief verhindert, dass Jack zusammenbricht? Wie soll man das wissen? Er fühlte sich immer noch schuldig wegen Eric. Und was seine Krankheit betrifft … Sara, was immer sich ein billiger Kitschautor ausdenken mag, aber ein gebrochenes Herz ist noch nie die Ursache für Leukämie gewesen. Jack hat seinem genetisch bedingten Schicksal nicht entrinnen können. So einfach ist die Erklärung.«

»Aber wenn ich ihm vor Jahren verziehen hätte …«

»Jetzt bist du wohl diejenige, die um Vergebung bittet, was?«

»Ich habe mich falsch verhalten.«

»Da stimme ich dir zu. Aber das gilt auch für Jack. Ja, ich will dir ehrlich sagen: Ich habe dich eine Zeit lang wirklich dafür gehasst, dass du ihm nicht geholfen hast, als er dich brauchte.«

»Empfindest du jetzt keinen Hass für mich?«

Sie drückte ihre Zigarette aus und steckte sich umgehend eine neue an.

»Ich habe meinen Bruder verloren, ich habe sonst keine Geschwister. Wie du deinen verloren hast. Angesichts dieser Umstände ist Hass ziemlich fehl am Platz, meinst du nicht auch? Dass du dich mit ihm vor ein paar Wochen getroffen hast, hat ihn übrigens sehr glücklich gemacht.«

»Wenn er mir doch nur gesagt hätte, wie krank er wirklich war.«

»Was hätte das geändert? Er hatte Recht, es dir nicht zu erzählen. Ich weiß, dass er auch in all den Briefen an dich weder seinen Zusammenbruch noch seinen Rausschmiss erwähnt hat. Jack hatte seine Würde. Er hatte einfach das Gefühl, dir schon genug aufgebürdet zu haben. Er wollte keine Schuldgefühle in dir wecken. Er hat nur immer wieder gesagt, wie sehr er dich vermisst und wie leid es ihm tut.«

»Ich habe seine Briefe nie gelesen.«

»Das könntest du jetzt nachholen.«

»Ich habe sie weggeworfen.«

Meg zuckte die Achseln.

»Er hat dich geliebt, Sara. Du hättest sein Gesicht sehen sollen, wenn er von dir gesprochen hat. Ich habe noch nie jemanden derart strahlen sehen. Ehrlich gesagt, konnte ich es nicht nachvollziehen, weil ich noch nie so viel für einen Menschen empfunden hatte. Zugegeben, mein Bruder konnte auch ein ziemlicher Mistkerl sein. Er hat einige falsche Entscheidungen getroffen, und er wurde mit den Konsequenzen nicht fertig. Er hatte die unangenehme Neigung, die Nerven zu verlieren. Mein Gott, wie hat er sich dafür gehasst, dass er dich zweimal enttäuscht hat. Dass er Eric enttäuscht hat. Und Dorothy und die Kinder genauso. Aber im Grunde wusste ich immer, dass er – wie wir alle – nur versuchte, es irgendwie hinzukriegen. Er tat sein Bestes. Es hat vielleicht nichts genutzt. Aber wenigstens hat er dich aufrichtig geliebt. Bedingungslos. Und wie oft erlebt man so etwas im Leben?«

Ich wusste die Antwort auf diese Frage, aber ich sprach sie nicht aus. Ich war nicht dazu imstande.

»Würdest du mir einen Gefallen tun?«, fragte ich schließlich.

»Mal sehen. Was ist es denn?«

»Ich möchte gern, dass du Dorothy fragst, ob sie sich mit mir treffen will.«

»Vergiss es. Ich hasse dich vielleicht nicht mehr. Aber sie hasst dich nach wie vor. Sie hat dich schon immer gehasst. Und im Augenblick hat sie genug Probleme am Hals, um sich auch noch damit auseinander zu setzen, ob sie dir verzeihen soll. Was sie im Übrigen – mein Wort – nie tun wird.«

»Mir geht es nicht um Vergebung. Ich möchte nur…«

»Es ist mir egal, was du möchtest. Schlag dir aus dem Kopf, dass sich meine Schwägerin jemals mit dir treffen wird.«

»Hör mich doch zu Ende an«, bat ich.

Meg willigte ein und schwieg sogar noch eine Weile, nachdem ich mit meinen Ausführungen fertig war.

»Na gut«, meinte sie. »Mal sehn, was ich tun kann.«

Ein paar Tage danach rief sie mich zu Hause an.

»Ich habe mit Dorothy gesprochen. Ich musste sie ein bisschen bearbeiten, aber sie ist bereit, sich mit dir zu treffen. Ich habe nicht viel erklärt, sondern alles etwas vage gelassen. Allerdings habe ich gesagt, ich fände es wichtig, dass ihr euch trefft. Glaub mir, sie hat sich ziemlich dagegen gesträubt. Aber nachdem ich ihr klar gemacht hatte, dass du etwas außerordentlich Wichtiges mit ihr besprechen musst, hat sie eingewilligt. Erwarte bloß nicht, dass es besonders angenehm wird, Sara. Sie hat das Gefühl, du seist für viele ihrer Probleme verantwortlich.«

»Sie hat Recht. Das bin ich ja auch.«

»An der Ecke Amsterdam, 86th Street ist ein Coffee Shop. Hast du morgen Nachmittag um vier Zeit? Ich werde früher aus dem Büro gehen und Charlie und Kate hüten, während ihr euch trefft.«

Ich willigte ein. Tags darauf fand ich mich zur vereinbarten Zeit im Coffee Shop ein. Im hinteren Bereich war ein Tisch frei. Ich bestellte einen Tee und rührte selbstvergessen in der Tasse, während ich auf Dorothy wartete. Sie kam zehn Minuten zu spät. Sie trug einen schlichten Tweedrock und eine Bluse und sah sehr müde aus. Unter den Augen hatte sie dunkle Ringe, die durch die straff nach hinten zu einem Knoten gebundenen Haare noch unterstrichen wurden. Ohne ein Wort der Begrüßung setzte sie sich mir gegenüber.

»Sie wollten mich treffen.«

»Danke, dass Sie gekommen sind«, antwortete ich mit gepresster Stimme. »Kaffee?«

Sie schüttelte den Kopf.

»Was anderes? Tee? Heiße Schokolade? Ein Sandwich?«

»Nichts. Sie wollten mich sehen. Jetzt bin ich hier. Ich habe nur etwa zwanzig Minuten Zeit, mehr nicht.«

»Hütet Meg denn nicht die Kinder?«

»Doch, aber Charlie hat eine Mandelentzündung. Um halb fünf kommt der Arzt. Deshalb muss das hier schnell gehen.«

»Nun gut …«, sagte ich. Ich räusperte mich nervös, da ich nicht wusste, wie ich anfangen sollte. »Meg hat mir erzählt, dass Sie in Schwierigkeiten stecken.«

»Meine Schwägerin sagt viel. Meine Schwierigkeiten gehen nur mich was an.«

»Ich möchte nicht aufdringlich oder neugierig erscheinen … Es ist nur … Ich würde Ihnen gern helfen.«

»Helfen?«, rief sie mit höhnischem Lachen. »Sie und mir *helfen?* Nein danke.«

»Ich kann verstehen, wie Sie empfinden müssen …«

»Sparen Sie sich diesen herablassenden Ton, Miss Smythe.«

»Ich bin nicht herablassend.«

»Dann erzählen Sie mir nicht, wie ich mich fühle. Ich kann ganz gut selbst beurteilen, wie ich mich fühle, und zwar wütend. Wütend, weil ich vor zehn Jahren nicht den Mut hatte, Jack zu sagen, wir bräuchten nicht zu heiraten, bloß weil ich schwanger war. Wütend, weil ich mich nicht aus einer Ehe gelöst habe, in der es keine Liebe gab. Wütend, weil ich nicht die Stärke hatte, die Ehe zu beenden, als er mir das erste Mal von Ihnen erzählt hat.«

»Ich habe ihn nie gedrängt, Sie zu verlassen.«

»Ja, das war mir wohl bewusst. Er hat mir erzählt, dass Sie nicht die böse Geliebte sein wollten, die eine Familie zerstört. Und wie viel Verständnis sie dafür hätten, dass er seine Familie brauchte, obwohl Sie ihn doch ach so anbeteten.«

»Ja, ich habe ihn angebetet.«

»Herzlichen Glückwunsch. Er war genauso wild auf Sie. Es war, als lebte ich mit einem liebeskranken Teenager zusammen. Ich weiß nicht, weshalb ich das alles überhaupt erduldet habe.«

»Warum *haben* Sie es denn erduldet?«

»Weil wir ein Kind hatten. Weil ich in dem Glauben erzogen war, dass man seine Fehler auch ausbaden muss. Und dass Anständigkeit das Wichtigste ist. Und weil ich eine dumme, schwache Frau war, die nicht den Mut besaß zu erkennen, dass sie es auch ohne Ehemann schaffen konnte. Einen Ehemann, der sich als Schwächling erwies, der darüber hinaus auch noch Verrat an anderen Menschen beging.«

»Das hat er nur getan, weil er fürchtete, seine Stelle zu verlieren und nicht mehr für Sie und Charlie sorgen zu können.«

»Ach, jetzt verteidigen Sie ihn wohl auch noch, was? Und das, obwohl Sie den armen Narren damals abgewiesen und damit sein Herz gebrochen haben. Aber die eigentliche Ironie des Schicksals liegt ja wohl darin, dass er durch seinen Verrat alles verlor: Sie, die Stelle und für eine Weile auch mich.«

»Aber Sie haben ihn wieder aufgenommen.«

»Das war eher aus eigener Schwäche. Charlie hat ihn schrecklich vermisst. Ich kam zu dem Schluss, dass der Junge seinen Vater brauchte.«

»Und Sie brauchten ihn nicht?«

Langes Schweigen.

»Natürlich brauchte ich ihn. Ich habe ihn zwar nicht geliebt, aber ich brauchte ihn. Und nachdem er krank geworden war... Seltsam, nicht wahr, dass wir manchmal erst so spät unsere wahren Gefühle für Menschen erkennen. Zu wissen, dass er sterben würde, war schrecklich. Wirklich schrecklich. Plötzlich verspürte ich das starke Bedürfnis, ihn fest zu halten. Koste es, was es wolle. Deshalb ist er nach Boston gegangen. Ich hatte von einem Spezialisten am Mass General Hospital gehört, der eine neue Therapie gegen Leukämie erprobte. Jack wollte nicht dorthin gehen. Vor allem, weil er wusste, wie teuer die Behandlung ist, und uns das Geld fehlte. Aber ich habe darauf bestanden. Weil ich unbedingt wollte, dass er weiterlebt.«

»Sie haben ihn also doch geliebt.«

Sie zuckte die Achseln. »Vielleicht. Ja. Nachdem er sich endlich von Ihnen befreit hatte.«

Ich schwieg.

»Hat er nie mit Ihnen Kontakt aufgenommen, seitdem Sie wieder hier sind?«, fragte sie.

»Nein.«

»Ist das die Wahrheit?«

»Ja«, antwortete ich und bemühte mich, aufrichtig zu klingen.

»Jetzt bin ich wirklich erleichtert. Ich wollte nicht, dass er Sie wiedersieht. Weil Sie es nicht verdienten …«

Sie beendete den Satz nicht und zerpflückte gedankenverloren die Papierserviette auf dem Tisch.

»Sie können sich gar nicht vorstellen, wie ich Sie gehasst habe«, flüsterte sie. »Und nur deshalb, weil seine ganze Liebe Ihnen galt.«

»Aber dann habe ich diese Liebe weggeworfen.«

»Ja. Und ich muss Ihnen etwas Verwerfliches gestehen. Ich habe mich wirklich gefreut, dass Sie es taten. Ich dachte mir nämlich: Sie wird es noch bereuen. Und so war es ja auch.«

Auch diesmal erwiderte ich nichts. Sie schob die zerpflückte Serviette beiseite. Jetzt schwiegen wir beide, bis ich schließlich das Wort ergriff.

»Ich weiß, dass Sie jetzt finanzielle Probleme haben.«

»Was geht Sie das an?«

»Ich möchte Ihnen helfen.«

»Auf keinen Fall.«

»Bitte hören Sie mir zu. Als Eric starb, erfuhren wir, dass er über die NBC eine Versicherung im Wert von fünfundvierzigtausend Dollar abgeschlossen hatte. Ich habe das Geld angelegt. Es beläuft sich mittlerweile auf ungefähr sechzigtausend Dollar. Ich möchte Ihnen Folgendes vorschlagen: Ich gebe Ihnen achttausend auf die Hand, damit Sie die ausstehenden Arzt- und Begräbnisrechnungen zahlen können. Die verbleibenden zweiundfünfzigtausend lege ich für Kate und Charlie an. Von den Erträgen des Treuhandkontos können Sie die Schulausbildung der beiden und das College bezahlen und was Ihnen sonst noch einfällt …«

Sie fiel mir ins Wort.

»Und was wollen Sie dafür?«

»Nichts.«

»Das glaube ich nicht.«

»Es ist aber so.«

»Sie wollen mir und den Kindern sechzigtausend Dollar schenken, ohne eine Bedingung daran zu knüpfen?«

»So ist es.«

»Warum?«

»Weil es so richtig ist.«

»Oder vielleicht, weil Sie damit Ihr Gewissen beruhigen können.«

»Vielleicht.«

Sie nahm sich noch eine Serviette und riss sie in kleine Stücke.

»Keine Bedingungen?«

»Keine«, antwortete ich.

»Ich bin kein Sozialfall.«

»Das ist ein Geschenk, kein Almosen.«

»Und wovon werden Sie leben, wenn Sie alt sind und keine Kolumnen mehr schreiben können?«

»Ich habe eine annehmbare Summe als Scheidungsabfindung bekommen. Das Geld ist angelegt. Das wird eines Tages meine Pension.«

Die Serviette zerfiel zwischen ihren Fingern.

»Sie konnten keine Kinder bekommen, nicht wahr?«, fragte sie.

Ich blickte ihr in die Augen.

»Richtig. Hat er Ihnen das erzählt?«

»Ja. Als ob er mir damit meine Ängste hatte nehmen wollen, dass er womöglich mit Ihnen eine Familie gründen und verschwinden würde. Damals war ich richtig froh, dass Sie keine Kinder bekommen können. Eigentlich schrecklich, nicht wahr? Aber ich hasste Sie so sehr. Für mich waren Sie eine einzige Bedrohung.«

»Ist so ein Gefühl nicht immer die Keimzelle für Hass?«

»Vermutlich.«

Schweigen.

»Ich möchte, dass Sie das Geld nehmen, Dorothy.«

»Und wenn ich's wirklich täte ...?«

»Dann ist die Sache erledigt. Das Geld gehört Ihnen.«

»Mit diesem ...*Geschenk* erwerben Sie keinerlei Anrechte auf Kate oder Charlie ...«

»Ich erwarte keine Gegenleistung.«

»Sie werden auch nichts bekommen. Das ist die eine Bedingung, die ich an dieses Geschenk knüpfe: Ich nehme es nur unter der Voraussetzung an, dass Sie, solange ich lebe, keinen Kontakt zu meinen Kindern aufnehmen. Und noch etwas: Ab dem heutigen Tag möchte ich nie mehr etwas von Ihnen hören oder sehen.«

Ohne zu zögern erwiderte ich: »Geht in Ordnung.«

»Habe ich Ihr Wort?«

»Sie haben mein Wort.«

Schweigen. Sie griff in ihre Handtasche und zog ein kleines Notizheft und einen Stift hervor. Dann schrieb sie einen Namen und eine Telefonnummer auf ein Blatt, riss es heraus und reichte es mir.

»Das ist die Telefonnummer meines Anwalts. Sie können mit ihm die Einzelheiten des Treuhandkontos besprechen.«

»Ich kümmere mich gleich morgen darum.«

Schweigen. Dann sagte sie:

»Wissen Sie, was ich manchmal denke? Was wäre wohl geworden, wenn er Ihnen im Central Park nicht wieder über den Weg gelaufen wäre? Ich erinnere mich noch genau an den Nachmittag. Wir hatten einen Spaziergang gemacht. Er war müde und wollte nach Hause gehen. Aber da es so ein herrlicher Tag war, bestand ich auf einem Abstecher zu dem Pavillon am See. Plötzlich standen Sie vor uns ... und alles änderte sich. Alles änderte sich – nur weil ich ihn gebeten hatte, noch ein wenig mit mir zum See zu gehen.«

»Läuft es im Leben nicht immer so? Zufälle, unerwartete Ereignisse ...«

»... und dann die Entscheidung. Zum einen geschieht etwas zufällig – dass ich schwanger wurde beispielsweise oder dass Sie einem ehemaligen Liebhaber mit seiner Familie im Park begegnen. Aber darüber hinaus treffen wir auch eine Wahl. Und damit müssen wir leben: nicht mit dem Zufall, der Glück und Unglück, Möglichkeiten und Chancen an uns heranträgt, sondern mit den Entscheidungen, die wir dann treffen. Sie sind es, die letztendlich unser Schicksal bestimmen.«

Sie sah auf ihre Uhr.

»Ich muss gehen.«

Sie erhob sich. Ich auch.

»Na dann, alles Gute«, sagte ich.

»Ihnen auch«, entgegnete sie.

Flüchtig berührte sie meinen Ärmel und sagte: »Danke.«

Ich sah sie nie wieder. Ich sprach nie wieder mit ihr. Ich wagte mich nie wieder in die Nähe ihrer Kinder. Ich hielt mich an ihre Bedingungen. Ich hielt mein Wort.

Bis zu ihrem Tod.

VIERTER TEIL
KATE

1

Bis zu ihrem Tod.

Hier endeten die Aufzeichnungen. Ich hielt die letzte Seite in der Hand und blickte wie gebannt auf den Schlusssatz. Nach einer Weile ließ ich das Blatt auf den stattlichen Berg Papier neben dem Sofa fallen. Ich lehnte mich zurück, sah aus dem Fenster und versuchte nachzudenken, wusste aber gar nicht genau, worüber eigentlich. Die ersten Lichtstreifen der Morgendämmerung zerteilten den dunklen Himmel. Ich sah auf meine Uhr. Viertel nach sechs. Ich hatte die ganze Nacht gelesen.

Schließlich zwang ich mich, vom Sofa aufzustehen. Ich ging ins Schlafzimmer, entkleidete mich und duschte ausgiebig. Dann zog ich mich wieder an und machte Kaffee. Während er durch die Maschine rann, hob ich die Manuskriptseiten vom Boden auf und legte sie zurück in die Schachtel. Ich trank eine Tasse des frisch gebrühten Kaffees, nahm meinen Mantel und den Karton und verließ die Wohnung. Der Portier rief mir ein Taxi. Auf der Fahrt zur 42nd Street, Ecke First Avenue zog ich mein Handy heraus und rief Meg an. Ihr »Hallo« wurde begleitet von einem pfeifenden Atemgeräusch.

»Ich bin auf dem Weg zu dir«, verkündete ich.

»Zum Teufel, wie viel Uhr ist es denn?«, fragte sie.

»Kurz nach sieben«, antwortete ich.

»Herr des Himmels, ist was passiert?«

»Ja. Ich bin die ganze Nacht auf gewesen und habe gelesen.«

»Und was hast du gelesen?«

»Das kannst du dir doch wohl denken.«

Schweigen. Schließlich sagte ich: »Und vermutlich weißt du auch, wo ich gestern Abend war.«

»Ich hab keinen blassen Schimmer«, erklärte sie.

»Lügnerin.«

»Habe schon Schlimmeres gehört. Ist es ratsam, ein Kleid aus einem schwer entflammbaren Stoff anzuziehen, bevor du anrückst?«

»Ja«, sagte ich und schaltete das Gerät aus.

Als ich bei ihr eintraf, trug sie einen Männerschlafanzug und einen alten Bademantel. Die obligatorischen zwei Zigaretten lagen angezündet im Aschenbecher. Aus dem Fernseher dröhnten Nachrichten des CNN. Neben dem Sessel stapelten sich wie üblich Bücher und Zeitschriften, und auf dem Tisch, der sowohl als Schreibtisch wie auch als Essplatz diente, standen immer noch die Überreste des gestrigen Abendessens vom Chinesen um die Ecke. Die Wohnung sah so aus, wie ich sie seit vierundvierzig Jahren kannte. So muss auch Sara sie gesehen haben, als sie am Abend nach dem Begräbnis meines Vaters im Jahr 1956 hierher kam.

»Ich spreche nie mehr mit dir«, verkündete ich, als ich ins Zimmer trat und die Schachtel mit den Aufzeichnungen aufs Sofa knallte.

»Das freut mich sehr«, erwiderte Meg und schaltete den Fernseher aus. »Kaffee oder Tee?«

»Kaffee. Und eine Erklärung.«

»Eine Erklärung?«, fragte sie verwundert und goss mir eine Tasse Kaffee ein, den sie in ihrer alten elektrischen Kaffeemaschine zubereitet hatte.

»Tu nicht so unschuldig, Meg. Das passt nicht zu dir.«

»Und da stand ich nun und dachte mir, warum nicht an Weihnachten ein bisschen auf ›unschuldig‹ tun …«

»Was für eine Geschichte!«, sagte ich und deutete mit dem Kopf auf den Karton mit den Aufzeichnungen. »Ich nehme an, du hast sie gelesen.«

»Ja«, sagte sie.

»Aber sicherlich nicht als Redakteurin, oder?«

»Ich habe ihre Aufzeichnungen als Freundin gelesen.«

»Ach richtig, das habe ich ganz vergessen: Du und die mysteriöse Dame seid ja rein zufällig seit vier Jahrzehnten Busenfreundinnen. Und jetzt wirst du ihr vermutlich bei der Veröffentlichung ihres Werkes behilflich sein, hab ich Recht?«

»Sie möchte es nicht veröffentlichen. Sie hat es für sich geschrieben.«

»Und weshalb wollte sie dann, dass *ich* es lese?«

»Es ist Teil deines Lebens. Und darüber solltest du Bescheid wissen.«

»Aber warum gerade *jetzt?* Gleich nach der Beerdigung meiner Mutter?«

Meg zuckte nur die Achseln und schwieg.

»Du hättest es mir erzählen sollen, Meg«, sagte ich. »Schon vor Jahren hättest du mir *alles* erzählen sollen.«

»Stimmt. Aber Dorothy war strikt dagegen. Sie sagte, sie würde das Treuhandkonto nicht anrühren, falls einer von euch beiden etwas davon erfährt.«

»Sie hätte das Geld überhaupt nie anrühren dürfen.«

»Dann hättest du allerdings nie die gute Schulausbildung bekommen.«

»Na großartig!«

»Es *war* großartig! Und das weißt du auch. Die Sache hat Dorothy nämlich eine Menge abverlangt. Himmel! Überleg doch mal, was es heißt, auf das Geld der Geliebten deines verstorbenen Mannes angewiesen zu sein, um deinen Kindern die Schulausbildung finanzieren zu können.«

»Ich dachte immer, Onkel Ray hätte die Schule und das College bezahlt.«

»Nicht einen Cent hat deine Mutter von Ray bekommen. Er war der knauserige angelsächsische Protestant, wie er im Buche steht. Kinderlos, eine große, renommierte Kanzlei in Boston und ein noch größeres Bankkonto. Doch nachdem Jack seinen Job bei Steele and Sherwood verloren hatte und er und Dorothy dringend Hilfe brauchten, war Ray plötzlich arm wie eine Kirchenmaus. Selbst als Jack todkrank im Mass General lag, hat dieser Dreckskerl es nicht für nötig befunden, ihn auch nur einmal zu besuchen. Dabei war das Krankenhaus von seiner Stadtresidenz in Beacon Hill gerade mal zehn Gehminuten entfernt. Aber noch schlimmer war, dass er sich in dieser Zeit so gut wie gar nicht um seine Schwester gekümmert hat. Er hat sie ein einziges Mal zum Mittagessen eingeladen, und zwar an dem Tag, an dem Jack am Nachmittag starb. Und bei dieser Gelegenheit sagte er zu ihr, sie hätte diesen Katholen aus Brooklyn eben nicht heiraten sollen. Danach hat Dorothy kaum noch mit ihm gesprochen. Aber ich glaube, sie hatten sich ohnehin nie wirklich gemocht. Alles, was irgendwie mit Dorothy zusammenhing, hat er schlecht gemacht. Vor allem, was meinen Bruder betraf.«

»Und trotzdem wurde immer behauptet, Ray wäre mein Wohltäter.«

»Deine Mutter musste sich schließlich etwas ausdenken, um erklären zu können, woher das Geld kam. Gott weiß, wie zuwider es ihr war, Saras Geschenk anzunehmen. Es hat an ihr genagt, auch wenn sie kein Wort darüber verlor. Andererseits war sie eine Pragmatikerin, und zwar durch und durch. Mit ihrem Gehalt als Bibliothekarin hätte sie sich eure Ausbildung nicht leisten können. Also vergaß sie ihren Stolz – wie immer, diese Närrin! – und tat, was zu eurem Besten war.«

»Wie beispielsweise die ganze Geschichte vor mir zu verheimlichen, bis ich Mitte vierzig war?«

»Keiner von euch beiden sollte etwas erfahren. Darin war sie unerbittlich. Wahrscheinlich hatte sie Angst, ihr beide könntet alles falsch auffassen. Eine Woche vor ihrem Tod habe ich sie im New York Hospital besucht. Sie wusste, dass sie nur noch wenige Tage zu leben hatte, und fragte mich: ›Wenn ich einmal nicht mehr bin, erzählst du es ihr dann?‹ Ich antwortete, ich würde schweigen wie ein Grab, wenn sie es so möchte. ›Ich überlasse es dir‹, antwortete sie. ›Wenn du der Meinung bist, sie soll es wissen, dann sorg dafür, dass sie es Kate erzählt. Es ist schließlich unser beider Geschichte.‹«

»Aber woher wusste sie, wo Sara wohnt?«

»Hin und wieder fragte sie mich nach ihr. Ihr war ja nicht neu, dass Sara und ich mittlerweile gute Freundinnen waren und uns regelmäßig trafen. Außerdem hatte ich ihr erzählt, dass Sara dich ein wenig im Auge behält.«

»Im Auge behält? Aus der Fotogalerie neben ihrer Wohnungstür und dem Fotoalbum, das sie mir geschickt hat, zu schließen, hat sie wohl ein bisschen mehr getan als das. Und zwar offenbar mit deiner Unterstützung.«

»Stimmt. Die Fotos hat sie alle von mir. Und die Zeitungsartikel auch. Ich habe sie immer auf dem Laufenden gehalten, was dich betraf. Sie wollte Bescheid wissen, weil ihr wirklich an dir lag. Und ich hatte das Gefühl, es stand ihr zu, zu erfahren, was aus dir wird.«

»Und Mom hatte nichts dagegen?«

»Sie hat sich nicht dazu geäußert. Erst zehn Jahre nach Jacks Tod hat sie einmal beiläufig gesagt: ›Bewundernswert, dass diese Frau uns nie behelligt hat.‹ Einige Jahre danach kam Sara zu einer Vorstellung von *Guys and Dolls* in deine Schule, weil du in dem Stück mitgespielt hast. Ich habe damals deine Mom dorthin begleitet, und deshalb weiß ich, dass sie Sara bemerkt hat. Aber sie verlor kein Wort darüber. Und sie sagte auch nichts, als sie Sara bei der Abschlussfeier am Brearley und am Smith entdeckte, denn Sara hielt sich immer an die Spielregeln. Außerdem vermute ich, dass sich deine Mom über Saras Interesse an dir freute. Vergiss nicht, dass dein Dad bereits zwanzig Jahre tot war, als du deinen Abschluss am Smith gemacht hast. Da wurde Dorothy klar, um wie viel leichter die Erziehung der Kinder mithilfe des Treuhandkontos gewesen war. Insgeheim war sie sehr dankbar.«

»Aber sie sprachen nie wieder miteinander.«

»Nein. Dreiundvierzig Jahre lang wechselten sie kein einziges Wort … Dabei wohnten sie nur sieben Straßen voneinander entfernt. Aber du weißt ja, wie deine Mom war. Ein Napfkuchen mit einer Füllung aus Eisen.«

»Na, davon kann ich wirklich ein Lied singen. Ein Streit mit dem Gewerkschaftsboss Jimmy Hoffa dürfte vermutlich ein Kinderspiel gewesen sein im Vergleich zu einer Auseinandersetzung mit ihr.«

»Richtig. Doch so hart sie einerseits war, im Grunde ihres Herzens war sie ein moralischer, gütiger Mensch. Deshalb hat sie mir indirekt zu verstehen gegeben, dass Sara dir die Geschichte erzählen müsse, nicht ich. Auf ihre stillschweigende Art ließ sie Sara wissen, dass sie ihr vergeben hatte. Es war eine Geste, eine gute Tat. Vermutlich dachte Dorothy zum Schluss: Wenn ich einmal nicht mehr bin und mich nicht länger grämen muss, warum soll sie Kate dann nicht kennen lernen?«

»Aber warum hast du uns nicht einfach einander vorgestellt?«

»Deine Mom, dieses halsstarrige Weib, hatte das letzte Wort: ›Wenn diese Frau meine Tochter kennen lernen möchte, musst du mir versprechen, Kate vorher nichts zu erzählen. Tu so, als hättest du nie von ihr gehört. Soll *sie* sich doch darüber den Kopf zerbrechen, wie sie mit Kate Verbindung aufnehmen kann, und herausfinden, ob Kate ihr zuhören möchte.‹«

Ungläubig schüttelte ich den Kopf. Das sah Mom ähnlich. Vergebung ja, aber nicht ohne eine kleine Botschaft daran zu knüpfen. Niemand kannte mich besser als sie. Sie wusste ganz genau, dass ich erst einmal überhaupt keinen Wert darauf legen würde, mich mit irgend so einer alten Dame zu treffen, die ich anfänglich in die Schublade »verrückt« eingeordnet hatte. Und dass Sara sich mit ihrer Willenskraft schließlich durchsetzen und ein Treffen erzwingen würde. Und was dann? Dann würde ich alles erfahren – aber nur Saras Version.

Wäre Mom tatsächlich daran gelegen gewesen, ihre eigene Sicht der Dinge darzulegen, hätte sie mir vor ihrem Tod alles erzählt oder einen Brief mit ausführlichen Erklärungen hinterlassen. Stattdessen hatte sie aus Gründen, die ich noch nicht nachvollziehen konnte, Schweigen bewahrt und das Risiko auf sich genommen, dass ich nur eine einseitige Interpretation der Ereignisse bekam. Und diese Entscheidung verwirrte mich völlig.

»Trotzdem hättest du mich warnen können, dass eine Granate im Anflug ist«, sagte ich vorwurfsvoll.

»Ein Versprechen ist ein Versprechen«, antwortete Meg. »Ich musste deiner Mom schwören, dir gegenüber kein Sterbenswörtchen verlauten zu lassen. Und wenn mich der katholische Glaube etwas gelehrt hat, dann dies: Ich kann ein Geheimnis für mich behalten.«

»Bist du sicher, dass Charlie nichts davon wusste?«

»Der? Charlie war schon als Kind viel zu sehr damit beschäftigt, seine Wunden zu lecken. Der bekam doch nie mit, was sich um ihn herum abspielte. Und da er sich nicht einmal dazu durchringen konnte, seine Mutter in fünfzehn Jahren auch nur ein Mal zu besuchen… Nein, der Gute hatte nicht die geringste Ahnung von alledem. Und dabei wird es bleiben. Es sei denn, du erzählst es ihm jetzt.«

»Warum sollte ich? Zumal das Charlie nur in dem Glauben bestärken würde, bei dem Erbe benachteiligt worden zu sein. Und wenn er erfährt, was Dad für ein Schwein war…«

Abrupt wandte sie sich zu mir um. »Untersteh dich, meinen Bruder noch einmal so zu nennen!«, sagte sie schroff und mit unüberhörbarem Zorn in der Stimme.

»Warum denn nicht, zum Teufel?«, erwiderte ich. »Er hat schließlich etliche Leben auf dem Gewissen. Und jetzt taucht er mir nichts, dir nichts plötzlich wieder auf und bringt auch noch mein Leben durcheinander.«

»Ach, mein Zuckermäulchen, es tut mir ja so leid, dass dein empfindsames Seelchen durch die Entdeckung erschüttert wird, dass dein Vater ein schwieriger Zeitgenosse war…«

»*Schwierig?* Er hat furchtbare Dinge getan.«

»Stimmt. Und bei Gott, dafür hat er wahrlich gebüßt. So wie

Sara für ihre falschen Entscheidungen gebüßt hat. So ist das nun mal im Leben. Man zahlt für alles.«

»Was du nicht sagst. Als ob ich das nicht selber wüsste. Schließlich bin ich ein Paradebeispiel dafür.«

»Stimmt nicht. Du bist das Paradebeispiel für Selbstgeißelung. Und das ist wirklich dumm.«

»So bin ich eben: unfähig, glücklich zu sein. Aber das hat ja offenbar in der Malone-Familie eine lange Tradition.«

»Nenn mir eine Familie, in der alles in Ordnung ist. Welche Familie hat denn keine Leichen im Keller? Also, was soll's? Aber es gibt etwas, das mich verdammt traurig macht … und was weder deine Mutter noch ich haben verstehen können: Warum wirkst du seit zehn Jahren so furchtbar desolat? Als wärst du von allem enttäuscht, vor allem von dir selbst.«

»Weil ich eine Enttäuschung bin.«

»Sag so was nicht.«

»Warum nicht? Ich habe noch jeden enttäuscht: meine Mutter, meinen Sohn. Sogar meinen Mann, den Dreckskerl. Und mich selbst. Mich ganz besonders.«

»Aber das stimmt doch gar nicht«, sagte Meg und wollte meine Hand nehmen. Ich zog sie weg.

»Doch, es stimmt.«

»Weißt du, was ich vor kurzem entdeckt habe? Dass im Grunde das ganze Leben eine einzige Katastrophe ist. Trotzdem enden die meisten Lebenswege weder glücklich noch tragisch, sie *enden* einfach. Und für gewöhnlich in einem ziemlichen Wirrwarr. Wenn man also weiß, dass das Leben zwar ein einziger Scherbenhaufen, aber definitiv irgendwann zu Ende ist …«

»Ich verstehe. Versuche, inmitten des Scherbenhaufens glücklich zu sein.«

»Du sagst das so, als wäre es ein Verbrechen, glücklich zu sein.«

»Ich sage nur, dass es mir nicht gelingt, glücklich zu sein.«

»Früher ist es dir aber gelungen.«

»Mag sein, aber das war, bevor ich anfing, Fehler zu machen.«

»Du meinst, mit Männern?«

»Vielleicht.«

»Jetzt hör mir mal zu, Kate: Ich könnte über die Enttäuschungen in meinem Leben, über meine traurigen Erfahrungen und Versäumnisse ganze Romane schreiben. Na und? Jeder erlebt schreckliches Zeug. Das gehört zum Leben. Genau wie die schlichte Tatsache, dass dir nichts anderes übrig bleibt, als weiterzumachen. Bin ich glücklich? Nicht besonders. Aber ich bin auch nicht unglücklich.«

Ich starrte in mein Glas. Ich wusste nicht, was ich sagen, denken oder fühlen sollte.

»Geh nach Hause, Kate«, sagte Meg liebevoll. »Du brauchst ein wenig Schlaf.«

»Die Untertreibung des Jahres«, antwortete ich und erhob mich schwerfällig aus dem Sessel. Meg stand auch auf.

»Morgen rufe ich Moms Anwalt an«, sagte ich. »Es ist Zeit, das Testament zu eröffnen. Auch wenn es nicht viel zu eröffnen gibt. Vermutlich war das Treuhandkonto so gut wie leer, als ich das College verließ.«

»Sie hat das Geld klug angelegt. Für euch!«

»Ich wollte nie etwas von ihr.«

»Doch. Wie jedes andere Kind wolltest auch du die ideale, makellose Mutter. Stattdessen musstest du erkennen, dass sie genau das Gegenteil war. Wie wir anderen auch.«

Ich zog meinen Mantel an. Meg nahm die Schachtel und sagte: »Vergiss dein Buch nicht.«

»Es ist nicht *mein* Buch. Wie wäre es, wenn du es ihr zurückgibst?«

»O nein«, widersprach sie und reichte mir die Schachtel. »Ich spiele nicht den Briefträger für dich.«

»Ich möchte sie nicht sehen.«

»Dann trag das Zeug zum Postamt und schick es ihr.«

»Schon gut«, sagte ich müde, nahm die Schachtel und legte die Hand auf die Türklinke. »Ich rufe dich morgen an.«

»Dann redest du also doch wieder mit mir?«

»Was bleibt mir denn anderes übrig?«, erwiderte ich.

»Hinaus mit dir!«, rief sie und drückte mir einen dicken Kuss auf die Wange.

Vor Megs Haus winkte ich ein Taxi heran. Aber auf halbem Weg zu meiner Wohnung erklärte ich dem Fahrer, ich hätte meine Meinung geändert, und wir fuhren in Richtung West 77th Street.

Kurz nach acht stand ich vor ihrem Haus. Ich drückte auf die Klingel am Vordereingang. Als sie über die Gegensprechanlage antwortete, klang sie sehr wach. Kaum hatte sie meine Stimme gehört, summte schon der Türöffner. Sie erwartete mich an der Wohnungstür. Auch diesmal war sie sorgfältig gekleidet und wirkte gelassen.

»Was für eine nette Überraschung«, begrüßte sie mich.

»Ich bleibe nicht lange. Ich wollte Ihnen nur dies hier zurückgeben«, erklärte ich und übergab ihr die Schachtel.

»Sie haben es schon gelesen?«, fragte sie.

»Ja.«

Wir standen einander gegenüber und wussten nicht, was wir noch sagen sollten.

»Bitte kommen Sie doch herein«, forderte sie mich schließlich auf.

Ich schüttelte den Kopf.

»Tun Sie mir doch den Gefallen«, bat sie. »Nur für einen kurzen Augenblick.«

Ich trat ein, zog aber den Mantel nicht aus. Dann setzte ich mich in einen Sessel. Sie bot mir Kaffee oder Tee an, aber ich lehnte ab. Eine Weile sagte ich nichts, und sie war so klug, mir nicht ein Gespräch aufzuzwingen. Schweigend saß sie mir gegenüber und wartete.

»Ich wünschte, ich hätte Ihre Aufzeichnungen nicht gelesen«, sagte ich schließlich.

»Das kann ich gut verstehen.«

»Nein. Sie verstehen es nicht«, sagte ich leise. »Wie sollten Sie auch.«

Erneutes Schweigen. Dann fuhr ich fort:

»Der Jack Malone in Ihrem Buch ist nicht der Dad, von dem meine Mutter mir erzählt hat. Ich meine, für mich war er ein wunderbarer, anständiger Mensch, der Vorzeige-Katholik irischer Herkunft. Ich hatte immer das Gefühl ... wie soll ich sagen? ... als wäre meine Mutter im Vergleich zu ihm unbedeutend gewesen. Eine bescheidene Schulbibliothekarin, die ein langweiliges Leben mit zwei Kindern in einer engen Wohnung führte und so verkniffen war, dass kein Mann je auf den Gedanken gekommen wäre, sie zu heiraten.«

»Meg hat mir aber erzählt, sie sei hin und wieder mit jemandem ausgegangen ...«

»Ja, als ich noch klein war, hatte sie ein, zwei Freunde. Aber Mitte der siebziger Jahre war es damit vorbei. Vielleicht hatte sie nach den Lügen meines Vaters ein für alle Mal genug von Männern.«

»Damit könnten Sie Recht haben.«

»Sie haben ihr Leben ruiniert.«

»So stellt es sich Ihnen dar«, erwiderte Sara und zuckte die Achseln. »Aber es war ihre Entscheidung, bei ihm zu bleiben. Und aus dieser Entscheidung hat sich ihr weiterer Lebensweg ergeben. War es die richtige Entscheidung? Ich hätte mich bestimmt nicht auf so ein Arrangement eingelassen. Ich hätte ihn hinausgeworfen. So hätte *ich* gehandelt, aber ich bin nicht Ihre Mutter. Wer darf behaupten, es war die richtige oder falsche Entscheidung? Es war einfach *eine* Entscheidung.«

»So wie es Ihre Entscheidung war, mein Schutzengel zu sein. *Jemand, der über mich wacht.* Wussten Sie mit Ihrem Leben nichts Besseres anzufangen, Miss Smythe? Oder konnten Sie sich mit dem Verlust des wunderbaren Jack Malone einfach nicht abfinden und mussten daher Ihre Aufmerksamkeit auf seine Tochter richten? Oder – lassen Sie mich raten: War das Ihre Art, Buße zu tun?«

Sie musterte mich eindringlich und erwiderte nach einer kurzen Pause ganz ruhig: »Meg hat mich gewarnt. Sie können ganz schön stur sein.«

»Ich bin wahrscheinlich nur ein bisschen durcheinander«, sagte ich. »Es tut mir leid.«

»Das ist verständlich. Es ist vielleicht alles ein bisschen viel auf einmal. Aber eines möchte ich Ihnen noch sagen: Nach dem Tod Ihres Vaters habe ich mich vom Journalismus zurückgezogen.«

»Sie? Die Autorin, die immer ein Publikum gebraucht hat? Das glaube ich nicht.«

»Ich konnte das Geräusch meiner Schreibmaschine und das seichte Zeug, das ich geschrieben habe, nicht länger ertragen. Deshalb bin ich in die Verlagsbranche gewechselt und war fünfunddreißig Jahre lang Redakteurin bei Random House.«

»Sie haben nie wieder geheiratet?«

»Nein – aber mir hat es nie an männlicher Gesellschaft gemangelt. Wenn mir danach war.«

»Demnach haben Sie den Verlust meines Vaters nie verwunden.«

»Kein Mann hat Jack jemals das Wasser reichen können. Aber ich habe mich damit abgefunden ... weil mir nichts anderes übrig blieb. Es vergeht allerdings kein Tag, an dem ich nicht an Ihren Vater denke. Und an Eric. Jack ist jetzt ... wie lange? ... guter Gott, vierundvierzig Jahre tot. Und Eric noch länger. Es ist Vergangenheit.«

»*Ihre* Vergangenheit.«

»Richtig. Meine Vergangenheit. Meine Entscheidungen. Und wissen Sie, was mich daran erheitert? Wenn ich sterbe, stirbt auch diese Vergangenheit. Das ist das Erstaunlichste am Altern: Plötzlich wird einem klar, dass all der Schmerz, all die tragischen Ereignisse vergänglich sind. Du schleppst die Dinge ewig mit dir herum. Und dann, eines Tages, stirbst du. Und nimmst deine Geschichte mit ins Grab.«

»Es sei denn, man hat sie einem Menschen erzählt. Oder sie niedergeschrieben.«

Sie lächelte. »Da haben Sie wohl Recht.«

Ich deutete auf die Schachtel und sagte: »Haben Sie mir deshalb am Tag nach der Beerdigung meiner Mutter dieses Konvolut zum Lesen gegeben? Damit ich zum guten Schluss ein paar erbärmliche Familiengeheimnisse erfahre und gleichzeitig an Ihrem Schmerz teilhaben kann?«

Du meine Güte, was redete ich da...

Sie tat meinen Sarkasmus mit einem kaum merklichen Achselzucken ab.

»Meg und ich waren der Ansicht, Sie sollten das lesen.«

»Warum haben Sie es überhaupt aufgeschrieben?«

»Ich habe es für mich getan. Und vielleicht auch für Sie... Obwohl ich natürlich nicht wusste, ob ich es überhaupt noch erleben würde, Sie kennen zu lernen.«

»Ich finde es schon seltsam, mit welcher Penetranz Sie diese Begegnung herbeigezwungen haben, Miss Smythe. Hätten Sie nicht noch eine Weile warten können? Schließlich habe ich meine Mutter erst vor zwei Tagen beerdigt.«

Ein erneutes vornehmes Achselzucken.

»Es tut mir leid, wenn ich...«

»Und warum mussten Sie sich auf diese Weise an mich heranpirschen?«

»Ich habe mich nicht an Sie herangepirscht. Ich bin zu dem Begräbnis gekommen, weil ich das Gefühl hatte, ich sollte dabei sein und der Toten die letzte Ehre erweisen.«

»Ich nehme an, Sie waren es, die nach der Beerdigung in der Wohnung meiner Mutter angerufen hat.«

»Ja. Meg erzählte mir, dass Sie beschlossen hatten, dort zu übernachten. Ich wollte nur Ihre Stimme hören, um sicherzugehen, dass alles in Ordnung mit Ihnen ist.«

»Und das soll ich Ihnen glauben?«

»Es ist die Wahrheit.«

»Und wahrscheinlich soll ich Ihnen auch glauben, dass Sie meinen Bruder oder mich tatsächlich kein einziges Mal gesehen haben, und das, obwohl Sie – aus welchen Gründen auch immer – für unsere Ausbildung aufgekommen sind?«

»Ich sagte, ich hätte mich nie in Ihre Nähe begeben. Das heißt aber nicht, dass ich an Ihrer Abschlussfeier am Smith oder Brearley nicht teilgenommen habe.«

»Oder dass Sie mich nicht in der Rolle der Schwester Sarah in der Schulaufführung von *Guys and Dolls* gesehen haben ...?«

»Ja«, sagte sie mit dem Anflug eines Lächelns. »Die Aufführung habe ich mir angesehen.«

»Haben Sie denn auch Charlie klammheimlich beobachtet, als er noch ein kleiner Junge war?«

Sie schüttelte den Kopf.

»Natürlich habe ich mich gefreut, dass mithilfe des Treuhandkontos seine Ausbildung bezahlt werden konnte. Aber seine Entwicklung habe ich weniger aufmerksam verfolgt.«

»Weil er das Kind war, das Ihrer Beziehung zu meinem Vater im Weg stand?«

»Vielleicht. Oder vielleicht, weil Sie das Kind waren, das ich mit Ihrem Vater hätte haben sollen.«

Schweigen. Mir schwirrte der Kopf. Ich sehnte mich plötzlich nach Schlaf.

»Ich muss gehen. Ich bin sehr müde.«

»Das ist verständlich«, sagte sie.

Sie holte meinen Mantel und gab ihn mir.

»Ich freue mich, dass wir uns endlich kennen gelernt haben, Kate«, erklärte sie.

»Das kann ich mir denken. Aber eines möchte ich klarstellen: Ich will nicht, dass wir uns wiedersehen. Ich will, dass Sie Ethan und mich in Ruhe lassen. Haben Sie verstanden?«

Sie zeigte immer noch keine Regung. Wie schaffte sie das, Himmel noch mal?

»Wie Sie möchten, Kate«, entgegnete sie.

Ich ging hinter ihr her zur Tür. Als sie sie öffnete, legte sie die Hand auf meinen Arm.

»Sie sind wie er.«

»Sie wissen nichts über mich.«

»Doch, ich denke schon. Ich weiß beispielsweise auch, dass Sie im Gegensatz zu Ihrem Bruder immer für Dorothy da waren. So wie Sie immer für Meg da sind, die Sie übrigens geradezu anbetet. Sie wünschte nur, Sie wären glücklicher.«

Ich befreite mich vorsichtig aus ihrem Griff.

»Das wünschte ich auch«, erwiderte ich und trat aus der Tür.

2

Ich verließ das Haus, ging ein Stück die Straße hinauf und setzte mich auf die Stufen eines braunen Sandsteingebäudes, bis ich die Fassung wiedergewonnen hatte. Eine Unzahl wirrer, verdrehter Gedanken tobte in meinem Kopf, und ich fragte mich unwillkürlich, ob es wohl hier war, wo sich mein Vater weinend niedergelassen hatte, nachdem Sara ihm erklärt hatte, es sei aus.

Mit einem Mal verspürte ich den dringenden Wunsch zu schlafen. Ich raffte mich auf, winkte ein Taxi herbei und fuhr nach Hause. Von dort rief ich Matt im Büro an. Unser Gespräch verlief freundlich und sachlich. Er erzählte, er hätte Ethan am Abend zuvor zu einem Spiel der Knicks mitgenommen, aber nun habe unser Sohn große Sehnsucht nach mir und wolle mich am Nachmittag sehen. Ich bedankte mich, dass er sich die vergangenen Tage um Ethan gekümmert hatte. Auf seine Frage, wie es mir ging, sagte ich: »Ich habe eine merkwürdige Zeit hinter mir.« »Du klingst müde«, meinte er. »Ich bin auch müde«, erwiderte ich und betonte noch einmal, wie sehr ich seine Unterstützung während der letzten Woche zu schätzen wüsste. Matt gab mir indirekt zu verstehen, wie glücklich er wäre, wenn wir wieder Freunde werden könnten, doch ich ging darauf nicht ein und sagte nur: »Durch Ethan bleiben wir ja ohnehin in Kontakt miteinander.« Dann beendete ich das Gespräch und kroch ins Bett. Als ich mit geschlossenen Augen darauf wartete einzuschlafen, fiel mir das Foto ein, das Mom von Dad gemacht hatte, als sie beide während des Krieges in England stationiert waren. Dad war jung und lächelte und dachte sich wahrscheinlich: *In ein paar Wochen werde ich die*

Frau, die dieses Foto macht, nie wiedersehen. Und bestimmt dachte die Frau das Gleiche, während sie durch den Sucher guckte. *Und hier ist ein Foto für mein Sammelalbum: Meine Kriegsromanze.* Dass dieser Mann auf dem Foto und die Frau hinter der Kamera nun zum Inhalt einer ganzen Geschichte geworden waren, ließ mir keine Ruhe. Doch wie hätten die beiden das ahnen können? Kann überhaupt einer von uns jenen unerklärlichen Augenblick erkennen, in dem unser Schicksal besiegelt wird?

Das Bild verschwand, und ich schlief ein. Kurz vor drei riss mich der Wecker aus dem Schlaf. Ich zog mich an und ging los, um Ethan von der Schule abzuholen. Unterwegs merkte ich, dass meine Gedanken erneut um Saras Geschichte kreisten, und ich versuchte, sie zu verstehen. Aber es gelang mir nicht. Stattdessen überkam mich das Gefühl, alles würde über mir einstürzen. Kaum war Ethan aus dem Vordereingang der Allan-Stevenson-Schule getreten, hielt er Ausschau in der Gruppe der Eltern und Kindermädchen. Als er mich entdeckte, lächelte er schüchtern. Ich beugte mich hinunter, um ihm einen Kuss zu geben. Sorgenvoll sah er mich an.

»Was ist los, Ethan?«, fragte ich.

»Deine Augen sind so rot«, antwortete er.

»Wirklich?«, hörte ich mich sagen.

»Hast du geweint?«

»Es ist nur wegen Großmutter.«

Wir gingen Richtung Lexington Avenue.

»Bist du heute Abend zu Hause?«, fragte er. Ich hörte die Angst, die in seiner Stimme mitschwang.

»Nicht nur heute Abend. Ich habe Claire gesagt, sie bräuchte erst am Montag wieder zu kommen. Ich hole dich also auch morgen von der Schule ab. Wir haben das ganze Wochenende für uns und können faulenzen und tun, was dir gefällt.«

»Schön«, meinte er und nahm meine Hand.

Wir verbrachten den Abend zu Hause. Nachdem ich Ethan bei den Hausaufgaben geholfen hatte, machte ich Hamburger für uns. Danach schlossen wir einen Kompromiss: Wenn er sich auf zwei

Runden meines Lieblingsspiels einließ, durfte er dreißig Minuten mit dem Gameboy spielen. Anschließend machten wir Popcorn und sahen uns ein Video an. Zum ersten Mal seit Wochen kam ich zur Ruhe. Nur einmal erfasste mich ein Moment der Traurigkeit: Ethan, der auf dem Sofa an mich gekuschelt lag, drehte sich zu mir und fragte: »Können wir morgen nach der Schule in das Museum mit den Dinosauriern gehen?«

»Wie du magst.«

»Und können wir uns morgen Abend alle zusammen hier ein Video ansehen?«

»Du meinst, du und ich? Klar doch.«

»Und Daddy auch?«

»Ich kann ihn gern zu uns einladen, wenn du möchtest.«

»Und Samstagmorgen stehen wir auf und …«

»Du weißt doch, Ethan, dass Daddy nicht über Nacht bleibt. Aber ich lade ihn gern zu uns ein.«

Ethan gab keine Antwort, und ich schwieg auch. Als hätten wir eine stille Übereinkunft getroffen, verloren wir kein Wort mehr darüber und wandten unsere Aufmerksamkeit wieder dem Fernseher zu. Kurz darauf zog er meine Arme enger um sich – sein stummes Zeichen, mit dem er mir zu verstehen gab, wie schwierig er das Leben mit getrennten Eltern fand.

Nachdem ich Ethan am folgenden Morgen zur Schule gebracht hatte, ging ich wieder zurück in die Wohnung und rief Peter Tougas an. Ich wusste, dass er sich dreißig Jahre lang als Anwalt um die juristischen Belange meiner Mutter gekümmert hatte, hatte aber selbst noch nie etwas mit ihm zu tun gehabt. Meine Scheidung sowie andere rechtliche Belange hatte Mark Palmer, ein alter Freund aus Amherst, für mich abgewickelt. Auch Mom hatte nur selten Kontakt zu Peter Tougas. Abgesehen von ihrem Testament gab es wenig in ihrem Leben, was mit Hilfe eines Rechtsbeistands hatte geklärt werden müssen. Als ich anrief, stellte mich seine Sekretärin sofort zu ihm durch.

»Kluge Köpfe haben den gleichen Gedanken«, sagte er. »Ich hatte mir bereits notiert, Sie die nächsten Tage anzurufen. Wir sollten uns allmählich mit der Testamentseröffnung befassen.«

»Hätten Sie vielleicht heute um die Mittagszeit noch einen Termin für mich? Ich habe bis Montag frei und dachte, wir könnten uns vielleicht heute treffen, da ich nicht so unter Druck stehe.«

»Über Mittag ist kein Problem«, sagte er. »Sie wissen, wo die Kanzlei ist?«

Nein. Ich hatte Peter Tougas überhaupt erst bei Moms Begräbnis kennen gelernt. Wie sich herausstellte, lag sein Büro in einem dieser ehrwürdigen Gebäude aus den dreißiger Jahren, die die Madison Avenue bis zu der Höhe säumten, auf der die Fünfziger-Hausnummern begannen. Die kleine Kanzlei bestand aus drei schlichten Räumen, das Personal lediglich aus einer Sekretärin und einer Buchhalterin, die halbtags dort beschäftigt war. Mr. Tougas selbst war schätzungsweise um die sechzig. Ein Mann mittlerer Größe, dessen graues Haar sich lichtete, mit dicker, schwarzer Brille und in einem abgeschabten grauen Anzug, der gut und gern zwanzig Jahre alt war. Er war das komplette Gegenteil zu meinem Onkel Ray und seinem konservativen, vornehmen Anwaltsgehabe. Mom hatte sich zweifellos aus diesem Grund für ihn entschieden. Abgesehen davon hatte er vernünftige Honorarsätze.

Mr. Tougas trat aus seinem Zimmer und begrüßte mich in dem kleinen Vorraum, in dem seine Sekretärin ihren Arbeitsbereich hatte. Dann bat er mich in sein Büro, das mit einem alten Schreibtisch aus Holz und Metall und einem altmodischen Stahlrohr-Bürostuhl sowie zwei braunen vinylbezogenen Sesseln möbliert war, die zu beiden Seiten eines billigen, teakholzfurnierten Couchtisches standen. Das Mobiliar erweckte den Eindruck, als hätte Mr. Tougas es aus einem Prospekt für Sonderangebote zusammengestellt. Klar, dass Mom sich von dieser Art offenkundiger Genügsamkeit angezogen fühlte. Darin spiegelte sich ihre eigene bescheidene Lebensweise wider.

Mr. Tougas forderte mich wortlos auf, in einem der Sessel Platz zu nehmen, während er sich selbst in dem zweiten niederließ. Ein mit *Mrs. Dorothy Malone* beschrifteter Ordner lag schon auf dem kleinen Tisch bereit. Er war überraschend dick.

»Nun, Kate«, begann er in unüberhörbarem Bostoner Tonfall. »Wie geht es Ihnen?«

»Ich habe schon bessere Tage erlebt. Ich kann alles noch nicht recht begreifen.«

»Verstehe. Verzeihen Sie meine Direktheit, aber es wird wahrscheinlich länger dauern, als Sie glauben, bis Sie zu einem normalen Leben zurückfinden können. Einen Elternteil zu verlieren … *Ihre Mutter* … ist ein tiefer Einschnitt. Und die Trauer zu überwinden, ist meist sehr schwierig.«

»Richtig«, antwortete ich. »Das spüre ich am eigenen Leib.«

»Wie geht es Ihrem Sohn? Er heißt Ethan, nicht wahr?«

»Es geht ihm gut, danke. Ich bin erstaunt, dass Sie seinen Namen kennen.«

»Jedes Mal, wenn ich Ihre Mutter traf, sprach sie von ihm. Ihr einziges Enkelkind …« Sich des Fauxpas bewusst, der ihm unterlaufen war, hielt er unvermittelt im Satz inne. »Oder vielmehr, das einzige Enkelkind, das sie regelmäßig zu Gesicht bekam.«

»Sie wissen, dass die Frau meines Bruders nicht …«

»Ja. Dorothy hat mir davon erzählt. Ohne dass sie großes Aufhebens darum machte, war ihr doch anzumerken, wie sehr es ihr zu Herzen ging.«

»Mein Bruder ist ein sehr schwacher Mensch.«

»Aber er ist wenigstens zum Begräbnis gekommen. Er wirkte sehr niedergeschmettert.«

»Es geschieht ihm Recht. *Besser spät als nie* ist keine ausreichende Entschuldigung, wenn die Mutter stirbt, um die man sich jahrelang so gut wie gar nicht gekümmert hat. Trotzdem hat er mir leid getan. Was mich selbst überrascht hat, wenn man bedenkt, dass ich nicht gerade für meine Güte berühmt bin.«

»Das deckt sich aber nicht mit dem, was mir Ihre Mutter von Ihnen erzählt hat.«

»Ach, ich bitte Sie …«

»Ich meine es ehrlich. So, wie sie immer von Ihnen gesprochen hat ... ganz bestimmt waren Sie in ihren Augen eine sehr loyale Tochter.«

»Mom hat sich oft geirrt.«

Mr. Tougas lächelte. »Außerdem sagte sie, dass Sie sehr hart gegen sich selbst seien.«

»Damit hatte Sie Recht.«

»Nun gut«, sagte er und nahm den Ordner zur Hand. »Sollen wir anfangen?«

Ich nickte. Er klappte den Aktendeckel auf, entnahm ein dickes Schriftstück und reichte es mir.

»Hier ist eine Kopie des Testaments Ihrer Mutter. Das Original liegt im Safe der Kanzlei und wird noch heute an das Nachlassgericht geschickt, sofern Sie es als alleinige Erbschaftsverwalterin bestätigen. Möchten Sie es selbst durchlesen, oder soll ich den Inhalt zusammenfassen?«

»Steht in dem Dokument etwas ganz Persönliches, das ich wissen müsste?«

»Nein. Es ist alles sehr schlicht und eindeutig abgefasst. Ihre Mutter hat Ihnen alles vermacht. Es enthält keine Klausel, wie Sie über Ihr Erbe verfügen müssen. In unseren Gesprächen sagte sie, sie wisse, dass Sie umsichtig mit dem Treuhandkonto verfahren würden. Wussten Sie schon vor dem Tod Ihrer Mutter von dem Konto?«

Ich schüttelte den Kopf.

»Ich habe das meiste erst in den vergangenen Tagen erfahren.«

»Durch wen? Miss Smythe?«

Ich zuckte zusammen. »Sie kennen sie?«

»Nicht persönlich. Aber Ihre Mutter hat mir von ihr erzählt.«

»Demnach wissen Sie auch über meinen Vater und Miss Smythe Bescheid.«

»Als Anwalt Ihrer Mutter, Kate, kenne ich die Geschichte des Treuhandkontos. Ist es recht, wenn ich die finanzielle Entwicklung des Kontos nachzeichne?«

»Aber sicher.«

»Gut«, sagte er und zog einen weiteren Stapel mit Dokumenten hervor. »Das Treuhandkonto wurde im Jahr 1956 eingerichtet. Das Einstandskapital betrug …«, rasch blätterte er die Seiten durch, »… fünfundvierzigtausend Dollar. Ihre Mutter hat zwanzig Jahre lang über die Zinsen verfügt. Im Jahr 1976 …«

»Das Jahr, in dem ich meinen Abschluss gemacht habe.«

»Richtig. Das hat Dorothy erwähnt. Also, ab dem Jahr 1976 hat sie nichts mehr abgehoben.«

»Weil kein Geld mehr da war, richtig?«

»Nicht ganz«, sagte er und sah mich beinahe väterlich amüsiert an. »Da Ihre Mutter zwanzig Jahre lang nur die Zinsen abgehoben hat, ist die Grundsumme unangetastet geblieben.«

»Ich verstehe nicht …«

»Es ist sehr einfach. Nach 1976 hat Ihre Mutter das Konto nie wieder angerührt.«

»Und was ist damit passiert?«

»Was damit passiert ist?«, fragte er lachend. »Die Summe ist gewachsen. So wie wir. Und glücklicherweise haben die Leute (er nannte den Namen eines großen Broker-Hauses), die mit der Verwaltung der Summe beauftragt waren, das Geld sehr klug angelegt. Im Großen und Ganzen ein eher konservatives Portfolio. Ein kleinerer Betrag wurde in Risikoaktien angelegt, die hübsche Erträge gebracht haben.«

Ich konnte ihm immer noch nicht so recht folgen. »Also, wenn ich Sie recht verstehe, ist meine Mutter nicht mehr an das Konto gegangen, seit ich das College verlassen hatte.«

»Richtig. Sie hat nicht einen Penny abgehoben, obgleich sowohl ihr Anlageberater als auch ich ihr zuredeten, sich eine Art kleines Einkommen davon zu genehmigen. Aber sie behauptete, dass ihr das, was ihr zu Verfügung stand, völlig ausreichte.«

»Das stimmt nicht«, hörte ich mich sagen. »Das Geld war immer knapp.«

»Ich ahnte so etwas«, sagte er. »Deshalb hat mich ihre Entscheidung, das Konto nicht anzurühren, doppelt verwundert. Insbesondere da sich der Grundbetrag des Portfolio aufgrund der Anlageform innerhalb von sieben Jahren verdoppelt hatte. Das heißt, im Jahre 1995 betrug das Guthaben …« Er vertiefte sich erneut in die Zahlen. »… dreihundertzweiundfünfzigtausend Dollar und ein paar Pennys.«

»Guter Gott!«

»Moment – ich bin noch nicht fertig. In jenem Jahr investierten die Anlageberater Ihrer Mutter nicht nur außerordentlich schlau in neue Technologiewerte, sondern auch in ein, zwei Neuemissionen – Webbrowser. Und wie man weiß, befand sich der Markt 1996 und die Folgejahre in einer andauernden Hausse, sodass sich das bestehende Kapital innerhalb von fünf Jahren sage und schreibe verdoppelte.«

»Verdoppelte?«, flüsterte ich ungläubig.

»Richtig. Bei Börsenschluss am Freitag – da habe ich das letzte Mal den aktuellen Kontostand abgefragt – belief sich die Summe auf …«

Erneut prüfte er mit zusammengekniffenen Augen die Zahlenkolumne.

»Ach ja, hier steht es …« Siebenhundertneunundvierzigtausendsechshundertzwölf Dollar.«

Schweigen.

»Das kann nicht stimmen«, sagte ich.

»Ich kann Ihnen den Computerausdruck mit den aktuellen Zahlen zeigen. Ihre Mutter besaß Geld. Und zwar eine ganze Menge. Sie hat es nur nicht angerührt.«

»*Aber warum denn nicht?*«, platzte ich heraus. Dabei wusste ich doch die Antwort. Sie hat es nicht angerührt, weil sie es für mich aufbewahrte. Sie hatte nicht einmal eine Andeutung über die Existenz dieses Geldes gemacht. Ich hörte geradezu, wie sie ihr Schweigen gegenüber Mr. Tougas begründete: *Ich kenne viel zu viele nette junge Leute, die sich durch den Besitz von ein bisschen zu viel Geld in zu jungen Jahren zugrunde gerichtet haben.*

Deshalb soll Kate erst nach meinem Tod davon erfahren. Bis dahin wird sie das eine oder andere über den Umgang mit Geld gelernt haben und wissen, wie man allein in der Welt zurechtkommt.

Das war meine Mom: nie um eine Lektion in Sachen Verantwortung verlegen. Und sich selbst hatte sie stets alles versagt. Alles hatte sie abgelehnt: ob es darum ging, neue Kleidung, neue Möbel oder ein paar halbwegs moderne, bescheidene Geräte zu kaufen. Obwohl sie sich damit – wie ich jetzt wusste – ihr Leben ein bisschen einfacher hätte gestalten können. Aber nein, immer unerschütterlich, immer puritanisch und korrekt. Sämtlichen Appellen ihrer schwierigen Tochter begegnete sie mit den Worten: *Ich habe wirklich genug, Liebes… Ich brauche doch wenig… du musst zunächst einmal an dich denken, mein Kind.*

Und da ich wusste, wie ihr Verstand arbeitete, konnte ich auch ihre Entscheidung nachvollziehen. Meg hatte Recht: Sie war durch und durch Pragmatikerin… aber mit einem hohen moralischen Anspruch. Auch wenn sie sich dazu gezwungen gefühlt hatte, das Geld jener Frau anzunehmen, um die Ausbildung ihrer Kinder bezahlen zu können, hätte sie niemals auch nur einen Penny für ihre eigenen Bedürfnisse genommen. Es hätte ihrem Stolz widersprochen. Vielleicht hatte sie Sara Smythe letztendlich vergeben, wie Meg es angedeutet hatte. Doch kaum standen Charlie und ich auf eigenen Füßen, beschloss sie, so zu tun, als gäbe es das Treuhandkonto nicht mehr. Im Gegenteil. Sie verheimlichte es, als handle es sich um einen vergrabenen Schatz, der erst nach ihrem Tod gefunden werden sollte.

Siebenhundertneunundvierzigtausendsechshundertzwölf Dollar. Es war so absurd. Vollkommen absurd.

»Kate?«

Ich kehrte ins Hier und Jetzt zurück. Mr. Tougas streckte die Hand aus, nahm eine Schachtel Kleenex vom Schreibtisch und stellte sie auf das Tischchen. Erst als er mit einer Kopfbewegung auf die Schachtel deutete, merkte ich, dass mein Gesicht nass war.

Ich zog ein Tuch heraus und wischte mir über die Augen. »Entschuldigung«, murmelte ich.

»Aber ich bitte Sie«, sagte Mr. Tougas. »Das ist gewiss ein Schock für Sie.«

»Das verdiene ich nicht.«

Er gestattete sich ein verhaltenes Lachen. »Aber sicher doch, Kate. Sie und Ethan. Es macht vieles leichter.«

»Und Charlie?«, fragte ich.

»Was ist mit Charlie?«

»Wie viel steht ihm zu?«

»Wie viel ihm zusteht? Wie ich bereits erwähnt habe: nichts. Ihre Mutter hat ihn in ihrem Testament nicht berücksichtigt. Hat sie es Ihnen nicht gesagt?«

»Doch, sie hat mir gesagt, dass Charlie nichts erben wird. Aber im selben Atemzug hat sie gesagt, dass sie ohnehin so gut wie nichts zu vererben hat.«

»Wahrscheinlich sollte es eine Überraschung für Sie sein.«

»Die ist ihr gelungen.«

»Ihre Mutter hat keinen Zweifel daran gelassen, dass das Treuhandkonto auf Sie übergeht. Und zwar ganz allein auf Sie.«

»Armer Charlie«, sagte ich.

Mr. Tougas zuckte die Achseln. »Man erntet, was man sät.«

»Ja, vermutlich«, pflichtete ich ihm bei und stand auf. »Gibt es noch etwas, was wir heute besprechen müssen?«

»Es gibt noch ein paar Einzelheiten hinsichtlich der Testamentseröffnung. Aber wenn es Ihnen lieber ist, können wir auch nächste Woche darüber sprechen …«

»Ja, das wäre mir sehr recht. Ich benötige etwas Zeit …«

»Sie brauchen nichts zu erklären«, sagte er. »Rufen Sie mich an, wenn Sie so weit sind.«

Ich trat auf die Straße und wandte mich nach rechts, Richtung Norden. Ich ging langsam, ohne die Passanten, den Verkehr, das Getöse der Stadt zu beachten. Wie in Trance bog ich nach rechts in die 74th Street. Ich öffnete die Tür zu meiner Wohnung und begann den Plan für eine kurzfristige Flucht auszuarbeiten, den ich mir auf meinem Nachhauseweg überlegt hatte.

Ich griff zum Telefon, wählte die Nummer von Avis und reservierte ein Auto, das ich am Nachmittag in der East 64th Street abholen wollte. Dann buchte ich ein Zimmer für eine Nacht in einem Hotel in Sarasota Springs. Anschließend startete ich Ethans Computer, den ich hin und wieder heimlich benutzte, und schickte Matt eine E-Mail:

> Ethan und ich sind bis Montag spätabends nicht da. Du kannst mich jederzeit auf dem Handy erreichen.

Ich überlegte einen Augenblick, dann fügte ich hinzu:

> Noch einmal herzlichen Dank für deine Unterstützung während der furchtbaren letzten Woche. Ich weiß deine Hilfe sehr zu schätzen.

Ich schrieb meinen Namen darunter und tippte auf »Senden«.

Um fünfzehn Uhr stand ich vor der Allan-Stevenson-School an der East 78th Street. Als Ethan aus dem Vordereingang trat, war er sichtlich überrascht, mich dort stehen zu sehen. Noch dazu mit zwei kleinen Reisetaschen zu meinen Füßen.

»Gehen wir denn nicht zu den Dinosauriern?«, fragte er enttäuscht.

»Ich habe eine bessere Idee. Etwas, das viel mehr Spaß macht.«

»Was für eine Art Spaß?«

»Hast du Lust, übers Wochenende abzuhauen?«

Seine Augen fingen vor Aufregung an zu leuchten. »Was für eine Frage.«

Ich reichte ihm einen Briefumschlag. Er war an Mr. Mitchell, den Klassenlehrer, adressiert.

»Lauf nochmal hinein. Es ist eine Mitteilung für Mr. Mitchell, in der steht, dass wir bis Dienstag ganz weit weg sind.«

»Wie weit?«

»Richtig weit.«

»Wow!«

Er riss mir den Brief aus der Hand, rannte zurück ins Schulgebäude und übergab ihn der Rezeptionistin. Eine Stunde später waren wir auf dem East Side Drive, fuhren dann Richtung Westen auf den Cross Bronx Expressway, trafen auf die 287, überquerten den Hudson südlich von Tarrytown und nahmen die 87 Richtung Upstate New York.

»Wo ist Kanada, Mommy?«, fragte Ethan, nachdem ich ihm unser Ziel genannt hatte.

»Über uns.«

»Wie? Oben im Himmel, da wo der Mond ist?«

»Nein – auf der Landkarte über uns.«

»Wie der Nordpol, auf dem der Nikolaus wohnt?«

»Genau dort.«

»Aber wir sehen den Nikolaus nicht.«

»Nein. Wir sehen ... na ja, Kanadier.«

»Oh«, sagte Ethan nachdenklich.

Warum hatte ich Kanada als Ziel für diese kleine Flucht ausgesucht? Es gab keinen bestimmten Grund dafür, es fiel mir als Erstes ein, als ich Hals über Kopf beschloss, mit Ethan aus diesem Durcheinander zu fliehen. Außerdem war es das erste Mal, dass ich die Grenze überschritt, seit ich mich 1976 auf und davon gemacht hatte, um mit meinem damaligen Freund Brad Bingham (er studierte auch in Amherst) ein pseudoromantisches Wochenende in Quebec City zu verbringen. Wenn ich mich recht erinnere, war Brad damals der stellvertretende Chefredakteur des Literaturmagazins von Amherst und Fan von Thomas Pynchon. Und er träumte davon, nach Mexiko zu gehen und einen dicken, »abstrakten« Roman zu schreiben. Damals träumten wir alle von einer Zukunft ohne Verantwortung – à la Don Quichotte. Bis man uns in den Arbeitsalltag stieß, wir unser Schicksal akzeptierten und uns den gesellschaftlichen Normen anpassten. Brad hatte es zu einem erfolgreichen Anwalt in Chicago gebracht, wie ich zuletzt gehört hatte. In der *Times* war ein Foto von ihm, als er ein mieses multinationales Unternehmen in einer Kartell-Angelegenheit vertrat, die vor dem Supreme Court verhandelt wurde. Er hatte dreißig Pfund zugenommen, den größten Teil seiner Haarpracht eingebüßt und war – wie wir anderen auch – in die Jahre gekommen...

Aber damals zeigte er mir Quebec City und reagierte ziemlich freundlich, als ich ihm ungefähr eine Woche später vorschlug, nur eine gute Freundschaft zu pflegen. Ihm verdankte ich es, dass ich jetzt mit meinem Sohn auf dem Weg nach Kanada war.

»Weiß Daddy, wohin wir fahren?«, fragte Ethan.

»Ich habe ihm eine E-Mail geschickt.«

»Er wollte mich am Samstag zu einem Hockeyspiel mitnehmen.«

Ach du lieber Gott, das hatte ich ganz vergessen! Dabei hatte er mir schon vor Wochen davon erzählt. (Dieser Samstag war außerplanmäßig. Normalerweise verbrachte Ethan zwei Wochenenden mit seinem Vater.) Ich griff zum Handy.

»Ich könnte dich auf Kindesentführung verklagen«, sagte Matt, als ich ihn im Büro erreichte. Aber in seiner Stimme schwang gottlob ein ironischer Unterton mit.

»Die Idee kam mir ganz plötzlich«, antwortete ich verlegen. »Es tut mir wirklich leid. Wir können auf der Stelle kehrtmachen, wenn...«

»Schon in Ordnung. Quebec City klingt toll. Aber er wird doch am Dienstag wieder pünktlich in der Schule sein, oder?«

»Hundertprozentig.«

»Und du hast die Schule informiert, dass er am Montag nicht kommt?«

»Natürlich. So verantwortungslos bin ich doch nicht.«

»Es sagt doch keiner, dass du verantwortungslos bist, Kate.«

»Aber das hast du doch damit ausdrücken wollen...«

»Stimmt nicht.«

»Lass gut sein. Es tut mir wirklich leid, wenn ich eure Hockeypläne zunichte gemacht habe.«

»Darum geht es nicht.«

»Um was geht es dann, Matt?«

»Du kannst einfach nicht damit aufhören.«

»Ich bin bestimmt nicht die, die anfängt.«

»Schon gut. *Du hast gewonnen.* Jetzt zufrieden?«

»Ich will gar nicht *gewinnen*, Matt.«

»Die Unterhaltung ist damit beendet.«

»In Ordnung«, sagte ich, mittlerweile bestürzt über dieses sinnlose, dumme Gespräch. Würde ich jemals etwas richtig machen? Nach kurzem Schweigen fragte ich Matt: »Möchtest du Ethan sprechen?«

»Bitte.«

Ich reichte meinem Sohn das Telefon.

»Dein Dad«, sagte ich.

Ich hörte zu, wie Ethan mit Matt sprach. Er klang ein wenig zögernd und befangen. Wahrscheinlich hatte ihn die Auseinandersetzung eingeschüchtert. Mich überkam ein schreckliches Schuldgefühl, und ich fragte mich, ob Ethan uns irgendwann einmal dafür hassen würde, dass wir seine Vorstellung von einer heilen Welt zerbrochen und sein Durchhaltevermögen schon in so jungen Jahren auf die Probe gestellt hatten.

»Ja, Dad ... o ja, das wäre wirklich schön. Zirkus wäre toll. Ja, ja, ich bin ganz lieb zu Mom. Ist gut, bye.«

Er gab mir das Gerät zurück. Wir schwiegen lange. Schließlich verkündete er: »Ich habe Hunger.«

Kurz vor New Paltz hielten wir bei einem McDonald's. Schweigsam aß Ethan seine Chicken McNuggets mit Pommes Frites und spielte nebenher mit dem kleinen Plastikspielzeug, das dem Kindermenü beigefügt war. Ich nippte an einem Styroporbecher mit widerlich schmeckendem Kaffee, sah Ethan ängstlich an und wünschte, es würde mir gelingen, dass er sich wohlfühlte. Aber ich wusste, dass das unmöglich war.

Ich streichelte sein Gesicht.

»Ethan, Schätzchen ...«

Er wandte abrupt den Kopf ab und fing an zu weinen.

»Ich möchte bei Daddy wohnen.«

O Gott, nein.

Ich streckte die Hand nach ihm aus, aber er wich zurück und fing noch stärker an zu schluchzen.

»Ich will, dass meine Mommy und mein Daddy zusammenwohnen.«

Seine Stimme war grell und herzzerreißend zugleich. Ein älteres Ehepaar an einem Nebentisch sah mich vorwurfsvoll an, als wäre ich die Personifikation all dessen, was mit den Frauen von heute nicht stimmte. Plötzlich warf Ethan sich in meine Arme, und ich wiegte ihn, bis er sich beruhigt hatte.

Kaum waren wir wieder auf der Straße, schlief er ein. Ich konzentrierte mich auf den dunklen Highway, um nicht mit den Gedanken abzuschweifen und hinter dem Steuer loszuweinen. Aber ich kam nicht dagegen an, Tränen traten mir in die Augen. Im selben Augenblick waberte Bodennebel über die Straße wie ein Baumwollschleier, den meine Scheinwerfer zu durchbrechen suchten. Ich hatte das Gefühl, als führe ich in ein Vakuum hinein. Ein leerer Raum, der meinem Inneren entsprach.

Als wir bei dem Hotel ankamen, in dem ich ein Zimmer reserviert hatte, schlief Ethan immer noch. Ich trug ihn nach oben, zog ihm den Schlafanzug an und legte ihn in eines der Doppelbetten. Dann setzte ich mich eine Stunde lang in die Badewanne und starrte an die Decke.

Schließlich raffte ich mich auf, stieg aus der Wanne und bestellte einen Salat und eine halbe Flasche Wein aufs Zimmer. Ich stocherte im römischen Salat und kippte den Bordeaux hinunter. Dann versuchte ich, einen Roman von Anne Tyler zu lesen, den ich in meine Reisetasche gepackt hatte, aber der Text verschwamm vor meinen Augen. Ich legte das Buch beiseite und starrte aus dem Fenster in die dicken Flocken, die vom Himmel fielen. Sosehr ich mich auch dagegen wehrte, immer wieder ging mir ein Gedanke durch den Kopf: *Ich habe alles kaputtgemacht.*

Als ich aufwachte, schneite es nicht mehr. Der Morgen dämmerte, ein klarer, kalter, ein verheißungsvoller Tag. Ich fühlte mich ausgeruht. Und auch Ethan wirkte fröhlicher und sah der Fahrt in den Norden aufgeregt entgegen. Er verschlang einen Stapel Pfannkuchen und wollte alles Mögliche über die bevorstehende Fahrt wissen. Zum Beispiel, ob wir in Kanada Bären sehen würden. Oder Elche. Oder Wölfe.

»Wenn wir Glück haben, sehen wir vielleicht einen Wolf«, sagte ich.

»Aber ich möchte auch einen Bär sehen.«

»Ich sehe zu, ob sich das machen lässt.«

Wir brauchten ungefähr sieben Stunden bis Quebec City. Aber Ethan fand die Fahrt vergnüglich, zumal ich ihm noch einen Gameboy in die Tasche gesteckt hatte. Erleichtert stellte ich fest, dass er während der Fahrt spielen konnte, ohne dass ihm schlecht wurde. Später las er, und dann unterhielten wir uns über alles Mögliche (zum Beispiel darüber, ob es sich bei Godzilla in Wirklichkeit um ein gutes Monster handelte, das in seinem Leben einfach nur vom Weg abgekommen war, oder welchem Power Ranger Ethan nacheifern wollte, wenn er groß war). Der Grenzübertritt war für ihn geradezu ein Erlebnis, und die beiden Zollbeamtinnen kriegten sich gar nicht wieder ein, als er fragte, wo er denn einen Wolf kaufen könne. Er war fasziniert von den französischen Straßennamen. Wir passierten Montreal und nahmen den Highway 40 Richtung Norden. Er führte am St. Lawrence vorbei. Ethan war tief beeindruckt, dass ein so breiter Fluss über Nacht zu einem Eisklotz geworden war. Die Abenddämmerung brach über uns herein. Noch zwei Stunden bis Quebec City. Ethan nickte ein, wachte aber wieder auf, als wir in die Einfahrt zum Château Frontenac einbogen. Die kalte Luft machte ihn sofort munter. Unser Zimmer war zwar eng, bot aber einen fantastischen Ausblick über die Stadt. Ethan sah gebannt auf die märchenhafte Beleuchtung.

»Ich möchte hinausgehen«, sagte er.

Wir zogen unsere Mäntel wieder an und traten ins Freie. Es

schneite ein wenig. Die Pseudogaslaternen von *Vieux Quebec* tauchten das Kopfsteinpflaster in ein geisterhaftes Licht, und die kitschige Architektur machte es zur Zuckerbäckerstadt. Ethan hielt mich an der Hand und nahm alles mit großen Augen auf. Angesichts seiner unverhohlenen Freude war mir zum ersten Mal seit Wochen wieder leicht ums Herz.

»Hier möchte ich wohnen«, erklärte er.

Ich lachte. »Aber dann müsstest du Französisch lernen.«

»Ich kann Französisch lernen. Und Daddy und du, ihr könntet auch Französisch lernen.«

Ich kämpfte gegen eine Welle der Traurigkeit an. »Lass uns zurück ins Zimmer gehen, Ethan. Es ist kalt.«

Als wir wieder in unserer Unterkunft waren, bestellten wir uns das Abendessen aufs Zimmer. Nachdem Ethan *le hot dog et pommes frites* verputzt hatte und ich in einem schrecklich faden *coq au vin* herumgestochert hatte, sagte er: »Wenn wir das nächste Mal wegfahren, kommt Daddy mit.«

»Ethan, Schätzchen ...«

»Wir könnten an Ostern zusammen nach Disney World fahren.«

»Du und ich besuchen Disney World, Ethan«, versprach ich.

»Und Daddy kommt mit.«

Ich seufzte tief und nahm Ethans Hand.

»Ethan, du weißt doch, dass Daddy jetzt mit Blair zusammenlebt ...«

»Aber er wird wieder mit dir zusammenleben.«

»Nein, Ethan, er wird nicht mehr mit mir zusammenleben.«

»Sag das nicht.«

»Daddy und ich haben es dir schon einmal gesagt.«

»Aber das ist nicht gut ...«

»Da hast du Recht. Das ist nicht gut. Aber so liegen die Dinge eben. Wir können nicht zusammenleben.«

»Ihr *könnt* ...«

»Nein, Ethan, wir können es nicht. Wir werden es nie wieder können. Ich weiß, das ist traurig, aber das heißt noch lange nicht ...«

Ich konnte den Satz nicht zu Ende bringen, denn Ethan rannte ins Bad und schlug die Tür hinter sich zu. Kurz darauf hörte ich ihn schluchzen. Ich öffnete die Tür. Er saß auf dem Toilettendeckel, das Gesicht in den Händen vergraben.

»Geh weg«, sagte er.

»Ethan, lass mich dir erklären …«

»Geh weg!«

Ich beschloss, den Mund zu halten, und ging zurück ins Schlafzimmer, schaltete den Fernseher ein und zappte mich durch verschiedene Kanäle. Mir war flau im Magen, und ich wusste nicht, was ich tun oder sagen sollte, um Ethan wieder zu beruhigen. Nach einer Weile schlich ich zurück zum Badezimmer und lauschte. Er weinte nicht mehr. Ich hörte, wie er den Toilettendeckel hob und pinkelte. Dann betätigte er die Spülung und drehte den Wasserhahn auf. Als er sich der Tür näherte, lief ich zurück und warf mich in den Sessel neben dem Fernsehgerät. Ethan trat mit gesenktem Kopf aus dem Badezimmer, ging hinüber zu seinem Bett und kroch unter die Decke. Ich drehte mich zu ihm um und fragte: »Möchtest du einen Trickfilm ansehen?«

Als er nickte, suchte ich so lange, bis ich Cartoon Network fand. Leider in Französisch.

»Soll ich die Sprache ausschalten?«

»Nein«, antwortete er leise. »Das ist lustig.«

Wir sahen uns Tom und Jerry *à la française* an. Ethan lag noch immer zugedeckt auf der Seite. Nach ungefähr fünf Minuten sagte er: »Ich möchte kuscheln.«

Sofort sprang ich auf, legte mich auf die Decken neben ihn, schlang die Arme um ihn und zog ihn an mich.

»Es tut mir leid. Ethan. Wirklich.«

Aber Ethan antwortete nicht. Er starrte nur auf den Bildschirm und den Kampf, den sich die Katze und die Maus lieferten. Sein Schweigen sagte alles. Obgleich Matt und ich ihm nie Hoffnungen gemacht hatten, wir würden uns vielleicht einmal wieder versöhnen, bestätigte sich jetzt meine Angst, dass er sich einredete, die

Trennung sei nur vorübergehend. Dass Daddy eines schönen Morgens wieder bei Mommy einziehen würde, und Ethans einst heile Welt käme wieder ganz in Ordnung. Und jetzt musste er sich der Wirklichkeit stellen. Während ich ihn fest umschlungen hielt, wurde mir klar, dass er dank der gemeinsamen Bemühungen seiner Eltern einen vorzeitigen Einblick in eine der Binsenweisheiten des Lebens bekommen hatte: Wenn du dir erhoffst, dass dir ein anderer Mensch ein Gefühl von Sicherheit schenkt, wirst du enttäuscht.

Ethan kam für den Rest der Reise nicht mehr auf das Thema zu sprechen.

Am folgenden Tag erkundeten wir die Gässchen in *Vieux Quebec*. Dann fuhren wir mit dem Taxi in die ländlichen Außenbezirke der Stadt, ließen uns auf einem Pferdeschlitten durch tief verschneite Wälder fahren und besuchten am späten Nachmittag eine Aufführung von *Peter und der Wolf* als Marionettenspiel. Auf Französisch, *naturellement*. Da Ethan die Geschichte auswendig kannte (er besaß sie zu Hause auf CD), war er überglücklich, dass er den Text in der fremden Sprache verfolgen konnte. Wir aßen in einem Restaurant zu Abend, in dem ein Akkordeonspieler auftrat und typische Lieder aus Quebec spielte. Die Musik war ziemlich scheußlich, aber Ethan war von all dem Neuen hingerissen, und erst recht, als der Musikant an unseren Tisch trat, meinen Sohn fragte, welche französischen Lieder er kannte und dann *Frère Jacques* zum Besten gab.

Alles in allem verlief der Tag gut. Ethan wirkte weder bedrückt noch grübelnd (und ich habe seine Stimmungen wirklich aufmerksam verfolgt). Am Abend fiel er müde, aber glücklich ins Bett. Er gab mir einen Gutenachtkuss und sagte, er wünschte, wir könnten einen Tag länger in Quebec bleiben.

»Finde ich auch«, antwortete ich. »Aber Allan-Stevenson hätte wahrscheinlich etwas dagegen, wenn ich dich noch einen Tag …«

»Du könntest ihnen doch erzählen, ich wäre krank.«

Ich lachte. »Aber es ist gut möglich, dass auch mein Boss ein bisschen sauer ist, wenn ich am Dienstag nicht im Büro erscheine. Aber, he, Ostern ist nicht in weiter Ferne. Und Ostern bedeutet …«

»Disney World!«

»Genau! Und jetzt schlaf.«

Sobald Ethan eingeschlafen war, nahm ich den Hörer und rief Meg an.

»Wo zum Teufel steckst du?«, fragte sie.

Ich erzählte es ihr.

»Quebec mitten im Januar? Wenn das nicht masochistisch ist!«

»Warum soll man denn alte Gewohnheiten aufgeben?«

Sie lachte. »Du klingst ein bisschen fröhlicher.«

»Wir haben einen schönen Tag verbracht. Und da ›schöne Tage‹ in letzter Zeit ziemlich rar gesät waren …«

»Ich habe gehört, dass du …«

»Außerdem hatte ich gestern einen Termin bei Moms Anwalt.«

»Und?«

»Es hat sich herausgestellt, dass das Vermögen auf dem Treuhandkonto nicht erschöpft ist.«

»Wirklich?«

»Im Gegenteil …«

Ich nannte ihr die Summe bis zur letzten Stelle hinter dem Komma.

»Du führst mich an der Nase herum!«

»Nein.«

»Herr im Himmel! Wenn das so ist, zahlst du natürlich das nächste Mal das Mittagessen.«

»Hübsche Summe, was?«

»*Hübsche Summe?* Es ist schlichtweg unfassbar.«

»Ja. Das kann man wohl sagen.«

»Ich sag dir, meine Süße, deine Mutter war keine schlechte Spekulantin.«

»Ja«, antwortete ich leise, »offensichtlich.«

»Jetzt erzähl mir bloß nicht, du wärst unglücklich über dieses Geschenk des Himmels.«

»Ich bin nur ... Ich weiß nicht ... ein wenig verwirrt. Von allem.«

»Ich weiß. Aber es sollte dich nicht verwirren. Das ist doch nun wirklich eine gute Nachricht!«

»Ja, wahrscheinlich ... Aber ich habe ein ungutes Gefühl wegen Charlie.«

»Vergiss ihn. Du warst schließlich die, die sich um eure Mutter gekümmert hat.«

»Aber er war derjenige, der seinen Vater verloren hat.«

»Du doch auch.«

»Sicher, aber ich habe meinen Dad nie gekannt. Und anders als bei Charlie hat Mom mir nie das Gefühl gegeben, ich wäre im Weg ...«

»Einspruch!«, unterbrach mich Meg. »Sie hat Charlie aufrichtig geliebt!«

»Da bin ich mir sicher. Aber hat sie ihn jemals so richtig gern gehabt?«

»Das weiß ich nicht.«

»Tatsache ist, wenn Charlie nicht geboren worden wäre, hätte sie Jack Malone nie geheiratet. Und dann wäre ihr Leben vielleicht glücklicher verlaufen.«

»Da bin ich mir nicht so sicher. Deine Mutter hatte schon immer einen Hang zum Märtyrertum.«

»Das brauchst du mir nicht zu sagen. Da lag ein Haufen Geld, und sie meinte trotzdem, sie müsse jeden Penny zwei Mal umdrehen.«

»Sie hat es nie verwunden, Kate. *Nie*. Es war die große Tragödie in ihrem Leben.«

Im Gegensatz zu Sara Smythe. Vielleicht war es auch für sie eine große Tragödie, aber sie hatte sich immerhin damit abgefunden. Oder zumindest gelernt, damit zu leben. Meine Mutter lernte auch, damit zu leben, aber die Erinnerung verfolgte sie auf Schritt und Tritt. Das wurde mir erst jetzt klar. Wie ich auch erst jetzt merkte, dass ich sie nie richtig verstanden hatte. Hatte ich jemals begriffen, welchen Mut es erforderte, zwei Kinder allein großzuziehen? War mir jemals aufgefallen, mit wie viel Entschlossenheit sie sich dem Leben stellte? Nie. Sie leistete Verzicht, trug Kleider, die zwanzig Jahre alt waren, weigerte sich, ihr zerschlissenes Sofa reparieren zu lassen, und gab sich mit einer engen Wohnung zufrieden, nur damit es mir nicht eines Tages so wie ihr erging und ich die zweite Hälfte meines Lebens bequem, sicher und mit einem guten Polster zubringen konnte. Doch ich war zu stark mit meinen eigenen Kümmernissen beschäftigt gewesen. Gefangen in dem Gefühl, von Männern, von Ereignissen, vom Leben betrogen worden zu sein. Anders als meine Mutter, die vier Jahrzehnte lang zu dem Betrug geschwiegen hatte, der ihr Leben zerstört und den Beginn eines schweren Weges markiert hatte. Gewiss hätte auch sie am liebsten laut herausgeschrien: *Ich, ich, ich, ich*! Aber sie hätte nicht im Traum daran gedacht, so selbstsüchtig zu jammern. Sie schwieg, scheinbar gleichmütig, ohne zu wissen, dass sie auf ihre bescheidene Art heldenhaft war.

»Alles in Ordnung mit dir, Kate?«, fragte Meg, als ich so lange schwieg.

»Geht schon.«

»Du wirst dich wieder erholen, das weiß ich. Und falls nicht, kannst du es dir jetzt wenigstens erlauben, als reiche, unglückliche Nervensäge aufzutreten.«

Lachend sagte ich: »Ich gehe jetzt schlafen.«

»Nächste Woche – Mittagessen?«

»Natürlich. Aber dann wirklich auf meine Rechnung!«

Ethan und ich schliefen gut. Erleichtert stellte ich am anderen Morgen fest, dass sich der drohende Schneesturm verzogen hatte. Um neun waren wir unterwegs. Drei Stunden später, unmittelbar nachdem wir die Grenze zu New York passiert hatten, wandte Ethan sich zu mir und sagte: »Ich möchte heute Abend zu Daddy.«

Ich biss mir auf die Lippe und antwortete nur kurz: »Wie du magst, großer Junge. Dann rufen wir ihn doch gleich mal an.«

Ich nahm das Handy und wählte die Nummer von Matts Büro. Seine Sekretärin stellte mich zu ihm durch. Wir wechselten ein paar Worte in einem einigermaßen sachlichen Ton, ehe ich das Telefon an Ethan weitergab.

»Daddy, kann ich heute bei dir übernachten?«

Sie plauderten eine Weile, und Ethan war richtig vergnügt und gesprächig. Natürlich war ich eifersüchtig. Natürlich wusste ich, dass das nicht richtig war. Aber wenn sich die beiden Eltern ihr Kind aufteilen, befürchtet der eine immer, dass der andere dem Kind etwas Schöneres bietet oder sich besser mit dem Kind auseinander setzt als man selbst. Sosehr man sich auch bemüht, ein Konkurrenzkampf mit dem ehemaligen Partner bleibt nicht aus. Du bist mit ihm im Zirkus gewesen? Also gehe ich mit ihm in *The Lion King*, der gerade am Broadway läuft. Du hast ihm Nike-Turnschuhe gekauft? Dann kriegt er von mir sein erstes Paar Timberlands. *Wer ist der bessere Elternteil?* ist ein übles Spiel. Aber unvermeidbar.

Ethan beendete das Gespräch mit Matt und reichte mir das Telefon.

»Hast du wirklich nichts dagegen, wenn er heute bei uns übernachtet?«, fragte Matt.

Doch. Aber ich spürte, dass ich endlich damit aufhören musste. Wenn mir das nicht gelang, würde ich mich bis an mein Lebensende selbst bestrafen.

»Das geht schon in Ordnung«, sagte ich. »Ehrlich.«

»Toll!«, sagte er merklich erstaunt. »Danke.«

Wir fuhren Richtung Süden. Nachdem wir noch unterwegs zu Abend gegessen hatten, waren wir kurz vor acht im Norden Manhattans. Ich rief Matt noch einmal an und teilte ihm mit, dass er in ungefähr zwanzig Minuten mit uns rechnen könne. Da ich Ethans Schulkleidung im Château Frontenac hatte reinigen lassen und seine Tasche mit den Schulbüchern im Kofferraum lag, brauchte ich nicht erst zu meiner Wohnung fahren. Matt wartete bereits vor dem Haus in der West 20th Street. Kaum hatte ich angehalten, sprang Ethan schon aus dem Auto und in die Arme seines Vaters. Ich ging um den Wagen herum zum Kofferraum, öffnete die Reisetasche mit Ethans Kleidern und verstaute einen Teil seiner Toilettenartikel und eine saubere Garnitur Unterwäsche in seiner Schultasche. Dann nahm ich die Schuluniform, die immer noch in der Kunststoffhülle war, und übergab sie Matt. Ethan nahm die Schultasche.

»Socken und Unterhosen zum Wechseln sind in seiner Tasche, und seine Zahnbürste auch. Und hier ist seine Schuluniform.«

»Du weißt doch, dass er von allem einen zweiten Satz bei uns hat«, sagte Matt.

»Daran habe ich gar nicht gedacht.«

»Macht ja nichts«, erwiderte er und schob Ethan zu mir. »Bedank dich bei deiner Mutter für das tolle Wochenende.«

Ich beugte mich hinunter, und Ethan pflanzte mir einen Kuss auf die rechte Wange. »Danke, Mom«, sagte er knapp.

»Also dann …«, sagte Matt.

»Also dann …«, wiederholte ich und wunderte mich, wie befangen wir miteinander umgingen. Man lernt sich kennen. Man heiratet. Man wird *sehr* vertraut miteinander. Man zeugt ein Kind. Dann geht alles schief. So schief, dass sich der Kontakt auf kurze Gespräche, knappe Begrüßungen und ein innerlich zerrissenes Kind reduziert.

Matt streckte mir die Hand entgegen.

»Das war vorgestern ein alberner Streit«, sagte ich.

»Ziemlich albern.«

»Alberne Streitigkeiten scheinen unsere ganz besondere Spezialität zu sein.«

»Offenbar«, antwortete er und lächelte verhalten. »Wir haben ein ausgesprochenes Talent fürs Streiten. Aber so ist es eben manchmal, denke ich.«

»Ja, so ist es eben manchmal«, stimmte ich leise zu.

Wir lächelten einander an, und jeder zog seine Hand zurück. Dann beugte ich mich hinunter und küsste Ethan.

»Bis morgen nach der Schule, Schätzchen«, sagte ich. »Ich komme ungefähr um sieben aus dem Büro.«

Ethan nickte. Dann drehten er und sein Dad sich um und gingen ins Haus. Ich brachte das Auto zurück zu Avis und ging nach Hause. Die Stille in der Wohnung war gewaltig. Aber ich beruhigte mich, dass es nur heute Abend so war…

Am nächsten Morgen ging ich wieder ins Büro. Da ich so viel aufzuarbeiten hatte, ließ ich mir ein Mittagessen kommen. Trotzdem nahm ich mir ein paar Minuten, um Peter Tougas anzurufen.

»Geht es Ihnen besser, Kate?«, fragte er.

»Ein bisschen.«

»Wie ich Ihnen schon letzte Woche sagte: Es braucht seine Zeit.«

»Ist es nicht mit allem so?«

»Damit haben Sie wahrscheinlich Recht. Nun… können wir mit der Testamentseröffnung beginnen?«

»Ja, sicher. Aber zunächst muss ich Sie noch etwas fragen: Kann ich als einzige Begünstigte des Treuhandkontos nach eigenem Gutdünken über das Geld verfügen?«

»Ja«, sagte er vorsichtig. »Wie ich Ihnen letzte Woche bereits mitgeteilt habe, enthält das Testament keine Bedingungen über die Verwendung des Geldes.«

»Gut. Ich habe nämlich beschlossen, dass mein Bruder als Erbe wieder mit aufgenommen wird.«

»Wie bitte?« Mr. Tougas klang aufrichtig schockiert.

»Ich möchte, dass Charlie die Hälfte des Geldes bekommt.«

»Einen Augenblick bitte, Kate…«

»Wie viel sind es? Fast siebenhundertfünfzigtausend? Geben Sie ihm dreihundertfünfundsiebzigtausend.«

»Sie sind nicht dazu verpflichtet.«

»Darüber bin ich mir im Klaren.«

»Denken Sie wenigstens ein paar Tage darüber nach…«

»Das habe ich bereits getan.«

»Dann eben noch ein paar weitere Tage.«

»Nein. Ich bin fest entschlossen. Er soll die Hälfte des Geldes bekommen.«

»Kate … Sie erinnern sich doch, wie er Ihre Mutter behandelt hat.«

»Ja, sicher. Aber er bekommt dennoch die Hälfte.«

»Warum?«

Ich antwortete ihm nicht, obwohl ich es längst wusste. Meine Mutter – die meisterhafte Strategin – hatte mich schachmatt gesetzt. Sie hatte alles eingefädelt: Erst sollte Sara mir ihre Geschichte erzählen, dann machte mich ihr Anwalt mit seiner Mitteilung platt. Kein Wort, alles stillschweigend inbegriffen. Doch jetzt war es klar: Wenn es um Vergebung geht, mögen Worte wichtig sein, doch sie sind nichts im Vergleich zu einer Geste. Denn eine Geste bedingt eine weitere Geste. So wie du dir selbst vergeben darfst, wenn du einem anderen vergibst. Sara und meine Mutter hatten vierundvierzig Jahre nicht miteinander gesprochen, aber die Geste hatte stattgefunden, die Vergebung wurde gewährt. Noch als Tote tat meine Mutter, was sie immer getan hatte. Sie stellte mir eine Frage: *Kannst du dich gegenüber deinem Bruder auch so verhalten? Und das, obwohl du weißt, dass er sich so schlecht benommen hat?*

»Bitte nennen Sie mir einen Grund …«, bat Mr. Tougas.

»Weil es das ist, was sie wollte.«

Langes Schweigen.

»Nun gut, Kate«, sagte Mr. Tougas schließlich. »Ich bereite die erforderlichen Papiere vor. Möchten Sie, dass ich Charlie anrufe und ihm die Nachricht übermittle?«

»Ja, bitte.«

»Was soll ich ihm sagen?«, fragte er.

»Sagen Sie ihm, er soll mich anrufen.«

Ich legte auf und wandte mich wieder meiner Arbeit zu. Um achtzehn Uhr dreißig verließ ich das Büro. Unterwegs machte ich einen Abstecher zu F.A.O. Schwarz, dem Mekka aller Spielzeugfans weltweit, und besorgte einen Lego-Roboter mit Elektroantrieb. Ja, ich wusste, es war ein unnützes Plastikspielzeug, aber Ethan hatte es im Fernsehen gesehen und mir seit Wochen immer wieder indirekt zu verstehen gegeben, wie gern er so ein Ding hätte.

Ich ließ den Roboter in Geschenkpapier einpacken. Dann winkte ich einem Taxi, das in Richtung Norden fuhr, und war um Viertel nach sieben zu Hause. Claire, unsere Haushaltshilfe, räumte gerade die Küche auf. Sie umarmte mich (sie hatte mich seit dem Begräbnis nicht gesehen) und fragte, wie es mir ging.

»Ich komme zurecht«, antwortete ich. »Wo ist unser kleiner Bursche?«

»In seinem Zimmer. Er führt auf seinem Computer gerade einen intergalaktischen Krieg.«

Ich steckte den Kopf in Ethans Zimmer. Er drehte sich zu mir. Als er die Tüte von F.A.O. Schwarz sah, strahlte er über das ganze Gesicht.

»Kann ich es sehen? Kann ich es sehen?«

»Werde ich denn nicht begrüßt?«

Er rannte auf mich zu und drückte mir hastig einen Kuss auf die Wange. »Hallo. Kann ich es sehen?«

Ich gab ihm die Tüte. »Wow!«, sagte er, als er das ersehnte Spielzeug in der Hand hielt. »Du wusstest es also.«

Ja. Ausnahmsweise wusste ich es.

Er setzte sich auf den Boden, öffnete die Schachtel und sah mich an. »Baust du ihn mir zusammen?«

»Natürlich ... aber erst muss ich einen Anruf erledigen.«

»Mom ...«, sagte er enttäuscht.

»Nur einen Anruf, dann stehe ich dir zur Verfügung.«

Ich ging ins Schlafzimmer, nahm den Hörer ab und atmete tief durch. Diesen Anruf hatte ich seit Tagen aufgeschoben. Es war ein Anruf, um den ich nicht herumkam. Ich rief die Auskunft an und bekam die Nummer einer Frau namens *Smythe, S.* in der West 77th Street. Ich wählte die Nummer. Sie meldete sich. Ich sagte:

»Hallo. Ich bin's. Kate.«

»Oh, hallo«, sagte sie hörbar überrascht. »Wie schön, Sie zu hören.«

Vor allem, da ich Ihnen vor ein paar Tagen noch erklärt habe, wir würden nie wieder miteinander sprechen.

»Tja, äh, nun…« Ich wusste mich wirklich auszudrücken.

»Ist was passiert?«

»Nein, nein. Alles ist in Ordnung. Ich wollte nur…«

»Ja?«

»Nun…«

Jetzt mach schon. Spuck's aus.

»Also«, sagte ich, »ich möchte mit Ethan am Samstag in den Kinderzoo gehen. Kennen Sie den Zoo im Central Park?«

»Ja.«

»Wir gehen ungefähr um elf dorthin. Falls Sie Lust hätten, uns zu begleiten und später… vielleicht mit uns zum Mittagessen zu gehen?«

Kurzes Schweigen.

»Ja«, antwortete sie. »Ein nette Idee.«

»Gut«, sagte ich. »Dann bis Samstag.«

Ich legte auf. Gerade als ich Meg anrufen wollte, rief Ethan: »Mom, du musst mir helfen.«

Ich ging in sein Zimmer. Überall auf dem Boden verstreut lagen bunte Plastikteile. Ethan hielt die Bauanleitung in der Hand.

»Jetzt komm doch«, bat er. »Bau es zusammen.«

Stöhnend ließ ich mich neben ihm nieder. Als ich auf die Anleitung sah, stöhnte ich erneut. Sie umfasste zehn Seiten und war in sechs Sprachen verfasst. Man brauchte ein MIT-Diplom, um sie zu begreifen.

»Ethan, das ist wirklich schwierig.«

»Du schaffst das schon«, meinte er.

»Sei dir da mal nicht so sicher.«

»Komm schon. Versuch's.«

Versuchen. Ha! Was glaubst du, was ich tue? Die ganze Zeit, verflixt noch mal.

»Mom…«, sagte er, um mich an meine Aufgabe zu erinnern.

Ich blickte ihn an und sah plötzlich den ärgerlichen Halbwüchsigen, der mir die kalte Schulter zeigte, mich aber gleichzeitig verzweifelt brauchte. Ich sah den schlaksigen College-Studenten, der einen Fehler nach dem anderen beging. Ich sah den jungen Mann, der sich seine erste Wohnung in New York, Boston, Chicago oder wo auch immer mietete – nach außen hin so selbstbewusst, aber insgeheim voller Unsicherheiten wie alle anderen auch. Und ich fragte mich: Wann merkt er es? Wann kommt er dahinter, dass das alles ein verdammt blödes Spiel ist? Dass wir es nie richtig machen. Wir sind alle so voller guter Absichten. Wir versuchen unser Bestes. Und dennoch enttäuschen wir so oft uns selbst und andere. Was bleibt uns anderes übrig, als es immer wieder zu versuchen? Wir haben keine Wahl. Wir können uns nur auf dieses Leben einlassen – das Einzige, was wir haben.

Ethan griff nach dem größten Plastikteil, das auf dem Boden lag, und reichte es mir.

»Bitte. Mach du es.«

»Ich weiß nicht, ob ich es schaffe, Ethan. Ich weiß nicht, ob ich überhaupt irgendetwas schaffe.«

»Doch, Mommy, du schaffst es. Du kannst es wenigstens versuchen.«

Ich öffnete die Hand. Als er das Plastikteil hineinlegte, dachte ich: *Ich möchte dich nicht enttäuschen … aber es könnte dennoch passieren.*

Dann blickte ich in seine erwartungsvollen Augen.

»In Ordnung«, sagte ich, »ich versuch's.«

»Douglas Kennedys Thriller *Nachtblende* ist packend, raffiniert gebaut und mit großem psychologischem Kalkül geschrieben«
(Brigitte)

DOUGLAS KENNEDY

NACHTBLENDE

Ein Mann tötet einen anderen. Dafür hat er einen Grund – aber die Tat ruiniert sein Leben...
Damit beginnt die Geschichte des erfolgreichen Wallstreet-Anwalts Ben Bradford, der in der Yuppie-Welt haufenweise Geld macht, aber eigentlich lieber Künstler geworden wäre. Fotograf. Und dem ausgerechnet ein mieser Knipser von nebenan die Frau wegnimmt... In einem der spannendsten und zugleich anrührendsten Romane der letzten Jahre inszeniert Douglas Kennedy das Drama eines Mannes, der sich aus der Liste der Lebenden streicht, um sich mit einer geraubten Identität in eine neue Existenz zu flüchten – diesmal als Fotograf. Aber die Flucht endet nie...

Übersetzung des amerikanischen Originals »The Big Picture«
von Xenia Osthelder
415 Seiten
Halbleinen mit Schutzumschlag

»Ein Top-Thriller wie ein Adrenalin-Rausch.
Temporeich erzählt, geschickt aufgebaut«
(The Guardian)

DOUGLAS KENNEDY

DER JOB

Nach *Nachtblende* überzeugt Kennedy mit seinem neuen Roman durch eine rasante, spannungsgeladene Story. Kennedy entwirft ein erschreckend realistisches Bild von der fehlenden Moral in der grausamen amerikanischen Geschäftswelt und packt den Leser an der Urangst vor dem Verlust des Arbeitsplatzes und dem sozialen Absturz.

Übersetzung des amerikanischen Originals »The Job«
von Lore Straßl
477 Seiten
Halbleinen mit Schutzumschlag

Gustav Lübbe Verlag